Hanna Caspian

Gut Greifenau

Nachtfeuer

Roman

Besuchen Sie uns im Internet:
www.knaur.de

Vollständige Taschenbuchausgabe Dezember 2018
Knaur Taschenbuch
© 2018 Knaur Verlag
Ein Imprint der Verlagsgruppe
Droemer Knaur GmbH & Co. KG, München
Alle Rechte vorbehalten. Das Werk darf – auch teilweise –
nur mit Genehmigung des Verlags wiedergegeben werden.
Redaktion: Dr. Clarissa Czöppan
Covergestaltung: ZERO Werbeagentur, München
Coverabbildung: Richard Jenkins; FinePic/shutterstock
Karten/Pläne: Computerkartographie Carrle
Satz: Adobe InDesign im Verlag
Druck und Bindung: CPI books GmbH, Leck
ISBN 978-3-426-52151-9

8 9 7

*Für Lena und Niklas,
für Marcel, Eva und Lio,
für Thore und Yorick –
ich hoffe inständig, dass eure Generationen
niemals einen solchen Krieg erleben müssen.*

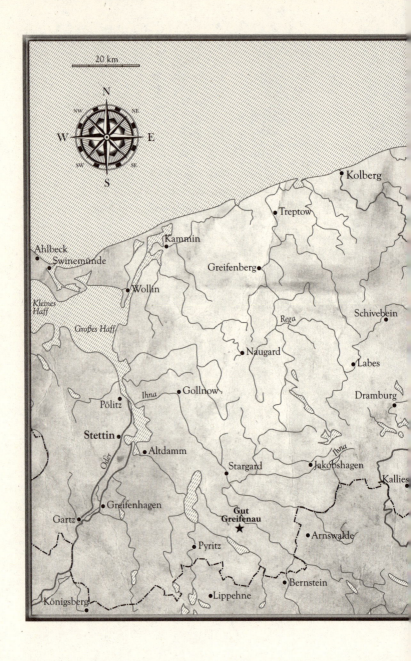

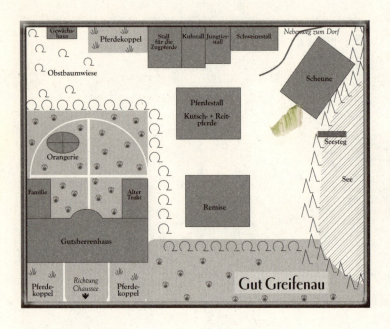

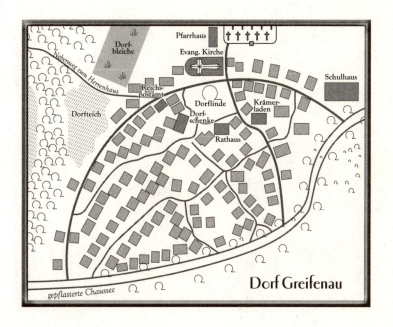

Personenübersicht

Herrschaft

Adolphis von Auwitz-Aarhayn   Gutsherr von Gut Greifenau
Feodora, geb. Gregorius   Gutsherrin von Gut Greifenau
Konstantin   ältester Sohn
Anastasia   älteste Tochter, verheiratete Gräfin von Sawatzki
Nikolaus   mittlerer Sohn
Alexander   jüngster Sohn
Katharina   jüngste Tochter

Bedienstete

Albert Sonntag   Chauffeur und Kutscher
Theodor Caspers   oberster Hausdiener und Butler
Ottilie Schott   Mamsell und Kammerzofe
Irmgard Hindemith   Köchin
Bertha Polzin   Küchenmädchen
Wiebke Plümecke   Stubenmädchen
Clara Fiedel   Stubenmädchen
Hedwig Hauser   Hausmädchen
Kilian Hübner   Hausbursche
Johann Waldner   Stallmeister / Vorknecht
Eugen Lignau   Stallbursche
Karl Matthis   Hauslehrer
Tomasz Ceynowa   polnischer Landmaschinenarbeiter
Ida Plümecke   Wiebkes Schwester, Stubenmädchen
Paul Plümecke   Wiebkes Bruder, Schmied

Sonstige

Egidius Wittekind   evangelisch-lutherischer Pastor
Paula Ackermann   Enkelin von Egidius Wittekind
Rebecca Kurscheidt   Dorflehrerin
Julius Urban   Sohn eines reichen Industriellen
Eleonora Urban   Julius' Mutter
Ludwig von Preußen   Neffe von Kaiser Wilhelm
Amalie Sieglinde von Preußen   Schwägerin des Kaisers
Sigismund von Preußen   jüngerer Bruder des Kaisers
Raimund Thalmann   Gutsverwalter
Therese Hindemith   Irmgard Hindemiths Schwester
Annabella Kassini   Adolphis' ehemalige Mätresse
César Chantelois   französischer Privatlehrer in Sankt Petersburg

Kapitel 1

21. August 1914, Greifenau, Hinterpommern, gräfliches Landgut derer von Auwitz-Aarhayn

Die Welt hielt für einen Moment den Atem an. Der Himmel verschluckte die Sonne. Es wurde von Minute zu Minute dunkler und kälter. Sogar die Vögel, die vor Kurzem noch aufgeregt geschrien hatten, waren nun stumm. Ungewohnte Stille überfiel die Natur. Alle starrten gebannt in den Himmel. Das beeindruckende Spektakel schürte Angst. Als wäre dies ein letzter Fingerzeig an die Menschheit, ihr Tun zu überdenken.

Irmgard Hindemith war nicht die Einzige, die sich bekreuzigte. Wiebkes und auch Mamsell Schotts Lippen bewegten sich, als würden sie leise Gebete sprechen. Kilian, der Hausbursche, kniff die Augen zu. Ob ihm Rauch von seiner Zigarette in die Augen zog oder ob er geblendet wurde von dem Teil der Sonne, der noch zu sehen war, konnte Katharina nicht sagen. Herr Caspers stand neben Albert Sonntag. Die beiden großen Männer hatten sich hinter die anderen gestellt. Karl Matthis kam eilig in den Park gelaufen. Er hatte wohl noch das Klassenzimmer aufgeräumt.

Auch ihre Familie war herausgekommen. Sie standen weiter hinten im Park. Tyras und Cyrus, Großvaters Doggen, waren erst minutenlang wie verrückt draußen herumgesprungen, nur um schließlich jaulend und mit eingezogenem Schwanz im Haus zu verschwinden.

Mama hatte dunkles Glas an die Ihren verteilt. Doch selbst durch das Glas war das kleine Fleckchen Sonne noch immer grell zu sehen. Mama hatte ihr verboten, direkt hineinzuschauen.

Katharina blinzelte durch ihr geschwärztes Glas. Es war ein unwirkliches Gefühl, mitten am Tag hier zu stehen, die Umgebung gespenstisch still und der Himmel verdunkelt. Sie war fasziniert. Die Sonne war zum größten Teil verschwunden. Eine partielle Sonnenfinsternis, hatte Konstantin heute Morgen erklärt. Sie fröstelte. Oder jagte ihr der Schrecken einen Schauer durch den Körper? Als der Schatten über den höchsten Punkt gewandert war und es allmählich wieder heller wurde, schienen alle aufzuatmen.

»Ein böses Omen«, hörte Katharina die Köchin raunen. Die Frau bestätigte nur, was alle dachten.

»Das war's.« Papa klatschte in die Hände. Der Aufruf zum Weitermachen. Als wären sie hypnotisiert gewesen, lösten sich die Anwesenden aus ihrer Bewegungslosigkeit.

Konstantin zwinkerte und rieb sich die Augen. Er machte ein missmutiges Gesicht. Schon seit Wochen war er in ungewohnt schlechter Stimmung. Alexander stützte sich auf seinen Stock. Er benutzte ihn nun schon fast ein Dreivierteljahr. Auch nichts, was ihrem jüngsten Bruder besonders gute Laune beschert hätte.

Mama nahm ihren Sonnenschirm hoch und schimpfte sofort los. Sie war über etwas gestolpert. Offensichtlich hatte sie ihren eigenen Rat nicht befolgt, denn sie wankte halb blind über den Rasen. »Meine Augen!«

Papa ergriff ihre Hand. »Soll ich dich hineinbringen?«

»Nein, ich muss zur Orangerie. Der Springbrunnen wird heute geliefert. Ich will noch schnell vor dem Mittagessen schauen, ob endlich jemand da ist.«

Er ließ sie los, und sie stolperte noch einmal. Papa nahm ihre Hand und führte sie zu einer Bank, die in der Nähe stand.

»Warte ein paar Minuten, dann wird es besser.« Er sah sich nach Katharina um. »Kind, bleib bei deiner Mutter.« Dann folgte er den anderen. Die Dienstboten verschwanden Richtung Haus.

Unschlüssig blieb Katharina bei Mama stehen. Die Köchin hatte vermutlich recht mit ihrer Vorahnung. Heute Morgen hatten Papa und Konstantin am Frühstückstisch aufgeregt miteinander getuschelt. Vorgestern hatten russische Truppen das deutsche Reichsgebiet bei Gumbinnen angegriffen. In den letzten zwei Tagen waren weite Teile Ostpreußens erobert und besetzt worden. Die erste große Schlacht des Krieges war für die kaiserlichen Truppen nicht besonders glücklich verlaufen. Seit Beginn des Krieges vor drei Wochen war es das erste Mal, dass Katharina etwas anderes gehört hatte als die üblichen Hurrarufe und Lobgesänge. Ostpreußen, das bedeutete, dass Anastasia und ihr Rittergut möglicherweise betroffen waren. Und Nikolaus war bei der 8. Armee in Ostpreußen an der zurückweichenden Front. Die Familie hoffte stündlich auf ein Telegramm von einem der beiden.

Jakob Bankow, ihr Gärtner, kam durch den Durchgang in der Hainbuchenhecke. Ob er sich die Sonnenfinsternis auch angeschaut hatte? Jedenfalls wollte er gerade schon zum Haus gehen, als er Mama entdeckte. Er änderte seine Richtung.

»Frau Gräfin, ich habe leider schlechte Nachrichten.«

Feodora hob ihre Hand, als würde sie immer noch geblendet, was aber gar nicht sein konnte. Sie blinzelte zu ihm hoch.

Er wartete, ob sie etwas sagen würde, doch als nichts kam, redete er weiter: »Ich komme gerade aus Stargard. Heute wird vermutlich kein Zug kommen, jedenfalls kein Zug, der den Springbrunnen liefert.«

Mama schoss empört in die Höhe. »Wieso das nicht?«

»Der Fahrplan wurde wieder geändert. Im Moment werden die flüchtenden Menschen aus den ostpreußischen Grenzregionen rausgebracht. Es fahren praktisch nur noch Züge von Ost nach West. Und wenn sie aus Richtung Berlin kommen, dann halten sie nur kurz und transportieren auch keine zivilen Güter.« Er sagte das so entschuldigend, als wäre er selbst daran schuld.

»Aber wie soll denn nun die Orangerie fertig werden?«

Mamas Stimme klang schrill. Als wäre das die eigentliche Katastrophe. Was in ihren Augen vermutlich auch so war. Das Sommerfest würde in nicht einmal einer Woche stattfinden. Schon am Tag davor würden drei Familienmitglieder aus der hohenzollerschen Kaiserfamilie anreisen.

Für die Dienstboten war die Sonnenfinsternis eine kurze Abwechslung von der Arbeit gewesen. Seit Wochen wurde alles geputzt und gewienert. Jede Ecke des großen Anwesens wurde auf Vordermann gebracht. Mama und Papa wollten einen möglichst perfekten Eindruck machen. Doch seit heute Morgen die schlechten Nachrichten von der Ostfront in der Zeitung zu lesen gewesen waren, hatte sich Nervosität breitgemacht. Katharina spürte sie allenthalben. Mit einem Springbrunnen hatte sie allerdings bisher nichts zu tun gehabt.

»Das kann doch wohl nicht sein.«

»Ich fürchte doch, gnädige Frau.«

Mama stampfte beleidigt auf. »Soll ich das Fest etwa mit einer halb fertigen Orangerie begehen?«

»Wir könnten für das Fest Platten verlegen, dort, wo der Brunnen aufgebaut werden soll.«

Als Mama ihm einen bösen Blick zuwarf, setzte er eilig nach. »Wir können natürlich auch noch zwei Tage warten. Vielleicht kommt der Brunnen ja doch noch rechtzeitig.«

Mama brummte unfreundlich, aber selbst sie musste einsehen, dass die Belange des Krieges vorgingen. »Also schön. Warten wir bis übermorgen, dann machen Sie das Loch zu. Wenn die kaiserliche Familie kommt, soll alles untadelig aussehen.«

Sie warf Katharina einen warnenden Blick zu. Das Gleiche würde für ihre Tochter gelten.

»Lass uns hineingehen. Es muss jeden Augenblick zum Essen geläutet werden.« Mama drehte sich noch mal zu Bankow. »Sie können auf jeden Fall schon die neuen Fahnen hinaushängen. Haben Sie alle?«

»Sehr wohl: die kaiserlich-deutsche, die preußische und die pommersche Fahne. Sie sind gestern angekommen.«

»Wenigstens etwas.« Mama lief ein paar Meter und blieb dann erneut stehen. »Katka!« Sie ließ ihre Tochter auch nicht einen Augenblick mehr ohne Aufsicht, zumal wenn Katharina nicht auf ihrem Zimmer war.

Doch als sie sich Richtung Haus drehte, weckte etwas anderes ihr Interesse. »Wer ist das denn?«

Jakob Bankow schaute Richtung Chaussee. »Das könnten die ersten Flüchtenden aus Ostpreußen sein. Ich hab auf meinem Weg hierher etliche kleinere versprengte Gruppen überholt.«

»Was machen die da? Die wollen doch nicht etwa … Scheuchen Sie sie weg. Ich möchte sie hier nicht haben.«

Doch im gleichen Moment tauchte bereits Caspers vor dem Herrenhaus auf und ging den Ankommenden entgegen. Er breitete die Arme aus, als wollte er die Menschen aufhalten. Was er vermutlich auch im Sinn hatte.

»Also dann, die Fahnen«, sagte Feodora abschließend. Sie drehte sich zu Katharina. »Wo hast du denn deinen Sonnenschirm?«

Katharina hatte gar keinen mitgebracht. »Ich … ähm …«

»Tse. Zu nichts bist du zu gebrauchen. Willst du dich Ludwig von Preußen gegenüber braun gebrannt wie ein Feldarbeiter präsentieren?« Sie drückte Katharina ihren Schirm in die Hand.

»Ein Mädchen sollte schneeweiße Haut, einen ebenmäßigen Teint, hübsche Gesichtszüge und zarte Hände haben. Deswegen solltest du stets deine Haut schützen. Ich will dich nicht mehr ohne Sonnenschirm und Handschuhe sehen. Oder glaubst du, ein Ludwig von Preußen interessiert sich allein für deinen Stammbaum?«

»Jawohl, Mama.« Katharina schoss durch den Kopf, morgen besonders früh aufzustehen. Die Sonne schien nur morgens in ihr Zimmer, und eine andere Gelegenheit bekam sie bestimmt nicht bis zum Sommerfest.

21. August 1914

Letzten Samstag waren viele Wehrpflichtige und der Landessturm einberufen worden. Schon am Dienstag darauf hatte Konstantin den Brief erhalten. Er gehörte wohl zu den Ersten. Man hatte ihm wirklich nicht viel Zeit gelassen. Dennoch war der Brief keine Überraschung gewesen. Auf eine merkwürdige Art war er auch froh, denn vielleicht half ihm dieses Schriftstück, Rebecca zu erweichen.

Gleich nach dem Mittagessen war er gegangen. Er brauchte nun nicht mehr seine wahre Identität vor ihr zu verheimlichen. Rebecca selbst hatte ohnehin nichts zu befürchten, wenn er sie bei Tageslicht besuchte. Niemand würde Ungehöriges dabei denken, wenn ein Mitglied der Grafenfamilie die Dorflehrerin besuchte. Sicherlich gab es offizielle Dinge zu besprechen. Trotzdem ritt er über einen Umweg zur Schule. Er musste ja keine neugierigen Blicke herausfordern. Außerdem wollte er mit seinen Gedanken alleine sein.

Heu trocknete auf großen Hocken auf den abgemähten Feldern. Die Gerste war schon eingefahren. Die Dörfler trieben ihre Gänse über die Stoppelfelder, damit die sich die Bäuche mit den zu Boden gefallenen Körnern vollschlagen konnten. Der Weizen wogte goldgelb in stolzer Pracht. Leichter Wind rollte über die Ähren wie Wellen auf dem Meer. In den Zuckerrübenfeldern wurden ein letztes Mal Unkraut gehackt. Letzte Woche hatten sie die ersten Kartoffeln geerntet. Die Brennerei, in der ein Teil der Gerste zu Bier und ein Teil der Erdknollen zu Schnaps verarbeitet wurden, stieß bereits verheißungsvolle Duftwolken aus.

Die Ernte war in vollem Gange. Die Tage der Pächter waren niemals länger als im Sommer. Das war für ihn die schönste Zeit des Jahres. Der Lohn für Mühsal und harte Arbeit.

Es schmerzte ihn körperlich, sich ausgerechnet jetzt vom Gut verabschieden zu müssen. Was, wenn er nie wiederkäme? Wenn er an der Front fallen und in fremder Erde begraben würde? Sein Mund war trocken. Andererseits würde dann wenigstens sein größter Schmerz enden.

Vor dem Schulgebäude stieg er ab und schlug die Zügel seines Pferdes um einen Ast. Der Klassenraum, in dem die erste bis achte Klasse gemeinschaftlich unterrichtet wurde, war bereits leer. Der heutige Unterricht war zu Ende. Deshalb ging er ums Haus herum. Er schaute durchs Fenster. In dem einzigen Raum des Untergeschosses, der Küche wie gute Stube zugleich war und auch ihren Schreibtisch beherbergte, war niemand zu sehen. Rebeccas Schlafzimmer war im Obergeschoss. Hoffentlich war sie da. Er klopfte.

Für einen Moment passierte nichts, doch dann ging die Tür auf, hinter der eine Treppe hochging. Er hatte sie nicht mehr lächeln sehen, seit sie aus Ahlbeck weggefahren waren. Im Ostseebad hatten sie ihre letzten schönen Stunden verbracht. Wie sehr sehnte er sich danach, wieder dort zu sein. Gemeinsam mit ihr. In dieser verschwiegenen Pension, in der sie sich geliebt hatten.

Sie hatte ein paar Bücher auf dem Arm. Sie stellte sie neben einem anderen Stapel ab und kam zur Tür. Als sie ihn ansah, lag in ihrem Blick keine Sehnsucht, sondern nur kaum verhohlene Abneigung.

»Herr Graf, guten Tag.«

Immerhin verbeugte sie sich nicht mehr. Konstantin atmete durch. Er konnte in ihrer Miene nichts Versöhnliches erkennen. Stumm hielt er ihr den Brief hin.

Sie blickte auf das Papier, blickte auf ihn. »Ich nehme an, das ist etwas, was mich in meiner Eigenschaft als Dorflehrerin betrifft?«

»Lies es einfach, bitte.« Warum machte sie es ihm denn so schwer? Natürlich wusste er, wieso. Er hatte sie belogen, ein ganzes Jahr lang. Hatte ihr vorgegaukelt, ein anderer zu sein. Lügen erzählt, damit er ihr nahe sein konnte.

Sie griff zu dem Brief. Kurz runzelte sie ihre Stirn, las zu Ende und starrte den Brief weiter an. Als wäre sie auf der Suche nach den passenden Worten, nach einer für eine Dorflehrerin angemessenen Reaktion. Ihr Atem ging ein wenig schneller.

Einen Wimpernschlag lang hoffte Konstantin, sie würde ihm nun verzeihen. Aber dem war wohl nicht so.

Sie gab ihm den Brief zurück. »Ich nehme an, Sie kommen, um sich zu verabschieden. Ich wünsche Ihnen … eine unversehrte Rückkehr.« Sie reckte ihr Kinn kämpferisch nach vorne. Mehr durfte er wohl nicht erwarten.

»So wie ich sie allen Soldaten wünsche, die nun an die Front müssen«, setzte sie rasch nach. Als gäbe es keine besondere Verbindung zwischen ihnen beiden.

Wie viel Mühe musste es sie kosten, so distanziert zu bleiben? Es war ihre Art, mit der so jäh beendeten Affäre umzugehen. Konstantin hatte Rebecca als warme und herzliche Frau kennengelernt, die öfter, als es gut war, ihr Herz auf der Zunge trug. Und jetzt gab sie sich eiskalt und verschlossen. Als wüsste er nicht genau, wie es in ihrem Inneren brodelte.

»Willst du mich wirklich so in den Krieg ziehen lassen?«

Sie schaute ihn mit einem aufgewühlten Blick an. Wieder erstarkte für einen Moment die Hoffnung, sie würde endlich milde werden.

Doch dann sagte sie: »Ihr seid alle so kriegsbesoffen, noch von den Siegen über Dänemark und Frankreich. Ihr glaubt wirklich, dass ihr diesen Krieg im Durchmarsch gewinnt.«

»Ich will es doch gar nicht. Ich hätte mich niemals freiwillig gemeldet.« Natürlich war es seine vaterländische Pflicht, der Einberufung zu folgen. Aber in seinem Herzen widerstrebte es ihm zu gehen. Gerade in dieser schweren Zeit wollte er das Gut nicht allein Vaters Obhut überlassen. »Du weißt sehr genau, dass ich diesen Krieg niemals wollte.«

»Und wenn ich den Kaiser schon höre: Plötzlich kennt er keine Parteien und keine Konfessionen mehr. Auf einmal sind alle Deutschen Brüder. Er kann genauso gut lügen wie du. Als wenn er die Sozialdemokraten nicht bis aufs Blut bekämpft hätte. Und von einem auf den anderen Tag sind sie keine vaterlandslosen Gesellen mehr?!«

»Deine SPD hat sich freiwillig zum Wohlverhalten im Falle eines Krieges bereit erklärt.«

»Nicht alle.« Sie rümpfte kurz die Nase, als wäre sie nicht besonders erfreut von dem Entschluss der Sozialdemokraten über den Burgfrieden. »Du und deinesgleichen profitieren vom Elend anderer. Am Ende werden die Reichen in allen Ländern gewonnen und die Armen in allen Ländern verloren haben. So ist es immer, in jedem Krieg!«

»Das stimmt so gar nicht. Es fallen auch adlige Soldaten.«

Wieder reckte sie kämpferisch ihr Kinn. »Vielleicht stimmt es nicht für Einzelfälle, aber im Groben stimmt es sehr wohl. Und das weißt du.«

Konstantin wusste, wenn er sich auf dieses Thema einließ, konnte er nur verlieren. Aber immerhin hatte sie ihn wieder mit

Du angesprochen. Das war ein kleiner Fortschritt. »Rebecca, ich bin nicht hier, um mit dir über Politik zu diskutieren. Ich bin hier, weil ich dich liebe.«

Doch das war ein Thema, auf das sie sich partout nicht einlassen wollte. »Sag mir, wenn du mit deiner Truppe ins Feld ziehst, wer ist dann vorneweg? Du siehst nicht aus wie Kanonenfutter.«

Konstantin schüttelte verständnislos den Kopf. »Ist dir nicht klar, dass ich im Feld sterben könnte?«

»Dann zieh nicht in den Krieg!«

»Ich muss. Ich habe die Einberufung bekommen.« Unwillig wedelte er mit dem Brief.

Sie sagte nichts mehr, sondern sah ihn einfach nur an.

»Du kannst mich nicht glauben machen, dass es dir egal ist, wenn ich falle.«

»Nichts ist mir egal. Dieser Krieg ist mir nicht egal. Ich will, dass überhaupt niemand stirbt. Aber wir alle werden unsere Väter und Brüder, Ehemänner und Söhne auf dem Schlachtfeld verlieren. Menschen werden verstümmelt, gebrochen, heimatlos. Und mir ist es gleich, welcher Nation sie sind. Sie tun mir jetzt schon alle leid.«

»Auch mich kann eine Kugel treffen. Oder eine Granate. Rebecca! Bitte! ... Lass uns doch unseren Frieden machen.«

»Ich habe dir doch schon gesagt, dass ich dir nichts Schlechtes wünsche.«

»Was, wenn ich nicht mehr zurückkomme?«

Sie zögerte einen Moment. »Das werde ich ohnehin nicht mehr erfahren.«

»Wieso?«

Für einen kurzen Moment flog ihr Blick zu dem kleinen Tischchen im Wohnzimmer. Darauf lag ein Brief.

Konstantin brauchte nur einen Moment. Er ahnte, was das für ein Brief war. »Du hast schon eine neue Stelle?«

Fast schien es, als kämen ihr die Tränen. Trotzig schob sie ihre Unterlippe vor, bevor sie antwortete. »So gut wie. Mein Vater sagte mir, dass in Charlottenburg etliche Lehrerstellen frei geworden sind. So bin ich bei meiner Familie und kann auch etwas Geld sparen.«

»Das sind doch alles nur vorgeschobene Gründe. Ich bitte dich, bleib hier. Die Kinder«, er fasste nach ihrer Hand. »Die Kinder hier brauchen dich. Vermutlich werden wir keinen neuen Lehrer kriegen, wenn jetzt alle Männer ins Gefecht ziehen. Du kannst uns doch nicht einfach im Stich lassen!«

Barsch zog sie ihre Hand weg.

»Rebecca, wenn ich nun doch an die Front muss, wenn ich denn nun ... das Schlimmste vor mir habe, möchte ich doch wenigstens wissen, dass du noch hier bist. Dass du hier auf mich wartest.«

»Auf dich warten?« In ihren Worten schwang ihr ganzes Unverständnis mit. Als wäre er völlig verrückt zu erwarten, dass sie für ihn hierbleiben würde. Sie schüttelte bestimmt ihren Kopf. »Mein Vater hat bereits mit ein paar Leuten gesprochen. Meine Eltern brennen darauf, dass ich jetzt zu ihnen zurückkomme.«

»Und du? Was möchtest du?«

Sie lachte bitter auf. »Ich möchte weiter unterrichten. Und die Kinder in Charlottenburg brauchen genauso dringend eine Lehrerin wie die Kinder hier.«

»Rebecca ... Ich flehe dich an: Bitte bleib!«

Der distanzierte Ausdruck in ihrem Gesicht war zurück. »Ich hab hier nichts mehr, was mich hält. Niemanden. Du hast es mit deiner Unaufrichtigkeit kaputt gemacht. Ich kann dir nicht mehr vertrauen. Niemals mehr. Es tut mir leid.« Ihre letzten Worte klangen endgültig. Sie trat einen Schritt zurück, und es sah so aus, als wollte sie ihm die Tür vor der Nase zumachen. Doch dann zögerte sie.

»Ich wünsche dir wirklich nichts Schlechtes. Ich wünsche dir von Herzen, dass du gesund und unversehrt aus dem Krieg zurückkehren kannst. Aber rechne nicht damit, dass ich hier auf dich warte.« Langsam genug, um nicht unhöflich zu wirken, schloss sie die Tür.

Konstantin schaute auf die kleinen Risse im Holz. Als wollte er sie sich einprägen, für immer, für den Rest der Ewigkeit. Der Moment, in dem alle Hoffnung schwand.

Benommen ging er zu seinem Pferd zurück. Er war zutiefst getroffen. Damit hatte er nicht gerechnet, dass sie ihm nicht einmal im Angesicht des möglichen Todes verzeihen würde. Wütend kickte er einen Stein aus dem Weg. Verflucht noch einmal. Am liebsten wollte er in ihre Wohnung stürmen und sie schütteln, bis sie wieder zu Verstand kam. Sie wusste genauso gut wie er, dass sie ihn immer noch liebte. Und er liebte sie. Aber Rebecca war eine Frau, die ihren eigenen Willen und ihren eigenen Kopf hatte. Genau deswegen liebte er sie doch auch.

Er saß auf und ritt langsam Richtung Hauptstraße. Also musste er seinen verhassten Plan in die Tat umsetzen. Wie gerne hätte er darauf verzichtet. Wenn Rebecca herausbekäme, was er plante, würde sie ihm erst recht nicht verzeihen. War es doch genau das, was sie ihm und seiner Klasse vorwarf – Machtmissbrauch. Konstantin konnte und wollte nichts daran beschönigen, denn es war genau das.

Als er auf die breitere Straße einbog, sah er auf der gegenüberliegenden Seite Pastor Wittekind. Er kam geradewegs in seine Richtung. Konstantin seufzte. Als wollte das Schicksal ihm den letzten Schubs in diese Richtung geben. Er hätte gerne noch einmal darüber nachgedacht. Andererseits kam er seit zwei Wochen zu keinem anderen Ergebnis. Er würde seinen Einfluss geltend machen müssen, um das Schlimmste zu verhindern. Das Schlimmste für ihn.

»Herr Pastor, guten Tag.«

»Euer Wohlgeboren.« Der Geistliche nickte höflich und blieb beim Pferd stehen.

»Es war eine sehr bewegende Predigt am Sonntag.«

»Ich danke Ihnen. Das Wohl meiner Gemeinde liegt mir am Herzen. Ganz besonders in diesen schweren Zeiten. Ich habe gehört, dass schon neun Männer aus dem Dorf ihren Einberufungsbescheid bekommen haben.«

»Zehn.« Er holte kurz den Brief heraus, den er sich in die Brusttasche gesteckt hatte.

Wittekind nickte. »Elf, wenn man Ihren Bruder mitzählt. Gibt es Neuigkeiten aus Ostpreußen?«

»Ich weiß auch nicht mehr, als in den hiesigen Zeitungen steht.«

»Nun, hoffen wir mal, dass es tatsächlich ein kurzes Intermezzo bleiben wird. Vermutlich wird sich für uns nicht allzu viel ändern.«

Konstantin musste daran denken, wie falsch er damit lag. Für ihn hatte sich so viel geändert. »Wissen Sie, wenn die Männer eingezogen werden, ist das eine Sache. Aber bis nach der Ernte möchte ich nicht, dass sich jemand freiwillig meldet. Mein Vater sieht es genauso.«

»Ich hörte schon, dass rund um Stargard Männer angeworben werden. Man bietet ihnen gutes Geld. In den Fabriken fehlen schon reichlich Arbeiter.«

»Das ist doch wirklich ungerecht. Gerade jetzt in der Erntezeit. Es wäre mir wirklich sehr daran gelegen, wenn hier niemand seinen Posten verließe, gleich an welcher Stelle jemand arbeitet. Nur seinen eigenen Vorteil zu suchen, weil gerade allerorts händeringend nach Arbeitskräften gesucht wird, halte ich für unpatriotisch.«

»Da bin ich ganz einer Meinung mit Ihnen.«

»Das gilt für alle. Für Männer wie für Frauen.« Konstantin schluckte einen Kloß herunter, um Platz zu machen für seine

Heuchelei. »Mir sind übrigens Gerüchte zu Ohren gekommen, dass sich unsere Dorflehrerin wegbewerben will.« Oh, wie selbstsüchtig er war.

»Das kommt ja gar nicht infrage!«

Genau, was Konstantin hören wollte. »Ich hätte es gerne, wenn Sie Ihren Einfluss bei der Schulbehörde geltend machen könnten, ohne dass sie davon erfährt. Ich möchte nicht, dass es böses Blut gibt.«

»Das wird sicherlich kein Problem sein. Greifenaus Schule steht unter meiner geistigen Aufsicht. Und der Schulinspektor muss einer Versetzung zustimmen. Ich verfüge da über ausgezeichnete Kontakte.«

Konstantin lächelte zufrieden. »Erfreulich zu wissen, dass wir einen Mann mit Einfluss an unserer Seite haben.« Er schnalzte seinem Pferd zu.

»Meine ergebensten Grüße an Ihren Herrn Vater.«

»Werde ich ausrichten, mein bester Wittekind. Werde ich ausrichten.«

Konstantin ritt an. Nicht ganz die feine Art, aber es war ja nicht so, als wenn nicht auch er seinen eigenen Willen und seinen Dickkopf hätte. Es würde seine Zeit an der Front sehr viel erträglicher machen, Rebecca hier in Greifenau zu wissen.

27. August 1914

Die Blicke aller folgten dem Zeppelin, der in einiger Entfernung am Himmel schwebte.

»Wir setzen sie zur Feindesbeobachtung ein«, erklärte Sigismund von Preußen, der Bruder des Kaisers. Er wirkte angespannt.

Katharina schickte dem Himmelsgefährt die besten Wünsche hinterher. Der Zeppelin flog an die Ostfront, wo sich ihre beiden ältesten Brüder aufhielten.

Mama war furchtbar nervös, allerdings aus ganz anderen Gründen als der Bruder des Kaisers. »Mein Zweitältester ist schon seit Anfang August fort.« Sie wollte unbedingt einen positiven Eindruck hinterlassen. »Es ist so bedauerlich, dass Sie meinen ältesten Sohn Konstantin wieder nicht kennenlernen. Doch er musste gestern an die Front.«

»Vermutlich wird er gleichzeitig mit dem Zeppelin dort ankommen. Von Weitem sieht er nicht schnell aus, aber ich versichere Ihnen, diese Luftschiffe sind doch recht flott«, prahlte Ludwig mit militärischem Sachverstand.

Weder sein Vater Sigismund noch ihr Vater waren je selbst in einen Krieg gezogen. Doch Ludwig hatte letzte Woche mit seinem Onkel, Kaiser Wilhelm II., das Hauptquartier der Obersten Heeresleitung in Koblenz besichtigt. Damit war er der Westfront und echten Gefechten näher gewesen als jeder andere der Anwesenden.

Katharina achtete peinlichst darauf, dass keine Gelegenheit entstehen konnte, bei der sie alleine mit Ludwig von Preußen sein würde. Und für alle Eventualitäten hatte sie Alexander instruiert. Er sollte den Neffen des Kaisers im Auge behalten. Doch jetzt gerade war ihr Bruder nicht in Sicht. Katharina blieb höflich distanziert, gerade höflich genug, um von Mama nicht gescholten zu werden. Mehr Widerstand gegen dieses Ekel konnte sie im Moment nicht leisten.

Merkwürdigerweise machte ihr abweisendes Verhalten Ludwig anscheinend überhaupt nichts aus. Immer wieder rätselte sie darüber, warum er sich noch für sie interessierte. Bei seinem letzten Besuch hatte sie beileibe deutlich genug gemacht, dass sie nichts von ihm wissen wollte.

Seine Mutter, Amalie Sieglinde von Preußen, beäugte Katharina kritisch, aber irgendwie schien ihr skeptischer Blick vor allem ihrem Sohn zu gelten. Als wäre er nicht ganz bei Trost, dass er sich ausgerechnet die Tochter eines Landgrafen erwählt hatte. Das sollte ihr nur recht sein. Vielleicht stellte die Schwägerin des Kaisers während ihres Besuches endgültig fest, dass die Familie von Auwitz-Aarhayn zu Greifenau nicht standesgemäß für ihren Sohn war.

Katharina lauerte auf einen Moment, in dem sie mit Ludwigs Eltern alleine wäre, um sich dann möglichst wie ein Bauerntrampel zu verhalten. Doch als würde Mama ihr Vorhaben wittern, ließ sie sie nicht eine Sekunde aus den Augen.

Deshalb hatte sie sich darauf verlegt, überbordend höflich zu den anderen Gästen zu sein. Sie wollte Mama keinen Vorschub für weitere Sanktionen leisten. Emsig lief sie von einer Gruppe zur anderen, sprach mit den Anwesenden über das Wetter, die Blumen oder andere Themen, die einer jungen Dame angemessen waren.

Familie von Klaff war eingeladen sowie andere Landadlige aus der Umgebung. Selbst aus Stettin hatten etliche Honoratioren den Weg zu ihnen gefunden. Die Leute standen in ihren besten Gewändern im Schatten der Pavillons, denn es war sehr warm. So dezent wie möglich starrten alle zu ihnen hinüber. Schließlich war es schon eine Besonderheit, Mitglieder der kaiserlichen Familie persönlich zu treffen.

Wiebke und Clara verteilten kühle Getränke und Champagner. Mamsell Schott trug die Hors d'œuvres und Sandwiches umher, und Herr Caspers überwachte am Rande des Parks die Szenerie, damit auch nichts schieflief. Zur Unterstützung hatten sie sich aus den Nachbardörfern vier Dienstmädchen geholt. Und auch Irmgard Hindemith hatte drei Frauen aus Greifenau als Küchenhilfen bekommen. Die Köchin hatte sich wirklich übertroffen: Mit dem Eis aus dem Eishaus hatte sie ein fantastisches Himbeersorbet gezaubert.

Gestern Abend hatte es im kleinen Kreis ein perfektes Diner gegeben. Heute würde das Ganze in erweiterter Gesellschaft wiederholt. Der Ballsaal war schon geschmückt und die lange Tafel gedeckt. Der Abend würde noch einmal eine Herausforderung. Mama bestand natürlich darauf, dass Katharina neben Ludwig saß. Dem konnte sie nicht entgehen. Aber morgen nach dem Frühstück wäre der Spuk vorbei. Der Besuch würde abreisen. Und mit ein bisschen Glück hätten sich Ludwigs Eltern davon überzeugt, dass mit Gut Greifenau kein Staat zu machen war. Falls das wider Erwarten nicht ziehen und Mutter weiterhin auf eine Hochzeit bestehen würde, musste Katharina sich einen anderen Ausweg überlegen. Für sie stand fest, dass sie Ludwig von Preußen nicht heiraten würde – nie und nimmer.

Ludwig beugte sich zu ihr vor. Wenig zufällig winkte Katharina gerade jetzt Clara zu sich, ganz, als hätte sie leider nicht rechtzeitig bemerkt, dass Ludwig ihr etwas sagen wollte. Sie nahm sich ein weiteres Glas Champagner vom Tablett und gab Clara ihr leeres. Besser sie tat nur so, als würde sie trinken, denn ihr war schon etwas schwindelig. Die Hitze tat das Ihre.

In Claras Gesicht meinte Katharina Müdigkeit erkennen zu können. Die Dienerschaft hatte sich in den letzten Tagen überschlagen müssen, dabei wäre die Familie eigentlich im gesamten August zur Sommerfrische an der Ostsee gewesen. Seit dem Aufenthalt der Familie in Sankt Petersburg im Frühjahr hatten die Dienstboten keine Erholung mehr gehabt.

»Ah, da kommt ja meine älteste Tochter. Ich bitte um Entschuldigung, aber sie ist gerade erst heute Morgen angekommen. Sie musste sich nach den Strapazen der Reise erst frisch machen.«

Papa klang aufrichtig besorgt. Tatsächlich war er Anastasia heute Morgen regelrecht um den Hals gefallen, als diese unangekündigt und doch wenig überraschend aufgetaucht war.

Anastasia sah formvollendet aus. Sie trug ein beiges Sommerkleid mit Spitze, lange Handschuhe und Hut und dazu einen passenden Sonnenschirm. Sie hatte heute Vormittag noch einmal geschlafen, obwohl sie die Nacht in einem Erste-Klasse-Abteil verbracht hatte. Katharina hatte gehört, was Mama Papa nach dem Frühstück zugeraunt hatte. Es mussten chaotische Zustände an den Bahnhöfen in Ostpreußen herrschen. Erst waren gar keine Züge gefahren, dann nur Züge, die für den Truppentransport ausgelegt waren und Tausende von Soldaten an die Front brachten. Eigentlich eine Unmöglichkeit und ihr und ihrer kleinen Tochter nicht zuzumuten, war Anastasia dennoch von Braunsberg aus tatsächlich in diesem Truppenzug gefahren, um wenigstens nach Danzig zu kommen. Ansonsten hätte sie mit ihrem Baby eine Nacht am Bahnhof ausharren müssen. Ein regulärer Fahrplan existierte nicht mehr.

In Danzig standen schon Züge bereit, um die Flüchtenden aufzunehmen. Zu Anastasias Unmut hatte man aber so lange gewartet, bis der Zug voll besetzt war. Bauern und Arbeiter mussten auf dem Gang stehen. Der Andrang in den Abteilen war groß, und in der Nacht gab es ein ewiges Gerenne auf dem Gang. Anastasia selbst hatte sich ihr Abteil bis Köslin sogar mit einer anderen Grafenfamilie teilen müssen. Und dennoch: Nur wer ihre Schwester wirklich gut kannte, konnte erkennen, dass es ihr im Moment alles andere als perfekt ging.

Anastasia kam näher und machte vollendete Verbeugungen. Sie hätte Ludwig vermutlich sofort geheiratet, schoss es Katharina bissig durch den Kopf. Reichsgraf von Sawatzki war mehr als sechzehn Jahre älter als Anastasia und damit fast doppelt so alt. Ihre große Schwester hatte allerdings nie ein Wort darüber verloren, so wenig wie sie je erwähnte, dass ihr Mann eine Glatze hatte und unangenehm aus dem Mund roch. Er besaß ein großes Rittergut in der fruchtbarsten Gegend Ostpreußens und beste Verbindungen zu diversen Herrscherhäusern. Das reichte.

Ludwig nahm Anastasias Hand. Aha! Er wusste also sehr wohl, wie man einen perfekten Handkuss gab, stellte Katharina fest. Nur bei ihr schmatzte er seine Lippen auf die Haut. Und obwohl sie fand, dass ihre Schwester dreimal schöner war als sie selbst, schien Ludwig völlig unbeeindruckt von ihr zu sein.

»Sie Ärmste. Sie müssen Schreckliches durchgemacht haben.«

Natürlich wussten schon alle, was passiert war. Wie eine Dampfwalze hatten die russischen Truppen die ostpreußische Grenze überrannt. Überrascht von dem massiven Aufgebot waren die Deutschen zurückgewichen und hatten fast zwei Drittel von Ostpreußen den zaristischen Truppen überlassen.

»Seit den Truppen Napoleons III. hat kein fremder Soldat mehr deutschen Boden betreten. Das gesamte Kaiserreich wurde überrascht.« Prinz Sigismund wollte das Chaos entschuldigen.

»In Danzig ist der Teufel los. Die einen kommen aus dem Osten, die anderen wollen in den Osten. Die Bahnhöfe sind ein einziges heilloses Durcheinander. Ich hatte Mühe, das Kindermädchen mit meiner Tochter im Auge zu behalten.« Anastasia setzte ein hinreichend gequältes Gesicht auf. »Am schlimmsten ist natürlich die Ungewissheit. Wer weiß, wann wir wieder zurückkönnen. Und wie es dann dort aussieht. Ich habe von schrecklichen Verwüstungen gehört.«

»Na, na. Das sind alles Ammenmärchen«, beteuerte Sigismund von Preußen. »Mein Bruder hat alles im Griff. Eine zweite Schlacht von Gumbinnen wird es nicht geben. Das versichere ich Ihnen. Jetzt, wo Hindenburg und Ludendorff das Heft des Handelns übernommen haben. Das sind äußerst fähige Männer.«

Alle lächelten. Alle wollten es glauben.

»Sind Sie alleine gekommen?«, erkundigte sich Amalie Sieglinde von Preußen.

Anastasia nickte und nahm sich ein Glas Champagner. »Mein Gatte ist gerade auf einer wichtigen diplomatischen Mission. Ich fürchte, mehr kann ich Ihnen nicht sagen.« Sie wandte sich Sigismund von Preußen zu. »Vermutlich weiß Ihr Bruder mehr als ich.«

Der nickte bestätigend. Er schaute sich kurz um. »Da wir ja hier im Kreis der Familie sind: Es gibt eine geheime Abordnung, die ins Osmanische Reich beordert wurde. Enver Pascha ist noch nicht ganz überzeugt, sich auch offiziell an unsere Seite zu stellen. Aber das ist nur eine Frage von Wochen. Gut möglich, dass Ihr Mann einer der Sondergesandten ist. Ich hörte, Graf von Sawatzki könne wahre diplomatische Wunder vollbringen.«

Anastasia strahlte stolz über beide Wangen.

Auch Mama strahlte. Nicht nur über das große Lob, sondern vor allem darüber, dass der Bruder des Kaisers ihre beiden Familien bereits als eine verschworene Gemeinschaft sah. Katharina wusste: Besser konnte es für ihre Mutter gar nicht laufen.

»Sagen Sie, mein lieber Auwitz, wie ich gestern sehen durfte, ist die Ernte in vollem Gang. Wird es dieses Jahr eine bessere Ernte geben als letztes Jahr?«

Papa nickte. »Auf jeden Fall. Prächtig wird es, ganz prächtig.«

Als wäre sie dieser unangenehmen Themen überdrüssig, wandte Amalie Sieglinde von Preußen sich an Mama, hakte sie unter und ging ein paar Schritte. Das Gesicht der Gräfin leuchtete siegreich, als wäre sie gerade zur Hofdame befördert worden.

»Eine prachtvolle Orangerie haben Sie da. Sie beweisen herausragenden Geschmack.«

»Sie ist gerade erst fertig geworden. Den Springbrunnen konnten wir tatsächlich erst vorgestern einbauen. Es gab Verzögerungen mit der Lieferung. Der Marmor kommt aus Italien.«

Katharinas Pulsschlag verdoppelte sich. Papa sprach mit Sigismund von Preußen, Mama wandelte mit seiner Gattin. Der perfekte Moment für ihren Sohn, sich unbeobachtet auf Katharina zu stürzen. Der trat schon einen Schritt auf sie zu. Sie musste sich schnell eine Ausflucht einfallen lassen.

Etwas überstürzt sprang sie an die Seite der beiden Frauen. »Eure Hoheit, für unser Fest haben wir die Orangerie noch geschmückt. Aber ab morgen werden wir dort Flüchtende aus Ostpreußen aufnehmen.«

»Wie wunderbar zu sehen, welch hohe patriotische Gesinnung hier zu finden ist.«

Gequält hielt Mama ihr Strahlen aufrecht. Von diesem Thema war sie überhaupt nicht angetan. In den letzten Tagen hatte es zwischen Konstantin, Papa und ihr Streit gegeben. Mama hatte alle Gruppen von ihrer Tür abgewiesen, bis Konstantin dazwischengegangen war. Er hatte sie schließlich beide überzeugen können, dass ihre selbstlose Unterstützung die kaiserliche Familie beeindrucken würde. Feodora hatte sich nur widerstrebend dem Willen ihres Sohnes gebeugt. Außerdem war Konstantin seit gestern fort. Katharina ahnte, dass Mama sich nicht an das halten würde, was sie versprochen hatte.

»Wenn es überhaupt noch nötig wird. Die meisten Menschen haben wir im Dorf untergebracht. Gerade erst vor ein paar Monaten haben wir ein neues Arbeiterhaus bauen lassen.«

»Aber das ist zur Hälfte belegt mit unseren Erntearbeitern. Deshalb werden wir weitere Flüchtende hier einquartieren«, ergänzte Katharina.

»Eine wunderbare Idee«, bekräftigte die hohe Dame. »Und ich bin mir auch sicher, es kann sich nur um Tage handeln, dann können alle wieder zurück in ihre Heimat.«

»Alle von Stand kommen natürlich bei uns im Herrenhaus unter. Das versteht sich«, sagte Mama leichthin.

Vermutlich würde das ohnehin nicht nötig sein, denn die adeligen ostpreußischen Familien zogen sich entweder auf ihre anderen Güter zurück oder fanden bei ihren Familien Unterkunft. Nur arme Familien hatten keine entfernt wohnenden Verwandten, die Gästezimmer bereithielten.

Katharinas Blick wanderte rüber zu ihrer Schwester, die sich angeregt mit Ludwig von Preußen austauschte. Prima, sollte sie das Scheusal unterhalten.

Alexander schritt mitten über den gepflegten Rasen und ging direkt auf Papa und den Prinzen zu. Zu solchen Gelegenheiten verzichtete er auf den Stock. Sein Hinken war aber umso deutlicher zu sehen. Er überbrachte etwas. Ein Stück Papier. Katharina versuchte, aus den Mienen der Männer zu deuten, was los war.

Die Frauen waren beinahe an der Orangerie angekommen, als sie gerufen wurden. Katharina folgte den beiden zurück zu der Gruppe.

»Meine Liebe, ich habe ein Telegramm bekommen. Ich muss mich leider sofort verabschieden.« Sigismund von Preußen sah keineswegs betrübt aus.

Seine Frau erschrak. »Keine schlechten Nachrichten, wie ich hoffe?«

»Beunruhige dich nicht. Gestern ist eine Offensive an der Ostfront gestartet, zwischen Allenstein und Tannenberg. Noch scheint nichts entschieden. Aber es gibt Anlass zur Hoffnung.« Der Prinz wandte sich an Papa.

»Mein bester Auwitz, Sie müssen mich entschuldigen. Ich habe zwar keine offiziellen Pflichten, aber ich möchte unsere Truppen doch an vorderster Front unterstützen. Von hier aus stehe ich in spätestens einem Tag an den Ufern der Weichsel.«

»Aber selbstverständlich.«

Sigismund von Preußen warf seinem Sohn einen auffordernden Blick zu. Katharina schöpfte schon Hoffnung.

Doch der zog sich galant aus der Affäre: »Ich werde dafür sorgen, dass meine Frau Mama wohlbehalten in die Reichshauptstadt zurückkehren kann. Wir wollen sie bei all dem Wirrwarr auf den Bahnhöfen doch nicht alleine zurückreisen lassen.«

Katharina unterdrückte ein lautes Schnaufen. Von »alleine« konnte gar keine Rede sein. Ihre Entourage bestand aus mehr als einem halben Dutzend Bediensteter, die unten die gesamte Dienstbotenetage mit allerhand Sonderwünschen aufscheuchten. Außerdem reisten sie in einem der kaiserlichen Salonwagen, der separat an jeden beliebigen Zug angekoppelt werden konnte. Sie mussten sich bestimmt nicht mit vollen Waggons herumschlagen.

Auch Ludwigs Vater bedachte ihn mit einem missliebigen Blick, sagte aber weiter nichts. Schade. Gestern hatte Katharina den Eindruck gewonnen, dass Ludwig doch sehr unter der Fuchtel seines Vaters stand. Weder gestern noch heute war es zu irgendeiner Art von auffälligem Verhalten seinerseits gekommen.

Sie platzte heraus: »Und Sie? Haben Sie keine offiziellen Verpflichtungen?« Es war das erste Mal, dass Katharina sich direkt an Ludwig wandte.

Amüsiert grinste er sie an. »Oh doch, meine Werteste. Ich unterstütze meinen Onkel persönlich in allen Belangen. Gütigerweise hat er mir aber für einige Tage freigegeben, um meinen Besuch bei Ihnen nicht absagen zu müssen. Er hat größtes Verständnis dafür, wie sehr ich mich darauf gefreut habe.«

Nun kam er direkt auf sie zu und nahm ihren Arm. »Kommen Sie, wir begleiten meinen Vater ins Haus.«

Allein seine Berührung ließ sie erstarren. Wie dämlich von ihr. Hätte sie sich das doch gespart. Doch genau neben ihr geriet in diesem Moment Alexander ins Straucheln.

»Katka.« Alex packte reflexartig nach ihrem anderen Arm, als drohte er zu fallen.

Katharina befreite sich aus Ludwigs Griff. »Oje. Komm, lass mich dir helfen.« Alexander war wirklich der Beste.

»Mein Jüngster ist im letzten Herbst in eine alte Bärenfalle getreten«, erklärte Papa müßig. Nun winkte er Wiebke heran und griff nach einem vollen Glas. »Bevor Sie gehen, möchte ich einen Toast aussprechen.« Das Letzte hatte er laut genug gesagt, damit alle Anwesenden im Park nun zu ihnen schauten.

Ein unangenehmes Kribbeln zog über Katharinas Schädeldecke. Was, wenn es schon eine Verabredung zwischen Vater und Sigismund von Preußen gab? Hatten sie gestern Abend im Rauchersalon eine Hochzeit geplant? Es wäre der perfekte Augenblick, um ihre Verbindung mit Ludwig von Preußen öffentlich bekannt zu geben. Panik machte sich in ihr breit.

»Papa?!« Sie hatte das Gefühl, dass sich Tausende rote Flecken auf ihrem Gesicht ausbreiteten. Und obwohl es so peinlich war, war es ihr völlig egal.

Doch ihr Vater warf ihr nur einen wohlwollenden Blick zu. Adolphis von Auwitz-Aarhayn wartete, bis er volle Aufmerksamkeit genoss.

»Ich möchte mit allen Anwesenden auf das Wohl meiner Töchter trinken. Auf meine wunderschöne Tochter Anastasia, die sich bereits wieder in glücklichen Umständen befindet, wie ich vorhin erfahren durfte.«

Ein freudiges Raunen ging durch die Menge. Mama nahm ihre älteste Tochter stolz in den Arm. Papa machte eine abwehrende Handbewegung, und die Leute verstummten.

In Katharinas Ohr war plötzlich ein lautes Fiepen. Ein unangenehmer Ton, laut und schrill. Dumpf drangen die Worte ihres Vaters zu ihr vor.

»Und auf unsere Jüngste, Katharina, der bestimmt schon in wenigen Jahren auch ein solches Mutterglück beschert wird. Auf unseren Kaiser.«

»Auf unseren Sieg«, ergänzte Sigismund von Preußen.

»Hipp, hipp, hurra.« Alle stimmten ins dreifache Kaiserhoch ein.

Nur Katharina nicht. Erlöst stieß sie den Atem aus, den sie angehalten hatte.

27. August 1914

Nikolaus spürte den mächtigen Pferdekörper zwischen seinen Schenkeln. Er bebte. Schnell hob er seinen Säbel und landete einen gezielten Hieb. Ein Körper fiel zu Boden. Recht so! Bald schon hätten sie die russischen Kräfte von ihren Rückzugsmöglichkeiten abgeschnitten. Und das, obwohl die kaiserlichen Truppen in der Unterzahl waren.

Ein herrliches Gefühl, nachdem sie erst vor einer Woche bei Gumbinnen so schmählich geschlagen worden waren und sich auf Befehl von Generaloberst von Prittwitz hinter die Weichsel hatten zurückziehen müssen. Bei den Männern hatte es rumort. Doch die Oberste Heeresleitung hatte gemeinsam mit der Regierung Konsequenzen gezogen. Sie hatten von Prittwitz das Kommando entzogen. Ihm folgte der pensionierte General von Hindenburg mit Generalmajor Ludendorff an seiner Seite. Endlich ging es in Ostpreußen wieder vor statt zurück.

Nikolaus befand sich auf einem Feld zwischen Tannenberg und Usdau. Seine Einheit war mit dem Zug von Königsberg nach Seeben verlegt worden. Sie waren fast in Sichtweite an Anastasias Gut in der Nähe von Braunsberg vorbeigefahren. Auf der Fahrt hatte er die Gegend bestaunt. Irgendwann würde er hier ein Stück Land finden, wo er sich ansiedeln konnte. Bestes Ackerland, genau wie hier zu seinen Füßen. Zwar war alles um ihn herum niedergetrampelt, doch man konnte noch gut die prächtig gewachsenen Kartoffelpflanzen erkennen. Hunderte Pferdehufe hatten dicke Knollen aus der Erde gegraben.

Nikolaus ritt weiter vor, Richtung Anhöhe. Sein Pferd strauchelte, knickte vorne ein. Er fiel in den Matsch. Das Pferd bemühte sich vergeblich, wieder aufzustehen. Irgendwas war mit seinem rechten Vorderbein. Nikolaus hatte keine Zeit, sich um das Tier zu kümmern. Wer immer es angeschossen hatte, würde als Nächstes den Lauf auf ihn richten.

Eilig sprang er auf die Füße, packte den Karabiner eines Toten und ging geduckt vorwärts. Er überquerte einen Weg, kam auf ein anderes Feld. Die Wiese war vor Kurzem erst gemäht worden. Heuhocken standen alle paar Meter, die meisten von ihnen brannten. Beißender Rauch zog übers Schlachtfeld. Ein Schatten tauchte auf. Er kniff seine Augen zusammen, zielte, schoss. Ein roter Fleck. Ein dumpfer Schrei. Der Körper fiel hintenüber.

Drei Schritte vor. Der nächste Mann in der falschen Uniform drehte sich zu ihm hin, die Waffe schon im Anschlag. Blitzschnell riss er das Gewehr hoch. Doch als er zielte, war er plötzlich wie vor den Kopf gestoßen. Erschrocken ließ er die Waffe sinken. Seine Hand zitterte. Beinahe hätte er einen fatalen Fehler gemacht.

»Fjodor?«, kam es aus seinem Mund. Niemand würde ihn hören können. Um ihn herum toste die Schlacht. Pfeifen und Zischen und Explosionsgeräusche von spritzender Erde untermalten das Gefecht. Seine Hand ging hoch und signalisierte Stopp. »Fjodor!«, rief er trotzdem lauter. Er dachte gar nicht nach, es passierte einfach. Sein Cousin musste ihn doch erkennen! Verdammt noch mal.

»Fjodor«, brüllte er nun.

Auch sein Gegner schien unsicher. Rauch zog zwischen ihnen hindurch. Der Mann nahm immer wieder das Gewehr hoch, unschlüssig, ob er nun anlegen sollte.

Er trat drei Schritte vor, die Hände erhoben, als würde er sich ergeben. »Fjodor, ergib dich. Ich sorge für eine gescheite Unterkunft«, schrie Nikolaus. Er wollte einfach nur, dass der junge Russe ihn erkannte.

Doch der war immer noch unentschlossen, wen er dort vor sich hatte. Nikolaus trat weiter vor, raus aus dem schwarzen Rauch des Heuhaufens, damit der Sohn von Mutters Bruder ihn besser sehen konnte.

Der hob wieder sein Gewehr. Nikolaus rief ihm etwas zu, auf Russisch. »Wer als Erster am anderen Ufer ist.«

Lange Jahre hatten sie diesen Wettkampf bestritten, praktisch ihre ganze Jugend. Wann immer Onkel Stanis und Tante Oksana mit ihren Jungs zu Besuch gekommen waren, waren die Söhne der einen Familie mit den Söhnen der anderen Familie im See beim Herrenhaus um die Wette geschwommen. Jeden Sommer war ein anderer Junge Sieger geworden. Eine andere Welt. Ein anderes Leben.

Endlich erkannte auch Fjodor, wen er vor sich hatte. Das Gewehr noch immer erhoben, stahl sich ein ungläubiges Grinsen auf sein schmutziges Gesicht. »Nikki? ... Nikki!« Wiedersehensfreude. Endlich. Für einen Moment schloss sich um sie eine Seifenblase aus Erinnerungen an glückliche Ferientage.

Doch im gleichen Moment verzog sich Fjodors Gesicht zu einer Fratze. Schmerzverzerrt. Wieder ungläubig. Als könnte es einfach nicht sein. Als wäre es nicht möglich, ausgerechnet jetzt, in diesem Moment getroffen zu werden. Sein Gewehr rutschte ihm aus den Händen. Er sackte auf die Knie, beide Hände an der Brust, und schließlich zu Boden.

Nikolaus war erschüttert. Sein Gewehr entglitt ihm ebenfalls. Nein, das konnte nicht sein. *Wer als Erster am anderen Ufer ...* Seine Worte schmeckten nach Tod.

Von hinten riss ihn jemand aus seiner Apathie.

»Du schuldest mir ein Bier, Auwitz.« Der deutsche Soldat stieß ihn an und erwartete wohl, dass Nikolaus ihm nun um den Hals fallen würde. Doch der starrte einfach nur seinen getroffenen Cousin an. Fjodor hustete Blut.

»Scheiße, frier nicht ein.« Sein Kumpel rüttelte ihn an der Schulter. »Was ist? Bist du verletzt? Hat er dich erwischt?«

Nikolaus blickte sich fassungslos um. Es war Arnulf. Grafensohn, wie er. Bei der 1. Kavallerie-Division, wie er. Auch aus Hinterpommern. Der Einzige, der ihn beim Saufen schlagen konnte.

Ein dicker Schwaden Rauch zog an ihnen vorbei. Nikolaus' Blick suchte Fjodor, als der Rauch sich wieder verzog. Er stieß Arnulf weg und wollte gerade zu seinem Verwandten rennen, als er am Kragen gepackt wurde.

»Mach keinen Blödsinn, Auwitz.« Er hielt ihn fest.

Nikolaus wehrte sich. »Fjodor!«, schrie er, als könnte er alles ungeschehen machen, wenn er nur laut genug schrie.

Arnulf ließ ihn nicht los. »Was machst du für'n Scheiß?« Sie rangelten. Im gleichen Moment ritt einer ihrer Männer von hinten heran.

»Was macht ihr hier? Seht ihr nicht, was da vorne kommt? Los, weg hier.«

Ein Trupp russischer Kavallerie kam den Hügel herunter. Die Pferde schnaubten wütend, als wäre ihnen ein solches Chaos nicht zuzumuten. Und dann noch das Feuer. Zwei scheuten. Das war ihr Glück. Die glücklichen Sekunden, die sie brauchten, um aus der Schusslinie zu kommen. Arnulf ließ Nikolaus nicht los, zog ihn an einem Arm mit sich.

Der Reiter merkte nun auch, dass etwas nicht stimmte. Er griff hinunter und packte Nikolaus' anderen Arm. Zusammen zogen sie ihn weg. Weg von seinem sterbenden Cousin.

Nikolaus war so gefangen von dem Bild des ungläubig zusammensinkenden Körpers, dass er sich einfach mitschleifen ließ.

Plötzlich pfiffen ihnen Kugeln um die Ohren. Nikolaus bekam einen Stoß und fiel in einen Straßengraben. Das Pferd des fremden Reiters sprengte davon. Benommen blieb er liegen, hörte, wie Arnulf neben ihm das Feuer eröffnete.

Sein Gesicht lag auf etwas Warmem, Feuchtem. Er bewegte sich, rutschte über ein glitschiges Etwas. Als er seinen Kopf hob, sah er, was es war. Der Schädel aufgerissen. Das Haar voller Blut. Tote Augen starrten ihn an. Höchstens zwanzig Jahre alt. Erschrocken drückte Nikolaus sich zur Seite. Der Körper lag auf einem anderen Körper. Der ganze Graben lag voll, so weit das Auge reichte. Überall Blut, so viel Blut. Es stank. Jemand hatte sich eingeschissen. Am Ende war er es vielleicht selbst.

Eine Fliege setzte sich auf das blutgetränkte Haar. Ein Fest für die Würmer. Vier Meter weiter lag ein deutscher Soldat, den er nicht kannte. Die Beine nach oben, den Kopf unten im Graben. Er ruderte mit seinen Armen wie ein hilfloser Käfer, bekam endlich etwas zu fassen, drehte sich und krabbelte auf allen vieren in den Graben. Seine Uniform – eine Leinwand mit Blut bemalt. Er wandte sich in alle Richtungen, orientierungslos. Dann fiel sein Blick auf Nikolaus. Suchenden Blickes hob er seinen Kopf. Eine Kugel zerfetzte von links nach rechts sein Gehirn. Seine Augen – als hätte jemand eine Kerze ausgeblasen. So einfach. So schnell. Erloschen mit einem letzten Glimmen.

Das war der Moment, der Nikolaus zur Besinnung brachte. Als Arnulf ihm zurief, dass sie verschwinden mussten, griff er nach dem Gewehr, das neben ihm lag, sprang auf und folgte seinem Kameraden.

* * *

Nikolaus starrte seinen Kameraden an. Arnulf prahlte schon den ganzen Abend damit, dass er dem Grafensohn das Leben gerettet hatte. Nikolaus wagte nicht, zu widersprechen. Was würden die anderen von ihm halten, wenn sie erfuhren, dass er fast einen russischen Soldaten geschont hätte, und sei es drum, dass er ein Verwandter war?

Um sie herum, auf den Feldern, lagen Tausende von Toten. Eine verschwenderische Ernte des Schnitters. Die Nacht hatte ein Einsehen und deckte ihre Dunkelheit über den grausamen Anblick. Die ersten Gefechte des Krieges waren nur Scharmützel gewesen im Vergleich zu dem, was Nikolaus heute erlebt hatte. Um das Dorf lag ein Meer aus verstümmelten und blutüberströmten Leibern. Verletzte krochen umher, jammerten, riefen um Hilfe.

Als sie wieder nach vorne gepresch waren, hatte ein Mann ihn am Hosenbein gepackt. Der Liegende hatte Nikolaus angefleht, ihn zu erschießen. Er hatte es nicht getan. Stattdessen hatte er ihn angelogen. Er werde einen Sanitäter schicken. Gleich nachdem er im Lager ankommen werde. Für Nikolaus gab es aber in dieser Nacht kein Lager. Und für den Mann keinen Sanitäter. Ihre Einheit hatte sich mit wenigen Ausnahmen zusammengefunden und biwakierte in der Nähe des Bahnhofs von Usdau. Das Gebäude hatte gebrannt, das Feuer schwelte noch immer. Der einzige helle Punkt in der Finsternis. Schreie von Verletzten drangen zu ihnen heran.

Wenn eine dieser Stimmen Fjodor gehörte? Nikolaus konnte an nichts anderes denken. Aus jeder Stimme, aus jedem jämmerlichen Ruf versuchte er, die bekannte Stimme herauszuhören. Fjodor konnte überlebt haben. Er musste ihn suchen. Er wusste ungefähr, wo er lag. Er musste ihn vom Schlachtfeld wegbringen und dafür sorgen, dass er versorgt wurde. Oder möglicherweise ein ordentliches Begräbnis bekam. Zu viele ihrer

Männer und auch der Russen waren in den letzten drei Wochen in Gräben oder Granatentrichtern verscharrt worden. Es gab zu viele Tote – und keine Zeit, ihren patriotischen Einsatz zu würdigen. Ausgerechnet Fjodor, nein, das durfte er nicht zulassen. Versunken im Schlamm, vergraben in fremder Erde, fern der Heimat, namenlos. Das hatte er nicht verdient. Im Grunde hatte das keiner von ihnen verdient. Nikolaus stand auf. Er signalisierte, dass er kurz austreten wollte.

»Aber lass dich nicht wieder von einem Russen erwischen«, rief Arnulf ihm hinterher.

Sein Kamerad würde morgen sein versprochenes Bier bekommen, hoffentlich. Wenn dieser Albtraum hier zu Ende war und sie ihr richtiges Lager aufschlagen konnten.

Nikolaus glaubte, die Himmelsrichtung erahnen zu können. Dahinter musste der Hügel sein. Geduckt schlich er durch die Dunkelheit. Das Grauen griff nach ihm. All die Körper, über die er stolperte. Die Stimmen, die so dringlich klangen, weil sie ein letztes menschliches Geräusch wahrnahmen und hofften, die Sanitäter würden sie endlich holen. Der Mond spiegelte sich nicht mehr in ihren Gesichtern. Das Blut war schon zu lange trocken. Pures Entsetzen kroch seine erdverkrusteten Stiefel hoch.

28. August 1914

Sie musste sich beeilen. Trotzdem ging Hedwig vorsichtig, Schritt für Schritt, damit die Sahne nicht überschwappte. Bertha war wirklich lieb. Sie würde Frau Hindemith kein Sterbenswörtchen erzählen. Bertha war die Einzige, die genauso früh auf war wie sie selbst. Die anderen würden frühestens in einer halben Stunde folgen.

Hedwig öffnete die Holztür, die in dem großen Tor der neuen Heuscheune eingelassen war, und ging hindurch. Für einen Moment blieb sie stehen und wartete, dass sich ihre Augen an das dämmerige Licht gewöhnten.

Leises Mauzen war zu hören. Hedwig lief in eine Ecke, die im Dunkeln lag, kam näher und sah, wie Mimi argwöhnisch ihren Kopf hob. Obwohl sie die Einzige war, die den Katzen Milch oder Sahne brachte, blieb das dicke rotbraune Tier auch bei ihr immer misstrauisch. Katzen waren eben immer noch viel wilder als Hunde. Und trotzdem waren die Tiere ihre besten Freunde. Von den Menschen erwartete sie sich nicht besonders viel Nettigkeit. Früher oder später enttäuschten die Menschen sie immer.

Mimi streckte sich, als wäre sie gerade erst aufgewacht. Fünf Kätzchen hingen an ihren Zitzen. So süß! Hedwig war so verzückt, dass sie am liebsten eines hochgehoben hätte. Leider hatte Mimi ihren ersten Versuch schlecht vergolten mit einem tiefen Biss in die Hand. Das war drei Tage her. Die Bissspuren und Kratzer heilten schon.

Vor knapp zwei Wochen hatte sie eine ausrangierte Obstkiste genommen und mit einer alten Wolldecke gepolstert. Über Nacht waren Mimi und ihre Kätzchen tatsächlich umgezogen. Jetzt brachte sie ihr jeden Morgen eine Schale Sahne, wie heute auch. Sie bückte sich und stellte ihr den fetten Rahm genau vor die Nase.

Mimi funkelte sie an und schnupperte misstrauisch an der Sahne. Dann endlich schnellte ihre rosa Zunge vor, und sie schlabberte. Seit vier Tagen hatten die jungen Kitten ihre Augen geöffnet. Sie würde noch eine weitere Woche warten, bis sie erneut wagen würde, ein Kätzchen auf den Arm zu nehmen. Vielleicht durfte sie ja eines behalten, sozusagen als Geburtstagsgeschenk. Nächsten Monat wurde sie vierzehn Jahre alt.

Ach, das war aussichtslos. Es durfte niemand wissen, dass Mimi Junge hatte. Hedwig musste sie bald irgendwo im Wald aussetzen. Sonst würde noch jemand die kleinen Katzenbabys im See ertränken.

Es wurde Zeit. Hedwig musste zurück. Sie konnte sich nicht erlauben, ihre Arbeit zu vernachlässigen, heute schon dreimal nicht. Am Abend würde sie die leere Schüssel wieder abholen, wenn sie dafür Zeit haben würde. Wenn nicht, würde sie morgen früh ja wieder vorbeikommen.

»Tschüss, Mimi.«

Gerade als sie durch die Holztür gehen wollte, wurde sie von außen geöffnet. Erschrocken sprang sie einen Schritt zurück. Die Morgensonne schien genau auf die Öffnung. Hedwig konnte nicht erkennen, wer das war. Sie hoffte, es wäre Eugen, aber dem Schatten nach war es jemand, der größer war als der Stallbursche. Er war auch wuchtiger als Johann Waldner. Der Mann trat ein. Das grelle Sonnenlicht wurde ausgeschlossen, sie konnte wieder etwas erkennen. Ihre Knie fingen an zu schlottern.

Das war der Neffe des Kaisers. Um Gottes willen, was machte er denn hier? Wieso war er so früh auf? Die Familie sollte heute abreisen, und die Dienstboten hatten alle Hände voll damit zu tun, die Hinterlassenschaften des Sommerfestes aufzuräumen.

Der unschöne Vorfall im Juni, bei dem sie die Komtess in einer hässlichen Situation zusammen mit diesem Mann unbeabsichtigt überrascht hatte, steckte ihr noch immer in den Knochen. Seit Tagen schlich sie durchs Haus und versteckte sich vor den Besuchern.

Ludwig von Preußen trug Hose und Stiefel. Sein Hemd war nachlässig in den Hosenbund gestopft. Oben schaute seine nackte Brust heraus. Hedwig senkte ihren Blick. So sollte ein Mitglied der kaiserlichen Familie doch nicht herumlaufen.

»So früh schon auf?«

Herrjemine, jetzt musste sie auch noch mit ihm reden. »Jawohl, Eure Kaiserliche Hoheit.«

Er lachte. Es klang nicht freundlich.

»Und was macht so ein junges Ding wie du hier alleine im Heu?«

Sie wollte nicht über die Katzen sprechen. Und mit ihm ganz bestimmt nicht. Sie wollte die Katzen nicht verraten. »Ich ... musste nur ... etwas zurückbringen.«

»So?« Er kam näher.

Hedwigs Hände flatterten. Eine furchtbare Angst packte sie. Das Bild, wie er vor ein paar Monaten die Komtess an die Wand gedrückt hatte, überkam sie. Er schien kein netter Mann zu sein.

»Ich muss weiterarbeiten.« Sie wollte sich an ihm vorbeidrücken, doch er hielt sie an einem Arm fest.

»Na, na, nicht so eilig. Du schuldest mir noch etwas.«

Ihr Mund war aufgerissen, genauso wie ihre Augen. Was sollte sie ihm denn schulden?

»Meinst du, ich hätte vergessen, wobei du mich bei meinem letzten Besuch gestört hast?« Obwohl im dämmrigen Licht nicht viel zu erkennen war, wusste sie, dass sein Grinsen bösartig war.

Ihr Herz schlug so heftig, dass sie glaubte, es würde ihr aus der Brust springen. »Ich muss wirklich ins Haus. Das Küchenmädchen sucht nach mir.« In ihrer Stimme lag eine Spur Hysterie.

»Weizenblondes Haar. Ich mag eigentlich eher Mädchen mit dunklem Haar.« Mit der einen Hand hielt er weiter ihren Arm fest, mit der anderen ließ er eine Strähne ihres Haares durch seine Finger gleiten. »Aber dafür bist du noch schön jung. Fast noch ein Kind.«

Hedwig wusste nicht, was sie darauf antworten sollte.

»Hast du schon deine Blutung?«

Hedwig keuchte. Um Himmels willen, was wollte er von ihr?

Der Druck an ihrem Arm nahm zu. »Ich hab dich was gefragt«, bellte er schroff.

Panik stieg in ihrer Kehle hoch. Sie konnte nicht schreien. Sie konnte nicht einmal mehr atmen. Ihr Mund bewegte sich lautlos. Plötzlich, als hätte ihr Körper endlich die Luftnot bemerkt, atmete sie stockend ein, ganz tief.

»Sei bloß ruhig!« Er zog sie tiefer in die Scheune hinein.

»Bitte ... nicht«, wimmerte Hedwig. Trotzdem ließ sie sich mitziehen. Er war der Neffe des Kaisers! Und Mamsell Schott hatte ihr eingebläut, sich höflich und zuvorkommend zu verhalten, sollte sie überhaupt mit einem der Mitglieder der Kaiserfamilie in Kontakt kommen.

Er drängte sie in einen Verschlag und blieb stehen. Mit einem merkwürdig eindringlichen Blick schaute er sie an, leckte sich über die Lippen, grinste. Hände packten sie, drehten sie um und knöpften ihr Kleid hinten auf.

Sie wollte Nein schreien, aber ihre Stimme versagte. Ihr Körper hatte sich selbstständig gemacht, zitterte wie Espenlaub. Sie wollte sich wegdrehen, wollte wegrennen. Das konnte doch nicht wahr sein. Vor einer Minute war noch alles in Ordnung gewesen, und das Schicksal der jungen Katzen war ihre größte Sorge gewesen. Jetzt war sie nicht einmal mehr fähig, sich zu rühren.

Er schob ihr das Kleid über die Schultern. Es rutschte von alleine über ihren mageren Körper. Er drehte sie wieder mit dem Gesicht zu sich. Hedwig wagte nicht aufzusehen. Sie starrte auf seine teuren Lederstiefel. Plötzlich fühlte sie einen heftigen Schmerz. Er hatte sie geschlagen. Ihre Wange brannte.

»Willst du dich nicht wenigstens wehren?«

Wehren? Sie konnte nicht schreien, nicht weglaufen.

Noch ein Schlag traf sie. Obwohl jeder Körperteil schlotterte, war ihr, als wäre sie zu Stein erstarrt.

Seine Hände packten grob ihr leinenes Unterkleid und zerrissen es. Er griff nach ihren kleinen Knospen und kniff hart zu.

Sie glaubte, sterben zu müssen. Ihr ganzer Körper verspannte sich. Der Schmerz selbst wäre nicht so schlimm gewesen, da war sie anderes gewohnt. Aber er war ein Mann, ein Fremder, und er sah sie halb nackt und betatschte sie. Sie musste sterben, ganz sicher. Und es wäre ihr tatsächlich das Liebste gewesen. Lieber als das, was sie befürchtete, das gleich passieren würde. Wobei sie nur eine vage Vorstellung davon hatte, was tatsächlich passieren würde. Sie rang nach Atem. Tränen liefen ihr übers Gesicht.

»Verdammte Weibsbilder! Nie macht ihr, was man von euch erwartet!« Er stieß sie nach hinten. Sie stolperte über ihr Kleid, das sich um die Füße gelegt hatte, und landete im Stroh. Ihr Kopf stieß an einen Balken.

Ludwig von Preußen fingerte an seiner Hose herum. Hedwig sah gar nicht hin. Sie sah auch nicht in sein Gesicht, als er sich auf sie legte. Sie schrie nicht, als er ihre Beine grob auseinanderriss und in sie drang. Dabei tat es so weh, was er da machte. Aber daran würde sie nicht sterben. Sterben würde sie an ihrer Scham. Über ihr wippte sein Kopf vor und zurück, aber sie schaute vorbei – nach oben ... ins Gebälk der neuen Scheune.

Die Nacht, als die alte Scheune abgebrannt war. Das Feuer hatte so hell geflackert. Heiß und alles verzerrend. Gottes Wut war über den Hof gekommen und hatte die Sünde verbrannt, hatte die Köchin gesagt. Die Sünde. Lästerliche Sünde. Todsünde.

Ein großes Feuer sollte sie in seiner Gnade verschlingen, jetzt und hier. Bis nichts mehr von ihr und von ihm übrig war als kalte Asche. Das Heu lichterloh tanzend um sie herum. Doch nichts dergleichen passierte. Stattdessen vermischte sich der Duft von frisch geschlagenem Holz und blumigem Heu mit dem von männlichem Schweiß. Zwei Meter weiter miaute empört die Katze.

Kapitel 2

29. August 1914

Eugen stand still, mitten auf dem Platz zwischen den Ställen, und schaute zur neuen Scheune, als gäbe es dort etwas Interessantes zu sehen. Doch da war nichts. Tür und Tor waren geschlossen. Als Eugen hörte, wie Albert näher kam, ging er weiter. Der Stallbursche konnte noch immer nicht arbeiten. Zumindest war die verbrannte Haut nun so weit abgeheilt, dass man den gebrochenen Arm endlich schienen konnte. Doch der Junge bestand darauf, wenigstens nach den Tieren zu sehen. Er steckte den Pferden Apfelstücke zu. Außerdem fiel ihm in seinem Zimmer und der Leutestube die Decke auf den Kopf.

»Gibt's was?«, fragte Albert.

Eugen schüttelte den Kopf. »Nee«, kam es unbestimmt. Aber so ganz konnte Albert es nicht glauben. Andererseits war Eugen eher eine stille Natur, auch wenn er sich mit ihm angefreundet hatte. Der Junge lief weiter Richtung Herrenhaus.

Albert ging in die Scheune, um frisches Heu für die Kutschpferde zu holen. Er war alleine, was ihn nicht wunderte. Johann Waldner ging ihm aus dem Weg. Er hatte sogar den Eindruck, dass der Stallmeister auch Eugen aus dem Weg ging. Recht so.

Auf eine Holzkarre häufte er duftendes Heu und wollte gerade zur Scheune heraus, als er ein leises Jammern hörte. Er setzte die Schubkarre ab und ging dem Geräusch nach.

Albert schmunzelte. Die dicke rotbraune Katze hatte also Junge. Tiere scherte es nicht, wenn die Menschheit im Krieg stand. Er hockte sich hin, aber als er die Katze streicheln wollte, fauchte sie und schlug nach ihm.

Dann eben nicht. Er wollte gerade wieder aufstehen, als er die Schüssel entdeckte. Sie lag umgekippt auf der Seite. Wieder musste er grinsen. Das würde Irmgard Hindemith gar nicht gerne sehen. Es konnte eigentlich nur Hedwig sein, die die Schüssel hierhergebracht hatte. Vielleicht aber auch Wiebke, die ebenfalls Katzen mochte. Aber wer weiß, vielleicht war Eugen deswegen gerade vor der Scheune stehen geblieben. Er liebte alle Tiere.

Albert wollte die Schüssel schon an sich nehmen, dann dachte er, dass er – wem auch immer – sein Geheimnis lassen wollte. Er stand auf und fuhr mit dem Heu rüber in die Stall. Die Pferde freuten sich über ihr Futter. Eins knabberte an seiner Schulter. Er ließ es geschehen. Solange er nicht seine gute Chauffeursuniform trug, war es ihm egal.

Der Gärtner lief draußen eilig vorbei. Die Gräfin hatte Jakob Bankow mächtig eingespannt in den letzten Wochen. Die Orangerie war gerade noch rechtzeitig zum Sommerfest fertig geworden. Albert selbst hatte mitgeholfen, die schweren Marmorteile in dem mehr als luxuriösen Pflanzenhaus aufzustellen. Auch schon davor war der Gärtner jeden Tag im Park zugange gewesen. Für den Besuch der kaiserlichen Familie war nichts gut genug gewesen. Unbarmherzig hatte Feodora von Auwitz-Aarhayn jede unwillige Pflanze durch eine andere austauschen lassen, die mit mehr Blüten aufwarten konnte.

Hinter der Hainbuchenhecke konnte man erahnen, wie emsig wieder alles hergerichtet wurde. Die königlichen Herrschaften waren gestern Vormittag abgereist – wie am Abend zuvor schon die anderen Besucher, die über den Rasen gelaufen waren, den Kies auf den Gehwegen durcheinandergebracht hatten oder gar auf einen Busch getreten waren. Der Gärtner würde noch tagelang zu tun haben. Und auch für die Dienstboten würden die nächsten Tage noch anstrengend werden.

Pastor Wittekind war natürlich auch auf dem Fest gewesen. Irgendwann in den nächsten zwei Wochen würde Albert Paula Ackermann besuchen, die Enkelin des Pastors, die ihm den Haushalt führte. Am letzten Sonntag nach der Messe hatte er sich entschuldigt, dass er sich in letzter Zeit so rar gemacht hatte. Erfreut hatte sie ihre Einladung zu Kaffee und Kuchen erneuert. Er musste rauskriegen, ob der Pastor seinen Diebstahl bemerkt hatte. Und jetzt, da er wusste, dass Wittekind nicht sein leiblicher Vater war, würde es ihm sehr viel leichter fallen, sein Haus zu betreten.

Was für eine Schande. Egidius Wittekind hatte Geld unterschlagen! Geld, das der alte Patriarch, Donatus von Auwitz-Aarhayn, dem Geistlichen überantwortet hatte, damit der das uneheliche Kind des jüngsten Grafensohnes bis zu dessen Mündigkeit protegierte. Einem elternlosen Kind im Waisenhaus Geld vorzuenthalten – wie tief musste ein Mensch sinken, um so etwas zu tun. Pfui Teufel!

Albert würde sich eine besondere Rache für diesen Widerling einfallen lassen. Er wollte ihn vorführen, seine Gier entlarven. Ihm fehlte aber noch die geeignete Idee.

Ebenso wie ihm noch immer eine wichtige Information fehlte: Wer war seine Mutter? Adolphis von Auwitz-Aarhayn war sein leiblicher Vater, doch wen hatte er geschwängert? So lange seine Frau nichts davon erfuhr, hatte der Graf kein Problem mit seiner Lasterhaftigkeit, sie war ihm einerlei. Albert selbst hatte ihn des Öfteren zu seiner Mätresse gefahren. Und als sie ihm zu teuer und zu lästig geworden war, hatte er sie abgestoßen. Wenn der Graf nun nach Stettin fuhr, brachte Albert ihn zu einem der luxuriöseren Etablissements, wo er nur stundenweise blieb.

Er brauchte nicht viel Fantasie, um zu ahnen, dass seine Mutter sicher keine Dame von Welt war, höchstens eine Dame der Halbwelt, eher aber noch ein armes Bauernding. Vorsichtig hatte er sich bei Irmgard Hindemith erkundigt. Mamsell Schott war noch keine fünfzehn Jahre hier und Hausdiener Caspers auch nur ein paar Jahre länger. Einzig die Köchin war so alt, dass sie sich an etwas von vor fünfundzwanzig Jahren erinnern könnte. Damals hatte sie hier zwar noch nicht gearbeitet, war aber in Greifenau groß geworden. Doch auch sie konnte ihm von keinen besonderen Vorkommnissen berichten. Und allzu genau wollte Albert nicht nachfragen. Es sollte ihm schließlich niemand auf die Schliche kommen.

Er wusste, was sein nächster Schritt sein würde. Doch genau, wie er vor dem Inhalt der Unterlagen zurückgeschreckt war, nach denen er zehn Jahre gesucht hatte, schreckte er jetzt davor zurück, diesen Schritt zu gehen. In seinem Kopf hatte er den Brief schon formuliert. Es war Zeit, ihn endlich zu Papier zu bringen.

Anderseits, der Krieg nahm alle Aufmerksamkeit ein. Der Graf war zwar stolz, dass seine beiden ältesten Söhne an der Front waren, aber er war nicht glücklich darüber. Und wie unbeherrscht er seiner Tochter um den Hals gefallen war, als sie es unbeschadet aus Ostpreußen herausgeschafft hatte.

Man merkte ihm eine beständige Unruhe an. Dreimal am Tag fragte er nach, ob ein Telegramm gekommen sei. Alle zwei Tage schickte er Albert ins Dorf, um sich zu erkundigen oder in Stargard die neuesten Zeitungen zu kaufen. Er liebte seine Kinder, und er machte sich Sorgen um sie. Was man ihm zugutehalten musste.

Aber auch Albert war sein Sohn. Würde er ihn auch lieben? Eigentlich gebührte ihm eine andere Stellung im Haus. Nicht als Kutscher, sondern als Kutschierter. Er war ein Sohn seines Vaters, ja, sogar der Erstgeborene, verflucht noch einmal.

Natürlich sah das preußische Erbrecht nicht vor, dass außerehelichen Kinder einen Anspruch geltend machen konnten. Selbst die legitimen zweit- und drittgeborenen Söhne gingen bis auf eine magere Apanage leer aus. Und auch die Töchter erhielten nur so lange eine Apanage, bis sie verheiratet waren. Es war eine sehr ungerechte Aufteilung, die die preußische Regierung nur zu einem Zweck eingeführt hatte: damit die großen Landgüter nicht in immer kleinere Höfe aufgeteilt wurden. Ungerecht war es trotzdem.

Also, was erwartete er sich dann von seinem Vater? Anerkennung ... als sein Sohn. Öffentliche Anerkennung. Respekt und vielleicht sogar Zuneigung. Und wenn nebenbei noch eine finanzielle Starthilfe für ein Unternehmen seiner Wahl dabei heraussprang, wäre das nur mehr als angemessen.

Doch wenn er ihn mit dieser Nachricht konfrontierte, dann wollte Albert dabei die ungeteilte Aufmerksamkeit seines Vaters. Er wollte sie nicht mit einem Artikel über den neuesten Frontverlauf teilen. Deshalb würde er warten.

Wenn das Laub fiel, sollten die Truppen wieder zurück sein. So hieß es. Die Soldaten hatten keine Winterausrüstung bekommen – keine gefütterten Stiefel, keine Mäntel, keine Handschuhe. Spätestens im Herbst sollte der Krieg vorbei sein, hieß es. Die paar Wochen hatte er nun auch noch Zeit, nach all den Jahren. Er würde das Ende des Krieges abwarten. Und wer weiß, vielleicht fiel doch einer der Söhne oder beide, und sein Vater würde sich umso mehr über einen neuen Sohn freuen.

Albert nahm die Schubkarre und brachte sie zurück in die Scheune. Die Kätzchen maunzten. Er ging um die Ecke. Die rotbraune Katze schien zu schlafen, während die Kitten auf Wanderschaft gingen. Zwei purzelten über die Schale. Besser, er nahm sie doch direkt mit, sonst würde sie noch kaputtgehen. Schnell griff er nach dem Steingut, bevor die Katze aufwachte und erneut nach ihm schlagen würde.

Als er sie in die Küche brachte, schaute Irmgard Hindemith überrascht auf.

»Nanu, wo haben Sie die denn her?«

»Ich hab sie in der Scheune gefunden. Die Rotbraune hat Junge.«

»Ach herrje ... Hedwig!«

Sie hörten etwas auf der Treppe, und als Albert um die Ecke schaute, kam das Mädchen gerade mit einem Eimer schmutzigem Wasser die Treppe herunter. Sie sah noch schlechter aus als sonst, und das sollte was heißen. Weiß wie die Wand, mit tiefen dunklen Ringen unter den Augen war sie heute Morgen zum Frühstück erschienen, nachdem sie sich gestern krankgemeldet hatte.

Irmgard Hindemith stellte sich in den Flur, eine Hand in die Taille gestemmt. »Mädchen, hast du etwa wieder die Katzen gefüttert?« Sie hielt ihr mit der anderen Hand die Schale entgegen.

Bei diesem Anblick erschrak das Mädchen, als hätte sie den Teufel gesehen. Die Tränen brachen aus ihr heraus. Sie zitterte am ganzen Leib. Der Eimer glitt ihr aus der Hand und polterte die letzten zwei Stufen hinunter.

Albert sprang geschickt beiseite, aber die Köchin bekam das meiste ab.

»Verdammte Schweinerei! Schau dir nur an, wie es hier aussieht. Kannst du nicht aufpassen? Was ist denn heute mit dir los? Alles machst du kaputt oder lässt es fallen.« Die Schimpftirade ging in einem fort, während Hedwig auf der Treppenstufe stand und erbärmlich heulte.

Wiebke kam aus der Schuhputzkammer. »Ach herrje.« Sie drehte sich um und erschien wenige Augenblicke später mit Eimer und Putzlappen. Ohne zu fragen, fing sie an, das Wasser aufzuwischen.

Die Köchin hatte sich endlich abgeregt und drückte sich an dem Mädchen vorbei. Sie musste sich umziehen gehen.

Hedwig aber stand noch immer auf der Treppe, zitterte und heulte Rotz und Wasser. Sie schien kurz vor dem Zusammenbruch. Bertha und Kilian schauten neugierig um die Ecke. Albert zuckte hilflos mit den Schultern. Irgendwas war mit der Kleinen, aber was?

»Ist doch nicht so schlimm«, sagte Wiebke nun. »Ich hab es doch gleich weggewischt.« Auch sie verstand nicht, warum das Hausmädchen so hysterisch heulte.

»Nun lass mal gut sein.« Albert wollte sie beruhigen und von der Treppe ziehen, aber als er ihren Arm berührte, schrie sie panisch auf. Sie stolperte rückwärts, fiel über eine Stufe und sprang sofort wieder auf. Dann hastete sie die Hintertreppe hoch.

»Was ist denn in die gefahren?«, fragte Bertha perplex. Kilian grinste nur, froh über etwas Abwechslung. Albert entdeckte Eugen, der das Theater von der Leutestube aus mit angesehen hatte. Sein Blick war düster. Er knabberte an seiner Unterlippe, als würde er im Kopf eine schwierige Aufgabe lösen. Als er nun bemerkte, wie Albert ihn anschaute, zuckte er zurück, als hätte der ihn bei etwas erwischt.

30. August 1914

Das große Portal öffnete sich. Caspers wirkte ungewöhnlich fahl im Gesicht und sagte keinen Ton. Egidius Wittekind nickte zur Begrüßung. Der Diener führte ihn stumm in den Salon. Dort wartete schon die Gräfin Feodora von Auwitz-Aarhayn auf ihn.

»Mein lieber Wittekind.« Mehr sagte sie nicht. Das alleine war schon sehr ungewöhnlich. Bleich, sehr bleich im Gesicht lief sie im Salon auf und ab. Er hatte sie noch nie so aufgelöst erlebt. Etwas Schreckliches musste passiert sein. Ob einer der beiden Grafensöhne gefallen war?

»Frau Gräfin, ist ...«

Mit einer Handbewegung stoppte sie jedes weitere Wort von ihm. »Mein Mann wird es Ihnen gleich ...« Ihre Stimme versagte.

»Ich hoffe inständig, dass es Ihren Söhnen gut geht.«

Die Tür ging auf und Adolphis von Auwitz-Aarhayn trat ein. Als die Gräfin ihren Mann sah, setzte sie sich endlich.

»Pastor Wittekind, ich ... Möchten Sie auch etwas trinken?« Der Graf wartete seine Antwort erst gar nicht ab, sondern begab sich sofort zu dem großen alten Globus, dessen obere Hälfte er nun aufklappte. Verschiedene Flaschenhälse schauten heraus. Er griff nach einer Flasche und füllte ein Glas bis zur Hälfte. Dann nahm er einen großen Schluck, als könnte er sich damit beruhigen. Erst nach einem weiteren Schluck drehte er sich zu dem Pastor um und schaute ihn fragend an.

»Entschuldigung. Möchten Sie etwas trinken?« Eine mögliche Antwort war völlig an ihm vorbeigegangen.

»Ich würde erst gerne wissen, warum Sie mich haben rufen lassen.«

Der Patriarch drehte sich weg und schaute zum Fenster hinaus. Stumm beobachtete er das Treiben draußen in der Natur. Ganz offensichtlich fand hier niemand Worte für das, was geschehen war. Wittekind wurde nun wirklich neugierig. Eine dunkle Ahnung beschlich ihn.

Wieder setzte der Graf das Glas an, diesmal trank er es in einem Zug aus. »Es gibt einen ... bedauerlichen Todesfall.«

»Wir setzen auf Ihre vollständige Diskretion!« Der Blick der Gräfin verdunkelte sich.

Ein Kribbeln zog ihm den ganzen Rücken hoch. Nein, bitte nicht. Plötzlich wusste Wittekind, dass es hierbei nicht um ein

Familienmitglied ging, sondern jemand anderes involviert war. Er sagte nichts und schaute von einem zum anderen. Offensichtlich wollten beide dem anderen den Vortritt lassen, ihm die schreckliche Nachricht zu übermitteln. Als die Stille unerträglich wurde, räusperte sich der Graf, stellte das Glas auf der Fensterbank ab und verschränkte die Hände hinter seinem Rücken.

»Heute Mittag hat unser Stallbursche, Eugen Lignau, eine furchtbare Entdeckung gemacht.« Adolphis von Auwitz-Aarhayn holte tief Luft für seine nächsten Worte. »Unser Hausmädchen, Hedwig Hauser, hat sich in der neuen Scheune erhängt.«

Also doch! »Erhängt?«

»So ist es.«

Für einen Moment war es still im Raum. Niemand sagte etwas.

»Natürlich wissen es unten schon einige. Eugen kam völlig aufgelöst zurück und hat es offensichtlich Mamsell Schott erzählt.«

Wieder eine Pause. Solche Geschichten konnte man nur in kleinen Häppchen ertragen.

»Mamsell Schott hat umgehend Herrn Caspers aufgesucht, der es wiederum mir sofort gesagt hat.«

»Wo ist sie jetzt?«

Adolphis von Auwitz-Aarhayn wischte sich mit beiden Händen durch das Gesicht, als könnte er so den Anblick des toten Mädchens aus seiner Erinnerung löschen. »Wir ... haben sie runtergeholt. Herr Caspers hat mir geholfen. Sie hatte sich einen Strick aus einem der Ställe geholt.« Er goss sich nach. Er schien völlig am Boden zerstört. »Sie liegt noch im Stall. Wir haben ein paar Decken über sie gebreitet. Mamsell Schott ist dortgeblieben.«

»Und die anderen Dienstboten?«

»Es ist Sonntagabend. Die meisten haben Ausgang ... Ich weiß nicht, wo sie sind.«

»Was ist mit Eugen? Hast du ihm Ausgehverbot erteilt?«, kam es plötzlich hysterisch von der Gräfin, die aufgesprungen war. »Und hat es jemand aus der Küche mitgekriegt? Was hilft uns die Diskretion des Pastors, wenn Bertha Polzin es mitkriegt?«

Der Graf sah seine Frau verblüfft an. Daran hatte er offenbar überhaupt nicht gedacht. »Du hast völlig recht. Ich gehe sofort hinunter.« Er stellte das Glas ab und war schon zur Tür hinaus.

»Wittekind, Wittekind, Wittekind. Wie sollen wir damit umgehen? Ein Selbstmord!« Die Gräfin schien am Boden zerstört. Sie ließ sich wenig damenhaft auf die Chaiselongue plumpsen.

Wie verzweifelt musste das Mädchen gewesen sein? Und wie dumm und gottlos! Sich zu erhängen. So was hatte es hier seit Jahren nicht mehr gegeben.

»Ich darf sie nicht in geweihter Erde beerdigen.«

Wieder sprang die Gräfin auf, rang nach Worten und nach Fassung. »Nein, nein, nein! Wir wollen kein Aufhebens darum machen. Alles soll normal wirken.«

Wittekind schaute sie an. Natürlich würde die Sache früher oder später Kreise ziehen. Wenn es nicht jetzt schon zu spät war. »So ein Vorfall findet immer den Weg durch die Gerüchteküchen. Und ich kann und darf eine Selbstmörderin nicht auf unserem Friedhof beerdigen.«

»Neeeiin!« Sie fuchtelte mit dem Zeigefinger in seine Richtung. »Ich lasse auf gar keinen Fall zu, dass diese Schande auf mein Haus zurückfällt. Es muss eine andere Lösung geben.«

»Ich hätte nicht gedacht, dass sie so verzweifelt war.«

Die Gräfin hielt in ihrer Rage inne. »Wie meinen Sie das?«

»Sie ist heute Vormittag nach der Messe sitzen geblieben. Alle waren schon längst weg. Sie hat dort gekniet und so inbrünstig gebetet, dass ich dachte, sie hört mich gar nicht. Als sie endlich so weit war, mit mir zu sprechen, da ... Was sie mir gebeichtet hat, war ... alles andere als schön. Wir haben zusammen gebetet. Als sie ging, schien sie mir doch einigermaßen gefasst.«

»Was? ... Was hat sie Ihnen gebeichtet?«

Die Gräfin kam aus Sankt Petersburg und war als orthodoxe Christin aufgewachsen. Dort war die Beichte natürlich ein Sakrament. Zwar war sie nicht so vertraut mit den Gebräuchen der lutherischen Kirche, aber auch in seiner Kirche war das Beichtgeheimnis unverbrüchlich »Sie wissen, dass ich Ihnen nichts sagen darf.«

Jetzt wurde sie zornig. »Soll das etwa heißen, Sie wussten von ihrem schlimmen Zustand und haben nichts unternommen?«

»Ich ... ähm ... Es ist nicht meine ...«

»Es ist Ihre seelsorgerische Pflicht, für das Wohl all Ihrer Schäfchen, auch der geringsten, zu sorgen. Was immer sie Ihnen gesagt hat, Sie hätten sich sofort darum kümmern müssen. Es war wohl kaum etwas Unbedeutendes, was der Kleinen auf der Seele lag.«

»Aber ich ...«

»Man beichtet doch keine Kleinigkeit, spaziert zurück und erhängt sich. Also, was war es? Was ist passiert?«

»Ich darf aber wirklich nicht ...«

»Ich sag Ihnen jetzt mal etwas: Wer hier was darf und wer hier was wissen muss, ist immer noch eine gräfliche Entscheidung. Sie sagen mir jetzt auf der Stelle, was die Kleine Ihnen gebeichtet hat. Nur so kann ich die unselige Geschichte aus der Welt räumen.«

Egidius Wittekind schluckte. Ihm war überhaupt nicht wohl bei der ganzen Geschichte. Wie hatte er innerhalb von wenigen Minuten in eine solche Zwickmühle geraten können?

»Und wer weiß, was da zum Vorschein kommt. Möglicherweise haben wir jemanden im Haus, der das zu verschulden hat. Der involviert ist. Das weiß man doch nie! Soll ich etwa mit jemandem unter einem Dach leben, der einen anderen Menschen in den Freitod getrieben hat?«

Wittekind schluckte wieder. Natürlich durfte er den Herrschaften nichts sagen. Andererseits, er musste natürlich verhindern, dass Ähnliches noch einmal geschehen konnte. Tatsächlich konnte er das nicht völlig ausschließen. Ein letzter Versuch: »Wird denn ... Erwarten Sie denn ... den Besuch der kaiserlichen Familie nun öfter?«

Die Gräfin erstarrte in ihrer Bewegung. »Wieso? Was hat die kaiserliche Familie damit zu tun?«

Wittekind antwortete nicht. Er hatte sich schon viel zu weit vorgewagt.

»Warum fra...!?« Sie atmete scharf ein. Ihre Augen wurden schmal. Ein Rädchen nach dem anderen griff ineinander. Plötzlich schien sie zu ahnen, was passiert sein konnte. Sie hörte sich mit einem Mal ganz abgeklärt an. »Ludwig von Preußen – hat er damit etwas zu tun?«

Wittekind biss sich auf die Unterlippe. »Es käme einer Denunziation gleich, wenn ich wiederholen würde, was das Hausmädchen mir in der Beichte erzählt hat. Sie hat sowieso nur merkwürdiges Zeug durcheinandergestammelt.«

Feodora von Auwitz-Aarhayn trat nun ganz nahe an ihn heran. »Was hat sie Ihnen gesagt?«

Mit zusammengepressten Lippen schüttelte er seinen Kopf.

Ihre Stimme wurde zu einem leisen Zischen. »Was hat sie Ihnen gesagt? Sie sollten mir das besser im Vertrauen sagen, solange mein Mann noch nicht da ist. Noch kann ich Sie vor weiteren Untersuchungen retten.«

»Mich? ... Ich ... verbitte mir ...«

»Und ich werde Ihren Dekan davon in Kenntnis setzen, dass Sie nichts unternommen haben, obwohl Sie wussten, dass das Mädchen sich umbringen wollte.«

»Aber das war doch gar nicht klar.«

Der eisige Blick der Gräfin traf ihn. »Sie könnte noch mit mir gesprochen haben. Sie könnte mir noch erzählt haben, dass sie mit Ihnen darüber gesprochen hat.«

Er starrte sie perplex an. Das würde sie doch nicht tun. Er blickte der russischen Gräfin in die Augen. Oh doch, wurde ihm nun klar. Sie würde alles tun, um ihr Haus und ihren Namen zu schützen. »Aber dann hätten Sie ja selbst ...«

»Nein, hätte ich nicht. Ich hätte etwas hören können, was mir lediglich eine Information darüber gegeben hätte, dass *Sie* vollkommen im Bilde über ihre Pläne waren und nichts unternommen haben, und zwar ohne selbst den genauen Hintergrund zu kennen.«

Sein ganzer Körper fing an zu zittern. Wie kam er aus dieser Geschichte wieder raus?

»Und ich sage Ihnen noch etwas. Soweit ich es bisher beurteilen kann, hat der Neffe unseres Kaisers etwas getan, was unser Hausmädchen dazu veranlasst hat, sich zu erhängen. Ich finde beim besten Willen keine Erklärung, die den Neffen des Kaisers in einem guten Licht dastehen lassen würde. Und wenn es offiziell wird, wenn das Mädchen nicht ganz normal auf dem Friedhof begraben werden kann, dann wird darüber gesprochen werden. Möchten Sie tatsächlich, dass über den Neffen des Kaisers, unseres Kaisers, spekuliert wird? Gerade jetzt, wo es besonders wichtig ist, zusammenzustehen? Jetzt, im Krieg?«

Egidius Wittekind war in ihrem Spinnennetz gefangen, das sie immer dichter um ihn webte. Er sah keinen Ausweg mehr.

»Sie hat ...«, er holte ein Taschentuch hervor und tupfte sich die schweißnasse Stirn, »Hedwig Hauser hat mir erzählt, dass Ludwig von Preußen ... sich ... an ihr ... vergangen hat. Vor zwei Tagen. Morgens früh, nur wenige Stunden bevor er abgereist ist. In der neuen Scheune.«

Feodora verzog keine Miene. »Und Sie haben ihr das geglaubt?«

»Nein, natürlich nicht«, entrüstete der Pastor sich. »Ich habe ihr ... Ich habe ihr zu verstehen gegeben, dass es eine unglaubliche Anschuldigung ist. Dass sie sich vor Gott verantworten muss für solche Lügen.«

Die Gräfin nickte. »Niemand von uns möchte gerne solche Lügen und Anschuldigungen über ein Mitglied der kaiserlichen Familie verbreitet sehen. Ich denke, da sind wir uns einig.«

Wittekind stimmte ihr zu. Trotzdem wusste er nicht, wie er diese Geschichte noch zu einem guten Ende bringen konnte. Es wussten schon zu viele. Anscheinend hatte die Gräfin genau den gleichen Gedanken.

»Die Mamsell und Caspers sind sicher kein Problem. Sie sind verschwiegen und stehen zu unserem Haus. Schließlich unterstand das Hausmädchen auch ihrer Aufsichtspflicht. Sie haben bestimmt kein Interesse daran, dass ihnen nachgesagt wird, sie hätten nicht genug auf das Mädchen aufgepasst.« Feodora von Auwitz-Aarhayn schritt im Salon auf und ab. »Wir müssten ... Wie könnten wir ... Außer uns weiß es nur noch Eugen, der Stallbursche. Der Stallbursche, der vor zwei Monaten den Brand in der Scheune verursacht hat.« Sie sprach die letzten Worte aus, als hätte sie gerade eine besonders gute Idee.

»Wenn wir Eugen zum Schweigen bringen, könnte das Mädchen einfach ertrunken sein. Ein Unfall. Ein bedauerlicher, tragischer Unfall.« Sie lächelte fast über ihren genialen Einfall. »Einfach vom Steg gefallen und konnte nicht schwimmen ... Und Sie werden sie ganz normal und unter Aufbringung all unserer Trauer begraben!«

Plötzlich wurde sie ganz hektisch. »Setzen Sie sich, Wittekind. Nehmen Sie sich etwas zu trinken und warten Sie, bis wir wiederkommen. Ich werde das sofort mit meinem Mann besprechen und mit dem Stallburschen regeln.« Sie eilte zur Tür, drehte sich jedoch kurz davor noch einmal um.

»Und da es nun wirklich nur Hausmädchengewäsch ist, was Hedwig Ihnen gebeichtet hat, und in jeder Hinsicht ehrenvolle Menschen beschmutzen würde, bin ich doch der Ansicht, dass wir den genauen Inhalt der Beichte in unseren Herzen verschließen sollten. Und nur in unser beider Herzen. Ich möchte weder meinen Mann noch irgendjemand anderen aus diesem Haus mit solchen Verleumdungen beschweren. Ich denke, da sind wir uns einig, oder?«

Egidius Wittekind nickte. Als sie zur Tür hinaus war, ließ er sich in einen Sessel fallen. Er würde eine Selbstmörderin in geweihter Erde begraben müssen. Niemand durfte jemals davon erfahren. Was für eine Schuld nahm er da auf sich? Schon wieder ein Geheimnis, das seine Seele beschwerte.

Doch dann dachte er daran, dass in jedem Geheimnis auch eine Chance steckt. Gut möglich, dass er sich mit der Gräfin irgendwann einmal entzweite. Da war es sicher günstig, ein Druckmittel in der Hand zu haben. Man wusste nie, wann man so etwas mal gebrauchen konnte.

7. September 1914

Mama ging mit Anastasia vorneweg. Das Kindermädchen schob Clothilde, Anastasias älteste Tochter, im Kinderwagen hinterher. Zuletzt kamen Katharina und Alexander, die nebeneinander über die Strandpromenade von Heiligendamm schlenderten. Die »Weiße Stadt am Meer« war wunderschön, nur leider gab es kaum Badegäste. Die Herrschaften waren sich alle zu fein dafür, sich in Badekleidung zu zeigen. Kleine Gruppen, vor allem feine Damen in eleganten weißen Kleidern, bevölkerten mit ihren Kindern und Dienstmädchen die Szenerie. Der Strand des mondänen Seebades mit seinem feinen hellen Sand war verlockend breit. Wie gerne würde ich schwimmen können, dachte Katharina.

Die Wellen der Ostsee rollten leise ans Ufer. Zwei kleine Kinder liefen jauchzend vor jeder neuen Welle davon. Möwen segelten über ihren Köpfen hinweg. Die Seeluft brachte den Duft von fernen Ländern mit sich. Abenteuerlust machte sich in Katharina bereit. Wieso nur war sie in dieses öde Leben eingepfercht, wo doch die ganze Welt auf sie wartete? Sie wollte nach London, nach Rom, nach Paris. Sie wollte mit dem Schiff den Atlantik überqueren und in New York den Duft der Freiheit einsaugen. Tatsächlich aber war es ihr nicht einmal erlaubt, hier barfuß im Wasser zu laufen. Ihr Leben war ein Käfig.

Noch war nichts von Anastasias zweiter Schwangerschaft zu sehen. Ihr zuliebe waren sie dieses Jahr nicht nach Swinemünde gefahren. Dort war weitaus mehr Rummel als hier. Ihre Nerven waren arg angegriffen, seit sie aus Ostpreußen geflüchtet war. Und auch ihrer Tochter würde die Ruhe guttun. Das kleine Pausbäckchen schrie unentwegt, obwohl die Amme wirklich sehr fähig war.

Für die Sommerfrische waren sie zwar schon spät dran, aber die letzten paar Wochen waren für alle sehr aufregend und anstrengend gewesen. Und in den vergangenen Tagen, bis zur Beerdigung des Hausmädchens, war Mama äußerst unleidlich gewesen.

»Ich hoffe nur, dass Papa nicht unser Gut verspielt.«

»Sag doch so was nicht.«

»Anscheinend hatte er gestern auf der Pferderennbahn kein Glück. Heute will er sich das Geld im Spielkasino zurückholen. Heute Vormittag ist er mit der Schmalbahn nach Doberan gefahren. Und mir erzählt er was von guten Vorsätzen. An ihm kann ich mir ja wohl kaum ein Beispiel nehmen.« Alexander schnaubte leise.

»Konstantin wäre bestimmt nicht damit einverstanden, dass Papa das Gut verlässt, und sei es auch nur für zwei Wochen.«

»Thalmann wird schon alles richtig machen. Ich glaube nicht, dass es einen großen Unterschied macht, ob Papa nun dort ist oder hier. Bestimmt ist Thalmann außerordentlich erfreut, dass er jetzt wieder das Regiment übernehmen kann.«

Sie gab Alexander stumm recht. Katharina schloss für einen Moment die Augen und ließ die sanfte Ostseebrise über ihr Gesicht streichen. Wenn Mama sie nicht im Auge hatte, hielt sie den Sonnenschirm so, dass die warmen Septemberstrahlen auf ihr Gesicht fielen.

Auf der Haut unter dem Kleid spürte sie das warme Gold. Julius hatte ihr bei ihrer letzten Begegnung am See ein Medaillon geschenkt beziehungsweise ein halbes Medaillon. Die andere Hälfte trug er bei sich. Sicher war er schon längst in Buenos Aires.

»Hast du mal wieder was von unserem gemeinsamen Freund gehört?«, flüsterte Katharina leise. Alexander fungierte als ihr Mittler.

»Nein. Ich nehme auch an, dass Briefe aus Südamerika erheblich länger dauern, als wenn sie aus Potsdam kommen.« Er bedachte sie mit einem verschmitzten Grinsen. »Solltest du ihn wider Erwarten jemals heiraten, muss dir klar sein, dass für mich mindestens eine Reise nach Buenos Aires drin sein sollte.«

»Sollte ich es je schaffen, ihn zu heiraten, dann werden wir zusammen nach Südamerika reisen.« Katharina klang zurückhaltend. Sie konnte schließlich schlecht das Geld anderer Leute ausgeben.

»Solltest du allerdings Ludwig von Preußen heiraten, gehe ich davon aus, dass du mir einen guten Posten im Außenministerium verschaffst. Ich möchte möglichst wenig arbeiten und viel reisen.«

Alexander zuckte plötzlich zusammen. Auch wenn sein Bein langsam besser wurde, er humpelte noch immer. Gestern waren sie sehr viel spazieren gegangen, und heute Morgen hatte er im Haus sogar wieder den Stock gebraucht. Die Verletzung des Unterschenkels war noch lange nicht wieder heil.

»Ich werde ihn nicht heiraten. Nie und nimmer!«

»Tja! Ich fand zwar nicht, dass seine Mutter besonders begeistert aussah, als Mama ihr bei der Verabschiedung nahelegte, doch nächstes Jahr wiederzukommen. Und soweit ich es mitbekommen habe, hat sie sich auch nicht dazu durchringen können, eine verbindliche Verlobungsabsprache zu treffen. Aber möglicherweise ja auch nur, weil ihr Mann einen Tag früher abgereist ist.«

»Bevor ich das Scheusal heirate, springe ich lieber in den See und ertrinke ebenfalls.«

»Du meinst, du willst so sterben wie unser Hausmädchen? Ertrinken, weil du nicht schwimmen kannst? Vielleicht ist es bei ihr sogar Absicht gewesen. Vielleicht hat sie sich einfach nicht ihr ganzes Leben lang weiter so abrackern wollen. Meine Güte, ich würde mich auch umbringen, wenn ich eine Existenz als Arbeitstier vor mir hätte.«

Katharina sah ihn überrascht an. Sie fand es immer sehr befremdlich, wie schnell Alexander zwischen adeligem Gottesgnadentum und beinahe sozialistischem Gedankengut hin und her sprang. »Das war ein tragischer Unfall! Wenn du recht hättest, würden sich ja alle anderen auch umbringen«, erwiderte sie pragmatisch.

»Ich weiß gar nicht genau, was du gegen Ludwig von Preußen hast. Ich meine, er sieht nicht besonders gut aus, und ich finde ihn aalglatt. Aber mit dem Geld, das ihm zur Verfügung steht, hättest du doch alle Möglichkeiten der Welt.«

»Er macht mir Angst. Und er ...« Sie konnte doch nun wirklich schlecht mit ihrem Bruder darüber reden, dass Ludwig von Preußen sie unsittlich berührt hatte. »Er ist brutal.«

Eine Frage tauchte auf Alexanders Gesicht auf, aber anscheinend war er fähig genug, sich die nötigen Vorstellungen selber zu machen.

»Ich hab es dir schon mal gesagt: Du solltest dir eine Gegenmaßnahme überlegen. Wenn du dich stur stellst, bis du mündig wirst, bist du irgendwann sechsundzwanzig und eine alte Jungfer.«

»Was meinst du mit Gegenmaßnahme?«

»Du musst Mama und Papa einen Ausweichschwiegersohn präsentieren. Einen anderen Mann, bei dem du vorgibst, in ihn verliebt zu sein. Den sie aber nicht wie Julius wegen seiner Abstammung ablehnen können.«

Katharina schnaubte leise. Mama durfte keinesfalls nur eine Silbe von diesem Gespräch mitbekommen. »Ich kenne aber keinen, der mir gefällt.«

»Du hast nicht begriffen, was ich dir sage: Er muss dir nicht gefallen. Er muss nur ein annehmbarer Gegenentwurf zu Ludwig sein. Begreifst du nicht, wie sehr du unser beider Familien düpieren würdest, wenn du einen von Preußen ablehnst, um einen Bürgerlichen zu heiraten? Wenn du aber aus großer Verliebtheit heraus eine Entscheidung für einen Mann von Stand, Ehre und Namen triffst, wäre das nicht ganz so dramatisch.«

»Großer Verliebtheit?«

»Meine Güte, stell dich doch nicht so dumm an. Du weißt doch genau, wie ich es meine. Mama würde dir irgendwann alles verzeihen, wenn sie dich auf dem großherrlichen Rittergut deines Mannes besuchen kommt.«

Jetzt grummelte Katharina unzufrieden. Ja, sie wusste genau, was Alexander meinte: das Schlimmste gegen etwas Mittelmäßiges tauschen.

»Sieh dich einfach um. Vielleicht findest du sogar hier noch einen. Den Sohn irgendeines Reichsgrafen oder Herzogs. Aber beeil dich. Noch gibt es genug von denen.«

»Was meinst du damit: Noch gibt es genug?«

»Wenn du wirklich so unabhängig sein willst, wie du immer vorgibst, wäre es an der Zeit, dich mehr für Politik zu interessieren. Wir sind im Krieg – gegen Russland, Frankreich und Großbritannien. Das sind 'ne ganze Menge Feinde, findest du nicht? Hast du dir jemals Gedanken darüber gemacht, welche Auswirkungen das auf deine Zukunft haben könnte?«

Etwas kleinlaut sagte Katharina: »Nein.«

»Ganze Klassenzüge von Grafensöhnen sind da draußen an der Front. Und nach allem, was ich so höre, läuft es nicht ganz so günstig, wie sich das alle vorgestellt haben. Es könnte also gut passieren, dass zum Ende des Krieges deine Auswahl an jungen Männern deutlich dezimiert ist.«

»Du klingst wirklich erschreckend herzlos!«

»Ich bin realistisch. Deswegen gebe ich dir auch den Ratschlag, dir eine sinnvolle Beschäftigung zu suchen. Nur für den Fall, dass du doch eine alte Jungfer bleiben solltest.«

»Falls ich wirklich eine alte Jungfer bleiben sollte, können wir uns ja zusammentun.«

»Du meinst, einen gemeinsamen Hausstand gründen?«

»Keinesfalls will ich den Rest meines Lebens mit Mama verbringen. Wenn du wirklich Beamter wirst, stehen die Chancen gut, dass du nach Berlin gehen musst.«

»Erst einmal muss ich die gymnasiale Prüfung bestehen.«

»Hat Papa mal etwas erwähnt, ob er endlich einen Ersatz für Matthis gefunden hat?« Nachdem der Hauslehrer im Juni einen fatalen Fehler begangen und zum wiederholten Mal gezeigt hatte, dass es ihm an Etikette fehlte, suchte Papa nach einem Ersatz für ihn.

»Er hatte tatsächlich jemanden gefunden. Doch der hat wieder abgesagt, weil er eingezogen wurde. Je weiter der Krieg voranschreitet und je mehr Männer sich freiwillig melden oder eingezogen werden, desto schwieriger wird es, jemand Neuen zu finden. Ich fürchte, Matthis könnte für uns persönlich die unangenehmste Folge des Krieges werden.« Er blieb stehen und schüttelte seinen Unterschenkel aus.

»Was ist? Wieder ein Krampf?«

Unwillig verneinte er. »Ich weiß nicht. Es tut einfach weh, wenn ich länger laufe.«

Mama blickte kurz zurück, kam aber nicht zu ihnen. Stattdessen begrüßte sie zusammen mit Anastasia eine Gruppe von Menschen, die ihnen entgegenkamen. Ein Ehepaar im Alter ihrer Eltern und dahinter zwei Jungs.

Katharina und Alexander schlossen zu ihnen auf und warteten abseits den Austausch von Höflichkeiten ab. Endlich drehte Mama sich zu ihnen um und winkte sie beide heran.

»Mein jüngster Sohn Alexander. Und das hier ist meine jüngste Tochter Katharina. Das sind Gräfin Eulenhagen und der Herr Graf.«

Katharina verneigte sich leicht, und Alexander nickte dem Grafen zu.

»Meine Söhne, Diederich, und unser Jüngster hier ist Bernhard.«

Alexander gab den beiden Jungs die Hand. Katharina nickte ihnen zu.

»Woher kommen Sie?«

»Landkreis Cüstrin«, antwortete der Ältere schnell. Dabei sah Diederich allerdings nicht Alexander an, sondern blickte bewundernd zu Katharina.

»Cüstrin, eine schöne Gegend. Dann haben Sie es ja gar nicht so weit zur Reichshauptstadt.«

»Allerdings. Wenn man die Strapazen auf sich nehmen will, kann man an einem Tag mit dem Zug nach Berlin und wieder zurück fahren«, erklärte Gräfin Eulenhagen stolz.

Diederich schaltete sich wieder ein. »Und wir sind auch wunderbar weit von jedem Kriegsgetöse entfernt.« Er war etwas älter als Alexander, sein Bruder vielleicht zwei Jahre jünger als Katharina.

»Na ja, der größte Vorteil ist wahrscheinlich, dass unsere Liegenschaften im fruchtbaren Oder-Schwemmland liegen«, sagte sein Vater. »Ihr Herr Gemahl begleitet Sie heute nicht?«

»Der muss heute Dringendes erledigen, in Doberan.«

Es folgte noch etwas höfliches Geplänkel, während der älteste Sohn Katharina schüchtern beobachtete. Er wollte wohl noch etwas zu ihr sagen, aber anscheinend fielen ihm nicht die richtigen Worte ein.

Das Baby fing an zu schreien, und Anastasia trat an den Kinderwagen. Was immer sie da tat, brachte allerdings nicht den gewünschten Erfolg. Die Kleine schrie weiter.

»Vielleicht sehen wir uns ja im Kurhaus. Wie lange bleiben Sie noch?«

»Ich hoffe noch zehn Tage. Falls nichts dazwischenkommt«, setzte Mama unsicher nach. Auch sie war nervös, seit ihre Söhne im Feld waren.

Die beiden Gruppen verabschiedeten sich. Diederich brachte es tatsächlich über sich, Katharina einen Handkuss zu geben, was von allen milde belächelt wurde.

»Ähm … Ich würde mich sehr freuen, Sie … ähm … wiederzusehen.« Er drehte sich zu Alexander. »Und Sie natürlich auch.«

»Spielen Sie Tennis?«

»Tennis? In der Tat, ich kann es ein wenig.«

»Tennis?«, fragte Mama überrascht ihren Sohn.

»Ja, Tennis. Ich würde es gerne lernen, und hier in der Nähe gibt es doch Tennisplätze.«

»Wir können es ja gerne mal versuchen«, antwortete Diederich mit einem hoffnungsvollen Blick auf Katharina. »Wo sind Sie untergekommen?«

»In einem der Logierhäuser direkt am Strand.«

»In der Perlenkette.« So nannte man die Straße mit den prächtigen Villen, die wie auf eine Perlenkette gefädelt an der Strandstraße nebeneinanderlagen. »Großartig. Ich werde mich erkundigen und hole Sie beide ab, ja?«

Das Baby schrie noch lauter, und die beiden Familien trennten sich nun endgültig unter mehrmaligem höflichem Kopfnicken. Mama trat zu Anastasia, die langsam ungeduldig wurde.

»Die Kleine hat bestimmt Hunger.«

»Das kann eigentlich nicht sein. Das Kindermädchen hat sie gefüttert, kurz bevor wir losgegangen sind.«

»Was hat sie dann?«

»Was Babys nun mal haben«, sagt die Amme nachsichtig. Als wenn Anastasia das wissen müsste.

»Herrje, nun bringen Sie sie doch zum Schweigen.« Anastasia hakte sich bei Mama unter und ging mit ihr fort.

»Und, was meinst du?«, raunzte Alexander ihr leise zu.

»Woher soll ich wissen, was die Kleine hat?«

»Blödsinn. Diederich von Eulenhagen. Der Ältere. Wäre das für dich nicht eine passende Option?«

Völlig entgeistert starrte Katharina ihren Bruder an. Allmählich bekam sie das Gefühl, dass es der ganzen Welt egal war, an wen sie verschachert wurde.

»Deswegen hast du ihn nach Tennis gefragt?«

»Natürlich«, gab Alexander etwas unwirsch von sich. »Für wen denn sonst? Glaubst du etwa, ich könnte mit meinem Bein wirklich Tennis spielen?«

Unbemerkt von ihnen beiden stand plötzlich ihre Mutter neben ihnen und rief leicht hysterisch: »Ist das etwa eine Sommersprosse? Nimm gefälligst den Sonnenschirm richtig in die Hand!«

13. September 1914

Himmel, war das aufregend. Wiebke hätte die Fahrt beinahe abgesagt, aber Irmgard Hindemith hatte sie schließlich überzeugt, doch zu fahren. Der Tod von Hedwig hatte alle mitgenommen. Seit dem Vorfall schlief sie schlecht. Sie fragte sich, wie Hedwig so dumm hatte sein können, ins Wasser zu fallen. Sie hatte doch eigentlich Angst davor gehabt. Das hatte sie ihr selbst einmal gesagt, als Wiebke mit ihr einen freien Nachmittag auf dem Steg, der in den See hinausführte, verbringen wollte. Hedwigs unseliges Ende hatte Wiebkes beständige Angst vor der Welt da draußen nur noch bestärkt.

Nun denn, jetzt war sie froh, dass sie doch gefahren war. Die Herrschaften waren an der Ostsee, und obwohl dieses Mal Clara mitfahren durfte und Mamsell Schott unterstützen würde, hatte die Mamsell schon vorher mit Herrn Caspers besprochen, dass er ihr diesen Tag ganz freigeben würde. Was nur gerecht war, denn Wiebke hatte einen ihrer freien Nachmittage vorgearbeitet. Albert Sonntag hatte sein Versprechen wahr gemacht und sie zur Bahn gebracht. Er hatte sogar gewartet, bis sie Platz genommen hatte. Vermutlich hatte die Köchin ihm eingebläut, darauf zu achten, dass Wiebke nicht mit irgendwelchen Burschen im Abteil saß. Als wäre das nötig.

Nun konnte es nicht mehr lange dauern, bis sie in Kallies war. Die Aufregung, so weit alleine mit der Bahn zu fahren, wich der

Aufregung, endlich ihre Schwester wiederzusehen. Sie konnte es kaum noch erwarten. Dann hielt der Zug. Sie griff nach dem schweren Korb, den Irmgard Hindemith ihr gepackt hatte, und stieg aus.

Für einen Moment beschlich sie wieder die Furcht. Passanten eilten durch das Bahnhofsgebäude nach draußen. Am Ende des Bahnsteiges wartete ein Trupp Uniformierter. Sie setzte sich auf eine Bank neben eine ältere Frau, die ebenfalls zu warten schien.

Die Frau schielte auf ihren Korb, Wiebke zog ihn auf den Schoß. Es gab noch eine zweite Bank, auf die sie sich setzen konnte, aber dort wäre sie alleine und näher an den Soldaten dran. Sie beugte sich nach vorne, um auf die Bahnhofsuhr über dem Durchgang zu schauen.

Ida hatte ihr geschrieben, dass sie mit dem Zug um elf Uhr fünfundzwanzig in Kallies ankommen würde. Keine zehn Minuten mehr. Wiebke war so aufgeregt, sie musste sich bewegen. Sie nahm ihren Korb und ging am anderen Ende des Bahnsteiges auf und ab.

Endlich ertönte von Weitem das Pfeifen eines Zuges, und sie blieb stehen. Wo würde Ida aussteigen? Vielleicht war es besser, hier am Rand zu bleiben. Wenn sie ihre Schwester nach fast neun Jahren endlich wiedersah, wollte sie nicht durch andere Reisende in ihrer Freude gestört werden.

Im Herbst 1905 war Wiebkes Mutter gestorben, da war sie gerade selbst sechs Jahre alt gewesen. Da ihr Vater schon seit zwei Jahren tot war, brachte eine Schwester ihrer Mutter sie ins Waisenhaus von Stargard. Ihre drei älteren Geschwister aber fanden dort keinen Platz mehr. Wie sie aus Idas ersten Briefen wusste, hatte ihre Tante sie, Paul und Otto nach Stettin gebracht. Doch dort war auch kein Platz, und zwei Tage später kamen sie nach Belgard ins Waisenhaus. Dort waren sie zusammen aufgewachsen, bis einer nach dem anderen sich eine Stellung gesucht hatte. Ida arbeitete als Hausmädchen in der Nähe der westpreußischen Stadt Deutsch Krone. Trotzdem war ihr Weg nicht so lang gewesen wie Wiebkes.

Langsam fuhr der Zug ein. Fieberhaft schaute Wiebke von einer Scheibe zur anderen. Wo war sie? Würde sie Ida erkennen? Dampf senkte sich über den Bahnsteig, aber verflüchtigte sich sofort wieder. Der Zug hielt, und die Leute strömten heraus. Es waren nicht viele, aber alle hatten es eilig. Als einer nach dem anderen im Bahnhofsgebäude verschwand, entdeckte sie Ida endlich.

Rote Haare, so rot wie ihre. Das musste ihre große Schwester sein. Jetzt drehte sich die junge Frau um und blickte in ihre Richtung. Wiebke blieb wie angewurzelt stehen. Ida kam auf sie zu. Erst ganz langsam, dann immer schneller. Schließlich ließ sie einfach ihre Reisetasche fallen und riss Wiebke in ihre Arme.

Sie heulten. Sie schluchzten und lachten gleichzeitig. Es war so unwirklich. Wiebke fühlte, wie ein verloren gegangener Teil ihrer Seele zu ihr zurückkehrte. Es dauerte lange, bis sie sich endlich voneinander lösten. Da war der Zug schon wieder längst abgefahren.

»Meine kleine Schwester! Lass dich ansehen.«

Wiebke wusste gar nicht, was sie tun sollte. Ida begutachtete sie, und sie begutachtete Ida.

»Wir sehen uns ähnlich.«

»Natürlich. Wir sind schließlich Schwestern«, lachte Ida.

»Wie sehen Paul und Otto aus? Haben sie auch rote Haare?«

»Ja, rote Haare und Sommersprossen. Paul kommt wie wir eher nach Mama, aber Otto erinnert mich an Vater.«

»Ich erinnere mich kaum noch an Vater. Hatte er auch rote Haare, wie Mama?«

»Papa war braunhaarig, mit einem kleinen Stich ins Rote. Und er hatte nicht so weiße Haut. Deine und meine und auch

Pauls Haare sind ja eher kupferrot. Ottos sind dunkler, so wie Mahagoni. Er hat auch die große Nase von Papa.«

»Ich hoffe sehr, dass ich die beiden bald auch treffen kann. Siehst du sie ab und zu?«

»Nein, ich habe sie nicht mehr gesehen, seit sie aus Belgard fortgegangen sind. Otto ist Stallknecht auf einem Gut in Leba, direkt an der Ostsee, weit im Osten von Pommern. Paul, er arbeitet bei einem Schmied in Stolp. Das ist weit weg, aber er hat mir geschrieben, dass sie sich wenigstens einmal im Jahr sehen. Ich bin ja gerade erst achtzehn geworden. Die Mamsell hat gesagt, wenn ich über Nacht bleiben will, muss ich mindestens einundzwanzig sein. Vorher lässt sie mich nicht alleine weg. Auch nicht zu meinen Brüdern.«

»Wäre es nicht fantastisch, wenn wir uns alle zusammen treffen könnten?«

»Das wäre wunderbar.«

In Idas Augen konnte Wiebke lesen, dass die Sehnsucht der Schwester nach ihrer Familie genauso groß war wie ihre eigene.

»Komm, es gibt hier mehrere Seen, direkt in der Nähe. Dort können wir picknicken und ganz in Ruhe miteinander reden.«

Sie liefen nur ein paar Minuten und kamen auf eine Wiese in der Nähe des Seeufers. Ida hatte eine Decke mitgebracht, auf die sie sich niederließen. Wiebke wollte am liebsten die ganze Zeit mit ihr Händchen halten, aber es hätte für die Leute sehr merkwürdig ausgesehen. Doch jetzt, hier auf der Decke, hielt sie sich nicht mehr zurück.

»Ich hab mich so alleine gefühlt.« Tränen rannen über ihre Wangen.

Ida legte ihre zweite Hand auf ihre. »Es war schrecklich, auch für uns. Erst ist Mama gestorben, dann mussten wir dich zurücklassen, und das Leben im Waisenhaus … Na ja, dir muss ich es ja nicht erzählen, wie es dort zugeht.«

»Immerhin wart ihr zusammen.«

»Ja, wenigstens zeitweise. Die Jungs konnten nebeneinander schlafen. Aber ich musste in den Mädchentrakt. Wir haben uns eigentlich nur in der Schule gesehen. Und manchmal, wenn sich am Nachmittag bei der Arbeit unsere Wege zufällig gekreuzt haben.« Sie lachte kurz auf. »Otto hat irgendwann angefangen, Äpfel zu klauen. Und es wurde unser Spiel, dass er versucht hat, uns im Herbst jeden Tag einen Apfel zuzustecken.« Sie kramte etwas aus ihrer Reisetasche heraus. »Ich habe dir etwas mitgebracht.«

Ida reichte ihr ein Tuch. Als Wiebke es aufknotete, kamen Blaubeeren zum Vorschein. »Weißt du noch?«

Wiebke nickte stumm.

»Ein paar Tage später ist Mama gestorben.«

»Ich habe so viel vergessen, aber das nicht. Wie wir vier zusammen im Wald waren. Ich hatte endlich mal keinen Hunger mehr.«

Jetzt nickte Ida. »Hast du noch mal was von Tante Hilde gehört?«

Wiebkes Gesicht wurde grimmig. »Nein, nie wieder. Sie war so froh, dass sie uns losgeworden ist. Ich wünsche keinem Menschen etwas Schlechtes, aber ...«

Ida legte ihr eine Hand auf die Schulter. »Sei ihr nicht böse. All ihr Erspartes hat sie dafür aufgebracht, uns unterzubringen. Sie hatte schon nichts mehr, als sie uns nach Stargard gebracht hat. Die Leiterin des Waisenhauses hat sich geweigert, uns alle vier aufzunehmen. Sie hatte keinen Platz mehr. Tante Hilde hat furchtbar mit ihr gestritten, aber es hat nichts genutzt. Schließlich konnte sie dich dalassen. In einer Pfandleihe hat sie ihren Ehering versetzt, damit sie die Eisenbahnbilletts für uns nach Stettin bezahlen konnte.«

»Sie hätte uns doch selbst aufnehmen können.«

»Nein, hätte sie nicht. Vielleicht weißt du es nicht, aber auch ihr Mann war nur ein halbes Jahr vorher gestorben. Und sie hat selbst fünf Kinder.«

Wiebke schüttelte unwirsch den Kopf. Sie wollte es nicht wissen. Mehr als ihr halbes Leben hatte sie der Tante Vorwürfe gemacht. »Ich hab auch nach Stettin geschrieben, an das Waisenhaus. Sie wussten aber nichts von euch.«

»Wir waren dort ja auch nur zwei Tage. Das Haus war überfüllt, und es war klar, dass wir woanders untergebracht werden mussten. Wir hatten die ganze Zeit Angst, dass wir alle in verschiedene Häuser kommen, so wie du. Wir waren schon froh, als wir zusammen in Belgrad untergekommen sind.«

»Es war so schlimm. So alleine gelassen zu werden.« Sie schaute ihre große Schwester an. Ida war ein Stückchen größer als Wiebke. Ihre Gesichtszüge waren spitzer, aber ansonsten ähnelten sich die Schwestern wirklich sehr. Ida wirkte aber völlig anders, selbstständiger und weniger furchtsam. Beinahe eine erwachsene Frau, die es gelernt hatte, zu kämpfen und sich durchzusetzen. Das Gesicht ihrer Schwester wurde wieder traurig.

»Ich habe gestern noch einen Brief von Paul bekommen. Er ist einberufen worden.«

»Oh nein.« Wenn ihr Bruder erst einmal in den Krieg gezogen war, konnte es sein, dass sie ihn nie wiedersehen würde.

»Vielleicht hat er Glück. Der Schmied, bei dem er arbeitet, hat viele Aufträge von der Garnison in Stolp. Er schreibt, es kann gut sein, dass man ihn noch zurückstellt, weil er dann ja auch so für das Militär arbeitet.«

Wiebke nickte nur. Sie blinzelte ihre Tränen weg. Vielleicht würde am Ende ja doch alles gut. Verdient hätten sie es.

»Komm, lass uns etwas essen. Ich habe großen Hunger.«

Die beiden packten aus, was sie mitgebracht hatten. Irmgard Hindemith war sehr viel großzügiger gewesen als die Mamsell auf Idas Gutshof. Aber es reichte für beide, und es war sogar noch etwas übrig für ihren Rückweg. Über ihnen zogen die Kraniche am blauen Himmel gen Süden.

Sie hatten fünf Stunden, dann würden sie beide wieder in ihre Züge steigen und zurückfahren. Albert Sonntag hatte versprochen, Wiebke am Bahnhof abzuholen. Es wurden fünf glückselige Stunden.

November 1914

Ottilie Schott wartete, bis Tomasz Ceynowa die Hintertreppe hochgegangen war. Was für eine merkwürdige Entwicklung. Sie würde es nie verstehen: Aus dem polnischen Saisonarbeiter war quasi über Nacht eine Art Gefangener geworden. Nun, vielleicht nicht über Nacht, aber doch wenigstens im Laufe eines Monats. Er durfte nicht mehr in seine Heimat zurückkehren.

So viele Männer hatten sich schon freiwillig gemeldet, dass die Polen in der preußischen Provinz als landwirtschaftliche Arbeitskräfte unverzichtbar geworden waren. Die Rückkehr in ihre Heimat wurde ihnen untersagt.

Ottilie Schott wusste auch, dass Ceynowa sofort ein Teil seines Gehaltes gestrichen worden war. Der Graf hatte ihr außerdem Bescheid gegeben, dass der Pole sein Gehalt nicht mehr bar ausgezahlt bekommen sollte. Graf von Auwitz-Aarhayn würde ihm nun Schuldscheine ausgeben. Das traf nicht nur ihn, sondern alle polnischen Saisonarbeiter. Auf die Art wollte man vermeiden, dass sich die Männer mit dem Geld nach Hause durchschlagen konnten.

Nach der Fertigstellung des Arbeiterhauses im Dorf hatte der Mann dort geschlafen und auch dort gegessen, nun hatte der Graf ihn dazu verdonnert, wieder hier zu wohnen. In der Dienstbotenetage hatte man ihn besser im Auge, und tagsüber war er sowieso beinahe die ganze Zeit Thalmann oder anderen Pächtern unterstellt. Das bedeutete aber schlussendlich, dass er bequemer wohnte und besseres Essen bekam als im Arbeiterhaus.

Nun, ihr konnte es gleich sein. Auch wenn es ihr ein Dorn im Auge war, dass so einer wie er mit ihnen am Tisch saß. Aber sie hatten es einmal ertragen und würden es wieder tun. Außerdem hatte die britische Regierung Anfang diesen Monats den gesamten Nordseeraum zum Kriegsgebiet erklärt und eine Wirtschaftsblockade gegen das Deutsche Reich verhängt. Es war also unbedingt notwendig, dass sich das Reich selbst mit Lebensmitteln versorgen konnte, und sei es denn mit der Hilfe von Menschen wie Tomasz Ceynowa.

Die Mamsell ging zur Hintertür und trat hinaus. Wie jeden Abend vergewisserte sie sich, dass hier alles in Ordnung war und sie nicht zufällig Bertha oder Kilian, die oft abends noch eine Zigarette rauchten, die Tür vor der Nase zuschloss.

Es war schon unangenehm kühl draußen, und es roch nach Schnee. Schwere Wolken zogen über die Landschaft. Es konnte nicht mehr lange dauern, bis der erste Schnee das Land unter sich bedeckte. Was sollte dann werden? Sie dachte an all die Männer, die draußen an der Front waren. Es gab erste Sammlungen von Wolldecken und dicken Mänteln, Handschuhen und Mützen. Die Menschen spendeten gerne und freiwillig für die, die für sie das Kaiserreich verteidigten.

Sie hoffte inständig, dass die Soldaten wenigstens Weihnachten wieder zu Hause feiern konnten. Ottilie Schott hegte allerdings Zweifel daran. Sie bekam nicht sehr viel mit, denn sie hatte keine Zeit, Zeitungen zu lesen. Aber die wichtigsten Meldungen drangen auch bis zu ihr durch.

Zwar hatten die deutschen Truppen an den masurischen Seen die Russen zurückgeschlagen und das Territorium zurückerobert, aber seitdem war es wohl nicht recht vorangegangen. Und auch von der Westfront hörte man nicht viel Gutes. Im Moment hört man eher gar nichts. Was auch nichts Gutes verhieß, denn gäbe es nennenswerte Siege, wären die sicherlich lautstark bejubelt worden.

Aber sie würde die Hoffnung nicht aufgeben und sandte ein kleines Stoßgebet gen Himmel. Als sie gerade wieder reingehen wollte, hörte sie etwas Ungewöhnliches. Ein leises Geräusch.

Eugen hatte erzählt, dass er schon öfter rund um die Stallungen eine Schleiereule gesehen hatte. Anscheinend hatte sie im Dachgebälk der Remise ein verstecktes Plätzchen gefunden. Erst im Dunkeln ging sie auf die Jagd nach Feldmäusen. Gelegentlich war auch mal eine Fledermaus ihr Opfer. Mit ihrem hellen Bauchgefieder sah sie wie ein fliegendes Gespenst aus. Nahezu lautlos drehte sie ihre Runden.

Ottilie blieb stehen und lauschte. Doch, da war es wieder. Ein leises, aber zielgerichtetes »Sssst!«.

Kein fliegendes Gespenst zu sehen. Ihr wurde mulmig zumute. »Ist da jemand?«

Wieder: »Sssst!«

Sie starrte in die Dunkelheit, konnte aber in dem dämmrigen Licht nichts erkennen.

»Wer ist da?«, fragte sie mit mehr Mut, als sie tatsächlich hatte.

»Mutter?«

Ottilie Schott erstarrte. Das konnte nicht wahr sein! Im gleichen Moment schoss ihr durch den Kopf, dass es sehr wohl sein konnte. Unentschlossen ging sie drei Schritte in die Richtung, aus der die Stimme kam, und blieb wieder stehen.

Aus der hohen Hainbuchenhecke löste sich ein Schatten. Ein Mann, der immer jünger wirkte, je näher er kam. Endlich konnte sie ihn erkennen. Da stand er plötzlich vor ihr, eine jüngere Ausgabe von Gustav. Er schaute sie nur an und wollte sich gerade erklären, doch das war nicht nötig. Er sah seinem Vater verblüffend ähnlich. Die aschblonden Haare, die hohe Stirn, das gleiche Kinn. Vielleicht hatte er sogar die schönen graublauen Augen von seinem Vater geerbt. Das war in diesem Zwielicht nicht zu erkennen.

Von seinem Vater, der sie vor zwanzig Jahren nur zwei Tage vor ihrer Hochzeit einfach verlassen hatte. Der Kammerdiener ihres damaligen Herrn. Er war von jetzt auf gleich verschwunden. Und nicht nur hatte er sie mit der Schande zurückgelassen, dass er sie nicht heiraten wollte. Nein, wenn es nur das gewesen wäre. Ottilie war auch noch schwanger gewesen.

Das einzige Glück in ihrer großen Not war gewesen, dass ihre damalige Herrin Mitleid mit ihr gehabt hatte. Immerhin war sie fast verheiratet gewesen. Sie durfte noch drei Monate weiterarbeiten, musste das Gut aber verlassen, bevor ihre Schwangerschaft sichtbar wurde. In dieser Zeit hatte sie sich ein Heim gesucht, wo sie niederkommen würde. Und die Herzogin, eine edle Dame, die vor acht Jahren verstorben war, hatte ihr ein gutes und vor allem ein nachdatiertes Zeugnis ausgestellt. So konnte sie jederzeit wieder in einem anständigen Haushalt Anstellung finden, ohne dass jemand danach fragte, warum sie monatelang nicht gearbeitet hatte. Und nachdem sie zweimal gewechselt hatte, war sie vor nunmehr fünfzehn Jahren nach Gut Greifenau gekommen.

Gustav selbst sah sie nie wieder. Nach einigen Wochen kam ein Brief, indem er ihr lapidar und in schmieriger Schrift mitteilte, dass ihm klar geworden war, dass sie nicht die richtige Frau für ihn war. Und dass er, statt als armer Pächter auf einem Gutshof zu enden, lieber in die Fremde ging, um dort sein Glück zu suchen. Er war jetzt in irgendeiner afrikanischen Kolonie, mehr wusste sie nicht. Wann immer sie an ihn dachte, wünschte sie ihm die Krätze oder wahlweise auch Kannibalen an den Hals.

Ihren Sohn stillte sie drei Monate, bis man eine Bauersfamilie für ihn fand. Sie wusste nicht, wo sie lebten und ob die Bauern reich oder arm waren. Aber als die Familie ihn abholen kam, schaffte sie es, heimlich ihren Pferdewagen abzufangen. Sie wusste, dass dieser Tag kommen würde. Und so schrieb sie der neuen Mutter ihres Sohnes einen Brief, in dem sie ihm ihren Namen und ihre Tätigkeit mitteilte. Da sie mit ihrer Herrin in Briefkontakt blieb, konnte es nicht so schwer sein, später einmal herauszufinden, wo sie arbeitete. Immerhin würde ihr Sohn nicht in einem Waisenhaus oder mit einer ins Elend gestürzten Unverheirateten als Mutter aufwachsen müssen. Nun also hatte er sie gefunden. Ihr Sohn stand leibhaftig vor ihr. Sie brauchte nicht nachzurechnen. Sie wusste, dass er in diesem Jahr neunzehn geworden war. Seinen Geburtstag feierte sie immer alleine.

»Emil?«

»Ja.«

Sie hatten ihm seinen Namen gelassen. Sie war unglaublich froh darüber, hatte er doch wenigstens etwas von seiner Mutter, was ihn sein ganzes Leben begleiten würde.

»Warum schleichst du dich so an?« Er hätte ihr doch schreiben können, dass er kommen würde. Sie hätte etwas vorbereitet, ein Treffen außerhalb des Gutes. Niemand durfte von ihm wissen.

Als könnte er ihre Gedanken lesen, sagte er: »Ich hätte mich angekündigt, wenn ich Zeit gehabt hätte. Aber ... ich bin auf der Flucht.«

Um Gottes willen. Ottilie Schott wusste nicht, wie sie reagieren sollte. Ihre übergroße Freude verwandelte sich sofort in Schrecken. Tausend Dinge schossen ihr durch den Kopf.

»Die Feldgendarmerie ist hinter mir her. Du musst mich verstecken. Ich kann nicht nach Hause zurück. Dort suchen sie als Allererstes nach mir.«

Millionen Male hatte sie sich ausgemalt, wie ihre erste Begegnung mit ihrem Sohn verlaufen könnte. Er würde ihr Vorwürfe machen, oder er würde sie einfach umarmen. Er würde bitterlich weinen oder sich freuen, sie zu sehen. Sie würde bitterlich weinen und tausendmal um Entschuldigung bitten. Aber mit dieser Wendung hatte sie nun weiß Gott nicht gerechnet.

»Ich ... Ja, natürlich.« Sie starrte ihn an, und plötzlich war es ihr egal, was er sagen würde. Sie riss ihn an sich und umarmte ihn. Sie umarmte ihn so fest, als wollte sie ihn nie wieder loslassen.

Plötzlich merkte sie, wie sich sein hagerer Körper in ihren Armen schüttelte. Er weinte.

»Ich hab es nicht mehr ausgehalten. Alle Menschen, die ich kannte, alle meine Schulkameraden sind gestorben.« Sein Mund war direkt an ihrem Ohr. Er hatte seine Arme nicht um sie gelegt, aber er wehrte ihre Umarmung auch nicht ab.

»Überall Blut. So viele Tote. Und niemals war es ruhig. Überall Kanonen und Explosionen. Tagelang. Das Pfeifen der Granaten war nicht zu ertragen.« Er schluchzte laut auf. »Aber am schlimmsten ... war, ... dass ich ... Ich war in einer Maschinengewehr-Kompagnie.«

Ein merkwürdig gepresstes Winseln kam aus seinem Mund. Wenn das Unsagbare einfach nicht herauswill. Weil man es nicht über die Lippen bringen kann. Er schluchzte minutenlang in ihren Kragen. Endlich fing er sich.

»Wir saßen immer zu zweit an einem Maschinengewehr. In drei Tagen ... ich habe ... Hunderte Männer umgebracht. Dreihundert, vielleicht vierhundert. Manchmal ein Dutzend in wenigen Minuten.« Die Worte kamen stoßweise heraus. »Wenn ich noch einen einzigen Mann töte, dann ... sterbe ich selbst. Ich bin schon verloren ... All die Toten, sie greifen nach mir ... Nachts ... kann ich nicht schlafen. Ich fühle ihre Körper ... wie sie fallen ... auf mich drauf. Berge von toten Leibern. Ich bin begraben ... In meinen Träumen bade ich in ihrem Blut.«

»Schhhh, schhhh. Jetzt bist du ja hier. Und ich helfe dir. Du musst nicht wieder zurück.« Sie streichelte ihm die Haare. Es war ihr ernst. Sie würde ihm helfen, egal was es sie kosten würde. Er war ihr Sohn.

»Ich kann nicht mehr zurück. Und ich kann nicht zu meinen Eltern.«

Zu meinen Eltern! Es traf sie, sehr. Aber sie hatte ihm einmal das Leben geschenkt und Hoffnung auf eine bessere Zukunft. Und genau das würde sie jetzt noch einmal tun.

Sie ließ ihn los und trat einen Schritt zurück. »Du hast sicher Hunger.«

Er nickte. Für einen Moment überlegte sie, ob sie es wagen sollte, ihn mit in die Küche zu nehmen. Nein, das wäre zu gefährlich.

»Versteck dich wieder dort in der Hecke. Ich hole dir was raus. Und dann überlege ich mir, wo ich dich am besten unterbringe.«

Er nickte wieder, und ein scheues Lächeln erschien auf seinem Gesicht. Doch schon wandte er sich um und verschwand in der Dämmerung.

Ihre Hände zitterten. Ihr Körper vibrierte. Ihr Sohn war gekommen. Zu ihr gekommen. Ihr Sohn fragte sie um Hilfe. Alles, was sie sonst Schlechtes von Fahnenflüchtigen gedacht hatte, war mit einem Mal aus ihren Kopf verschwunden. Keine Mutter konnte wollen, dass ihr Kind irgendwo in fremder Erde sterben würde.

Sie hatte die Schlüssel zu allen Räumen in der Dienstbotenetage, einschließlich der Räume, in denen Lebensmittel lagerten. In wenigen Minuten hatte sie einen Korb zusammengestellt, in dem frische Milch und auch ein Krug Bier war. Sie wagte es nicht, ihm einen ganzen Laib Brot mitzugeben, weil es der Köchin sicherlich auffallen würde. Deswegen schnitt sie ihm vier Schnitten ab, packte reichlich Butter und mehrere Scheiben kaltes Fleisch dazu. Drei saftige Kaiseräpfel legte sie auch noch in den Korb. Es musste bis morgen Abend reichen. Vorher würde es auffallen, wenn sie etwas beiseiteschaffte. Im Zweifel würde Irmgard Hindemith ohnehin Bertha verdächtigen. Es war ein offenes Geheimnis, dass sie ständig heimlich naschte.

Blieb immer noch die Frage, wo sie Emil verstecken sollte. Im Dorf gab es nichts, wo sie ihn unbemerkt unterbringen konnte. Wäre es Sommer, hätte er im Wald schlafen können. Aber dafür war es schon viel zu kalt. Vielleicht in der alten Torfstecherei? Dort stand eine leere Hütte mit den Utensilien und den Torfkarren. In Pommern wurde viel mit Torf geheizt, aber das meiste wurde in den Sommermonaten gestochen. Im Winter, wenn der Bodenfrost einsetzte, kam nur selten jemand dorthin.

Aber wenn man nach ihm suchte? Ihm auf der Fährte war? Die Hütte bot Schutz, aber sie thronte für jeden sichtbar über dem ebenen Moor. Würde ihn dort jemand entdecken und verraten, wäre er dort gefangen, bis seine Häscher kamen. Nein, dort wäre es zu gefährlich.

Eine andere Möglichkeit kam ihr in den Sinn. Eine, die ihr zudem Gelegenheit bot, ihren Sohn täglich zu sehen. Aber dazu bedurfte es einer gewissen Verschwiegenheit. Doch wer würde ihr mit einem Fahnenflüchtigen helfen? Sofort kam ihr ein Name in den Sinn. Er war der richtige Mann für eine solche Geschichte. Ganz bestimmt.

Aus den Schränken mit den Decken nahm sie vier dicke Wolldecken. Für den Anfang, für die erste Nacht, sollte es reichen. Musste es reichen. Schwer beladen trat sie wieder vor die Tür.

Sie ging zur Hainbuche, und er machte wieder »Ssssst«.

»Komm mit. Ich bring dich in der Remise unter. Du kannst in der alten Kutsche schlafen. Fürs Erste.«

»Und morgen früh? Wenn jemand kommt?«

»Es gibt nur einen, der kommen könnte.«

»Und der wird mich nicht verraten?«

Ottilie Schott konnte sich natürlich nicht sicher sein. Aber so, wie Albert Sonntag sich bisher zum Kriegsdienst geäußert hatte, hielt sie es nicht für wahrscheinlich, dass er einen Fahnenflüchtigen verpetzen würde.

* * *

»Er schläft in der Kutsche?«

»In der alten Kutsche.«

Albert Sonntag stand im Pyjama vor ihr. Hastig knotete er seinen Morgenmantel zu. Er hatte noch gelesen, war aber schon im Bett gewesen, als Ottilie Schott gerade leise geklopft hatte.

»Sie werden ihn doch nicht verraten? Oder? Sie haben doch selbst immer gesagt, dass die jungen Männer alle nur Kanonenfutter sind. Und wie schrecklich der Umgang der Offiziere mit den Leuten aus den ärmeren Schichten ist.« Ihre Stimme war leise, und sie hatte die Tür hinter sich geschlossen, was sich eigentlich nicht schickte.

Albert Sonntag legte die Stirn in Falten. »Ich werde ihn nicht verraten, aber wenn er auffliegt, weiß ich von nichts!«

»Natürlich. Nur so lange ... bis ich ... Ich muss mir ... irgendetwas überlegen. Wohin er kann.«

Der Kutscher nickte nachdenklich. »Für ein paar Tage können Sie Ihren Neffen hier vielleicht verstecken. Aber es wäre besser, er besorgt sich eine neue Identität. Besser als ein nächstes Versteck. Er sollte in eins der nordischen Länder gehen. Dänemark oder Schweden. Ein Land, das neutral ist. Dafür braucht er Geld.«

Geld! Oh, vermaledeiter Caspers. Gerade erst vor einem halben Jahr hatte sie ihm einen bedeutenden Teil ihres Ersparten geliehen, weil er das den Bediensteten unrechtmäßig abgezogene Geld verspielt hatte. Der oberste Hausdiener zahlte ihr nun Monat für Monat Geld zurück. Einen guten Teil seines Lohns. Doch es würde noch fast drei Jahre dauern, bis er auf diese Weise seine Schulden beglichen hätte. Glücklicherweise hat Ottilie ihm nicht ihr ganzes Gespartes leihen müssen. Doch ob das nun reichen würde? Hätte sie nur gewusst, dass sie ihr Geld selbst brauchen würde!

»Was glauben Sie, wie viel Geld man braucht, um über die Grenze zu kommen?«

Albert Sonntag lachte trocken. »Da habe ich keine Erfahrung. Er muss genug haben, um sich auf dem Weg zu verpflegen. Mit der Eisenbahn kann er ja nun schlecht fahren. Er muss sich bis zur Küste durchschlagen. Das sind ein paar Tage Fußmarsch. Am besten versucht er, auf eine der Ostseefähren zu gelangen, vielleicht in Sassnitz oder in Kolberg. Dann braucht er Geld, um Seeleute und Grenzbeamte zu bestechen. Oder er besorgt sich falsche Papiere.«

»Falsche Papiere?«

»Einen Schweizer Pass zum Beispiel. Aus einem neutralen Staat, dessen Sprache er aber beherrschen muss.«

Ottilie schaute den Kutscher an, der nur wenige Jahre älter war als ihr Sohn. So schnell, wie er die Antworten parat hatte, schien er diese Überlegungen selbst schon einmal angestellt zu haben.

»Und … wissen Sie zufällig, wie man an einen solchen Pass kommt?«

»An einen guten falschen Pass? An einen, der was taugt? Nein.« Er schaute sie an, als wäre er ertappt worden. »Aber ich bin mir sicher, dass er viel Geld kosten wird.«

Oje. Mit zusammengepressten Lippen und gesenktem Kopf stand sie vor ihm. Sie hatte nicht mehr so viel Geld übrig. Ob das reichte? Ihre Beine zitterten vor Angst. Von Minute zu Minute stürmten immer mehr Szenarien auf sie ein, was alles schiefgehen konnte. Aber sie war sich vollkommen sicher, dass sie alles tun würde, was in ihrer Macht stand, um ihren Sohn zu retten. Er konnte nicht mehr zurück. Selbst wenn sie es nicht guthieß, es war zu spät. Auf Fahnenflucht standen viele Jahre Gefängnis. Für den Fall, dass es nicht sein erster Versuch war, sogar die Todesstrafe.

»Geben Sie ihm einfach, was Sie haben. Aber wenn Sie sehr viel gespart haben, geben Sie ihm nicht alles. Dann ist es vielleicht besser, es ihm zu schicken. Denn wenn er geschnappt wird ...«

Ihre Augen weiteten sich. Ihre Stimme versagte fast. »Sie haben vermutlich recht.«

»Außer mir und Eugen kommt eigentlich fast nie jemand in die Remise. Früher mal Graf Konstantin, aber der ist ja nicht da. Sie sollten sich für Eugen eine Aufgabe ausdenken, mit der er morgen im Haus beschäftigt ist.«

»Das ist eine gute Idee. ... Ich bin Ihnen wirklich zu größtem Dank verpflichtet.«

»Ja, das sind Sie.« Albert Sonntag schaute sie mit einem merkwürdigen Ausdruck an. So als würde er abwägen, wie groß die Gegenleistung sein durfte, die er von ihr einfordern konnte. Sie schluckte hart. Es war ihr egal, solange er sie nicht verraten würde. Und da kam sie auch schon, seine Forderung.

»Ich verrate Ihr Geheimnis nicht, wenn Sie mir eins anvertrauen.«

Ottilie Schott schoss die Röte ins Gesicht. Dieser Mann war scharfsinnig. So wie Bertha jedes Gerücht aufschnappte, konnte er riechen, wenn irgendwas faul war. Sie war sich fast sicher zu wissen, was er meinte. Trotzdem fragte sie: »Von welchem Geheimnis reden Sie?«

Er blickte sie ganz ruhig an. »Hedwig.« Mehr sagte er nicht. Mehr brauchte er nicht zu sagen.

Als bliebe ihr die Luft weg. Sie ließ sich auf den Stuhl nieder, obwohl dort seine Anziehsachen für morgen lagen. Sie schluckte. Ihre Kehle war trocken.

»Ich hab schwören müssen, dass ich nichts verrate.«

Er drohte nicht weiter. Er schaute sie bloß an. Dieser Blick! Sie wusste, sie brauchte erst gar nicht mit Lügen anzufangen.

»Sie dürfen es niemandem erzählen.«

»Wem? Wem haben Sie es versprochen?«

Sie griff sich an den Hals. Meine Güte, obwohl die Zimmer schlecht beheizt waren, war ihr heiß. Und er hatte nicht versprochen, es niemandem weiterzuerzählen. Aber aus irgendeinem Grunde vertraute sie ihm. Sonst wäre sie wohl kaum hier. »Hedwig ... ist nicht ertrunken.« Sie blickte schnell zu ihm. Sein Ausdruck war ruhig.

»Sie ist ... Sie hat sich erhängt. In der neuen Scheune.«

Mehr als ein Anflug von Überraschung erschien auf Sonntags Gesicht. »Aber sie war ganz nass. Ich meine, ihr Körper, ihre Kleidung, die Haare.«

Ottilie Schott nickte. »Das war ich. Mit Caspers zusammen. Aber erzählen Sie ihm um Gottes willen nicht, dass Sie es wissen. Er hat auch nichts damit zu tun.«

»Und wem haben Sie schwören müssen, dass Sie nichts sagen?«

Jetzt war es auch egal. »Der Frau Gräfin. Sie sagte, sonst dürfe der Pastor Hedwig nicht auf dem Friedhof begraben.«

Er schien darüber nachzudenken. Die Erklärung lag nahe. »Und Eugen?«

»Eugen hat sie nicht aus dem Wasser gefischt, wie er gesagt hat. Er hat sie in der Scheune gefunden. Fast alle anderen hatten gerade ihren freien Nachmittag. Irmgard Hindemith nicht, aber sie hat trotzdem nichts mitgekriegt.«

Albert Sonntag nickte. Sie wusste, er war an diesem unseligen Tag ebenfalls unterwegs gewesen. »Und der Herr Graf?«

»Er hat mit Caspers zusammen den Leichnam geborgen.«

»Gab es einen Brief? Ich meine … weiß jemand, warum …?«

»Nicht, soweit ich weiß. Und ich habe wirklich keine Ahnung, warum das arme Ding sich das angetan hat.«

Albert Sonntag schaute auf einen unbestimmten Punkt an der Wand. Als überlegte er etwas. Plötzlich war sie sich ganz sicher, dass er den Grund für Hedwigs Tod früher oder später herausfinden würde.

31. Dezember 1914

Irmgard Hindemith hatte sich angesichts der immer knapper werdenden Lebensmittel wirklich selbst übertroffen. Nicht nur die Familie hatte fürstlich gespeist, zu Weihnachten und auch heute an Silvester. Auch die Dienstboten konnten sich wahrlich nicht beschweren. Es gab immer reichlich, es war immer lecker.

Hier auf dem Land, zumal auf solch großen Gütern, spürte man nichts von der unglaublichen Verteuerung der einfachsten Lebensmittel wie Brot, Butter oder Milch. Doch es gab nicht einen Tag, an dem Albert nicht in irgendeiner Zeitung Klageartikel darüber las. Schon kurz nach Beginn der britischen Seeblockade waren die ersten Importwaren zur Mangelware geworden.

Seit der Krieg angefangen hatte, wurde die Stimmung immer gedrückter. Jeder bangte um einen Lieben – einen Ehemann, einen Bruder, einen Freund. Selbst Kilian, der sich im Sommer am liebsten freiwillig gemeldet hätte, verlor darüber kein Wort mehr. Schon seit dem Herbst wurden die Listen mit den gefallenen und vermissten Soldaten nicht mehr veröffentlicht. Es waren zu viele – zu viele Namen, zu viele Menschen, zu viele Tode.

Und Hedwigs unseliges Ableben hatte sich wie ein dunkler Schleier über die Dienstbotenetage gelegt. Es wurde nur noch selten gelacht. Mamsell Schott und Herr Caspers schienen mürrisch und dauerhaft gereizt. Johann Waldner war ohnehin von ewig düsterem Gemüt. Irmgard Hindemith hatte alle Hände voll zu tun, die Küchenlager und Speisekammern aufzufüllen. Die Jüngeren versuchten noch, ein wenig Freude zu finden und Spaß zu haben. Wenigstens heute, an Silvester. Alle, außer Eugen.

Anders als im letzten Jahr war der Kreis der Familienfeier denkbar klein. Lediglich Pastor Wittekind war eingeladen, den Übergang ins nächste Jahr zu feiern. Die beiden ältesten Söhne waren an der Front, Gräfin Anastasia war schon im November nach Ostpreußen zurückgekehrt. Und aus Gründen, die niemandem erklärt werden mussten, war auch der gern gesehene russische Familienzweig nicht anwesend. Und so reichte es völlig aus, wenn Caspers oben die Herrschaften bediente.

Obwohl sich alle auf den heutigen Abend gefreut hatten, wurde die Stimmung in der Leutestube in den letzten Stunden immer schlechter. Die Köchin hatte gerade mit Bertha geschimpft, die an Silvester auch mal ein paar Minuten ausspannen wollte. Eugen hatte sich mit Kilian gestritten. Clara schimpfte über Wiebke, die das Tellerspiel nicht mitspielen wollte. Tomasz Ceynowa saß in der Ecke und schaute dem Treiben genüsslich zu, als wäre er froh, dass sich die anderen Dienstboten untereinander nicht grün waren.

Und plötzlich brach es aus Irmgard Hindemith heraus, dass Clara ohnehin am Tod von Hedwig schuld sei, weil sie letztes

Jahr in den Raunächten Handtücher auf die Leine gehängt habe. Die wilde Hatz habe sich einen Lebenden geholt. Das war der Punkt, an dem Mamsell Schott dazwischenging.

Diese verdrießliche Stimmung, vermischt mit reichlich Alkohol, und war es noch so leckerer Eierpunsch, war nicht gut. Albert verdrückte sich unbemerkt mit einem halb vollen Glas nach draußen.

Der Himmel war sternenklar, und es war eiskalt. Was für ein Jahr! Albert hoffte inständig, dass das nächste besser werden würde. Dass dieser Krieg endlich zu Ende gebracht wurde, wie auch immer. An der Ostfront hatte man noch nicht alle Gebiete Ostpreußens wieder zurückgewonnen. Die Westfront hatte sich irgendwo in Belgien festgefressen. Der Krieg dort war zu einem Stellungskrieg verkommen. Mal ging es zwei Kilometer vor, mal zwei Kilometer zurück. Paris war meilenweit von einer Eroberung entfernt. Die französische Regierung, die wegen der vorrückenden deutschen Truppen im September ihren Sitz nach Bordeaux verlegt hatte, zog nun wieder in die Hauptstadt zurück.

Niemand wusste so recht, was passieren musste, damit die Regierenden der verschiedenen Länder diesen Krieg beenden würden. Wo wollten sie ihre neuen Grenzen aufmalen, damit dieses Töten ein Ende haben durfte? Man hörte praktisch nichts über die offiziellen Kriegsziele der kaiserlichen Regierung und der Obersten Heeresleitung. Aber ein jeder schien Wünsche äußern zu dürfen, als wäre Europa eine Bonbontüte, aus der man sich ein begehrtes Stück einverleiben könne. Die ganze Welt war verrückt geworden. Zumindest der Teil, der seine eigene Welt ausmachte.

Albert lief langsam in Richtung Pferdestall. Die Remise war wieder leer. Ottilie Schott hatte ihren Neffen knapp zwei Wochen dort versteckt gehalten. Sie hatte ihn wieder aufgepäppelt, ihn sich satt essen und ausschlafen lassen, bis er ausgeruht genug gewesen war für den riskanten Teil seiner Reise.

Albert hatte es vermieden, mit ihm zu reden, auch wenn er gelegentlich einen Apfel oder ein Butterbrot irgendwo sichtbar liegen ließ. Wann immer er in die Remise musste, kündigte er sein Kommen lautstark an. Er ließ die alte Kutsche in Ruhe. Er musste ohnehin nichts mit ihr anfangen. Sie wurde nur noch gebraucht, wenn es größere Gesellschaften gab.

Und dann, eines Tages, nahm Mamsell Schott ihn beiseite. Ihr Neffe hatte all ihr Geld bekommen, so erzählte sie, und war bis Stettin gelaufen. Von dort war er mit einem Fischhändler nach Saßnitz auf Rügen gereist. Er bestach einen Seemann, der auf der Fähre nach Trelleborg arbeitete. Jetzt ging es ihm gut. Er war ungesehen in Schweden angekommen. Gestern hatte sie einen Brief bekommen. Ottilie Schott hatte dabei so gestrahlt, wie er es noch nie zuvor an der Mamsell gesehen hatte. Sie schien selig. Als würde der vermaledeite Krieg ihr nun nichts mehr anhaben können.

Albert wünschte sich, ihm würde es genauso gehen. Stattdessen merkte er, wie er immer mürrischer wurde. In einer halben Stunde fing das neue Jahr an, und es würde wieder über die Dächer geschossen, und die Kirchenglocken würden wild läuten. Ihm fehlte die Lust, mit den anderen dieses neue Jahr zu begehen. Er wollte alleine sein und suchte die Nähe der Tiere. Wenn die Schießerei anfing, würde er sie beruhigen.

Der Schnee knirschte leise unter seinen Füßen. Es gab nur eine dünne Schneedecke, und die war schon einige Tage alt und festgetreten. Es hatte nicht annähernd so viel geschneit wie im letzten Jahr. Im Pferdestall war es ruhig. Im Stall nahe der Remise standen nur die Kutsch- und Reitpferde. Die Kaltblüter für die Ackerarbeit waren in einem Stall hinter dem Kuhstall untergebracht.

Die Pferde spitzten für einen kurzen Moment die Ohren. Als sie sahen, wer da kam, beruhigten sie sich sofort wieder. Er legte allen Tieren etwas Heu nach. Als er gerade in der Ecke stand und die Heugabel zurückstellen wollte, hörte er etwas. Die Holztür knarrte leise, als sie aufging und sich wieder schloss. Albert blieb ruhig in der Ecke stehen.

Eugen ging in die Mitte des Stalls. Ein Fuchs reckte seinen Kopf über den Balken. Warmer Atem stand vor seinem Maul. Der Junge streichelte das Pferd und legte seinen Kopf an dessen Hals. Er suchte Trost, das Pferd spürte es. Ein leises Schluchzen kam aus seiner Richtung. Albert konnte erkennen, wie sich die Schultern des Jungen hoben und senkten. Kein Wunder. Der Junge hatte ein furchtbares Jahr hinter sich. Erst der Scheunenbrand, bei dem er fast gestorben wäre. Dann die Anschuldigung, daran schuld zu sein, und die schwere Verletzung. Sein Arm war noch immer fest verbunden. Der Bruch schien zusammenzuwachsen, aber laut Doktor Reichenbach sollte Eugen den Arm noch weitere drei Monate nicht belasten. Die Brandwunden waren verheilt, mussten aber eine wüste Narbenlandschaft auf dem Unterarm hinterlassen haben, wie Albert von der Mamsell gehört hatte. Und als wäre das noch nicht alles schlimm genug, befanden sie sich im Krieg, und ausgerechnet Eugen hatte das Hausmädchen erhängt im Stall gefunden.

Mit einem vernehmbaren Geräusch stellte Albert die Heugabel beiseite. Eugen drehte sich erschrocken um.

»Kummer?«

Verstohlen wischte Eugen sich die Tränen vom Gesicht. Er zuckte mit den Schultern, als wäre nichts.

»Es ist nicht leicht, wenn man schwere Dinge für sich alleine behalten muss.«

Der Junge schaute ihn überrascht an. Wieder zuckte er nur mit den Schultern.

»Die Sache mit Hedwig geht dir nach, nicht wahr?«

Eugen drehte sich weg und tätschelte den Hals des Pferdes, als könnte das Tier ihm aus der Patsche helfen.

»Ich wollte nur ein bisschen Heu nachlegen.«

Eugen warf ihm einen verstohlenen Blick zu. Er liebkoste das Pferd.

»Irgendwas stimmt an der ganzen Geschichte nicht.«

Als der Junge Anstalten machte, quasi aus dem Stall zu fliehen, sagte Albert nur: »Ich weiß Bescheid.«

Eugen blieb stehen.

»Ich weiß Bescheid über Hedwig. Dass sie sich erhängt hat.«

»Woher?«

»Das tut nichts zur Sache. Aber ich weiß, dass du sie gefunden hast. Dass es dir nachgeht. Was ich aber nicht weiß, ist, warum sie sich erhängt hat.«

Eugen starrte auf den staubigen Boden unter seinen Füßen.

»Aber ich glaube, dass du es weißt.«

»Nein, ich weiß nichts.«

Das kam zu schnell. »Aber du ahnst etwas!«

Der Junge schaute ihn erschrocken an. Plötzlich kam Bewegung in ihn. Er wollte zur Tür rauslaufen, aber Albert war schneller. Er hielt ihn am gesunden linken Arm fest.

»Du weißt, dass du mir vertrauen kannst.«

Eugen nickte nur, wagte es aber nicht, Albert in die Augen zu schauen.

»Wem musstest du schwören zu schweigen?«

Nichts.

»Mamsell Schott?«

Nichts.

»Caspers?«

Und wieder nichts.

»Der Gräfin?«

Eugen schob seine Unterlippe vor.

Aha, also der Gräfin. Vielleicht auch dem Grafen. »Sag es mir. Sag mir, was du weißt.«

»Nichts!«

»Du hast etwas gesehen, nicht wahr?«

»Nein, hab ich nicht!« Eugen wollte sich aus der Umklammerung winden.

»Ich hab dich gesehen, einen Tag bevor Hedwig sich umgebracht hat. Du hast da draußen gestanden und mit einem merkwürdigen Blick auf die Scheune geschaut.«

»Lassen Sie mich los.«

Tatsächlich ließ Albert ihn los. Doch Eugen rannte nicht weg.

»Du würdest dich besser fühlen, wenn du die Bürde mit jemandem teilen würdest.« Er schien ihn beinahe so weit zu haben. Albert konnte spüren, wie gerne der Junge sich ihm offenbaren würde. Der Eierpunsch, den Eugen getrunken hatte, trug ebenfalls nicht dazu bei, standhaft zu bleiben.

»Weißt du was? Ich glaube, es ist an der Zeit, dass wir uns duzen. Du bist allmählich erwachsen genug. Und wir sind doch Freunde.«

Ein kurzes Lächeln flog über Eugens Gesicht. Dann verschloss es sich wieder. »Aber ich habe versprochen, nichts zu sagen. Ich musste es schwören.«

»Ich werde niemandem verraten, was du mir sagst. Das schwöre ich auch.«

Der Atem der beiden war die einzige Bewegung. Es dauerte, bevor sich die Worte von Eugens Zunge lösten. »Zwei Tage bevor Hedwig sich … Bevor es passiert ist, habe ich etwas Merkwürdiges beobachtet.«

Albert wusste, er sollte jetzt besser schweigen.

»Der Mann, der … Neffe des Kaisers, kam morgens aus der Scheune heraus.«

Alberts Nackenhaare sträubten sich. Er ahnte sofort, was jetzt kommen würde.

»Ich konnte ja noch nicht richtig arbeiten, aber ich wollte den Jungtieren frisches Wasser bringen. Als ich gerade aus dem Stall rausgetreten bin, da hab ich sie gesehen.«

»Hedwig.«

Eugen nickte. »Sie kam auch aus der Scheune. Ich weiß natürlich nicht ... Sie könnte auch zwischendurch reingegangen sein ... aber wenn nicht ...«

»Wenn nicht, dann fragst du dich, was Hedwig dort zusammen mit dem Neffen des Kaisers gemacht hat.«

»Ja. Sie ... sie ging auch ganz komisch. Als würde sie humpeln.«

Albert besah sich den Jungen. Er hatte zwar nicht sehr viel Erfahrungen draußen in der Welt gesammelt, aber er war auch nicht auf den Kopf gefallen.

»Ich hab sie erst abends wieder gesehen. Sie ist an dem Tag ja auf ihrem Zimmer geblieben, krank. Sie ist ja immer sehr still gewesen, aber irgendetwas war mit ihr. Als wäre sie gar nicht mehr richtig da. Wie ein Geist, die ganzen zwei Tage. Bis ich sie gefunden habe.«

»Du bist nicht dumm. Was hast du dir gedacht?«

»Ich ... Nichts!«

»Hältst du Hedwig für ein Mädchen, das von sich aus mit einem fremden Mann im Heu verschwindet?«

Er schüttelte den Kopf. Alle wussten, dass Hedwig nicht so eine gewesen war.

»Dann ist dir klar, dass der Mann sie gezwungen hat. Und dass sie sich vermutlich deshalb aufgehängt hat.«

Eugen ruckelte unbestimmt mit dem Kopf, aber es schien auf eine Art Bestätigung hinauszulaufen.

Das musste selbst Albert erst einmal verdauen. Dieses Schwein. Und das arme Mädchen. Er legte Eugen eine Hand auf die Schulter.

»Hast du das dem Grafen oder der Gräfin erzählt?«
Der Junge schüttelte den Kopf.
»Es ist gut, dass du es niemandem erzählt hast. Solche Leute können verdammt gefährlich werden.«
»Aber es ist so ungerecht.«
»Das ist es!« Es gab so viele Ungerechtigkeiten auf der Welt. Zu viele. »Ich sag dir was: Wir beide, wir werden es nicht vergessen. Und eines Tages wird der Tag der Abrechnung kommen, das verspreche ich dir.«
Eugen nickte wieder nur, wirkte aber jetzt um einiges erleichterter als vorher.
Plötzlich hörte man draußen die Kirchenglocken läuten. Die ersten Gewehre wurden in die Luft abgefeuert.
Als hätten sie sich verabredet, gingen sie zu den Tieren in die Boxen, die am unruhigsten waren.
Doch dieses Jahr schien niemand so recht Lust auf das Geballere zu haben. Es dauerte nur wenige Minuten, dann war es schon wieder vorbei.
»Ich muss den Pastor gleich zurückbringen. Hilfst du mir, die Kutsche fertig zu machen? Der Boden ist glatt. Ich will nicht mit dem Automobil fahren.«
»Gerne.«
Eugen ging ihm zur Hand, und wenige Minuten später führte Albert die Pferde nach vorne. Der Stallbursche lief neben der Kutsche her. Draußen vor dem Herrenhaus standen die Grafenfamilie und der Pastor. Etwas abseits hatten sich die Dienstboten zusammengefunden.
»Komm. Wir müssen ihnen ein gutes neues Jahr wünschen.«
Eugen folgte ihm unwillig.
Clara reichte ihm noch schnell ein Glas Champagner und stieß mit ihm an. Irmgard Hindemith gab auch Eugen ein Glas. Gemeinsam gingen sie zu der Familie.

Albert wünschte jedem Einzelnen ein frohes neues Jahr, bekam die gleichen Wünsche zurück und trank endlich. Eugen tat es ihm nach.

Neben ihnen standen die Komtess und ihr Bruder. Irgendwie schienen sie sich über den Pastor aufzuregen.

»Nun lass doch gut sein, Alex.«

»Ich mag ihn nicht. Ich mag seine überhebliche Art nicht. Ach, wäre ich doch nur halb so moralisch überlegen wie er. Das Leben könnte so einfach sein.« Alexander von Auwitz-Aarhayn drehte sich um und humpelte die Treppe hoch.

Die Komtess, die erst jetzt bemerkte, dass Albert und Eugen sie gehört haben mussten, lächelte etwas verlegen.

»Es gab einen kleinen Disput. Nichts Dramatisches.« Dann folgte sie ihrem Bruder ins Haus.

Der Pastor verabschiedete sich vom Grafen, und die Gräfin brachte ihn noch zur Kutsche.

»Weiß Ihr Mann eigentlich Bescheid … über unser …?«

»Nein, und er braucht auch nichts zu wissen. Es lasten schon genug Probleme auf seinen Schultern.«

»Aber hat er nicht gefragt?«

»Mein lieber Wittekind, seien Sie ganz beruhigt. Ich habe alles Notwendige mit meinem Mann geklärt.«

Albert schloss die Tür. Unglaublich. Manchmal verhielten sich die Adeligen so, als wären die Bediensteten Luft. Er hatte alles mit angehört, was der Graf nicht zu Ohren bekommen sollte. Vermutlich kam die Gräfin gar nicht auf die Idee, dass ihre Dienstboten eigenständig dachten. Ihr Gespräch legte den Verdacht nahe, dass auch Wittekind bei der Geschichte mit Hedwig eine Rolle gespielt hatte.

»Sie werden sehen, das nächste Jahr wird in jeder Hinsicht besser werden als das vergangene.« Die Gräfin trat von der Kutsche zurück.

»Dafür bete ich inständig.« Der Pastor ließ sich in die Chaise fallen.

Da war Albert mal ausnahmsweise mit Egidius Wittekind einer Meinung. Auch er hoffte inbrünstig, dass das neue Jahr in jeder Hinsicht mehr Erfreuliches bringen würde. Er stieg auf den Kutschbock und fuhr an.

Für einen winzigen Moment kam es Albert in den Sinn, dass dieser Mann nun in seiner Gewalt war. Dieser Mann, der sein Geld unterschlagen hatte. Der dafür gesorgt hatte, dass er im Waisenhaus Hunger und Not hatte erleiden müssen. Wie leicht wäre es, die Pferde in den See zu steuern und vorher abzuspringen. Die Chaussee war eisig und rutschig. Niemand würde ihm etwas nachweisen können. Er könnte es wie einen tragischen Unfall aussehen lassen. Nein, dafür liebte er die Tiere einfach zu sehr. Sie waren ein zu hoher Preis für den Tod des Geistlichen.

Und dann erschrak Albert über sich selbst. Wollte er wirklich zum Mörder werden? Er schüttelte den Kopf. Auch wenn er Wittekind alles Schlechte auf Erden wünschte: Diese große Schuld würde er nicht für so einen wie ihn auf sich nehmen.

So kannte er sich gar nicht. Er hatte seinen Eltern viel Schlechtes gewünscht und die Barmherzigen Schwestern mehr als einmal verflucht. Aber er hatte noch nie jemandem den Tod gewünscht. Es musste diese Zeit sein, in der das Töten so legitim und heroisch erschien, die ihn auf solche abstrusen Gedanken brachte.

Kapitel 3

Ende Januar 1915

Katharina beugte sich über die Schulter ihres Bruders. »Ich kann nichts sehen.«

»Ich lese es dir vor, aber sei leise.«

Sie beugte sich über Vaters Sekretär, an dem Alexander saß. Heute war ein Brief von Konstantin gekommen, und Papa hatte ihn vor dem Mittagessen vorgelesen. Aber sowohl Katharina als auch ihr Bruder hatten den starken Verdacht, dass er einige Zeilen ausgelassen hatte. Also waren sie gemeinsam in den kleinen Raum geschlichen, in dem Vater arbeitete und die Korrespondenz aufbewahrte. Mama war in der Orangerie beschäftigt, und Papa musste irgendetwas mit Thalmann besprechen.

Eigentlich musste Alex noch etwas nacharbeiten aus dem Unterricht. Er hatte sich schon wieder mit Matthis gestritten. Überhaupt schrumpfte die Macht des Hauslehrers von Tag zu Tag, während Alex immer aufmüpfiger wurde. Katharina hoffte, dass Papa bald einen Ersatz für den verhassten Lehrer finden würde. Sonst gingen sich die beiden bald an die Gurgel. Nur gut, dass Matthis nicht mehr in den offiziellen Räumlichkeiten herumschleichen durfte. So hatten sie wenigstens die Nachmittage, um sich von ihrem Lehrer zu erholen.

Alexander legte den Brief auf den Sekretär und strich ihn glatt. »Hm ... hm ... Er schreibt, dass er in einem besetzten Schloss untergebracht ist.«

»Das hat Papa schon vorgelesen. Was hat er verschwiegen?«

»*Die Verpflegung ist gut. Hier bei den masurischen Seen kann man keine vernünftigen Gräben ausheben. Allenthalben haben wir Wassereinbrüche oder stoßen direkt nach dem ersten Spatenstich auf Wasser. Wenn wir es überhaupt schaffen, Erde auszuheben. Es ist bitterkalt. Der ganze Boden ist gefroren, und zwei von den Soldaten haben sich schon verletzt. Einer ist ausgerutscht und hat sich den Ellbogen gebrochen. Und ein anderer hat sich ein Fußgelenk verknackst. Wagen können auf diesem aufgewühlten und anschließend gefrorenen Boden kaum fahren, und man muss alles zu Fuß transportieren.*

Erst letzte Woche konnte ich alle meine Männer mit den in der Reichswollwoche gesammelten Wolldecken und dicker Kleidung ausstatten. So lange mussten sie frieren. Ich friere nicht. Macht euch um mich keine Sorgen. Tagsüber leisten mir der dicke Mantel, die Kniewärmer, die Pelzmütze und meine guten Handschuhe beste Dienste.

Die ganze Gegend ist verwüstet. Wenn noch irgendwo ein Baum oder ein Strauch stehen geblieben ist, bietet er trotzdem keinen Schutz. Die Pflanzen tragen kein Laub, und auch ansonsten gibt es wenig Sichtschutz außer den Gräben.

Vorgestern habe ich Nikki ganz kurz gesehen. Er war mit der Kavallerie-Division unterwegs an die vorderste Frontlinie zur Aufklärung. Für den Februar kündigt sich ein Großangriff an. Ah, hier ist es: Sag es nicht Mama und den anderen: Mein lieber Papa, ich muss dir leider mitteilen, was Nikolaus mir gesagt hat. Er ist Fjodor begegnet, in der Schlacht von Tannenberg. Er wurde vor seinen Augen angeschossen, und ...«

Katharina schrie leise auf. »Fjodor!«

Selbst Alexander schien plötzlich Tränen in den Augen zu haben. Mit gebrochener Stimme las er weiter.

»*... angeschossen, und obwohl Nikki die ganze Nacht nach ihm gesucht hat, konnte er ihn nicht mehr finden. Es gibt wenig Hoffnung, wie Nikki erzählte, dass er überlebt haben könnte. Der Schuss* *muss ihn am Herzen oder der Lunge getroffen haben. Ich hoffe und fürchte zugleich, dass Tante Oksana und Onkel Stanis bereits Bescheid wissen. Sonst liegt es an dir, mein lieber Papa, zu entscheiden, ob und wie du ihnen diese Information zukommen lässt.«*

Katharina schluchzte.

Alexander wischte sich verstohlen über das Gesicht. Genau wie seiner Schwester liefen ihm Tränen herunter. »Das also hat er nicht erzählen wollen!« Er musste hart schlucken.

Beide hatten vorhin bemerkt, wie Papa plötzlich stumm geworden war und sich sehr hatte zusammenreißen müssen. Und bevor das Essen aufgetischt worden war, war er kurz nach draußen verschwunden. Als er wieder hineingekommen war, hatte er sehr aufgeräumt gewirkt.

Katharina fand ihre Sprache wieder, doch der Schmerz um ihren Cousin ließ ihre Stimme beben. »Was ... ist mit ihm passiert?«

Alexander beugte sich erneut über den Brief und suchte in den Zeilen nach tröstender Information. »Mehr schreibt er nicht zu Fjodor. ... *Leider ist mein Urlaubsgesuch zu Weihnachten gestrichen worden. Ich muss meine zwei Wochen neu einreichen, weiß aber noch nicht genau, wann. Vielleicht kann ich eine Woche über Ostern kommen. Noch lieber wäre mir natürlich, der Krieg wäre bis dahin schon aus. Doch es würde mich wahrlich wundern, wenn es so käme.*

Grüße alle ganz herzlich von mir. Ich freue mich über jeden Brief, auch von Katharina und Alexander, denn jede Zeile aus der Heimat ist hier ein Lichtblick.«

Katharina nickte. Den Schluss hatte Vater wieder vorgelesen. Der Brief war mit mehr als sechs Wochen Verspätung angekommen. Einen anderen Brief von Silvester hatten sie aber zeitnah bekommen.

Alexander faltete den Brief, steckte ihn zurück in den Umschlag und legte ihn auf den Platz, wo er ihn gefunden hatte. Für eine kleine Ewigkeit saßen sie dort im Salon und starrten aus dem Fenster. Ihr zweiter Toter, seit der Krieg angefangen hatte. Obwohl, das Hausmädchen zählte ja nicht so richtig. Ausgerechnet Fjodor. Auch wenn die Jungs sich immer geneckt und geärgert hatten: Letztendlich hatten sie sich immer gefreut, sich zu sehen. Und Fjodor war der Jüngste gewesen, genau wie sie beide.

»Sollen wir Papa danach fragen?«

»Ohne zu verraten, dass wir wissen, dass Fjodor gefallen ist?«

»Oder wir fragen Mama, ob sie mal wieder was von Onkel Stanis und Tante Oksana gehört hat.«

»Vielleicht weiß sie es ja selbst noch nicht. Vielleicht hat Papa ihr es nicht erzählt.«

Alexander dachte nach. Doch es war Katharina, die den Einfall hatte. »Ich werde ihnen sagen, dass ich Tante Oksana schreibe. Fjodor hätte doch im Februar Geburtstag. Ob er etwas Besonderes braucht, was ich ihm schicken könnte.«

»Arme Katharina. Mein schlechtes Benehmen und die hinterlistigen Einfälle färben wohl langsam auf dich ab. Aber abgesehen davon fürchte ich, daraus wird nichts. Der Postverkehr nach Russland ist doch verboten.«

Anfang Februar 1915

An den werten Herrn Grafen
Donatus von Auwitz-Aarhayn zu Greifenau
Es tut mir leid, dass meine Antwort etwas länger gedauert hat, aber durch einen finanziellen Engpass sind wir leider vollkommen mit der Aufzucht der uns anbefohlenen Zöglinge ausgelastet.

Ich muss mich dringlichst gegen den Vorwurf verwehren, dass wir Ihre finanziellen Zuwendungen nicht Ihrem Zögling haben zukommen lassen. Soweit ich die Zahlungen von Pastor Egidius Wittekind nachvollziehen kann, wurde dem Kind eine zuvorkommende Behandlung gewährt, soweit es in unserer Macht stand. In unseren Büchern ist der Eingang Ihrer Zahlungen bis zum Mai 1901 verzeichnet. Die gewährte Summe hatte sich bereits zwei Jahre zuvor zum gleichen Datum, im Mai 1899, vermindert. Nach Mai 1901 hat das Waisenhaus keinerlei finanzielle Zuwendung mehr erhalten. Mit detaillierteren Informationen kann Ihnen sicherlich Pastor Egidius Wittekind weiterhelfen.
Mir liegen zwei Briefe von dem Geistlichen vor, in denen er erklärte, dass es dem Gönner nur noch eingeschränkt – beziehungsweise zwei Jahre später überhaupt nicht mehr – möglich sei, das betreffende Kind finanziell zu unterstützen.
Ich versichere Ihnen, wir lassen jedem unserer vergessenen Kinder unsere Herzenswärme und die Güte und Barmherzigkeit des Herrn zukommen.
Ich hoffe, ich kann damit Ihrer Nachfrage entsprechen.
Mit den besten Wünschen
Oberin Dominika, Waisenhaus Kolberg

Es klang wie Hohn in seinen Ohren: *Ich versichere Ihnen, wir lassen jedem unserer vergessenen Kinder unsere Herzenswärme und die Güte und Barmherzigkeit des Herrn zukommen.*

Albert wusste nur zu gut, dass dies nicht der Fall gewesen war. Herzenswärme und die Güte und Barmherzigkeit des Herrn waren ihm im Waisenhaus höchst selten begegnet. Natürlich hatte es einige Kinder gegeben, deren Eltern verstorben waren. Das waren die Glücklicheren. Die anderen Kinder, Findelkinder, bei denen man annahm, dass sie nicht im Stand der Ehe gezeugt worden waren, und diese, bei denen man es sicher wusste, solche wie Albert, wurden noch schlechter behandelt. Sie trügen die Sünde in sich, darauf bestanden die Schwestern. Und diese per unehelicher Geburt eingepflanzte Sünde galt es, mit Schlägen und Härte auszumerzen.

Die meisten Kinder zerbrachen in diesen Häusern, fast alle. Nur einige wenige retteten ihre Seele in die diesseitige Welt. Mutlosigkeit wird aus vielen Tausend Fäden der Enttäuschung gewoben. Doch er hatte das Tuch einfach zerrissen. Diesen Sieg über ihn hatte er ihnen nicht gönnen wollen. Er hatte es geschafft. Darauf konnte er stolz sein, stolzer als auf jedes Schloss.

Er legte den Brief beiseite, damit die Tinte trocknen konnte. Mehrmals hatte er angesetzt, diesen Brief zu schreiben. Es war ihm nicht nur schwergefallen, weil es lang verdrängte Wunden wieder aufriss. Diese unselige Zeit, die ihn für sein Leben geprägt hatte. Am liebsten wollte er alles vergessen. Aber es ließ sich nicht vergessen. Seine unbekannte Herkunft, seine Wurzellosigkeit, die ihn zu jeder Stunde einzuholen drohte. Die auf jedes Glück einen Schatten warf. Die wie ein Aasgeier über ihm kreiste.

Als er den genauen Text gehabt hatte, hatte er die Abschrift in einer anderen Handschrift versucht. Das hatte etwas Übung gebraucht. Doch nun schaute er auf die Zeilen und war zufrieden. Er nahm die anderen Briefbögen und schob sie in den Kanonenofen.

Niemand sollte dahinterkommen, dass er der Absender des Briefes war. Nächste Woche würde der gnädige Herr wieder einmal nach Stettin fahren, und das würde für Albert die beste Gelegenheit sein, den Brief dort anonym aufzugeben.

Lange genug hatte er gezögert. Den Inhalt hatte er seit Monaten im Kopf, aber erst jetzt hatte er sich entschlossen, ihn niederzuschreiben. Er wusste genau, wie brisant der Inhalt des Briefes war. Adolphis von Auwitz-Aarhayn musste sich nun an seinen Erstgeborenen erinnern. Es würde dem Herrn Grafen sicher nicht schmecken zu erfahren, dass Wittekind Geld unterschlagen hatte. Albert wollte es nicht darauf beruhen lassen. So sah seine Rache aus.

Egidius Wittekind hatte von Donatus von Auwitz-Aarhayn über einundzwanzig Jahre Geld erhalten. Seit Alberts zehntem Geburtstag hatte er einen Teil davon unterschlagen und ab seinem zwölften Geburtstag alles. Albert wusste, wie viel der alte Patron gewillt gewesen war, für den Bastard seines Sohnes zu zahlen. Vielleicht hatte Wittekind sogar noch extra Geld erhalten, um das Geheimnis zu arrangieren und zu bewahren.

Die Tinte war endlich trocken, und Albert faltete das Papier und steckte es in einen Umschlag, den er bereits adressiert hatte. Er versteckte den Brief wiederum in einem kleinen Fach seines billigen Reisekoffers, den er nächste Woche für Stettin packen würde.

Er hatte lange genug gewartet, dass dieser Krieg endlich vorbeiging. Doch im Moment schien es, als gäbe es an den Fronten kein Vor und Zurück mehr. Der Krieg konnte sich noch Monate hinziehen. Und was, wenn er vorher nachgemustert würde?

Wie alle jungen Männer hatte er vor Jahren seinen Militärdienst geleistet. Am Ende hatte er sich als krank ausgegeben. Tuberkulose – das war eine Krankheit, mit der nicht zu spaßen war. Die letzten Wochen seines Wehrdienstes hatte man ihn erst in ein Krankenhaus und dann in ein Sanatorium gesteckt. Keinesfalls hatte man ihn weiter in der Truppe haben wollen. Die Ansteckungsgefahr war einfach zu groß gewesen. Albert hatte seine Rolle vorzüglich gespielt. Die ganze Zeit über. Doch was, wenn man ihm auf die Schliche kommen und er jetzt tauglich geschrieben würde?

Dann würde er aus der Welt scheiden, ohne dass sein Vater je von ihm erfahren würde. Außerdem wusste er immer noch nicht, wer seine Mutter war. Vielleicht, wenn der Brief den Herrn Graf genug aufwühlte, würde der sich verplappern oder etwas unternehmen, das ihm einen Hinweis lieferte. Sicherlich würde er sich umgehend mit dem Dorfgeistlichen in Verbindung setzen.

Noch eine viel interessantere Frage beschäftigte ihn: Wie würde er sich dann ihm gegenüber verhalten? Seit Albert den hohen Herrn vor einem veritablen Skandal, den seine Mätresse hatte auslösen wollen, gerettet hatte, verstanden sie sich bestens. Graf Auwitz-Aarhayn sah in ihm einen verschworenen Vertrauten. Gelegentlich erzählte er ihm Dinge, die man einem Kutscher eher nicht erzählte. Ob er Spaß gehabt hatte in einem Etablissement oder ob er sich über eins seiner fünf Kinder sorgte oder ärgerte. Bisweilen ließ er sogar abfällige Bemerkungen über seine Frau fallen.

Albert quittierte diese Äußerungen immer mit zurückhaltenden Antworten, die seinem Dienstherrn zeigten, wie verschwiegen er war. In welche Richtung würde sich ihr Verhältnis ändern, wenn Adolphis herausbekam, dass sein Kutscher sein erstgeborener Sohn war? Denn der Schluss lag nur allzu nahe. Schließlich musste der Graf vor fast zwei Jahren, als er sich um die Kutscherstelle beworben hatte, in seinem Gesindebuch das Arbeitszeugnis gesehen haben, das er vom Waisenhaus in Kolberg bekommen hatte. War es nicht so gewesen? Vermutlich doch, oder? Er konnte sich allerdings noch lebhaft daran erinnern, wie glücklich Adolphis gewesen war, endlich jemanden mit dem erforderlichen Führerschein gefunden zu haben. Die wenigsten Kutscher konnten sich so etwas leisten. Gut möglich, dass sich der Graf vor lauter Freude die anderen Papiere gar nicht angesehen hatte.

Mitte Februar 1915

Meine liebste Rebecca,
ich hörte, dass du noch immer in Greifenau bist, was mich außerordentlich freut. Meine große Hoffnung ist, dass du es dir nach unserem letzten Gespräch noch einmal überlegt hast. Es würde meine dunklen Tage erhellen, wenn du wegen mir geblieben wärst.

Rebecca schnaubte leise. Es war Konstantins erster Brief. Sie hatte eigentlich früher damit gerechnet, einen Brief zu erhalten. Dann wieder hatte sie gedacht, dass er ihr nicht schrieb, weil er glauben musste, dass sie zurück in Charlottenburg war. Aber anscheinend hatte ihm irgendjemand mitgeteilt, dass sie noch immer in Greifenau als Lehrerin arbeitete. Ihre Augen hatten auf jeder Post, die sie erhielt, nach seinem Namen gesucht. Bisher vergeblich. Nachdem er nun schon fast ein halbes Jahr im Feld stand, hatte sie nicht mehr mit einem persönlichen Lebenszeichen gerechnet.

Sie wusste, wenn er fallen würde, würde die Nachricht wie ein Blitz durchs Dorf gehen. Und auf seinem Brief stand auch nicht sein Name, sondern ein anderer – Michael Kohlhaas. Sie hatte gelächelt, für einen kurzen Moment. Natürlich hatte sie sofort gewusst, dass es ein falscher Absender war, und Konstantin dahinter vermutet. Wie umsichtig von ihm. Der Postbote würde sich sicherlich wundern, wenn der Grafensohn ihr schreiben würde. Auch diese Information wäre durchs Dorf gerast. Für einen Moment stieg das warme Gefühl wieder in ihr hoch – ihr altes Versteckspiel, das sie so lange mit den Bewohnern des Dorfes gespielt hatten.

Rebecca legte den Brief beiseite und setzte den Wasserkessel auf den Herd. Dann wusch sie sich ihre Hände. Tinte und Kreide, die ewigen Begleiter von Lehrerinnenhänden. Sie wollte den Brief in Ruhe lesen. Nachdem sie sich eine Tasse Muckefuck aufgegossen hatte, setzte sie sich an den warmem Ofen. Sie legte einen Holzscheit nach und nahm die Seiten wieder auf.

Es würde meine dunklen Tage erhellen, wenn du wegen mir geblieben wärst.

Nein, sie war nicht wegen ihm geblieben. Tatsächlich hatte Vater ihr eine Stelle ganz in der Nähe ihres elterlichen Heims beschafft, aber dann war etwas schiefgelaufen. Sie hatte keine Freigabe von der Schulbehörde bekommen und musste in Greifenau bleiben. Nur insgeheim gab sie zu, dass sie in einem verborgenen Winkel ihres Herzens erleichtert war, bleiben zu müssen. Wäre sie zurück nach Charlottenburg gegangen, hätte sie Konstantin vermutlich nie wiedergesehen. Dieses Schicksal konnte sie natürlich immer noch ereilen, aber so bestand wenigstens noch Hoffnung. Obwohl sie nicht wusste, worauf sie denn genau hoffte. Ihn wiederzusehen und in ewiger Feindschaft mit ihm zu leben?

Er hatte recht gehabt: Ihre Gefühle für ihn waren nicht einfach weg. Aber Liebe? Nein, das konnte nicht sein. Sie wollte ihn nicht lieben. Er hatte sie verraten. Er hatte alles verraten, woran sie glaubte. So jemanden konnte sie nicht lieben.

Ich habe lange überlegt, ob ich dir schreiben soll. Aber Schlimmeres, als dass meine Zeilen im Ofen landen, kann mir nicht mehr passieren. Und hier sehe und erlebe ich jeden Tag so viel Schlimmes.
Du hattest so recht. So viele Tote. So viel Leid. Wenigstens ist der Tod im Feld gerecht. Er trifft uns unbesehen von unserer Herkunft.

Ich bin irgendwo in Ostpreußen, fast jeden Tag an einem anderen Ort. Ich kämpfe gegen Menschen, die ich in meinem ganzen Leben noch nicht gesehen habe. Mit denen mich nichts verbindet, aber von denen mich auch nichts trennt. Ich spreche ja sogar ihre Sprache. Und zu den seltenen Gelegenheiten, wenn ich im Feld auf sie treffe, erkenne ich in ihren Augen das gleiche Unverständnis. Wofür?
Ich frage mich jeden Abend: wofür? Du wusstest die Antwort.

Rebecca schluckte. Sie hatte nicht erwartet, dass er ihr das gestehen würde. Das durfte er nicht mal. So, wie sie sich vermutlich in den meisten ihrer Gespräche der Majestätsbeleidigung schuldig gemacht hatte, so könnte er als Vaterlandsverräter gelten, wenn er zu deutlich wurde. Dass er ihr recht gab, überraschte sie trotzdem. Und verursachte ihr ein warmes Gefühl.

Nein, nicht. Wo sollte das hinführen? Sie wusste, sie konnte und wollte sich keine gemeinsame Zukunft mehr mit ihm vorstellen. Selbst wenn es genau das war, was den Soldaten die größte Hoffnung gab und den Willen, heil zurückzukehren.

Am letzten Sonntag hatte ein Pärchen aus dem Dorf noch schnell geheiratet, bevor der junge Mann am Tag drauf in den Krieg gezogen war. Allenthalben vermählten sich die jungen Leute vorzeitig. Von allen wurde es als Vaterlandspflicht gesehen, die Männer nicht als Jungs, sondern als Männer mit Verpflichtungen in den Krieg ziehen zu lassen. Sie sollten Hoffnung auf ein trautes Heim haben. Sie sollten eine Liebe und eine Familie haben, die zu Hause auf sie wartete.

Verweigerte sie Konstantin diese Hoffnung? War es ihm ernst gewesen, sie sofort zu heiraten, wenn sie es gewollt hätte? Hätte er sich vor sie und gegen seine Eltern und seine ganze Welt gestellt?

Und dann, wie hätte das weitergehen sollen? Als verheiratete Frau hätte sie nicht mehr unterrichten dürfen. Sollte sie etwa im Herrenhaus zusammen mit seinen Eltern wohnen? Ha! Was für eine bizarre Vorstellung: sie allein unter Wölfen.

Du wirst verstehen, dass ich hier nicht mehr schreiben darf. Ich würde dir gerne so vieles erzählen. In Gedanken spreche ich immer alles mit dir durch. Du bist die einzige Seele, der ich meine Gedanken anvertrauen möchte. Und ich weiß, dass du mich verstehen würdest. Mehr als jeder andere Mensch auf dieser Welt. Uns verbindet etwas, das auch gesellschaftliche Schranken nicht trennen können. Ich weiß es, tief in meinem Herzen. Dort, wo meine Liebe für dich verwurzelt ist.

Die Tränen schossen ihr so schnell in die Augen, sie konnte nichts dagegen tun. Sie konnte sich nicht wehren.

Im letzten Sommer hatte sie entdeckt, dass ihr Geliebter nicht der Kutscher des Grafen, sondern dessen Sohn war. Sie hatte erkennen müssen, dass sie sich mit Konstantin von Auwitz-Aarhayn eingelassen hatte. In dem Moment, in dem seine wahre Identität ans Licht gekommen war, hatten seine Lügen das Band zwischen ihnen zerschnitten. Es war ein echter Schock gewesen.

Immer wieder dachte Rebecca, sie müsse aus einem bösen Traum erwachen. Immer wieder suchte sie in ihren Erinnerungen nach den Augenblicken, wo es ihr hätte auffallen müssen. Und immer wieder stieß sie nur auf Lügen. Lügen, Lug und Trug.

Drei Tage hatte sie geweint, sich im Bett hin und her gewälzt. Sie hatte das Gefühl gehabt, sich aus ihrer Haut herausschälen zu wollen. Hatte vergessen wollen, was gewesen war. Wollte jede Erinnerung ersticken. Wollte einfach nur weg aus dieser Welt, aus ihren einförmigen Stunden, aus einer Realität, in der sie unsanft gelandet war. Sie hatte kein Gefühl mehr, war wie taub, und doch schmerzte alles. Ihre Tage waren ein einziger düsterer Strudel. Würde er sie wenigstens forttragen aus ihrem Leben. Sie wäre dankbar.

Zu all dem Leid und der Qual kam der Krieg. Die ersten Männer, die begeistert an die Front zogen. Die es nicht abwarten konnten, Ehre und Ruhm zu gewinnen. In der einen Sekunde wünschte sie, Konstantin solle auch gehen, und in der anderen zerriss ihr diese Vorstellung das Herz. Sie weinte unentwegt. Nur für den Unterricht konnte sie sich zusammenreißen. Wie in Trance hatte sie unterrichtet, hatte die Kinder Siegeslieder singen lassen, weil sie keine Kraft gehabt hatte, dagegen anzugehen.

Dann war es vorbei gewesen. Sie hatte ihre Tränen getrocknet und sich geschworen, keine einzige ihrer Tränen noch an ihn zu verschwenden. Und wann immer alte Gefühle in ihr hochkrochen, bekämpfte sie sie leidenschaftlich.

Und jetzt dieser Brief. Dieser Brief, der ein Gefühl ihrer verstohlenen Treffen heraufbeschwor – ihre Gespräche, ihre alten Gefühle, ihre Liebe füreinander. Die Pläne, die Rebecca insgeheim schon geschmiedet hatte. Noch ein paar Jahre unterrichten, und irgendwann hätten sie geheiratet. Sie hätte eigene Kinder gehabt, die sie hätte unterrichten können. Und vielleicht, vielleicht hätten sich auch die Zeiten geändert, und sie hätte auch als verheiratete Frau trotzdem Lehrerin sein dürfen.

Die Zeiten änderten sich tatsächlich. Letzten Monat hatte die preußische Regierung den Beschluss, Sozialdemokraten – bisher Staatsfeinde – nicht in den öffentlichen Dienst zu übernehmen, aufgehoben. Als Frau durfte Rebecca natürlich ohnehin kein Mitglied in einer politischen Vereinigung sein, aber wer wusste schon, was die Zukunft noch alles an Änderungen mit sich bringen würde. Vielleicht würden Frauen irgendwann tatsächlich die gleichen Rechte bekommen wie Männer. Eines Tages.

Davon träumte sie. Und Konstantin hatte ihr in die Augen geschaut, während sie ihre Träume erzählt hatte, und gelächelt. Nicht abschätzig, als würde er denken, dass es nur die Hirngespinste einer Frau waren. In einigen Fragen war er so liberal wie sie. Oder waren das auch nur Lügen gewesen? Lügen, um mit ihr an die Ostsee zu fahren. Lügen, um sie in sein Bett zu bekommen?

Oh, sie wollte nicht mehr daran denken. Sie wollte sich nicht mehr vorstellen, zu was er sie gemacht hatte, als sie die drei Tage in Ahlbeck in der kleinen Pension verbracht hatten, deren Besitzer es nicht so genau mit der polizeilichen Anmeldung genommen hatte. Sie hatte gedacht, es sei egal. Sie würden sowieso Mann und Frau, eben nur zu einem späteren Zeitpunkt, und das war für sie so gut wie verheiratet. Aber sie würden niemals Mann und Frau werden. Er war nicht der Mann, als der er sich ausgegeben hatte.

Als würde sie der Schlag treffen, stand Rebecca abrupt auf. Der Brief fiel zu Boden. Mein Gott, eine einzige Seite, und all ihre Wunden rissen wieder auf. Ihr Herz blutete, obwohl doch schon seit sechs Monaten eine hässliche, dicke Narbe darüber gewachsen war. Sie wollte das nicht wieder fühlen. Sie wollte nicht wieder leiden. Sie hatte sich geschworen, nicht mehr wegen ihm zu weinen. Sie hatte es sich selbst in die Hand versprochen. Schnell griff sie nach einem Küchenhandtuch und trocknete sich die Tränen.

Das war's. Sie würde keinen Umschlag mehr von ihm öffnen. Sie würde jeden Brief sofort ins Feuer werfen, und diesen auch. Egal was in den letzten ungelesenen Zeilen stand. Eilig griff sie nach den Blättern und dem Umschlag, öffnete die Klappe ihres Kanonenofens und warf das Papier hinein. Die Flammen züngelten gierig nach der leicht verdaulichen Nahrung. Eine helle Flamme, ein blaues Licht, das zum orangen Glimmen wurde.

Sie war der Versuchung erlegen, aber sie hatte sich wieder gefangen. Erleichtert schloss Rebecca die gusseiserne Klappe. Ein schwacher Augenblick konnte jeden einmal ereilen, aber in Zukunft wäre sie dagegen gewappnet – Michael Kohlhaas.

17. Februar 1915

»Gnädige Frau Gräfin, Sie dürfen die Bedeutung der Heimatfront nicht unterschätzen. Wir Frauen müssen auch unseren Beitrag zum Krieg leisten.«

»Aber natürlich. Die Frage ist nur, wie dieser aussehen sollte. Wir packen doch schon immer wieder Hilfspakete für deutsche Kriegsgefangene in Frankreich.« Mama war pikiert. Pikiert war eigentlich gar kein Ausdruck. Sie rutschte ungeduldig auf ihrem Stuhl herum. Am liebsten hätte sie die Person rausgeschmissen, das war Katharina klar. Aber das durfte sie nicht, zu ihrem großen Leidwesen.

Katharina saß neben Mama auf dem Sofa. Die Frau eines Geheimrates aus Stargard saß ihnen gegenüber. Schlimm genug für Mama, mit so jemandem reden zu müssen. Doch ihr selbst war jede Abwechslung willkommen. Zwar schloss Mama sie nicht mehr in ihrem Zimmer ein, aber noch immer wurde jeder ihrer Schritte außer Haus bewacht. Einzige Abwechslung in ihrem täglichen Einerlei waren gelegentlich Ausflüge mit der Familie. Ansonsten gab es den Unterricht von Matthis. Das war alles. Sie wurde noch verrückt.

»Sie erwarten doch wohl nicht von mir, dass ich angeschossene Soldaten verbinde«, schob Mama mit gerümpfter Nase hinterher.

»Aber nicht doch. Die Krankenpflege obliegt nach wie vor dem Roten Kreuz. Nein, uns Frauen vom Nationalen Frauendienst geht es vielmehr um das Sammeln von Geldern und Kleidung für Notleidende oder auch um die Organisation der Lebensmittelversorgung und Arbeitsvermittlung.«

Feodora schnaufte laut auf. »Wie stellen Sie sich das vor? Soll ich etwa mit einer Sammelbüchse herumlaufen?«

Katharina musste sich zusammenreißen, dass sich ihr Mund nicht zu einem Grinsen verzog. Erst im Januar hatte die Frau des Dorfvorstehers an der Vordertür geklopft. Das an sich war schon reichlich impertinent – nicht hinten am Dienstboteneingang anzuklopfen. Doch dann wollte sie die Sammlung von warmer Unterkleidung für die Truppen im Rahmen der Reichswollwoche nicht mit der Mamsell besprechen, sondern mit der Gräfin selber – die Sammlung von Unterwäsche! Genau dieses abstruse Bild schien gerade auch wieder vor Mamas innerem Auge aufzuziehen, denn sie sah aus, als hätte sie saure Milch getrunken.

Für einen Moment schien es allerdings, als wäre die Dame geneigt, genau das vorzuschlagen. Doch offenbar war sie intelligent genug, nichts dergleichen zu fordern.

»Selbstverständlich sollen sich alle nur im Rahmen ihrer Möglichkeiten engagieren.«

War das etwa eine Beleidigung von Mama? Katharina war sich unsicher. Ihre Mutter allerdings schien das nicht in Betracht zu ziehen.

»Es ist ja nicht so, als würde ich nichts tun. Gräfin von Itzenplitz hat mich kontaktiert, und natürlich haben wir eine beträchtliche Summe für den Königlich Preußischen Louisenorden gespendet.«

»Aber der Louisenorden engagiert sich hauptsächlich in der Krankenpflege der Soldaten.«

»Ich kann mich natürlich nicht persönlich um die Versorgung der Verletzten kümmern. Das sollte Ihnen klar sein. Da ich russischer Herkunft bin, würde mir nur Bösartigkeit entgegenschlagen.«

»Das denke ich zwar nicht. Die Verletzten sind immer sehr froh, Zuspruch und Hilfe zu bekommen. Aber bei uns geht es ja gerade um etwas anderes: Wir wollen den unzähligen Frauen helfen, die hier durch die Folgen des Krieges in der Heimat betroffen sind. Zum Beispiel in der Kinderbeaufsichtigung der arbeitenden Mütter, für die ...«

»Ich muss Sie wohl kaum darauf aufmerksam machen, dass die Pächtersfrauen bei uns schon immer gearbeitet haben, auch ohne Krieg. Das ging immer ohne organisierte Kinderbeaufsichtigung.«

»Auf dem Feld die Kinder nebenan spielen zu sehen, ist etwas anderes, als wenn Mütter in einer Fabrik arbeiten müssen.«

»Wo haben die Fabrikarbeiterinnen denn vorher ihre Kinder untergebracht?«

Die Besucherin schien langsam am Ende ihrer Geduld angekommen. »Gerade in den kriegswichtigen Industrien wurden bei Kriegsbeginn alle Schutzbestimmungen für die Arbeiterinnen aufgehoben. Nun kann es sein, dass eine Schicht schon mal elf oder zwölf Stunden dauert. Es kommt auch häufiger als früher zu tödlichen Unfällen und ...«

»Das liegt doch alles außerhalb meines Einflussbereichs. Ich wüsste nicht, was ich da tun könnte. Ich brauche nun wirklich niemanden, der mir hier sozialistische Spinnereien predigt.«

Katharina riss die Augen auf. Jetzt war Mama zu weit gegangen. Die Besucherin schoss vom Sofapolster auf.

»Ich mag ja keine hochstehende Dame wie Sie sein, aber meine Moral und meinen Anstand lasse ich nicht in Zweifel ziehen. Ich unterstütze den Krieg unseres Kaisers. Der Nationale Frauendienst unterstützt die Heimatfront in allen Belangen. Ich werde mich ...«

»Oh bitte. Sie wollen sich beschweren? Beim Kaiser selbst?« Auch Mama war aufgestanden.

Die Besucherin schnappte nach Luft. »Ich muss schon sagen: Niemals hätte ich erwartet, hier eine solche Ignoranz vorzufinden. Es wirft ein äußerst ungünstiges Licht auf dieses Haus, das sich offensichtlich nicht in der Lage sieht, den Krieg und die Menschen, die ihn führen, nach Kräften zu unterstützen.«

Unberührt von diesen infamen Worten stolzierte Mama an der Frau vorbei und betätigte die elektrische Klingel. Sie drehte sich wieder um und meinte schmallippig: »Sie wollen doch nur Geld. Wissen Sie, wie viele Leute hier täglich vor der Tür stehen, die Geld oder Brot wollen?«

Die Dame keuchte auf. »Das muss ich mir nicht bieten lassen.« Entschlossen ging sie zu dem Stuhl, auf dem sie ihre Tasche und ihre Handschuhe abgelegt hatte.

Die Tür ging auf, doch statt eines Dienstboten erschien Papa. Er lächelte die Besucherin an.

»Ah, Frau Geheimrat Mannscheidt. Ich komme gerade rechtzeitig, wie mir scheint. Ich wollte es mir doch nicht nehmen lassen, Sie wenigstens kurz persönlich zu begrüßen.« Mit einem freundlichen Lächeln steuerte er auf die Dame zu, die nun nicht wusste, wie sie sich verhalten sollte. Papa streckte ihr die Hand entgegen.

Sie schüttelte sie, doch ihrem Gesichtsausdruck schien nun auch Papa zu entnehmen, dass hier etwas nicht stimmte. Unsicher trat er einen Schritt zurück. Er warf Feodora einen neugierigen Blick zu, doch die verschränkte ihre Arme vor der Brust.

»Ich hoffe, Ihr Begehren konnte zu Ihrer Zufriedenheit geklärt werden?« Schon sein Ton verriet, dass selbst er es fraglich fand. »Meine Liebste«, er wandte sich an seine Frau, »ich hatte bereits mit dem Geheimrat Mannscheidt gesprochen und ihm unsere Unterstützung zugesagt.«

Niemand sprach ein Wort. Die Stirn ihres Vaters legte sich in Falten. Katharina wusste, dass es stimmte, was er sagte. Gestern beim Mittagessen hatte er mit Mama darüber gesprochen, als sie sich beschwert hatte, dass die Frau von Geheimrat Mannscheidt kommen würde. Papa hatte wohl Mamas Unwilligkeit unterschätzt.

»Ihre Frau hat mich darüber in Kenntnis gesetzt, dass Sie sich außerstande sehen, den Nationalen Frauendienst zu unterstützen, gleich wie, ob nun mit tatkräftiger Hilfe oder finanziellen Zuwendungen.« Der Ton der Bürgersfrau war sachlich, aber deutlich.

Mama reckte ihren Hals. Genauso war es, bedeutete sie damit. Papa allerdings schien nicht besonders glücklich mit dem Verlauf. Im Gegenteil. Sein Gesicht lief leicht rot an. Er wurde wütend. Das war erstaunlich und höchst selten.

Ihre Chance. Das war Katharina schon in den letzten Minuten klar geworden. Es war ihre Chance, Mamas Gefängnis zu entkommen, in dem sie seit Monaten festsaß. Und jetzt, wo auch noch Vater dabeistand, war die Gelegenheit umso günstiger.

»Ich fürchte, es ist ein großes Missverständnis. Frau Mannscheidt, mein Vater hat mir über Ihr Anliegen berichtet, doch ich fürchte, ich habe es versäumt, meine Mutter rechtzeitig darüber zu informieren.«

Mama schaute empört zu ihr herüber, und auch die Besucherin wirkte irritiert, aber Vater schien sofort zu verstehen. Sein Blick ermutigte sie.

»Natürlich wird unser Haus Sie und Ihre Organisation nach Kräften unterstützen. Ich selbst kann gerne an Sammelaktionen teilnehmen ... sofern ich eine schickliche Begleitung habe. Und ich würde mich sehr gerne in der Kinderbetreuung engagieren. Es ist sicherlich ein äußerst lobenswertes Betätigungsfeld, und da ich für meine Nachmittage keinerlei anderweitige Verpflichtungen habe, dürfen Sie meine Hilfe gerne recht häufig in Anspruch nehmen.«

Wieder entstand eine Pause. Wieder sagte niemand etwas.

Frau Mannscheidt war zu intelligent, um nicht zu durchblicken, was hier gerade passierte, aber da mischte sie sich natürlich nicht ein.

Mama sah sie entsetzt an. Katharina war sich sicher, dass ein Donnerwetter losbrechen würde, sobald der Besuch fort war, aber Papa klatschte befreit in die Hände.

»Genau so hatten wir es besprochen. Meine Frau hat natürlich alle Hände voll zu tun mit der Leitung des Anwesens. Sie verstehen. Auch bei uns wurden jede Menge Männer eingezogen, was mich zu mehr Einsatz auf dem Gut verpflichtet. Die Sorge um die häuslichen Angelegenheiten obliegen nun voll und ganz der Verantwortung meiner Frau. Ich bin mir sicher, Sie verstehen das kleine Missverständnis. Nichts liegt unserem Haus ferner, als nicht das ausreichende Maß an Patriotismus zu zeigen.«

Frau Mannscheidt lächelte bittersüß. »Aber selbstverständlich verstehe ich das.« Sie drehte sich zu Katharina. »Ich kann jede helfende Hand dringend benötigen. Bitte melden Sie sich so schnell wie möglich bei der Dorflehrerin, Frau Kurscheidt. Sie hat dankenswerterweise die Organisation und Einteilung der Kinderbeaufsichtigung für Greifenau übernommen. Meine Herrschaften.« Sie nickte leicht und verschwand mitsamt ihres bittersüßen Lächelns aus dem Raum.

Mama wartete kaum ab, bis der Besuch außer Hörweite war. »Das kannst du dir aus dem Kopf schlagen. Du wirst natürlich nicht die verlausten Gören unserer Pächter beaufsichtigen.«

»Feodora, schweig!«, verbat Papa seiner Frau den Mund. Er stellte sich schräg zum Fenster und lugte hinaus. Die Besucherin schritt gerade die Treppe herunter. »Ich hoffe für dich wie für mich, dass das niemand gehört hat. Und Katharina wird natürlich ihr Versprechen einhalten. Wie kannst du nur so dumm sein?«

Feodora schien erstaunt, dass Papa so offen die Partei der Besucherin ergriff.

»Wir alle müssen uns mit widrigen Umständen arrangieren. Das bringt der Krieg nun mal mit sich.«

»Diese Frau scheint zu vergessen, dass wir Menschen einer höheren Klasse sind. Da ist sie nicht die Erste und nicht die Einzige. Uns unter die niedrigen Stände zu mischen, wo soll das bitte hinführen? Wenn wir nicht aufpassen und den Leuten klarmachen, dass immer noch die alten Regeln gelten, dann gnade uns Gott.«

»Selbst unsere Kaiserin Auguste Viktoria besucht Lazarette mit einfachen Soldaten.«

»Und das soll Katharina jetzt auch machen? Was, wenn Ludwig von Preußen erfährt, dass seine Verlobte in spe ohne Chaperon das Haus verlässt?«

Insgeheim jubilierte Katharina. Chaperon – die meist weibliche Aufpasserin von flüggen Komtessen. Daran hatte sie noch gar nicht gedacht. Noch ein Grund mehr, auf jeden Fall dem Hilfsdienst beizutreten.

»Natürlich wird sie keine fremden Männer ausziehen und waschen.« Aus Vaters Stimmlage war zu erkennen, für wie schwachsinnig er diese Idee hielt. »Und natürlich wird Katharina auch nicht mit einer Sammelbüchse von Haus zu Haus ziehen, sondern bei Tee und Gebäck bei unseren Bekannten das Gespräch auf die Notwendigkeit der Unterstützung bringen.«

»Und die Kinderbetreuung? Wie stellst du dir das vor? Soll ich Katharina jedes Mal die Mamsell mit auf den Weg geben, die auf sie aufpasst, während sie die Gören beaufsichtigt?«

»Um Gottes willen, Feodora. Wir haben gerade ganz andere Probleme. Soll ich mich jetzt etwa auch noch vor den Amtsträgern der Umgebung für das ungewöhnlich unpatriotische Verhalten meiner Frau rechtfertigen müssen?«

»Wieso glaubst du überhaupt, dass du dich rechtfertigen musst? Das war früher auch nicht nötig!«

»Wir leben in schwierigen Zeiten. Wir müssen alle Kompromisse machen. Zumindest, solange der Krieg noch dauert.«

»Ich verstehe wirklich nicht, was du meinst.« Feodora ließ sich mit eingeschnappter Miene zurück aufs Sofa fallen.

»Was meinst du mit: Du verstehst nicht, was ich meine?«

»Der Krieg läuft doch bestens.«

Papa runzelte die Stirn. »Wie bitte?«

Der zufriedene Gesichtsausdruck ihrer Mutter sagte Katharina, dass sie zum Gegenschlag ausholte. »Gerade hat die deutsche Regierung die Gewässer um Großbritannien und Irland zum Kriegsgebiet erklärt. Wir werden die Briten schnell ausgehungert haben mithilfe unserer U-Boote. Und jetzt, wo unsere Zeppeline sogar das englische Festland angreifen, wird der Krieg innerhalb kürzester Zeit gewonnen sein.«

Papas Mund blieb offen stehen. Er schüttelte den Kopf über so viel Unvernunft. »Genau das haben die Briten auch gedacht, als sie vor zwei Monaten den gesamten Nordseeraum zum Kriegsgebiet erklärten. Aber deren Wirtschaftsblockade fängt langsam an, Früchte zu tragen. Und von den Russen bekommen wir auch kein Korn mehr geliefert. Ich habe gerade gelesen, dass der Bundesrat vor zwei Tagen die Biererzeugung eingeschränkt hat, um Gerste zu sparen. Das betrifft unsere Brauerei unmittelbar. Wenn du dich schon für den Verlauf des Krieges interessierst, dann lerne besser schnell, zwischen den Zeilen zu lesen.«

Er goss sich ein Glas Obstbrand ein. »Katharina, du fragst sofort die Mamsell, wann sie Zeit hat, mit dir ins Dorf zu gehen und dieser Lehrerin einen Besuch abzustatten. Du musst dich ja nicht gleich verausgaben, aber es macht sicher den richtigen Eindruck, wenn du dich engagierst. Wenigstens eine Person vom Gutshof sollte das tun.« Er warf Feodora einen bösen Blick zu.

Doch die ließ sich das nicht gefallen. »Zwei meiner Söhne stehen an der Front. Ist das nicht etwa Engagement genug? Und was ist mit Anastasia? Ihre zweite Tochter kommt auf einem halb verwüsteten Gut zur Welt. Die Russen sind noch immer nicht ganz aus Ostpreußen vertrieben. Ich lasse mir nicht vorwerfen, unsereins würde nicht auch unter dem Krieg leiden.«

Papa sah aus dem Fenster und trank. Er hatte Mama den Rücken zugedreht. Eine Antwort schien sich für ihn zu erübrigen, oder aber ihm fiel tatsächlich nichts mehr ein.

Auch Katharina fand es äußerst verwirrend, aus all den Meldungen aus den Zeitungen die Wahrheit herauszufiltern. Immer wieder wurden Siege verkündet. Doch Katharina kam nicht umhin zu bemerken, dass viele dieser befreiten Gebiete ja offensichtlich kurz vorher erst von den Feinden des Deutschen Kaiserreiches besetzt worden waren. Nur über die Siege der Gegner hört man so gut wie gar nichts. Das machte sie misstrauisch. Was wurde den Menschen sonst alles noch an Information vorenthalten?

»Katharina, Kind.« Mama klopfte auf das Polster neben sich. »Lass uns über die Umgestaltung deines Zimmers reden.«

Jetzt war es an Katharina, ihre Mutter verblüfft anzusehen. Seit über einem Jahr lag sie ihr damit in den Ohren. Doch Mutter hatte bisher immer eine Ausrede gehabt, warum dafür kein Geld oder keine Zeit übrig war oder das Thema schlichtweg ihre Geduld überstrapazierte.

Allein der Raum war für die letzten sechs Monate wie ein Gefängnis gewesen. Zudem erdrückten sie die dunklen Farben und die schweren Brokatvorhänge. Dunkel und düster. Katharina würde selbst noch zu einem Teil ihres Zimmers werden.

Sie wollte es hell und luftig haben. Stofftapete mit Blumenmuster, Bilder von exotischen Landschaften. Vielleicht würde sie sogar eine Malerei von Südamerika oder gar Buenos Aires finden. Dann könnte sie sich jeden Tag auf den Kontinent träumen, von wo Julius fleißig heimliche Reiseberichte schrieb. Wäre das nicht fabelhaft?

Dass Mama ausgerechnet jetzt ein Einsehen zu haben schien, machte sie natürlich stutzig. Es war klar, was die Gräfin vorhatte: Sie wollte Katharina lediglich mit etwas anderem beschäftigen und ihr die Flausen aus dem Kopf treiben. Aber Katharina würde ihr einen Strich durch die Rechnung machen, und das am besten, solange Vater dabeistand.

»Natürlich, Mama. Sehr gerne. Ich frag nur eben kurz bei der Mamsell nach, wann sie Zeit hat, mit mir ins Dorf zu gehen.«

23. März 1915

Karl Matthis öffnete mit zittrigen Händen den Umschlag. Ganz wie er befürchtet hatte – sein Einberufungsbescheid. Niedergeschlagen ließ er sich auf einen Stuhl in der Leutestube plumpsen. Es war kurz vor dem Abendessen, und er war der Erste hier im Raum. Hausdiener Caspers hatte ihm gerade die heutige Post übergeben.

```
              Gestellungsbefehl

Der Benannte erhält hierdurch den Befehl, sich zur
Musterung am 30. März 1915 vormittags um 08.30 Uhr im
Zimmer 73 im Landwehr-Dienstgebäude, Stargard, des
Bezirks.-Kommando V. einzufinden. Militärpapiere und
dieser Befehl sind mitzubringen. Die Nichtbefolgung
dieses Befehls wird nach den Gesetzen bestraft.
```

Sein Name war korrekt mit Tinte eingetragen. Datum und Uhrzeit waren ebenfalls handschriftlich geschrieben. Der Schweiß brach ihm aus allen Poren. Was sollte er nun tun? Nach seinen drei Jahren Militärdienst, die er vor Ewigkeiten absolviert hatte, hatte er geglaubt und gebetet, nie wieder etwas mit dieser Institution zu tun haben zu müssen. Es war schrecklich gewesen. Die Art der körperlichen Ertüchtigung, die er durchlitten hatte, glich eher einer Züchtigung. Er war noch nie sehr sportlich gewesen. Und in den fünfzehn Jahren, die nun dazwischenlagen, war es beileibe nicht besser geworden.

Was sollte er im Krieg? In seinen ersten zwei Wochen der Ausbildung hatte er sich beinahe nachts eingenässt, so viel Angst hatte er gehabt. Erst als er gemerkt hatte, dass er nicht der Einzige war, dem es so erging, hatte er sich allmählich besser gefühlt. Aber gut war es ihm dort nie ergangen. Er war in Stolp in der Kaserne gewesen. Ein unmenschlicher Drill war auf sie herabgeregnet. Einmal wäre er sogar fast gestorben. Da hatten sie seine Kompanie mitten im November in die Ostsee geschickt, zur Abhärtung. Er und drei Kameraden hatten danach mit Lungenentzündung im Hospital gelegen. Doch viel Erholung hatte man ihm nicht gegönnt, und dann war es schon weitergegangen.

Und jetzt im Krieg würde es ganz sicher nicht besser werden. Er war nicht geschaffen für ein solches Leben. Er war ein Mensch des Geistes. Auf allen anderen Gebieten würde er immer kläglich versagen.

Wiebke und Clara kamen herein und setzten sich. Schnell schob er seine Hände mit dem Brief unter die Tischkante. Das hier ging niemanden etwas an. Es war schlimm genug, dass er als Hauslehrer mit den einfachen Bediensteten essen musste. Da musste er nicht noch sein Leben mit ihnen teilen.

Das rothaarige Hausmädchen warf ihm einen merkwürdigen Blick zu. Anscheinend stand ihm das Entsetzen ins Gesicht geschrieben. Aber sie würde nicht fragen, dafür war sie viel zu schüchtern. Caspers kam herein und übergab Wiebke und Clara je einen Brief.

Wiebke strahlte. »Ein Brief von Ida.« Wie einen Schatz aus Gold drehte sie den Umschlag und genoss es, ihn in Händen zu halten. Seit sie sich zum ersten Mal mit ihrer Schwester getroffen hatte, redete das Mädchen praktisch über nichts anderes mehr. Über Familie und Geschwister und was ihr ihre Schwester und die Brüder schrieben. Ihre Schreibfähigkeiten waren offensichtlich sehr viel besser geworden, und man sah sie jede freie Minute über einem Briefbogen am Tisch sitzen. Sowohl Irmgard Hindemith als auch Albert Sonntag überschütteten sie mit Lob. Es war kaum zu ertragen.

Vor allem deshalb nicht, weil er immer davon ausgegangen war, dass Lob nur die Motivation schwächte. Nur Strenge und Härte formten einen disziplinierten Schüler. Aber dieses rothaarige Mädchen strafte all seine pädagogischen Prinzipien Lügen. Es schien, je mehr Erfolge sie zu verzeichnen hatte, desto eifriger wurde sie. Ekelhaft. Wiebkes Mund bewegte sich stumm, während sie Zeile für Zeile las.

Matthis' Blick folgte der Maserung des Holztisches. Jede Hoffnung auf ein besseres Leben war verschwunden. Er hatte sich diverse Male beworben, seit er in die Dienstbotenetage verbannt worden war. Das Arbeitszeugnis, das der Graf ihm ausgestellt hatte, war alles andere als überragend. Zu etwas Besserem hatte er ihn nicht bewegen können. Bisher hatte er aber anscheinend noch keinen Ersatz gefunden. Matthis wagte nicht, ihn danach zu fragen. Der Graf würde sich schon melden, wenn es endlich so weit war. Natürlich hätte er ihn fragen können, ob er ihm eine Unabkömmlichkeitsbescheinigung ausstellte, mit der er eine Reklamierung bekommen könnte. Dann würde er erst gar nicht zum Frontdienst einberufen. Aber zum Ersten würde die

Bescheinigung kaum einer genauen Prüfung standhalten. Hauslehrer waren nicht kriegswichtig. Und zweitens war das Verhältnis zu Graf von Auwitz-Aarhayn merklich abgekühlt. Vor allem die Gräfin verzieh ihm den Fauxpas nicht, den er sich letztes Jahr gegenüber dem kaiserlichen Neffen geleistet hatte. Zum Sommerfest hatten sie ihn sogar für ein langes Wochenende aus dem Herrenhaus verbannt.

Das hatte ihm die Möglichkeit gegeben, in Stargard eine Annonce aufzusetzen, doch gemeldet hatten sich nur zwei Interessenten, mit völlig abwegigen Angeboten. Ganz sicher würde er nicht für die Hälfte seines Gehaltes arbeiten. Andererseits fühlte er sich hier völlig isoliert. Nur zu gerne hätte er in einen anderen Haushalt gewechselt, wo er wieder mit den Herrschaften soupieren durfte. Hier gehörte er nicht mehr nach oben, aber nach unten gehörte er ganz sicher auch nicht.

Vielleicht, wenn er es geschickt anstellte und seine Vorgesetzten bald erkannten, dass mit ihm im Gefecht nichts Vernünftiges anzufangen war, würde er eine Stelle in der Schreibstube bekommen. Oder in der Materialverwaltung. Das wäre vermutlich das Beste, was ihm passieren konnte. Dort seinen Dienst abzuleisten, bis sie den Krieg gewonnen hätten. Um dann mit Ruhm und Ehre und möglicherweise einer Auszeichnung, aber zumindest einem höheren Dienstgrad als jetzt, einen Neuanfang zu wagen.

Er sollte den Grafen noch einmal nach einem neuen Arbeitszeugnis fragen. Nun, da er aufgrund seiner Einberufung zum Heeresdienst entlassen würde, wäre sein Dienstherr möglicherweise geneigter, ihm ein etwas gnädigeres Zeugnis auszustellen.

Kilian und Eugen setzten sich, und auch Waldner, Ceynowa und Sonntag traten in den Raum. Stühle wurden gerückt, und dann saßen fast alle. Bertha erschien mit einem großen, dampfenden Topf, vermutlich schon wieder Graupensuppe, befürchtete er. Das Essen hier unten machte zwar wirklich satt und es schmeckte auch, aber er war weiß Gott besseres Essen und mehrere Gänge gewöhnt. Die Köchin erschien mit Brot und Butter und stellte sie ab, als Mamsell Schott den Essensgong ertönen ließ.

Karl Matthis wollte den Brief gerade in der Innentasche seiner Jacke verschwinden lassen, als Kilian zufällig zu ihm hinüberschaute. Das billige feldblaue Papier verriet ihn.

»Oh, haben Sie Post von der OHL bekommen?«

OHL war die Oberste Heeresleitung. Es war wirklich unverschämt, wie unverfroren der Hausbursche ihn ansprach. Das wäre früher nie passiert.

»Das geht dich nichts an.«

Caspers, der am anderen Ende Platz genommen hatte, sah interessiert auf. »Aber mich geht es etwas an. Wenn Sie den Zeitpunkt Ihrer Abreise kennen, sollten Sie es uns mitteilen. Damit wir uns darauf einstellen können.«

Alle Köpfe drehten sich nun zu ihm um.

Er holte tief Luft und wollte in einer Gegenrede etwas erwidern, aber dann dachte er: Jetzt ist es doch auch egal.

»Ich muss mich in sieben Tagen in Stargard melden.«

Caspers nickte. Ob er sich darüber freute oder nicht, konnte man nicht an seiner Miene ablesen. Er nickte der Mamsell zu, damit sie wie immer das kurze Tischgebet sprechen konnte. Doch für einen Moment hielt sie inne.

»Herr Matthis, wir wissen alle, dass die Umstände, die uns hier unten zusammengebracht haben, etwas ungewöhnlich waren. Und von Ihnen auch nicht gewünscht. Doch Sie sollen wissen, dass unser aller Mitgefühl Sie begleitet, wenn Sie für unser Vaterland ins Gefecht ziehen.«

Niemand sagte etwas, aber auch niemand verzog spöttisch die Miene. Tatsächlich war das ein Thema, das niemand mehr auf die leichte Schulter nahm oder Witze darüber machte. Einen Moment lang beschämten ihn ihre Worte.

»Ich danke Ihnen. Es ist gut zu wissen, dass ich jemandem fehlen würde. Auch wenn ich nicht gedacht hätte, dass ich hier der Erste sein würde, der gehen muss.«

Alle schauten ihn konsterniert an.

»Ähm ... Ich meine natürlich ... Ich bin nur verwundert, dass ich eher als ...« Sein Blick wechselte zwischen Kilian, Johann Waldner und Albert Sonntag hin und her.

»Kilian ist noch nicht alt genug, um gezogen zu werden. Und ich hoffe und bete jeden Abend, dass er sich im November, wenn er siebzehn wird, nicht freiwillig meldet.« Mamsell Schott bedachte den Hausburschen mit einem beschwörenden Blick.

Johann Waldner spielte mit seinem Messer und bemerkte die Blicke der anderen gar nicht, wohl aber der Kutscher. Fast unbemerkt umspielte ein Lächeln seinen Mund. Er schien etwas zu dem Thema beitragen zu wollen, sagte dann aber nur:

»Das riecht aber lecker, Bertha.«

Bertha strahlte und ließ ganz kurz ihre schiefen Zähne sehen. »Dicke Graupensuppe – mit Speck!«

Clara seufzte laut auf. Sie sah es anscheinend genauso wie Matthis, dass sie dieses Gericht in letzter Zeit schon sehr häufig aufgetischt bekommen hatten.

»Was ist?«, fragte Irmgard Hindemith laut. »Ist das nicht gut genug?«

Clara machte sich sofort klein.

»Ich wette, sobald Herr Matthis Bekanntschaft mit der Feldküche macht, wird er sich wünschen, wieder hier mit uns am Tisch sitzen zu dürfen. Und du, Clara, solltest auch froh sein, dass du kein Kriegsbrot essen musst. Kartoffeln im Brot, wenn ich das schon höre!«

Caspers ging darauf gar nicht ein. »Mamsell Schott hat einen sehr wichtigen Einwand vorgebracht, Kilian. Ich hoffe, du überlegst es dir sehr gut, ob du dich freiwillig meldest. Ich habe Berichte gehört aus Flandern, wo sie viele Jugendliche in Freiwilligen-Regimente direkt an die Front geschickt haben. Die wenigsten von ihnen werden zurückkehren.«

Matthis nickte. Selbst er hatte von den enormen Verlusten der sehr jungen Soldaten in Bixschote bei Langemarck in Belgien gelesen. Kinderkreuzzüge nannte man sie schon.

»Ich glaube, seit die OHL die Listen mit den gefallenen und vermissten Soldaten nicht mehr veröffentlicht, weil es so viele sind, hat sich selbst Kilian von seinen ruhmreichen Träumen verabschiedet. Stimmt's nicht?«

Warum nur konnte der Kutscher, der in einem Waisenhaus ja wohl kaum eine humanistische Bildung genossen haben konnte, immer so gut die Stimmung erfassen? Und wieso lag er selbst mit seinen Bemerkungen immer so furchtbar daneben, fragte Matthis sich für einen Moment.

Kilian nickte.

Mamsell Schott legte erleichtert ihre Hand auf ihre Brust. »Mein Gott, Junge, das hättest du mir aber auch schon früher sagen können.« Sie nickte einmal in die Runde und sprach ein kurzes Tischgebet.

Matthis bedachte die Runde mit einem missgünstigen Blick. Wie sie zufrieden nach den Tellern griffen, die Bertha ihnen vollschöpfte. Trotzdem hoffte er, dass sie ihn noch möglichst lange mit in ihre Gebete einschließen würde. Er hegte den Verdacht, dass er bald jeden himmlischen Beistand brauchen konnte.

25. März 1915

Adolphis wischte sich genervt über die Stirn. Thalmann sah auch nicht gerade glücklich aus. Sie standen draußen vor einem der Kornspeicher. Es waren noch reichlich Reserven vorhanden. Das letzte Jahr war ein gutes Erntejahr gewesen. Aber was nutzte ihnen das nun?

»Diese Kriegsgetreidegesellschaft tanzt uns auf der Nase herum«, wetterte Thalmann. »Sie tun gerade so, als wenn ihnen das Getreide gehören würde.«

Adolphis schnaufte ungehalten auf. Was nichts half, denn es war genau, wie Thalmann sagte. Russland fiel als wichtiger Getreidelieferant aus. Die Lage verschlechterte sich zusehends. Im November war die Kriegsgetreidegesellschaft gegründet worden, eigentlich, um Vorräte aufzukaufen und Preise festzulegen. Doch schon jetzt war sie berechtigt, Zwangseinkäufe durchzuführen – das Reich übernahm die Verantwortung für die Versorgung der Bevölkerung. Das gefiel vielen, aber nicht allen.

Und schon jetzt ging es nicht mehr darum, durch hohe Preise den Konsum zu mindern und eine Getreidereserve anzulegen. Viel zu schnell waren sie bei einer Rationierung von oben angelangt. Im Januar hatte Berlin als erste Stadt Brotmarken ausgegeben, und bis Februar waren viele andere Städte gefolgt. Und es ging immer weiter.

»Wir könnten natürlich einiges auf dem Schwarzmarkt in den Handel bringen«, schlug Thalmann vor.

Adolphis quittierte den Vorschlag nur mit einem Grunzen. »Zu aufwendig. Außerdem ... wenn wir erwischt werden? Dann konfiszieren sie uns alles. Nein.«

Thalmann zuckte mit den Schultern. Adolphis nahm mit Unmut zur Kenntnis, dass der Gutsverwalter sich wieder obenauf fühlte. Konstantin war weit weg. Ja, auch wenn der Angestellte sich nie getraut hätte, es anzudeuten: Es war fraglich, ob der älteste Grafensohn je wiederkommen würde. So viele junge Männer fielen an der Front. Adolphis war in dieser Situation gnadenlos auf Thalmann angewiesen. Und das missfiel ihm sehr.

Früher wäre es ihm egal gewesen, und er hätte dem Gutsverwalter freie Hand gelassen. Aber nun war Krieg. Alles war schwieriger, und die Streitereien mit Konstantin hatten ihn wenigstens eines gelehrt: dass er strategischer denken musste. Nicht nur bis zur nächsten Woche. Nicht nur bis zur nächsten Ernte. Sondern langfristig.

»Wir weichen aus. Wir werden Kartoffeln anbauen.«

»Kartoffeln?« Thalmann klang ungläubig.

»Ja, Kartoffeln. Wenn die Kriegsgetreidestelle über unser Getreide verfügt, dann bauen wir Kartoffeln an. Die Aussaat steht bald an. Ich möchte, dass wir ausreichend Getreide anbauen – zur Selbstversorgung und als Deputat für die Pächter. Und für die Schweinefütterung muss es auch reichen. Aber auf den restlichen Feldern werden wir Kartoffeln setzen. Rechnen Sie das aus, und legen Sie es mir vor.«

Zufrieden mit sich und seiner Entscheidung drehte er sich um und ließ seinen Blick über die Felder schweifen. Fruchtbares Land, weit und breit.

»Aber dann müssen wir Saatkartoffeln zukaufen. Wir haben nicht genug.«

»Herrje, dann kaufen Sie die eben zu. Die Kriegsgetreidestelle kann mir mal den Buckel runterrutschen. Ich mach mit meinem Land immer noch, was ich will.«

Er drehte sich wieder zu Thalmann und grinste ihn an. »Und was wir von dem Saatgetreide übrig haben, daraus machen wir Bier«, befahl Adolphis im überzeugten Ton, eine hervorragende Idee zu haben.

Thalmann brummte etwas Unverständliches in seinen Bart. Doch dann sagte er: »Und was machen wir nun mit den Schweinen? Wie viele davon wollen wir schlachten?«

»Wie viele schlachten wir denn normalerweise?«

Thalmann seufzte vernehmlich. *Du kennst dich keinen Deut aus, willst aber das Sagen haben*, drückte er damit aus. »Wir sollen mehr als üblich schlachten.«

»Wieso überhaupt?«

»Sie konkurrieren mit den Menschen um die gleichen Futtermittel. Getreide, Kartoffeln und so fort. Deswegen soll ihre Zahl minimiert werden.«

»Und was machen wir dann damit? Wenn alle mehr Schweine schlachten, gehen doch die Preise in den Keller.«

»Es gab schon Anweisungen, das Fleisch zu konservieren.«

»Konservieren? Tse, das ist doch verrückt. Wer will denn bitte schön Schweinefleisch aus Dosen essen? Nein, das machen wir nicht mit. Vielleicht sollten wir einfach weniger als üblich schlachten.« Er dachte kurz nach. »Ist das ein Gesetz? *Müssen* wir mehr schlachten?«

Thalmann verneinte. »Nur eine Anweisung.«

»Dann machen wir es so, wie ich es gesagt habe. Weniger Schweine schlachten, mehr Kartoffeln anbauen und gerade so viel Getreide, wie wir für unsere Zwecke brauchen.« Er fühlte sich prima. Eigentlich machte es doch Spaß, herumzukommandieren und Entscheidungen zu treffen. So allmählich konnte er verstehen, warum Konstantin diese Arbeit so liebte. »Noch was?«

Thalmann nickte wieder. »Die Winterpause geht zu Ende. Noch können wir die anfallenden Arbeiten mit den vorhandenen Männern leisten. Aber schon bald, wenn wir mit der Aussaat anfangen, brauchen wir Unterstützung. Ich bin mir nicht sicher, ob dieses Jahr genug Wanderarbeiter kommen. In den letzten Jahren waren um die Zeit schon immer die ersten Interessenten da. Und wir konnten uns die Besten aussuchen. Bisher hat nicht ein Einziger angeklopft.«

»Verstehe!« Das konnte sich allerdings zu einem großen Problem auswachsen. Etliche Männer im besten Alter waren eingezogen worden. Bis auf einige wenige Fälle in den ersten Kriegstagen hatten sie es schnell eingedämmt, dass sich die Pächter oder ihre Söhne freiwillig meldeten. Doch es wurden immer mehr Männer an die Front beordert. Zudem boten die Fabriken in den Städten höhere Löhne. Denn auch sie litten unter dem Mangel an Arbeitskräften. Und nicht alle konnten oder wollten mit weiblichen Arbeitskräften ausgleichen.

Adolphis ging zu seinem Pferd und stieg auf. »Ich werde mich darum kümmern«, versprach er von oben herab. Er musste sich kundig machen, wie er an Kriegsgefangene herankam. Ein paar Dutzend russische Bauern würden vermutlich reichen. Die kannten sich auf den Feldern aus. Ja, es war überhaupt das Einzige, was sie kannten, wenn er seiner Schwägerin Oksana Glauben schenken durfte. Er nickte Thalmann zu und ritt zurück zum Gutshof.

* * *

»Die Post von heute Morgen.« Caspers kam herein, kaum dass Adolphis sich an den Schreibtisch gesetzt hatte. Er suchte gerade nach einer bestimmten Ausgabe der *Neuen Preußischen Zeitung*. In einer der letzten Ausgaben hatte es einen Artikel gegeben, wie und wo man sich um Kriegsgefangene bemühen konnte.

»Danke, legen Sie sie auf den Sekretär.« Er beachtete den Dienstboten nicht weiter, sondern durchsuchte einen Stapel mit alten Zeitungen. Nichts. Vermutlich lag die gesuchte Ausgabe in der Bibliothek.

Er sortierte einige Papiere zurück und nahm die Post zur Hand. Schnell überflog er die Absender der drei Briefe. Ein Brief von seiner Schwester Leopoldine. Alle zwei Monate sah sie sich genötigt, ihn über die neuesten Erfolge ihres Mannes zu informieren. Hohe Ernteerträge, pah. Dafür musste er jetzt auch mehr abgeben.

Der zweite Brief war von seinem Rechtsanwalt, mit dem er regelmäßig korrespondierte. Der dritte Brief war vom Waisenhaus in Kolberg. Bestimmt ein Bettelbrief für Spenden. Er würde ihn an Feodora weitergeben. Adolphis wollte ihn schon zur Seite legen, als er sah, was auf dem Adressfeld stand:

Graf Donatus von Auwitz-Aarhayn –
Persönlich zu übergeben!

Ein Brief an seinen Vater, der nun schon seit über einem Jahr tot war. Von einem Waisenhaus! Neugierig griff er zum Brieföffner und schlitzte das Papier auf.

An den werten Herrn Grafen
Donatus von Auwitz-Aarhayn zu Greifenau
Es tut mir leid, dass meine Antwort etwas länger gedauert hat, aber durch einen finanziellen Engpass sind wir leider vollkommen mit der Aufzucht der uns anbefohlenen Zöglinge ausgelastet.
Ich muss mich gegen den Vorwurf verwehren, dass wir Ihre finanziellen Zuwendungen nicht Ihrem Zögling haben zukommen lassen.

Ihrem Zögling? Worum ging es hier? Adolphis putzte sich die Brille, die er zum Lesen aufsetzen musste, als hätte er den Inhalt lediglich nicht richtig entziffern können. Dann las er den Brief noch einmal. Von welchem Zögling redete sie? Das musste ein Irrtum sein. Doch als er weiterlas, stand dort noch:

Mit detaillierteren Informationen kann Ihnen sicherlich Pastor Egidius Wittekind weiterhelfen.

Wäre dieser Name nicht gefallen, hätte er den Brief vermutlich einfach weggeschmissen. Es konnte sich nur um einen Irrtum handeln. Aber Wittekind – was wusste er, und was verschwieg er ihm offensichtlich?

Mir liegen zwei Briefe von dem Geistlichen vor, in denen er erklärt, dass es dem Gönner …

Dem Gönner, Waisenkind, Zögling, Wittekind. Zahlungen bis Mai 1901 und davor schon. Wer hatte diese veranlasst? Der Gönner musste sein Vater sein. Kam hier ein dunkles Geheimnis des alten Patrons ans Licht? Adolphis war versucht zu grinsen. Hatte sein Vater auf fremdem Terrain gewildert? Das hätte er ihm nicht zugetraut. Andererseits, auch sein Vater war einmal jung gewesen, auch wenn es schlecht vorstellbar war. Und von stürmischem Geblüt war er zeitlebens gewesen. Doch so pikant diese Vorstellung war, auf der anderen Seite konnte es Probleme bedeuten. Sollte er etwa einen Bastard-Bruder oder eine Bastard-Schwester haben? Was für eine unangenehme Vorstellung.

Er lehnte sich in seinem opulenten Polsterstuhl zurück. In dem Brief stand noch mehr. Sein Vater hatte dem Waisenhaus offensichtlich vorgeworfen, das gezahlte Geld nicht seiner Bestimmung gemäß eingesetzt zu haben. Er musste Wittekind fragen. Wieso hatte der Geistliche ihm nicht schon längst etwas erzählt? Vermutlich, weil er einen Maulkorb von seinem Vater bekommen hatte. Würde er ihm überhaupt etwas sagen? Und wenn, wie weit würde er die Tatsachen zugunsten des alten Patrons verdrehen?

Adolphis las die betreffenden Zeilen noch einmal: *Soweit ich die Zahlungen von Pastor Egidius Wittekind nachvollziehen kann …* Wittekind hatte also Zahlungen weitergereicht, von einem Gönner. Andererseits hatte Donatus dem Waisenhaus vorgeworfen, dass es zu Unregelmäßigkeiten bezüglich der Zahlungen gekommen sei. Irgendwas war nicht ganz koscher.

Nein, entschied Adolphis sich, er würde dieser Oberin Dominika schreiben. Er brauchte mehr Informationen. Und er würde sich bedeckt halten. Nur nichts zugeben, was sich zu seinen Ungunsten wenden konnte. Er würde der Schwester Oberin einen Brief schreiben, in dem er erklärte, dass dies alles nur ein Versehen sein könne, er aber gerne bei der Aufklärung behilflich sei, wenn er nur mehr Informationen habe. Ja, genauso würde er es machen.

Draußen vor der Tür hörte er Feodoras Stimme, die mit Mamsell Schott sprach. »Ich wünsche trotzdem, dass meine Tochter weiterhin begleitet wird.«

Die Antwort der Bediensteten konnte er nicht verstehen, weil sie zu leise sprach. Adolphis steckte den Brief schnell zurück in den Umschlag und ließ ihn in seiner Jackentasche verschwinden. Schon ging die Tür auf, und seine Gattin trat ein.

»Von mir aus schicken Sie eins der Mädchen mit. Katharina geht nicht alleine, und das ist mein letztes Wort.« Feodora wandte sich an Adolphis: »Ist die Post schon da?«

»Erwartest du etwas Spezielles?«

»Vielleicht hat Josephine mir aus Berlin geschrieben. Etwas Abwechslung und erfreuliche Nachrichten aus der Kaiserstadt wären schön.«

»Ich muss dich enttäuschen. Für dich ist heute nichts Interessantes dabei. Aber du darfst gerne den Brief meiner Schwester lesen.«

Feodora rümpfte die Nase, nahm den Umschlag jedoch an sich. Es klopfte, und die Tür öffnete sich. Hauslehrer Matthis nickte unterwürfig, trat aber ohne Aufforderung ein. Seine Frau bedachte den Mann nur mit einem kurzen Blick.

»Was gibt es, Matthis?«

»Ich müsste kurz mit Ihnen sprechen.«

Oh bitte, nicht schon wieder ein Versuch der Wiedergutmachung. Matthis hatte seit seiner Strafversetzung in die Dienstbotenetage mehrmals versucht, Schönwetter zu machen. Feodora hatte recht: Einen solch ungehobelten Klotz konnte man nicht dulden. Außerdem empfand er den Umstand, ohne jeden Fremden am Tisch zu essen, als höchst erfreulich. Es gefiel ihm im kleinen Familienkreis. Katharina und Alexander waren ohne den Hauslehrer viel zugänglicher.

»Wie ich Ihnen schon sagte: Sollte ich einen Ersatz für Sie gefunden haben, werde ich Ihnen umgehend Bescheid geben. Aber das Glück scheint Ihnen hold zu sein. Im Moment werden so viele Männer eingezogen, dass ich noch immer keinen passenden Ersatz für Sie …«

Matthis unterbrach ihn. »Genau darum geht es, gnädiger Herr. Ich habe meinen Einberufungsbescheid erhalten. Ich muss an die Front.«

Kapitel 4

Anfang April 1915

Rebecca flitzte rüber ins Klassenzimmer. Sie öffnete die Tür und musste unwillkürlich lächeln. Natürlich war sie anfangs skeptisch gewesen, als Katharina von Auwitz-Aarhayn vor ein paar Wochen plötzlich vor der Tür der Schule gestanden hatte. Die jüngste Grafentochter half ihr tatsächlich persönlich bei der nachmittäglichen Beaufsichtigung der jüngeren Kinder.

Im letzten Herbst hatte Rebecca auf einer Sitzung des Nationalen Frauendienstes sofort ihre Hilfe zugesagt. Dass sie den Krieg damit in gewisser Weise unterstützte, war eine Sache. Aber die andere war, dass sie sich solidarisch mit den Frauen zeigte, deren Männer, Söhne und Väter in den Krieg gezogen waren. Sie hatte zunächst für die Kinder der Frauen, die nun mangels Ernährer darauf angewiesen waren, selbst bezahlter Arbeit nachzugehen, stundenweise eine Nachmittagsaufsicht angeboten.

Doch schon bald waren aus zwei Stunden vier Stunden und dann sechs Stunden geworden. Und je länger der Krieg voranschritt, desto anstrengender wurde es für alle. Mittlerweile gab es etliche Frauen, die sogar die ganze Woche über in Stargard oder in Stettin in Rüstungsfabriken arbeiteten. Sie ließen ihre Kinder bei Verwandten, die aber häufig auch nicht die Möglichkeit hatten, sich den ganzen Tag um die Kinder zu kümmern.

Als Frau Mannscheidt ihr schriftlich mitgeteilt hatte, dass Hilfe vom Gutshof kommen würde, hatte sie sich alles Mögliche vorgestellt, nur nicht, dass die jüngste Grafentochter persönlich vor der Tür stehen würde.

Und um ehrlich zu sein, waren die ersten Wochen ein heilloses Durcheinander gewesen. Zudem wurde Katharina von Auwitz-Aarhayn immer von einer Aufpasserin begleitet. In den ersten Wochen war das die Mamsell des Hauses gewesen, aber mittlerweile kam eines der Hausmädchen mit.

Rebecca war erstaunt über den Umgang der Grafentochter mit den Kindern. Sie schien sich nicht daran zu stören, dass die Kleinen ihr mit dreckigen Fingern am Rock hingen oder sie Rotznasen putzen musste. Die Kinder freuten sich mittlerweile auf Fräulein Katharina, oder Kati oder Katja, wie sie auch von einigen genannt wurde. Sie hatte schnell gelernt, wie sie die Kleinen trösten konnte.

Nur was Spielideen anging, musste Rebecca immer nachhelfen. Katharina kannte nur wenige Kinderspiele, wusste kaum Reime aufzusagen oder Volkslieder zu singen. Es war traurig, weil es doch belegte, wie wenig die Grafentochter anscheinend selbst in ihrer Kindheit gespielt hatte.

Natürlich musste Rebecca sofort an Konstantin denken, der vermutlich ein ähnliches Schicksal geteilt hatte. Sie hatte sich noch immer nicht mit ihm versöhnt. Dennoch musste sie zugeben, dass sie sich mittlerweile freute, wenn wieder einmal ein Brief von Karl May, Christoffel von Grimmelshausen oder Wilhelm Raabe kam. Jeder einzelne Brief bewies doch, dass er noch am Leben war.

Rebecca hatte es schnell bedauert, den ersten Brief verbrannt zu haben. Auch ihre Tage erhellten sich durch seine Zeilen. Manchmal hörten sich seine Briefe an, als würde er Tagebuch schreiben. Als wäre er sich sicher, dass Rebecca seine Briefe ohnehin nicht las. Als würde er seine Gedanken nur mit sich selbst teilen. Wie würde sie wohl reagieren, wenn sie ihm das nächste Mal persönlich gegenüberstand?

Wenn sie ihn überhaupt je wiedersah. Vier der betreuten Kinder waren schon zu Halbwaisen geworden. Die Gefallenenlisten wurden seit Herbst nicht mehr veröffentlicht, aber es wurden beständig Männer eingezogen. An dem Nachschub, den das Militär brauchte, konnte man erkennen, wie viele Männer schon verletzt oder gefallen sein mussten. Von Tag zu Tag wog der Gedanke schwerer, dass Konstantin möglicherweise sterben könnte, ohne dass sie sich wenigstens versöhnt hatten. Versöhnen, an mehr dachte sie nicht. Nur dass sie ihn nicht im Streit ins Grab schicken würde.

Ob seine Schwester ihm in einem Brief mitgeteilt hatte, dass sie nun fast täglich auf die Dorflehrerin traf? Rebecca kam gut mit der Komtess aus. Es wurde von Tag zu Tag schwerer, ihre Ressentiments aufrechtzuerhalten.

Schon bei ihrem ersten Besuch war Fräulein Katharina von ganz alleine darauf gekommen, dass sie mehr Heizmaterial benötigten. Sie hatte Rebecca gesagt, dass sie vom Gut Kohle und auch Holz bereitgestellt bekämen, als wäre es beschlossene Sache gewesen. Rebecca selbst hatte drei Bettelbriefe an die Schulbehörde geschrieben, die ihr alle negativ beschieden worden waren. Doch die Grafentochter hatte Wort gehalten: Schon am nächsten Tag war die erste Lieferung Holz gekommen. Zum ersten Mal in diesem Winter war es so warm im Klassenzimmer gewesen, dass die Kinder ihre Mäntel und Mützen hatten ausziehen können.

Doch nun hielt endlich der Frühling Einzug. Jetzt spielten sie gerade Ringelreihen. Die Kleinen in der Mitte und die älteren Kinder liefen außen vorbei. Katharina sah lächelnd ihrem rothaarigen Hausmädchen zu, das selig mit den Kindern sang und tanzte. Das Mädchen kannte auch nur wenige Kinderspiele, aber aus einem ganz anderen Grund. Wie Rebecca erfahren hatte, war sie im Waisenhaus groß geworden. Kein Ort, an dem man unbeschwert seine Kindheit genießen konnte. Sie kam gerne mit und war ganz begeistert, selbst mitspielen zu dürfen. Als könnte sie so ihre Kindheit nachholen. Die Kinder blieben stehen, klatschten in die Hände, drehten sich in die andere Richtung und fingen wieder an zu singen.

»Sie machen das wirklich sehr gut, gnädiges Fräulein.« Rebecca lächelte die junge Adelige an, die im Rhythmus mitklatschte. »Möchten Sie vielleicht eine Tasse Kaffee oder einen Tee? Seit Sie die Betreuung übernommen haben, konnte ich endlich all die Arbeit nachholen, die in den letzten Monaten liegen geblieben ist. Ich habe endlich einmal etwas Muße.«

Fräulein Katharina drehte sich zu ihr um. »Aber sehr gerne. Ich nehme gerne einen Tee.«

Rebecca ging hinüber in ihre kleine Wohnung. Katharina folgte ihr. »Bitte, nehmen Sie doch Platz.«

Sehr häufig schien das werte Fräulein nicht in die Wohnung normaler Bürger zu kommen. Ihr Blick war überaus neugierig, aber nicht etwa herablassend, sondern interessiert. Rebecca setzte den Wasserkessel auf und bereitete die Teekanne vor.

»Ich finde es faszinierend, dass Sie arbeiten. Sie müssten nicht arbeiten, aber Sie tun es. Weil es Ihnen Spaß macht.« Die junge Frau sprudelte los, als hätte sie nur auf diesen Augenblick gewartet. »Verstehen Sie mich nicht falsch, natürlich kenne ich arbeitende Frauen. Unsere Pächterinnen arbeiten sehr hart. Ich meine damit, dass Sie die erste gebildete Frau sind, die ich kenne, die unverheiratet ist und sich ihr eigenes Geld verdient. Ich finde das herrlich!«

Rebecca musste lächeln. Sie war so oft für ihren Entschluss, Lehrerin werden zu wollen, angefeindet worden. »Es war ein schwerer Weg. Aber es erfüllt mein Leben.«

»Ja, das kann ich nun verstehen.«

Rebecca schaute sie fragend an.

»Ich ... ich weiß nicht, wie ich es sagen soll, aber auch für mich ist es befriedigend, etwas Sinnvolles zu tun. Ich gehe abends ins Bett und bin müde. Aber ich bin nicht mehr gelangweilt. Wissen Sie, wie schrecklich Langeweile ist?«

Die Frage erwischte sie auf dem falschen Fuß. Rebecca kannte keine Langeweile. »Nein, wenn ich schon mal eine Stunde oder zwei nichts Dringendes zu erledigen habe, bin ich glücklich mit einem guten Buch.«

»Aber man kann doch nicht den ganzen Tag lesen. Was haben Sie denn in meinem Alter außerhalb des Unterrichts gemacht?«

»Wie alt sind Sie denn?«

»Ich bin vierzehn Jahre.«

»Ich habe bereits mit zwölf angefangen, meinem Vater zu helfen. Er ist Arzt und hat eine kleine Praxis in Charlottenburg.« Der Kessel pfiff, und Rebecca schüttete das heiße Wasser in die Teekanne.

»Warum sind Sie nicht Ärztin geworden? Sie hätten Medizin studieren können.«

»Das stimmt. Aber ich wollte immer schon Lehrerin werden. Ich möchte den Kindern so viel Wissen wie möglich mit auf den Weg geben. Damit sie etwas Besseres aus ihrem Leben machen können.«

»Das klingt so überzeugt. Ich wünschte, ich hätte ein so klares Ziel in meinem Leben.«

Rebecca setzte sich zu ihr. »Sie wissen nicht, was Sie sich für Ihre Zukunft wünschen?«

»Oh, ich weiß einiges. Vor allen Dingen ist mir klar, was ich nicht will. Allerdings haben meine Eltern ganz andere Vorstellungen.«

»Was wollen Sie denn nicht, wenn ich so unverschämt sein darf zu fragen.«

Fräulein Katharina druckste herum. »Ich soll jemanden heiraten, den ich auf gar keinen Fall heiraten will.«

Bei diesem Thema wurde Rebecca hellhörig. Es war ja nun nichts Ungewöhnliches, dass Eltern sich bei der Wahl eines Heiratskandidaten einmischten. »Aber Sie haben doch sicher Mitspracherecht.«

Das Fräulein stockte. »Ich kann nicht wirklich darüber reden, aber meine Eltern, vor allem meine Mutter, üben wirklich großen Druck aus. Es ist schwer, sich gegen gute Argumente zu stellen.«

Gute Argumente – was damit wohl gemeint war? Rebecca konnte nicht anders, sie musste das fragen: »Und stehen Ihre Brüder unter dem gleichen Druck?«

»Nein. Natürlich versucht meine Mutter das Möglichste, um Konstantin gewinnbringend zu verheiraten. Aber letztendlich wird er selbst entscheiden dürfen, wen er heiratet.«

»Wirklich? Und wenn es jetzt niemand von Stand wäre? Dann auch noch?«

Fräulein Katharina stutzte. Die Frage schien sie zu überraschen. War Rebecca übers Ziel hinausgeschossen? Hatte sie sich und Konstantin verraten? Als sie den Tee in die Tassen goss, zitterten ihre Hände leicht.

»Ehrlich gesagt habe ich mir nie Gedanken darüber gemacht, wen Konstantin heiraten möchte. Bisher hat er sich nie besonders interessiert an einer bestimmten Person gezeigt.«

Rebeccas Herz galoppierte davon. Sie wusste sehr wohl, dass Konstantin sich an einer bestimmten Person äußerst interessiert zeigte. Aber was seine Schwester da von sich gab, war hochinteressant. Denn anscheinend war sie bisher die einzige Frau gewesen oder zumindest doch die erste, für die Konstantin sich interessiert hatte. Diese Erkenntnis wärmte ihr Herz auf eine wohlbekannte Weise.

»Natürlich wäre es meinen Eltern lieber, wenn er in eine Familie von Stand einheiraten würde. Aber wenn er nun die Tochter eines reichen Industriellen wählen würde, würden *ihm* sicherlich keine großen Steine in den Weg gelegt. Bei *mir* sähe das schon ganz anders aus.«

Rebecca schaute sie überrascht an. Katharinas Ton war erstaunlich bitter, als würde sie ihrem Bruder etwas missgönnen, was ihr selbst verwehrt blieb. Aber auch Rebeccas Herz wurde von einem Hauch Bitterkeit erfasst. Die Tochter eines reichen Industriellen. Aber sicherlich nicht die mittellose Lehrerin – das käme für eine solche Familie keinesfalls infrage.

Und doch musste Rebecca sich genau in diesem Augenblick daran erinnern, wie Konstantin sein Heiratsversprechen im Brustton der Überzeugung erneuert hatte. Er hatte sie heiraten wollen, sofort, noch bevor er ins Feld gezogen war. Sie hatte das als fadenscheinige Ausrede abgetan. Doch plötzlich glaubte sie ihm, dass er es wahr gemacht hätte. Dass es nicht nur eine billige Notlüge gewesen war. Sie merkte, wie ihr plötzlich Tränen in die Augen stiegen. Schnell stand sie auf und ging in die Küche.

Sie kramte in einem Schrank und holte die Zuckerdose heraus, während sie sich verstohlen die Tränen wegwischte.

»Und wenn Sie tun dürften, was Sie wollten, was würden Sie dann machen?« Sie setzte sich wieder.

Katharina schien tatsächlich nachzudenken. »Ich würde reisen, viel reisen. Und ich würde mich auf jeden Fall selbst um meine Kinder kümmern.«

»Sie würden keinen Beruf ergreifen?«

Die junge Adelige zuckte mit den Achseln. »Ich weiß es ehrlich gesagt nicht. Wieso soll ich mir Gedanken über etwas machen, was sowieso nie eintreten wird? Die meisten Frauenberufe sind doch ohnehin nichts für mich.«

Da musste Rebecca ihr recht geben. Wer wollte schon Stenotypistin oder das Fräulein vom Amt werden oder gar in einer Fabrik arbeiten? Zumindest, wenn man in einem Schloss wohnen und sich bedienen lassen konnte. »Als Frau müssten Sie Ihr Abitur im Ausland ablegen, solange das im Kaiserreich noch nicht geht. Aber dann könnten Sie hier Medizin studieren oder Jura. Oder Archäologie, dann könnten Sie aus beruflichen Gründen reisen.«

Irgendwie schien sie da einen wunden Punkt getroffen zu haben, denn Katharina rührte nachdenklich in ihrem Tee, in den sie weder Sahne noch Zucker getan hatte.

Rebecca wollte ihr die Zuckerdose reichen, doch dann merkte sie, wie leicht das Porzellan war. Sie schaute hinein. Die Dose war leer. »Tut mir leid. Ich dachte, ich hätte noch etwas Zucker da. Es ist so schwer, bestimmte Lebensmittel zu bekommen.«

Katharina presste die Lippen zusammen. Das war wohl ein weiteres Thema, über das sie nicht viel zu sagen hatte. Rebecca musste es trotzdem versuchen. Denn natürlich hatte sie die Grafentochter nicht ohne Grund zum Tee eingeladen. »Wissen Sie, ich habe ein Anliegen.«

Sie wartete, bis Fräulein Katharina sie anblickte. »Die Kinder haben nun eine Aufsicht und dank Ihrer Holzspende hatten sie es sogar warm. Und trotzdem kommen die Kleinen hungrig zum Spielen. Einige von ihnen bekommen nicht ausreichend Abendessen. Ich weiß nicht, wäre es Ihnen vielleicht möglich ... Nahrungsmittel zu stiften? Wissen Sie, den Kleinen wäre schon damit geholfen, wenigstens eine heiße Milch zu bekommen ... Und vielleicht etwas Brot zum Stippen«, schob sie schnell nach, als ihr Gegenüber keine Anstalten machte, schon den ersten Gedanken für abwegig zu erklären.

»Ich denke, da lässt sich etwas machen«, sagte Katharina selig. Ihre trüben Gedanken schienen wie verflogen. »Eine heiße Milch für alle wird sicher drin sein. Ich werde das mit meinem Vater besprechen.«

Rebecca schaute sie an. Wenn sie Konstantin, Katharina und den adeligen Stand wirklich um etwas beneidete, dann war es vor allen Dingen diese unabdingbare Überzeugung, alles an irdischen Gütern, die man wollte, auch zu bekommen. Keiner von ihnen schien sich je wirklich Gedanken darüber machen zu müssen, ob etwas für sie zu teuer oder unerschwinglich war. Oder dass man hart für etwas kämpfen musste. In diese Überzeugung, alles bekommen zu können, wurden sie quasi hineingeboren. Das war ihr wahrer Reichtum.

Anfang April 1915

Unfassbar, es war endlich so weit. Alexander jubilierte innerlich.

»Du wirst also nach den Osterferien nach Stettin gehen. Ich habe bereits mit dem Direktor des Internats gesprochen. Du solltest deine Sachen packen, damit wir einen Überblick bekommen, was dir noch fehlt. Ich möchte, dass du gut ausgerüstet dorthin gehst.«

»Und mach uns keine Schande«, schob Mama hinterher.

Natürlich – das war das Einzige, an was sie denken konnte. Und er konnte nur daran denken, dass er Matthis endlich los war. Endlich, nach so vielen schweren Jahren.

»Und was wird mit mir?«, fragte Katharina konsterniert. »Wer unterrichtet mich weiter?«

»Ich denke, wir erklären deine Schulausbildung damit für beendet. Was du an Benehmen und an Eloquenz noch lernen musst, kannst du auch bei mir lernen.«

Seine Schwester biss sich auf die Lippen. Das war allerdings herb. Vermutlich war das Mamas Retourkutsche für Katkas ehrenamtliches Engagement bei der Kinderbetreuung.

Damit sollte er recht behalten, denn Mama ergänzte ihre

Ausführung: »Du hast uns ja gezeigt, dass deine Prioritäten auf ganz anderem Felde liegen.«

Sie wollten sich gerade wegdrehen, als Papa frohgemut sagte: »Es wird euch weiter freuen, dass ich euch mitteilen kann, dass eure kleine Nichte endlich wohlauf ist. Tatjana ist munter und fidel. Wir haben gerade das Telegramm bekommen.«

Weder Alexander noch Katharina reagierten darauf, was Papa zu irritieren schien.

Die zweite Tochter von Anastasia war im Februar kränkelnd zur Welt gekommen. Niemand hatte gewusst, ob sie das Frühjahr erleben würde.

»Also haben wir nun zwei Nichten«, sagte Alexander wenig mitfühlend, »und sie noch keinen Stammhalter.«

»Anastasia ist noch jung. Sie kann noch ein halbes Dutzend Jungs gebären«, gab Mama bissig von sich.

Damit schien die Unterredung mit seinen Eltern beendet. Gemeinsam verließen sie den kleinen Salon und gingen hinauf Richtung Familientrakt. Im Hinausgehen raunte Alexander seiner Schwester zu: »Manchmal denke ich, ich wäre im Märchen. Und Mama die böse Stiefmutter.« Doch seine Worte kamen freudig über die Lippen.

Katharina schaute ihn verbittert an. »Das ist so ungerecht. Keinen Unterricht mehr. Denkt sie jemals daran, wie meine Zukunft aussieht? Was, wenn ich nicht heirate?«

Alexander schielte ungläubig zu ihr hinüber. »Was für ein Blödsinn! Was willst du denn sonst machen?«

»Wieso ist es Blödsinn? Ich könnte doch zum Beispiel … Angenommen, ich würde … Frau Kurscheidt zum Beispiel ist schließlich auch unverheiratet. Und hat studiert.«

Alexander blieb vor ihrer Tür stehen. »Sie ist Dorflehrerin. Lehrerinnen dürfen nicht heiraten. Außerdem ist ein Lehrerinnenseminar kein richtiges Studium.«

»Sie müssen das Gleiche wie die Männer lernen, und in ihren Prüfungen müssen sie besser sein als die.«

»Woher willst du das wissen?«

»Das hat Frau Kurscheidt mir gesagt.«

Alexander stieß verächtlich Luft aus. »Bedeutet das etwa, dass du studieren willst?« Sein Ton ließ keinen Zweifel daran, für wie lächerlich er diese Überlegung hielt.

Katharina stemmte wütend ihre Hände in die Taille. »Wenn ich wollte, könnte ich es genauso gut wie du! Ich bin in allen Fremdsprachen besser als du. Und was Geografie und Rechnen angeht, stehe ich dir in nichts nach.« Sie funkelte ihren Bruder böse an, trat durch ihre Tür und knallte sie ihm vor der Nase zu.

Na gut, damit behielt sie allerdings recht. Sie war besser in Französisch, Englisch und Russisch. Sie war sogar besser in Latein und Geografie. Aber im Rechnen war sie nicht besser. Er war nur besonders faul und zeigte nicht gerne, was er konnte. Ungern wollte er Matthis die Genugtuung erweisen, dass er ihm etwas hatte beibringen können.

Das würde sich jetzt ändern. Vieles würde sich jetzt ändern. Er würde endlich erwachsen werden. Auch wenn er ein wenig Angst davor hatte, ob die anderen Jungs ihn in ihre Reihen aufnehmen würden, zumal er immer noch hinkte. Doch lieber raufte er mit anderen Jungs, als von seiner Mutter ständig gescholten zu werden. Er war noch nie eine Sportskanone gewesen, und jetzt würde er es auch nicht mehr werden. Das bedeutete, er musste sich auf einige Anfeindungen und Beleidigungen einstellen, denn natürlich wurde auf dem Gymnasium der militärische Drill geübt – heute mehr denn je. Aber er wusste, er war clever. Er war sich sicher, dass er den meisten überlegen war, im Musizieren vermutlich haushoch. Immerhin würde er endlich unter seinesgleichen sein.

Statt in sein Zimmer zu gehen, stromerte er weiter durch die langen Flure und suchte schließlich seinen Lieblingsplatz auf.

Seinen geheimen Rückzugsort, wo ihn nie jemand vermutete, noch nie jemand gefunden hatte.

Vor der Tür blickte er sich suchend um, und als er sicher war, dass niemand in der Nähe war, schlüpfte er in den Raum. Hier oben in der ersten Etage, weit hinter den verlassenen Räumen der Großeltern, waren die ausgemusterten Möbel abgestellt. Der ganze Raum war vollgestellt mit alten oder kaputten Dingen. Schränke waren mit großen Laken bedeckt, damit die Sonne das Holz nicht ausbleichen konnte. Jede Menge kleiner Beistelltischchen, Sessel mit hervorquellenden Polstern und ein ausgemusterter Sekretär bildeten ein kleines Labyrinth.

Er fühlte sich wohl in diesem Raum. Vermutlich, weil er sich als Teil von all dem begriff. Auch er war ein klein wenig angeschlagen, noch voll funktionstüchtig und trotzdem bereits ausgemustert. Er traute seiner Mutter zu, dass sie liebend gern ein großes Bettlaken über ihn werfen würde, damit er für den Rest der Welt verhüllt bliebe. Man hatte keine Verwendung für ihn. Wenn es nach Mama ginge, würde sie vermutlich seine Ausbildung als für genauso beendet betrachten wie Katharinas. Dass er weitermachen konnte, verdankte er seinem Vater. Allerdings wollte der, dass Alexander Beamter wurde. Was für eine öde Vorstellung.

Er wollte gerade zu seinem Lieblingsplatz auf dem hinteren Fenstersims gehen, als er bemerkte, dass jemand hier umgeräumt haben musste. Dann hatte Mama also doch angefangen, die ungenutzten Räumlichkeiten der Großeltern endlich umzugestalten.

Alexander entdeckte eine Kommode, zwei Beistelltischchen und den Sessel, in dem seine Großmutter immer gelesen hatte. Er hatte noch Jahre nach ihrem Tod neben dem Bett gestanden. Das Polster sah tatsächlich etwas schäbig aus. Aber man durfte kein Möbelstück wegschmeißen, solange es im Fideikommiss, dem Verzeichnis des unveräußerlichen Familienvermögens, eingetragen war. Vielleicht würde Mama den Sessel irgendwann aufpolstern und mit einem moderneren Stoff neu beziehen lassen. Ansonsten würde er hier für die nächsten Jahrzehnte ein trübes Dasein fristen.

Alexander ließ sich in das opulente Sitzpolster fallen. Es war bequemer, als er sich vorgestellt hatte. Ein Duft nach Lavendel stieg von den Polstern auf. Ein Parfüm, das seine Großmutter in den letzten Jahren ihres Lebens immer benutzt hatte. Er schloss die Augen. Großmama war eine herrische Frau gewesen, aber sie hatte auch entzückend sein können. An guten Tagen hatte sie die Kinder mit Süßigkeiten verwöhnt, an schlechten hatte sie sie geohrfeigt, wenn sie sich Gebäck von der Etagere genommen hatten. Die Regeln der Erwachsenen waren nicht immer logisch, dahinter war er schon vor langer Zeit gekommen.

Er drückte sich noch tiefer in das Polster, rieb über die Armlehnen und schnupperte dem Duft seiner Kindheit nach. Schließlich ließ er seine Arme hängen, trommelte verspielt und gut gelaunt auf dem Polster herum. Ob Großmama diesen Sessel schon besessen hatte, als Papa ein kleiner Junge gewesen war? Ob Papa wohl auch …

Was war das? Er lehnte sich über die rechte Armlehne und tastete den Stoff ab. Kaum zu entdecken, weil im gleichen Stoff wie der Sessel selbst gehalten, war eine kleine Tasche am Rand eingesetzt. Alexander fasste hinein und holte ein kleines Büchlein hervor. Ein altes Tagebuch seiner Großmutter, das man nach ihrem Tod offensichtlich nicht entdeckt hatte.

Er grinste über beide Wangen. Der Tag wurde immer besser. Jetzt setzte er sich doch auf den Fenstersims, weil er dort besser lesen konnte.

10. November 1900
Gestern hat meine Schwiegertochter ein zweites Mädchen geboren. Katharina Louisa Ferdinandine wird es getauft. Es wird bestimmt genau so eine Schönheit wie seine Mutter. Das ist wohl das einzig Vorteilhafte, was ich Feodora nachsagen kann.
Ich wünschte, ich hätte sie auf eine Wöchnerinnenstation schicken können. Das Geschrei war nicht auszuhalten. Wie kann ein Mensch sich nur so gehen lassen. Im Grunde genommen eine russische Bäuerin, auch wenn ihr Stammbaum etwas anderes sagt.
Vor allem hoffe ich, dass damit der Nachkommenschaft genug gezeugt ist. Sie ist nun bald über dreißig Jahre alt, und langsam ist es unschicklich, in ihrem Alter noch schwanger herumzulaufen. Auch wenn sie es immer schafft, in Windeseile wieder ihre schmale Taille zu erlangen.
Drei Jungs und zwei Mädchen sollten wirklich reichen. Abgesehen von dem Bastard, den Adolphis bereits vorher in die Welt gesetzt hat. Gott behüte, dass es jemals ...

Was?!
Überraschung.
Ungläubigkeit.
Empörung.
Ein Bastard, den sein Vater in die Welt gesetzt hatte?
Doch dann stahl sich ein Grinsen über Alexanders Gesicht.

Gott behüte, dass es jemals herauskommt. Ich werde mein Schweigen bewahren und Donatus ebenfalls. Er hat gut für das Kind gesorgt, das hat er mir versprochen. Es wird als guter Christ aufwachsen, ausreichend zu essen und Kleidung haben. Mehr muss ich nicht wissen.

Ich kann nur hoffen, dass die Familie dieser Dirne, deren Einstellung ich noch heute bedaure, nie auch nur ein Wörtchen über die Lippen bringen wird. Genug Schweigegeld haben ihre Eltern bekommen. Ihnen stand die Schande so deutlich ins Gesicht geschrieben. Ich kann mir kaum vorstellen, dass sie jemals freiwillig diese Niedrigkeit zugeben würden. Beide sind mittlerweile tot. Von der Dirne habe ich nie wieder etwas gehört.
Trotzdem muss ich bei jeder Geburt eines Enkels wieder an meinen allerersten denken. Der Bub muss im Mai elf geworden sein, ein knappes Jahr älter als unser Konstantin.
Ich hoffe, wenn Gott mich eines Tages zu sich beruft, werde ich alles zum Besten vorfinden.

Das war ein echter Donnerschlag. Er hatte noch einen Halbbruder. Sie alle hatten einen Halbbruder. Nun ja, ein Bastard war nicht wirklich ein Bruder, und trotzdem – sein eigener Vater hatte ihn gezeugt. Ein Jahr älter als Konstantin. Alexander wusste, dass seine Eltern nur ein Dreivierteljahr vor der Geburt seines ältesten Bruders geheiratet hatten. Also musste das alles vorher passiert sein.

Mama erzählte die Geschichte ihres Kennenlernens jedes Mal, wenn sie nach Sankt Petersburg fuhren. Sie waren letztes Jahr im März dort hingereist, von daher erinnerte Alexander sich noch sehr gut an die Geschichte. Seine Eltern hatten sich kennengelernt und dann fast übereilt geheiratet. Das betonte Mama immer mit einem süffisanten Lächeln.

Es war nicht schwer, sich etwas Passendes zusammenzureimen. Offensichtlich hatte Großmutter selbst das Mädchen als Dienstbotin eingestellt. Papa hatte es geschwängert, und als es herausgekommen war, wurde er eilig auf Auslandsreise nach Sankt Petersburg abgeschoben. Wie Alexander seine Großeltern kannte, konnte er sich sicher sein, dass man die schwangere Dienstbotin umgehend hinausgeworfen hatte. Und in Sankt Petersburg hatte Papa Mama kennengelernt. Seine Eltern hatten im Juni darauf, in den Weißen Nächten von Sankt Petersburg, geheiratet.

Was Mama wohl davon halten würde, sollte sie es jemals erfahren? Bestimmt hatte Papa es ihr nicht erzählt. Und seine Großeltern hatten offensichtlich alles unternommen, um die ganze Angelegenheit zu vertuschen. So etwas ging die Schwiegertochter nichts an. All das war lange her, und heute krähte kein Hahn mehr nach dem verlorenen Sohn.

Ob Papa wusste, wo der Junge lebte? Schade, nur allzu gerne hätte er gewusst, wen Papa geschwängert hatte. Wenn er auch nur einen geringsten Anhaltspunkt außer dem Alter hätte, könnte er sich erkundigen. Das wäre doch ein netter Schabernack, Konstantin eines Tages den wahren Erstgeborenen präsentieren zu können. Selbst wenn dieser Erstgeborene keine rechtliche Relevanz hatte, würde es das Selbstbild seines älteren Bruders doch gehörig durcheinanderwirbeln. Und erst Nikolaus, wie würde der wohl darauf reagieren?

Es schadete auf keinen Fall, Ohren und Augen offen zu halten. Vielleicht würde eines Tages im Dorf einer älteren Frau eine interessante Einzelheit herausrutschen, die ihm eine Richtung für weitere Nachforschungen wies. Doch jetzt musste er erst einmal nach Stettin aufs Internat.

Mitte Juli 1915

»Was für ein Jammer.« Die russische Allerheiligen-Kirche in Bad Homburg war geschlossen. Auch ein Zeichen dafür, wie ernst das Kaiserreich den Krieg mit Russland nahm.

Katharina wollte ihre Mutter trösten, aber die schnäuzte in ihr Taschentuch, in aller Öffentlichkeit. Sie war wirklich betroffen. Für einen Moment blieben sie an genau der Stelle stehen, wo vor neunzehn Jahren das Zarenpaar selbst für den Bau der Kirche mit dem goldenen Zwiebeltürmchen den Grundstein gelegt hatte. Der Zar, die Zarin und diverse Mitglieder des russischen Hochadels hatten hier bei ihren späteren Besuchen ihre Gebete gen Himmel geschickt. Es war Mama ein Herzenswunsch gewesen, hier zu beten. Doch das blieb ihr nun versagt.

Dabei hatte sie sich so sehr darauf gefreut. Die Reise mit dem Zug von Stargard über Berlin bis Frankfurt und weiter in den mondänen Kurort im Taunus war beschwerlich gewesen. Gestern waren sie erst am Abend eingetroffen. Heute hatten sie ihre ersten Schritte in Bad Homburg von ihrem Hotel am Ende der Kaiser-Friedrich-Promenade zu dieser kleinen orthodoxen Kirche geführt.

»Mama, nun komm schon.« Anastasia hatte Angst, dass jemand sie sehen und Anstoß an Mamas Verhalten nehmen könnte. Sie war mit den beiden Töchtern ebenfalls mitgekommen. Eine Kur werde ihr guttun, hatte sie gesagt. Sie sei doch arg mitgenommen durch die Schwangerschaften.

Katharina vermutete eher, dass es ihr zu langweilig wurde auf ihrem Rittergut in Ostpreußen. Ihr Mann, Graf von Sawatzki, ließ sich nur alle paar Wochen für kurze Zeit sehen. Ansonsten war er ständig auf diplomatischer Mission in ganz Europa unterwegs. Außerdem vergnügte sich in Bad Homburg der Hochadel Europas. Nun, im Moment würden sie vermutlich nicht auf Engländer stoßen, und auch die vielen reichen Amerikaner würden ebenso fortbleiben wie die Zarenfamilie und andere russische Adelige. Dafür bestand in Mamas Augen große Hoffnung, dass sie auf Mitglieder der Kaiserfamilie stießen. Der Kaiser selbst nutzte Bad Homburg als Sommerresidenz.

Rechnete Mama sich aus, hier Ludwig von Preußen und seinen Eltern zu begegnen? Katharina musste unbedingt an eine der Listen kommen, die hier verteilt wurden. Dort wurden wöchentlich alle Persönlichkeiten von Rang und Namen aufgeführt, die gerade in der Stadt weilten.

»Lasst uns zum Siamesischen Tempel gehen«, schlug Anastasia vor. »Ich wünschte, ich wäre letztes Jahr bei der Einweihung dabei gewesen. Wann bekommt man schon mal einen echten siamesischen Prinzen zu sehen? Wer logiert denn im Moment noch in der Stadt? Hast du schon die Liste?«

Mama zeigte endlich wieder eine amüsierte Miene. »Was willst du mit der Liste? Du bist doch schon gut verheiratet.«

Die Sommerfluchten der Wohlhabenden belebten den Heiratsmarkt. Man lernte sich kennen oder tauschte mit alten Bekannten Vertraulichkeiten aus dem vergangenen Jahr aus. Wer war frisch verlobt und wer definitiv vom Heiratsmarkt abgezogen? Trotzdem öffnete Mama ihr kleines Täschlein und zog ein gefaltetes Papier heraus, das sie Anastasia reichte.

Die überflog eilig die aufgeführten Namen. »Vielleicht finde ich ja die Eltern meines zukünftigen Schwagers auf der Liste.« Anastasia warf ihrer Schwester einen bedeutungsvollen Blick zu.

Katharina seufzte desinteressiert, und doch ging sie nun an der Seite von Anastasia, um ebenfalls die Liste zu begutachten. Sollte Ludwig von Preußen auf der Liste zu finden sein, würde sie umgehend einen Magen-Darm-Katarrh vorgeben. Doch sein Name stand dort nicht, noch nicht. Allerdings wollte Mama fünf Wochen hierbleiben. Vater würde in zwei Wochen nachkommen. Er wollte das Gut nicht so lange alleine lassen, auch wenn er sich ebenfalls sehr auf den Aufenthalt im Taunus freute. Er war immer auf Abwechslung aus. Und er liebte die hiesige Pferderennbahn.

»Ich möchte zuerst zum Elisabethenbrunnen, etwas Mineralwasser trinken. Und danach gehen wir zur Erlöserkirche. Wenn ich hier schon nicht beten kann, dann ist das wohl meine zweitbeste Wahl.«

Nikolaus hatte die Winterschlacht in Masuren nahezu verletzungsfrei überstanden und stand nun in Litauen. Konstantin war in Kurland an den Kämpfen beteiligt. Je länger der Fronteinsatz ihrer Söhne dauerte, desto inbrünstiger betete Mama. Katharina war überrascht von dieser Seite ihrer Mutter.

Die Brunnenmädchen vom Elisabethenbrunnen hatten ihnen gerade ihre Gläser mit dem begehrten salzigen Mineralwasser gereicht, da erschien ein Funkeln auf dem Gesicht der Gräfin.

»Frederike, meine Liebste.« Eine Gräfin aus der Nähe von Danzig, mit der Mama seit Jahren befreundet war. Die Begrüßung war überschwänglich.

»Und wie hübsch deine Töchter geworden sind. Siehst du, hab ich es dir nicht gesagt: Du brauchst dir keine Sorgen machen. Auch deine Jüngste entwickelt sich noch zu einem Schwan.«

Katharina war einigermaßen pikiert darüber, dass ihre Mutter anscheinend mit anderen über ihr Aussehen redete. Gemeinsam flanierten sie durch den Kurpark. Am Ende versprach man sich, sich recht häufig zu sehen. Außerdem wurden sie für Sonntag zu einem Bankett geladen – eine Wohltätigkeitsveranstaltung. Es hieß: sehen und gesehen werden. Mama war ganz begeistert. Ihre Traurigkeit schien wie weggeblasen.

* * *

Anastasia wirkte königlich. Mamsell Schott, die mit angereist war, hatte ihr die Haare hochgesteckt und reich verziert. Auch Mama sah reizend aus. Sie hatte sich in Berlin mit neuer Garderobe eingedeckt. Katharina durfte sogar ihr bestes Kleid, das meergrüne, perlenbestickte Tageskleid tragen. Obwohl es wunderschön war, hasste sie dieses Kleid. Es erinnerte sie an den unschönen Vorfall im Berliner Prinzessinnenpalais im August letzten Jahres. Außerdem kam sie sich in der Gesellschaft von Mama und ihrer Schwester immer wie ein hässliches Entlein vor, egal was sie trug. Aber schließlich war die Großherzogin von Hessen die Gastgeberin des heutigen Abends. Da konnte nur das Teuerste gerade gut genug sein.

Im schlossähnlichen Kurhaus, in dem sich früher die Spielbank befunden hatte, bevor das Glücksspiel 1872 verboten worden war, fand die Wohltätigkeitsgala statt. Die samt und sonders weiblichen Gäste versammelten sich im Foyer, wo die Neuankömmlinge von der Großherzogin begrüßt wurden.

Frederike stellte Mama, Anastasia und ihr etliche Damen mit den zugehörigen Töchtern vor. Zwischen den kleinen Plaudereien tauschte Mama mit ihrer Freundin bissige Kommentare aus. Es waren ungewöhnlich viele Bürgerliche anwesend.

»Um an die großen Geldspenden zu kommen, ist es eben notwendig, sich mit den Mitgliedern der Zweiten Gesellschaft zu tummeln. Diese Wirtschaftsbarone und neureichen Industriellen dürfen gerne ihre patriotische Gesinnung in Form von Spenden verdeutlichen. Sie haben schließlich genug Geld.«

Frederike sprach aus, was Mama sich nur ungern eingestand. Viele der anwesenden Bürgerlichen verfügten über größere finanzielle Möglichkeiten als sie selbst.

»Die Reichsten von denen verdienen ja gerade durch den Krieg ein hübsches Sümmchen. Sagt jedenfalls Nikolaus. Außerdem ist es ja nur für heute Abend. Ab morgen früh kann ich ihnen wieder mit Distanz begegnen.« Trotzdem sah Mamas Lächeln bemüht aus. »Katka, lass das!«

Katharina hatte vor einer eleganten Dame einen Knicks gemacht. »Das ist eine Bürgerliche. Wenn überhaupt, dann haben die vor uns zu dienen«, zischte sie ihr zu.

Frederike lehnte sich zu ihrer Freundin hinüber. »Und da

kommt eine von denen, die besonders gut am Krieg verdienen. Wie heißt sie noch mal? Ich hab es gleich.«

»Frau Urban ... aus Potsdam. Ich kenne sie.«

»Du kennst sie? Woher denn?«

Mama winkte ab, als wäre es nicht wichtig. »Von einer Rosenausstellung. Sie ist eine Gartenliebhaberin, genau wie ich. Aber da hören unsere Gemeinsamkeiten auch schon auf.« Ihre Stimme klang gallig.

Katharina aber war von einer Sekunde auf die nächste elektrisiert. Sicher war Julius' Mutter nicht zufällig hier. Sein letzter Brief war vor drei Wochen gekommen, aber er musste ihn abgeschickt haben, bevor er ihren letzten Brief bekommen hatte. Sie musste sich nun wieder Claras Hilfe bedienen. Seit Alexander im Internat in Stettin war, konnte er nicht mehr als heimlicher Briefüberbringer fungieren. Bereits Anfang April hatte sie Julius darüber unterrichtet, dass ihre Korrespondenz wieder über das Hausmädchen laufen musste.

Anscheinend hatte er rechtzeitig von ihrer Reise erfahren, um seiner Mutter Bescheid zu sagen. Telegramme waren zwar sehr teuer, aber sehr viel schneller als Briefe, die wochenlang auf See unterwegs waren. Und die Industriellenfamilie konnte sich das ja leisten.

»Frau Urban, wie schön, Sie einmal wiederzusehen. Darf ich Ihnen meine Freundin vorstellen, Gräfin Frederike von Traunstein.«

Eleonora Urban schien nicht über Mamas Anwesenheit überrascht zu sein. Förmlich begrüßte sie die beiden Damen. »Wie angenehm. Und Ihre Tochter ist ebenfalls dabei.« Sie drückte Katharinas Hand, als wollte sie ihr ein Zeichen geben.

»Darf ich Ihnen auch meine älteste Tochter vorstellen, Gräfin Anastasia von Sawatzki. Ihr Mann hat ein großes Rittergut in Ostpreußen.«

Frau Urban begrüßte Anastasia, die gar nicht davon angetan war, dass die Dame ihr die Hand hinhielt. Trotzdem griff sie kurz zu.

»Sind Sie ganz alleine?«, fragte Mama gar nicht unbedarft nach.

»Leider ja. Mein Mann ist einfach zu beschäftigt.«

»Und Ihr Sohn? Wie hieß er noch gleich?«

Als würde Mama den Namen des Adressaten von Katharinas abgefangenem Brief vergessen. Seitdem wurde sie wie eine Gefangene auf Gut Greifenau behandelt.

»Julius. Nein, mein Sohn ist ... Er hat sich bei Kriegsausbruch gerade auf einer Reise in Argentinien befunden, als er von einer tückischen Krankheit übermannt wurde. Es hat Monate gedauert, bis er wieder einigermaßen gesund war. Und jetzt ... Na ja, Sie wissen ja selbst, wie es mit transatlantischen Passagen aussieht. Er ist ja mein einziger Sohn. Da will ich ihn natürlich keiner Gefahr aussetzen.«

Alle wussten, was damit gemeint war. Die Briten blockierten alle Routen zu den deutschen Häfen. Auch Handelsschiffe neutraler Staaten wurden kontrolliert. Ein Deutscher im besten Soldatenalter würde sicher sofort verhaftet werden. Und sollte er es unbehelligt durch die britischen Kontrollen schaffen, würde er immer noch Gefahr laufen, dass sein Schiff von einem deutschen U-Boot torpediert wurde.

Mama rümpfte die Nase. »Zwei meiner Söhne sind an der Ostfront.« Das sagte alles. Es reichte, um die unpatriotische Haltung dieser neureichen Industriellengattin an den Pranger zu stellen. Der spitze Pfeil verfehlte seine Wirkung nicht.

»Ich hoffe ... natürlich«, stotterte Frau Urban, »ich hoffe, dass Ihre Söhne bald wohlbehalten von der Front zurückkehren.«

»Ja, wir hoffen alle, dass dieser Krieg bald ein Ende hat«, schaltete sich Frederike vermittelnd ein. Ihr war Mamas bissiger Ton offenbar nicht entgangen. »Er dauert schon viel zu lange. Aber uns allen ist ja heute Abend die Gelegenheit gegeben, mit der Großzügigkeit unserer Spenden zu zeigen, wie sehr wir hinter unserem Kaiser und unseren Soldaten stehen.«

»Aber natürlich«, stammelte Frau Urban weiter. »Selbstverständlich ... großzügig.« Sie verabschiedete sich eingeschüchtert mit einem Kopfnicken, warf Katharina ein verzagtes Lächeln zu und verschwand in der Menge.

»Der hast du's aber gezeigt.« Frederike berührte Mama ganz leicht am Arm. »Da steckt bestimmt eine interessante Geschichte dahinter. Die musst du mir sofort erzählen.«

Mama warf Katharina einen drohenden Blick zu. »Nicht wirklich interessant, eher ärgerlich.« Sie wandte sich zu Frederike um. »Aber du warst fantastisch. Ich muss dir zu deinem diplomatischen Geschick gratulieren. Ich kann mir denken, dass ihre Spende heute Abend besonders hoch ausfallen wird.« Damit war für Gräfin Feodora von Auwitz-Aarhayn das Thema beendet. Gerade zur rechten Zeit, denn man rief sie nun zu Tisch.

Saaldiener geleiteten die Damen zu ihren Plätzen. Als erster Gang wurden ihnen Austern und Astrachan-Kaviar serviert. Katharina bekam sogar ein Glas Champagner. Eigentlich war sie noch zu jung, ja, sie war ja noch nicht einmal in die Gesellschaft eingeführt. Aber da mit den vielen bürgerlichen Gästen ohnehin kein höfisches Zeremoniell verlangt wurde, hatte Mama erlaubt, dass sie heute mitkam.

Das Essen war gewohnt opulent. Es gab feine Fleischbrühe, Kalbsrücken und italienische Wachteln. Zum Eis wurde erneut Champagner gereicht, nur den Portwein zum Nachtisch durfte Katharina nicht kosten.

Zwischen den einzelnen Gängen schaute Katharina sich verstohlen um. Frau Urban saß zwei Tische weiter und wirkte noch immer sehr gequält. Katharina vermutete, dass Julius' Mutter es übernehmen würde, seine Briefe in Potsdam in einen billigen Umschlag zu stecken und die Post mit einem weiblichen Absender an ihr Hausmädchen Clara zu senden. Katharina hatte ihr geschrieben, dass sie mit ihrer Familie nach Bad Homburg fahren und erst im August wieder in Greifenau zurück sein würde. Bis dahin solle sie besser keine Briefe weiterleiten. Julius' Mutter war also nicht zufällig hier. Aber wie sollte sie Kontakt aufnehmen? Selbst hier beobachtete Mama sie mit Argusaugen.

Nachdem die Diener den letzten Gang abgetragen hatten, stieg die Gastgeberin des Abends auf ein kleines Podium, das eigens für sie aufgebaut worden war.

»Kommen wir nun zu dem bedauerlichen Grund für diesen heutigen Abend. Wie ich höre, erringen unsere Truppen kolossale Triumphe. Die Häfen von Dover und Calais wurden bombardiert – von unseren Zeppelinen. Und nun sogar die Werft von London. London! Wir haben sie in ihrem Herzen getroffen. Ich möchte meine Hoffnung zum Ausdruck bringen, dass dieser unselige Krieg nun in seine endgültige Phase eingetreten ist.«

Die Großherzogin hob ihr Glas und ließ ihren Blick durch den Saal schweifen. »Auf den Kaiser.«

»Auf den Kaiser«, antwortete es aus allen Richtungen. Überall wurde geklatscht. Einzelne Hochrufe ertönten.

»Und doch, trotz all dieser Erfolge ist es wichtig, die großen Entbehrungen, die unsere Männer, Söhne und Brüder an der Front erleiden müssen, nicht zu vergessen.« Sie sprach weiter, während leises Getuschel an den Tischen anhob.

Frederike beugte sich rüber zu Mama. »Ich war im Winter in Davos und St. Moritz. Es war so bedauerlich leer. Etliche Hotels waren komplett geschlossen. Der Krieg verlangt einem schon alles ab.«

»Da hast du allerdings recht, meine Liebe. Ist das neu?« Mamas begehrlicher Blick war auf die funkelnden Steine ihrer Freundin geheftet.

Frederike legte eine Hand auf ihr Diamantcollier. »Ja, Karl August hat es mir zu unserem fünfundzwanzigsten Hochzeitstag geschenkt. Es ist gerade noch über die Grenzen gekommen, bevor die Briten alles dichtgemacht haben.«

»Diese Seeblockade ist wirklich schrecklich. Alle Waren aus unseren Kolonialbesitzungen werden knapp.« Feodoras Stimme war gesenkt.

Katharina griff zu ihrem Glas und nahm noch einen Schluck Champagner. Es prickelte in ihrem Mund. Sie musste an ein Gespräch mit der Dorflehrerin denken. Letzte Woche hatte Rebecca Kurscheidt ihr erzählt, dass es überhaupt kein Kakaopulver mehr zu kaufen gab. Und dass auch schon der Tee aus Indien knapp wurde. Das traf Mama hart. Sie liebte ihren Lady Grey. Ihr selbst war es egal. Sie trank gerne heiße Schokolade, aber wenn es eine Zeit lang mal keinen Kakao gab, war das kein Drama für sie.

Braune Augen schauten sie fragend an. »Noch etwas Champagner?«

Braune Augen wie die des kleinen Mädchens. *Bitte, darf ich noch etwas Milch*, hatte sie gebettelt. *Bitte*. Und dabei hatte sie sie mit runden braunen Augen angesehen, in denen schon die erste Träne geschimmert hatte. *Bitte, noch etwas Milch. Mein Bauch tut so weh*. Vom Hunger, hatte Rebecca Kurscheidt ihr erklärt.

Doch der Topf war leer gewesen. Katharina hatte ihr für den nächsten Tag mehr versprochen. Diese traurigen braunen Augen verfolgten sie seitdem. Sie hoffte, dass Papa während ihrer Abwesenheit an die Milchlieferung für die Schule dachte. Sie würde ihm noch heute Abend schreiben.

»Darf ich Ihnen noch etwas Champagner nachschenken?«, fragte die Serviererin ein weiteres Mal, sichtlich irritiert, dass Katharina nicht reagierte.

»Nein ... nein danke.« Der letzte Schluck hinterließ einen schalen Geschmack in ihrem Mund.

Mitte Juli 1915

Der Essensgong ertönte schon. Clara beeilte sich, die Treppe herunterzukommen. Schnell lief sie in die Küche, wusch sich ihre Hände und setzte sich in der Leutestube auf ihren Platz. Alle anderen saßen schon. Caspers schaute sie tadelnd an. Frau Hindemith fing an zu beten. Bertha schöpfte Suppe auf die Teller, die rundherum verteilt wurden.

»Schon wieder Kartoffelsuppe?«, zischte Clara leise.

Wiebke schaute nur kurz hoch. »Es schmeckt, und wir werden satt.«

Jaja, dachte Clara. Wiebke gab sich immer so schnell zufrieden, mit allem. Sie hätte am liebsten den Löffel mitten auf den Teller zurückgeklatscht. Stattdessen griff sie zu einer Scheibe Brot.

Ihre Hand berührte fast die von Tomasz Ceynowa, der gleichzeitig danach griff.

»Die Dame zuerst«, sagte er verschmitzt. »Vor allem, wenn die Dame so hübsch ist.«

Clara wurde rot. Verstohlen schaute sie sich um, ob es noch jemand gehört hatte. Wiebke reagierte nicht, falls sie es gehört hatte. Und Kilian unterhielt sich mit Eugen. Alle anderen saßen viel zu weit weg.

»Danke«, murmelte Clara. Sie strich sich Butter aufs Brot und schob den Teller mit der Butter rüber zu Ceynowa. Wie alt war Tomasz wohl? Älter als der Kutscher, aber nicht viel älter. Albert Sonntag sah natürlich um Klassen besser aus, aber was nutzte es ihr. Er nahm sie kaum wahr. Er grüßte sie morgens und abends und wechselte höchstens mal ein freundliches Wort mit ihr. Aber Tomasz, nun, er war immer aufmerksam zu ihr.

Alle anderen mieden ihn. Und auch Clara wechselte kein Wort mit ihm, wenn die Mamsell oder Caspers in der Nähe waren. Auch vor den anderen Dienstboten hielt sie sich zurück. Es war schon längst zu einem Spiel geworden. Zu einem heimlichen Zeitvertreib, der ihre trüben Tage erhellte.

Er war anscheinend der Einzige hier am Tisch, der neben der Arbeit noch etwas Vergnügen haben wollte, so wie sie. Letztes Jahr hatte sie so viel Spaß gehabt, als sie mit ihm im Mondschein zur Sonnenwendfeier geschlichen war. Da hatte alles angefangen. Da hatte er sie zum ersten Mal geküsst.

Nun, wegschleichen kam natürlich nicht mehr infrage, seit der Krieg angefangen hatte. Tomasz durfte sich nicht mehr frei bewegen und das Gut nur mit ausdrücklicher Genehmigung verlassen. Jetzt trafen sie sich nur noch selten. Clara hatte wenig freie Zeit, aber er hatte noch weniger Gelegenheit, unbeobachtet zu sein. Doch wenn, dann trafen sie sich heimlich am untersten Seeufer oder hinten bei den Obstbäumen, wo der Gärtner sonntags nie anzutreffen war, für ein paar zuckersüße Minuten. Clara grinste verstohlen.

Der oberste Hausdiener hatte seinen Hunger gestillt und legte den Löffel beiseite. Das bedeutete, dass er eine Ankündigung zu machen hatte.

»Im Dorf gehen Läuse rum. Ich möchte, dass wir nachher die Köpfe überprüfen. Das machen wir dann alle zwei Tage, bis wir sicher sein können, dass wir nicht betroffen sind. Ich übernehme das bei den Männern, und Bertha wird es bei den Frauen machen, solange Mamsell Schott nicht anwesend ist.«

»Eine echte Schande. Alles wird immer schlimmer.«

Clara blickte Bertha an und fragte sich, was für die wohl immer schlimmer wurde. Sie hatte genug zu essen, stibitzte sich das zusammen, was es hier am Tisch nicht gab, und ansonsten bekam sie doch von dem Krieg nichts mit.

Aber Bertha hatte wohl heute ihren rührseligen Tag. »Ich frage mich, wann endlich wieder normales Leben einkehrt.«

Ja, genau das fragte sie sich auch. Seit Hedwig tot war, war die Stelle des Hausmädchens unbesetzt geblieben. Man habe noch keinen rechten Ersatz gefunden, hieß es. Weil jetzt alle Frauen und Mädchen die Arbeit der Männer übernehmen mussten. Und auch wenn Eugen mit seinem linken Arm für zwei arbeitete, der rechte war immer noch schwach. Selbst bei warmem Wetter trug er langärmelige Arbeitshemden, damit niemand seine hässlichen Narben sah. Im Gesicht waren nur einige wenige Narben geblieben, die sehr unauffällig waren. Kilian und Albert Sonntag mussten noch immer für ihn mitarbeiten, so wie sie und Wiebke für Hedwig mitarbeiten mussten.

Vielleicht wäre das der rechte Zeitpunkt, zu kündigen und in die Stadt zu gehen. Die Rüstungsfabriken suchten händeringend nach Arbeitskräften. Es hieß, sie würden dreimal so viel zahlen, wie ein Dienstmädchen verdiente. Trotzdem – sie wäre dort auch nur ein Arbeitspferd, nur besser bezahlt. Die Welt war so ungerecht.

Aber gerade jetzt wollte sie Tomasz nicht verlassen. Letzte Woche hatte er ihr gesagt, dass er sie liebte. Und dass er ohne sie verloren sei. Und sie fühlte sich auch verloren ohne ihn. Sie würde bleiben, bis der Krieg aus war. Und dann würden sie heiraten und weggehen. Das hatte Tomasz versprochen. Auch Clara konnte das Ende des Krieges kaum erwarten. Dann wäre er wieder ein freier Mann, und sie als seine Frau könnte tun und lassen, was sie wollte.

Bertha seufzte laut auf. Die sollte mal nicht so rumstöhnen. Hedwig zählte nicht, die hatte sowieso kaum etwas gegessen. Aber Graf Konstantin und Matthis waren weg, Herrlein Alexander war weg, und im Moment war sogar die ganze Familie für Wochen im Urlaub. Und seit dem Sommerfest letztes Jahr hatte es kaum noch große Diners gegeben. Die Köchinnen mussten für viel weniger Personen kochen als früher.

»Herr Caspers, Bertha und ich werden die nächsten Tage schwer beschäftigt sein. Ich konnte noch mal die gleiche Menge an Pflaumen zukaufen, die wir sonst selbst ernten. Aber es wird dauern, bis wir alles eingemacht haben.«

Der Diener schaute die Köchin an. »Hoffentlich wird das nicht wieder so eine Sauerei wie mit den Kirschen.«

Frau Hindemith entrüstete sich. »Sie sollten froh sein, dass wir so viel Obst einmachen können. Wer weiß schon, wann dieser Krieg enden wird. Und jeden Moment steigen die Preise. Man sollte doch meinen, es gäbe da mal ein Ende. Aber ich werde jeden Donnerstag auf dem Markt eines Besseren belehrt.«

»Meine Schwester hat mir geschrieben, dass auf dem Gut, auf dem sie arbeitet, fast alle Männer eingezogen worden sind.«

Clara stöhnte innerlich auf. Seit Wiebke sich mit ihrer Schwester schrieb, fing jeder zweite Satz von ihr mit »Meine Schwester hat ...« an.

Aber sie fing keinen Streit mit Wiebke an, schließlich hatte sie mehr als einmal die Augen zugedrückt, wenn Clara von ihren heimlichen Tête-à-Têtes gekommen war. Und die Mamsell hatte versprochen, dass sie bald ein Zimmer für sich bekommen würde. Dann würde sie niemand mehr kontrollieren, zumindest nicht nachts, wenn alle dachten, dass die Dienstboten schliefen.

Caspers bekräftigte Wiebke nun auch noch. »Ja, wir können hier wirklich von Glück sagen, dass uns noch so viele Arbeitskräfte geblieben sind.«

Kilian war davon abgerückt, sich freiwillig zu melden. Mittlerweile hatte Clara eher den Eindruck, dass er immer erleichtert aufatmete, wenn kein Brief für ihn kam. Eugen war zwar eh noch viel zu jung, aber mit seinem schlimmen Arm würde er nicht gezogen werden. Caspers war zu alt. Blieben Johann Waldner und der Kutscher. Bisher hatte es nur Hauslehrer Matthis getroffen, und um den war es nicht schade, so hochnäsig, wie der war. Clara kratzte sich hinter dem Ohr.

»Clara, was war das? Hast du etwa Läuse?« Irmgard Hindemith war aufgesprungen und kam hinüber.

»Das fehlte uns noch. Ich darf gar nicht an die viele Arbeit denken, die uns dann bevorsteht.« Schon stand sie hinter Clara und beäugte ihre Haare. »Du bist die Erste. Geh sofort in den Raum der Mamsell. Bertha wird deine Haare sofort absuchen.« Die Stimme der Köchin klang schrill.

Clara stand auf. »Aber nein, ich bin nur mal wieder mit Haarewaschen dran.«

Oder doch? Vielleicht hatte sie sich im Heu letzte Woche Läuse oder Flöhe geholt. Das passierte schon mal. Was, wenn nur sie und Tomasz Läuse hätten? Dann würden sie auffliegen. Bloß nicht! »Ich hab keine Läuse, bestimmt nicht.«

»Dann wird Bertha das ja gleich feststellen können.« Schon wurde Clara am Arm gepackt.

Sie warf Tomasz noch eine letzten schmachtenden Blick zu. Er hatte so sanfte blaue Augen, die nun aufblitzten. Schade, sie hatte gehofft, sich heute Abend mit ihm hinter einen der Ställe stehlen zu können und sich ein paar Küsse abzuholen, die nach Zigaretten und Erwachsensein schmeckten.

Mitte Juli 1915

Der Antwortbrief vom Waisenhaus Kolberg war schon Ende Mai gekommen. Der Inhalt war reichlich irritierend für Adolphis, auch wenn die wenigen Zeilen sehr sachlich gehalten waren. Man habe ihm keinen Brief geschrieben. Schwester Dominika, die frühere Oberin, sei vor einem Jahr verstorben. Andererseits gebe es einen Fall, auf den die genannten Eckdaten zuträfen. Weitere Auskünfte könne die derzeitige Oberin ihm nur persönlich erteilen. Er solle sein Kommen jedoch rechtzeitig vorher ankündigen. Und das hatte er nach einiger Bedenkzeit auch getan.

Feodora hatte nicht weiter nachgefragt, als er gesagt hatte, dass er erst später in den Sommerurlaub nachkommen würde. Obwohl sie doch genau wusste, wie sehr er die Aufenthalte in Bad Homburg liebte, war es ihr recht, dass er sich hier um alles kümmerte. Eigentlich hatte Feodora davon geträumt, diesen Sommer an die italienische Adria zu fahren, wie es gerade modern war. Aber da hatte ihr der Krieg einen Strich durch die Rechnung gemacht. Adolphis würde also seiner Frau und seinen Töchtern in zwei Wochen nachreisen. Das gab ihm reichlich Zeit für einen ungestörten Besuch in Kolberg.

Er hatte Caspers gesagt, dass er für ein paar Tage nach Stettin müsse. Nur der Kutscher wusste, wohin es wirklich ging – nach Kolberg zum Waisenhaus. Adolphis wollte persönlich prüfen, was an der Geschichte dran war. Und wenn es etwas zu klären gab, wollte er es direkt vor Ort und endgültig klären.

Zudem würde es vorläufig die letzte große Reise mit dem Automobil sein. Das Benzin wurde immer teurer, wenn man überhaupt etwas bekam. Gestern waren sie in einem Hotel abgestiegen. Für heute Vormittag war der Termin mit der Oberin Alexandra vereinbart.

Albert Sonntag hatte auf der gegenüberliegenden Straßenseite gehalten und ihm die Tür geöffnet. Adolphis musste gestehen, dass er jetzt, wo er vor diesem alten Backsteinhaus stand, doch leicht nervös wurde.

»Ich weiß noch nicht genau, wie lange es dauern wird.«

Der Kutscher zog seine Chauffeursmütze tief ins Gesicht. »Ich warte am besten da vorne. Dort ist ein kleiner Platz und ich stehe niemandem im Wege.«

Kolberg war ein beliebtes Ostseebad mit einer schönen Promenade und einer langen Seebrücke. Auch ein Kurort, allerdings eher etwas für den bürgerlichen Stand. Trotzdem waren die Straßen verstopft mit den Pferdedroschken der Ausflügler und Sommerfrischler.

»Ja sicher.« Das Automobil setzte sich in Bewegung, noch bevor Adolphis auf der anderen Seite war und klingelte.

Er meldete sich an und wurde von einer Frau in Diakonissentracht durch karge, schmucklose Flure in ein ebenso karges und schmuckloses Büro geführt. Hier bat man ihn, sich zu setzen. Klösterliche Schlichtheit lag über allem. Nur das Kreuz über der Tür funkelte und glänzte. Nie im Leben konnte das echtes Gold sein, oder? Er war überrascht, dass er keine Kinderstimmen hörte. Es war Nachmittag, und die Schule musste längst aus sein, wenn sie nicht ohnehin Ferien hatten. Durften sie denn nicht spielen? Die bedrückende Ruhe in dem Haus trug nicht dazu bei, sich hier wohlzufühlen.

Keine zwei Minuten später ging die Tür wieder auf, und eine harsch aussehende Frau kam herein. Sie stellte sich als Oberin der Diakonissen vor und reichte ihm eine Hand, die trocken und kalt war. »Graf von Auwitz-Aarhayn, ich hoffe, Sie hatten eine angenehme Reise.« Die Tür ging noch einmal auf, und eine andere Schwester brachte ihr eine Akte.

»So angenehm solch lange Reisen über Land bei heißem Sommerwetter sein können. Bezüglich der Angelegenheit ...«

Oberin Alexandra nickte. »Ich habe mir die Akte in der letzten Woche noch einmal genau angesehen. Anscheinend, und wenn ich das richtig nachvollziehen kann, hat Ihr werter Herr Vater an das Waisenhaus geschrieben zu einer Zeit, in der Oberin Dominika noch lebte. Offensichtlich fand sie noch die Zeit, ihm zu antworten. Warum der Brief allerdings länger als ein Jahr gebraucht hat, kann ich nicht sagen. Oberin Dominika ist unerwartet von uns gegangen. Leider muss ich gestehen, dass in den ersten Monaten, in denen ich überraschend die Leitung übernehmen musste, doch einiges liegen geblieben ist. Vielleicht wurde der Brief einfach verspätet abgeschickt.« Sie räusperte sich entschuldigend.

»Der Brief Ihres Herrn Vaters befindet sich nicht in den Unterlagen, was merkwürdig ist, denn Oberin Dominika war sehr ordnungsliebend. Vermutlich ist dieser Umstand ihrem plötzlichen Tod geschuldet. Gott hab sie selig.« Sie bekreuzigte sich eilig und sah hoch.

»Was ich Ihnen aber zu Ihrem Anliegen sagen kann, ist Folgendes: Anscheinend hat ein gewisser Pastor Egidius Wittekind im Mai 1889 bezüglich eines Platzes für einen männlichen Säugling angefragt. Die Bitte wurde ihm gewährt. Am ...«, sie warf einen Blick in die Akte, »... am 19. August 1889 wurde der Säugling hier untergebracht. Wer ihn gebracht hat, steht nicht in den Akten vermerkt. Aber ich vermute mal, dass es Pastor Wittekind persönlich war. Die Geburtsurkunde lautet auf den ...«, wieder öffnete sie die Akte, suchte kurz und fuhr fort, »... 12. Mai 1889, Mutter und Vater unbekannt.«

»Aber das Kind ... es war noch so klein. Brauchte es da nicht noch seine Mutter oder wenigstens eine Amme?«

»Mit drei Monaten kann man ein Baby abstillen. Er hat hier gesüßte Milch und Sahne bekommen. Glauben Sie mir, wir haben Hunderte Säuglinge mit Milch und Sahne aufgezogen.« Sie sagte das in einem Ton, als würde sie sich jede Kritik verbitten. »Natürlich müssen Sie immer unsere Möglichkeiten bedenken. Eine Amme hätte den in diesem Fall vorgegebenen finanziellen Rahmen gesprengt.«

»Genau darüber würde ich gerne mit Ihnen sprechen. Ich habe einen Brief erhalten, der offensichtlich als Antwort auf die Anfrage meines mittlerweile verstorbenen Vaters kam. Er vermutete Unregelmäßigkeiten bezüglich der Zahlungen. Welcher Art waren diese Zahlungen?«

»Leider darf ich Ihnen keine Einsicht in die Akte gewähren, da Sie beziehungsweise Ihr werter Herr Vater nicht in offizieller Funktion auftauchen.«

»Offizieller Funktion, was wäre das zum Beispiel?«

»Wenn der Junge das Mündel Ihres Vaters gewesen wäre. Oder wenn irgendwo verzeichnet wäre, dass Ihr Herr Vater der sogenannte Gönner gewesen wäre.«

»Aber offensichtlich hat mein Vater doch diese Zahlungen veranlasst. Sonst hätte er doch gar nicht danach gefragt.«

»Sosehr ich Ihrem Gedanken folgen kann, ist es aber trotzdem nur eine Vermutung. Tatsächlich dürfte ich nur Pastor Wittekind Einsicht gewähren oder unserem Aufsichtsgremium.«

»Und was ist mit dem Namen des Jungen? Darf ich den erfahren?«

»Tut mir leid«, sagte sie schlicht.

Unzufrieden presste Adolphis seine Lippen aufeinander.

Und doch zog sie einen kleinen Zettel aus der Akte. »Andererseits möchte ich nicht, dass auch nur der Anschein des Zweifels auf unser Haus fällt. Was wir an finanzieller Unterstützung bekommen, ob nun aus Spenden, Lotterieerlösen oder Erbschaften, wird zum Wohl unserer Zöglinge eingesetzt.«

Sie reichte ihm den Zettel. »Um Ihnen die Übersicht zu erleichtern, habe ich die Zahlungen bereits zusammengefasst. In den ersten zehn Jahren wurde exakt die gleiche Summe angewiesen. Ich bin unsere Bücher sehr gewissenhaft durchgegangen.«

Adolphis schaute auf den Zettel.

»Von September 1889 bis zum Mai 1899 sind jährlich dreihundert Mark eingegangen. Zwanzig Mark pro Monat waren ausgemacht, der Rest war für Sonderausgaben wie Geburtstags-

und Weihnachtsgeschenke oder Arztrechnungen gedacht. Das wurde gezahlt bis ins Jahr 1899. Da ist der Junge zehn geworden.« Sie griff noch einmal in die Akte und zog einen Brief hervor.

»In einem Brief kündigte uns Pastor Wittekind dann an, dass ab sofort nur noch eine geringere Summe gezahlt werde. Die Summe belief sich auf gerade mal hundert Mark im Jahr.«

Adolphis überflog den kurz gehaltenen Brief.

```
Aus persönlichen Gründen sieht sich der Gönner nicht
mehr in der Lage, dem Kind die volle Zuwendung zukom-
men zu lassen. Ab sofort wird sich die Summe auf 100
Mark per annum reduzieren.
```

Wittekind!

»Diese reduzierte Summe ist allerdings auch nur für zwei Jahre gezahlt worden. Als der Junge zwölf geworden ist, wurden die Zahlungen ganz eingestellt.«

Wieder reichte sie ihm einen Brief, den er überflog. Wittekind teilte darin in knappen Worten mit, dass die Mittel erschöpft seien und man das Kind nun den gütigen Händen der Barmherzigen Schwestern überlasse.

Adolphis sah Schwester Alexandra fragend an. »Nun … Es ist für mich eine etwas unangenehme Situation. Aber ich muss zugeben, dass ich bisher von der ganzen Angelegenheit nichts wusste. Mein Vater ist vor über zwei Jahren gestorben. Mir ist jedoch völlig schleierhaft, wann genau er diesen Brief abgeschickt haben soll. Aber vielleicht, wenn Sie mir doch kurz Einsicht gewähren würden, dann könnte ich daraus erkennen …«

»Das ist mir leider nicht möglich. Es gibt eine Verschwiegenheitsklausel, an die ich mich halten muss.«

»Können Sie mir denn irgendetwas über den Jungen sagen?«

Sie schüttelte bedauernd ihren Kopf. »Nein, mehr darf ich Ihnen nicht sagen. Und ich selbst habe den Jungen auch nicht mehr persönlich kennengelernt. Lebt Pastor Wittekind denn nicht mehr? Er könnte Ihnen doch sicherlich in diesen Fragen weiterhelfen.«

Adolphis dachte nach. Offensichtlich musste er zwei Fragen beantworten: Einmal, von wem war das Kind, das hier abgegeben worden und aufgewachsen war? Und die zweite Frage war: Wieso war sein Vater davon ausgegangen, dass irgendetwas mit den Zuwendungen nicht ganz regulär gelaufen ist?

»Nun, sollte es tatsächlich zu Unregelmäßigkeiten der Zahlungen gekommen sein, dann ... wäre das eine äußerst diffizile Angelegenheit, Sie verstehen? Ich wollte mir erst selbst ein Bild machen, bevor ich den genannten Pastor frage.«

Die Oberin zuckte mit den Schultern. »Ich kann Ihnen nur sagen, was bei uns eingegangen ist. Ansonsten sind mir die Hände gebunden.« Als würde sie seine Gedanken lesen können, fügte sie an: »Ich kann nur noch mal bekräftigen, dass all das Geld, das wir erhalten haben, solange wir es erhalten haben, komplett zur Versorgung des Jungen eingesetzt wurde.«

»Aber wieso wurde es nur bis zum zwölften Lebensjahr gezahlt?«

»Das ist in der Tat eine berechtigte Frage. Wir nehmen hier gelegentlich die ... Leibesfrüchte betuchter Gönner auf. Allerdings gehen die meisten Zahlungen bis mindestens zum achtzehnten, meistens sogar bis zum einundzwanzigsten Lebensjahr. Einigen dieser glücklicheren Kinder wird es sogar ermöglicht, eine weiterführende Schule zu besuchen oder gar zu studieren. Solange wir die finanziellen Mittel haben, tun wir alles Menschenmögliche für unsere Zöglinge.«

Adolphis starrte auf die Akte. Am liebsten hätte er sie einfach an sich gerissen. Das ging natürlich nicht. »Können Sie mir denn sagen, was aus ihm geworden ist?«

Wieder schüttelte sie bedauernd ihren Kopf. »Nein, ich habe eine kleine Notiz in den Akten gefunden, dass er mit vierzehn bei uns als Stalljunge angefangen hat. 1906, im Alter von siebzehn Jahren, hat er unser Haus verlassen. Was später aus ihm geworden ist, kann ich Ihnen nicht sagen. Ich kannte den Knaben nicht persönlich, da ich erst seit fünf Jahren in diesem Haus bin.«

Adolphis seufzte. »Um eins muss ich Sie dennoch bitten. Um der ganzen Sache weiter nachgehen zu können und meiner Recherche Nachdruck zu verleihen, möchte ich Sie um die beiden Briefe von Pastor Wittekind bitten.«

Die ältere Frau zögerte.

Adolphis griff in seine Jackentasche und holte ein Scheckbuch heraus. »Natürlich möchte ich mich für Ihre Herzensgüte, die Sie diesen jungen Menschen an Liebe und Wärme angedeihen lassen, gerne mit einer kleinen Zuwendung bedanken.« Er schrieb einen Scheck über hundert Mark aus, faltete ihn zusammen und reichte ihn der Schwester.

Entgegen der guten Sitten warf sie sofort einen Blick darauf, und zum ersten Mal erschien ein Lächeln auf ihrem Gesicht.

»Ich danke Ihnen. Der Herr vergelte es Ihnen.« Wieder dachte sie einen Moment nach: »Da die ganze Geschichte nun schon so lange zurückliegt und für uns der Fall abgeschlossen ist, sehe ich keinen Grund, Ihnen die Briefe nicht mitzugeben, zumal Pastor Wittekind Ihnen unterstellt ist. Solange Sie mir den Erhalt quittieren, kann ich sie herausgeben.«

Adolphis nickte. Sie verfasste eine kurze Erklärung, die er unterschrieb. Dann nahm er die beiden Briefe an sich, verabschiedete sich und flüchtete geradezu aus dem Waisenhaus.

Was für eine unangenehme Person. Obwohl es Juli war und heiß, hatte sie ihm nicht einmal ein Glas Wasser angeboten. Draußen auf dem Pflaster wischte er sich den Schweiß von der

Stirn. Er schaute in Richtung des Platzes, den Albert Sonntag ihm gewiesen hatte. Was für eine lange Reise für so wenige Informationen. Er hatte kaum mehr erfahren, als er vorher gewusst hatte.

Immerhin hatte er nun die beiden Briefe von Wittekind. Der Pastor würde ihm Rede und Antwort stehen müssen. Egal zu welchem Schweigegelübde ihn sein Vater verdonnert hatte. Mehr Anhaltspunkte hatte er nicht. Plötzlich stutzte er.

Das stimmte doch gar nicht. Er wusste noch etwas. Er wusste das Geburtsdatum des Jungen – der 12. Mai 1889. Was hatte Vater damals getan? Wen hatte er getroffen?

Adolphis rechnete neun Monate zurück, und plötzlich traf es ihn wie ein Schlag.

Konnte das sein?

Ja!

Hatte er jemals die Möglichkeit in Erwägung gezogen?

Niemals!

Das war unvorstellbar.

Mit einem Mal wurde ihm ganz flau. Wenn das wahr wäre! Unfassbar. Und doch nicht ausgeschlossen. Eine ungeheure Ahnung stieg in ihm auf.

Kapitel 5

Ende Juli 1915

Albert sah, wie Graf Adolphis von Auwitz-Aarhayn auf die Straße wankte. Er wirkte, als hätte er getrunken. Was nicht sein konnte. Im Waisenhaus gab es keinen Alkohol, außer scharf bewachten Abendmahlswein.

Der Adelige griff sich an die Nasenwurzel, als müsste er die Tränen zurückhalten. Eine tiefe Genugtuung ergriff Albert. Man hatte ihn erwischt. Man war ihm auf die Schliche gekommen. Sein Geheimnis war enttarnt. Der Graf kam näher. Ohne einen Ton zu sagen, stieg er ins Automobil und ließ sich ins Polster fallen.

Er wirkte mitgenommen, geradezu bestürzt. Er sah Albert nicht an. Als wollte er sich vor etwas schützen, hielt er die Hände vor sein Gesicht. Albert stieg vorne ein, startete aber den Wagen nicht. Erstens war es die Sache des Grafen, das Ziel vorzugeben. Und zweitens war er viel zu gespannt, was nun passieren würde. Er hatte ja mit vielem gerechnet, aber nicht damit, dass der Graf, sein Vater, so niedergeschlagen wäre. Diese Reaktion irritierte ihn. Was hatte er in dem Waisenhaus erfahren?

Wie schlimm es dort zuging? Wie hart die Kinder angefasst wurden? Was hatte er denn all die Jahre gedacht, was aus seinem Sprössling werden würde? So viel Mitgefühl fand er verlogen, gemessen daran, dass der Graf sich ein Vierteljahrhundert einen feuchten Kehricht um seinen Sohn gekümmert hatte.

Hatte er seinen Namen erfahren? Würde er sich gleich vorbeugen und ihn an der Schulter fassen? Ihn seinen Sohn nennen? Oder würde er kaltschnäuzig ankündigen, dass Albert seine Sachen packen musste, sobald sie in Greifenau zurück waren? Auch das ging ihm durch den Kopf.

Der Graf wischte sich mit beiden Händen durchs Gesicht. Er starrte durch Albert hindurch. Beständig schüttelte er seinen Kopf, als wollte er etwas nicht glauben. Als wäre etwas Unmögliches passiert.

Und dann sagte er nur: »Zurück zum Hotel.«

Enttäuscht ließ Albert den Wagen an und fuhr los. Doch er kam nur zwei Straßen weiter. Vor einer Eckkneipe ließ der Graf plötzlich halten, stieg aus und ging hinein.

Voller Wut schlug Albert auf das Lenkrad ein. Dann sackte er in seinem Sitz zusammen. Es war ganz offensichtlich, dass der Graf von Auwitz-Aarhayn nicht genug erfahren hatte, um seinen eigenen Chauffeur mit seinem Sohn in Verbindung zu bringen. Tief in seinem Kinderherzen hatte er sich gewünscht, dass er es seinem Vater nicht selbst sagen müsste. Dass sein Vater zu ihm käme, ihn umarmen und willkommen heißen würde. Dass er froh sein würde, endlich seinen verlorenen Sohn gefunden zu haben.

Jahrelang hatte er gedacht, es gehe ihm nur um die Anerkennung durch den Vater. Es war um Rache und auch um Genugtuung gegangen. Manchmal hatten finanzielle Erwägungen und Prestige eine Rolle gespielt. Und jetzt merkte er überrascht, dass etwas viel Wichtigeres sich in den Vordergrund schob: die Liebe seines Vaters.

All die Jahre, in denen er seinen Stolz und seinen Hass gepflegt und gehegt hatte, in denen er sich vorgestellt hatte, wie er sich an seinem Vater rächen, es seiner Mutter heimzahlen würde, die ihn alleine und hilflos den unbarmherzigen Schwestern ausgeliefert hatten – alles schien vergessen. In dieser Stunde zählte nur der kleine Junge, der sich einsam und verlassen auf einem harten Bett zusammenkauerte, sich Nacht für Nacht in den Schlaf weinte und davon träumte, dass eines Tages, bald, ganz bald, ein Mensch auftauchen würde, um ihn in den Schoß der Familie zurückzuholen. Jemand, der ihn endlich lieben würde.

Aber es war niemand aufgetaucht. Alle die Jahre nicht. Niemals. Und mit jeder weiteren Nacht war die Hoffnung verblasst und der Hass gewachsen.

Albert spürte, wie ihm die Tränen in die Augen stiegen. Schnell wischte er sie weg. Wenn der Graf herauskam, sollte er ihn nicht so sehen.

Der brauchte nicht lange. Offensichtlich war das Etablissement doch nicht fein genug, um sich zu betrinken, denn schon nach zehn Minuten kam er wieder heraus. Man roch sofort, dass er getrunken hatte. Bier und auch Schnaps.

Wieder befahl er wortkarg: »Zum Hotel.«

Albert bediente die Wagenkurbel, doch als er wieder einstieg, sprudelte es plötzlich aus dem Mann heraus.

»Mein Gott ... Oh mein Gott.« Er wand sich hinten auf dem Polster.

»Gnädiger Herr?«

Der schnäuzte sich in sein Taschentuch, doch er konnte sich nicht beruhigen. »Ich glaube ... ich glaube, ich habe einen Sohn. Noch einen Sohn. Einen Sohn, den ich nie kennengelernt habe.«

»Wie meinen Sie das: Sie glauben ...?«

»Ich ... Mein lieber Sonntag, Sie müssen mir schwören, dass Sie niemandem davon erzählen. Aber ich muss mir jetzt mein Herz erleichtern. Ich kann nicht anders.«

Albert drehte sich zu dem Grafen um. Die Augen waren glasig, und der Atem roch unverkennbar nach Alkohol. Er musste das Zeug in Windeseile in sich hineingekippt haben.

Albert versprach nichts, aber nickte.

Der Graf legte seine Hand auf Alberts Arm, der über dem Polster des Fahrersitzes lag. »Ich hab vermutlich noch einen Sohn. Ein Kind, das vor Konstantin gezeugt wurde. Einen Erstgeborenen. Ich bin mir fast sicher.«

Ich bin mir fast sicher? Die Gedanken stürmten durch Alberts Kopf. Das war völlig anders als alles, was er sich je vorgestellt hatte. Wusste er etwa nicht, dass er eine Frau geschwängert hatte?

»Ich versteh nicht ganz.«

Graf Adolphis tätschelte seinen Arm. »Ich war jung ... und ungestüm. Ich stand im Saft, unverheiratet, hatte mein Studium beendet und lebte wieder auf dem Gut. Es gab weit und breit keine ... Häuser, in denen ich angemessene Unterhaltung finden konnte. Und mein Vater achtete sehr auf eiserne Disziplin.« Er schnaufte durch. »Da gab es ein Mädchen. Ein Dienstmädchen. Ansehnlich. So hübsch, wie Dienstmädchen eben sein können. Ich hab ... ich habe sie nicht geliebt, aber sie war wirklich hübsch. Und lebensfroh.«

Dieses offene Geständnis bohrte sich in Alberts Seele. Seine Mutter, ein einfaches Dienstmädchen. Keine Dirne. Ein einfaches Mädchen, das den Versprechungen eines Grafensohnes erlegen war. Tausendfach kam es vor. Wenn er sich eine Version gewünscht hatte, dann war es diese gewesen. Große Erleichterung durchflutete ihn wie eine warme Woge.

»Dann plötzlich, ich war für einige Tage weg gewesen – ich glaube, ich hatte einen ehemaligen Studienkameraden besucht –, stand bei meiner Rückkehr meine Mutter mit gepackten Koffern da. Mit meinen gepackten Koffern und ihren. Sie wolle entfernte Verwandte in Sankt Petersburg besuchen, und ich solle sie begleiten. Ich hatte sowieso nichts Besseres vor. Ich war der zweitgeborene Sohn eines herrischen Landgrafen. Mein älterer Bruder lebte damals noch. Ich fuhr mit, nur allzu gerne.« Er wischte sich wieder durch das Gesicht.

»Als ich nach drei Monaten wiederkam, war ich verlobt. Das Dienstmädchen war fort. Ich dachte, es hätte sich gegrämt, weil ich so lange verschwunden war. Wie auch immer. Ich fuhr noch zweimal zurück nach Sankt Petersburg, und das letzte Mal kam ich mit meiner Frau zurück. Der wunderschönen Feodora. An ihre Schönheit reichte das Mädchen natürlich nicht heran. Aber um ehrlich zu sein: Da hatte ich sie schon längst vergessen.«

Dann sagte er nichts mehr, brütete nur mehr vor sich hin.

Albert musste ihn fragen: »Und was ist nun mit Ihrem Sohn?«

Der Graf schnaufte laut durch. »Ich kann es mir nur so erklären, dass das Mädchen während meiner Abwesenheit … Sie muss sich meinem Vater oder ihren Eltern und die sich meinem Vater offenbart haben … Mein Vater muss unseren … muss jemanden bestellt haben, der sich um sie gekümmert hat. Und mit gekümmert meine ich: Sie musste verschwinden, schnell und für immer.« Er schnäuzte sich wieder. »Nun, für immer war es nicht. Ich habe sie später wiedergesehen. Viele Jahre später. Die Bauernschönheit war verblasst. Ich habe nie wieder mit ihr gesprochen.«

Albert sagte nichts. Und es war der Graf, der es selbst aussprach. »Jetzt vermute ich, sie war schwanger, von mir. Ich vermute, dieses Kind, ein Junge, ist hier im Waisenhaus in Kolberg groß geworden. … Mehr weiß ich nicht.«

Niemand sagte etwas. Beißende Stille füllte das Innere des Wagens wie dichter Rauch.

Albert kämpfte mit sich. Sollte er sich offenbaren? Es war genau dieser Moment, auf den er sein Leben lang gewartet hatte. Oder besser nicht? Wie würde der Graf reagieren? Er schien fassungslos darüber, dass er noch einen Sohn hatte. Er hatte nichts von ihm gewusst. Er hatte ihn nicht vergessen, er hatte nur einfach nichts von ihm gewusst. All die Jahre war er selbst ahnungslos gewesen. Fast war ihm, als müsste er seinen Vater trösten.

Mein Gott, all diese fürchterlichen Jahre. All diese einsamen Nächte und schrecklichen Tage – Hunderte, ja Tausende. Vielleicht wären sie überflüssig gewesen, wenn Wittekind ... ja, wenn er nur ein Wort gesagt hätte. Hass entflammte in diesem Moment. Wittekind! Was hatte er ihm angetan! Er hatte ihn nicht nur der finanziellen Unterstützung des Grafenhauses beraubt. Er hatte dafür gesorgt, dass sein Vater nichts von ihm wusste. Wie anders hätte sein Leben laufen können, wenn der Graf gewusst hätte, dass er noch einen Sohn hatte? Der Graf, der alle seine Kinder liebte. Selbst wenn er Albert nur halb so viel geliebt hätte, wäre sein Leben in vollkommen anderen Bahnen verlaufen. Oder bildete er sich das nur ein? Träumte er davon, weil er es so gerne geglaubt hätte?

Doch in diesem Moment wurde der große Hass von einem anderen Gefühl zur Seite gedrängt – großer Erleichterung. Albert konnte kaum sprechen. Ein Felsbrocken klemmte in seiner Kehle. Das Unsagbare – Vater.

»Ich ...« Seine Stimme kratzte an der Stille.

Doch als würde Alberts Stimme ihn in die Wirklichkeit zurückholen, zuckte der Graf zurück. Er machte eine wegwerfende Handbewegung. »Vielleicht bilde ich es mir auch nur ein. Es kann Zufall sein. Ich muss ... ich muss noch mal darüber nachdenken.« Als käme er wieder zu Verstand. Als ginge ihm auf, welche Ungeheuerlichkeit er gerade seinem Kutscher gebeichtet hatte.

»Vergessen Sie, was ich gerade gesagt habe, Sonntag! Es ist ... Ich hab mir da was zusammengereimt. Alles Tollheiten. Was rede ich mir da ein, bevor ich nicht ganz genau weiß, was ...

Schwamm drüber. Wir reden nie wieder miteinander darüber.« Als wäre er plötzlich aus einem Albtraum aufgewacht. »Sie erzählen es niemandem. Hören Sie, niemandem. Oder es wird Ihnen schlecht ergehen.«

Diese Drohung war wie ein Schwall Eiswasser. Albert zuckte zurück. Die Worte seines Vaters erwischten ihn am offenen Herzen.

Albert hatte gelernt, keine Schwäche zu zeigen. Nur sich selbst zu vertrauen. Keinem anderen Menschen sein Herz zu öffnen. Auf seiner Seele waren dicke Schwielen gewachsen. Er hatte alle Verletzungen überlebt.

Doch da war gerade dieser Moment gewesen. Die Pforte hatte offen gestanden, in Erwartung liebender Worte. Stattdessen bahnte sich nun die giftige Drohung des Grafen ihren Weg in sein Herz. Er bereute den Augenblick – bitter.

Und noch jemand würde diesen Augenblick bitter bereuen. Wittekind, der seine Existenz vor seinem Vater verschwiegen hatte.

Anfang August 1915

Gütiger Himmel, wie sehr hatte er sich darauf gefreut. Seit Tagen schon wurde über nichts anderes mehr geredet. Nikolaus konnte es kaum glauben, bis er ihn gestern mit eigenen Augen gesehen hatte. Der Badezug war gekommen – in den äußersten Teil von Ostpreußen.

Aus dem Abzug des riesigen Kohleofens drang beständig Rauch. Seit dem frühen Morgen wurde Wasser erhitzt. Die unteren Dienstgrade durften duschen, die höheren sogar baden. Am Vormittag hatten die Offiziere gebadet. Nun war Nikolaus dran.

Morgen Abend würde der Zug schon wieder weiterfahren, hieß es. Bis dahin sollten sich alle einmal eingeseift haben. Natürlich konnten sie jetzt im Sommer in einem der vielen Seen baden. Aber heißes Wasser kannte man hier an der Front nur noch in Form von Muckefuck oder dünner Suppe.

Er stieg die eisernen Stufen hoch. Ein einfacher Soldat begrüßte ihn zackig. Nikolaus blickte sich neugierig um. Das Innere des umgebauten Waggons sah nicht gerade elegant aus, aber überaus praktisch – mehrere abgeteilte Bereiche hintereinander, Regale mit Handtüchern, dampfendes Wasser lief in eine Zinnwanne ein.

»Hier ist ein frisches Handtuch. Seife liegt dort.« Der Mann wandte sich der Badewanne zu und kontrollierte die Temperatur.

Nikolaus zog die verschwitzte Uniform aus. Er hatte sie erst vor zwei Tagen waschen lassen. Während sie trocknete, hatte er auf der Wiese gelegen und sich die Sonne auf die Haut scheinen lassen – nackt, wie so viele andere. Nur an der Zigarettenmarke hatte man dann noch erkennen können, wer hier gut betucht und wer einfacher Soldat war. Und den meisten war das auch egal. Es waren die kleinen Freuden des Lebens, an denen sich all die erfreuten, die überlebt hatten.

Nikolaus legte die Uniform über einen Stuhl. Sie stank schon wieder. Angstschweiß hatte sich in den Stoff eingebrannt. Die Uniform trug die Kämpfe und Schlachten in sich, wie eingewebte Muster. Die Risse wie Wunden auf der Haut. Blutflecken, die nicht mehr zu entfernen waren.

Der Soldat drehte den Wasserhahn zu. »Es ist sehr heiß. Seien Sie vorsichtig, wenn Sie hineinsteigen. Sie haben eine halbe Stunde.« Dann griff er zum Waffenrock, zum Unterhemd und zur Hose. »Ich hänge sie draußen in den Sonnenschein, zum Auslüften.«

Erst jetzt bemerkte Nikolaus, dass er humpelte. Der Mann trug eine Unterschenkel-Prothese am linken Bein.

Die Oberfläche dampfte verführerisch. Es war schwülwarm draußen, fast dreißig Grad, und trotzdem freute er sich auf das heiße Wasser. Wie lange hatte er schon kein Bad mehr genommen? Das letzte Mal musste im Januar gewesen sein. Sie waren ein Dutzend Kilometer von Königsberg landeinwärts untergebracht worden, die einfachen Dienstgrade in Zelten, die höheren Dienstgrade in einem Schloss. Warme Daunenbetten, gutes Essen und ein Bad. Kurz darauf hatte die Winterschlacht in Masuren angefangen. Ein anderes Leben, wenn man es überhaupt noch so nennen wollte.

Nikolaus stieg vorsichtig in die Wanne. Hitze umhüllte seine Haut. Gut so. Klares, sauberes Wasser, es durfte sich gerne in seine Erinnerung brennen. Langsam ließ er seinen Körper in das kostbare Nass gleiten und stöhnte wohlig auf. Unglaublich. War das eine Fata Morgana? Er saß in einer Badewanne. Er badete. Als gäbe es ein Leben jenseits von tödlichen Schüssen und von durch Granaten zerfetzten Leibern. Das heiße Wasser brachte den blutverkrusteten Schnee der masurischen Winterschlacht, der auf seiner Seele festgefroren war, zum Schmelzen. Weg mit dem Schmutz, weg mit dem Schmerz. Als könnte er sich diesen Krieg abwaschen.

Für ein paar Minuten ließ Nikolaus sich einfach in dem Wasser treiben. Er tauchte den Kopf unter. Es war zu heiß, um die Augen zu öffnen. Und hier spürte er es: Mit all dem Schmutz und Schweiß, die sich aus seinen Poren lösten, löste sich auch die dunkle Wolke auf, die seit Fjodors Tod beständig über ihm geschwebt war.

Letzten Herbst – da hatte er fast den Mut verloren. Von einem schnellen Kriegsende war nicht mehr die Rede gewesen. Dann war der Winter gekommen, die Winterschlacht. Verheerend. Was die Waffen nicht geschafft hatten, schaffte die Kälte. Die Leiber der Soldaten, wie Babys zusammengekrümmt auf gefrorenem Boden. Tote Körper, in Wasserlachen eingefroren. Sollte das etwa sein Krieg sein, den er so sehr herbeigesehnt hatte?

Er hatte an den Krieg geglaubt. Hatte geglaubt, dass ein reinigendes Gewitter notwendig sei. Dass der Erzfeind Frankreich schnell zu bezwingen sei. Dass die feindliche Gesinnung der Russen fast einem Grenzübertritt gleichkomme. Jetzt fürchtete er sich vor seinen eigenen Gedanken. Im Herbst hatte er gedacht, dass es ihm mittlerweile genügen würde, das Deutsche Reich in seinen angestammten Grenzen zu wissen. Sie waren nicht angegriffen worden. Die Grenzübergriffe der Gegner – alles nur erfunden. Wem sollte man glauben? Im Reich selbst wurden die Stimmen immer lauter. Wohin sollte dieser Krieg führen? An welchem Punkt würde man ihn beenden wollen? Mittlerweile hatten die deutschen Truppen alle kurzzeitig besetzten Gebiete wieder zurückerobert. Gefallen waren nur einige Kolonien. Aber wollte man wirklich an dem Punkt aufhören, an dem man angefangen hatte? Der nationalvölkische Alldeutsche Verband und die Schwerindustrie forderten Gebietserweiterung um jeden Preis. Für irgendetwas sollte sich dieser Krieg doch gelohnt haben.

Und genau das waren auch seine Worte, wenn man ihn fragte. Wir müssen doch für all die vielen Tausend toten Soldaten eine Entschädigung bekommen. Diese schweren Opfer können nur mit einem entsprechend hohen Lohn ausgeglichen werden. Das hatte er noch letzte Woche in der Runde einiger Offiziere gesagt. Und wie er, sahen es alle. Keiner wollte verzichten.

Das heiß ersehnte Siedlungsland im Osten, genau dort, wo sie standen. Aber er war nicht der Einzige, der seinen Blick unangenehm berührt von der blutgetränkten Erde abgewandt hatte.

Wollte er wirklich dieses Land, gedüngt mit den Leibern von Freunden und Feinden? Kartoffeln ernten, die neben ausgeblichenen Schädeln wuchsen?

Wenn er allein war, mit seinen Träumen von blutigen Lippen und heraushängenden Gedärmen, wenn er des Nachts nicht schlafen konnte und tagsüber die Augen nicht aufmachen wollte, dann musste er gegen sich selbst kämpfen. Dann musste er gegen die Stimmen in ihm kämpfen, die ihn von anderen Weisheiten überzeugen wollten. Dass er so sein Glück nicht finden würde.

Glück. Nikolaus kaute auf diesem Wort herum. Es schmeckte schal. Als wäre es faulig geworden. Seit Mai trieben sie die 3. russische Armee vor sich her. Und in Galizien eroberten die österreichisch-ungarischen Truppen die besetzten Gebiete zurück. Die zaristischen Truppen zogen sich an allen Frontabschnitten zurück, oft sogar ohne Kämpfe. Mittlerweile hatten die kaiserlichen Truppen fast das ganze russisch besetzte Gebiet Polens erobert. Und doch fühlte er kein Glück. Fühlte er kein Leben mehr. Er existierte nur noch von einem Tag zum nächsten.

Und nun dieses heiße Wasser – es war wie eine Wiedergeburt. Endlich kam die Hoffnung zurück. Alles würde sich zum Guten wenden. Er würde leben. So viele Kammeraden hatte er sterben sehen. Er war ein Überlebender. Wieso mussten die anderen sterben, während er weiterleben durfte? Das fragte er sich jeden Abend, zerfressen von Schuld. Und jeden Morgen sandte er Stoßgebete gen Himmel, dass es so bliebe. In diesem Krieg war nichts, wie er es sich vorgestellt hatte. Gar nichts.

Er fuhr mit dem Finger über den Schmiss auf seiner linken Wange. Die Wunde war verheilt, die Narbe nur noch ein dünner Strich auf der Haut. Alberne Scheingefechte in seiner Studentenzeit. Wie mutig und zuversichtlich er damals gewesen war. Er hatte es gar nicht abwarten können, sich in einem echten Kampf zu beweisen. Dieses Gefühl war ihm abhandengekommen. Doch er wollte es zurück. Prustend tauchte er auf. Er wischte sich das Wasser aus dem Gesicht, griff nach der Seife und fing an, sich die Zweifel abzuwaschen.

21. August 1915

Adolphis sah sich sein Blatt an. Nicht besonders gut, nicht besonders schlecht. Sollte er seinen Einsatz erhöhen?

»Dann sind Sie also mit der Reichsbahn nach Bad Homburg gekommen?«

»Leider ja. Eine elende Anfahrt von Hinterpommern bis hierher. Hat mir noch tagelang in den Knochen gesteckt.«

Sie saßen zu dritt an einem der Dutzend Tische und spielten Skat. Natürlich war das hier keine offizielle Spielbank, sondern der Rauchsalon eines großen Hotels. Auch wenn Skat kein Glücksspiel war, so spielte man doch um Geld, was verboten war. Aber wo wäre sonst der Reiz gewesen?

»Nun, die Hälfte der Automobile wurde stillgelegt. Ich hätte kaum jemandem erklären können, warum ich so dringend mit meinem Automobil anreisen musste. Nicht mal ein Arzt dürfte diese Strecke jetzt noch fahren. Nein, da ist es mir lieber, das Gefährt steht wohlbehütet in der Remise.«

»Tja, der Krieg geht an uns allen nicht spurlos vorbei. Aber er bietet auch Chancen. Ich kann Ihnen nur raten, steigen Sie mit reichlich Aktien ein. Ammoniak braucht man nicht nur als Kunstdünger, es ist auch unverzichtbar bei der Sprengstoffherstellung.«

Adolphis brummte vor sich hin. Der Herr, der ihm gegenübersaß, ging ihm gewaltig auf die Nerven. Ein Freiherr aus den

Rheinprovinzen, reich geworden mit Kohle. Adolphis hatte das Gefühl, als wollte er ihn so vom Spiel ablenken, nachdem er gerade den Einsatz verdoppelt hatte.

»Ich denke, der Aktienhandel ist ausgesetzt.«

»An der New Yorker Börse ist der freie Handel seit April wieder erlaubt.« Der Kerl mit dem breiten Backenbart grinste ihn an, als hätte er einen besonders gelungenen Witz gemacht.

Adolphis wusste nichts darauf zu antworten. Sicher, er sollte sich mehr um Finanzgeschäfte kümmern. Aber gerade jetzt, in einer Zeit, in der täglich die Preise für Korn und Fleisch von der Regierung festgesetzt wurden, musste er sich wirklich mit anderen Problemen herumschlagen. Und das alles auch noch ohne Konstantins Unterstützung.

Seine Zigarre glimmte im Aschenbecher neben ihm. Er nahm sie auf und zog genüsslich daran. Gestern hatte er gewonnen und verloren. Am Ende des Abends war er mit hundert Goldmark Gewinn nach Hause gegangen. Heute allerdings hatte er eine Pechsträhne. Er schuldete dem Kohlebaron jetzt schon über vierhundert Mark, das Geld, was gerade auf dem Tisch lag, nicht mitgerechnet. Überhaupt, er würde sich gleich verabschieden. Die heutigen Mitspieler sprachen ihm gewaltig zu viel über Politik und den Krieg. Dabei war man doch hier, um Spaß zu haben und sich zu erholen.

Der andere Herr, ein Graf wie er, legte seine Karten ab. Verflucht, Adolphis hatte wieder verloren. Der Kohlebaron auch. Wütend knallte er seine Karten auf den Tisch.

Beide griffen zu ihren Gläsern, als ob sie darin Trost fänden.

»Ich sollte besser in Alkohol investieren. Erstens macht er sehr viel mehr Vergnügen. Zweitens wird er ein sehr knappes Luxusgut. Wenn jetzt schon Russland Schnaps verbietet und sogar der britische Königshof darauf verzichtet. Und drittens trägt er auf seine ganz spezielle Art zur Erhaltung der Kriegsmoral bei.« Adolphis lachte und trank noch einen Schluck Whisky.

»Ja, aber wenn es so weitergeht, müssen Sie ihn bald über die Grenzen schmuggeln. Und die Rohstoffe werden auch immer knapper«, sagte der Herr, der gerade gewonnen hatte. »Ich habe mein Geld in Kriegsanleihen investiert. Patriotisch und überaus lukrativ. Und man muss nichts dafür tun. Man kauft die Schuldverschreibungen, und dann lässt man sein Geld für sich arbeiten.« Er griff nach dem Geld und ordnete die Goldmünzen.

»Ach was, Kriegskredite. Ammoniak, ich sag es Ihnen. Hören Sie auf mich«, raunzte nun der Kohlebaron unzufrieden.

Ein schlechter Verlierer, wie Adolphis fand. Der Mann meckerte jedes Mal, wenn er in einer Runde draufzahlen musste.

Jetzt verlor anscheinend auch sein glücklicherer Mitstreiter die Geduld. »Was hätte ich wohl von meinen Aktien, wenn wir den Krieg verlieren würden? Nichts. Gar nichts. Die Sieger würden sich mein schönes Ammoniak und all seine Wertschöpfung einverleiben. Nein, Kriegsanleihen sind der beste Weg, meine Investitionen abzusichern.«

Adolphis musste dem Mann beipflichten. Außerdem konnte er diesen Kohlebaron nicht ausstehen. Grässlich, wie der mit dem Geld nur so um sich warf. »Das sehe ich genauso. Ich will nicht am Krieg verdienen, ich will für den Krieg verdienen. Alles andere ist unpatriotisch!«

Der Graf wandte sich an ihn. »Ein Mann von Integrität, wie ich es mir wünsche. Ich habe im letzten September und im März schon die Anleihen gezeichnet. Und wie ich heute las, wurde gerade gestern die dritte Kriegsanleihe für September beschlossen. Natürlich werde ich dort meinen Teil zum Sieg beitragen.«

»Genau wie ich, mein Herr. Genau wie ich!«, sagte Adolphis im Brustton der Überzeugung und schielte fordernd rüber zum Kohlebaron. »Und was ist mit Ihnen?«

Der Mann zog an seiner Zigarre und blinzelte sie durch den Rauch an. »Ich sage Ihnen, was mit mir ist. Ich habe meinen Obolus für diesen Krieg schon geleistet.« Er paffte einen dichten Schwall Rauch in die Luft. »Ich hatte ein gut gehendes Stahlwerk in der Nähe von Kiew. Vor zehn Jahren gekauft, mit meinem sauer verdienten Geld aufgepäppelt und noch ein Walzwerk dazu gebaut. Und was macht der Zar? Er lässt es okkupieren. Erst kann ich nicht mehr hin, dann kann ich kein Gewinne mehr rausziehen. Ich hätte es verkaufen können, für nicht einmal ein Viertel des Wertes.« Er sah seine beiden Mitspieler bitter an. »Darf ich Ihnen vorrechnen, wie viele Anleihen Sie zeichnen müssten, um auch nur im Entferntesten an den Wert dieses einzelnen Werkes heranzukommen?«

Adolphis schluckte. Das war natürlich ein echter Verlust. Vermutlich war sein ganzer Besitz zusammengenommen weniger wert als das eine Stahlwerk.

»Guter Mann, und da fragen Sie noch nach dem Sinn der Kriegsanleihen? Wenn Sie Ihr Werk je wieder betreten wollen, dann kaufen Sie welche. Was sag ich? Dann kaufen Sie alle.«

Der Kohlebaron schob die Karten zusammen, ordnete sie und legte den Stapel ab. »Vielleicht haben Sie recht. Vielleicht kaufe ich ein paar Anleihen. Aber ich sage Ihnen: Von den Aktien des amerikanischen Ammoniakwerkes kaufe ich alles, was ich kriegen kann.« Er lachte dröhnend, als wäre das alles nur ein Spaß. »Wir sollten besser mit dem Spielen aufhören, solange Sie noch Geld haben.« Er schaute Adolphis mitleidig an und stand auf.

»Sie hören schon auf?«

»Ich hab ein Näschen dafür, wann mein Glück mich verlässt. Für heute Abend ist es genug.« Mit der Handkante schob er sich seine restlichen Goldtaler in den Hut. »Ich wünsche noch einen angenehmen Abend.«

Adolphis und sein Nachbar blieben verschnupft sitzen.

»Er scheint ja ein sonniges Gemüt zu besitzen, wenn ihm egal ist, so viel Geld zu verlieren.«

»Sie meinen, weil er aufgehört hat zu spielen?«, fragte der andere Graf Adolphis überrascht.

»Nein, weil er sein Stahlwerk nicht unter Preis verkauft hat.«

Der andere schnaufte verächtlich. »Ich kenne solche Leute. Die rechnen sich bis auf Heller und Pfennig ihren Gewinn aus. Nein, der verzichtet auf nichts. Da er nicht verkauft hat, hat er vermutlich schon längst die Entschädigung durch die Reichsregierung beantragt. Darauf würde ich den Gewinn dieses Abends setzen.«

Adolphis schaute vor sich. Sein Haufen Goldtaler war bedenklich geschrumpft. Er würde morgen wieder zur Bank müssen.

»Selbst wenn wir den Krieg nicht gewinnen, ist er fein raus.«

Adolphis musste wohl irritiert geschaut haben, denn sofort schob der Mann nach: »Keine Bange. Unser Kaiser wird den Krieg gewinnen. An der Ostfront haben unsere Männer gerade ganz Polen erobert. Die Briten liegen wegen Lebensmittelmangel am Boden. Dort wird ständig gestreikt, genau wie in Russland. In Frankreich ebenso.« Der Mann rückte auf vertrauliche Art näher. »Und wenn ich Ihnen noch einen guten Rat geben darf: Falls Sie in amerikanische Aktien investiert haben, stoßen Sie sie jetzt ab. Die New Yorker Börse funktioniert ja wieder. Die Franzosen und Briten kaufen massiv Waffen in Amerika. Bisher hat die Wall Street ein Jahrhundert-Hoch erlebt. Aber sobald das Kriegsende in Sicht kommt, werden die Kurse in den Keller stürzen.«

»Nein, ich habe nicht in amerikanische Aktien investiert.« Wie dumm. Adolphis wünschte, er hätte.

»Um die Amerikaner müssen wir uns nach dieser«, der Graf wedelte mit den Händen in der Luft, »dieser unseligen Geschichte kümmern. Sie ziehen sehr geschickt ihren Vorteil aus dem Krieg der Europäer. Nicht, dass wir die eine Großmacht besiegen, nur um dann mit einer anderen aufzuwachen.«

Adolphis wusste genau, was er meinte. Im Britischen Empire ging die Sonne nie unter. Irgendwo in der Welt gab es immer eine Insel unter britischer Flagge oder eine Kronkolonie, in der die Sonne schien. Doch der britische Stern sank. Aber dass Amerika zur Weltmacht taugte, das bezweifelte er doch sehr.

»Ich habe meine eigene Strategie, jenseits der Finanzmärkte«, sagte Adolphis bedächtig. »Im Frühjahr haben alle überstürzt Schweine geschlachtet, fünf Millionen an der Zahl. Die Preise gingen in den Keller, wie ich befürchtet hatte. Ich hab da nicht mitgemacht. Und seit ein paar Wochen klettern die Preise.« Er klopfte sich leicht an die Nase. »Ich hab auch ein Näschen für solche Sachen.«

29. August 1915

»Sie hätten den Dienstboteneingang nehmen sollen.«

»Ich bin aber keine Dienstbotin. Ich bin gekommen, um mit dem Grafen persönlich zu sprechen.«

»Die gräfliche Familie weilt noch in der Sommerfrische.«

Rebecca wusste das natürlich, weil sie schon die ganze Zeit auf die Dienste der Komtess verzichten musste. Während der Ferien hatte sie die Aufsicht über die Kinder komplett alleine übernommen. Sie war froh, dass der Unterricht jetzt wieder anfing. Allerdings wusste sie, dass die Familie Ende August zurückkehren wollte. Zumindest hatte Fräulein Katharina ihr das gesagt.

»Und wann genau rechnen Sie mit der Rückkehr der gräflichen Familie?« Rebecca musste sehr an sich halten, um nicht laut zu werden. Dieser Mensch, dieser Caspers, war wirklich unverschämt.

»In den nächsten Tagen.« Er schaute sie von oben herab an.

»Dann bitten Sie den Herrn Grafen doch umgehend um einen Gesprächstermin. Es wäre wichtig.«

»Und was soll ich ihm sagen, um welche Angelegenheit es geht?«

Es wäre wohl besser, das nicht vorher zu erläutern. Sie konnte sich denken, dass die Grafenfamilie alles andere als angetan von ihrem Vorschlag wäre. Andererseits war es ohnehin egal, denn sie rechnete fest damit, eine Absage zu bekommen. Das würde sie natürlich nicht auf sich sitzen lassen und sich an anderer Stelle beschweren. Also konnte sie die ganze Geschichte auch beschleunigen.

»Ich möchte den Park nutzen, um dort Wintergemüse fürs Dorf anzubauen.«

Der Diener zog die Augenbrauen in die Höhe, was ihm ein groteskes Aussehen verlieh. Er blickte sie an, als zweifelte er an ihrer Zurechnungsfähigkeit. Doch dann sagte er nur: »Ich werde es dem Herrn Grafen ausrichten.« Fast sah es aus, als müsste er sich ein Schmunzeln verkneifen.

»Ich finde es nicht zu viel verlangt. Die Rasenfläche ist bestes Ackerland. Man kann innerhalb von einer Woche dort Zöglinge setzen. Und im Übrigen würde ich auch vorschlagen, die Orangerie ab dem frühen Frühjahr zu nutzen, um dort Gemüsezöglinge vorzuziehen.«

Caspers sah sie hochinteressiert an.

Vielleicht sollte sie es ihm erläutern. »Wir alle werden ständig zu Sammelaktionen aufgefordert. Aluminium, Kupfer, Messing. Auch sollen die Schüler Obstkerne und Kastanien und Bucheckern sammeln, aus denen man Öl gewinnen kann. Ich habe letzte Woche eine Zeitungsannonce gesehen, in der dazu aufgerufen wird, sogar Frauenhaar zu sammeln. Auf der Rasenfläche Grünkohl und Spätkartoffeln anzubauen, ist also nicht annähernd so abwegig, wie Sie es offenbar finden.«

Die Miene des Hausdieners blieb starr. Doch dann meinte er: »Wie gesagt, ich werde es dem werten Herrn Grafen und auch der Frau Gräfin ausrichten. Und wenn ich mir die Bemerkung erlauben darf: Ich hoffe sehr, dass ich bei diesem Gespräch zugegen sein werde. Deswegen dürfen Sie mir gerne glauben, wenn ich Ihnen sage, ich werde umgehend nach der Rückkehr der Familie den Termin zur Sprache bringen.«

Oh ja, dachte Rebecca, das würde wirklich ein Spaß werden. Aber sie war nicht gewillt nachzugeben.

»Auf allen verfügbaren brachliegenden Flächen im Deutschen Reich sollen Gemüsegärten angelegt werden, um zur Verbesserung der Nahrungsmittelversorgung beizutragen. Auch wenn ich mir denken kann, dass das nicht gerade auf Zustimmung stößt. Ob es genehm ist oder nicht, darum geht es hier wirklich nicht.«

Caspers nickte souverän. »Nur der Vollständigkeit halber: Wer würde denn diese Flächen dann bearbeiten?«

»Es haben sich bereits einige Frauen aus dem Dorf beim Nationalen Frauendienst gemeldet. Ein jeder tut, was er kann. Ich habe in den Ferien einen Schulgarten angelegt. Und mit dem neuen Schuljahr habe ich auch noch den Unterricht der Schulkinder des Nachbardorfes übernommen, weil der dortige Lehrer eingezogen wurde.« Es war ja nun wirklich nicht so, als würde sie Unmögliches verlangen.

»Ich werde den Herrn Grafen und die Frau Gräfin entsprechend informieren.«

»Gut, ich danke Ihnen. Dann ... freue ich mich darauf, alsbald einen Gesprächstermin zu bekommen.«

Caspers nickte und schloss die Tür. Sie lief die Freitreppe hinab und blieb unten stehen. Sollte sie nun den längeren Weg über die Chausseen nehmen oder tatsächlich am Dienstboteneingang die Abkürzung ins Dorf wählen? Sie nahm die Abkürzung. Als sie gerade das Wäldchen hinter dem See erreicht hatte, hörte sie hinter sich Schritte.

»Rebecca?«

Sie drehte sich um. Das Herz schlug ihr plötzlich bis zum Hals. Konstantin – er lebte!

Sein letzter Brief war vor fast zwei Monaten gekommen, doch das hieß nicht, dass er noch lebte, als sie seinen Brief in den Händen hielt. Das war ihr bewusst. So oft schon hatte sie sich gefragt, ob es nicht ein Fehler gewesen war, im Streit mit ihm auseinanderzugehen. Sie hatten sich seit fast einem Jahr nicht mehr gesehen. Nach Ostern hatte sie gehört, dass er über die Feiertage im Herrenhaus gewesen war. Rebecca selbst war für ein paar Tage in Berlin gewesen. Sie hatte einfach ihre Familie sehen müssen, obwohl die Bahnfahrt schrecklich anstrengend gewesen war. Die Züge fuhren nicht mehr so häufig, und auf dem Rückweg hatte sie acht Stunden an einem gottverlassenen Ort warten müssen, weil ihre Strecke für einen Nachschubtransport freigehalten worden war.

Er lief die letzten Meter und kam vor ihr zum Stehen. »Dann hab ich mich doch nicht getäuscht. Ich dachte vorhin, ich hätte deine Stimme gehört.«

In seinen Augen lag eine Sehnsucht, die Rebecca aus dem Anblick ihres Spiegelbildes kannte. Er sah älter aus. Als wäre er nicht nur ein Jahr gealtert, sondern drei oder vier.

»Ich freue mich, dich zu sehen.«

»Ich freue mich auch, Sie wohlbehalten zu sehen.«

Sie sahen sich nur an. Sie erkundeten die Spuren des Krieges und der Entbehrung in ihren Gesichtern. Zum ersten Mal seit diesem unseligen Ereignis vor über einem Jahr bemerkte Rebecca, wie erleichtert sie war, ihn lebendig wiederzusehen.

Sie hatte eigentlich nicht mit ihm reden wollen. Ihr letztes Gespräch war ein fürchterlicher Streit gewesen. Jetzt spürte sie, dass sie überhaupt keine Energie mehr hatte. Ihr fehlte jede Kraft, wütend zu sein. Oder mit ihm Kämpfe auszutragen. Sie blickte ihn einfach nur an.

»Sie sehen müde aus.«

»Du auch.«

Auf beiden Gesichtern tauchte ein verständnisvolles Lächeln auf.

»Ich habe gehört, dass meine Schwester dir bei der Kinderbeaufsichtigung hilft.«

»Das stimmt. Sie ist sehr geschickt.«

Wieder entstand eine Pause. »Liest du ... Hast du meine Briefe bekommen?«

Sie hatte es bedauert, seinen ersten Brief verbrannt zu haben, schon am nächsten Tag. Jeder Brief war ein Zeichen dafür, dass er lebte. Jetzt schmiss sie keinen mehr weg. Er wollte sich wieder versöhnen. Das schrieb er in jedem Brief. Aber das wollte sie nicht. Sie wollte sich nicht mit Graf Konstantin von Auwitz-Aarhayn zu Greifenau versöhnen. Sie wollte den Mann zurückhaben, den sie geliebt hatte. Doch den gab es nicht mehr. Es hatte ihn nie gegeben. Er war nur eine Lüge gewesen.

»Wie lange haben Sie Fronturlaub?« Sie würde nicht nachgeben. Sie würde ihn nicht duzen. Aber sie hatte keine Kraft mehr, sich gegen ihn zu wehren. Sollte er sie doch anreden, wie er wollte.

»Eine Woche. Ich bin gestern Abend angekommen. Meine Eltern werden für übermorgen zurückerwartet.«

»Das ist schön. Dann können Sie Ihre Familie sehen.«

»Ja ... Und du, wie geht es dir?« Er war wirklich penetrant.

»Wie soll es mir gehen? Wie es allen geht. Das Essen wird knapp. Das, was es noch zu kaufen gibt, wird immer teurer. Fast jeden Tag höre ich von irgendeinem Mann hier aus der Umgebung, der gefallen ist. Und das, obwohl ich allenthalben mit den Kindern in der Schule Siegesfeiern veranstalten muss.«

Sie war kriegsmüde. Sie wollte nichts mehr von Politik und nichts mehr vom Krieg und nichts mehr von Siegen hören. Sie wollte einfach nur noch, dass alle Menschen zu einem normalen Leben zurückkehren konnten. Jeden Tag, wenn sie die Zeitung aufschlug, suchte sie nach Meldungen, die ihr das baldige Ende des Krieges in Aussicht stellten.

Er nickte, als würde er ihr beipflichten. Was vermutlich auch so war. Er war nicht freiwillig in den Krieg gegangen, und er hatte ihn ganz sicher auch nicht herbeigewünscht.

»Ich denke oft an früher. Vor dem Krieg. Ich denke oft an unsere Tage an der See.«

»Konstantin, bitte!« Jetzt hatte sie ihn doch beim Vornamen genannt. Er schaffte es doch immer wieder.

Abwehrend hob er die Hände. »Ich weiß, du willst es nicht hören. Aber unsere Tage an der See, sie waren die schönsten meines Lebens. Und wenn ich dort draußen in den Gräben hocke und darauf warte, dass die nächste Schlacht losbricht, dann brauche ich diese Tage so sehr. Ich brauche sie, um die nächsten Stunden überleben zu können. Sie geben mir die Hoffnung. Sie geben mir Überlebenswillen.«

Rebecca wollte etwas entgegnen, aber sie konnte nicht. Wenn ihre gemeinsamen Tage an der Ostsee dazu führten, dass Konstantin überlebte, dann hatten sie wenigstens etwas Gutes. Also blieb sie stumm. Und er auch.

»Ich muss nach Hause.«

»Darf ich dich begleiten?«

»Nein, lieber nicht.«

»Wo ist dein Fahrrad?«

Sie seufzte. »Geklaut.«

Überraschenderweise ging ihr Seufzer nahtlos in ein Schluchzen über. Schnell drehte sie sich weg. Doch sie konnte sich nicht mehr zusammenreißen. Vielleicht war das der Punkt gewesen, an dem sie das Kämpfen aufgegeben hatte. In ihrer ersten Woche, in der sie nachmittags im Nachbarort Unterricht gegeben hatte, war das Fahrrad verschwunden. Fahrräder waren heiß begehrt, schon vor dem Krieg. Und jetzt gab es kaum noch Räder zu kaufen. Wer eins hatte, konnte froh sein. Auf dem Schwarzmarkt verkauft brachten sie ein paar ordentliche Mahlzeiten auf den Tisch. Rebecca hätte nicht geglaubt, dass jemand aus dem Dorf ihr das Fahrrad klauen würde.

Sie spürte seine Hände auf ihren Schultern und wie er sie an sich zog. Er nahm sie einfach nur in den Arm. Er sagte nichts, er tat nichts, er hielt sie nur fest.

Ein Damm brach. Hoffnungslosigkeit, Trauer und Verzweiflung bahnten sich ihren Weg. Rebecca konnte nicht mehr dagegenhalten.

Er war der letzte Mensch, bei dem sie sich ausheulen wollte. Es dauerte nur einen kurzen Moment, eine Minute, vielleicht zwei. Dann war es vorbei. Doch sie hielt ganz still. Sein Geruch umfing sie. Eine Erinnerung an eine Zeit, die so weit weg schien. Die für sie jetzt fast wie ein Märchen war. Eine Geschichte, die man naiven, leichtgläubigen Menschen erzählte.

Sie bewegte sich, und er ließ sie sofort los. Er sagte nichts, er stand einfach nur da. Immer noch ganz nahe.

Sie trat einen Schritt zurück, schnäuzte sich und drehte sich weg. »Danke.« Mehr brachte sie nicht heraus, und dann lief sie eilig den Weg ins Dorf hinunter.

»Ich schreib dir«, rief er ihr noch nach.

Und sie widersprach nicht.

29. August 1915

Sie hatte es tatsächlich geschafft. Sie hatte sich von Mama befreit, mithilfe von Papa, der nichts ahnte. Aber vermutlich sah er auch keine Gefahr darin, dass Katharina nur in Begleitung der Mamsell im Kurpark flanierte, zumal es ihr letzter Tag hier war.

Mamsell Schott saß mit geschlossenen Augen auf einer Parkbank und ließ sich von der warmen Sonne küssen. Sie freute sich, Katharina begleiten zu dürfen, kam sie doch sonst selten aus dem Hotelzimmer heraus. Und von ihrem eigenen Geld würde sie sich solche Urlaubsziele niemals leisten können. Dann und wann blinzelte sie. Wenn sie Katharina sah, schloss sie wieder beruhigt für ein paar Minuten die Augen.

In ihrem kleinen Täschchen hatte Katharina den Brief für Julius versteckt. Seine Mutter kam jeden Tag nach dem Mittagessen zum Kaiserbrunnen. In einem unbemerkten Moment hatte sie Katharina einen Brief ihres Sohnes zugesteckt. Er hatte nicht nur herzerwärmende Worte erhalten, sondern auch eine neuere Fotografie von Julius. Sie zeigte ihn auf einer Plaza vor einer kolonialen Villa. Katharina bekam jedes Mal Fernweh, wenn sie sich das Bild anschaute. Und Sehnsucht nach Julius. Bis tief in die Nacht hatte sie in ihrem Hotelzimmer einen Antwortbrief geschrieben. Sie wollte Julius' Mutter den Brief überreichen, damit er ihn mit der nächsten Post der Eltern erhalten würde.

Julius' Eltern waren so viel angenehmer als ihre. Seine Mutter tat schon fast verschwörerisch mit ihr. Und seinen Vater hatte sie am letzten Wochenende kurz kennengelernt. Da hatte Frau Urban ihren Mann vorgestellt, als sich ihre Familien im Kurpark begegnet waren. Er sei nur fürs Wochenende hier und müsse schon am nächsten Tag weiter in die Schweiz, hatte er beinahe entschuldigend erklärt. Als wäre es verwerflich, dass er arbeiten musste.

Papa hatte ein paar Worte mit ihm gewechselt, dann waren sie schon wieder auseinandergegangen. Aber Katharina war froh gewesen, ihn endlich einmal getroffen zu haben. Er hatte sie mit einem wohlwollenden Lächeln bedacht. Aber als sie sich nach ihrer Verabschiedung noch einmal umgedreht hatte, hatte sie gesehen, wie er sie mit Argusaugen beobachtete. Als hätte er abschätzen wollen, ob sie auch gut genug für seinen Sohn war. Es war ihr unangenehm gewesen.

Endlich, da war sie ja. Katharina entdeckte Eleonora Urban auf einer Bank. Sie unterhielt sich angeregt mit einer anderen Dame. Es wäre nicht schicklich, sie jetzt zu unterbrechen. Zumal sie ihr den Brief heimlich zustecken wollte. Sie kam näher, blieb aber hinter einem Gebüsch stehen und hoffte, dass die andere Dame sich bald verabschieden würde.

»Mein Thaddeus sagt, ich soll mir keine Sorgen machen. Auch wenn wir das Werk in Frankreich abschreiben müssen, uns bleiben ja noch die anderen. Wir verkaufen nun einfach mehr in die nordischen Länder. Das sind jetzt unsere bevorzugten Abnehmer geworden. Und die verkaufen es dann weiter an die Franzosen.« Die Dame schien bekümmerter, als ihre Worte ahnen ließen.

»Ja, mein Cornelius will mich auch immer beruhigen. Dabei mache ich mir gar nicht so große Sorgen. Solange Julius in Sicherheit ist, ist mir alles egal. Hauptsache, wir überstehen den Krieg gesund und munter. In ein paar Jahren ist das alles vergessen.«

»Ja, die Kinder sind doch unser größtes Vergnügen – und unsere schwerste Aufgabe.«

»Wie geht es Auguste? Sie ist deine Zweitälteste, oder? Hat sie sich von ihrem Lungenkatarrh erholt?«

»Oh, sie ist vollkommen genesen. Denk dir, sie wird im Herbst heiraten.«

»Wie wunderbar. Gratulation.«

»Du musst erst hören, wen sie heiraten wird: einen echten Grafensohn.«

»Was du nicht sagst.«

»Oh doch.

»Im Vertrauen gesagt: Es ist der Sohn eines verarmten Grafen, aber nun ja. Ich will mich nicht beklagen. Auguste steigt auf in die bessere Gesellschaft. Wir waren schon dreimal auf ihrem Schloss. Wunderschön, aber die ganze Familie ... völlig verschuldet. Sie brauchen dringend unser Geld, um sich zu konsolidieren. Und sobald der Vater gestorben ist, was meiner Meinung nach nicht mehr lange dauern kann, denn er säuft und frisst enorm ...«

Julius' Mutter unterbrach sie: »Diese Leute kennen ja keine richtige Arbeit. Früh aufstehen und was leisten, das kennen die ja nicht.«

»Meine Rede. Na jedenfalls, wenn der Vater erst einmal tot ist, wird meine Tochter eine echte Gräfin.«

»Julius hat sich auch eine Grafentochter angelacht. Sie ist sogar hier. Hier in Bad Homburg. Versnobte Familie. Sie scheinen es nicht so nötig zu haben, ihre Tochter zu verschachern, denn die Mutter ist Julius' Avancen gegenüber höchst abgeneigt. Sie ist natürlich gegen die Vermischung der Stände.«

Katharina riss entsetzt die Hand vor den Mund, sonst wäre ihr noch ein Laut entfahren. Verschachern! Wie redete Frau Urban vor einer Fremden von ihr?!

»Das sind sie doch alle, bis ihnen das Geld ausgeht.«

»Cornelius sagt das auch. Andererseits meint er aber, noch seien wir auf das politische Wohlwollen des Adels angewiesen. Vielleicht wird das nach dem Ende des Krieges anders, aber bis dahin soll Julius sich die Komtess warmhalten. Sie ist eine gute Partie und ein entzückend naives Mädchen. Sie hat praktisch schon bei ihrer ersten Begegnung angebissen. Wenn ihre Mutter nicht wäre, würde sie sich mit offenen Armen auf Julius stürzen.«

Katharina biss sich auf die Lippen. Was für ein Abgrund eröffnete sich da? Es war unglaublich, und doch ... Bestürzt horchte sie weiter.

»Tja, man kann es drehen und wenden, wie man will. Der Geldhaufen muss nur groß genug sein, dann stürzt sich früher oder später immer ein Aristokrat drauf – wie die Schmeißfliegen auf den Misthaufen.«

Eiskaltes Grauen zog über ihre Haut. *Eine Grafentochter angelacht, warmhalten, Geldhaufen, Schmeißfliegen.* Sie wäre fast in den Busch gefallen, so sehr zog es Katharina den Boden unter den Füßen weg. In ihrem Kopf drehte sich alles. Was musste sie sich da anhören? Sie stürze sich mit offenen Armen auf Julius. Als wäre sie hinter seinem Geld her. Pfui. Und was noch schlimmer war: Es klang, als wäre Julius nur hinter ihrem gesellschaftlichen Ansehen her.

Sie lief hochrot an. Ihr war speiübel. Benommen ging sie ein paar Schritte rückwärts, dann fing sie an zu laufen. Die Leute schauten schon. Aber das interessierte sie nicht. Sie lief weiter, die Brunnenallee entlang, immer weiter durch den Kurpark, bis sie am Ufer des Schwanenteiches zum Stehen kam.

Katharina rang nach Luft. In der Nähe spielten einige Menschen auf einer Rasenfläche Tennis. Sie hörte es mehr, als dass sie etwas sah. Tränen nahmen ihr jede Sicht. Julius war gar nicht an ihr interessiert, er wollte nur den Zugang zur besseren Gesellschaft. Und sie sollte sein Türöffner sein. Seine Zuneigung ... alles nur gespielt. Ihr war, als würde jede Lebensenergie aus ihr herausströmen. Sie war nichts weiter als ein Titel, ein Geschäft. Eine Brücke, die Julius' Familie überqueren musste, weil sie sich zu Höherem berufen fühlte.

Da war ja selbst Ludwigs Ansinnen ehrlicher. Er wollte sie immerhin nicht wegen ihres Titels, im Gegenteil. Eigentlich stand sie viel zu tief in der höfischen Rangfolge.

Katharina öffnete ihr Täschchen und holte ein Taschentuch hervor. Sie wischte sich die Tränen fort und starrte in das Wasser.

Julius ... sie musste ihn vergessen. Sie musste seine gespielte Liebe vergessen. Seine Briefe ... alles nur Lügen. Als würde ihr jemand das Herz herausreißen.

Und doch weinte sie nicht ... nicht mehr.

Ihre Träume ... zerschlagen.

Ihre innersten Wünsche ... verweht im Märchenwind.

Mamas Wünschen wollte sie sich auch nicht fügen. Sie musste es endlich selbst in die Hand nehmen.

Ihr Blick ging durch das Wasser bis zum Grund und immer weiter. Endlos, wie es ihr schien.

Irgendwann vernahm sie die Stimme von Mamsell Schott, die heraneilte. Da stand ihr Entschluss fest. Sie würde niemandem mehr folgen, nicht ihren Eltern und nicht Julius' vorgegaukelter Liebe. Sie würde ihre Zukunft nun selbst in die Hand nehmen.

Kapitel 6

Mitte September 1915

Er hatte nichts von ihm gewusst. Er war bestürzt gewesen. Ja, das war seine erste Reaktion gewesen, ganz sicher. Für eine kleine Weile, die Albert in seiner Erinnerung wie eine Ewigkeit vorkam, hatte der Graf seine Gefühle offen gezeigt. Nicht unter Kontrolle gehabt wäre wohl die bessere Umschreibung. Doch dann hatte er ganz schnell einen Rückzieher gemacht. Trotzdem – sein Vater war fassungslos gewesen über die Information, noch einen Sohn zu haben. Etwas hatte ihn berührt. Tief im Inneren. Hatte unbekannte Gefühle aufgewühlt.

Aber welcher Art war diese Bestürzung gewesen? Seit der Rückfahrt vom Waisenhaus grübelte Albert darüber nach. War der Graf derart entsetzt von der Tatsache, dass sein Vater und Wittekind ihm sein eigen Fleisch und Blut vorenthalten hatten? Oder entsprang sie seinen Befürchtungen, dass er sich nun um diesen Erstgeborenen mit Ansprüchen oder Forderungen kümmern musste?

Graf Adolphis von Auwitz-Aarhayn wusste doch, dass solche Forderungen ohnehin vergeblich wären. Vielleicht befürchtete er, dass der illegitime Sohn seine Existenz öffentlich machen würde. Doch jeder intelligente Mensch konnte sich ausrechnen, dass niemand ihm glauben würde. Höchstens die Gräfin wäre verschnupft, aber da es ohnehin alles vor ihrer Hochzeit passiert war, wäre es auch egal.

Für Albert hatte dieser Moment in der Kutsche alles geändert. Niemals war ihm der Gedanke gekommen, sein Erzeuger könnte nichts vom ihm gewusst haben. Wieder und wieder sagte er sich, dass es nichts änderte. Der Graf hätte sich nicht anders verhalten, selbst wenn er von der Schwangerschaft des Dienstmädchens Kenntnis gehabt hätte.

Und doch arbeitete im Hinterkopf immer dieser eine Gedanke: Vielleicht wäre sein Leben vollkommen anders verlaufen, wenn sein Vater von ihm gewusst hätte. Wie ein Karussell, das nie stillstand, drehte sich dieser eine Gedanke in seinem Gehirn. Zweieinhalb Jahrzehnte war der Hass auf seine Eltern gewuchert wie ein Krebsgeschwür. Seine Eltern – die ihn nicht hatten haben wollen, ihn nicht geliebt, ihn abgeschoben hatten. Doch der Gutsherr hatte all die Jahre offenbar nicht einmal etwas von seiner Existenz geahnt. Und was war mit seiner Mutter gewesen? Die wusste natürlich, dass es ihn gab. Wieso hatte sie ihn abgeschoben? Wie selbstsüchtig musste eine Mutter sein, die ihr Kind in fremde Hände gab? Oder war es auch bei ihr anders gewesen? Nun, worin er sich sicher war: dass Wittekind große Schuld traf. Und dass der Graf bestürzt gewesen war.

Letzte Woche hatte der mit seinem Ältesten wegen dem Maschinenpflug Krach gehabt, bevor der Sohn wieder zurück an die Front gemusst hatte. Auch seine beiden Jüngsten bescherten ihrem Vater einiges an Kummer. Alexanders Betragen im Internat war nicht gerade vorbildlich. Und Fräulein Katharina übte sich in kindlicher Bockigkeit und entwickelte seit Neuestem ein merkwürdiges Lesefieber, laut den Äußerungen des Grafen. Der hatte schon Angst, sie würde eines Tages beginnen zu schielen.

Seine Stiefgeschwister, die es ihr Leben lang so viel einfacher als er gehabt hatten, machten seinem Vater das Leben schwer. Aber dachte er je daran, seinen verlorenen Sohn zu suchen und zu schauen, ob der ihm mehr Freude machen würde?

Würde es etwas ändern, wenn einer seiner Söhne nicht aus dem Feld nach Hause käme? Nikolaus und Konstantin standen an der Front. Im Moment starben alle wie die Fliegen. Ob Alexander auch noch ins Feld ziehen musste? Noch war er zu jung, um eingezogen zu werden. Es sei denn, er würde sich freiwillig melden. Wenn der Graf dann keinen anderen Sohn mehr …

»Sie können immer zu mir kommen, wenn Sie etwas auf dem Herzen haben. Das wissen Sie, oder?« In der Stimme der Mamsell lag mütterliche Wärme.

Ertappt drehte Albert sich weg. Er hatte sie gar nicht kommen hören. Plötzlich stand sie neben ihm, ausgerechnet jetzt. Verstohlen wischte er sich die Tränen von der Wange. Wie lange war sie schon in der Remise und hatte ihn beobachtet?

Er nickte als Antwort auf ihre Frage. Wusste er das? Würde er sich wirklich an Mamsell Schott wenden?

»Was gibt es denn so Schlimmes?«

»Nichts«, sagte er einigermaßen gefasst. »Es ist nichts Besonderes. Einfach nur … diese Zeiten … Wie geht es eigentlich Ihrem Neffen?«

Sie lächelte leicht. »Mein Neffe … Er arbeitet jetzt in einem Werk, das Schiffsmotoren herstellt, oben im Nordwesten Schwedens. Lysekil oder so ähnlich heißt die Stadt. Gelegentlich schreibt er mir.«

Sie sahen sich nur kurz an, dann schauten beide weg. Jeder von ihnen hatte seine Geheimnisse, und keiner wollte darüber sprechen.

»Ich wollte Ihnen nur Bescheid geben, dass die Herrschaften heute Nachmittag noch nach Stargard wollen.«

»Sehr wohl. Ich bereite alles vor.«

Sie nickte und verließ die Remise.

Albert hielt das Sattelzeug in der Hand. Eigentlich wollte er einen Riemen erneuern. Er hatte die ganze Zeit über nur ins Nichts gestarrt. Das Leder in seiner Hand war schon ganz schwitzig.

* * *

Die Leutestube war fast leer. Albert war früh dran für das Mittagessen.

»Ich werde dem Herrn Grafen sofort Bescheid geben. Wann ist der genaue Termin?« Caspers' Stimme war zu entnehmen, dass dieses Gespräch auch für ihn unangenehm war.

Als Albert nun die Stube betrat, verstummte der Hausdiener. Johann Waldner sah mit dunklen Schatten unter den Augen zu ihm hinüber. Der Stallmeister hatte gestern Post bekommen. Er hatte den Brief schnell verschwinden lassen und erst später gelesen, aber Albert hegte eine Vermutung. Waldner musste seinen Musterungsbescheid bekommen haben. Da er harte Arbeit gewohnt war und auch keine Krankheiten hatte, wenn man vom Trinken mal absah, bedeutete das, dass er in wenigen Wochen in den Krieg ziehen musste. Anscheinend hatte Waldner gestern gesoffen, denn sein Schweiß stank bitter und ranzig.

»Tut mir leid«, sagte Albert aufrichtig bedauernd.

»Sie wissen es schon?« Caspers war verwirrt, dachte anscheinend, Waldner hätte nur ihm davon erzählt. Alle wussten, dass Albert und Johann Waldner nicht gerade beste Freunde waren.

»Nein, aber Sie machen beide ein so betrübtes Gesicht. Und allenthalben hört man von Männern, die gezogen werden.«

Keiner sagte mehr etwas, bis Bertha in der Tür erschien, ein schweres Tablett vor der Brust. Sie stellte es schnaubend auf dem Tisch ab und sah die drei Männer fragend an.

»Ich muss da gleich ran.« Sie deutete auf den Tisch. Dann lief sie kopfschüttelnd raus.

Caspers und Waldner traten zur Seite.

»Wann werden Sie weg sein?«

Waldner zuckte mit den Schultern. »Die Musterung ist nächste Woche Donnerstag. Ich denke, ich komme dann noch mal zurück und muss warten, bis ich meinen offiziellen Gestellungsbefehl bekomme. Also, wann ich mich wo melden muss.«

»Auf jeden Fall werde ich direkt mit dem Herrn Grafen sprechen bezüglich eines Zeugnisses. Nur falls etwas hier auf dem Gut passiert, während Sie weg sind oder ...«, er schluckte, und sein Adamsapfel hüpfte stark, »oder etwas mit Ihnen sein sollte.«

»Verstehe.«

»Damit Sie ... nur für alle Fälle.«

»Ja ... Ich muss noch nach den Tieren sehen.« Waldner schaute Caspers kaum an, drehte sich weg und ging.

Der oberste Hausdiener klopfte nervös mit den Fingern auf die Tischplatte. »Ich frage mich manchmal, nach welchen Gesetzmäßigkeiten die Männer eingezogen werden.«

»Wie meinen Sie das?«

»Waldner ist älter als Sie. Ich hätte gedacht, wenn jemand von unseren Bediensteten eingezogen wird, dann würde man die jüngeren Jahrgänge zuerst nehmen. Ich verstehe das System nicht.« Der dürre Mann zog an seinen Fingern. Es knackte unangenehm. Knack. Noch einmal. Knack. Knack.

»Ich kann es Ihnen nicht sagen. Ich habe schon von verheirateten Männern gehört, die mit Ende dreißig noch gezogen wurden.«

»Das ist aber eher die Ausnahme, oder?«

Albert sagte nichts mehr. Auch ein Thema, über das er sich in den letzten Tagen den Kopf zerbrochen hatte. Letzte Woche war ein Gesetz verabschiedet worden, nach dem bereits für untauglich erklärte Männer nochmals nachgemustert werden sollten.

Nach seiner angeblichen Tuberkulose-Erkrankung war Albert als untauglich eingestuft worden. Wenn man ihn jetzt untersuchen würde, würde er ganz sicher als fronttauglich eingestuft.

»Ich weiß wirklich nicht, wie wir das zukünftig schaffen sollen«, gab Caspers unzufrieden von sich.

Albert hatte nur auf diese Worte gewartet. Und jetzt, mit Waldners Abgang, würde es umso leichter werden. »Ich möchte

Ihnen gerne meine Hilfe anbieten. Natürlich mit Einverständnis des Herrn Grafen. Aber ich könnte Waldners Tätigkeiten mit übernehmen, so lange, bis ich eines Tages meine Einberufung bekomme.«

Caspers schaute ihn leicht irritiert an. Mit diesem Vorschlag hatte er wohl nicht gerechnet.

»Bevor ich Kutscher wurde, war ich Stalljunge. Ich war zwar nie Stallmeister, aber ich habe viele Jahre im Stall gearbeitet. Ich weiß alles über die nötigen Abläufe und kenne mich mit den Tieren aus. Ich kann mich in wenigen Wochen einarbeiten. Und Eugen ist mittlerweile fast so kräftig wie vorher. Zusammen sollten wir es schaffen.«

»Ja, aber was ist denn, wenn der gnädige Herr wegmuss oder die Gräfin? Wer soll sie dann fahren?«

»Nun, das lässt sich organisieren. Wir bräuchten natürlich einen Kriegsgefangenen, der die tägliche Arbeit erledigt. Vielleicht Ceynowa, der kennt sich hier ja schon aus. Und außerdem spricht er Deutsch. Aber jemand muss die Aufsicht über die Ställe führen. Das könnte ich machen.«

»Das wäre vermutlich die praktikabelste Lösung. Ich werde es dem gnädigen Herrn gleich vorschlagen, wenn ich mit ihm über Waldners Zeugnis rede.«

Bertha kam mit den Tellern hinein und verteilte sie lautstark auf dem Tisch. *Macht Platz hier*, wollte sie damit sagen. Caspers verließ den Raum.

Auch Albert ging. Er wollte draußen vor dem Dienstboteneingang auf den Essensgong warten. Johann Waldner könnte natürlich noch selbst dafür sorgen, dass er als unabkömmlich eingestuft wurde. Aber wie er Waldner kannte, war er nicht clever genug dafür. Außerdem wurde es mit jedem Mann, der vom Gut abgezogen wurde, leichter, einen Anspruch geltend zu machen.

Albert war stolz darauf, dass er es bis zum Kutscher und Chauffeur gebracht hatte. Einen Teil davon würde er nun wieder aufgeben müssen. Zurück in den Stall, zurück zu schmutziger Arbeit. Doch sein Plan war es, sich unabkömmlich zu machen. Als Kutscher war er entbehrlich. Ein Graf konnte immer noch selbst reiten, um irgendwo hinzukommen. Aber so lange noch genügend Tiere zu versorgen waren, konnte man sich mit etwas Glück als Stallmeister unabkömmlich machen. Albert hoffte, dass das Schicksal noch etwas Glück für ihn bereithielt.

Er brauchte mehr Zeit und mehr Gelegenheiten. Denn sein nächstes Ziel stand ihm klar vor Augen: Er wollte Wittekind an den Pranger stellen. Was wäre die gerechte Strafe für einen solch schamlosen Dieb? Alle Ideen, die Albert einfielen, hatten meistens mit Schmerzen und Gewalt zu tun. Doch so war er nicht. Er war kein brutaler Mensch. Er wollte sich an dem Geistlichen rächen, aber in der gleichen Weise, wie er ihm geschadet hatte: Wittekind sollte seine Zukunft verlieren.

25. März 1916

Der Soldat bot ihm eine Zigarette an. Konstantin griff zu. »Danke.«

Es war eiskalt. Die Sonne war noch nicht aufgegangen. Sie warteten auf den Befehl loszuschlagen. Noch standen sie in einem Graben, der überzogen war mit dem Reif der letzten Nacht. Konstantins Hände waren klamm, als er zur Zigarette griff.

»Man hilft sich, wo man kann. Freiherr von Morschütz. Aus Schlesien.« Der Mann war in seinem Alter, vielleicht ein, zwei Jahre älter. Rotbraune, nun aber militärisch gestutzte Locken, stechend blaue Augen, die ihn aufmerksam musterten.

Konstantin stellte sich ebenfalls vor und beugte sich rüber zum Feuer, das der Mann aufflammen ließ. Er inhalierte tief. »Vielleicht unsere letzte«, sagte er bitter.

Der andere schaute sich im Unterstand um. »Ja, vielleicht.«

Sie lagen seit einer Woche hier in der Nähe des Naratsch-Sees und standen einer Übermacht an russischen Truppen gegenüber. Vier zu eins. Bisher hatten sie sich wacker geschlagen.

»Seit wann sind Sie hier?«

»Vorgestern angekommen. Ich war drei Monate im Lazarett. Beindurchschuss, am letzten Tag der Herbstschlacht in der Champagne.« Zwei Finger waren gelb vom Nikotin, aber die Hände sehr gepflegt und sauber. Er wirkte gar nicht wie jemand, der an der Front war.

»Wieso sind Sie dann nicht zurück an die Westfront?«

Er zuckte mit den Schultern. »Meine Kompagnie gibt es nicht mehr. Mittlerweile sind sie alle tot – gefallen in Verdun. Die letzten Wochen war ich in der Nähe von Berlin in einem Genesungsheim. Da war es wohl egal, in welche Richtung ich mich aufmachen muss.«

Konstantin nickte. »Was gibt es Neues in Berlin?«

Der andere spuckte etwas Tabak auf den Boden. »Nichts. Sie hoffen darauf, dass endlich eine Front zusammenbricht. Die Großoffensive auf Verdun ist in vollem Gang. Aber sie können einfach keine Entscheidung herbeizwingen. Gleiches gilt hier an der Ostfront. Ein Sieg nach dem nächsten, und trotzdem bindet sie alle Kräfte und es geht nicht voran.«

»Ja, es wäre wirklich gut, wenn wir eine Front aufgeben könnten.«

Der andere fixierte ihn mit seinem stechenden Blick. »Allerdings, das sehe ich genauso. Und wenn nicht mit militärischer Überlegenheit, dann vielleicht anders.«

»Anders?«

Morschütz ließ ihn nicht aus den Augen, zog zweimal an seiner Zigarette, bevor er antwortete. »Die russische Armee hat viele Tote zu beklagen. Viel mehr als wir. Es ist ja nun kein Geheimnis, dass die Stellung des Zaren mit jedem toten Bauern schwieriger wird. Eine Demonstration folgt der nächsten. Aufstände. Streiks. Auch das Militär wackelt. Ganze Kompagnien desertieren.«

»Sie glauben ernsthaft, das Zarenreich könnte in sich zerfallen?« Aus Konstantins Stimme war zu hören, für wie unwahrscheinlich er das hielt.

»Nun ... wenn man ein wenig nachhelfen würde«, gab der andere geheimnisvoll von sich.

»Ach ja? Und wie sollte das gehen?«

»Würden Sie denn nicht auch gerne den Zaren kapitulieren sehen? Oder hegen Sie Sympathien für ihn?«

Konstantin kniff die Augen zusammen, Rauch war ihm hineingezogen, aber er war plötzlich sehr hellhörig. Wusste der Mann, dass er mit der Zarenfamilie verwandt war? »Wie meinen Sie das? Zweifeln Sie an meinem Patriotismus?«

»Gar nicht.« Ein leises Lachen war zu hören. »Wissen Sie, wie elendig lang die Ostfront ist? Wie viele Soldaten sie bindet? Was es uns an Essen kostet? An Munition, an Material?«

In der Ferne zog der erste silbrige Streifen am Horizont auf.

»Wer weiß das schon?«, sagte Konstantin unbestimmt. Wollte dieser Soldat ihm etwas mitteilen – auf indirektem Weg?

»Würde es Sie nicht auch freuen, wenn wir unseren Frieden mit den russischen Truppen machen könnten?«

»Allerdings.«

»Es ist immer nur alles eine Frage des Preises.«

Sie maßen sich gegenseitig mit ihren Blicken. Morschütz hatte interessante Gesichtszüge – die man nicht so schnell vergessen würde. Vor allem nicht die Intelligenz, die aus ihnen sprach.

»Des Preises? Sie meinen, wer mehr Geldmittel hat, um den Krieg zu gewinnen?« Konstantin war sich nicht sicher, wohin dieses Gespräch führen würde.

Wieder dieses leise Lachen. »Nein, das meine ich nicht. Was wäre es uns wert, den Krieg an der Ostfront zu gewinnen? Hunderttausende eigener toter Soldaten? Millionen toter russischer Soldaten? Den Sturz des Zaren?«

»Ich verstehe nicht, worauf Sie hinauswollen.«

Der Soldat schaute ihn unverwandt an. »Sie sprechen perfekt Russisch, habe ich gehört.«

»Das ist kein Geheimnis.«

»Ich kann Ihnen allerdings ein Geheimnis verraten, wenn Sie mir sagen, wie viel Ihnen daran liegt, den Zaren weiter an der Regierung zu sehen.«

»Der Zar ist mir herzlich egal.«

»Ist das so?«

Für einen Moment war Konstantin sprachlos. Hatte er sich zu weit aus dem Fenster gelehnt? Hatte er einmal zu oft gesagt, dass er dieses unterdrückerische Regime des Zaren am liebsten gestürzt sehen würde? Hatte er zu wenig Treue zur Monarchie erkennen lassen? Er hatte Rebecca weitere Briefe geschrieben, in denen er von den Zuständen hinter den russischen Linien berichtet hatte. Wenn jemand glaubte, ihnen würde es schlecht ergehen, dann hatte er noch nicht die Zustände bei den russischen Truppen kennengelernt. Einige Männer waren froh, wenn sie von den Deutschen gefangen genommen wurden. Er schüttelte den Kopf. »Kommen Sie endlich zum Punkt, Mann.«

»Es gibt andere Mittel und Wege außer Soldaten und Artilleriebeschuss, um einen Krieg zu gewinnen.« Das Gesicht war im Schein der aufglimmenden Zigarette zu erkennen.

»Sprechen Sie von einem Attentat auf den Zaren?«

»Das habe ich nicht gesagt.«

»Es würde auch nichts nutzen. Dann würde sein Bruder, Großfürst Michail, nachziehen. So lange, bis der Zarewitsch alt genug ist.«

Der Mann schaute ihn an. Die Zigarette klebte an seinen spröden Lippen und bewegte sich mit ihnen. »Es gibt doch genug Kräfte in Russland selbst, die man nur ... gezielt unterstützen müsste. Die Keime der Zersetzung wirken ja bereits. Man müsste sie nur ausreichend füttern.«

Er ließ die Worte wirken. Konstantin brauchte ein paar Sekunden, um dem Mann zu folgen. Und plötzlich wurde ihm klar, dass das hier auch keine zufällige Begegnung war.

»Wer? Der Kaiser selbst?«

»Wer weiß das schon so genau? Aber es kommt von hoch oben.«

Von hoch oben. Konstantin erinnerte sich an einige Gespräche, die er mit Anastasias Mann geführt hatte, Graf von Sawatzki. Die Grenzen zwischen diplomatischen Gesprächen, Spionage und umstürzlerischen Tätigkeiten waren manchmal sehr dünn, hatte er gesagt. Natürlich sei er, Sawatzki, offizieller Diplomat und könne daher einige Dinge nicht ausführen. Dafür habe man dann andere. Männer, die niemand in Verbindung bringe mit der Obersten Heeresleitung oder dem Kaiser.

»Ist das ein Befehl?« Die Zigarette in seinen Händen glimmte herunter.

»Nein, eher eine Anfrage, ob Interesse besteht.«

»Wieso ich? Weil ich Russisch spreche?«

»Das tun viele.« Morschütz nahm einen letzten Zug und schnippte die Zigarettenkippe weg. »Nein, weil gerade Sie mit Ihren familiären Verbindungen am wenigsten verdächtig wären. Zudem haben Sie sich nicht als Alldeutscher oder monarchistischer Patriot bekannt. Solche Männer wären wenig glaubwürdig, auf einmal die Seite gewechselt zu haben.«

Konstantin sagte nichts mehr.

Ein vereinzelter Schuss war zu hören. Es ging los. »Überlegen Sie es sich gut. Ich komme wieder auf Sie zu. Viel Glück«, sagte der Mann noch. Sekunden später war er im Schützengraben hinter einer Kurve verschwunden.

»Viel Glück«, murmelte Konstantin. Er ging ein Stück weiter, wo die Männer seiner Einheit schon auf den Befehl warteten. Er schaute auf seine Taschenuhr. Noch vier Minuten. Vier Minuten, das reichte für eine allerletzte Zigarette.

Ein gemeiner Soldat gab ihm Feuer. Er blickte ihn an. Vielleicht gerade siebzehn geworden, wenn überhaupt. Er sah sich um. Junge Männer im Dämmerlicht eines aufziehendes Tages. Einige wollte er nicht einmal so nennen. Knaben fast noch.

Es gab andere Kräfte.

Wäre es das nicht wert, statt so viele Leben zu opfern? Wenn man es auch anders hinbekam? Alle wussten, dass eine reelle Chance bestand, diesen Krieg zu gewinnen, wenn sich die Truppen endlich nur noch auf eine Front konzentrieren müssten. Das war von Anfang an der Plan gewesen, der Schlieffen-Plan. Durch das neutrale Belgien hindurchzumarschieren und Frankreich auf breiter Front anzugreifen und schnell zu besiegen. Ihr Erzfeind hätte längst besiegt sein sollen. Aber Belgien war nicht neutral geblieben und hatte noch Großbritannien mit hineingezogen. Toller Plan, wirklich!

Und nun? *Andere Kräfte* – natürlich wusste er, wovon der Mann gesprochen hatte. Es gab sehr unterschiedliche Kräfte in Russland, die infrage kämen – politische Strömungen verschiedener Färbung. Und diejenigen, die sehr viel mehr Rechte und Mitbestimmung für das Volk forderten, waren nicht gerade wenige. Aber war es letztendlich nicht egal, wenn es darum ging, den Krieg ohne weitere Menschenopfer zu gewinnen? Außerdem kam das Angebot von der obersten militärischen Führung. Die würden schon nicht die falschen Kräfte unterstützen.

Wieder fragte er sich, was Rebecca dazu sagen würde. Sie war ihm ein innerer Kompass geworden. Jemand, mit dem er nicht einer Meinung war, aber an dem er seine Argumente wetzen konnte.

Ohne Vorwarnung ertönte Artilleriefeuer. Seine Männer wollten gerade aus dem Graben steigen, als genau vor ihnen die Erde hochspritzte. Der ohrenbetäubende Lärm machte sie taub. Alles duckte sich. Einer fiel mit der Leiter um, obwohl er noch nicht einmal den Kopf aus dem Graben gestreckt hatte. Eine zweite Granate explodierte wenige Meter hinter ihnen. Die Rückseite ihres Grabens geriet ins Rutschen. Wasser strömte aus einem alten Granatentrichter herein, umspülte ihre Füße. Panik breitete sich zwischen den Soldaten aus. Die einen liefen weg. Einer drängte sich an Konstantin vorbei, um in die andere Richtung zu entkommen.

Ein grelles Pfeifen. Dann der Einschlag. Erde spritzte Konstantin ins Gesicht. Der Junge, der ihm gerade Feuer gegeben hatte, kippte einfach nach hinten.

»Weg hier«, schrie Konstantin gegen das immer massiver werdende Trommelfeuer an. Er lief vorweg, die anderen folgten. Die, die es noch konnten. Er lief um eine Ecke, stolperte über einen toten Mann. Der, der sich noch nicht einmal vor einer halben Minute an Konstantin vorbeigedrängelt hatte. Hier war es nicht besser. Seine Männer trampelten fast über ihn drüber.

»Andere Richtung. Andere Richtung!« Konstantin wedelte mit dem Arm. Genau jetzt explodierte hinter ihnen das Erdreich. Sie saßen in der Falle. Ein Mann fiel auf ihn. Konstantin drückte ihn beiseite, versuchte, ihm zu helfen, aber da war nichts mehr zu machen. Mühsam stand er auf.

Wohin jetzt? Die übrig gebliebenen Männer kauerten gebückt und warteten auf seine Anweisung. Einer jammerte laut. Ein anderer kotzte sich vor Angst die Seele aus dem Leib. Aber es gab keinen Fluchtweg mehr. Raus ging nicht. Sie konnten nur hier in der Mausefalle sitzen und warten, ob das Schicksal noch Pläne mit ihnen hatte.

»Alles runter. So tief wie möglich. Zusammenrücken. Keiner ... «

Wieder dieses grelle Pfeifen. Der Einschlag. Konstantin spürte einen heißen Stich an der Schläfe. Die Welt versank in Schmerz und Dunkelheit.

Anfang April 1916

Der Graf persönlich betrat den Jungtierstall. Er schien ungehalten, mehr als ungehalten. Mit hochrotem Kopf und einem Brief in der Hand tauchte er plötzlich hinter Eugen auf. Der Stallbursche sprang beiseite.

»Das ist doch wirklich die Höhe. Nicht nur, dass wir schon seit Monaten kein Auto mehr fahren dürfen. Jetzt beschlagnahmen sie es ganz.«

Albert wurde hellhörig. »Sie beschlagnahmen es?«

»Genau das. Ich bekäme eine Entschädigung, schreiben sie. Das Auto ist gerade mal zwei Jahre alt, und es ist kaum gefahren worden. Ein Witz, was sie mir dafür zahlen wollen.« Er hielt ihm den Brief hin.

Albert stellte die Mistgabel beiseite und griff nach dem Schreiben. Er flog kurz über die Zeilen und schüttelte den Kopf. »Wo soll das noch hinführen?«

Tatsächlich war Albert erstaunt darüber, dass der Krieg seit einigen Monaten auch für die höheren Kreise schon weit über das hinausging, was man als unangenehm bezeichnen würde.

Höchstpreise für fast alle landwirtschaftlichen Erzeugnisse. Verkaufsverbote für Fleisch an Dienstagen und Freitagen. Bezugskarten für Milch. Die Goldstücke, mit denen der Graf so gerne in seiner Hosentasche herumklimperte, waren samt und sonders im letzten Jahr aus dem alltäglichen Leben verschwunden. Alles Gold wurde nun eingezogen. Und jetzt waren also die Automobile dran.

»Das ist ja äußerst bedauerlich. Ich hatte sehr darauf gehofft, Sie bald wieder mit dem Automobil fahren zu dürfen.«

Denn das hätte bedeutet, dass der Krieg endlich aus wäre. Nur das Kriegsende würde die Versorgungslage und das alltägliche Leben wieder gravierend verbessern. Albert hätte nichts dagegen, endlich wieder als Chauffeur arbeiten zu dürfen.

»Deshalb bin ich eigentlich nicht hier. Sie müssen mich ins Dorf bringen.«

»Jetzt sofort?«

»Ja natürlich, jetzt sofort!« Der Graf schien ungehalten. »Es regnet draußen. Sehen Sie das nicht?«

Natürlich wusste Albert, dass es regnete. Das war hier nicht die Frage. In den letzten Monaten hatte es sich eingebürgert, dass der Graf immer häufiger kleinere Strecken zu Fuß oder zu Pferd erledigte. Immer seltener musste Albert die Kutsche anspannen. Auch die Gräfin schien ihre Besuche auf anderen Gütern und gelegentliche Fahrten in die Stadt zum Einkaufen deutlich eingeschränkt zu haben. Allerdings war der Graf zum Ausgehen angezogen. Vermutlich hatte er sich spontan entschlossen, sich mit der Kutsche fahren zu lassen.

»Aber natürlich.« Er gab Eugen die Mistgabel und nickte ihm zu. »Kommst du alleine zurecht? Sonst hole dir Pjotr.«

Pjotr war ein russischer Strafgefangener, der seit dem letzten Herbst bei ihnen war. Er war ruhig und zuverlässig. Trotzdem schien Eugen Schwierigkeiten zu haben, dem sehr viel älteren

Mann Befehle zu erteilen. Und das nicht nur, weil Pjotr kaum Deutsch sprach.

Doch Eugen nickte nur, mit hochrotem Kopf. Albert wusste, er würde sein Bestes geben.

* * *

»So kommen Sie doch rein.« Paula Ackermann stand in der Tür und sah Albert mitleidig an. Er war noch ein paarmal zum Kaffee gekommen, aber je weiter der Krieg voranschritt, desto seltener gab es Gelegenheit dazu, echten Kaffee zu trinken oder sich den Luxus von Kuchen zu gönnen.

Paula Ackermann musste schnell sehr viel mehr Aufgaben übernehmen als zuvor. Alle mussten das. Albert hatte sie bereits in der Schule gesehen bei der Beaufsichtigung der Kinder, bei der auch die Komtess half. Und er wusste, dass sie in den ersten Kriegsmonaten oft in Stargard ausgeholfen hatte. Viele Frauen hatten sich in den ersten Kriegstagen daran beteiligt, die an die Front reisenden Truppen an den Bahnhöfen zu verköstigen. Im letzten Jahr hatte der Pastor seine Enkelin vermehrt im Dorf bei der Betreuung von alleinstehenden Kranken eingesetzt.

Der Graf war eben erst im Arbeitszimmer vom Pastor verschwunden. Und auch wenn es nicht besonders stark regnete, so regnete es beständig.

Schnell stieg Albert ab, knotete die Zügel der Kutschpferde fest und sprang fast ins Pfarrgebäude hinein. Noch an der Tür zog er sich seinen Wachsmantel aus.

»Geben Sie her. Ich hänge ihn draußen vor die Küche in den Windfang. Dort kann er trocknen.«

»Das ist wirklich sehr nett von Ihnen.«

»Kuchen und echten Kaffee kann ich Ihnen leider nicht anbieten, aber Sie können einen aufgewärmten Muckefuck haben.«

»Sehr gerne.« Albert folgte Paula Ackermann in die Küche. Sie sah müde aus, und ihr Haar war glanzloser, als er es in Erinnerung hatte. Natürlich war sie nicht auf sein Kommen vorbereitet.

Er stellte sich vor den Herd und wärmte sich. Seine Hosenbeine waren feucht geworden.

Die Enkelin des Pastors nahm eine Tasse aus dem Regal, tat etwas Zichorienkaffeepulver hinein und nahm den Wasserkessel vom Herd.

»Das Wasser hat gerade erst gekocht. Ich habe meinem Großvater und dem Herrn Grafen Kaffee gekocht«, erklärte sie.

Natürlich bekam der Herr Graf richtigen Bohnenkaffee. Und dass Albert keinen bekam, musste sie nicht extra erklären. Sie wussten beide, wie sehr sich die Zeiten geändert hatten.

»Etwas Milch?«

»Bitte gerne. Das ist wirklich sehr freundlich.«

Die Milchkanne stand noch auf dem Tisch. Sie gab etwas in die Tasse und reichte sie ihm lächelnd. Dann griff sie nach einem Geschirrtuch. Auf der Spüle standen Porzellan und andere Küchenutensilien. Sie nahm einen Teller und trocknete ihn ab. Dabei ließ sie Albert nicht aus den Augen.

Er wusste, was in ihrem Blick lag. Es war die Frage, ob Albert sie jemals bitten würde, ihn zu heiraten. Männer, vor allem unverheiratete junge Männer, wurden allmählich Mangelware. Selbst wenn der Krieg jetzt sofort zu Ende wäre, würden viele ledige Frauen wie Paula Ackermann keinen Mann zum Heiraten mehr finden.

»Wie geht es Ihnen? Wir haben uns lange nicht mehr gesehen.«

»Tatsächlich fahre ich den Herrn Grafen nur noch selten herum. Meistens reitet er. Gelegentlich fährt er sogar alleine mit dem alten Einspänner durch die Gegend. Ich habe dafür andere Aufgaben auf dem Gutshof übernommen.«

Gab es überhaupt noch einen Menschen, dem es anders ging? Der einem normalen Alltag frönen konnte?

Albert könnte jetzt sagen, dass ihm die Nachmittage mit ihr fehlten, auch wenn er gestehen musste, dass er ihren Kuchen genauso vermisste wie ihre Gegenwart. Aber auf keinen Fall wollte er ihr Hoffnungen auf etwas machen, das er nicht würde erfüllen können.

»Oh, das ist neu, nicht wahr?«

»Dann waren Sie wirklich schon lange nicht mehr hier.«

Sie standen beide am Fenster und schauten hinaus in den Garten. Der Garten, vor dem Krieg ein Blumenparadies, an das sich eine große Obstbaumwiese anschloss, war mittlerweile komplett zu einem großen Gemüsebeet umfunktioniert worden.

»Natürlich ist es wichtiger, Lebensmittel anzubauen. Aber ich habe immer Ihr Händchen für die Rosen bewundert.«

Sie drehte sich mit einem entnervten Gesichtsausdruck zu ihm. »Herr Sonntag ... Sie sollten nicht ... Kokettieren Sie mit mir? Denn wenn Ihre Besuche für Sie immer nur ein Spiel waren, dann möchte ich das gerne wissen.«

Albert wollte ihr nichts vormachen. Das hatte er nie beabsichtigt. Auch wenn er ihr nie etwas versprochen hatte, konnte man seine Besuche sehr wohl als gesteigertes Interesse auslegen. Und das ließ für eine anständige junge Frau nur einen Schluss zu.

»Ich möchte ...«, er wollte sich gerade entschuldigen, doch just in diesem Moment erhoben sich die Stimmen aus dem Arbeitszimmer. Erst waren nur einzelne Worte zu hören.

»Das arme Kind genug ... betrügerisch ... zuständige Probstei ...« Der Graf schien äußerst ungehalten.

Zwischendurch war es still. Vermutlich antwortete der Pastor ihm sehr viel leiser.

Dann wieder der Graf: »Unterschlagung ... Heller und Pfennig! ... Sie werden die Summe vollständig zurückzahlen.« Und kurz darauf: »Damit lasse ich schon mehr Gnade walten, als Ihnen zusteht.«

Paula Ackermann wurde ganz bleich. Albert war hellwach.

»Und was ist aus der Mutter geworden?«

Keine Silbe durfte ihm entgehen. Doch gerade jetzt löste sich Paula Ackermann aus ihrer Starre und schloss eilig die Küchentür.

»Wir sollten das nicht hören. Es geht uns nichts an.«

Albert hätte gerne widersprochen, aber das konnte er nicht. Wohl oder übel musste er sich damit zufriedengeben, dass er zumindest heute Zeuge wurde bei etwas, was er bisher nur vermuten konnte. Hatten die beiden zuvor schon einmal darüber gestritten?

Unmittelbar nach seinem Besuch im Kolberger Waisenhaus war Graf von Auwitz-Aarhayn seiner Gattin nach Bad Homburg nachgereist. Als der Graf zweieinhalb Wochen später mit seiner Familie zurückgekehrt war, war er wie ausgewechselt gewesen. Nichts an ihm hatte noch darauf hingedeutet, dass er auch nur einen einzigen Gedanken an seinen verloren gegangenen Sohn verschwendete. Seit Monaten hatte Albert keinen einzigen Ton mehr zu diesem Thema gehört.

Er hatte den Grafen nach Stargard und auch nach Stettin zu den Banken gebracht. Allerdings konnte er nur vermuten, dass er dort die Zahlungen aus den so weit zurückliegenden Jahren kontrolliert hatte.

Die ganze Zeit über stellte er sich selbst die Fragen: Hatte der Graf etwas in der Sache unternommen? Hatte er Pastor Wittekind wegen seiner Unterschlagung schon gestellt? War der Pastor glimpflich davongekommen? Tat der Graf die ganze Sache vielleicht nur noch als verrückte Idee ab, der er nicht nachgehen wollte?

Und als letzte und wichtigste Frage: Wieso kam Graf Adolphis von Auwitz-Aarhayn nicht von alleine auf die Idee, dass

Albert sein Sohn sein konnte? Mittlerweile war er davon überzeugt, dass der alte Patron, Donatus von Auwitz-Aarhayn, an seiner Anstellung gar nicht beteiligt gewesen war. Vorgestellt hatte er sich damals nur dem jetzigen Grafen von Greifenau. Warum aber fiel es diesem mit seinem neu gewonnenen Wissen nicht auf? Schließlich stand in Alberts Papieren, dass er in Kolberg im Waisenhaus aufgewachsen war. Es war kein Geheimnis, genauso wenig wie sein Geburtsdatum. Es wäre ein Einfaches gewesen, darauf zu kommen.

Der Graf stellte ihm keine persönlichen Fragen, niemals. Er fragte ihn nie nach seiner Vergangenheit. Er erkundigte sich nie, wie es Albert ging. Er fragte ihn nicht einmal zu seiner Meinung über das Wetter. Albert durfte ihn fahren und ihm zuhören, und er durfte für ihn schweigen. Mehr persönliche Verbindung bestand nicht.

Jetzt stellte Albert die Tasse ab. »Ich denke, das Gespräch dürfte bald beendet sein. Besser, wenn ich auf dem Kutschbock warte. Er soll nicht wissen, dass ich ... etwas gehört habe. Und ich ... ich sollte vielleicht auch nicht wiederkommen.«

»Aha.« Jetzt hatte Paula Ackermann die Antwort, um die sie gebeten hatte. Sie schien nicht überrascht und doch enttäuscht. »Natürlich.« Sie gab ihm seinen Mantel und begleitete ihn zur Tür.

Tatsächlich nahm Albert gerade eben auf dem Kutschbock Platz, da ging die Haustür wieder auf und der Graf kam herausgeschossen. Man konnte ihm ansehen, dass er wütend war. Albert war nicht einmal schnell genug, um ihm die Tür zu öffnen, da hatte er es schon selbst gemacht. Er schmiss sie laut wieder zu.

Albert fuhr an. Noch immer regnete es Bindfäden. Doch sie waren kaum um die Ecke bei der Kirche, da kam ihm jemand nachgerannt. Es war ein Botenjunge.

»Warten Sie. Ein Telegramm für den Herrn Grafen.«

Albert zügelte die Pferde und sprang ab.

»Ein Telegramm. Es ist gerade gekommen.« Der Junge schien heilfroh, bei dem Wetter nicht bis zum Gut laufen zu müssen. Er drückte Albert das dünne Papier in die Hand und verschwand.

Albert reichte es dem Grafen hinein. Dessen Gesichtsfarbe wechselte sofort von hochrot zu bleich. Genau wie Albert erkannte er es sofort. Es war die typische Benachrichtigung des Militärs für die Familie eines Soldaten. Entweder war jemand verletzt, vermisst oder gestorben.

Juni 1916

»Und wird Ihr Bruder nach Hause kommen, oder muss er sofort wieder an die Front?«

Die Dorflehrerin sah wirklich bekümmert aus. Katharina war überrascht von ihrem Mitgefühl. »Vermutlich kommt er erst noch hierher, aber wir wissen noch nicht, wann. Papa sagt, er sei noch nicht transportfähig.«

»Oh, so schlimm ist es?«

»Na ja, Papa sagt, wir sollen froh sein, dass er noch bettlägerig ist. Er hat überlebt, und je schneller er wieder gesund ist, desto eher muss er zurück an die Front.«

Ein Lächeln tauchte auf dem Gesicht der Lehrerin auf. »Das ist allerdings wahr. Sie sind vermutlich sehr erleichtert.«

»Mein Vater hat Konstantin dreimal im Lazarett besucht. Am Anfang hat Papa nicht über seine Besuche geredet. Ich glaube, es war ziemlich knapp.« Sie wischte sich die Haare aus der Stirn. Es war warm. Direkt über der Wasserfläche jagten Schwalben Insekten. Libellen tanzten am Ufer.

Am liebsten wäre Katharina auch in den See gesprungen. Die größeren Kinder planschten in der Uferzone. Die wenigsten von ihnen konnten schwimmen. Katharina und Wiebke passten auf die Kleineren auf, die am Ufer spielten. Sie waren am hinteren Ufer des Sees, weil Mama nicht erlaubte, dass die Dorfkinder vorne am Steg spielten. Nicht, so lange die Herrschaften im Gutshaus waren. Die Sommerfrische fiel dieses Jahr aus. Zum ersten Mal, seit Katharina sich erinnern konnte, fuhren sie in den heißen Sommerwochen nicht weg.

»Und seine Kopfverletzung? Da ist alles wieder in Ordnung?«

»Das Schrapnell hat ihn glücklicherweise nur gestreift. Die Schulterverletzung ist wohl das Schlimmste. Es hat das Schulterblatt erwischt und den Knochen durchschlagen. Papa sagt, Konstantin habe großes Glück gehabt, dass es nicht seine Lungen erwischt habe. Er muss viel Blut verloren haben. Die ganze linke Seite runter hatte er Verletzungen, an der Hüfte, am Bein. Aber bis auf die Schulter waren es nur Fleischwunden. Allerdings haben sich einige entzündet. Soweit es nachzuvollziehen ist, hat er mit seinen Männern einen halben Tag im Graben gelegen, bevor man sie bergen konnte.«

Rebecca Kurscheidt drehte sich plötzlich weg. Katharina meinte, Tränen in den Augen der Lehrerin gesehen zu haben. Frau Kurscheidt war wirklich eine gefühlsbetonte Person.

»Mattes, komm da runter«, schrie sie aber plötzlich.

Einige der größeren Jungs waren auf eine Eiche geklettert und wollten von dort ins Wasser springen. Zwei Jungs standen schon ganz weit oben.

»Los, kommt runter. Hans, du auch. Sofort.« Rebecca Kurscheidt drehte sich wieder zu Katharina. »Ich hasse es, wenn sie den Kleinen so einen Blödsinn vormachen. Ich …«

Ein Krachen war zu hören. Der Ast, auf dem einer der Jungs gestanden hatte, riss ab. Der Bub fiel mit dem abgebrochenen Ast durch andere Äste, erwischte den zweiten Jungen, der unter ihm gestanden hatte. Gemeinsam mit den Ästen krachten sie von einem Ast zum nächsten und dann lautstark auf den Boden.

Rebecca stürzte zur Unfallstelle. Die Jungs waren in die flache Uferzone gefallen. Einer von ihnen schrie.

Die kleinen Kinder fingen an zu weinen. Die größeren standen erschrocken daneben. Wiebke versammelte die Kinder um sich.

»Zeig her.« Rebecca tastete den Kopf des einen Jungen ab. »Nur eine Schramme. Da hast du Glück gehabt.«

»Meine Brust tut so weh«, keuchte Mattes.

Die Lehrerin nickte. Sie tastete über die mageren Rippen. Der Junge schrie auf.

»Du da. Lauf sofort ins Dorf. Hol den Doktor.« Katharina kniete sich neben die Lehrerin. »Die Rippen?«

Rebecca nickte. »Bleib so liegen. Und du«, sie sprach eins der größeren Mädchen an, »du läufst zu ihren Müttern. Sie müssen irgendwo auf den Feldern sein. Sie sollten besser kommen.«

Der erste Junge wimmerte laut. Katharina nahm ihr Taschentuch und machte es nass. »Komm, Hans, lass mich deine Wunde anschauen.« Sie wischte das Blut weg. Er schrie wieder auf. »Das ist nur ein Kratzer. Ich glaube, es … oh …!« Jetzt erst sah sie, dass der Arm des Jungen leicht verdreht war und blutverschmiert. Eine Fleischwunde klaffte unterhalb des Ellenbogens. Ein Knochen stach heraus.

»Um Gottes willen. Das sieht schlimm aus.«

»Bitte … nicht den Doktor. Meine Mutter hat kein Geld für den Doktor.« Hans war neun, vielleicht zehn Jahre alt.

»Du brauchst aber den Doktor. Er muss die Wunde nähen und den Arm schienen.«

»Meine Mutter ist aber gar nicht da. Sie ist …«, er schniefte laut auf, »sie ist in der Stadt, in der Fabrik. Ich wohne bei meiner Tante. Die wird fürchterlich wütend. Bitte.«

»Es geht nicht ohne Doktor.«

Hans fing leise an zu heulen. Die Verletzung machte ihm nichts, aber die Tatsache, dass seine Mutter ihr hart verdientes Geld für seinen Blödsinn verschwenden würde, setzte ihm zu.

»Ich werde es übernehmen. Keine Angst. Deine Mutter muss nichts bezahlen.«

Der Junge starrte sie mit zitternden Lippen an. »Wirklich?«

»Das wird schon wieder«, versuchte sie ihm Mut zu machen.

»Bleiben Sie bei mir, wenn der Doktor mich näht? Bitte.« Er sah Katharina flehend an.

Alle starrten sie an. Sie war die Komtess.

»Aber natürlich bleib ich bei dir. Bei euch.« Sie schaute zur Lehrerin und dem anderen Jungen rüber.

»Wiebke, hol schnell Albert Sonntag. Er soll mit der langen Schubkarre kommen. Wir bringen die Jungs in die Schule. Sie müssen ohnehin zurück ins Dorf. Irgendwie.«

Rebecca Kurscheidt nickte zustimmend.

* * *

Doktor Reichenbach schaute Katharina fragend an. »Sind Sie sicher, dass Sie das schaffen, Komtess?«

Albert Sonntag hockte über den Beinen des Jungen und hielt seinen Oberkörper runter. Auch er schaute Katharina verwundert an. Als ob er es nicht glauben könnte, dass sie bei so etwas half. Der gebrochene Knochen des Jungen musste gerichtet werden, bevor weitere Schritte unternommen werden konnten.

»Natürlich. Machen Sie schon.« Sie wandte sich an den Jungen. »Keine Angst, Hans. Ich bin bei dir. Es wird nur einen Moment wehtun. Er muss das machen.« Sie hielt die rechte Hand des Jungen fest. Ihre andere Hand lag auf seiner Stirn.

»Jetzt«, sagte der Doktor.

Hans schrie laut, so laut, wie Katharina nur Alexander hatte schreien hören, als Doktor Reichenbach vor zwei Jahren seinen Fuß behandelt hatte.

Mattes, der andere Junge, saß wie ein Häuflein Elend daneben. Er beobachtete alles mit bleichem Gesicht. Draußen auf dem Schulhof passte Wiebke auf die anderen Kinder auf, die jetzt alle an den Fenstern klebten, um zuzuschauen.

»Siehst du, schon vorbei.« Sie strich dem Jungen über die verschwitzte Stirn. »Das Schlimmste ist vorbei. Jetzt wird alles besser.«

Der Doktor tastete den Bruch ab. Rebecca Kurscheidt stand daneben, wischte immer wieder das Blut weg und trug nun reichlich Jod auf. Jetzt griff der Mediziner zur Nadel.

»Hier halten. So … drücken Sie die Haut mehr zusammen.«

Albert Sonntag hielt noch immer den Jungen fest. Und Katharina machte, wie ihr gesagt wurde. Dabei schaffte sie es trotzdem, dem Jungen aufmunternd zuzulächeln.

Der biss die Zähne zusammen. Sein Atem kam stoßweise durch die Zähne.

»Du bist sehr tapfer. Ein sehr tapferer Junge. Wirklich … Siehst du, schon vorbei.«

Das war es. Der Kutscher ließ den Jungen los. Sie wischte Hans die Tränen weg, die ihm über die Wangen kullerten. Mitfühlend streichelte sie dem Jungen über die Haare.

Rebecca Kurscheidt tupfte den Arm nochmals großflächig mit Jod ab, und der Arzt bandagierte den Bruch. Dann war Mattes dran. Der Arzt tastete ihn ab. Er wimmerte. Rebecca hielt ihm die Hand.

»Sie hatten recht. Es sind die Rippen.« Er griff nach Bandagen. »Woher wussten Sie es?«

»Mein Vater ist Arzt. Ich hab ihm gelegentlich geholfen.« Rebecca Kurscheidt wandte sich an die Jungs. »Ich hoffe, das ist euch eine Lehre.«

Der Doktor verknotete die Enden des Verbandes, dann packte er seine Sachen zusammen. »Ich schaue morgen wieder nach den beiden.«

»Schicken Sie bitte die Rechnung an meinen Vater«, sagte Katharina.

Doktor Reichenbach schaute sie erstaunt an.

»Die Kinder waren unter meiner Aufsicht. Ich habe einen Fehler gemacht.«

»Wie Sie wünschen.« Er packte seinen Koffer und ging aus dem Klassenzimmer heraus.

»Herr Sonntag, könnten Sie bitte Mattes auf der Schubkarre nach Hause fahren? Seine Großmutter ist wohl zu Hause. Dort ist er in besten Händen. Alleine schafft er es noch nicht.«

»Aber natürlich.« Der große Mann half dem Jungen auf die Beine und stützte ihn, als sie aus dem Klassenzimmer gingen.

Hans lag noch immer auf den zusammengeschobenen Tischen. Katharina beugte sich über ihn.

»Und du? Was machen wir jetzt mit dir?«

Der Junge machte ein zerknirschtes Gesicht.

»Wir können ihn hier liegen lassen, bis er sich erholt hat. Bis seine Tante vom Feld kommt.«

Katharina sah sich ihre Hände an. Blutverschmiert, genau wie ihr Kleid. »Ich sehe aus wie ein Metzger. Wenn meine Mutter mich so sieht.«

»Sie waren sehr gut. Sie könnten Ärztin werden.«

»Ich?«

»Wieso nicht? Zwei Dinge braucht ein guter Arzt: medizinisches Wissen und ruhige Nerven. Das sagt mein Vater immer. Sie haben nicht die Nerven verloren, ganz im Gegenteil.« Sie wandte sich an den Jungen. »Meinst du, wir können dich kurz alleine lassen, damit wir uns drüben die Hände waschen können? Wir kommen auch wieder.«

Hans nickte schwach.

Katharina folgte Rebecca Kurscheidt in ihre Wohnung. »Wissen Sie, ich würde sehr gerne studieren.«

»Was denn?«

»Ich weiß es noch nicht, aber ich will später mal auf eigenen Beinen stehen. So wie Sie.«

»Aber haben Sie nicht gesagt, dass Sie keinen Unterricht mehr haben?«

Katharina nickte bedauernd, während sie sich in der Küche das Blut von den Händen wusch. »Ja, leider. Meine Eltern lassen mich nicht auf ein Gymnasium. Ich hab wirklich alles versucht. Zu gerne würde ich auf ein Internat, so wie mein Bruder.«

Die Lehrerin zögerte. »Wenn Sie es wirklich wollen, können Sie sich natürlich auch im Eigenstudium auf das Abitur vorbereiten.«

»Das geht?«

»Natürlich. So machen es doch alle, die nur Privatunterricht bekommen. Sie müssen sich eben selbst disziplinieren. Und dann, wenn Sie so weit sind, können Sie die Prüfung ablegen. Ich habe noch alle meine Unterlagen. Ich könnte Ihnen helfen.«

»Und wenn ich bestehe, dann könnte ich studieren?«

»Sie könnten all das studieren, was andere Frauen auch studieren können. Sie könnten Medizin studieren.«

»Das wäre fabelhaft.«

Rebecca Kurscheidt trocknete sich die Hände ab. »Meine Schulunterlagen sind alle in Charlottenburg. Das wird etwas dauern, bis ich sie holen kann. Aber ich habe auch hier einige Bücher, die Sie interessieren könnten.« Sie griff in ihr Bücherregal. »Das kennen Sie vermutlich.«

»*Die Frau als Hausärztin* von Anna Fischer-Dückelmann. Nein, das kenne ich nicht.«

»Sehr hilfreich. Sie ist einer der ersten deutschen Ärztinnen. Sie musste damals noch in der Schweiz studieren. Mein Vater hat mir das Buch geschenkt, als ich die Stelle hier angetreten habe. Als Lehrerin muss man ja immer mal wieder die eine oder andere kleine Krankheit heilen. Falls Sie wirklich Medizin studieren wollen, ist das ein guter Anfang, um sich mit den Körperfunktionen des Menschen vertraut zu machen.«

* * *

Clara fing sie ab, als sie mit Wiebke zum Dienstboteneingang ins Haus schlich. Katharina wollte vermeiden, dass Mama sie mit dem verschmutzten Kleid sah.

»Komtess, ich müsste kurz mit Ihnen reden.«

Wiebke ging weiter, noch ganz aufgeregt von dem Vorfall. Katharina blieb stehen und sah Clara interessiert an.

»Wieder ein Brief«, sagte diese verschmitzt und gab ihr eilig den Umschlag. Sie wusste, Katharina würde ihr bei der nächstbesten Gelegenheit ein paar Münzen zustecken.

»Danke.« Katharina versteckte den Brief unter ihrem Unterkleid. Über die Dienstbotentreppe schlich sie nach oben und verschwand in ihrem Zimmer.

Am liebsten hätte sie sofort in dem Buch geblättert, aber der Brief von Julius war dick, sehr dick. Es war nun schon der sechste Brief, seitdem sie ihm nicht mehr antwortete. Immer drängender wurden seine Zeilen.

In seinen ersten zwei Briefen, die sie nach ihrem Urlaub in Bad Homburg bekommen hatte, hatte er darüber geschrieben, was er so erlebt hatte. Im dritten äußerte er erste Sorgen. Erst befürchtete er, sie habe keine Gelegenheit mehr zu schreiben. Oder ihre Briefe würden unterwegs verschwinden. Der Weg von Hinterpommern nach Südamerika war weit und unsicher. Und die Zustände auf den Meeren waren chaotisch. Doch mit jedem weiteren Brief wurden seine Sorgen größer. Dass sie wieder wie eine Gefangene behandelt wurde. Dass sie längst einem anderen versprochen war. Als sie nun seinen Brief las, wurde ihr warm ums Herz. Und doch schmerzte es. Sie sollte sich keinen Illusionen mehr hingeben. Sie sollte endlich so erwachsen handeln, wie sie sich fühlte.

Er machte sich so große Sorgen um sie. Er vermutete, dass man sie einsperren würde wie ein Tier. Und so war es ja fast gewesen, vorletzten Sommer, für eine kurze Zeit. Julius schrieb, er habe sogar mit Alexander in Stettin korrespondiert. Er wusste nun also, dass sie Gelegenheit genug hatte, ihm zu schreiben. Warum ließ sie nichts von sich hören?

Es bekümmerte sie, wie aufgewühlt seine Worte klangen. Sie sollte ihm schreiben und ihm sagen, warum sie nicht antwortete. Außerdem war jeder weitere Brief von ihm ein Risiko. Sie hatte nun andere Pläne, und sie wollte nicht, dass diese vereitelt wurden, weil ihre Mutter dachte, sie würde noch immer auf Julius hoffen.

Ja, sie würde ihm schreiben, dass sie keinen Kontakt mehr zu ihm haben wollte und wieso. Ihr Entschluss war in den letzten Monaten gereift. Sie wollte nicht ihres Standes wegen geheiratet werden. Was seine Mutter letzten Sommer in Bad Homburg gesagt hatte, war eindeutig gewesen. Keinesfalls würde sie sich an einen Mann binden, der sie nur deswegen heiratete, weil sie eine Grafentochter war. Ihr Brief würde kurz sein und alles sachlich erklären. Damit wäre dann auch das Kapitel Julius Urban abgeschlossen. Endgültig, so hoffte sie. Denn jeder seiner Briefe riss ihre Wunde wieder auf.

Auf dem Flur waren Schritte zu hören. Schnell schob sie den Brief und Rebeccas Buch unter die Bettdecke und fing an, sich auszukleiden. Mama würde böse werden, wenn sie das blutverschmierte Kleid sähe. Jede Woche hatten sie mindestens eine Diskussion über ihre ehrenamtliche Arbeit. Nur Papa hatte sie es zu verdanken, dass sie weiter auf die Kinder aufpassen durfte. Ihr persönlicher Einsatz komme gut bei den Pächtern an, sagte er.

Die Tür ging auf. »Katka, da bist du ja endlich. Wir essen gleich.«

»Ich zieh mich nur schnell um.« Auch etwas, was sich mit dem Krieg geändert hatte: Kaum jemand trug noch Korsett. Die Kleider waren einfacher geworden. Außer zu besonderen Anlässen zog Katharina sich nun alleine an. Sie griff zu einem schlichten blauen Kleid.

»Ich habe eine Überraschung für dich. Ludwig von Preußen hat geschrieben.«

Sie konnte es einfach nicht sein lassen. Mama kochte das Thema auf kleiner Flamme, ließ es aber nie ganz erkalten.

»Schau nur, er hat sogar ein Foto mitgeschickt.«

Sie zeigte es Katharina. Ludwig von Preußen stand irgendwo im Feld und präsentierte sich stolz in Uniform. Das Foto war sogar nachkoloriert. Was für ein Aufwand. Das Einzige, was ihr zu diesem Bild einfiel, war: Hoffentlich fällt er an der Front.

Aber so viel Glück würde sie nicht haben. Sie bezweifelte, dass der Neffe des Kaisers sich wirklich selbst ins Gefecht stürzte.

»Er schreibt wirklich sehr interessant. Und er fragt, wann du endlich offiziell bei Hofe eingeführt wirst. Siehst du, er kann es kaum noch erwarten.«

Natürlich konnte er es kaum erwarten. Sobald sie bei Hofe eingeführt war, galt sie als heiratsfähig. Damit wäre dann ein weiteres Hindernis für ihn beseitegeräumt.

Sie sagte nichts, aber ihre Mutter wusste genau, was sie dachte. Doch statt böse zu werden, versuchte Mama es dieses Mal auf eine andere Tour.

»Katharina, Liebes. Du bist in den letzten zwei Jahren so schnell erwachsen geworden. Wieso nur kannst du es nicht verstehen? Liebe ist nur etwas für Hausmädchen. Wir müssen alle unsere Schuldigkeit tun. Ich kann nicht verstehen, wieso du so gerne Verantwortung für die Kinder des Dorfes übernimmst, aber die Verantwortung, die du gegenüber deiner Familie trägst, links liegen lässt.«

»Ich möchte eben etwas Sinnvolles tun.«

Mama seufzte laut auf und wollte nach dem Kleid greifen, das auf dem Boden lag. Aber Katharina war schneller. Rasch faltete sie es so über dem Arm, dass Mama die Blutflecken nicht sehen würde.

»Es wäre äußerst sinnvoll, Ludwig von Preußen zu heiraten und damit Nikolaus und Alexander zu einer besseren Karriere zu verhelfen! Ganz abgesehen davon, was für einen gesellschaftlichen Einfluss du dann hättest.«

Katharina musste sich auf die Lippen beißen. Genauso lief das. Sie sollte heiraten, damit ihre Familie etwas davon hatte. Da gab es nichts zu beschönigen. Frau Urban hatte unrecht. Ihre Familie verschacherte sie sehr wohl, nur eben nicht an einen Industriellensohn. Verbittert presste sie die Lippen aufeinander. Sie wollte ihren eigenen Weg gehen. Stumm blickte sie ihre Mutter an. Je weniger sie davon erzählte, desto weniger Angriffsfläche bot sie ihr.

»Katharina, wir haben es wirklich schwer genug. Ein jeder hat seine Pflicht zu erfüllen, auch du.« Sie ging zur Tür, doch bevor sie den Raum verließ, sagte sie noch: »Wir werden dich bei der nächsten Gelegenheit bei Hofe einführen. Es gibt ja jetzt nicht mehr so viele Bälle wie früher. Ich gehe davon aus, dass Ludwig von Preußen dir umgehend einen Antrag machen wird. Dann gibt es keine Ausflüchte mehr für dich.«

Juli 1916

Das Verhalten bei der Verteilung der Post wurde immer merkwürdiger, je länger der Krieg dauerte. Die einen, meist die Frauen, stürzten sich auf die Briefe, während die Männer vor den Umschlägen eher zurückzuckten. Herr Caspers verteilte sie emotionslos. Wiebke fragte sich, ob er eigentlich jemals selbst Briefe erhielt. Wenn ja, dann sortierte er sie vermutlich schon vorher aus.

Aber weder der Hausdiener noch Eugen mussten sich Sorgen machen, zum Militär eingezogen zu werden. Karl Matthis hatte vor über einem Jahr genau in diesem Raum, in der Leutestube, seinen Musterungsbefehl und ein paar Wochen später auch seinen Gestellungsbefehl erhalten. Ein halbes Jahr später hatte sich das Gleiche mit Johann Waldner wiederholt. Jetzt blieben nur noch Kilian und Albert Sonntag übrig. Doch heute war kein Brief für die Männer dabei. Und das war gut.

Wie erhofft gab Herr Caspers ihr einen Brief von Ida. Mamsell Schott bekam einen Brief aus Schweden, und selbst Bertha bekam einen Brief von ihrer Schwester. Nur die Köchin und Eugen gingen wieder leer aus. Die beiden bekamen eigentlich nie Briefe. Ihre wenigen Verwandten wohnten verteilt auf die Nachbardörfer.

»Ich bin gleich wieder da. Dann räume ich ab.« Sie hatten gerade zu Mittag gegessen. Bertha nahm ihren Brief und ihre Zigaretten und machte draußen vor dem Dienstboteneingang eine Pause.

Eugen sah sich müde um. Er musste nun mit Albert Sonntag zusammen alle Arbeiten in den Ställen erledigen. Alle waren müde. Alle mussten mehr und länger arbeiten.

»Wiebke, hier ist noch einer für dich.«

Überrascht nahm Wiebke einen Brief der Feldpost an. Er war von Otto, ihrem ältesten Bruder. Sie hatte ihm schon vor mehreren Wochen geschrieben, aber sie wusste, dass es manchmal dauern konnte, bis die Männer ihre Feldpost erhielten. Kompanien wurden aufgelöst, neu gebildet oder in andere Gegenden geschickt. So ein Brief konnte leicht mal mehrere Wochen unterwegs sein.

Caspers wandte sich an die Mamsell. »Ich habe übrigens den Herrn Grafen zur gnädigen Frau sagen hören, dass Graf Nikolaus anscheinend Karl Matthis als Funker bei der Feldtelegraphie gesehen hat.«

»Und, wie geht es ihm?«

»Darüber haben sie nicht gesprochen. Außer dass er wohl sehr an Gewicht verloren hat.«

»Funker. Heißt das, er muss nicht an die vorderste Front?«, fragte die Mamsell neugierig.

»Das glaube ich eher nicht«, sagte Caspers. »Ich denke, es kommt sehr darauf an, wo man ihn einsetzt. Es gibt nun die ersten tragbaren Funkgeräte, die man in den Schützengräben selbst benutzen kann.«

Jemand stupste Wiebke an.

»Von wem bekommt die Mamsell eigentlich Briefe aus Schweden?« Eugens Stimme war leise genug, dass sie ihn nicht hören konnte.

»Keine Ahnung.« Wiebke wusste es auch nicht.

»Möchtest du ein Plätzchen?« Eugen tat verschwörerisch. Unter dem Tisch hielt er ihr eine Papiertüte hin.

»Woher hast du die denn?«, zischelte Wiebke neugierig.

»Von Frau Klein aus dem Dorf. Ich habe ihr mit ihrem Pferd geholfen.«

»Sie hat noch ein Pferd?«

»Man hat es wohl nicht geholt, weil es wirklich schon sehr alt und klapprig ist. Doch trotzdem bringt sie ihr Gemüse damit auf die kleinen Märkte in den Nachbardörfern. Es hatte einen entzündeten Huf, und ich habe ihn behandelt.«

Wiebke schaute sich kurz um und holte dann ein Plätzchen heraus. »Danke sehr.«

Sie wusste nicht genau, warum Eugen mit ihr diese Kostbarkeit teilte. Er war überhaupt in der letzten Zeit sehr nett zu ihr. Als sie im Februar siebzehn geworden war, hatte er ihr sogar eine kleine Packung Kekse geschenkt.

Vielleicht war es aber auch nur, weil Clara sich ständig über ihn lustig machte. Über seine rotblonden Haare, über sein leicht hängendes Auge, und einmal hatte sie sogar etwas Abfälliges über seinen rechten Arm gesagt. Wiebke wusste, er hatte keine Schmerzen mehr. Aber die Beweglichkeit war stark eingeschränkt, auch wenn die Kraft von Monat zu Monat mehr wurde. Er war gerade im letzten Monat achtzehn Jahre alt geworden.

»Bedauerst du es, dass du keine Briefe bekommst?« Sie biss eine winzige Ecke von dem Plätzchen ab. Hier auf dem Gutshof konnte man sich noch immer Zucker leisten, aber auch für die Dienstboten war es zur Seltenheit geworden, etwas Süßes zu bekommen.

»Nein, eigentlich nicht. Ich sehe meine Mutter und meine Tanten regelmäßig. Und auch wenn ich meine Geschwister nur noch sehr selten sehe, weiß ich doch immer Bescheid, wie es ihnen geht.«

»Deine Mutter muss sehr dankbar sein ... Ich meine, du hast fünf Schwestern, und du musst ja auch nicht an die Front.«

»Ich wünschte, es wäre anders.«

»Sag doch so was nicht!«

»Nicht, dass ich unbedingt an die Front will. Aber ich hätte gerne wieder ... ich wäre lieber gerne ... vollkommen gesund.«

»Wenn man es nicht weiß, merkt man es kaum.«

Er schnaufte ungläubig auf. »Ich merke es jeden Tag. Bei der Arbeit.«

»Aber, na ja, es rettet dich vor Schlimmerem. Man hört von so schrecklichen Verletzungen. Männer, die ohne Arme und ohne Beine zurückkommen.«

»Es gibt doch jetzt diese Prothesen.«

»Anscheinend nicht genug. Die armen Menschen. Ich bemitleide sie sehr.«

Wiebke schaute sehnsuchtsvoll auf ihre Briefe. »Otto ist auch an der Front. Ich bete jeden Abend. Dass ihnen so was erspart bleibt, also meinen beiden Brüdern. Paul hat Glück. Er ist jetzt in einer Feldschmiede und daher eigentlich immer weit hinter der Front.«

Eugen schaute sie irgendwie merkwürdig an. Anders als sonst. Ihr wurde mulmig.

»Ida hat auch immer nur traurige Sachen zu berichten. Ihre Gutsfamilie, die haben fünf Söhne. Und drei sind schon gefallen. Drei von fünf Söhnen tot. Ist das nicht schrecklich?«

»Ja … schrecklich.« Eugen schien mit seinen Gedanken ganz woanders zu sein. Die Stille wurde immer unangenehmer. Was Wiebke überraschte. Normalerweise unterhielt sie sich gerne mit Eugen. Und wenn sie nur stumm nebeneinandersaßen, war es auch gut.

»Ich hoffe, dass Albert Sonntag verschont bleibt. Er ist nett.«

»So?« Das klang skeptisch.

»Du verstehst dich doch auch gut mit ihm, dachte ich.« Wiebke war überrascht. Eugen arbeitete, wie sie wusste, gerne mit dem Kutscher, der nun Stallmeister, Kutscher, Botenjunge und seit Neuestem auch noch Erntefahrer in einem war.

»Doch, doch. Ich dachte nur … Weil er so gut …« Dann schnaufte er einmal tief durch. Und plötzlich, als hätte er die ganze Zeit schon darauf gewartet, es endlich zu sagen, platzte es aus Eugen heraus. »Wiebke, darf ich dich am Sonntag zur Kirche begleiten?«

»Wieso fragst du? Wir gehen doch sowieso immer alle zusammen.«

»Ja, aber nicht so.«

Wiebke stutzte irritiert. »Wie denn?«

Eugen schaute sie an, als wüsste er nicht mehr weiter. »Schon gut. Vergiss es.« Er stand abrupt auf und ging.

Verwundert schaute Wiebke ihm hinterher. Doch dann wurde ihre Aufmerksamkeit ganz von ihren beiden Briefen beansprucht. Aber noch bevor sie Zeit fand, sie zu öffnen, stand die Mamsell in der Tür.

»Wiebke, bist du oben schon fertig?«

Schnell ließ sie die beiden Briefe in ihrer Schürzentasche verschwinden. »Noch nicht ganz.«

»Dann spute dich besser.«

»Jawohl, Mamsell Schott.« Seit Monaten kannten sie praktisch keine Pause mehr.

August 1916

»Sie erinnern sich doch sicher noch an letztes Jahr, als wir in Kolberg waren?« Graf Adolphis hatte ihn gerade neben dem Herrenhaus abgefangen.

Alberts Herz machte einen Sprung. Jetzt war es so weit. Graf Adolphis von Auwitz-Aarhayn hatte endlich herausbekommen, dass Albert sein Sohn war.

Sein Mund war schlagartig trocken. Er konnte kaum noch schlucken. Der Moment war gekommen. Sein Puls klopfte an seiner Schläfe. Der aufgeregte Rhythmus spielte die Melodie seiner verborgenen Wünsche. Als er antwortete, klang seine Stimme spröde.

»Sicher.« Eine Amsel trällerte vergnügt auf der Hainbuchenhecke, als wollte sie den Moment feiern.

»Ich habe damals ... ein wenig die Fassung verloren. Es ist ... Es gibt ... Es hat sich alles als haltlos herausgestellt, was ich erzählt habe.«

In seinen Adern erstarb das Pochen. All seine Hoffnungen, zerstört durch die wenigen Worte. Albert schluckte und bemühte sich, sich zu beherrschen.

Der Graf zögerte, als müsste er sich die rechten Worte noch zurechtlegen. »Nun, wie auch immer. Ich möchte Sie um etwas bitten. Um etwas, was einer bestimmten Geschicklichkeit und Verschwiegenheit bedarf.«

Als würde pures Eis durch seinen Körper zirkulieren. Scharfe Kanten rissen alte Wunden auf und auch neue. Die Hoffnung erfror. Vermutlich würde es nie so weit kommen. Der Graf zeigte kein Interesse an seinem Erstgeborenen. Von alleine würde sein Vater nie darauf kommen. Er würde Albert nie als seinen Sohn erkennen, ... außer ... außer er sagte es dem Grafen selbst. Warum also nicht jetzt?

Doch der Graf redete schon weiter. »Ich möchte, dass Sie einer bestimmten Personen etwas überbringen. Also, nicht persönlich. Sie soll nicht wissen, dass es von mir kommt.«

Ruhig durchatmen, dachte Albert. Einer bestimmten Person. Etwas überbringen. Wittekind war gestern kurz hier gewesen. Das hatte er zufällig gesehen.

»Wenn Sie bitte diesen Umschlag sehr heimlich und ungesehen vor die Tür einer bestimmten Person legen könnten, wäre ich Ihnen aufs Äußerste verbunden.«

Als er nun den Umschlag sah, den der Graf aus seiner Tasche zog, erhärtete sich sein Verdacht. Geld, er sollte Geld überbringen. Geld, das Wittekind gestern gebracht hatte. Man musste nicht lange darüber nachdenken, wem er dieses Geld wohl bringen sollte. Er fühlte wieder einen Puls.

»Am besten wäre wohl nachts. Ich weiß, ich verlange da einiges von Ihnen. Aber ich kann es aus bestimmten Gründen nicht selbst erledigen. Und lassen Sie mich versichern: Sie tun damit ein gutes Werk.«

Albert streckte die Hand aus, und der Graf gab ihm den Umschlag.

»Die besagte Person wohnt zwei Dörfer weiter. Hier ist die Adresse. Es ist ein kleines Haus, am Rande des Dorfes.«

Albert nickte. Er musste sich zwingen, nicht neugierig auf den Umschlag zu schauen.

»Und, Sonntag, legen Sie es so hin, dass es von niemand anderem genommen werden kann.«

»Sicher.« Albert atmete tief durch. Das Schicksal hatte ihm noch mal Aufschub gewährt. Er würde mit seiner Offenbarung warten. Erst wollte er wissen, wer seine Mutter war.

* * *

Albert erledigte den Auftrag in der übernächsten Nacht. Er war am Tag zuvor durchs Dorf kutschiert, um sich die Örtlichkeit aus angemessener Entfernung anzusehen. Jetzt war er bis wenige Hundert Meter vors Dorf geritten und hatte das Pferd fest angebunden. Den Rest des Weges legte er zu Fuß zurück. Die Nacht war warm, und ein heller Mond wies ihm den Weg. Er hatte keine Schwierigkeiten, über den Feldweg zu finden. Nach zehn Minuten kam er an dem besagten Haus an.

Er schlich zur Tür. Es gab einen schmalen Briefschlitz. Neben der Tür stand ein kleines Schild. Doch als er kurz ein Streichholz aufflammen ließ, schaute er verwundert auf den Namen. Das konnte doch sicher kein Zufall sein.

Therese Hindemith. *Hindemith.*

Die Köchin des Gutes hieß so mit Nachnamen. Sie war in Greifenau aufgewachsen. Wohnte hier eine Verwandte von ihr, im Nachbardorf? Eine Schwester, eine Cousine oder Nichte?

Hinter dem Haus war ein großer Garten. Viel Gemüse. Neben den Beeten waren überall Wäscheleinen gespannt. Viele große weiße Laken hingen dort.

Auf der Rückseite des Hauses befand sich ein gemauerter Bottich für Seifenlauge. Sie war eine Wäscherin. Therese Hindemith, eine Wäscherin, war seine Mutter. Endlich wusste er es. Und es würde sicherlich nicht lange dauern, bis er sie das erste Mal sehen würde. Gut möglich, dass sie sich in den letzten Jahren schon mal begegnet waren, auf der Straße, in einem Laden.

Mit Beginn der diesjährigen Ernte hatte er angefangen, die Leiterwagen mit dem Heu zu fahren. Alle paar Tage gab es etwas zu erledigen, was ihn in die Nähe dieses Dorfes führte. Es konnte nicht lange dauern, bis er dieser Frau das erste Mal in die Augen schauen würde – in der Gewissheit, endlich seine Mutter gefunden zu haben.

Ein warmes Kribbeln zog durch seinen Körper. *Seine Mutter.*

Freute er sich auf diese Begegnung? Gut möglich, dass sie keine Schuld daran trug, dass er ins Waisenhaus gekommen war. Sie war nur eine junge Dienstbotin gewesen, die gegen den Willen eines reichen Grafen und des Dorfpastors keine Chance gehabt hatte. Aber auch sie war irgendwann erwachsen geworden. Sie hätte ihren Sohn suchen und finden können. Was konnte er von ihr erwarten? Vermutlich nicht viel mehr als von seinem Vater.

Albert schob den Umschlag durch den Briefschlitz und verschwand.

Kapitel 7

Anfang November 1916

Seine Hände spürten das Holz, die Maserung, die abgewetzten Stellen. Das Fensterbrett seines Zimmers. Hier, so schien es, hatte er eine glückliche Kindheit verbracht. Hatte im Winter Muster in die Eiskristalle gemalt und im Sommer die Landluft eingelassen. Dass er wieder hier stand, in den Fußspuren eines jüngeren, naiven Ichs, war wie ein geschenktes Leben.

Noch immer konnte Konstantin nicht glauben, dass er in seinem eigenen Bett schlief. Dass er an einer gedeckten Tafel saß und von einem Diener mehrere Gänge aufgetischt bekam. Dass er nicht in der Kälte eines Lazarettzeltes schlafen musste, sondern den Raureif der Nacht vom Fenster aus entdeckte, während hinter ihm ein wärmendes Feuer prasselte.

Schon vor vier Wochen war er angekommen. Es war fast wie früher, nur dass er sich nun wie ein Zuschauer seines eigenen Lebens vorkam. Albert Sonntag hatte ihn am Bahnhof in Stargard abgeholt. Auf der Kutschfahrt nach Hause hatten ihn Gefühle von Heimat und Geborgenheit gestreift. Vor dem Herrenhaus hatten alle aufgereiht auf ihn gewartet. Mama und Papa waren ihm vor den Augen der Bediensteten in die Arme gefallen. Und doch fühlte er sich, als lebte er unter einer gläsernen Glocke. Wie abgestorben stand er neben sich, betrachtete sich und die anderen, als sähe er auf ein Foto mit fremden Menschen.

Seine Schulter war noch immer bandagiert. Seine linke Körperseite war übersät mit Narben, die Wunden waren zwar schon alle geschlossen, aber die Narben waren zum Teil noch durchscheinend rot. Doch die körperlichen Verletzungen würden verschwinden, anders als die seelischen.

Die Stunden im zerbombten Schützengraben – er hatte sich nur noch den Tod gewünscht. Wollte nur bewusstlos bleiben. Als er irgendwann das Bewusstsein wiedererlangt hatte, hatten ihn innerhalb von Sekunden Herzrasen, Panik und Todesangst übermannt.

Aus unbekanntem Grund befanden sie sich im Zentrum des gegnerischen Artilleriefeuers. Als der Dauerbeschuss nach Stunden eine andere Richtung nahm, war die Hälfte seiner Männer tot, und die Übrigen glichen nur noch der Fassade nach einem Menschen. Diese wenigen Stunden hatten ausgereicht, um aus ihnen allen menschliche Wracks zu machen.

Etliche der Überlebenden bekamen das Kriegszittern. So schlimm war es bei ihm nicht. Seine Verletzungen galten als heilbar. Trotzdem dauerte es Monate, bis Konstantin ins wirkliche Leben zurückkehrte – nicht gesund, immer noch hochnervös, aber nicht mehr am jenseitigen Ufer des Lebens.

Als Papa ihn im Lazarett besuchte, war er körperlich stabilisiert. Doch wie ein Dreijähriger klammerte er sich weinend an ihn. Allein das verstörte seinen Vater extrem. Er kam noch zweimal und besuchte Konstantin auch im Genesungsheim. Im letzten Monat, an Konstantins erstem Tag zu Hause, schickte er alle hinaus und bat seinen Sohn, niemandem etwas von seinem Zustand zu erzählen. Und dass er sich bitte zusammenreißen solle.

Konstantin war erleichtert. Papa erzählte nicht einmal Mama von seinen hysterischen Anfällen, den Panikattacken und den nächtlichen Schweißausbrüchen. Niemand sollte es wissen. Niemand sollte den Erben des Gutes für führungsunfähig halten.

Konstantin war lange im Genesungsheim. Als er das erste Mal eine ganze Woche durchgehalten hatte, ohne nachts schreiend aufzuwachen, schickten sie ihn nach Hause. Sie brauchten Platz für die nächsten Überlebenden.

Papa hatte ihm vorsorglich Tabletten besorgt. Schlaftabletten, hatte er gesagt. Und tatsächlich fühlte Konstantin sich besser. Er schlief tief und fest. Und was das Wichtigste war – traumlos. Trotzdem hatte es zehn Tage gedauert, bis er sich zum ersten Mal an die frische Luft gewagt hatte. Er musste sich erst wieder an eine Welt ohne Trommelfeuer, ohne jammernde Bettgenossen und jenseits der militärischen Hierarchie gewöhnen.

Seit zwei Wochen ging er viel spazieren. Er mied andere Menschen und ging niemals ins Dorf. Er konnte Rebecca so nicht gegenübertreten. Sie würde ihn sofort durchschauen.

Aber er fühlte, wie die Natur ihn heilte. Die Landschaft, die Felder, die Wälder – das letzte Grün des Jahres hatte noch genug Kraft, seine Seele zu flicken. Das Leben tröpfelte langsam in ihn zurück. Heute Morgen fühlte er sich zum ersten Mal wie ein normaler Mensch. Das wusste er, weil er heute zum ersten Mal in der Gewissheit aufgewacht war, dass er dringend mit Vater sprechen musste. Er war sehr in Sorge um das Gut.

Gestärkt ging er hinunter in den Salon. Papa saß bereits am Frühstückstisch. Mama war noch nicht aufgestanden, und Katharina zog sich vormittags immer in ihr Zimmer zurück. Sie las erstaunlich viel, wie Konstantin festgestellt hatte. Papa studierte wie jeden Morgen die Zeitung. Konstantin setzte sich. Sein Blick fiel auf eine Überschrift – ein Kommentar über den ersten Sommer mit vorgestellten Uhrzeiten.

»Wie ist eigentlich die Geschichte mit der Sommerzeit gelaufen?«

Vater faltete die Zeitung zusammen und schaute ihn an. »Was für Tollheiten lassen die sich noch einfallen? Das mag ja vielleicht in den Städten Auswirkungen haben auf den Strom- und Kerzenverbrauch, aber bei uns ist es wirklich dumm. Ich habe

Thalmann angewiesen, dass die Kühe zur gleichen Zeit wie üblich gemolken werden. Und dass die Tiere wie in den Jahren vorher auf die Wiese kommen. Wie stellen die sich das vor? Soll ich vor der Kuh die Taschenuhr rausholen und sie bitten, weniger zu muhen, weil es ja noch nicht Zeit ist, sie zu melken?«

»Ich habe gestern mit Thalmann gesprochen. Er ist überhaupt sehr besorgt wegen des Viehbestandes. Er sagt, praktisch alles, was nicht zur Zucht gebraucht wird, wird beschlagnahmt und geschlachtet.«

»Ja, das Kriegsernährungsamt leistet ganze Arbeit.«

»Wir sollten ...«

»Konstantin, bitte. Du solltest dich nicht mit solchen Dingen befassen. Du musst dich wirklich noch schonen.«

»Ich danke dir für deine Sorge, aber ich spüre, dass es gerade die Arbeit auf dem Gut ist, die mir Kraft gibt.«

»Trotzdem ...« In den Augen seines Vaters spiegelte sich das Missbehagen wider, das ihn erfüllt hatte, als sein erwachsener Sohn wie ein hilflos flennendes Baby in seinen Armen gelegen hatte.

»Bitte lass mich dir helfen. Viel kann ich ohnehin noch nicht machen, dafür bin ich wirklich noch zu schwach. Aber ich spüre, dass das mein Weg ist, um wieder gesund zu werden. Wirklich wieder gesund zu werden.«

Dass Kopf und Seele wieder gesund wurden, das meinte Konstantin damit. Und sein Vater verstand es auch genauso.

»Wenn es dir hilft. Wir können wirklich jede arbeitende Hand gebrauchen. So viele unserer Pächter sind mittlerweile an der Front. Keiner von ihren Söhnen, der das zwanzigste Lebensjahr überschritten hat, ist noch hier. Du hättest die letzte Ernte sehen müssen. Die einzigen Männer, die auf den Feldern standen, waren polnische und russische Zwangsarbeiter.«

»Wie sieht es mit dem Saatgut aus?«

»Wir stehen ganz gut mit Weizen und Gerste da. Das dürfte für die nächste Aussaat reichen. Anders verhält es sich mit Saatkartoffeln. Da werden wir zukaufen müssen. Auch wenn wir glücklicherweise von der Kartoffelfäule verschont geblieben sind, war die Ernte trotzdem nicht so gut wie letztes Jahr.« Er räusperte sich, als hätte er Unangenehmes zu verkünden. »Was uns wirklich fehlt, ist Dünger. Er ist kaum noch zu bekommen, und wenn, dann nur für teures Geld.«

»Und was ist mit den Zwangsarbeitern? Haben wir genug?«

»Für die Ernte hat es gerade so gereicht. Jetzt sind viele in die Städte abkommandiert worden. Natürlich kommt uns das gelegen, weil wir sie dann nicht durch den Winter füttern müssen. Aber wenn es nächstes Frühjahr wieder losgeht, dann hoffe ich sehr, dass wir wieder genügend Männer zugeteilt bekommen.«

Konstantin nickte. Er brannte darauf, Papa nach dem Einsatz der Maschinen zu fragen. Er vermutete, dass Thalmann sie gar nicht eingesetzt hatte. Sonst hätte Vater es bestimmt erzählt. Doch Konstantin spürte, dass er noch nicht genug Kraft hatte für eine verbale Auseinandersetzung mit seinem Vater. Außerdem wusste er, dass ein Landgut im Krieg anderen Gesetzmäßigkeiten unterworfen war als lediglich schlechten Wetterbedingungen.

Im letzten Frühjahr hatte man erst einmal nur Mehl und Brot rationiert, doch nach und nach hatte es alle landwirtschaftlichen Produkte betroffen. Im Juli diesen Jahres hatte man samt und sonders alle Getreidevorräte beschlagnahmt. Papa hatte, wie alle Landgutbesitzer, alles an die Gemeinde abliefern müssen, die es weiterverteilt hatte. Und so war es mit allem gewesen, ob nun Hafer oder Kartoffeln, Kühen oder Schweinen. Vor ein paar Wochen erst war die Reichsfleischkarte eingeführt worden. All das wurde verschlimmert durch einen frühen Wintereinbruch. Es war so kalt wie schon seit Jahrzehnten nicht mehr.

»Ich hab gestern mit Albert Sonntag zusammen versucht, die eingefrorenen Wasserleitungen aufzutauen«, wechselte Konstantin das Thema. »In den Stallungen gibt es kein fließend Wasser mehr. Wir ... Er hat dann ein Loch in den See geschlagen. Dort haben wir das Wasser für die Tiere geholt. Du siehst, ich kann helfen. Und ich will helfen.«

Vater schaute ihn mit einem Blick an, als würde er etwas abwägen. Dann sagte er mit gesenkter Stimme: »Pass auf: Ich habe mit Thalmann und unserem Kutscher zusammen einen geheimen Vorrat angelegt. Kartoffeln, Hafer, vor allen Dingen aber Gerste und Weizen. Es weiß sonst niemand Bescheid. Vor ein paar Tagen, in den ersten frostigen Novembernächten haben wir zu dritt säckeweise Saatgut und Kartoffelvorräte in den alten Schober geschleppt.«

»Den Schober an der früheren Mühle?«

Vater nickte.

»Und du vertraust diesem Sonntag?«

»Wie einem Sohn. In dieser speziellen Frage mehr als Nikolaus«, setzte er noch nach. »Du darfst mit niemandem darüber reden, auch nicht mit Nikolaus, wenn er mal wieder auf Fronturlaub kommt. Er würde es sicher für unpatriotisch halten.«

Konstantin war froh. Endlich einmal eine gute Nachricht. »Keine Angst, ich verrate dich schon nicht an das Kriegswucheramt.«

* * *

Tomasz Ceynowa hatte nie viel gesprochen, und das hatte sich auch nicht geändert. Er stand hinter dem Maschinenpflug, und Pjotr und Konstantin halfen ihm. Sie hatten fast ein ganzes Feld geschafft. Kohle war rar geworden, aber es gab noch immer genug Holzvorräte, um die Dampfmaschine anzutreiben. Tatsächlich hatte Vater niemanden an die Maschinen gelassen, weil es nur einen gab, der sie wirklich bedienen konnte, und der war ein polnischer Zwangsarbeiter.

Was Konstantin am meisten freute, war die Tatsache, dass sein Vater gemeinsam mit Thalmann am Vormittag auf dem Feld vorbeigeschaut hatte. Selbst der Gutsverwalter schien nicht mehr abgeneigt, den Maschinenpflug einzusetzen. Es gab einfach zu wenige Männer, um die letzten Felder noch umzupflügen, bevor der Frost tief in die Erde eindringen würde. Und für eine leichtere Aussaat und gute Ernte im nächsten Jahr war es wichtig, dass die umgegrabenen Schollen im Frost des Winters zerbröselten.

Konstantin sah den Reiter schon von Weitem. Es gab nicht mehr allzu viele Reitpferde. Was nicht an Zugpferden für die Landwirtschaft gebraucht wurde, ging an die Armee. Er rief Ceynowa und Pjotr etwas zu, und die beiden machten alleine weiter.

Als er sah, wer ihm da entgegenritt, wurde ihm eiskalt. Nicht wegen ihres letzten Gesprächs, sondern weil er sich sofort daran erinnerte, was diesem Gespräch gefolgt war. Freiherr von Morschütz aus Schlesien. Wenige Minuten später war das Inferno der Hölle um ihn losgebrochen. Seine Hände waren schweißnass, obwohl es sehr kalt war.

Der Reiter kam immer näher, stoppte ein paar Meter vor ihm und stieg ab.

»Wie ich sehe, geht es Ihnen wieder gut.«

Konstantin sagte nichts.

»Ich habe gehört, was passiert ist. Es tut mir sehr leid.«

Konstantin schluckte hart. »Und Sie?« Morschütz war in Zivil unterwegs. War auch er noch vom Dienst zurückgestellt?

»Nichts. Mir ist nichts passiert. Ich konnte mich zur Flanke retten, weit genug weg vom Hexenkessel.«

Konstantin wollte es kaum glauben. Morschütz war nur eine Zigarettenlänge früher gegangen und hatte nichts abbekommen. Keine Hölle durchlebt. Er war noch immer der Mann, der er vorher auch gewesen war.

Morschütz schaute ihn an, und Konstantin wusste in diesem Moment, dass er seine medizinische Akte gelesen hatte. Sein Blick verriet ihn. Sein Blick, der auf der Suche war nach einem Anzeichen des Verrücktseins oder der Hysterie.

»Mir geht es wieder gut. Kein Zittern mehr. Keine Panik.« Wie er es gehasst hatte, dieses Zittern, das Weinen und das Zusammenbrechen, das ihn durch die ersten Wochen begleitet hatte.

»Das freut mich. Ich war sehr froh, als ich gelesen habe, dass Sie aus dem Genesungsheim entlassen werden konnten.«

Es lief Konstantin eiskalt den Rücken runter. »Heißt das, ich soll wieder in Dienst gestellt werden? Sind Sie deswegen hier?« Als würde ihm jemand die Kehle zudrücken. Sein Atem ging flach.

»Nein.« Morschütz zog eine Schachtel Salem Gold hervor und bot Konstantin eine an.

Wo zum Teufel bekam man heutzutage noch Salem Gold her? Zögernd nahm er eine Zigarette und wartete darauf, dass der andere ihm Feuer gab. Konstantin hatte keine mehr geraucht, seit er im Schützengraben gefallen war und sich wochenlang kaum hatte bewegen können. Er hatte vorher nicht geraucht und erst beim Militär angefangen. Nach seiner Verwundung war es ihm nicht schwergefallen, nicht mehr zu rauchen. Im Gegenteil: Der Zigarettengeschmack erinnerte ihn an die Front. Und jede Erinnerung daran wollte er verbannen. Doch jetzt überkam ihn ein unbändiges Drängen. Er brauchte dringend eine Zigarette.

»In der Zwischenzeit ist viel passiert. Sie erinnern sich an unser Gespräch, an die Kräfte, die gegen den Zaren agitieren?«

Gute Güte, schmeckte das widerlich. Konstantin inhalierte trotzdem gierig. »Ja.«

»Nun, bisher hat es noch nicht viel gefruchtet.« Morschütz selbst steckte sich eine Zigarette an und ließ seinen Blick über das Feld laufen. »Es gibt kaum noch Kartoffelreserven, und auch alles andere geht zur Neige. Das Militär kauft alles auf, dessen es habhaft werden kann. Die Leute in den Städten stehen stundenlang Schlange für ein Brot.«

»Ich weiß. Ich lese jeden Tag davon. Hier auf dem Land ist es nicht ganz so schlimm. Da haben die Leute noch ihre eigenen Kühe und Hühner, und sie haben Obst und Gemüse aus ihrem Garten eingemacht.«

»Jetzt stellen Sie sich vor, es wäre anders. Es wäre so wie im Zarenreich.«

»Proteste, Streiks, Aufstände, desertierende Soldaten. Die ersten Hungerkrawalle gibt es bereits im Kaiserreich.«

Morschütz nickte zustimmend. »Die russischen Soldaten fliehen zu Tausenden. Die OHL geht davon aus, dass es über eine Million Fahnenflüchtiger gibt. Und trotzdem reicht es immer noch nicht, um das Zarenreich zum Aufgeben zu zwingen.« Jetzt ruhte sein Blick auf Konstantin. »Wie gut können Sie schweigen?«

Wohin würde dieses Gespräch führen? »So gut ich muss.«

»Es wurden ... vielleicht die falschen Kräfte unterstützt. In der Reichshauptstadt denkt man über einen Kurswechsel nach.«

»Man?«

Der andere zuckte mit den Schultern. »Ich kann es Ihnen nicht sagen. Weil ich es selbst nicht weiß. Also, würden Sie helfen?«

Die Antwort kam blitzschnell. »Zurück an die Front?«

»Nein, im Gegenteil. Wenn Sie mitmachen, wird man dafür sorgen, dass Sie aus der Schusslinie bleiben.«

Konstantin brauchte nicht lange, um sich dieses Angebot zu überlegen. Sobald seine Schulter ausgeheilt war, was nur noch wenige Wochen dauern würde, würde man ihn zurückbeordern. Er war schon zweimal zur Nachuntersuchung gewesen. Das letzte Mal vor zwei Wochen. Er hatte so das Gefühl, dass man ihm, dem Grafensohn, noch ein Weihnachtsfest gönnen wollte. Doch dann würde es auch für ihn heißen: zurück in den Hexenkessel.

Er hegte keinerlei Zweifel, wofür er sich entscheiden würde. »Wer genau sind die Kräfte, die unterstützt werden sollen?«

Morschütz verzog den Mund. »Ich habe so meine Vermutungen, aber mit Gewissheit kann ich es Ihnen nicht sagen. Die ganze Geschichte ist so geheim wie nur eben möglich. Das sollte Ihnen immer klar sein. Diesen Punkt kann ich gar nicht genug betonen.«

»Damit habe ich kein Problem. In welche Richtung gehen Ihre Vermutungen?«

»Ich hoffe, ich enttäusche Sie nicht. Es sind relativ banale Überlegungen, die jedermann anstellen kann.« Er nahm einen Zug und stieß den Rauch wieder aus, bevor er weiterredete. »Die neu geschaffene Duma ist nichts weiter als ein russisches Puppentheater. Doch in ihrer Mitte hat sich ein progressiver Block gebildet, aus liberalen, bürgerlichen, sozialdemokratischen und sozialistischen Kräften. Sogar die moderaten Monarchisten sind in vielen Punkten nicht mit dem Vorgehen des Zaren einverstanden. Zudem wird dieser Wunderheiler, dieser Mönch Rasputin, von Woche zu Woche kritischer beurteilt. Solange die Zarin sich nicht von ihm lossagt, verliert das Haus Romanow jeden Tag an Glaubwürdigkeit, sogar bei seinen eigenen Leuten.«

Konstantin nickte beipflichtend. »Nichts, was mich überrascht. Wer von denen wird unterstützt?«

Morschütz schnippte seine halb aufgerauchte Zigarette weg. »Ich weiß es nicht.«

»Vielleicht alle?«

»Vielleicht.«

»Mit Geld und Waffen?«

»Vermutlich. Wie gesagt, es ist alles sehr geheim. Anscheinend gibt es nur sehr wenige, die in alle Vorgänge eingeweiht sind. Sie müssen also blindes Vertrauen haben.«

Konstantin nahm einen letzten tiefen Zug und schnippte seine Zigarette in die gleiche Richtung. »Wir werden diesen Krieg nicht gewinnen, wenn wir nicht bald eine Front aufgeben können.«

»Das sehe ich auch so. Zudem werden die Amerikaner immer nervöser. Bisher machen sie gutes Geld, weil sie die Franzosen und Briten mit Krediten und Waffen unterstützen. Doch allmählich kommt der Punkt, an dem sie dafür Sorge tragen müssen, dass die Länder, die ihnen so viel Geld schulden, am Ende nicht zahlungsunfähig werden. Immer häufiger wird in Berlin über einen Kriegseintritt der USA spekuliert. Dann gnade uns Gott.«

Morschütz war ein ominöser Kerl. Und es gefiel Konstantin nicht, dass er so wenige Informationen hatte. Aber in diesem Augenblick wurde ihm bewusst, dass dies der Weg war, nach dem er so lange gesucht hatte. Er würde seinem Vaterland dienen. Und gleichzeitig würde er dabei helfen, Tausende Leben zu retten – auf beiden Seiten der Front. »Ich bin dabei.«

»Das hatte ich gehofft. Also, es läuft so: Ich werde mich kurzfristig mit Ihnen in Verbindung setzen. Je nach Bedarf kann es Tage, Wochen oder Monate dauern, bis Sie von mir hören. Meine Aufgabe ist es, einige Männer in Position zu bringen. Sie sind nur einer … von mehreren. Wenn Sie Ihren Auftrag bekommen, müssen Sie überlegt handeln. Und zwar ohne weitere Rückendeckung oder tiefergehende Informationen. Sie werden tun müssen, was man von Ihnen verlangt.«

Das gefiel Konstantin nicht, aber so lief das wohl. »Sie können auf mich zählen.«

Weihnachten 1916

»Es geht um dieses neue Gesetz, stimmt's?« Adolphis von Auwitz-Aarhayn saß in einem bequemen Ledersessel und paffte genüsslich eine Zigarre.

Albert hatte bisher gewartet. Heute war Heiligabend, und der Graf würde sicherlich ein Einsehen haben. Und wenn nicht aus eigenem Interesse, dann vielleicht, weil er ihm ohnehin mehr als einen Gefallen schuldig war.

»Genau. Das Gesetz über den vaterländischen Hilfsdienst. Es bereitet mir Kopfzerbrechen.«

»Thalmann hat es am Rande erwähnt. Worum geht es da noch mal genau?«

»Es geht um die allgemeine Arbeitsdienstpflicht für alle Männer.«

»Aber Sie haben doch eine feste Anstellung.«

»Trotzdem könnte ich durch das Gesetz in der Kriegsproduktion eingesetzt werden, da ich als Chauffeur nicht als kriegswichtig eingestuft bin.«

»Aber es sind doch sowieso schon so viele unserer Arbeiter an der Front. Und jetzt wollen sie noch die restlichen Leute in die Rüstungsfabriken abkommandieren?«

»Sie könnten. Deshalb bin ich hier. Wie es formuliert ist, betrifft es alle Zivilisten zwischen siebzehn und sechzig, die vor 1916 nicht in einem agrarischen Betrieb gearbeitet haben. Nun, ich hab ja letztes Jahr schon angefangen, wahlweise für Eugen oder Johann Waldner im Stall einzuspringen. Mittlerweile habe ich zusätzliche Aufgaben übernommen. Bei der Heuernte hab ich die Wagen gefahren und auch bei anderen Gelegenheiten.«

Albert kam sich wie ein dummer Bittsteller vor. Was ließ der Graf ihn denn hier lange erklären? Er konnte doch selbst kein Interesse daran haben, wenn Albert eingezogen würde, ob nun vom Militär oder von Rüstungsfirmen.

»Ich übernehme verschiedene Tätigkeiten, aber offiziell werde ich auf der Lohnliste noch immer als Kutscher und Chauffeur geführt.«

»Und jetzt glauben Sie, wenn es zu einer Anfrage käme, könnte es Komplikationen geben.«

»Das wäre möglich. Das Militär und die Rüstungsindustrie sind hinter den Männern her wie der Teufel hinter der Seele.«

Der Graf grinste. »Das scheint mir ein passender Vergleich zu sein.« Er zog nachdenklich an seiner Zigarre.

Im ganzen Haus liefen die Vorbereitungen für die Feierlichkeiten. Der Weihnachtsbaum stand geschmückt im Vestibül. Alle drei Söhne waren im Haus, sonst wurde kein Besuch erwartet. Draußen fegte ein selbst für diese Jahreszeit ungewöhnlich kalter Sturm übers Land. Ein jeder war froh, im Haus zu sein. Alleine sich vorstellen zu wollen, wie es den Soldaten an der Front ergehen musste, war grausam.

»Ich werde mit Caspers und Thalmann sprechen. Ich finde, das Gut wurde ausreichend zur Ader gelassen. Ich will nicht einen einzigen weiteren Arbeiter verlieren. Sie sollen sich darum kümmern, dass Sie anders eingestuft werden. Es könnte natürlich bedeuten, dass tatsächlich mehr Feldarbeit auf Sie zukommt.«

»Kein Problem. Ich bin harte Arbeit gewohnt. Ich hoffe zwar, dass ich bei Kriegsende wieder zurück in meinen angestammten Beruf wechseln kann. Aber das wird die Zukunft zeigen.«

»Wenn es nur schon so weit wäre.«

»Wir alle beten jeden Tag für das Ende des Krieges.«

Adolphis von Auwitz-Aarhayn schaute ihn mit unergründlichem Blick an. »Sie sind ein guter Mann. Loyal. Ich schätze so etwas sehr. Falls es doch unerwartet Komplikationen geben sollte, kommen Sie direkt zu mir. Ich werde das dann klären, soweit es in meiner Macht steht.«

Albert nickte heilfroh. Der Graf hatte ihm das Leben geschenkt. Vielleicht hatte er es gerade noch einmal getan. Zumindest dafür musste er dankbar sein.

»Wir sehen uns dann ja später zur Feier.«

Damit war seine Audienz vorbei. Albert verbeugte sich knapp und ging aus dem Rauchersalon. Als er die Hintertreppe hinunterkam, hörte er schon Stimmen aus der Leutestube.

»Hat das noch jemand mitgekriegt? Ich war vorhin oben, im Familientrakt, Holz nachlegen. Meine Güte, da sind die Fetzen geflogen.«

Kilian erzählte so laut, dass es jeder mitbekam. Noch waren Caspers und die Mamsell im Haus unterwegs. Solange durfte er sich ketzerische Reden erlauben.

Albert setzte sich an den Tisch. Clara und Wiebke saßen schon. Bertha schwirrte herum und legte letzte Hand an die Dekoration. Wenn schon das Essen nicht so üppig ausfallen würde wie in den letzten Jahren, sollte der Tisch wenigstens richtig festlich aussehen.

»Nein. Wer hat sich denn gestritten?«

»Nikolaus mit Konstantin.«

»Grundgütiger, auf Graf Nikolaus hätte ich gerne verzichten können«, warf Bertha ein.

»Er war jetzt schon über ein Jahr nicht mehr auf Fronturlaub. Alle haben freibekommen, die über ein Jahr nicht mehr zu Hause waren«, erklärte Kilian.

»Trotzdem, ich hatte mich auf ein ruhiges und friedliches Weihnachten gefreut.«

Kilian und Eugen drehten sich überrascht zu Irmgard Hindemith um. Niemand hätte vermutet, dass die Köchin etwas gegen den zweiten Sohn des Grafen hatte.

Sie zuckte lakonisch mit den Schultern. »Ich mag ihn nicht. Gestern nach der Messe, draußen vor der Kirche, da hat er auf das Friedensangebot des Reichstages geschimpft. Auf das Friedensangebot!« Irmgard Hindemith wurde richtiggehend verärgert. »Der Krieg könnte in wenigen Wochen aus sein. Aber wegen solcher Männer wie dem da oben, die unbedingt den Krieg weiterführen wollen, müssen die Menschen weiter hungern. Und weiter sterben. Dieser Möchtegern-Admiral findet, dass es keine Gespräche geben soll. Der Krieg solle auf dem Feld entschieden werden und nicht am Verhandlungstisch. So sagt er.«

»Und worüber haben sich die beiden heute gestritten?«, fragte Clara neugierig.

Kilian lehnte sich weit vor, damit auch alle am Tisch hören konnten, was er zu sagen hatte. »Nikolaus hat sich über seine Brüder echauffiert. Sie seien keine Männer von Ehre. Nur Feiglinge würden sich frontunfähig schreiben lassen. Das ging an seinen älteren Bruder. Und von Herrlein Alexander forderte er, sich freiwillig zu melden.«

»Noch ein paar Monate, dann wird er sowieso eingezogen. Wetten? Sobald er Ostern die Schule fertig hat, wird er gezogen«, warf Bertha ein.

»Ist er schon zwanzig?«, fragte Eugen. Zu dem Thema sagte er sonst nicht viel. Er hatte noch keine Musterung hinter sich, aber es war klar, dass er vermutlich mit seinem lädierten Arm als untauglich erklärt würde. Und selbst wenn man ihn einzog, würde er sicher nicht an die vorderste Front kommen.

»Ja, seit letztem September.«

»Und du? Wann wirst du zwanzig?« Nur Clara stellte so undiplomatische Fragen.

»Jetzt im Januar«, sagte Kilian betreten. Es war ihm nicht anzumerken, ob er zum Militär wollte. Er äußerte sich nicht mehr dazu. »Also: Die Diskussion wird immer hitziger, bis Konstantin ihn anschreit: ›Ich rette hier das Gut.‹ ›Und ich rette das Reich‹, schreit ihn sein Bruder an. ›Und ohne das Reich ist das Gut nichts.‹ Und dann sein großer Bruder wieder: ›Ohne Essen wirst du das Reich ganz alleine verteidigen müssen. Weil die Soldaten nichts mehr zum Fressen haben.‹ Und dann hat er ihm eiskalt vorgeworfen, dass sich die Offiziere in den beschlagnahmten Schlössern die Bäuche vollschlagen, während die Mannschaften im Dreck stehen und dünne Brühe bekommen würden. Und als ...«

Plötzlich stand Mamsell Schott im Raum. Kilian verstummte sofort. Überraschenderweise schimpfte sie nicht. Sie schaute sich den Tisch an, seufzte einmal und sagte dann nur: »Nun, wir müssen froh sein, überhaupt was auf den Tisch zu bekommen. Wir werden wenigstens satt.«

Alle wussten, dass es heute in vielen Stuben des Kaiserreiches sehr viel trauriger aussehen würde. An die Zustände an der Front wollte erst recht niemand denken.

Albert stand auf und folgte Irmgard Hindemith in die Küche. »Soll ich Ihnen helfen?«

»Mir helfen? Wobei?«

»Mit dem schweren Gänsebraten. Die zwei Kasserollen für oben?«

»Ach was. Das hab ich in den letzten achtzehn Jahren ja auch immer alleine geschafft.«

»Das hab ich nicht bezweifelt.«

Bertha kam rein, schaute die beiden kurz interessiert an und ging mit dem Besteck wieder.

»Dann haben Sie nie mit Ihrer Familie gefeiert?«

»Mit meiner Familie? Wie kommen Sie denn darauf?«

»Ich dachte, Sie stammen hier aus der Gegend.«

»Sogar aus Greifenau. Meine Eltern sind dann später umgezogen, zwei Dörfer weiter. Meine Schwester wohnt jetzt in dem Haus.«

»Ihre Schwester?«

»Das sag ich doch.« Irmgard Hindemith schaute ihn verblüfft an. »Meine Schwester. Ich hatte vier Brüder, aber drei leben nicht mehr. Gott hab sie selig.« Sie bekreuzigte sich schnell zweimal hintereinander. »Der letzte wohnt weit weg.«

»War sie mal hier? Hab ich Ihre Schwester mal kennengelernt?«

»Wieso fragen Sie so was?«, kam es skeptisch von der Köchin.

»Ich dachte nur.«

»Dann denken Sie mal woanders. Wenn Sie nicht verhaftet werden wollen, gehen Sie jetzt besser aus der Küche. Ich muss nämlich Sahne schlagen.«

»Und dafür würde ich verhaftet?«

»Sie nicht, ich aber schon. Wissen Sie es noch nicht? Seit zwei Monaten ist es den Molkereien verboten, Sahne herzustellen.«

»Das ist doch eigentlich etwas Gutes, oder? Die Milch soll für die Bevölkerung fetter sein.«

»Ja, gut für die Leute. Schlecht für meinen Kuchen. Den ich übrigens auch nicht mehr backen darf. Also verraten Sie mich nicht, sonst werde ich noch aufgehängt.« Sie grinste ihn schief an.

Anfang Januar 1917

»Die haben es ja wirklich eilig. Keinen einzigen Tag haben die sich Zeit gelassen.«

Mamsell Schott stand mit Caspers zusammen. Er hatte sie gerade in sein Zimmer gebeten. Ottilie hatte erst gedacht, es würde um seine Schulden gehen, weil er so herumdruckste. Jedes Monatsende, wenn der oberste Hausdiener ihr das Gehalt für die anderen Bediensteten gab, schob er ihr einen separaten Umschlag zu, mit einem Teil seines Gehaltes. Er zahlte pünktlich und zuverlässig seine Schulden ab. Ottilie nahm das Geld, und wann immer sie die Gelegenheit hatte, in die Stadt zu fahren, wies sie ihrem Sohn etwas von ihrem Gesparten an. Es machte sie glücklich zu wissen, dass sie ihm nach all den Jahren etwas Gutes tun konnte.

Doch die jüngste Nachricht, die Caspers ihr gerade unterbreitet hatte, machte sie alles andere als glücklich.

»Ich werde direkt heute Abend mit dem Herrn Grafen darüber sprechen. Vielleicht lässt sich da noch was machen.«

»Was meinen Sie mit: Da lässt sich was machen?«

»Anscheinend kann man Männer, die wichtige Aufgaben haben, zurückstellen lassen.«

»Was bedeutet: wichtige Aufgaben?«

»Tja, alles, was letztendlich dem Reich und der Kriegsführung dient«, sagte Caspers bekümmert. »Kühe melken, Schweine füttern und Heu einfahren zählt sicher dazu. Die Nachteimer zu leeren und Holz im Salon des Grafen nachzulegen eher nicht.«

»Wieso sagen Sie das in einem so merkwürdigen Ton?«

»Weil mir gerade auffällt, wie außerordentlich geschickt doch unser Kutscher ist.«

Caspers wehrte mit der Hand jede weitere Frage ab. »Ist auch egal. Wichtig ist jetzt, dass wir uns um Kilian kümmern.«

Sie hatten erst vor drei Tagen Kilians Geburtstag gefeiert. Er war zwanzig geworden. So richtig gefreut hatte er sich nicht. Er ahnte wohl schon, was auf ihn zukam. Und heute hatte er mit der Nachmittagspost den Musterungsbescheid bekommen. Er war umgehend zu Caspers gegangen.

»Was hat er gesagt?«

»Er hat mir den Bescheid gezeigt und gesagt: Es ist so weit.«

»Wenn wir es wenigstens hinbekommen, dass er erst gehen muss, wenn es wieder wärmer wird. Die Soldaten haben zwar mehr zu essen als die armen Menschen in den Städten, aber ich möchte auch nicht, dass er erfriert. Dieser elendige Steckrübenwinter.«

»Ich werde mein Möglichstes tun. Ich werde dem Herrn Grafen gut zureden.«

»Sagen Sie ihm, dass Kilian ja nun auch mehr übernehmen muss, seit Albert Sonntag so viel in den Ställen arbeitet.«

»Letztendlich kommt es drauf an, ob wir etwas finden, womit Kilian hier an der Heimatfront den Krieg unterstützt. Alles andere ist nichts wert.«

Ottilie Schott wollte schon hinausgehen, als Caspers noch hinterherschob: »Erzählen Sie den anderen erst einmal nichts. Ich möchte nicht, dass unnötig Unruhe entsteht.«

Sie nickte und ging. Doch als sie um die Ecke kam, sah sie, wie Clara unten an der Hintertreppe stand, die Hand auf den Bauch gelegt. Sie war ganz bleich.

»Clara, ist was? Ist dir schlecht?«

»Was?« Erschrocken riss sie den Kopf hoch. »Nein, nein. Ich bin nur etwas müde. Ich hab schlecht geschlafen.« Tatsächlich hatte sie gerötete Augen, als hätte sie geweint.

»Hat Kilian mit dir geredet?«

»Kilian? Ähm ... nein.« Sie war so verwundert über ihre Frage, dass die Mamsell direkt wusste, dass Clara nicht ahnte, wovon sie sprach.

»Dann ist ja gut. Hast du die Betten schon neu bezogen?«
»Alle außer das Bett der Komtess.«
»Na gut. Dann geh und mach weiter.«
Clara nickte und rannte die Hintertreppe hoch.

Etwas kam ihr merkwürdig vor. Seit einigen Tagen schon war Clara auffallend zurückhaltend. Silvester hatte sie den Punsch gekippt, als wollte sie sich ersäufen. Irgendwas war mit dem Mädchen. Oder besser, mit der jungen Frau. Sie war schließlich schon siebzehn, fast schon heiratsfähig. Nun ja, ans Heiraten dachte in diesen Zeiten niemand. Und Clara und Wiebke konnten froh sein, wenn der Krieg ihnen noch einen heiratsfähigen Mann übrig ließ.

Es war Zeit. Sie musste zur gnädigen Frau, nachsehen, ob sie den Nachmittagstee abräumen konnte. Doch auf der Treppe fiel ihr ein, dass ihr vorhin ein Knopf vom Stehkragen abgegangen war. Sie sollte ihn besser schnell annähen, bevor sie den kleinen Salon betrat.

Ottilie stieg die Treppe bis hoch in den Dienstbotentrakt. Oben auf dem Flur, auf dem es normalerweise tagsüber immer ganz ruhig war, hörte sie Geräusche. Sie kamen aus Claras Zimmer. Kurz nachdem Hedwig von ihnen gegangen war, hatten Clara und Wiebke ihre eigenen Zimmer bekommen.

Sie trat vor die Tür und horchte. Was sie hörte, war eindeutig. Eine furchtbare Ahnung beschlich sie. Aber wann und wo sollte Clara zu so etwas Gelegenheit gehabt haben? Oder gar Zeit? Nun, von ihren eigenen Erfahrungen als junge Frau wusste sie, dass dafür wenige Minuten reichten. Sie schickte ein Stoßgebet gen Himmel, dass sich ihre schlimmste Befürchtung nicht bewahrheiten würde. Dann öffnete sie die Tür.

Clara übergab sich in ihre Waschschüssel. Ertappt blickte sie auf und wischte sich den Mund mit einem Tuch ab.

»Mir ist nicht gut«, stammelte sie, im Gesicht weiß wie eine Wand.

»Hast du dir den Magen verdorben?«

»Ja, ich glaube, so ist es.«

Ottilie Schott schloss hinter sich die Tür. »Und womit hast du dir denn wohl den Magen verdorben, da es uns anderen gut geht? Ich denke, ich habe den gleichen Eintopf gegessen wie du. Mir geht es prima.«

Clara tupfte sich nervös mit dem Handtuch über den Mund. Sie suchte nach einer Ausrede, das war ihr anzusehen.

»Ich frage mich, wer wohl dafür infrage kommt. Ich kann es mir beim besten Willen nicht denken.«

»Wofür? Was meinen Sie?«

»Wer der Vater ist.«

»Der Vater?«

»Der Mann, der dir das Balg angedreht hat. Verkauf mich nicht für dumm!«

Clara sackte in sich zusammen. Mit hängendem Kopf fing sie an zu weinen.

»Wie weit bist du?«

Clara schluchzte leise. Aber sie bewegte sich nicht, und sie sagte nichts.

»Wie weit?«

Noch immer keine Antwort. Ottilie trat an sie heran und befühlte ihren Bauch. Erschrocken sprang Clara zurück, doch Ottilie langte nach.

»Hm, noch nicht weit.«

»Sie müssen mir helfen.«

»Ich muss dir helfen? Mädchen, du bist nicht mehr ganz bei Trost. Wie soll ich dir helfen? Du wirst das Gut verlassen, den Vater dieses Kindes heiraten. Und Ende.«

Clara schaute sie nur an, während ihr die Tränen über die Wangen liefen. »Es gibt keinen Vater.«

»Du bist nun wahrlich nicht die Jungfrau Maria.«

Clara schüttelte nur den Kopf.

»Wer ist der Kerl, von dem du dir das hast andrehen lassen? Ist er im Krieg gefallen?«

Clara konnte ihre Schluchzer nicht weiter unterdrücken. »Tomasz«, kam es jammernd.

»Wer?«

»Tomasz Ceynowa.«

»Ceynowa?!« Schotts Stimme wurde laut. »Du gehst mit so einem ... Also ich bin ... Das ist ja wohl die Höhe!«

Ein weiteres jämmerliches Flennen brach aus Clara heraus.

»Wenn du dich mit so einem einlässt, hast du es auch nicht besser verdient. Er ist Katholik, Katschube, Pole, Kriegsgefangener. Was hätte es noch gebraucht, um dich von jemandem wie ihm fernzuhalten?«

»Sie müssen mir helfen«, wiederholte Clara flehend.

»Dir ist nicht mehr zu helfen.«

»Bitte!« Jetzt griff Clara nach ihrer Hand und warf sich vor ihr auf die Knie. »Bitte. Sie müssen mir helfen. Ich weiß nicht mehr weiter. Ich kann ihn doch nicht heiraten.«

»Allerdings kannst du das nicht.«

»Was soll ich denn jetzt tun?«

Ottilie Schott schwieg. Was sollte sie sagen? Eine ledige junge Frau, ungewollt schwanger. Es war doch immer das gleiche Spiel. Und allzu viele Spielregeln gab es nicht.

Wenn sie nicht heiraten konnte – und das war in diesem Fall absolut ausgeschlossen –, dann gab es nur zwei Optionen: Entweder sie ging in ein Tränenhaus, ein Haus für ledige Mütter. Sie würde dort das Kind gebären und es weggeben müssen. Sie würde ohne Zeugnis vom Gut gehen, dafür aber mit einem deutlichen Eintrag in ihr Arbeitsbuch. Wenn Ottilie es nicht schrieb, würde die Gräfin vermutlich selbst darauf bestehen. Damit wäre ihr Leben ruiniert für alle Zeiten.

Die zweite Möglichkeit war: Clara ließ die Leibesfrucht wegmachen. Aber da konnte sie sich genauso gut selbst umbringen. Und floss in diesem elendigen Krieg nicht schon genug Blut? Gab es nicht überreichlich Tote? Musste sie sich wirklich dieser Gefahr aussetzen?

Clara flehte sie wimmernd an. »Ich will es nicht. Bitte helfen Sie mir. Ich kenne niemanden.«

»Was erlaubst du dir? Glaubst du etwa, ich würde solche Menschen kennen?« Ottilie riss ihre Hand weg und stieß das Mädchen von sich.

»Bitte!« Claras Flehen ging in einem Heulen unter. Sie lag auf dem Boden. Ihr Körper zuckte unter ihren Schluchzern.

Starr stand Ottilie daneben. Sie fragte sich, wann Ceynowa Gelegenheit gehabt hatte, mit dem Mädchen zu turteln. Clara war schon immer viel zu freundlich zu ihm gewesen. Und zu eitel, um zu verstehen, was Männer mit Komplimenten wirklich bezweckten.

Ottilie hatte es immer als Fehler angesehen, dass der Pole unten mit ihnen aß. Seit letztem Sommer mussten nach und nach immer mehr polnische und russische Zwangsarbeiter auf dem Gut arbeiten. Man hatte Ceynowa zusammen mit den anderen im Arbeiterhaus im Dorf untergebracht, als die Saisonarbeiter dort gewohnt hatten. So konnte man sie besser beaufsichtigen. Und sie waren ihn los – das hatte sie damals zumindest gedacht.

Aber Ceynowa kannte sich hier aus. Wann immer eine Aufgabe damit zu tun hatte, zum Gut zu gehen, um dort etwas zu holen oder Bescheid zu geben, wurde sie ihm zugeteilt. Deswegen tauchte er gelegentlich hier noch auf. Noch letzte Woche hatte er plötzlich in der Leutestube gestanden, rotzfrech, weil er etwas bei der Köchin abgeben sollte.

Es war vermutlich auch keine gute Idee gewesen, dass Clara ein eigenes Zimmer bekommen hatte. Doch fürs Lamentieren war es nun zu spät.

Die Aufsicht über das weibliche Personal fiel in ihren Zuständigkeitsbereich. Was für eine vertrackte Situation. Ob sie nun wollte oder nicht, sie musste sich um Clara kümmern.

20. Januar 1917

Was für ein idiotisches Kleidungsstück! Sie trug schon seit zwei Jahren kein Korsett mehr. Früher hatte sie geglaubt, es sei eben normal, dass man sich einzwängte. Aber mit Abstand betrachtet war es einfach nur wider die Natur. Katharina überlegte ernsthaft, wie sie dieses Folterinstrument überleben sollte.

»Nun stell dich nicht so an. Atme aus.« Mama kannte keine Gnade, nicht heute Abend.

»Du bringst mich noch um.«

»Ach, papperlapapp. Wiebke, nehmen Sie das Knie zu Hilfe.«

»Jawohl, gnädige Frau.« Das Hausmädchen drückte ihr das Knie ins Kreuz und zog an den Bändern.

Katharina jammerte laut auf. Jetzt reichte es ihr. »Keinen Zentimeter mehr, oder ich falle auf der Stelle in Ohnmacht!«, keuchte sie.

»Es ist dein erster Ball bei Hofe. Willst du etwa nicht die Schönste sein?«

»Vor allem möchte ich den Abend überleben.« Katharina atmete ein, so tief es eben noch ging. »Und jetzt binden«, befahl sie Wiebke. Die schaute zur Gräfin, verknotete dann aber die Bänder.

Darüber kamen der Korsettschoner, das Unterkleid und dann das Kleid. Es war ein schlicht gehaltenes, aber elegant geschnittenes Kleid aus weißer Atlasseide. Keine Ahnung, wo Mamas Schneiderin den Stoff jetzt noch aufgetrieben hatte. Er musste ein Vermögen gekostet haben.

Auch Stoff war mittlerweile Mangelware. Mama hatte es tatsächlich geschafft, ein elegantes neues Kleid zu beschaffen, obwohl mittlerweile auch die persönlichen Kleidungskontingente gekürzt wurden. Man konnte schon froh sein, wenn die nach Meinung des Kriegsversorgungsamtes überzähligen Kleidungsstücke aus Privatbesitz nicht beschlagnahmt wurden. Papa ging natürlich im Frack, und Mama trug ein Kleid mit einer Kriegskrinoline, die ihren ausgestellten Rock weit schwingend ließ.

»Du meine Güte, schau dir das nur an!«

Mama übertrieb natürlich maßlos. Die Schwielen an ihren Händen waren kaum zu sehen. Es war ja nun nicht so, als würde sie Schwerstarbeit mit den Kindern leisten.

»Das ist egal. Ich trage ja Handschuhe. Niemand wird etwas bemerken.«

Mama kreiste über ihr wie ein Schreiadler über einer jungen Taube. Katharina setzte sich. Wiebke würde ihr nun die Haare hochstecken. Und dann war es so weit. Mama und Papa würden mit ihr ins Berliner Schloss fahren, wo der Ball stattfand.

Heute Abend begann offiziell ihr strikter *Rite de Passage*: Ihr erster Hofball symbolisierte den feierlichen Eintritt in die Welt der Erwachsenen. Ab heute wäre sie ein offizielles Mitglied der feinen Gesellschaft. Zwei, drei andere Bälle würden folgen. Sie durfte endlich Empfänge besuchen und zu Soireen gehen. Konzerte und Wohltätigkeitsveranstaltungen gehörten ebenfalls zum Programm. Normalerweise dauerte die Saison mehrere Monate, aber mit Rücksicht auf den Krieg wurde alles innerhalb von wenigen Wochen veranstaltet. Papa und Konstantin würden sogar schon in den nächsten Wochen wieder zurückreisen.

Katharina war begierig, diese Welt kennenzulernen. Rebecca hatte sich ihr gegenüber zurückhaltend geäußert, als sie davon erzählt hatte. Aber sie sah nicht ein, warum sie nicht beides haben sollte: gute Bildung mit einem anschließenden Studium und den Eintritt in eine Welt, die ihr eine privilegierte Stellung bot.

Mit dem offiziellen Eintritt in diese Gesellschaft wurde sie allerdings auch heiratsfähig. Mama hatte nichts gesagt, aber insgeheim befürchtete Katharina, dass sie heute Abend auf das Scheusal treffen würde. Es sollte wohl eine Überraschung für sie werden. Das passte dann ja, denn auch sie würde mit ihrer ganz eigenen Überraschung für Mama aufwarten.

* * *

Katharina wappnete sich innerlich wie ein Soldat vor einer Schlacht. Ein Livrierter öffnete die Chaise und half ihr aus der Kutsche. Sie tauchte ein in das strahlende Lichtermeer des Berliner Schlosses. Mama ging neben ihr, genau wie Papa. Konstantin folgte ihnen stumm. Außer ihm waren alle furchtbar aufgeregt.

»Da ist er. Er ist da! Er ist gekommen.«

Anscheinend war Mama unsicher gewesen, ob Ludwig von Preußen tatsächlich erscheinen würde.

Der Neffe des Kaisers stand in Gardeuniform etwas erhöht auf einem Treppenpodest, zusammen mit anderen Uniformierten. Als Katharina ihn sah, schien ein kaum merkliches Lächeln über sein Gesicht zu ziehen. Sofort war es verschwunden. Natürlich würde er sich nicht zu ihnen begeben. Wenn er sich sofort von seinen Gesprächspartnern losreißen würde, wäre es eine zu offenkundige, ja, fast schon verbindliche Interessenbekundung.

Was immer Mama sich erhoffte, Ludwig war ihr offenbar nicht zu Willen. Ein preußischer Prinz würde sich von ihrer Mutter nicht zu einer Zusage drängen lassen. Er alleine würde den Zeitpunkt bestimmen, wenn er es denn jemals tat. Katharina hegte die Hoffnung, dass er nur mit Mamas Erwartungen und Ängsten spielte.

»Lass dir nichts vorschnell aufschwatzen. Du wirst warten, ob der Neffe des Kaisers dich zum Kotillon bittet.« Das bläute Mama ihr seit Tagen ein. Ihre Ballkarte war noch ganz jungfräulich.

»Mama, es sind so wenige unverheiratete Männer hier, dass ich froh sein kann, wenn mich überhaupt jemand zum Tanzen auffordert.«

»Ja, aber der Kotillon. Der Kotillon!«, zischelte Mama erregt.

Mit dem Kotillon, dem ersten Tanz des Abends, zeigte man besonderes Interesse an einer Person an. Und besonderes Interesse hieß, dass man diese Person als Ehepartner in Betracht zog. Aber die Initiative konnte sowieso nicht von ihr ausgehen.

»Ich habe gehört, Ludwig ist einer der persönlichen Adjutanten des Kaisers. Wenn er sich für diesen Anlass extra freigenommen hat, musst du ihm etwas bedeuten.«

Jetzt fing auch noch ihr Vater an, sie zu ermutigen. Natürlich gefiel ihm die Vorstellung außerordentlich, seine Tochter könnte in die kaiserliche Familie einheiraten. Allerdings legte er sehr viel größere Skepsis an den Tag, ob es je dazu kommen würde. Mama dagegen wurde von ihrem Ehrgeiz angetrieben.

»Vielleicht ist er ja nicht wegen mir hier.« Natürlich war Katharina nur eine von vielen Komtessen, die heute in die Hofgesellschaft eingeführt wurden.

»Stell dein Licht nicht unter den Scheffel«, bemerkte Papa stolz.

Katharina seufzte stumm. Ihr war bewusst, wozu dieses prachtvolle Fest und das Bewusstsein, ab sofort zur Crème de la Crème der Gesellschaft zu gehören, für ausnahmslos alle der anwesenden Komtessen führen sollte. Am Ende der Saison sollte eine möglichst aussichtsreiche Verlobung stehen.

Sie kamen am Rand der Menschenmenge zum Stehen. Konstantin schien sie aufmuntern zu wollen, denn heimlich drückte er ihre Hand. Eine Geste, die sie von ihrem großen Bruder gar nicht gewohnt war.

»Sie sehen noch bezaubernder aus, als ich Sie in Erinnerung habe.«

Vor ihr verneigte sich ein Soldat in glänzender Uniform. Katharinas Körper verkrampfte sich augenblicklich, doch als der Mann wieder hochschaute, erkannte sie, dass es nicht Ludwig von Preußen war. Diederich von Eulenhagen aus Cüstrin, erinnerte sie sich.

Mama und Papa begrüßten Gräfin und Graf von Eulenhagen.

»Das muss Ihre jüngste Tochter sein. Ich erinnere mich an unser Treffen in Heiligendamm. Nun, ich darf wohl sagen, dass sie die Schönste des Abends ist«, sagte die Gräfin zu Mama und reichte Katharina die Hand.

»Da muss ich dir recht geben, Mutter«, gab Diederich unumwunden zu und ergriff ebenfalls ihre Hand für einen formvollendeten Handkuss.

Er sah schnittiger aus als damals. Ein richtiger Mann schon. Sehr viel erwachsener. Katharina lächelte ihn charmant an. Sie hatte ihn nicht vergessen. Tatsächlich hatten sie in Heiligendamm zusammen Tennis gespielt oder, besser gesagt, neben dem Platz gestanden und sich unterhalten. Sie waren sogar zusammen Eis essen gewesen, gemeinsam mit seinem jüngeren Bruder und Alexander. Es war nett gewesen, und Diederich hatte ihr Avancen gemacht. Doch er war damals noch ein Junge gewesen, verpickelt, unsicher, unbeholfen. Damals hatte er nicht gegen Julius ankommen können, doch plötzlich sah Katharina ihn mit ganz anderen Augen. Und er schien das auch zu bemerken.

»Haben Sie Ihr Tennisspiel verbessern können?«

»Nein, bei uns zu Hause war leider keine Gelegenheit dazu. Spielen Sie noch?«

»Nur wenn ich Fronturlaub habe. Papa hat uns vor zwei Jahren einen Court anlegen lassen. Sie erinnern sich noch an Bernhard, meinen jüngeren Bruder?«

»Bernhard, ja, genau. Er hat Alex ganz schön in die Ecken gejagt.« Was übertrieben war. Alexander hatte wegen seinem Fuß kaum gespielt.

»Ebender. Mit ihm spiele ich meistens. Gerne können Sie uns besuchen und mit meinem Bruder üben. Er ist schon fast so gut wie ich. Vielleicht, wenn der Zufall und das Glück es will, hab ich dann wieder Fronturlaub.«

»Wo sind Sie stationiert?«

Zackig drehte Diederich sich zu Papa und Konstantin um. »Ostfront, direkt bei Riga. Die Russen wollten Kurland zurückerobern. Als die Temperaturen weit unter null gefallen waren, konnten wir die Moore überqueren. Wir haben schließlich gesiegt, auch wenn uns zwei sibirische Regimenter mit ihrer Meuterei den Sieg praktisch zugespielt haben. Aber dann wurde es noch kälter, weit unter minus dreißig Grad. Wir konnten nicht mehr weiterkämpfen.«

Er drehte sich wieder zu Katharina. »Ein glücklicher Umstand, der mich nun hierhergeführt hat. Ich bin erst seit zwei Tagen zurück.« Erwartungsvoll schaute er Katharina an.

Auch Papa schien begeistert vom offensichtlichen Interesse des jungen Grafen. Nur Mama schien bedrückt von so viel Enthusiasmus. Ihr Blick lief unstet durch den Raum, als suchte sie jemanden.

Diederich wandte sich wieder an Katharina. »Es ist Ihr großer Tag, nicht wahr? Wenn es nicht zu unverfroren ist: Darf ich Sie um den ersten Tanz bitten?«

Alle um sie herum strahlten, fast alle. Katharina konnte gar nicht sagen, wie erleichtert sie war. Doch Mama packte sie so fest am Arm, dass es wehtat. Ihr Blick war durchdringend.

»Gräfin Auwitz. Herr Graf, ich freue mich, Sie wiederzusehen. Ich hatte schon von meiner Tante gehört, dass Sie für heute erwartet werden.« Ludwig von Preußen stand plötzlich mitten zwischen ihnen.

Über Katharinas Haut zog ein Schauer. Jetzt sollte sie sich besser beeilen. »Aber sehr gerne, Herr von Eulenhagen. Sehr gerne reserviere ich Ihnen den ersten Tanz.«

»Aber werte Komtess. Ich muss mich entschuldigen. Hatten wir nicht schon lange eine Verabredung für den Kotillon? Ich bin mir da sehr sicher.« Das Scheusal schaute sie nicht einmal an. Er blickte zu Diederich von Eulenhagen. Die gewünschte Wirkung ließ nicht auf sich warten. Er war nicht nur der Neffe des Kaisers, er war auch von höherem militärischem Rang.

»Verzeihung, Euer Hoheit. Hätte ich das gewusst ... Natürlich haben Sie die älteren Rechte. Ich werde mich selbstverständlich mit einem späteren Tanz begnügen.«

»Wenn die Komtess überhaupt Zeit dafür findet.« Erst jetzt ließ Ludwig einen süffisanten Blick über ihren Körper laufen.

Katharina hoffte, dass sie innerlich stark bliebe. Sie konnte ihn nicht damit brüskieren, dass es eine solche Verabredung niemals gegeben hatte. Aber nun gut. Sie würde mit ihm tanzen und vielleicht auch mehr als einmal. Aber sie würde nicht wieder klein beigeben. Sie würde sich nicht wieder zur Gejagten abkanzeln lassen. Dieses Mal wich sie seinem Blick nicht aus. Stoisch sagte sie:

»Natürlich, der Kotillon. Jetzt, wo Sie es sagen, erinnere ich mich wieder.« Dann drehte sie sich zu Diederich und lächelte ihn zuckersüß an. »Aber selbstverständlich werden wir auch tanzen. Wir müssen uns unbedingt über das Tennisspielen austauschen. Wir haben ja so viel nachzuholen.«

»Wenn Sie es wünschen.« Scheu blickte er Ludwig an, als müsste der ihm die Erlaubnis dazu geben.

Der ließ Diederich links liegen wie eine tote Stubenfliege und grinste Katharina feist an. »Dann freue ich mich auf später. Und bis dahin wünsche ich Ihnen alles Gute. Ich habe mit meiner Tante über Sie gesprochen«, setzte er vieldeutig nach.

Mama schnappte nach Luft.

»Ich glaube, es geht jeden Moment los.« Papa trat zurück. Die anderen Männer taten es ihm nach. Tatsächlich kam Bewegung in die Masse.

Mama fasste Katharina am Arm.

»Aua! Du tust mir weh.«

Mama ließ etwas lockerer, und sie schritten vorsichtig eine Treppe hoch. »Er hat mit der Kaiserin über dich gesprochen. Das kann nur eins bedeuten, Kind. Das ist fantastisch!« Ihre Stimme war nur noch ein Flüstern.

Alle anderen würden sich nun im Weißen Saal versammeln. Die Komtessen mit ihren Müttern würden geduldig in einem Salon im Nordwestflügel des Schlosses warten, bis sie aufgerufen wurden.

Katharina schaute durch die hohen Fenster. Der Schnee fiel dicht wie eine Mauer. Es war bitterkalt und schneite, seit sie in der Residenzstadt waren. Im Vorbeifahren hatte sie draußen die weißen Straßen der Stadt betrachtet. Das gelbe Licht der Gaslaternen kämpfte gegen die Dunkelheit. Es war fast wie in Sankt Petersburg gewesen. Es war eine Ewigkeit her, so schien es ihr – Julius und die Kutschfahrt.

Julius, er hatte ihr nicht mehr geschrieben, nachdem sie ihm Anfang September in einem Brief erklärt hatte, warum sie den Kontakt mit ihm abbrach. Warum sie ihm im vergangenen Jahr nicht zurückgeschrieben hatte und es nach dieser Erklärung auch nicht mehr tun würde. Warum er aufhören sollte, ihr zu schreiben. In knappen Sätzen hatte sie die Worte seiner Mutter zusammengefasst, die sie belauscht hatte. Das sei vielleicht nicht besonders fein gewesen, aber es habe ihr die Augen geöffnet. Und nun stehe ihr Entschluss fest. Sie wolle keinen weiteren Kontakt.

Etwas enttäuscht war sie schon, dass im Oktober und auch in den Wochen danach kein Lebenszeichen mehr kam. Kein empörtes Von-sich-Weisen. Keine hilflosen und durchsichtigen Erklärungsversuche. Nicht einmal eine Entschuldigung. Sein Schweigen kam einem Eingestehen seiner Schuld gleich. Sie hoffte, dass er sich tüchtig dafür schämte. Damit war alles gesagt.

Katharina hatte sich mit viel Elan in das Selbststudium gestürzt, auch wenn sie heilfroh war, dass Rebecca Kurscheidt ihr zur Seite stand. Sie unterstützte sie, und dafür half Katharina ihr, wo sie konnte. Jetzt war es Ende Januar, und sie rechnete nicht mehr damit, dass Julius je noch mal Kontakt zu ihr aufnehmen würde. Und in dieser Welt, in die sie gleich eintrat, war er ohnehin ein Niemand.

»Ich hoffe inständig, dass Ludwig und seine Eltern eine größere Hochzeit ausrichten als Prinz Friedrich und Prinzessin Marie. Sie haben im letzten April im engsten Familienkreis geheiratet. Mit etwas Glück wird der Krieg beendet sein, wenn ihr euch vermählt«, flüsterte Mama ihr leise zu. Sie war so siegesgewiss. Als hätte sie die Geschichte der letzten Jahre nicht etwas lehren müssen.

Es war so weit. Sie wurden in den Saal hineingerufen. Gemeinsam mit Mama schritt Katharina durch die breite Flügeltür. Das Licht der vielen Kristalllüster hüllte sie in eine Glitzerwelt. Mama geleitete sie in den Saal, als würde sie ihre Tochter vor den Altar führen. Und genau so war es auch: Es war ihre Vermählung mit der gehobenen Gesellschaft. Ab sofort war sie Teil dieser großen adligen Familie.

Aufgeregt und doch gleichzeitig innerlich aufbegehrend schritt Katharina vor den Thron. Auguste Viktoria saß dort, umringt von ihren Hofdamen. Normalerweise sollte auch der Kaiser neben ihr sitzen, aber der weilte vermutlich gerade im militärischen Hauptquartier in Bad Kreuznach oder an der Front. Man wusste es nicht so genau. In Kriegszeiten konnte man dem Monarchen nicht zumuten, sich mit Nebensächlichkeiten aufzuhalten.

»Komtess Katharina Louisa Ferdinandine von Auwitz-Aarhayn zu Greifenau.«

Als ihr Name genannt wurde, ging sie die letzten Meter vor und verbeugte sich tief. Die Kaiserin gebot ihr mit einer Handbewegung, sie möge sich wieder erheben.

»Wie schön, dass ich Sie nun einmal persönlich kennenlerne. Meine Schwägerin hat mir schon so viel von Ihrer Familie erzählt.«

Ihr Wort war an Katharina gerichtet, aber Mama schräg hinter ihr murmelte leise: »Allerherzlichsten Dank.«

Die Kaiserin ging darauf nicht ein. »Wie ich höre, hegen Sie interessante Pläne für Ihre Zukunft.«

»Eure Hoheit.« Katharina knickste noch einmal leicht, jetzt, da die Kaiserin sie persönlich ansprach. »In der Tat hege ich den Wunsch, Medizin zu studieren.«

Sie hörte, wie etliche Münder in ihrer Nähe laut nach Luft schnappten. Vermutlich war ihre Mutter darunter. Ein Raunen ging durch die Menge. Es klang empört.

»Das ist ja ... höchst interessant«, sagte die Kaiserin mit schockierter Verwunderung in ihrer Stimme.

Ludwig von Preußen stand schräg hinter ihr. Doch im Gegensatz zu der Miene seiner Tante blitzte in seinem Gesicht ein amüsiertes Lächeln auf. Katharina war zuerst verwirrt. Sollte er jetzt nicht auch erbost sein? Oder wenigstens empört? So, als wäre sie tollwütig geworden?

In diesem Moment ging es ihr endlich auf: Anscheinend bereitete es ihm besonders viel Vergnügen, ihre Pläne zunichtezumachen. Das musste es sein. Je mehr es zu durchkreuzen gab, desto mehr Spaß machte ihm die Sache. Wie ein Großwildjäger, der den Löwen nicht in einem Käfig erschießen wollte.

»Euer Hoheit. Ich möchte den Krieg des Kaisers mit den mir zur Verfügung stehenden Möglichkeiten unterstützen. Und es mangelt an Ärzten.«

»Aber mein liebes Kind, wenn Sie fertig studiert hätten, wird der Krieg schon lange gewonnen sein.« Die Stimme der Kaiserin hörte sich an, als wollte sie Katharina vor der Menschenmenge zum Tode verurteilen.

Jetzt war es an Katharina, erfreut zu lächeln. Nichts weniger als genau diese Reaktion hatte sie bezweckt.

Ende Januar 1917

»Um Gottes willen, jetzt mach nicht so ein Gesicht.« Ottilie Schott war selbst nicht besonders wohl zumute.

»Ich hab Angst.«

»Besser wäre gewesen, du hättest Angst gehabt, als du diesen Kerl in dein Bett gelassen hast. Aber noch ist es nicht zu spät.« Ottilie hatte wieder und wieder versucht, Clara zu überzeugen, das Kind zu bekommen. Doch die weigerte sich. Als die junge Frau dann noch mit einer höchst ominösen Adresse auf sie zugekommen war, musste Ottilie etwas unternehmen. Sie bestand darauf, dass Clara wenigstens zu einem richtigen Arzt ging.

»Aber was wird er tun?« Die Frage hatte Clara ihr jetzt ungefähr zwanzigmal auf der Fahrt von Greifenau nach Stettin gestellt.

Ottilie Schott hatte nur eine vage Vorstellung von dem, was nun auf sie zukommen würde. Bisher war alles glatt gelaufen. Sie hatte auf eine Chiffreanzeige geantwortet und daraufhin einen Brief zurückbekommen, in dem die Bedingungen geklärt worden waren. Mit furchtbar schlechtem Gewissen hatte sie Irmgard Hindemith eine hanebüchene Lügengeschichte aufgetischt. Sie wolle eine alte Freundin in Stettin mit einem großen Stück Schweineschinken unterstützen. Sie hatte der Köchin das Fleisch bezahlt, das jetzt schwer in ihrer Tasche lag. Ebenso hatte sie für einen horrenden Preis eine Tüte Zucker ergattert. Clara schleppte zwei Kilo Kartoffeln mit sich herum. Und trotzdem mussten sie noch mehr Geld bezahlen.

Es war pures Glück, und Ottilie redete sich die ganze Zeit ein, dass es ein gutes Omen sei, dass sich die Familie seit Mitte Januar für ein paar Wochen in der Reichshauptstadt aufhielt. Immerhin war es nicht ungewöhnlich, dass Dienstboten ein paar Tage Urlaub nahmen, wenn ihre Dienstherren sich nicht zu Hause aufhielten. Deswegen hatte Herr Caspers auch keine Schwierigkeiten gemacht, als Ottilie angekündigt hatte, für drei Tage wegzufahren. Und dass Clara sie begleiten würde, war auch kein Problem gewesen.

Nun standen sie in einer schmutzigen, engen Gasse in Stettin. Das alte Backsteinhaus sah heruntergekommen aus, das Dach hing windschief an der Wand des Nachbarhauses. Die Fensterläden waren zugeklappt, obwohl es mitten am Tag war.

»Deine letzte Chance, es dir anders zu überlegen.«

Clara schüttelte stumm den Kopf. Ottilie musste an Emil denken. Ein prachtvoller junger Mann war aus ihm geworden, allem Unglück zum Trotz.

»Wir finden sicher ein Wöchnerinnenhaus für dich. Ein gutes, wo man dich nicht quält.«

»Nein ... Ich würde meine Stelle verlieren.«

»Du kannst dir eine andere suchen.«

»Mit einem Eintrag im Gesindebuch?«

»Dann gehst du eben in eine Fabrik in der Stadt.«

»Meine Eltern … Sie wohnen nur zwei Dörfer weiter. Sie wüssten schneller Bescheid, als sich der Wind dreht. Und alle anderen auch. Die Nachbarn, der Pastor … Alle würden es wissen. Alle! Ich könnte nie wieder zurück nach Hause. Ich würde meine Heimat verlieren.«

Damit hatte Clara recht. Eine ledige Mutter, die wollte niemand haben. Ihr selbst war dieses Schicksal nur aufgrund der Güte ihrer Herrschaft erspart geblieben.

Eine Frau ging an ihnen vorbei. Sie warf ihnen einen bitterbösen Blick zu, packte ihre kleine Tochter und zerrte sie weg. Besser, sie wurden schnell eingelassen, bevor man sie hier sah. Sie hatte wirklich keine Lust, für Claras Dummheit ins Zuchthaus zu kommen.

Ottilie zog an einem kleinen Drahtseil, und drinnen ertönte eine Klingel. Kurz darauf wurde ihnen die Tür geöffnet. Eine ältere Frau mit weißem Haar und tiefen Furchen im Gesicht machte ihr auf. Sie schaute die beiden Besucherinnen durchdringend an und trat zur Seite. Die Tür schloss sich hinter ihnen. Es roch nach Kohl, Schweiß und Angst. Ohne auch nur einen Ton zu sagen, folgte Ottilie der Frau in ein kleines Räumchen.

»Warten Sie hier. Es dauert nicht mehr lang.«

Plötzlich war ein durchdringendes Schreien zu vernehmen, das sofort erstickt wurde.

Ein Mann rief: »Gerda, komm!«

Die Frau schloss eilig die Tür. Clara zitterte am ganzen Leib und weinte leise.

Wie konnte sie nur in eine solche Lage geraten, fragte Ottilie sich. Vermutlich fragte Clara sich das Gleiche. Ottilie zog sich ihren Mantel aus und schüttelte den Schnee aus. Draußen war es kalt und verschneit. Clara knüpfte ihren Mantel zwar auf, aber sonst bewegte sie sich nicht. Sie war vollkommen erstarrt.

Es dauerte nicht lange, da hörten sie vor der geschlossenen Tür ein Jammern und ein Schlurfen. Jemand murmelte etwas, was sie nicht verstehen konnten. Dann war es sofort wieder ruhig. Keine zwei Minuten später ging die Tür auf.

Die ältere Frau blieb vor ihnen stehen und schaute auf die Taschen. »Was haben Sie mitgebracht?«

Ottilie Schott stellte erst die Tüte Zucker auf ein kleines Tischchen, dann holte sie den geräucherten Schinkenspeck heraus. Sie schlug die Tücher beiseite und zuletzt das Wachspapier, in welches das schwere Stück eingewickelt war.

»Ein gutes Pfund. Bestes Fleisch. Wir kommen vom Land«, erklärte sie, damit der Frau auch klar war, dass es wirklich gutes Fleisch war und sie nicht irgendwo auf dem Schwarzmarkt alte Ware gekauft hatten.

Da Clara sich nicht rührte, griff sie nach ihrer Tasche und holte die Kartoffeln heraus. »Zwei Kilo.«

Die ältere Frau nahm das Stück Fleisch und roch daran. Sie begutachtete es gründlich. Anscheinend war sie zufrieden. Sie stippte mit einem angefeuchteten Finger in die Tüte und probierte den Zucker. Anschließend griff sie in den Sack mit den Kartoffeln und holte wahllos zwei hervor.

»Gut, das macht dann noch zwanzig Mark.«

»Sie hatten doch geschrieben, noch zehn Mark.«

Ihr Blick war nicht einmal böse. »Anscheinend kennen Sie die Zustände hier in der Stadt nicht. Noch zwanzig Mark, oder Sie können wieder gehen.«

Ohne auf eine Antwort zu warten, fing sie an, die Sachen wieder einzupacken. Die Alte wusste: Wer hierherkam, hatte keine Alternative.

Ottilie holte einen Umschlag hervor, in dem die zehn Mark steckten. Dann holte sie ihre Börse heraus und entnahm ihr mehrere Münzen. Sie legte beides auf den Tisch.

Die Frau griff danach. »Ich bin sofort wieder da. Dann geht es los.«

Anscheinend hatte sie die Sachen nur kurz verstaut, denn tatsächlich stand sie schnell wieder in der Tür und bedeutete ihnen, ihr über einen langen dunklen Flur zu folgen.

»Hier hinein.«

An einem Waschbecken im Raum stand ein älterer Mann und wusch sich die Hände. Er sah nicht auf. Die Frau komplementierte sie direkt hinter einen Vorhang, wo ein Kleiderständer stand, ein Stuhl und ein Ständer für eine Waschschüssel.

»Ziehen Sie sich alles aus, Fräulein.«

»Alles?«

Die Frau machte ein entnervtes Gesicht. So als könnte sie die ewig gleichen Fragen der Mädchen nicht verstehen. Sie ließen sich unverheiratet mit fremden Kerlen ein, aber wenn sie sich beim Arzt entblößen sollten, da kannten sie plötzlich Scham.

»Ihr Unterkleid können Sie anlassen. Aber es wird vermutlich Blutflecken bekommen.« Sie ging raus.

Clara sah Mamsell Schott an, als könnte sie ihr helfen.

»Clara, mach, was sie sagt. Du weißt doch, wofür wir hier sind. Du wolltest es doch unbedingt.«

Ihre diversen Versuche, das Hausmädchen umzustimmen, waren alle ins Leere gelaufen. Sie hatte angeboten, mit der Gräfin zu reden, oder besser mit dem Grafen. Männer hatten für bestimmte Probleme mehr Verständnis. Man hätte behaupten können, dass Ceynowa ihr Gewalt angetan hatte. An dem Punkt war Clara immer in Tränen ausgebrochen. Sie wusste, das wäre sein Todesurteil gewesen. Vielleicht hätte Ottilie ihr von Emil erzählen sollen. Dass sie selbst aus eigenen Erfahrungen dieses Leid kannte. Aber sie hatte es nicht über sich gebracht. Zu groß war ihre Scham.

»Es ist noch nicht zu spät. Wir können immer noch gehen«, wisperte Ottilie der jungen Frau ins Ohr.

Clara schüttelte den Kopf. »Morgen ist alles wieder gut. Wieder gut. Wie früher. Und ich werde nie wieder Schwierigkeiten machen. Das verspreche ich.«

Sie zog ihren Mantel über die Schultern und fing an, sich das Kleid aufzuknöpfen. Sie schnürte sich ihre Stiefel auf, zog die Strümpfe und den Strumpfhalter aus. Zuletzt die Unterhose. Im weißen Leinenunterkleid und barfuß stand sie zitternd vor der Mamsell, kalkweiß im Gesicht.

Jetzt erschien die ältere Frau wieder, eine Waschschüssel mit frischem Wasser in Händen. Sie setzte die Porzellanschüssel auf den Ständer und reichte Clara ein Leinentuch und ein Handtuch.

»Da ist Seife. Waschen Sie sich untenherum, aber sehr gründlich. Je sauberer Sie sind, desto geringer wird das Risiko einer Infektion.« Dann trat sie wieder hinter den Vorhang und zog ihn zu.

Die beiden hörten das Ehepaar tuscheln. Zumindest vermutete Ottilie, dass sie die Gattin des Arztes war. Clara wusch sich gründlich.

»Wenn Sie fertig sind, kommen Sie heraus.«

Der Arzt, zumindest hatte es in der Annonce gestanden, dass er ein echter Arzt war, sah sie beide aus wässrigen Augen an. Er war älter, grauhaarig und hatte eine dicke, rot geäderte Nase. Ottilie Schott wusste sofort, dass er ein Säufer war. Was erklären würde, wie er zu seiner jetzigen Tätigkeit gekommen war.

»Stellen Sie sich hinter sie. Dann können Sie sie besser festhalten.« Er fragte nicht nach ihrem Namen, und auch sonst wollte er nichts wissen.

Ottilie stellte sich hinter das merkwürdig aussehende Sitzmöbel aus Metall und gepolstertem Leder. In der Ecke lag ein Haufen mit blutigen Tüchern. Sie zeugten von dem Leid anderer Frauen.

»Steigen Sie hier rauf«, sagte die ältere Frau jetzt zu Clara. »Die Beine links und rechts auf die Halterungen.«

Clara zitterte wie Espenlaub, doch sie tat wie ihr geheißen. Sie lag mehr, als dass sie saß, und ihre Beine kamen in gespreizter Haltung auf die metallenen Schalen.

»Das Unterkleid müssen Sie hochziehen, bis unter Ihre Brüste.«

Clara zitterte nur noch, eine andere Bewegung war offensichtlich nicht mehr möglich. Ottilie griff von hinten nach dem Leinen und zog es hoch. Sie legte ihre Hände auf Claras Schultern.

Kleine Schalen aus Metall standen neben dem Arzt, in dem merkwürdige Gerätschaften lagen. Schlanke Schlingen aus Metall, eine lange dünne Zange und ein sehr merkwürdiges Gerät. Das nahm er nun zur Hand und drehte an einer Schraube. Zwei Metallbacken schoben sich auseinander.

Ottilie blickte zur Seite. Sie wollte das nicht sehen. Sie wollte nicht wissen, was der Mann da tat. Noch nie hatte sie einen Gynäkologen besucht. In dem Haus für ledige Mütter, in dem sie damals schwanger untergekommen war, hatte es eine Hebamme gegeben, die die Frauen betreut hatte. Nur dabei zusehen zu müssen, wie der Mann nun die arme Clara anfasste, trieb ihr die Schamesröte ins Gesicht.

Clara hob ihren Kopf, um etwas zu sehen, aber Ottilie hielt die Stirn unten. Je weniger sie von diesen martialisch wirkenden Gerätschaften sehen würde, desto besser.

Der Arzt setzte sich auf einen Hocker direkt vor ihren entblößten Schoß. »Ich werde Sie zuerst nur untersuchen, um zu sehen, wie weit Sie sind. Keine Angst, das tut noch nicht weh.«

Ottilie Schott konzentrierte sich darauf, Clara zu beruhigen. Sie streichelte ihre Haare und nahm eine ihrer Hände.

»Maria und Joseph«, fluchte der Mann laut.

Mamsell Schott wagte einen kurzen Blick zu ihm hinüber. Die Frau stand hinter dem Mann und assistierte ihm. Sie bemerkte Ottilies fragenden Blick.

»Er regt sich nur darüber auf, wie weit das Mädchen ist. Je fortgeschrittener eine Schwangerschaft ist, umso schwieriger wird es. Und umso gefährlicher für die Frau selbst.« Sie schob ein Leinentuch unter Claras Gesäß.

»Mindestens später dritter Monat. Stellen Sie sich schon mal darauf ein, dass Sie lange Nachblutungen haben werden.« Dann griff er nach einer der metallenen Schlingen.

»Sie schauen jetzt besser beide weg. Gerda, das Beißholz.«

Die Frau hielt Clara ein Stück abgekautes, noch feuchtes Holz vor den Mund.

Clara schüttelte verschreckt den Kopf.

»Nehmen Sie es. In ein paar Sekunden werden Sie ohnehin draufbeißen.«

Clara presste ihren Mund zusammen. Sie ekelte sich davor.

»Ich halte es so lange.«

Ottilie griff nach dem Stück Holz. Die bizarre Situation forderte alles von ihr ab. Diese Menschen waren ihr nicht sympathisch. Doch die beiden schienen mit einer gewissen Abgebrühtheit an das Geschehen zu gehen. Sie taten nur das, was die Frauen von ihnen wollten. Und sie taten es ohne jeden Vorwurf. Außerdem schienen sie genau zu wissen, was getan werden musste.

Und tatsächlich, der Arzt fing an. Sekunden später riss Clara ihren Mund zu einem Schrei auf. Ottilie schob ihr das Beißholz zwischen die Zähne, und sie biss darauf.

Beinahe brachen ihre Handknochen, so fest quetschte Clara ihre Hand. Lautes Schnauben kam aus ihrem Mund, aber sie hielt tapfer das Beißholz zwischen ihren Zähnen. Schweiß und

Tränen vermischten sich zu einem Rinnsal, das ihr die Wangen und den Hals herunterströmte. Mehrere schreckliche, unbarmherzige Minuten vergingen, bei denen man nur das Klappern der Geräte in der Metallschale hörte, wenn der Arzt nach den Schlingen griff.

Zwischendurch klingelte es, und die Frau ging raus. Das nächste erbarmungswürdige Wesen war eingetroffen. Kurz darauf kam sie wieder rein und tupfte weiter Blut weg.

Viele gottlose Flüche später war es endlich geschafft. Der Arzt wischte sich den Schweiß von der Stirn, stand auf und ging hinaus. Die Frau räumte die blutigen Schalen weg, schmiss die Tücher in die Ecke und tupfte Clara mit Jod ab. Dann legte sie ihr einen dicken Leinenstreifen zwischen die Beine. Clara war fast bewusstlos. Die Schmerzen hatten sie irgendwann übermannt.

»Kommen Sie. Vorne können Sie sich hinlegen.«

Als Clara nun in die Waagerechte kam, stöhnte sie benommen auf.

Die Frau band ihr mit einem dünnen Seil den Leinenstreifen an der Taille fest und griff ihr unter den Arm. »Sie nehmen die andere Seite.«

Gemeinsam schafften sie Clara durch den langen Flur zurück nach vorne. Ihre Füße schliffen mehr über den Boden, als dass sie ging. Gegenüber von dem Warteraum war ein kleines Zimmer mit drei Betten. Das hintere war wohl belegt, denn ein Vorhang hing davor. Dahinter stöhnte jemand. Clara ließ sich auf die Laken plumpsen. Seitwärts zusammengekrümmt legte sie sich hin. Die Mamsell deckte sie zu.

Die Frau ging und kam eine Minute später mit Claras Kleidung zurück. »Wenn sie so weit ist, können Sie jederzeit gehen. Schauen Sie vorher auf die Straße, ob es dort gerade ruhig ist. Und achten Sie darauf, dass Sie die Tür gut zuziehen.«

Plötzlich bekam Ottilie Schott Angst. Sobald sie das Haus verlassen würden, lag alles in ihren Händen. Die ganze Verantwortung. »Und was ist, wenn ...«

»Sie können ihr Schmerzmittel geben. Sie sollte sich ein paar Tage ausruhen, bis die Blutung abgeklungen ist.«

»Und wenn die Blutung nicht aufhört?«

Die Frau schaute sie eindringlich warnend an. »Sie holen besser keinen Arzt. Sie wissen doch genau, was dann passieren würde.«

»Was kann ich sonst machen?«

»Nichts. Sie können nichts machen. Wenn die Blutung nicht von alleine aufhört, stirbt sie. Das Gleiche gilt, wenn sich die Wunde entzündet. Falls sie hohes Fieber bekommt, richten Sie sich darauf ein, dass sie stirbt. Nur wenige überleben das. In dem Fall sollten Sie eine gute Ausrede parat haben. Es wäre besser, wenn sich kein Arzt das genau anschaut.« Ihr Ton war nüchtern. Sie klang nicht verächtlich oder verärgert. Es war, wie es war. Und mehr gab es dazu nicht zu sagen.

»Durst«, hörte sie Clara leise sagen.

Die Frau nickte Ottilie zu. »Ich bringe gleich ein Glas Tee mit Schmerzmitteln. Ich muss nur schon mal die Nächste einweisen.«

Wenn die Blutung nicht von alleine aufhört, stirbt sie. In ihren Ohren rauschte es. Ottilie sah sich um. In einer Ecke stand ein Stuhl. Sie musste sich dringend setzen. Ihre Knie waren butterweich.

Kapitel 8

Anfang Februar 1917

Du liebe Güte! Wenn jemand etwas merkte! Im dunklen Flur, direkt hinter der geschlossenen Hintertür, hielt Ottilie Schott das Stubenmädchen am Arm fest.

»Reiß dich gefälligst zusammen. Oder möchtest du Herrn Caspers erklären, was wir in Stettin wirklich gemacht haben?«

Clara schwitzte. Sie hatte viel Blut verloren, und noch immer musste sie die Leinenbinde alle zwei Stunden wechseln. Aber allmählich wurde die Blutung schwächer. »Ich fühl mich nicht gut.«

»Du gehst sofort auf dein Zimmer und wirst auch morgen im Bett bleiben. Ich werde mich auch krankmelden. Wir sagen, wir hätten in einem Gasthaus etwas Verdorbenes gegessen. Dann kannst du dich erholen. Und solange die Familie nicht wieder zurück ist, teile ich dich für leichtere Arbeiten ein.«

Aber gnade dir Gott, wenn alles wieder im Lot ist, dachte Ottilie. *Dann wirst du dafür büßen. Du hast mich zu einem Menschen gemacht, der ich niemals sein wollte.*

Albert Sonntag hatte sie am Nachmittag in Stargard vom Bahnhof abgeholt. Als sie nun den Flur von der Hintertür hinuntergingen, war es ganz ruhig. Irmgard Hindemith schälte Kartoffeln. Bertha war nicht zu sehen. Wiebke war mit der Familie in Berlin, was bedeutete, dass Ottilie selbst einiges an Arbeit der Hausmädchen übernehmen musste. Aber nun gut. Die Familie war noch lange nicht zurück. Sie würde Herrn Caspers suchen und sich selbst direkt entschuldigen. Clara sollte er erst gar nicht zu Gesicht bekommen.

»Geh schon. Ich bringe dir nachher Wasser vorbei.«

Das Hausmädchen schleppte sich die Hintertreppe hoch.

Ottilie Schott klopfte an der Tür. Caspers war nicht in seinem Raum. Sie ging in die Kammer, in der das teure Silber sicher verwahrt wurde. Ganz, wie sie gedacht hatte. Caspers putzte das kostbare Geschirr. Er würde nicht nichts tun, aber er würde sich leichte Arbeit gönnen, solange die Familie weg war. Sie klopfte an der Holztür, die einen Spaltweit offen stand.

»Kommen Sie herein.« Er hielt inne. »Ich hoffe, Sie hatten eine angenehme Reise.«

»Bis auf die Rückreise. Ich glaube, ich muss mich direkt entschuldigen. Wir haben heute Mittag in einem Gasthaus ein paar Omeletts gegessen. Die Eier müssen verdorben gewesen sein. Clara hat es noch schlimmer erwischt.«

»Das ist ja sehr bedauerlich. Nun, Sie haben Glück. Die Familie bleibt noch etwas in Berlin. Obwohl sie vor drei Tagen erst telegrafiert hatten, sie würden unverzüglich zurückkommen. Und dann, einen Tag später, kam noch ein Telegramm. Sie würden doch noch bleiben. Sie kämen vermutlich früher, aber nicht viel früher als ursprünglich geplant.«

»Was kann das denn bedeuten?«

»Ich kann es nicht genau sagen, aber das erste Telegramm klang sehr knapp. Und das zweite klang, als hätte sich die Situation wieder beruhigt.«

»Die Situation?«

Caspers schüttelte den Kopf. »Ich kann Ihnen auch nicht mehr sagen.«

»Nun, die Komtess ist eine wahre Schönheit. Und auch wenn sich die Männer jetzt die Frauen aussuchen können, traue ich es ihr zu, sich direkt jemanden geangelt zu haben. Bei ihrer Schwester war es damals ja auch nicht anders. Graf von Sawatzki hat sie gesehen, und es hat keine Woche gedauert, da waren sie schon verlobt.«

»Gut möglich.«

»Ich werde mich sofort hinlegen. Könnten Sie den Essensgong läuten, falls ich nicht runterkomme?«

Caspers nickte und wandte sich wieder dem großen Kerzenständer zu.

* * *

Ottilie betete. Sie betete so inbrünstig, wie sie schon lange nicht mehr gebetet hatte. Sie war nun ganz auf sich gestellt. Seit Clara nach ihrer Rückkehr ins Bett gegangen war, war sie nicht mehr aufgestanden. Das war vor zwei Tagen gewesen.

Doktor Reichenbach war gestern und heute Morgen gekommen. Ottilie hatte ihm solche Lügen aufgetischt, dass sie alleine dafür ewige Verdammnis verdiente. Sie hatte ihn nur gerufen, weil es sonst den anderen komisch vorgekommen wäre. Schließlich war Clara sehr krank. Kein Wort von dem Engelmacher kam über ihre Zunge. Sie hoffte, dass Clara sich in ihrem zunehmenden Delirium nicht verriet.

Die junge Frau wälzte sich in ihrem Bett hin und her und schwitzte. Ihr ganzer Körper war glühend heiß. Die Wunde musste sich entzündet haben. Als hätte die Frau des Arztes es ihr nicht prophezeit!

Clara hielt sich den Unterleib, aber so zusammengekrümmt, wie sie dort lag, hätte es auch der Bauch sein können. Ottilie hatte Reichenbach erzählt, dass das Stubenmädchen sich die ganze Zeit übergeben würde. Dass sie Durchfall habe, deswegen die dicken Leinentücher zwischen ihren Beinen. Und dass es von den verdorbenen Eiern kommen müsse. Er glaubte es ihr unbesehen, und nach einer flüchtigen Untersuchung fiel seine Diagnose entsprechend aus: Salmonellenvergiftung. Es sei schon viel zu spät, um den Magen auszupumpen. Die Heilung müsse in einem solchen Fall der Körper selbst übernehmen oder eben auch nicht.

Reichenbach sah seine Aufgabe vor allem darin, dafür zu sorgen, dass sich die anderen nicht auch noch ansteckten. Wie froh alle waren, dass die Familie nicht im Haus war. Der Arzt erklärte ihr, wie mit den Ausscheidungen und der Bettwäsche der Kranken umzugehen sei. Und alle begrüßten, dass die Mamsell sich dazu bereit erklärte, sich alleine um das Mädchen zu kümmern. Die Köchin und auch Bertha nahmen großen Anteil und versuchten, mit Fleischbrühen ihren Teil an der Genesung des Mädchens herbeizuführen. Doch es half alles nichts.

Ottilie versuchte, ihr Tee und Suppe einzuflößen, und machte Wadenwickel, um das Fieber zu senken. Das war alles, was sie tun konnte. Clara verfiel zunehmend ins Delirium, stöhnte oder brabbelte vor sich hin. Seit Stunden schon gab sie kaum noch ein Lebenszeichen von sich.

Mittlerweile war es tiefe Nacht. Irmgard Hindemith hatte Ottilie am Abend etwas zu essen hochgebracht. Sie aß alleine in ihrem Zimmer, damit die anderen sich nicht vor Ansteckung fürchten mussten. Und jetzt würde sie die Nacht an Claras Bett wachen. Sie wusste, entweder würde sich das Mädchen in dieser Nacht erholen oder sterben. Daran konnte Ottilie nichts mehr ändern und ein Arzt ebenso wenig. Ihr blieb nichts weiter zu tun, als zu beten und ihr alle paar Minuten mit einem feuchten Tuch die Lippen abzutupfen.

Stundenlang auf diesem harten Stuhl. Sie hatte es nicht besser verdient, musste Buße tun, aber nun konnte sie nicht mehr sitzen. Ottilie stand auf und schob die Vorhänge des kleinen Fensters beiseite. Für einen kurzen Moment öffnete sie es und ließ frische Luft hinein. Draußen erleuchtete der Schneemond die Nacht. So nannte man den Februar-Vollmond. Schneemond oder auch Hungermond, weil sich dann die Lebensmittelreserven dem Ende zuneigten, bevor der Frühling die Fruchtbarkeit und das Leben zurückbrachte.

Es war noch immer bitterkalt. Kälter als in den Jahren zuvor. Es war ein schlimmer Winter, in jeder Hinsicht. Die Menschen im Reich hungerten. Geschwächt fielen viele der Grippe, der Tuberkulose oder anderen Krankheiten zum Opfer. Andere erfroren schlicht. Was für eine grausame Welt. Gottes Strafe für den Krieg der Menschen.

Noch ein Atemzug der schneidend kalten Luft, dann schloss sie das Fenster. Wieder nahm sie das Leinentuch und tauchte es ins Wasser. Sie tupfte Claras Haut ab. War sie kälter geworden, weil Ottilie gerade das Fenster geöffnet hatte? Sie fühlte die Stirn, die Arme, die Hände der jungen Frau. Keine fiebrige Hitze mehr. Auch unter der Bettdecke, dort, wo die Kälte der Nacht nicht hinkam, war Claras verschwitzte Haut nicht mehr heiß. Sie rüttelte an ihrem Körper, sah in ihre Augen. Dann war klar – das Mädchen hatte für seine Sünde bezahlt.

Und sie selbst?

Erst Hedwigs Selbstmord, den sie mit vertuscht hatte. Jetzt Clara, der sie geholfen hatte, sich in den Abgrund zu stürzen.

Schnell bekreuzigte sie sich.

Als würde ein Fluch über dem Gut liegen. Doch dann dachte sie an den Krieg. Es lag ein Fluch über dem ganzen Land. Über dem ganzen Kontinent. Einem Kontinent, der vor drei Jahren jubilierend zu seinem Selbstmord aufgebrochen war.

Ein letztes Mal sah sie in Claras Gesicht. So jung noch. Sie legte den leblosen Körper gerade hin, ordnete ihre verschwitzten Haare und faltete ihre Hände über der Bettdecke. Schließlich bedeckte sie Claras Körper mit einem Laken. Es bestand keine Eile, den anderen Bescheid zu sagen. Sie würde sich nun gründlich waschen und ins Bett gehen. Ein paar Stunden Schlaf würden ihr helfen, ihre morgigen Lügengeschichten glaubhafter klingen zu lassen.

17. März 1917

»Eine Katastrophe! Eine große Katastrophe!« Mama wurde immer lauter.

»Meine Liebe, so beruhige dich doch.« Papa schien hilflos, was er tun sollte.

»Erst Katkas Skandal bei Hof. Dann entkommen wir mit knapper Not der Pockenepidemie in Berlin. Hier zu Hause sterben die Dienstmädchen und jetzt das. Dieses Jahr ist eine vollkommene Katastrophe!«

Konstantin war nicht minder erschüttert. Er konnte es immer noch nicht fassen. Waren das die Kräfte, von denen Morschütz gesprochen hatte?

»Der Zar – abgesetzt! Eine Katastrophe!« Mama lief im Salon auf und ab. Sie konnte sich nicht beruhigen, nestelte an ihrer Kette, fasste sich an den Hals. Beinahe schien sie sich die Haare raufen zu wollen.

Und dieses Mal konnte Konstantin sie verstehen. Das war allerdings starker Tobak. Man hörte viel über die Zustände im Zarenreich. Er kannte sie von früher noch von seinen eigenen Besuchen. Seit zu Beginn des Krieges die Grenzen dichtgemacht worden waren, waren mehr Gerüchte im Umlauf, als es tote russische Soldaten gab. Unzählige. Aber nun stand es schwarz auf weiß in der Zeitung.

»Ich hab es gleich gesagt, als man diesen Rasputin im Januar ermordet hat. Er stand der Zarin so nahe, dass es sie selbst hätte erwischen können. Sie wollen die Romanows auslöschen.«

»Zar Nikolaus hat selbst abgedankt.«

Mama blieb kurz stehen. »Und was soll das deiner Meinung nach besser machen?«

»Man hat ihn nicht gestürzt. Man hat ihn nicht ermordet.« Und darüber war Konstantin mehr als heilfroh.

Es klopfte an der Tür. Caspers trat herein.

»Sonntag ist gerade aus Stargard zurück. Hier sind die Zeitungen, wie gewünscht.«

Heute Morgen hatte es als große Schlagzeile in der Zeitung gestanden. Zar Nikolaus II. hatte vor zwei Tagen, am 15. März, abgedankt. Der Artikel strotzte nur so vor lauter Vermutungen, was passiert sein mochte und was nun als Nächstes passieren würde. Konstantin hatte Papa vorgeschlagen, Sonntag solle in die nächstgrößere Stadt fahren und dort von allen wichtigen Tageszeitungen eine Ausgabe kaufen. Da war Mama noch nicht wach gewesen.

Konstantin und Papa stürzten sich gleichzeitig auf den dicken Packen bedruckter Seiten.

»Feodora, meine Liebste. Ich würde vorschlagen, du legst dich noch einmal etwas hin und beruhigst dich. Wir werden die Informationen sichten und dir später Bescheid geben.«

»Auf keinen Fall. Ich kann mich jetzt nicht beruhigen. Der Zar wurde gestürzt!«

Papa schickte Caspers mit einem barschen Winken hinaus.

»Feodora, ein für alle Male. Ich möchte nicht, dass du dich in der Öffentlichkeit derart über den Sturz des Zaren echauffierst. Er ist schließlich unser Kriegsgegner. Möglicherweise steht das Kriegsende an der Ostfront kurz bevor. Und das sind gute Nachrichten. Darauf solltest du dich konzentrieren.«

»Hach ... du. Wie kannst du so etwas von mir erwarten, wenn meine Verwandten vom Thron gestürzt werden? Die Romanows herrschen seit dreihundert Jahren.«

»Mama ...«, versuchte nun auch Konstantin einzuschreiten.

»Was, wenn das Gleiche hier im Kaiserreich passiert? Wenn der Kaiser gestürzt wird?«

Papa lachte gequält auf. »Was für eine absurde Vorstellung, Feodora. Wirklich, du musst mit solchen Lächerlichkeiten aufhören.«

»Wieso sollte das nicht passieren können? Wenn selbst der Zar stürzt, dann kann auch die Welt untergehen!«

»Mama, in Russland wird das Zarenreich seit Jahren von Aufständen und Streiks erschüttert.«

»Ich bitte dich, Konstantin. Was ist mit den Demonstrationen zu Kriegsbeginn in Berlin? Abertausende waren da auf der Straße. Und sag mir bitte nicht, in unseren Städten würde nicht gestreikt. Denn ich weiß es besser! Hätte der Steckrübenwinter noch zwei Monate länger gedauert, hätten wir hier Revolution gehabt.«

»Aber das ist doch etwas ganz anderes. Das sind doch nur punktuelle Erscheinungen. Der Kaiser hat alles im Griff.«

»Der Reichstag debattiert seit Jahren über die Abschaffung des Dreiklassenwahlrechts! Und der Kaiser unternimmt nichts dagegen«, schrie sie schrill. »Der Mob auf der Straße wird immer stärker, auch hier. Auch im Deutschen Reich.« Mit einem letzten Jammerton rauschte sie aus dem Salon.

Konstantin und Papa teilten sich die Zeitschriften auf. Beide waren begierig, mehr über die Vorgänge in Sankt Petersburg zu lesen.

»Hier steht was. Nikolaus II. hat zugunsten von Großfürst Michail abgedankt. Doch der hat die Krone ebenfalls zurückgewiesen«, las Papa vor.

»Aber wer regiert denn nun?«, wollte Konstantin wissen. Das war die Frage, die ihn am meisten interessierte. Wer würde nun die Geschicke des größten Landes der Welt lenken? Und würden diese Leute den Krieg an ihren Grenzen beenden?

»Mich würde vor allem interessieren, was nun mit dem Zaren geschieht. Wurde er verhaftet? Wurde er in seinem Palast festgesetzt? Ich kann nur hoffen, dass sich die ganze Lage schnell wieder beruhigt.«

»Wie meinst du das?«

»Konstantin, du kannst nicht wirklich so naiv sein zu glauben, dass ich es gutheißen würde, wenn der Zar abgesetzt wird. Natürlich soll der Krieg an der Ostfront so schnell wie möglich beendet werden. Doch danach wäre es mir sehr recht, wenn sich die Verhältnisse wieder ordneten. Unser Kaiser soll sich mit seinem Cousin arrangieren. Am besten zieht er ihn auf unsere Seite.«

»Du glaubst, es bestünde eine Chance, dass Russland an unserer Seite gegen Frankreich und Großbritannien in den Krieg zieht? Das wird niemals geschehen.«

»Und hättest du mir heute Morgen beim Aufstehen gesagt, dass ein Romanow die Macht über sein Zarenreich einfach aus der Hand gibt, hätte ich dir genau die gleiche Antwort gegeben.«

Ein Punkt für Papa, musste Konstantin zugeben. Seit Monaten schon drehten sich alle seine Gedanken um die Frage, welche Kräfte genau die deutsche kaiserliche Regierung unterstützte und was ihre Waffen und ihr Geld bezwecken würden. Er hatte viele Möglichkeiten durchdacht. Doch dass der Zar gestürzt würde, das war ihm niemals in den Sinn gekommen.

Dass man den Zaren unter Druck setzen würde. Dass er den Oberbefehl über das Militär an einen anderen abgeben musste. Dass die Duma gestärkt würde. Dass die Duma sich über einzelne Erlasse und Gesetze des Zaren hinwegsetzen würde. Dass der Zar den Arbeitern und Bauern mehr Rechte zugestehen müsste, ja! Dieser Art waren seine Überlegungen gewesen. Dass der Zar abdanken musste, erwischte Konstantin eiskalt. Das hätte er nicht gewollt. Bisher hatte ihn weder Morschütz noch jemand anderes kontaktiert. Und wer weiß, vielleicht würde das im Licht der neusten Entwicklungen auch nicht mehr nötig sein. Er überflog weiter die nächste Zeitung.

»Hier, ich habe eine Chronologie gefunden. Pass auf.«

Vater ließ seine Zeitung sinken und schaute Konstantin interessiert an.

»*27. Februar: Die Duma wurde eröffnet. Die Eröffnung wurde von einer Massendemonstration begleitet. Sie haben die Volksvertreter zu energischem Handeln aufgefordert.*«

»27. Februar – julianischer oder gregorianischer Kalender?«

»Ähm, warte ... gregorianischer Kalender.«

In Russland tickten die Uhren langsamer. Das war schon immer so gewesen. Alleine die Tatsache, dass das Zarenreich noch immer am julianischen Kalender festhielt, zeigte, wie sehr es den alten Zeiten verhaftet war. Ihr Kalender lief dem modernen Europa immer dreizehn Tage nach.

»*Weiter: Am 6. März brach in einem Rüstungsbetrieb in Petrograd ein ...*«

»Sankt Petersburg«, verbesserte Papa ihn. »Nenne diese schöne Stadt nicht Petrograd. Das tut mir in der Seele weh.«

Kurz nach Kriegsanfang hatte der Zar Sankt Petersburg selbst in Petrograd umgetauft, um jeglichem Gerede über Sympathien für seine deutsche Verwandtschaft die Nahrung zu entziehen.

»Na gut. *Am 6. März brach in einem Rüstungsbetrieb in Sankt Petersburg ein Streik aus. Die Direktion sperrte Zehntausende Arbeiter aus. Zeitgleich wurden Bäckereien geplündert. Tausende von Frauen schrien: ›Brot! Brot!‹ Das fachte die Streiks in den Rüstungsbeziehungsweise Munitionsfabriken wieder an. Die anschließende Protestdemonstration gegen die katastrophale Versorgungslage weitete sich immer stärker aus. Trotzdem reiste der Zar zum Stabsbesuch ab. Am 8. März protestierten wieder Arbeiterinnen gegen die Lebensmittelrationierung. Auf dem Newski-Prospekt trafen sie auf die bürgerlichen Suffragetten, die für das Frauenwahlrecht demonstrierten. Zusammen protestierten sie weiter.*« Konstantin musste kurz auflachen. Das würde Rebecca wirklich gefallen. »*Weitere Betriebe streiken. Zwei Tage später wurde der Generalstreik ausgerufen.*«

»Wie typisch. Die Frauen sind schuld. Man sollte sie eben keine Politik machen lassen.«

Konstantin zuckte nur kurz mit den Augenbrauen und las weiter. *»Wie schon bei der blutigen Revolution von 1905 bildeten sich Arbeiterkomitees.«*

»Was? Es gibt wieder Sowjets?«

Konstantin nickte. Das war eine unheilvolle Entwicklung.

Papa lockerte sein Halstuch. »Na gut. Zar Nikolaus hat das auch 1905 wieder in den Griff bekommen. Ein paar Gewehrsalven in die Menge, und in zwei Tagen haben wir wieder andere Schlagzeilen.«

»Genau das hat er versucht. Am 9. März hat er den Schießbefehl gegen die Aufständischen erteilt. In Petro… in Sankt Petersburg hat es funktioniert, aber in anderen Städten haben sich die Truppen mit den Demonstrierenden verbündet.«

»Befehlsverweigerung. Darauf steht standesrechtliche Erschießung!«

Tja, aber nur, wenn man jemanden findet, der das durchführt, dachte Konstantin. Er sagte es nicht laut, denn er wollte sich nicht verraten. Zu sehr war er selbst verwirrt über die Vorgänge. Sollte er sie gutheißen? War es nicht genau das, was er erhofft hatte? Wozu er selbst beitragen wollte? Jetzt war es schon passiert.

»Am 11. März hat Nikolaus per Telegramm die Duma aufgelöst. Doch die bürgerlichen Abgeordneten haben sich geweigert. Stattdessen haben sie eine provisorische Regierung gebildet. Am nächsten Tag hat sich auch das Petersburger Garderegiment auf die Seite der Aufständigen geschlagen. Andere Regimenter folgten. Sie haben sogar die Aufständigen mit Waffen versorgt. Über eine halbe Million Menschen demonstrierten auf der Straße. Erst verlangen sie Brot, dann Frieden, dann das Ende der Monarchie.« Er musste sich räuspern. Brot und Frieden, ja! Aber das Ende der Monarchie? Konnte es

sein, dass der deutsche Kaiser Kräfte unterstützte, die sich gegen die Monarchie wandten? Das wäre reiner Irrsinn. Er las weiter.

»*Am Nachmittag wurde dann die Duma selbst von den bewaffneten Soldaten und Arbeitern besetzt. Die zaristische Regierung hat über Pe... hat über Sankt Petersburg den Belagerungszustand verhängt. Am 13. März griff der Aufstand auch auf Moskau über.*« Konstantin runzelte die Stirn. Aus den folgenden Auflistungen wurde er nicht so ganz schlau.

»Anscheinend gibt es seit dem 14. März eine Art Doppelherrschaft. Sowohl die provisorische Regierung der Duma als auch die Sowjets erlassen Befehle.«

»Wie soll das denn funktionieren?«

»Keine Ahnung. Aber am gleichen Tag hat der Stabschef selbst, Michail Wassiljewitsch Alexejew – Befehlshaber aller russischen Armeen –, den Zaren aufgefordert abzudanken. Das hat er dann ja anscheinend einen Tag später auch getan.«

Papa war so aufgeregt, dass er aufstand. »Also, die Duma muss nun als Nächstes den Waffenstillstand erklären. Dann wird es Friedensverhandlungen geben, und der Krieg an der Ostfront wird zu Ende sein.« Ergriffen von diesen Entwicklungen lief er auf und ab. »In der Zwischenzeit können die ersten deutschen Heeresabteilungen an die Westfront verlegt werden. Ich schätze, noch im Herbst wird dieser Krieg endlich zu Ende sein. Niemand will noch mal so einen katastrophalen Winter erleben wie den letzten.«

Er setzte sich wieder, als wäre damit alles gesagt. »Sobald der Friedensvertrag mit der Duma unterschrieben ist, wird unser Kaiser dafür sorgen, dass sein Cousin wieder an die Macht kommt.«

Konstantin war unschlüssig, ob das wirklich das Beste für alle wäre. Und noch unsicherer war, ob es so laufen würde. Die Tür ging auf, und die Gräfin rauschte hinein, einen Zettel in der Hand vor sich hertragend wie eine Anklage.

»Ich kann mich nicht hinlegen. Ich kann mich nicht ausruhen, nicht, wenn meine Familie entthront wird.«

»Feodora, Liebste. Es wird alles wieder gut. Der Zar hat nur zeitweise abgedankt. Die Duma wird nun den Friedensprozess einläuten, und in ein paar Monaten wird dieser Krieg zu Ende sein. Du wirst sehen.«

»Ihr seid Narren. Gerade eben ist ein Telegramm eingetroffen von meiner Cousine Ewgenia. Sie fragt, ob sie kommen können.«

Papa stand schon neben ihr und wollte sie in die Arme nehmen. Doch Mama wehrte ihn ab.

»Der Mob fordert den Kopf der Zarin.«

Davon hatte Konstantin schon mehrere Male gelesen. Schon seit Kriegsbeginn wurden die Gerüchte immer lauter, dass die Zarin, eine deutsche Großherzogin aus dem Adelsgeschlecht Hessen-Darmstadt, eine Spionin sei und deshalb die Kriegserfolge ausblieben. Und ebenso hatte man Rasputin nachgesagt, dass er ein Spion der Deutschen sei und seinen großen Einfluss auf die Zarenfamilie geltend mache, um den Zaren zu einem Sonderfrieden mit Deutschland zu überreden.

Mama ließ sich auf eine Chaiselongue sinken. Sie schien vollkommen runter mit den Nerven. »Ich hoffe, sie lassen meine Familie über die Grenze.« Sie schluchzte, als wollte sie damit ihrer Hoffnung Ausdruck geben.

»Aber Feodora, das ist doch alles nur Zeitungsgewäsch. Ich bin mir sicher ...«

Feodora entfuhr ein erstickter Laut. Sie hielt das Stück Papier hoch wie eine lodernde Fackel. »Bei ihnen auf dem Land organi...«, ihre Stimme brach, »organisieren sich Bauernkomitees. Sie bereiten die ...«, lautes Schluchzen, »... die Zwangsenteignung der Gutsbesitzer vor. Ewgenia und ihre Familie wurden vom Hof gejagt wie Landstreicher. Sie konnten nur das retten, was sie gerade am Leib trugen. Das ist kein Zeitungsgewäsch!«

Papa sank mit bleichem Gesicht neben seine Frau auf die weichen Polster. Zwangsenteignung der Gutsbesitzer. Konstantins Gedanken wurden in Eiswasser getaucht.

29. März 1917

Konstantin war wütend und seine Stimme so laut wie schon lange nicht mehr. »Wie konntest du nur? Das ist Wahnsinn.«

»Mäßige deinen Ton, Sohn.«

»Wir standen so gut da! Und jetzt? Das Gut ist hoch verschuldet.« Die Bücher lagen vor ihm. Er war sie durchgegangen, wieder und wieder. Als er alles zusammengerechnet und das ganze Ausmaß von Papas Unfähigkeit erkannt hatte, war ihm das Blut gestockt. Das Gut war seit über hundertvierzig Jahren in den Händen seiner Familie. Sein ganzes Leben hatte er sich darauf vorbereitet, es eines Tages zu übernehmen. Aber was er jetzt übernehmen würde, waren Schuldenberge und Misswirtschaft.

»Wir müssen den Krieg gewinnen. Und dazu braucht es eben die Kriegskredite.«

»Und da steckst du all unsere finanziellen Mittel rein? All unsere Rücklagen?«, schrie Konstantin, völlig außer sich über Vater, der anscheinend schon kapituliert hatte.

»Nicht alle.«

»Aber fast alle. Wenn der Kaiser und die Oberste Heeresleitung diesen Krieg nicht gewinnen, sind wir pleite.«

»Wenn Deutschland diesen Krieg nicht gewinnt, ist das ohnehin egal.«

Konstantins Hände ballten sich zu Fäusten. Am liebsten wäre er seinem Vater an die Gurgel gegangen. Er schnaufte tief durch. »Aber wieso musstest du so viel in Kriegsanleihen investieren?«

»Es war gar nicht so viel … zu Anfang.« Papa setzte sich. »Zuerst … gut, es war eine beträchtliche Summe, aber wir hatten ja genug. Das war im vorletzten Sommer.«

Konstantin wusste, dass das Kriegsschauspiel damals noch sehr viel hoffnungsvoller gestrahlt hatte – Gebietserweiterungen an der Ostfront, der erste Einsatz von Giftgas, die Erfolge der deutschen U-Boote, und erstmals hatten ihre Zeppeline britische Erde erreicht. Das alles war lange vor der verheerenden Schlacht von Verdun und dem Steckrübenwinter gewesen.

»Das Gut ist praktisch bis zur äußersten Grenze beliehen!«

Papa nestelte an seinem Hemdkragen.

»Papa?!«

Der wischte sich über die Stirn.

»Vater? Sag mir nicht, es gibt noch weitere Schulden?«

»Ein wenig.« Seine Stimme war kaum zu hören.

Ein Frösteln überzog Konstantins Haut. »Wie viel?«

»Herr im Himmel, schau mich nicht so an. Du warst nicht da. Ich habe überhaupt nur zweimal Kriegsanleihen gekauft.«

»Mit all unserem Geld.«

»Nein. Dass es jetzt so aussieht, als wäre alles Geld da reingeflossen, hat damit zu tun, dass das restliche Geld einfach … Dass jetzt so wenig Geld in den Aktien steckt, hat damit zu tun, dass deren Werte gefallen sind. Die Börse hat ausgesetzt, die Kurse sind gefallen, immer weiter und weiter. Unser Aktienvermögen war kaum noch was wert. Ich habe …«, Papa räusperte sich, »um wenigstens noch etwas zu retten, alles verkauft und das Geld in die Krupp-Aktien investiert. Die Rüstungsindustrie, weißt du? Aber da waren sie schon verdammt teuer.« Papa stand auf und drückte ungeduldig auf den Klingelknopf. »Und auf der anderen Seite haben wir kein neues Geld mehr erwirtschaftet. Der Gewinn ist praktisch … ausgeblieben.«

»Ausgeblieben?«

»Du weißt es doch selbst. Jeden Tag flattert ein neuer Erlass ins Haus. Höchstpreise, Rationierung, Beschlagnahmung. Kaum Leute, die die Ernte einholen können.«

»Aber du hast doch Zwangsarbeiter bekommen.«

»Nicht genug! Und außerdem arbeiten sie nicht gut. Man muss sie ständig beaufsichtigen, sonst richten sie mehr Schaden an, als dass sie helfen. Du solltest mal Thalmann hören: Auf fünf Zwangsarbeiter kommt ein Mann, der sie beaufsichtigen und antreiben muss.«

»Du hättest meine Maschinen mehr einsetzen sollen.«

»Glaubst du denn, das hätte ich nicht getan? Ceynowa hat einen halben Tag mit der Sämaschine gearbeitet. Dann hat er behauptet, die Maschine sei kaputt. Und er ist der Einzige, der sich damit auskennt. Was soll ich machen? Keiner von uns wusste, was wir tun sollten.«

»Er wusste doch, was zu tun war!« Ceynowa, dieser betrügerische Hund. Kein Sterbenswörtchen hatte er darüber fallen lassen, als sie gemeinsam am Maschinenpflug gearbeitet hatten.

»Konstantin, sei nicht blind. Der Mann ist jetzt ein Zwangsarbeiter. Er hat kein Interesse mehr daran, gut zu arbeiten.«

Konstantin starrte auf die Bücher. Der Schreibtisch war komplett mit Papieren bedeckt. »Und all die unbezahlten Rechnungen? Was ist damit?«

»Was soll schon damit sein? Wir nehmen immer weniger Geld ein, aber alles wird immer teurer und teurer.«

Papa rieb sich über den Nacken. »Dafür haben wir dank meines kleinen Schachzuges einigermaßen ausreichend Saatgut für die diesjährige Aussaat. Nicht so viel, dass es für alle Felder reichen würde. Andererseits würde es uns kaum nutzen, da uns ohnehin die Zwangsarbeiter fehlen, um alle Felder zu bestellen.«

Konstantin konnte es nicht glauben. Er wollte es nicht glauben. Papa hatte das Gut nach dem Tod von Konstantins Großvater nicht mal drei Jahre alleine verwaltet. Aber offensichtlich hatte diese Zeit ausgereicht, um aus einem hervorragend dastehenden Landgut ein hoch verschuldetes Objekt zu machen.

»Wie viele Polen und Russen haben wir zugeteilt bekommen?« Ein Kloß aus Angst und Empörung schnürte seine Stimme ab.

»Bisher dreiundzwanzig.«

»Und wie viele Männer fehlen uns?«

Papa zuckte hilflos mit den Schultern. »Bestimmt noch zwei Dutzend.«

So vage. Er wusste es nicht einmal genau. »Ich werde versuchen, mehr Belgier zu kriegen. Ich habe in Berlin gehört, dass sie jetzt zu Tausenden belgische Männer aus dem Land holen.«

»Du kannst dein Glück gerne versuchen. Aber denke nicht, ich hätte es nicht auch probiert.«

Beide wussten, die Landwirtschaft konkurrierte mit dem Kohlebergbau und der Schwerindustrie um die Zwangsarbeiter. Trotzdem.

»Wenn sie den Krieg gewinnen wollen, dann brauchen sie genug zu essen. Und wenn wir genug ernten sollen, dann brauchen wir Arbeiter. Dass ihre Familien zu Hause an der Heimatfront Hunger leiden müssen, hat nicht gerade die Moral der Truppen gehoben. Das ist der Obersten Heeresleitung mit dem letzten Winter deutlich vor Augen geführt worden.«

»Konstantin ... Bitte glaube mir: Ich habe wirklich nichts unversucht gelassen. Ich weiß, du denkst, ich hätte mich mehr reinknien müssen. Auch wenn wir oft unterschiedlicher Meinung waren über die beste Führung des Gutes – wir haben Krieg.

Und dieser Krieg richtet sich nicht nach unseren Maßstäben. Nicht nach meinen und nicht nach deinen.«

Konstantin wollte etwas entgegnen, aber Papa wischte seinen Einwand mit einer Handbewegung weg.

»Alles ist teurer geworden. Die Saisonarbeiter, wenn ich überhaupt welche finde, kosten viermal so viel wie vor dem Krieg. Viermal! Die Kosten für Saatgut sind exorbitant gestiegen. Ich habe wirklich versucht, vorausschauend zu planen. Wir hatten genug Kartoffeln gebunkert, damit hier niemand verhungern musste. Aber es ist immer das Gleiche. Jedes Mal macht mir die Regierung einen Strich durch die Rechnung. Im ersten Jahr haben wir mehr Fläche bestellt, doch dann wurden unsere Zugochsen eingezogen. Und die Ackergäule auch! Womit sollen alte Männer denn den Boden bestellen?« Er redete sich in Rage. »Im letzten Jahr haben wir aus Mangel an Erntehelfern etliche Acker in Weidefläche umgewandelt. Doch dann wurden unsere Kühe beschlagnahmt. Du versuchst was, und jedes Mal ...«

Tat Konstantin Papa unrecht? Das zweite Kriegsjahr hatte eine beispiellose Inflation ausgelöst. Die Regierung hatte viel Geld nachdrucken lassen, nachdem die Kriegsanleihen nicht ausgereicht hatten. Alles wurde teurer, und an allen Ecken und Enden fehlte es an dem Notwendigsten.

»Es ist ein Kampf gegen Windmühlen.« Papa stand erneut auf und schlug wütend auf den Klingelknopf. »Verdammt noch mal, wo bleibt Caspers denn nur?«

Sofort, als die Tür aufging, schnauzte sein Vater den Hausdiener an. »Jetzt kann ich mir mein Getränk auch selber machen.« Er stürmte hinaus.

Caspers hob entschuldigend die Hände. »Es tut mir wirklich sehr leid, Herr Graf«, sagte er nun an Konstantin gewandt. »Ich war gerade im oberen Stockwerk. Ich habe das Wasser aufgefrischt.«

Der oberste Hausdiener selbst brachte die schmutzigen Nachteimer herunter und tauschte das Wasser aus? Dann stand es wirklich schlimm. Die Aufgaben wurden nicht weniger, aber seit Kriegsbeginn fehlte ein Hausmädchen. Und jetzt war auch noch eins der Stubenmädchen gestorben und der Hausbursche, Kilian Hübner, war Mitte Februar eingezogen worden.

Nervös zog Caspers an seinen Fingern, bis es knackte. »Gnädiger Herr, ich weiß, es ist schwer, Personal zu finden. Und wir versuchen ja alle unser Bestes. Die Mamsell hat genau wie ich mehr Aufgaben übernommen. Bertha, das Küchenmädchen, hat ebenfalls einiges von Clara Fiedel übernommen. Herr Sonntag ist ja schon längst für Johann Waldner eingesprungen und macht die schweren Arbeiten gemeinsam mit Eugen. Aber es reicht nicht. Ich habe schon mit Ihrem Herrn Vater über ein neues Mädchen gesprochen.«

»Sie meinen die Schwester von unserem jetzigen Stubenmädchen?«

»Ja. Ida Plümecke. Sie hat ausreichende Kenntnisse, ist etwas älter und erfahrener als Wiebke.«

»Sollte uns das nicht skeptisch machen, dass sie abkömmlich ist? Es werden doch händeringend überall Leute gesucht.«

»Nun, derzeit ist sie noch auf einem Gut in Deutsch Krone. Aber anscheinend sind von der Gutsfamilie alle Männer an der Front gefallen.«

Konstantins Miene verdunkelte sich. Sie hatten noch so viel Glück im Unglück.

»Es gibt nur noch die gnädige Frau, die anscheinend, um es vorsichtig auszudrücken, an dunklen Stimmungen leidet.«

»Wie viele sind denn gefallen?«

»Ich kann es nicht mit Bestimmtheit sagen, aber wie Wiebkes Schwester schreibt, sind es wohl mehrere Söhne, und der Vater ist auch vor Kurzem gestorben. Die Gräfin braucht nun nicht mehr so viele Bedienstete. Aber anscheinend kann sie ... ist sie nicht zu Entscheidungen fähig, sondern ... sie ist handlungsunfähig. Und wer nun das Gut übernimmt, steht auch noch nicht fest.«

»Das heißt, das Mädchen wird ohnehin nicht benötigt?« Ganz sicher wollte Konstantin nicht einer Familie, der das Schicksal so übel mitgespielt hatte, auch noch in den Rücken fallen.

»So sagt unsere Wiebke es jedenfalls. Ida Plümecke wäre bestimmt ein guter Ersatz für Clara Fiedel. Mädchen aus dem Waisenhaus wissen hart zu arbeiten. Wiebke selbst ist außerordentlich fleißig und gehorsam.«

»Ich werde mit meinem Vater sprechen. Mit meinen Eltern. Aber selbst wenn sie anfangen kann, müssen wir einiges umorganisieren.« Eigentlich hatten sie kein Geld übrig, um neue Leute einzustellen. Er seufzte. Mama würde fuchsteufelswild werden.

»Und wird es auch einen Ersatz für Kilian Hübner geben? Er hatte zusätzlich zu seinen Pflichten ebenfalls viel vom Hausmädchen übernommen ...«

»Von der armen Hedwig?«

»Genau von der. Er ist auch schon seit mehreren Wochen fort. Soll ich mich da auch umhören?«

»Wie gesagt, wir werden einiges umorganisieren müssen. Danach können wir darüber entscheiden. Abgesehen davon gibt es im Moment ja kaum fähige Burschen in dem Alter.«

»Sehr wohl.« Caspers schaute ihn an. »In der Bibliothek habe ich schon alles vorbereitet, wie gewünscht. Und Mamsell Schott hat gerade frischen Kaffee hochgebracht.«

»Herzlichen Dank. Ich geh gleich rüber.«

Caspers schloss die Tür.

Gedankenverloren räumte Konstantin die Papiere zusammen. So ging es nicht weiter. Sie mussten einiges ändern. Vieles. Und er selbst war so weit, dass er auf dem Feld mitarbeiten konnte. Falls man ihn nicht wieder einziehen würde. Er wusste nicht, ob Berlin jetzt noch auf ihn zukommen würde. Der Zar war nun gestürzt. Andererseits hatte sich bisher nichts geändert. Neben all den heimischen Katastrophen war sein Hoffen auf einen Waffenstillstand oder gar Friedensverhandlungen bisher vergeblich gewesen.

Und was, wenn Mamas Befürchtungen doch nicht unberechtigt waren? Wenn hier Ähnliches passieren würde? Der Ruf nach Frieden wurde auch in Deutschland immer lauter. Immer öfter kam es zu Protesten, meistens für mehr Brot. Und immer mehr dieser Proteste endeten in Hungerkrawallen, die von berittener Polizei gewalttätig niedergeschlagen wurden. Von Mal zu Mal gingen die meuternden Massen den Kaiser und die Militärführung härter an. Immer aggressiver wurde Frieden gefordert. Doch militärisch gesehen waren sie von einem Kriegsende weiter entfernt als jemals zuvor.

Caspers klopfte. »Ihr Besuch ist da.«

Konstantin nickte. »Führen Sie sie schon in die Bibliothek. Ich bin sofort da.«

Er legte noch einen Packen Rechnungen beiseite und klappte zwei Bücher zu. Vielleicht wurde ja dieser Teil des Tages angenehmer. Er strich sich die Haare nach hinten. Seine linke Schulter machte noch Mucken, aber der Schmerz war fast vorbei. Es wurde Zeit.

»Guten Tag.« Er bedeutete Caspers, der ihm die Tür aufhielt, dass er hier nicht länger gebraucht wurde.

Rebecca Kurscheidt, die gesessen hatte, stand überrascht auf. »Guten Tag ... Ich dachte, ich würde mit ... Ihrem Vater sprechen.«

»Mein Vater ist derzeit nicht verfügbar.« Kaffee stand schon bereit. Es gab keine Plätzchen. Normalerweise gab es Gebäck zum Kaffee oder Tee. Aber Konstantin hatte sich dagegen entschieden. Es würde Rebecca vermutlich gegen ihn einnehmen. Er selbst goss ihr den Kaffee ein.

»Ich hörte, Sie sind seit Oktober wieder da.« Ihre Stimme klang spröde.

Sie oder du – dieses Spiel wieder. Er wollte es nicht spielen. Andererseits wusste er: Würde sein Vater oder seine Mutter zufällig hereinkommen, würde er Rebecca auch siezen. Also konnte er es einfach so belassen.

»Nehmen Sie Milch?«

Sie nickte, anscheinend doch enttäuscht, dass er sie so förmlich ansprach. Hatte sie etwas anderes erwartet oder gehofft?

»Sie haben recht. Ich bin seit Mitte Oktober wieder hier.« Natürlich fragte sie sich, warum er sich vorher nie gezeigt hatte. Fast ein halbes Jahr lang. Warum er nie im Dorf oder bei ihr vorbeigekommen war. Obwohl sie es ihm streng genommen verboten hatte. »Haben Sie ein neues Fahrrad bekommen können?«

»Nein, es gibt keine Fahrräder mehr zu kaufen. Gelegentlich werden Gestelle angeboten, aber das hilft mir auch nicht weiter.«

»Ja, ich weiß. Gummi ist rar.«

»Und wenn die Räder einmal kaputt sind ... «

Konstantin nickte verständig. Er musste an ihr letztes Treffen denken. Rebecca war zusammengebrochen, als sie von ihrem geklauten Rad erzählt hatte. Und er hatte sie in seinen Armen gehalten. Als wären sie nicht getrennt gewesen durch zwei bittere, einsame Jahre.

Aber jetzt, jetzt stand ein ganzes Leben zwischen ihnen. Konstantin kämpfte noch immer darum, der Mann zu werden, der er einmal gewesen war.

In ihrem Blick lag die Frage, wo es ihn getroffen hatte.

Natürlich wurden keine Details im Dorf verbreitet. Zumindest hoffte er das. Was die Dienstboten im Dorf erzählten, konnte man letztlich nicht kontrollieren. Doch seine Zurückgezogenheit befeuerte die Gerüchte nur. Aber er hatte sich nicht zeigen wollen, vor allem nicht Rebecca, so lange er psychisch noch labil gewesen war.

Sie blickte ihn weiter fragend an. Doch dieses Thema würde er nicht anschneiden.

»Und wie geht es Ihnen?«

»Wie es mir im Krieg gehen kann. Nicht besser als den meisten, aber viel besser als vielen.« Es klang, als hätte sie aufgegeben. Auch sie hatte sich verändert. »Wir mussten die Kinderbetreuung einstellen. Leider.«

»Meine Schwester hat es mir schon erzählt. Wirklich sehr bedauerlich. Aber eins unserer Stubenmädchen ist gestorben. Und wir bekommen keinen Ersatz. Deshalb kann das zweite Stubenmädchen meine Schwester nicht mehr begleiten. Meine Mutter kann nicht mehr auf sie verzichten.«

»Ja, ich weiß.«

Beide wussten, dass Katharina das Haus nicht alleine verlassen durfte. Auch wenn Konstantin Mamas Entscheidung mit jedem Tag mehr infrage stellte.

»Der letzte Winter war wirklich hart. Für alle.«

»Ja, für alle.« Rebecca klang nicht ironisch. »Die Russen …«

»Ja, die Russen.« Konstantin wusste sofort, was sie damit meinte. Alles Hoffen konzentrierte sich nun auf Sankt Petersburg. Wie würde es dort weitergehen? Die Minister des Zaren und weitere zaristische Beamte waren von den übergelaufenen Soldaten verhaftet worden. Ihre Zahl ging in die Tausende. In der Peter-und-Paul-Festung, in der sonst Anarchisten, Sozialrevolutionäre und Bolschewisten einsaßen, zogen nun scharenweise neue Insassen ein.

Der Zar selbst war verhaftet und zusammen mit seiner Familie auf seiner Sommerresidenz untergebracht worden. Auf Geheiß der Übergangsregierung wurden sie dort bewacht. Auf dem Land tobten die Bauernsowjets, plünderten, brandschatzten und jagten die adeligen Gutsbesitzer von ihren Höfen. Entfesselte Kräfte, die niemand mehr kontrollieren konnte, fast wie in der Französischen Revolution.

»Sie kommen wegen der Komitees?«

»Ja. Die Lebensmittel-Komitees sind immer noch in den Händen von Leuten, die sich bei der Verteilung … um es vorsichtig zu sagen, eher an Verwandtschaftsverhältnissen orientieren als an Bedürftigkeit.«

»Es ist wohl überall das Gleiche.«

»Das Schlimmste ist der Schwarzhandel. Viele wichtige Lebensmittel werden unter der Hand verkauft. Ich hab von einem regen Handel in Richtung Ostseebäder gehört. Dort können zahlungskräftige Urlauber noch immer fast alles bekommen. Und aus den Städten kommen die Leute zu uns auf Hamsterfahrten. Pächter und Dorfbewohner, die selbst anbauen, verschachern Gemüse, Eier und Hühner oder selbst gezüchtete Kaninchen für horrendes Geld auf dem Schwarzmarkt. Und am nächsten Tag stehen sie für Brot an, mit Brotmarken, die ihnen eigentlich nicht zustehen dürften. Während andere Leute trotz Brotmarken mit leeren Händen und leeren Mägen nach Hause gehen und gar nichts haben, weil das rationierte Brot wieder nicht gereicht hat.«

»Das ist abstoßend. Auf Kosten von Hungernden Geld scheffeln.« Konstantin sollte dafür sorgen, dass Vater nicht auf die Idee kam, hinter seinem Rücken Schwarzmarktgeschäfte zu betreiben.

»Eigentlich wäre genug da für alle. Man müsste es nur gerecht verteilen.«

»Tja, wenn das so einfach wäre.« Die Regierung verlor von Tag zu Tag mehr an Glaubwürdigkeit, in allen Gesellschaftsschichten. »Haben Sie Vorschläge, wie man diesen Schwarzhandel eindämmen könnte?«

Rebecca lachte tatsächlich laut auf. »Dann hätte ich wohl das Ei des Kolumbus gefunden. Es ist doch überall im Land dasselbe. Und die Regierung selbst hat keine brauchbaren Ideen. Nein, ich bin hier, um vorzuschlagen, für die wirklich Bedürftigen lebenswichtige Dinge anzubauen. Auf Gemeindeflächen oder auch im Schlosspark. Dann hätten wir neben den rationierten Lebensmitteln eine kleine Notreserve.«

»Wir könnten doch einfach von dem, was auf unseren Feldern wächst ...«

»Nein«, fiel ihm Rebecca ins Wort, »was auf den Feldern wächst, wird vom Kriegsernährungsamt verwaltet. Was aber in Ihrem heimischen Garten wächst, darüber können Sie verfügen.«

»Stimmt!« Konstantin war überrascht. Das war eine gute Idee. Man könnte die große Rasenfläche sehr schnell umpflügen und somit in gutes Ackerland verwandeln. »Ja, natürlich. Ich werde es mit meinem Vater besprechen.«

»Ihr Vater hat mir genau wie Ihre Mutter schon im letzten Frühjahr eine Abfuhr erteilt.«

Seine Augenbrauen gingen überrascht hoch. »Davon wusste ich nichts.«

»Wir hätten schon im Steckrübenwinter einen Teil des Mangels auffangen können, wenn ich damals mit meinem Plan durchgekommen wäre. Ich hatte auch vorgeschlagen, die Orangerie zu nutzen. Zum Vorziehen von Pflänzlingen wäre sie ideal.«

»Das stimmt.« In der Orangerie war seit dem Kriegsausbruch nicht mehr viel passiert. Es waren noch einige Zitruspflanzen in den ersten Wochen aus Italien gekommen, aber das war schon alles. Die Räumlichkeiten kümmerten vor sich hin. Ein paar

Orangenbäumchen hatten im letzten Winter den Kampf um die notwendige Wärme verloren.

»Ich werde mich selbst darum kümmern. Ich sage Ihnen Bescheid. Dann können wir zusammen planen, wer dort arbeiten kann und was dort angebaut werden soll.«

»Das hab ich alles schon erledigt.« Rebecca kramte in ihrer Tasche und holte einige Blätter hervor.

Er nahm sie und begutachtete zufrieden ihre Planung. Das war gut durchdacht. »Gibt es denn genug Leute im Dorf, die mithelfen?«

Rebecca schüttelte den Kopf. »Nein, aber ich hab mir etwas überlegt. Die älteren Schüler müssen am Nachmittag mit auf die Felder. Aber die Sechs- bis Zehnjährigen könnte ich dafür einsetzen. Natürlich können sie noch nicht schwer arbeiten, aber hier im Schlosspark wäre ja auch nicht damit zu rechnen. Zudem wären sie dann beaufsichtigt.«

Sie schaute ihn fragend an, so als ob sie nicht genau wüsste, ob sie weiterreden sollte.

»Ja?«

»Ich hätte noch eine Idee.«

Konstantin nickte ihr aufmunternd zu.

»Wenn ich ohnehin an den Nachmittagen hier wäre, dann könnte ich die kleineren Kinder mitbringen. Ihre Schwester würde das Gut ja nicht verlassen, wenn sie …«

Ein Lächeln tauchte in Konstantins Gesicht auf. »Sie würde das Gut nicht verlassen, wenn sie hier auf die kleinen Kinder aufpasst. Ich könnte mir vorstellen, dass ihr das sehr gelegen käme.« Er dachte nach. »Was ist mit der Schule im Nachbardorf? Unterrichten Sie dort nicht am Nachmittag die Kinder?«

»Bald nicht mehr. Zu Ostern soll eine neue Lehrkraft kommen. Auch eine Lehrerin.«

So war das jetzt. Immer mehr Frauen übernahmen die Aufgaben von Männern. So vieles änderte sich. So vieles, dass Konstantin sich nicht vorstellen konnte, dass sich diese Veränderungen nach dem Krieg einfach zurückdrehen ließen. Sein Blick ruhte auf ihrem Gesicht.

Rebecca war längst nicht mehr so enthusiastisch und so schnell zu begeistern. Auch ihr hatte der Krieg einige herbe Niederlagen bereitet. Und doch, jetzt, wo er an ihre gemeinsame Zeit zurückdachte, wurde ihm bewusst, dass sie beharrlich ihren Weg weiterging. Sie war eine intelligente Frau, die noch immer versuchte, aus allem das Beste zu machen.

Eine heiße Welle durchflutete ihn. Wohlige Wärme und auch Begierde. Der unstillbare Wunsch, ihr nahe zu sein. Sie zu schützen. Völlig überrascht wurde ihm bewusst, dass er sie immer noch liebte. Dabei hatte er gedacht, er hätte jegliches Gefühl verloren. Aber nicht einmal der Krieg und seine Schrecken hatten diese Liebe auslöschen können. Seine Liebe hatte nur geschlummert, und Rebeccas Gegenwart hatte sie wieder geweckt. Und sie hatte nichts von ihrer alten Kraft verloren. Das hatte er nicht erwartet.

Seine sicher geglaubte Welt war im Trommelfeuer der Schlachtfelder untergegangen. Zu Hause hatte er gegen alle Emotionen angekämpft. Lieber war er taub und gefühllos, als sich den Ängsten, der Panik und der Mutlosigkeit auszuliefern. Völlig unerwartet spürte er eine altbekannte Empfindung, die ihn nicht wie all die anderen positiven Gefühle im Stich gelassen hatte. »Rebecca, ich …«

Ihr Körper schnellte hoch. »Sehr schön. Dann haben wir ja alles geklärt. Sagen Sie mir Bescheid, wenn es losgehen kann?« Sie nahm die Papiere mit ihren Planungen und stopfte sie so hastig in ihre Tasche, als wollte sie flüchten.

Er atmete tief ein. Also dann nicht. Dann keine zögerliche Annäherung. Enttäuschung machte sich in ihm breit. Aber als er ihr nun ins Gesicht schaute, wurde ihm eins klar: Sie hätte keinerlei Grund zu flüchten, wenn sie nicht auch noch Gefühle für ihn hegte. Dann hätte sie ihn einfach reden lassen. Aber so war es nicht.

Sie stand bereits und hielt ihm die Hand zum Abschied hin. Doch sie sah ihm nicht in die Augen. Ihr Blick huschte unsicher durchs Zimmer. Sie hatte Angst, ihn direkt anzuschauen, denn sie wollte sich nicht verraten. Sie wollte ihre eigene, tief vergrabene Liebe nicht verraten.

Es war noch nicht zu Ende. Zum ersten Mal an diesem Tag schöpfte Konstantin Hoffnung. Der Krieg änderte so viel. Er hatte sogar die Kraft, die Barrieren zwischen ihnen einfach niederzureißen.

»Ich melde mich bald.« Er schüttelte kurz ihre Hand.

»Vielleicht können Sie ja schon mit Ihrer Schwester sprechen.« Sie ließ seine Hand los und verließ eilig die Bibliothek.

Sein Blick folgte ihrer Silhouette. Die erste Hoffnung ... nach so vielen dunklen Monaten. Endlich wieder Gefühle, die ihn nicht verrieten. Erst die Wut und der Zorn und jetzt sogar die Liebe. Da war es, das erste zarte Pflänzchen. Darauf hatte er nun seit einem Jahr gewartet, seit er vor lauter Schmerzen das erste Mal wieder klar denken konnte. Er hatte es herbeigesehnt, gehofft, aber so lange hatte es sich verborgen. Der Konstantin, den alle kannten. Der Mann, der er einst gewesen war. Der kraftvoll und mit positiven Erwartungen die Zukunft in Angriff nahm. Er war zurück. Noch war er nicht ganz angekommen, aber es bestand plötzlich kein Zweifel mehr: Er würde zu seinem früheren Ich zurückfinden, in ein normales Leben.

Die Tür war noch nicht hinter ihr zugefallen, da trat Caspers ein. Er trug einen Brief auf dem Silbertablett.

»Gnädiger Herr, der ist gerade für Sie gekommen.« Sofort war der Hausdiener wieder verschwunden.

Feldpostgrau. Wurde er wieder eingezogen? Ein unangenehmes Kribbeln kroch über sein Rückgrat. Die Knie wurden ganz weich. Die Angst kam polternd zurück. Konstantins Finger zitterten, als er den Brief öffnete. Erleichtert atmete er aus. Der Brief war von Morschütz. Würde er ihm nun mitteilen, dass seine Dienste nicht mehr gebraucht würden? Der Inhalt war denkbar kurz.

```
Bereithalten Anfang April.
Möglicherweise muss Person über die Grenze nach
Petrograd gebracht werden. Dringend! Unbedingt sicher
abliefern! Alles Notwendige organisieren! Weitere
Informationen folgen später.
```

Nichts war zu Ende. Sie brauchten ihn noch. Er sollte jemanden über die noch immer umkämpfte deutsch-russische Grenze nach Sankt Petersburg bringen.

Aber der Zar war gestürzt. Hatte man Konstantin nicht wegen seiner entfernten Verwandtschaft zu ihm ausgesucht? Und trotzdem sollte ausgerechnet er nun helfen?

Andererseits hatten sie genau den richtigen Mann ausgesucht. Er kannte die Strecke sehr gut. Er war sie Dutzende Male gefahren. Er wusste genau, wo man die Grenze relativ ungesehen überqueren konnte. Und wenn er mit seinem Schützling erst einmal in Russland war, wäre er nicht mehr Konstantin von Auwitz-Aarhayn, sondern Fjodor Gregorius, sein toter Cousin.

6. April 1917

Katharinas Blick wanderte über das Wasser. Der Wind trieb rastlose kleine Wellen vor sich her. Der See war nicht besonders groß. Man hätte auch Teich sagen können, aber dann würde er sich nicht mehr von dem Dorfteich unterscheiden. Also hieß er Schloss-See. Das andere Ufer war gut zu erkennen. Doch für sie war es unerreichbar. Ihre Brüder konnten alle schwimmen. Wie sehr sie die Jungs jeden einzelnen Sommer beneidet hatte. Als Mädchen durfte sie sich natürlich nicht einfach ins Wasser begeben. Sie besaß nicht einmal ein Schwimmkostüm. Und auch das würde sie ändern. Sie würde schwimmen lernen, das schwor sie sich.

Rebecca Kurscheidt hatte ihr einen Weg in eine Welt gewiesen, die für sie tausendmal interessanter war, als auf Hofbälle und Soireen zu gehen. Natürlich hatte sie nichts gegen leichtes Vergnügen, aber sie wollte nicht so enden wie Anastasia. Zu Hause, alleine mit ihren Kindern, in einer ihr fremden Umgebung, ohne Freunde. Oder so verbiestert wie Mama. Nein, sie wollte in die Welt hinausspazieren, sie genießen. Sie wollte lernen und Dinge ausprobieren. Sie wollte Länder kennenlernen. Je mehr Bücher von Rebecca sie las, umso unstillbarer wurde ihre Begierde nach Wissen und Erfahrung.

Katharina musste sich also ihre nächsten Schritte sehr gut überlegen. Sie war nicht sehr verwundert gewesen, als vor drei Tagen der Brief eingetroffen war. Der Brief mit dem kaiserlichen Siegel. Ludwig von Preußen hatte sich wahrlich Zeit gelassen. Er genoss dieses Spiel. Er genoss es, sie hinzuhalten und abzustoßen und sie dennoch nicht freizugeben.

Mit charmanten Worten hatte er bei Papa und Mama um ihre Hand angehalten. Nun, offiziell würde es erst, wenn man ihre Verlobung in irgendwelchen namhaften Zeitschriften bekannt gab. Auch das war wieder sehr geschickt von ihm. Er hatte um ihre Hand angehalten und gleichzeitig mit Bedauern festgestellt, dass sie nicht heiraten können würden, bevor der Krieg zu Ende war. Wie clever er doch war. Niemand wusste, wann der Krieg zu Ende sein würde. Also ließ sich auch kein Hochzeitsdatum feststellen. Und ohne ein Hochzeitsdatum war die Verlobung nicht mal die Hälfte wert.

Katharina fragte sich tatsächlich, ob er sie überhaupt heiraten wollte. Vielleicht wollte er nur testen, wie weit er gehen konnte. Vielleicht spielte er dieses Spiel noch mit ein paar anderen Familien. Ihr wäre das nur recht. Je länger der offizielle Teil hinausgeschoben werden konnte, desto eher konnte sich noch ein Schlupfloch auftun.

Doch neben Rebeccas Welt des Wissens mit ihren vielen Möglichkeiten und einer verhassten, aber luxuriösen Welt am kaiserlichen Hof gab es nun plötzlich wieder einen dritten Weg. Einen Weg, auf dem sie scheinbar mühelos all ihre Wünsche miteinander verbinden konnte.

Sollte sie ihm glauben? Durfte sie ihm glauben? Tatsächlich weigerte sich ein Teil ihres Herzens, ihm zu glauben. Und ein anderer sehnte sich danach, jedes einzelne Wort, das er schrieb, für wahr zu nehmen. Seine Zeilen rührten sie zu Tränen.

Sie hat nichts mehr von Julius Urban gehört, seit sie ihm im vergangenen September einen letzten Brief geschickt hatte. Der Brief, in dem sie ihm erklärt hatte, wie enttäuscht sie über die Worte seiner Mutter war.

Natürlich bestand die Möglichkeit, dass sie ihm irgendwann, in ferner Zukunft, einmal über den Weg laufen würde. In Berlin oder in irgendeinem Seebad. Bis dahin hätte sie bestimmt noch viele Jahre Zeit, Abstand zu gewinnen. Jahre, die ihre Gefühle unter einer dicken Schicht Staub bedecken würden. Sie hatte ihr Herz doppelt und dreifach abgeschlossen und den Schlüssel weit von sich geschleudert. Die letzten sieben Monate hatten Spinnweben das Schloss ihres Herzens verdeckt. Sie hatte nicht mehr an Julius denken wollen, denn sie hatte die Enttäuschung nicht ertragen können. Und jetzt kam dieser Brief, dessen Zeilen den Schlüssel zu dem Schloss ihres Herzens wiedergefunden hatten. Und die Spinnweben waren mit einem Handstreich hinfort geweht.

Meine verehrte Komtess zu Auwitz-Aarhayn,
ich habe im letzten Oktober Ihren Brief erhalten und mit größtem Bedauern gelesen. Ich weiß nicht, ob Sie es mir glauben wollen und glauben können, aber was immer meine Mutter gesagt haben sollte, es trifft nicht auf mich zu. Ich habe zunächst meiner Mutter telegrafiert und von ihr Rede und Antwort gefordert. Da ich noch immer in Argentinien bin, dauerte unsere Korrespondenz bedauerlich lange. Zudem sind in den Wintermonaten keine Dampfer mit der Post von und nach Europa ausgelaufen. Deshalb muss ich mich für meine späte Antwort entschuldigen. Ebenfalls ist mein erster Brief an die Potsdamer Adresse zurückgegangen. Es scheint, als hätte Ihr Stubenmädchen Clara Fiedel die Annahme des Briefes aus irgendeinem Grund verweigert. So habe ich nun den Brief an Ihren Herrn Bruder schicken lassen. Anbei liegt aber der erste Brief, den ich Ihnen im Januar geschrieben habe.

Tatsächlich hatte Alexander ihr den Brief vor drei Tagen übergeben, nachdem er aus Stettin zurückgekehrt war. Sie blickte hinter sich. Dort stand der Baum, in den Julius ihr Herz eingeritzt hatte. Es war ziemlich versteckt, aber so sollte es ja auch sein. Hier war für eine Zeit lang der Rückzugsort ihrer Seele gewesen. Sie war lange nicht mehr hier gewesen. Neben den Buchstaben *K & J* glitzerte ein Spinnennetz in der Abendsonne wie fein geschliffenes Kristall. Ergriffen nahm sie die nächste Seite zu Hand.

Meine verehrte Katharina, ich flehe Sie an, vergessen Sie alles, was meine Mutter gesagt hat. Was immer meine Eltern über eine mögliche Vermählung von Ihnen und mir denken, hat rein gar nichts mit meinen Gefühlen zu tun. Meine Gefühle sind echt und bar jeder Berechnung. Ich habe Ihnen gesagt, dass ich Sie liebe. Und davon stimmt jeder einzelne Buchstabe.

Ich habe mich auf den ersten Blick in Sie verliebt, als wir uns auf der Gartenausstellung trafen. Sie wissen, ich habe sofort versucht, Kontakt zu Ihnen aufzunehmen, ohne zu wissen, wer Sie sind. Und ich glaube auch, dass Sie von mir nicht einen einzigen Satz oder eine einzige Äußerung gehört haben, in der ich etwas anderes als meine ehrlichen und liebenden Gefühle für Sie geäußert hätte. Ich weiß das genau, denn ich bin mir meiner Gefühle ganz gewiss.

Um aber offen zu sein, kennt mein Vater sehr wohl dieses Kalkül, in einen besseren Stand einzuheiraten. Das möchte ich nicht verhehlen. Er sieht einen großen Vorteil darin, wenn ich mir eine Frau aus dem adeligen Geschlecht wähle. Andererseits hat er mich nie zu etwas gedrängt. Und auch meine Mutter muss ich zumindest ein wenig verteidigen: Sie sieht durchaus mit großem Wohlwollen, dass ich mich in eine Komtess verliebt habe. Aber meine Mutter war stets auf meiner Seite. Hätte ich mich in ein Bürgermädchen verliebt, dann würde sie auch nicht gegen mich arbeiten. Sie hat mich gelehrt, immer meinem Herzen zu folgen.

Und das tue ich! Ganz entschieden und deutlich kann ich sagen: Ich liebe Sie, weil Sie ein so bezauberndes und charmantes Wesen sind. Ihre Schönheit hat mich vom ersten Augenblick an betört. Und seit dem Zeitpunkt, an dem wir zusammen in dem kleinen Bistro gesessen und Limonade getrunken haben, war mein Herz nicht mehr frei. Sie sind intelligent und erfrischend. Sie sind geradlinig und dabei

herzlich. In Ihnen steckt so viel Kraft und Willen. Und ich würde mich sehr wundern, wenn Sie sich jemals zu einem Leben hinreißen lassen würden, in dem Sie sich mit der Rolle, die Ihnen Ihre Mutter zugewiesen hat, zufriedengeben würden. Sie wollen mehr, als in einem dunklen, einsamen Schloss auf Ihren Gatten zu warten und einem Dutzend Dienstboten Befehle zu erteilen.
Sie wollen raus in die Welt und sie erobern. Genau wie ich. Wir sind seelenverwandt. Ich möchte mit Ihnen die Welt bereisen. Ich würde sie Ihnen zu Füßen legen. Was immer Sie wollen, Ihr Wunsch wäre mir Befehl.
Nun sagen Sie mir, dass ich meine Gefühle nur vortäusche, damit ich eine Adelige heiraten kann. Sie selbst kämpfen gegen eine Verlobung mit einem Menschen, den Sie verabscheuen. Sie haben mir einmal erklärt, dass Sie sich nicht zwingen lassen würden, ihn zu heiraten. Halten Sie mich denn für einen Menschen, der sich zu einer Heirat zwingen lassen würde? Genau wie Sie bin ich sehr privilegiert. Meine Privilegien sehen anders aus als Ihre, und trotzdem oder gerade deswegen gibt es für mich keinen Grund, mich an jemanden zu binden, den ich nicht liebe. Ich darf mir meine Zukunft nach meinen Wünschen gestalten.
Bitte fragen Sie sich, welche Gefühle Sie für mich haben. Und fragen Sie sich, ob ich Ihnen jemals Anlass dazu gegeben habe, mich für einen Lügner zu halten.
Meine liebste Komtess, oder am liebsten auch meine liebste Katharina, denn so möchte ich dich wieder nennen dürfen, bitte gib mir die Chance, mich wenigstens noch einmal persönlich erklären zu können.
Sag es mir ins Gesicht, dass du mir nicht glaubst. Sag mir ins Gesicht, dass du glaubst, ich würde dich anlügen. Sag es mir frank und freiheraus, dass ich dich nur als Standesobjekt

begehre. Dann werde ich gehen und dich nie wieder behelligen. Aber ich muss es wissen. Ich muss wissen, dass du mir nicht glaubst. Dass du wirklich denkst, ich sei ein Lügner. Und dass du nie wieder etwas von mir hören willst. Denn nur, wenn du es mir ins Gesicht sagst, werde ich es glauben. Ansonsten könnte dein letzter Brief dir von deiner Mutter in die Feder diktiert worden sein. Und ich werde die Chance auf mein größtes Glück nicht einer solchen Möglichkeit überlassen. Ich werde kämpfen. Ich habe dir gesagt, ich liebe dich, und ich möchte mich für den Rest meines Lebens an dich binden. Und für mich hat sich daran nichts geändert.
Wenn deine Gefühle für mich genauso ehrlich und rein sind wie meine, dann werden wir das größte Glück auf Erden finden. Wenn deine Gefühle für mich nicht ausreichen, dann kann ich daran nichts ändern. Aber ich bin kein Lügner.
Bitte antworte mir. Ich trage das geteilte Medaillon immer über meinem Herzen.
Dein dich liebender
Julius

Das geteilte Medaillon – so lange hatte sie ihre Hälfte über dem Herzen getragen. Sie hatte es nicht geschafft, es wegzuwerfen, genauso wenig wie seine Fotografie. Sie hatte sich nur verboten, es anzuschauen. Ihn aus ihrem Leben zu verbannen war ihr so schwergefallen.

Katharina wischte sich die Tränen von den Wangen. Was sollte sie sagen? So lange hatte sie daran geglaubt, dass er sie nicht wollte. Je öfter sie diesen Brief las, desto eher wollte sie zugeben, dass sie sich geirrt hatte. Sie wusste, wenn sie den Brief nur oft genug las, dann würden sämtliche Mauern bröckeln. Oh, wäre das nicht fantastisch, wenn sie ihm glauben könnte?

Seelenverwandte. Er konnte sie so sehen, wie sie sonst niemand auf der ganzen Welt sah. Noch nie hatte ein Mensch sie so in ihrem Wesen erkannt wie Julius. So, wie er sie sah, so sah sie sich selbst. Vielleicht gestand sie sich etwas weniger Kraft und etwas weniger Willen zu, aber selbst das schien sich in den letzten Monaten geändert zu haben. Der Brief spornte sie zusätzlich an.

Alexander wollte unbedingt wissen, was los war. Er hatte sich bei ihr erkundigt, ob Julius denn in Argentinien bleiben könne. Im letzten Herbst hatte es einen Erlass gegeben, nach dem alle im Ausland lebenden Wehrpflichtigen sich bei den zuständigen deutschen Behörden melden sollten. Noch betraf es Julius nicht unmittelbar. Er würde erst in wenigen Monaten zwanzig und damit dienstpflichtig werden. Aber was geschah nach seinem Geburtstag?

Und jetzt wollte er sie unbedingt persönlich sehen, von Angesicht zu Angesicht mit ihr sprechen. Wie sollte das gehen? Wollte er etwa nach Deutschland zurückkehren? Das wäre doch viel zu riskant. Allein die Überfahrt war mittlerweile lebensgefährlich geworden. Immer wieder wurden zivile Schiffe beschossen und versenkt.

Ihre widersprüchlichen Gefühle brachen sich Weg aus ihrem verborgenen Versteck. Sie weinte, und es waren gleichzeitig Tränen der Erlösung, der Erleichterung und der Qualen ihrer Sehnsucht. Bevor sie sich mit weiteren Fragen befassen konnte, musste sie ... Genau über ihr schrie ein Käuzchen und flatterte empört auf. Sie schreckte hoch. Jemand näherte sich ihr.

* * *

Sie hatte sich wirklich gemausert, die Komtess. Von einem naiven, verwöhnten Backfisch zu einer jungen Frau, die gut zupacken konnte. Albert hatte im Dorf von ihrer Mithilfe bei der

Kinderbetreuung gehört und wie geschickt sie sich dabei anstellte. Und dass sie außerdem imstande war, ihrem Vater allerlei abzuschwatzen, ob nun Milch für die Dorfkinder oder Heizmaterial für die Schule. Wie sie sich um die verletzten Jungs gekümmert hatte, beeindruckte ihn tief. Wenn er eins seiner Stiefgeschwister mochte, dann war es sicherlich die Komtess. Wobei *mögen* es auch nicht wirklich traf, aber er hegte keinen Groll gegen sie.

Das war bei dem Zweitältesten von Adolphis zu Auwitz-Aarhayn schon anders. Konstantin, von den Söhnen sicherlich der netteste und auch der bodenständigste und doch gleichzeitig sein größter Rivale. In den Augen seines Vaters war er der Erstgeborene.

Anastasia war eine echte hochwohlgeborene Zecke, die sich in einen teuren Pelz eingenistet hatte. Eine Schmarotzerin, die es sich auf Kosten von anderen gut gehen ließ. Nikolaus war ihr ähnlich, aber immerhin musste er den Preis für sein Tun bereits an der Front bezahlen. Alexander war einfach nur ein nicht besonders netter Mensch. Kurz vor Ostern hatte er sein Abitur gemacht und war nun wieder zu Hause. Niemand von den Dienstboten wusste, was er jetzt plante. Aber da er schon im letzten Jahr zwanzig geworden war, hatte man ihn vermutlich nur so lange vom Militärdienst zurückgestellt, bis er seinen Schulabschluss gemacht hatte.

Tatsächlich hatte Albert eins mit Alexander gemeinsam: dass seine Eltern sich nicht für ihn interessierten. Und doch hatte der jüngste Sohn des Grafen alle Vorteile auf seiner Seite. Er war reich, und er war gebildet. Sie alle waren reich, und sie alle waren gebildet. Etwas, was ihm vorenthalten worden war.

Trotzdem tat es Albert leid, wie die Komtess dort am See saß und weinte. An normalen Tagen hätte er nicht die Zeit gefunden, sich um sie zu kümmern, aber heute war Karfreitag. Ungewöhnlich genug, dass sie dort versteckt am Seeufer saß.

Sie schrak hoch, als unter seinen Füßen ein Ast knackte. Hastig versteckte sie etwas in ihrem Kleid.

»Herr Sonntag!? Sie haben mich erschreckt.«

Schnell schaute sie wieder in eine andere Richtung, aber er sah, wie verheult ihr Gesicht war. Sie schniefte und versuchte, sich heimlich die Tränen wegzuwischen.

»Weinen Sie, weil Amerika uns nun auch noch den Krieg erklärt hat?«

»Nein.« Es klang fast lachend, als wenn es eine abstruse Vorstellung wäre, deswegen zu weinen. Albert hingegen fand, dass es äußerst bedauerlich war. Mehr als das. Amerika war nicht mehr das Amerika, welches es vor zwanzig Jahren gewesen war – ein Einwandererland, wohin die Enttäuschten und Minderbemittelten Europas geflüchtet waren. Gerade in den letzten Kriegsjahren war es stark geworden – stark, selbstbewusst und schlagkräftig.

»Ist etwas mit Ihrem Bruder?«

»Ähm ... Wie bitte?« Als brauchte sie Zeit, ihre Gedanken zu sortieren. »Nein, nicht, soweit ich weiß. Wir haben gestern noch einen Brief von Nikolaus bekommen.«

»Und was ist mit Ihrem ...«

Wütend drehte sie sich um. Nun war es ihr anscheinend egal, wie sie aussah. »Wen meinen Sie?«

»Geht es Ludwig von Preußen gut?«

»Er ist nicht mein Irgendwas! Machen Sie nicht den gleichen Fehler wie Karl Matthis.«

»Ich hörte in der Dienstbotenetage, dass es nun offiziell sei.«

»Ach ja? Und hat Ihnen auch schon jemand gesagt, ob ich der Heirat zugestimmt habe? Oder ist Ihnen das auch egal?«

Offensichtlich war sie sehr verärgert darüber. Albert schaute sie an. »Dann möchten Sie ihn gar nicht heiraten?«

»Lieber ertränke ich mich im See.« In ihren Gesichtszügen stand Bitterkeit.

»Sitzen Sie deswegen hier? Weil Sie sich umbringen wollen?«

Sie gab nur einen wegwerfenden Ton von sich. Ganz, als wäre er nicht bei Trost, so eine Frage zu stellen. Er wusste etwas, das sie wirklich interessieren könnte. War sie dafür erwachsen genug?

»Dann suchen Sie nach einer Lösung? Nach einer Möglichkeit, ihn nicht heiraten zu müssen?«

Das war ziemlich gewagt, einer Komtess so etwas zu sagen. Selbst in diesen Zeiten. Einer Komtess zu unterstellen, sie würde sich nicht den Regeln ihres Standes beugen, nicht dem Willen ihrer Eltern und tatsächlich nicht eine Prinzessin der deutschen Krone werden wollen.

Katharina von Auwitz-Aarhayn reckte ihr Kinn vor. Natürlich verbat sich eine Antwort auf eine solche Frage. Doch sie sah ungewohnt kämpferisch aus. Die kindliche Naivität war längst von ihr abgefallen. Was er früher als vorwitzig abgetan hatte, war vielleicht ihre Willensstärke. Was er frech gefunden hatte, erschien in dem neuen Antlitz wie ihr Drang nach einem unkonventionellen Leben.

»Fällt Ihnen denn eine Lösung ein?«

Er blickte suchend in ihr Gesicht. Sollte er es wagen? »Nun, ob es für Sie eine Lösung ist, müssen Sie selber entscheiden.«

Sie erwiderte seinen Blick, geradeheraus, aber fragend. Und hoffnungsvoll. Anscheinend hoffte sie tatsächlich auf eine Lösung, auf einen Weg, den sie einschlagen konnte.

»Und Sie dürfen niemandem verraten, dass ich es Ihnen erzählt habe. Niemals! Das müssen Sie mir bei Ihrer Ehre versprechen! Niemand darf die Quelle der Informationen wissen.«

Große Neugierde tauchte in ihrem Gesicht auf. Sie schien abzuwägen, wie weit sie sich vorwagen durfte. Diese merkwürdige Verbrüderung mit einem Dienstboten, eigentlich undenkbar.

»Ich verspreche es Ihnen. Ich werde Ihren Namen nicht preisgeben!«

Albert glaubte ihr. Er hoffte nur, dass sie schon erwachsen genug war, um sich der Dimension eines solchen Versprechens bewusst zu sein. »Sie erinnern sich doch sicherlich noch an unser Hausmädchen.«

»Wir haben doch schon lange kein Hausmädchen mehr.«

Die Komtess wusste es nicht. Das konnte er in ihrem Blick lesen. Für einen Moment wirkte sie irritiert.

»Genau. Seit dem unseligen Ableben von Hedwig Hauser.«

Für einen kurzen Moment flog ihr Blick nach vorne zum Steg, der in den See führte. Jetzt war sich Albert ganz sicher, dass sie die Wahrheit nicht kannte. Der Holzsteg und dass Hedwig hier unglücklich ins Wasser gefallen und ertrunken sei, war die Lüge, die ihnen allen aufgetischt worden war.

»Und?« Ihre Stimme klang brüchig. So, als würde eine böse Ahnung ihren Hals hinaufkriechen.

»Erinnern Sie sich noch, wann das passiert ist?«

»Vor drei Jahren. Direkt nach dem Sommerfest.« Als wüsste sie schon, was kommen würde.

»Hedwig ist damals nicht in den See gefallen und ertrunken.«

Die Komtess schwieg und sah ihn einfach nur an.

»Sie hat sich in der neuen Scheune erhängt.«

Die Hand des Fräuleins ging erschrocken an den Hals. »Weiß man ... wieso?«

Albert nickte. »Ich weiß es.«

»Und hat ... hat Ludwig von Preußen etwas damit zu tun?«

Albert nickte wieder. »Er hat ihr am Morgen nach dem Sommerfest in der Scheune ... Gewalt angetan.«

Ihre Miene blieb starr. Sie schien kein bisschen überrascht. Stattdessen sah sie in Richtung Herrenhaus. »Und kennt außer Ihnen noch jemand die Wahrheit?«

»Ich weiß nicht, wer außer dem Stallburschen noch weiß, was tatsächlich in der Scheune passiert ist. Er hat die beiden nur zufällig gesehen. Und er hat es nur mir gesagt.«

Er ließ seine Worte wirken.

»Dann, ein paar Tage später, an dem folgenden Sonntag, die meisten Dienstboten hatten frei, ist es passiert. Es war wieder Eugen Lignau, der die arme Hedwig im Stall gefunden hat. Er, Herr Caspers und Mamsell Schott haben auf Geheiß Ihrer Eltern die Selbsttötung vertuscht.«

Ihre Augen wurden groß. Sie brauchte einen Moment, um diese Information zu verdauen. »Mein Vater weiß davon?«

Albert wartete geduldig. »Ich selbst war an dem Nachmittag nicht dabei. Deshalb kann ich Ihnen nicht sagen, wie viel Ihre Eltern wissen. Aber dass Hedwig nicht unglücklich im Wasser ertrunken ist, wissen beide.«

Sie schüttelte unwillig ihren Kopf, ganz, als wollte sie es doch nicht glauben. Dass Ludwig von Preußen zu so etwas fähig war, glaubte sie unbesehen. Dass ihre Eltern den Selbstmord einer Bediensteten einfach nur so vertuschten, diese Vorstellung ging ihr anscheinend doch zu weit.

»Und niemand hat sich gefragt, warum sie sich umgebracht hat?«

Albert zuckte mit den Schultern.

»Warum hat der Stallbursche denn nichts gesagt?«

»Würde man ihm glauben, gegen das Wort eines Prinzen? Ohne jeden Beweis?«

Natürlich. Albert sah ihr an, dass sie sofort begriff, in welcher Lage Eugen sich befunden hatte.

»Und hat er es meinen Eltern gesagt?«

»Nein. Er hat sich überhaupt geweigert, es mir gegenüber zuzugeben. Ich habe ihn ziemlich bedrängt. Aber er musste Ihren Eltern schwören, darüber zu schweigen, wie er Hedwig in der Scheune gefunden hat.«

Sie sah ihn lange nachdenklich an. »Meine Eltern wissen also, dass Hedwig sich selbst das Leben genommen hat. Eugen hat den Prinzen gesehen. Vielleicht haben meine Eltern ihn auch gesehen. Vielleicht hat noch jemand Drittes ihn gesehen und es meinen Eltern gesagt. Oder gar Hedwig selbst. Warum sollten meine Eltern die Selbsttötung verschleiern, wenn sie nicht auch wussten, was das Mädchen in den Tod getrieben hat?«

»Ich kann nur Vermutungen anstellen.« Da sie ihn immer noch fragend anschaute, schob er hinterher: »Wegen des Skandals, der dadurch ausgelöst worden wäre? Ein dunkler Fleck, der den Ruf des Hauses beschmutzt hätte?«

Katharina wirkte plötzlich ganz weit weg. »Ja, vielleicht. Vielleicht aber auch nicht.« Ganz ungewohnt vertraulich legte sie ihm plötzlich eine Hand auf den Arm. »Danke. Ich danke Ihnen sehr. Sie haben mir tatsächlich eine Lösung aufgezeigt. Das werde ich Ihnen nicht vergessen.« Es klang merkwürdig eindringlich.

7. April 1917

Er hatte fast vergessen, wie schrecklich enervierend Mama sein konnte. Alexander warf einen bedauernden Blick auf Katharina, die beharrlich aus dem Fenster schaute. Sie wirkte seit gestern Nachmittag abwesend. Irgendetwas ging ihr im Kopf herum. Auch Konstantin schien mit den Gedanken woanders zu sein. Jedenfalls ging niemand auf Mamas Schimpftiraden ein.

»Ausgerechnet jetzt, wo ich jede Stunde mit der Ankunft meiner Familie rechne.«

Mama hatte alle Gästezimmer vorbereiten lassen. Tatsächlich hörte man immer wieder von vereinzelten russischen Adelsfamilien, die es über die Grenze geschafft hatten. Niemand wusste so recht, wie man mit ihnen umgehen sollte. Sollte man sie verhaften? Sie als russische Spione betrachten? Oder musste man sie eher bedauern, dass sie aus ihrem eigenen Land, dem Kriegsgegner, geflohen waren? Die meisten Gutsbesitzer allerdings, die von ihren Landgütern vertrieben worden waren, blieben in Russland. Die reichen Familien hatten alle in den nächstgelegenen Städten ein Stadtpalais, in denen sie ihre größte Not lindern konnten.

»Ich werde die Orangerie ganz sicher nicht für irgendwelche Kohlrübensetzlinge bereitstellen.«

»Doch, Mama. Das wirst du«, schaltete Konstantin sich nun ein. »Ich habe es so mit Vater besprochen. Genauso werden wir es machen. Sobald der Krieg aus ist, kannst du deine Orangerie und deinen Park zurückhaben und damit machen, was du willst. Aber jetzt, in dieser Situation, müssen wir an das Notwendige denken.«

»Wir haben doch genug Ackerflächen, die wir ohnehin nicht bestellen.«

»Ja, aber dann würde es unter unsere normale Ernte fallen. Nur wenn wir es in unserem eigenen Garten anbauen, wird es nicht zur staatlich verfügbaren Masse, die sie beschlagnahmen können.«

»Als würde uns das jemand glauben, dass wir in unserem Park Rübenknollen anbauen.«

»Mama, du hast doch selbst befohlen, dass wir uns nun auch mit dem Essen einschränken.«

»Ja, aber doch nicht wegen den Bauern. Ich spare das Essen für meine Familie auf. Wenn sie kommen, will ich nicht, dass wir hier ärmlich aussehen.«

Konstantin schnaufte laut auf. Alexander konnte sich vorstellen, wie viele dieser Diskussionen er in letzter Zeit durchgestanden haben musste.

»Vermutlich fliehen sie aber doch auf die Krim, so wie die meisten Adeligen. Dort will ihnen niemand an den Kragen.«

Wie immer wollte Papa Mama beruhigen. Je eher sie sich beruhigte, desto erträglicher war es für alle anderen. Sofort lenkte er das Thema in eine andere Richtung.

»Alexander, wie ich sehe, geht es deinem Fuß erheblich besser.«

Er nickte. »Ja, Papa. Wir haben viel Militärerziehung gehabt und körperlichen Drill. Das Training hat wirklich geholfen.«

Er hatte es gehasst. Viel lieber spielte er Tennis oder betrieb Leichtathletik. Die körperliche Ertüchtigung im Lyzeum war mehr und mehr in militärischen Drill ausgeartet.

Caspers kam herein. Er wirkte in der letzten Zeit immer etwas gehetzt. Sie waren schon längst mit dem Essen fertig.

»Darf ich abräumen, gnädiger Herr?«

Papa nickte. »Gibt es schon eine Antwort von dem Gut in Deutsch Krone?«

»Jawohl. Das Mädchen kann ab dem 1. Mai bei uns anfangen. Ich wäre nach den Feiertagen sowieso zu Ihnen gekommen.«

»Ach, wenigstens eine gute Nachricht.« Mama warf einen bösen Blick rüber zu Konstantin.

Sein Bruder hatte ihn schon darüber informiert, dass es hier nun etwas anders zugehen würde. Zurzeit fehlten ein Hausmädchen, ein Stubenmädchen und der Hausbursche. Es konnte also durchaus sein, dass man etwas länger warten musste, wenn man nach einem Dienstboten rief. Mama und Katharina nahmen nun weniger die Dienste der Mamsell und des Stubenmädchens in Anspruch. Bei der jetzigen Mode benötigten sie kaum noch Hilfe beim Ankleiden, und auch ihre Frisuren waren sehr viel weniger aufwendig als früher.

Wann immer es möglich sei, einem Dienstboten einen Weg zu ersparen, solle er dies doch tun, hatte Konstantin gesagt. Alexander fragte sich, wie er das wohl auslegen sollte. Sollte er seinen Nachteimer jetzt etwa selbst raustragen? Das musste er nicht, wie er nach seiner ersten Nacht festgestellt hatte, aber er merkte sehr wohl, dass bestimmte Dinge nicht mehr ganz selbstverständlich waren.

Gestern hatten sie Besuch bekommen von einer befreundeten Familie. Mamsell Schott hatte den Kaffee und Kuchen in den Salon gebracht, aber den Kaffee eingegossen und den Kuchen verteilt hatte Katharina. Es stand auch nicht mehr jederzeit jemand parat, um sofort hinter ihnen aufzuräumen. Am Abend seiner Ankunft war er in die Bibliothek gegangen, wo er gebrauchtes Geschirr und halb volle Gläser vom Nachmittag vorgefunden hatte.

Und tatsächlich bestanden Mamas Vorbereitungen der Gästezimmer darin zu schauen, ob alles so weit vorbereitet war, dass man sofort das Bett beziehen und den Kamin befeuern konnte. Niemand hatte mehr Zeit, über zwanzig Betten zu beziehen oder gar über ein Dutzend Zimmer mit der Wurzelbürste zu schrubben.

Alle mussten sich den Erfordernissen des Krieges beugen. Letzten Monat hatte Papa Tyras und Cyrus abgegeben. Die Doggen wurden nun an der Front eingesetzt. Als was auch immer – vielleicht als Sanitäts- oder Suchhunde. Vielleicht aber, wenn sie dort so wenig gehorchten, wie sie Papa zuletzt gehorcht hatten, würden sie mit aufgepackten Minen in die feindlichen Schützengräben geschickt. Oder sie wurden dafür eingesetzt, Giftgas zu erschnüffeln.

Alexander stand auf. Er musste sich ein wenig bewegen. Er hatte schon lange nicht mehr so viel rumgesessen wie in den letzten zwei Tagen.

»Was machst du?«

»Ich geh mich ein wenig in den Stallungen umsehen. Hier hat sich so viel verändert in meiner Abwesenheit.«

Papa nickte wohlwollend. Wenn er sich für das Gut interessierte, fand es die Zustimmung seines Vaters.

Alexander hielt Caspers, der die Teller auf einem großen Tablett vor sich hertrug, sogar die Tür auf. Der schaute irritiert und bedankte sich murmelnd.

Mamsell Schott kam zur Hintertreppe hinauf. »Herr Caspers, gerade ist die Nachmittagspost gekommen.«

Caspers stellte das schwere Tablett in den Speiseaufzug und nahm die Briefe an sich. Hier im Vestibül, in der uneinsehbaren Ecke mit dem Aufzug, stand auch das kleine Schränkchen, in dem das Silbertablett seinen Platz hatte, auf dem die Briefe zu den Herrschaften gebracht wurden. Doch noch während Caspers die Briefe sortierte, rief er:

»Graf Alexander. Ein Brief für Sie.«

Alexander nahm den Brief an sich. Das typische grobe, billige Papier des Militärs. Er hatte es geahnt. Es war unausweichlich. Aber bisher hatte er sich gescheut, seinen Plan auszuführen.

* * *

Das Licht in der Remise reichte aus, um die wenigen Zeilen zu lesen. Es war sein Gestellungsbefehl, ganz wie Alexander vermutet hatte. Etliche andere Schüler hatten ihren bereits während der Prüfungszeit bekommen. Ihre Musterung hatten sie alle schon längst hinter sich. Und ausgemustert wurde so gut wie niemand mehr. Von den achtundachtzig Schülern seines Jahrganges war genau einer nicht beim Militär angenommen worden.

Er schaute auf das Datum, wann er sich in Stargard im Landwehr-Dienstgebäude melden sollte. Keine zehn Tage blieben ihm noch. Aber er hatte Glück im Unglück. Seine Familie hatte nicht mitbekommen, dass er heute seine Einberufung bekommen hatte. Wenn niemand etwas davon wusste, dann konnte ihn auch niemand der Absicht bezichtigen.

Katka hatte ihm noch gestern von Julius erzählt, dessen Eltern dafür gesorgt hatten, dass er nicht an die Front musste, dieser reiche Industriellenschnösel. Andererseits konnte Alexander ihm das nicht verdenken. Wer würde sich jetzt noch freiwillig in dieses katastrophale Desaster stürzen?

In Stettin, mit seinem großen Umschlagbahnhof für Güter und Soldaten, waren sie nicht mehr aus dem Stadtbild wegzudenken: die Krüppel, die Verletzten, die Gebrochenen, die Gestrandeten. Blinde Männer, manchen fehlte das halbe Gesicht. Kriegszitterer, die überhaupt nie mehr aufhörten zu zittern. Vermutlich nicht mal beim Schlafen. Wenn sie überhaupt schlafen konnten. So viele heulende Männer hatte Alexander in seinem ganzen Leben nicht gesehen wie am Bahnhof. Prothesen aller Art, dass man schon glaubte, man könne alles am Menschen ersetzen. Nur vermutlich die Seele nicht.

Und nun sollte er sich selber dieser Welt stellen: Maschinengewehren, die mehrere Hundert Schuss pro Minute abgeben konnten. Zwei gegnerische Soldaten konnten innerhalb von Minuten eine komplette Einheit niedermähen. Moderne Artillerie, vor deren Trommelfeuer man nicht mehr weglaufen konnte. Senfgas, Chlorgas, Grünkreuz – Waffen aus dem Garten des Teufels. Jetzt, seit Neuestem, die englischen Tanks, gepanzerte, fahrende Artilleriegeschütze. Dieser Krieg hatte sich zu einer modernen Apokalypse entwickelt. Es hieß nicht mehr Mann gegen Mann. Da war kein Platz mehr für ehrliche Kämpfe. An diesem Krieg war gar nichts mehr männlich, gar nichts mehr tapfer und gar nichts mehr stolz.

Als kleiner Junge hatte er davon geträumt, Soldat zu werden. Seine Zinnsoldaten hatten ruhmreiche Schlachten geschlagen. Großvater hatte ihn immer darin unterstützt. Aber als Nikolaus auf die Kadettenschule gekommen war, hatte der es ihm mit seinem bodenlosen Ehrgeiz verleidet. Alexander wollte eine eigene Karriere machen. Außerdem hatte er längst gemerkt, dass das militärisch Zackige und vor allen Dingen das Gehorchen überhaupt nicht sein Ding war. Und jetzt sollte er sehenden Auges in dieses Inferno ziehen?

Nun, wer es jetzt noch nicht besser wusste, der war wirklich dumm.

Alexander war lange nicht mehr geritten, vor allem nicht so weit und ohne Zweck. Er hatte sich eins der letzten drei Reitpferde gesattelt. In allen Ställen waren die Bestände geschrumpft. Es gab weniger Kühe, kaum noch Schweine, nur noch vier Zugpferde für den Acker, zwei Zuchtstuten mit ihren diesjährigen Fohlen und nur noch zwei Kutschpferde.

Auf dem Lyzeum hatten sie natürlich Reitunterricht gehabt, aber auch dort waren überhaupt nur noch fünf Rösser nicht für die Front eingezogen worden. Deshalb war der Reitunterricht für die Zöglinge denkbar knapp ausgefallen.

Am liebsten wäre er einfach immer weitergeritten, in die Abenddämmerung hinein. Die Nacht könnte ihm einen Weg weisen. Wie er es vermisst hatte, ungestüm über die Felder zu jagen. Es trieb ihn durch den Wald, weiter über andere Felder, vorbei an den Zwangsarbeitern, die keine Feiertage kannten. Er ritt eine große Runde, bis er dorthin kam, wo im Spätsommer Torf gestochen wurde. Er stieg ab und band das Pferd an einen niedrigen Busch. Dann suchte er sich in einer der ausgehobenen Gruben einen bequemen Platz und setzte sich.

Tausende Male war er es in Gedanken durchgegangen. Ihm blieb keine Alternative. Lieber wäre ihm die Lösung gewesen, die Julius Urbans Eltern für ihren Sprössling gefunden hatten. Aber das kam für einen von Auwitz-Aarhayn nicht infrage. Auch wenn er sich nichts Besseres vorstellen konnte, als in einem aufregenden fernen Land das Ende des Krieges abzuwarten.

Julius Urban – dieser unverschämt gut aussehende Kerl hatte ohnehin alle Vorteile auf seiner Seite: Geld und Freiheit, der einzige Sohn, ja das einzige Kind. Er wurde verhätschelt und behütet. Und anscheinend hatte er in Katharina seine große Liebe gefunden. Auch etwas, um das er diesen Julius beneidete. Ihm war noch überhaupt kein einziges Mädchen begegnet, das in ihm diese typischen Gefühle ausgelöst hatte, die anscheinend alle und jeden zu hirnlosen Idioten machten.

Im Lyzeum waren so viele der jungen Männer dieser Liebeskrankheit verfallen. Andere waren ständig darauf erpicht gewesen, sich in Bordellen herumzutreiben. Als könnten sie nicht genug davon bekommen. Zweimal war er mitgegangen. Er kannte den Vorgang selbst, hatte ihn auch praktiziert. Aber er wusste einfach nicht, was da so Besonderes dran sein sollte.

Trotzdem beneidete er Julius und Katharina. Sie schienen sich anzuziehen wie zwei Magnete. Katharinas Stimme wurde immer ganz weich, wenn sie von ihm sprach. Er wünschte sich, endlich einem Menschen zu begegnen, mit dem er die gleichen intensiven Gefühle teilen könnte. Und wenn es nur darum wäre zu erfahren, dass er solch intensive Gefühle haben konnte.

Im Moment gab es nichts Erstrebenswertes für ihn in dieser Welt: keine Liebe, keine Verliebtheit, keine große Sünde, kein Ziel. Alles war irgendwie einerlei. Gleichförmig. Er wusste nur, was er nicht wollte: in den Krieg ziehen. Deswegen war er hier.

In seiner Hand wog er den schweren Eisenhammer. Jetzt bekam er doch Manschetten. War sein Plan nicht wahnsinnig? Aber nein, wieder und wieder hatte er seine Möglichkeiten bedacht. Tod oder Krüppel. Er musste es tun. Er musste es schnell tun und ohne weiter darüber nachzudenken. Sonst würde er es nie tun. Außerdem war das linke Bein ohnehin schon angeschlagen.

Er streifte sich den Stiefel vom linken Fuß. Den Strumpf behielt er an. Zuerst schlug er auf den Stiefel, dort, wo man eine Abschürfung vermuten würde. Als das Leder aufgekratzt und verbeult war, stellte er den Stiefel beiseite. Es war nicht besonders warm. Aber die Angst kroch ihm aus jeder einzelnen Pore und machte seine Haut schweißnass. Er war wie erstarrt.

Dann rief er sich ins Gedächtnis, wie Nikolaus ihm von Fjodors Tod erzählt hatte. Wie sein Bruder den Cousin in der Nacht vergeblich gesucht hatte. Er dachte an Konstantin, der Schreckliches mitgemacht haben musste. Weder sein Vater noch sein Bruder sprachen je darüber. Seine körperlichen Verletzungen waren nicht so schlimm, nicht annähernd schlimm genug, um nicht wieder zurück an die Front geschickt zu werden. Aber das wurde er nicht. Wieso wohl nicht?

Alexander sammelte seinen Mut, holte aus und schlug zu. Verdammt, es tat weh. Dennoch hatte er lediglich die Wade gestreift. Schnell, bevor er es sich doch noch anders überlegte. Dieser Schlag musste sitzen. Er hatte nicht den Schneid für einen dritten Schlag. Er pumpte sich Luft in die Lungen und holte kräftig aus. Dieses Mal zielte er richtig. Sein wilder Schrei begleitete die Flugbahn des Hammers.

Ein nie gekannter Schmerz explodierte in ihm. Ein Feuer loderte auf, fraß sich rasend schnell über das Bein, die Hüfte hinauf zum Kopf. Eine Welle aus Schmerz spülte jeden klaren Gedanken hinfort, zerriss ihn. Er brüllte – über Felder und Wälder. Durch Mark und Bein. Er biss die Zähne zusammen und atmete zischend ein und aus. Tränen liefen ihm die Wangen herunter. Wieder schrie er. Laut und lang, bis er all seine Qual hinausgebrüllt hatte. Dabei hämmerte er mit seiner Faust wütend auf die Erde. Mist – Mist – Mist.

Wie konnte er nur so dumm sein, seinen wahnwitzigen Plan wirklich in die Tat umzusetzen? Er hörte seinen lauten Atem, als wäre er von jemand anderem. Endlich kam ihm zu Bewusstsein, dass er es erledigt hatte. Siedend heiß fiel ihm ein, dass er ganz schnell den Stiefel anziehen musste. Man konnte dabei zusehen, wie der Knöchel dick anschwoll. Nur unter erneuten Schmerzensschreien schaffte er es, seinen Fuß zurück in den Stiefel zu zwängen.

Er hatte extra seine alten Stiefel angezogen, denn vermutlich musste man ihn aus dem Leder rausschneiden. Nun wischte er sich noch etwas Dreck auf die Kleidung und ins Gesicht, schürfte sich mit einem spitzen Stein etwas Haut an den Händen auf und verursachte auf ähnliche Art noch eine Wunde an der Stirn.

Fluchend schmiss er den Stein und den Hammer weit von sich. Nur unter furchtbaren Verwünschungen schaffte er es zurück zum Pferd. Oben aufgesessen dachte er, er müsse ohnmächtig werden. Jede Bewegung, jeder Tritt löste teuflische Schmerzen aus. Vermutlich wäre er schweißgebadet, wenn er endlich am Herrenhaus angekommen war. Und irgendwie musste er es vorher auch noch schaffen, den Brief zu verstecken. Papa und Caspers würden ihm sicherlich beim Ausziehen helfen. Dann sollten sie das Schriftstück nicht finden. Übermorgen würde er so tun, als hätte er es gerade bekommen.

Kapitel 9

15. April 1917

Endlich. Konstantin fühlte sich wie befreit. Fünf Tage hatte er in Stettin in einem gerade noch akzeptablen Hotelzimmer gesessen und gewartet. War wie ein eingesperrter Tiger auf und ab marschiert. Hatte es kaum gewagt, mal für eine halbe Stunde an die frische Luft zu gehen oder einen Häuserblock weiter zu Abend zu essen. Jetzt schlängelte er sich mit seinem kleinen Koffer durch die Menschenmassen Richtung Bahnhof. Er konnte endlich wieder nach Hause, wenn auch unverrichteter Dinge.

Per Brief hatte ihm das Auswärtige Amt vor ein paar Tagen Anweisungen übermittelt. Das Hotelzimmer sei für ihn reserviert. Hier solle er ab dem 10. April auf seinen Einsatz warten. Er war nur die Notlösung, so weit war er im Bilde. Das bedeutete, er würde nur in Aktion treten, falls der eigentliche Plan – der ihm nicht bekannt war – nicht durchgeführt werden konnte. Für diesen Fall der Fälle sollte er am Bahnhof jemanden in Empfang nehmen. Er hatte keinerlei Informationen darüber, auf wen er treffen würde. Aber er wusste genau, was zu tun sein würde: Im Falle einer Kontaktaufnahme musste er diesen Jemand durch die deutsch-russische Gefechtslinie nach Sankt Petersburg bringen. Egal wie. Es sei von immanenter Bedeutung für den Verlauf des Krieges.

Konstantin war pünktlich angereist. Normalerweise stieg er in einem besseren Stettiner Hotel ab. Aber es war ihm mehr als recht, dass man ihn in dem billigen Hotel nicht kannte. Tagelang hatte er darüber gerätselt, wer so wichtig sein konnte, dass man ihn hier für mehrere Tage einquartierte. Jemanden über die Grenze bringen: Wer war der Mensch, der nicht selbstständig einreisen konnte? Als Antwort kamen nur Verfolgte infrage – also Exilanten, Verbrecher oder nichtrussische Spione der Entente.

Morschütz hatte damals einfach nur von Kräften gesprochen, die die Zarenregierung destabilisieren würden. Doch jetzt war der russische Zar abgesetzt. Die Kräfte waren also doch bereits am Hebel der Macht, allerdings in einer undurchsichtigen Doppelherrschaft. Einerseits gab es da die provisorische Regierung der Duma, die sich aus gemäßigten, teils bürgerlichen Kreisen zusammensetzte. Und auf der anderen Seite der Regierung die Sowjets der revolutionären Arbeiter mit weitreichenden umstürzlerischen Forderungen.

Die provisorische Regierung hatte Großbritannien und Frankreich versprochen, den Krieg gegen Deutschland und Österreich-Ungarn fortzusetzen. Die bürgerlich-liberalen Machtkreise Russlands arbeiteten also nicht im Sinne der deutschen Regierung. Deshalb vermutete Konstantin, dass er mit dieser Aktion weitaus destruktivere Kräfte unterstützte. Übrig blieben die Bolschewisten, die Sozialisten, die Anarchisten.

Ihm war überhaupt nicht wohl bei dem Gedanken daran. Es machte ihn furchtbar zappelig. Und ein ums andere Mal musste er sich selber davon überzeugen, das Richtige zu tun. Krieg hatte seine ganz eigene Logik. Diese zwang ihn zu Diensten, die er nie im Leben für möglich gehalten hätte.

Außerdem war Amerika vor einer Woche aufseiten der Gegner in den Krieg eingetreten. Während der bisherige Herrscher der Welt und der Weltmeere, das große und mächtige Britische Empire, bedroht wurde, verschuldet war und gegen Streiks und Hunger kämpfte, konnten die US-Amerikaner vor Kraft kaum noch laufen. Gerade der richtige Zeitpunkt, um in den Krieg einzutreten. Dummerweise hatte die kaiserliche Regierung ihnen mit der von den Briten abgefangenen Zimmermann-Depesche auch noch den passenden Vorwand geliefert. Die deutsche Regierung hatte der mexikanischen ihre Hilfe im Kampf gegen die Amerikaner angeboten – zu blöd aber auch.

Vielleicht wollte Amerika aber auch nur sicherstellen, dass die Franzosen und Briten, die den amerikanischen Banken und Unternehmen enorme Geldsummen schuldeten, diese auch zurückzahlen konnten.

Es ging doch immer um das liebe Geld. Auch deswegen hatte er den Auftrag übernommen. Deswegen ließ er sich auf etwas ein, dessen Dimensionen er nur erahnen konnte. Denn eins war klar: Wenn sie nicht ganz schnell den Krieg an der Ostfront beendeten, dann würden sie ihn ganz verlieren. Und dann würden sie auf wertlosen Kriegskrediten sitzen bleiben, ganz abgesehen davon, was die Siegermächte noch von ihnen fordern würden. Ihr hoch verschuldetes Gut wäre nicht mehr die Erdkrummen unter ihren Fingernägeln wert.

Das alles zwang Konstantin, die heimlichen Machenschaften der kaiserlichen Regierung zu unterstützen. Nichts war nun dringender, als alles an Soldaten, Waffen und Munition an die Westfront zu schaffen. Dort musste der Krieg beendet werden, bevor die Amerikaner ihre Truppen mobilisieren und über den Atlantik schaffen konnten.

Immer mehr verlor die militärische Führung ihren Rückhalt in der Bevölkerung. Im deutschen Kaiserreich rumorte es lautstark. Die Antikriegsbewegung wurde immer stärker. So stark, dass Kaiser Wilhelm sich gezwungen fühlte, sogar die Aufhebung des preußischen Dreiklassenwahlrechts nach Kriegsende zu versprechen. Wie viel seine Osterbotschaft wert war, würde man nach dem Krieg sehen.

Für einen kurzen Moment fragte Konstantin sich, was Rebecca wohl zu seiner Beteiligung an Gott weiß was sagen würde. Mit ihrer sozial-demokratischen Gesinnung hatte sie für eine Machtübernahme durch die Arbeiterräte sicher auch nicht viele Sympathien übrig. Andererseits, was wusste er schon, was sich in den letzten drei Jahren in ihrer politischen Betrachtungsweise geändert hatte? Vielleicht war auch sie radikaler geworden. Krieg hatte die Macht, auch feste Ansichten der Menschen umzukrempeln.

Hätte man ihm zu Beginn des Krieges gesagt, er würde hier in einem drittklassigen Hotelzimmer auf Menschen warten, die sicherlich weder monarchistisch noch demokratisch gesinnt waren und die dabei mithelfen würden, ein Land ins Chaos zu stürzen, hätte er nur Kopfschütteln für denjenigen übriggehabt.

Endlich trat er in die Halle des Stettiner Bahnhofs. Er drängelte sich an einem Trupp abgerissener Soldaten vorbei. So gute Laune, wie sie hatten, fuhren sie vermutlich gerade Richtung Heimat. Man erkannte immer direkt an ihren Mienen, wer gerade Fronturlaub antrat und wer ihn beendete. Ein vorweggenommenes Sterben lag auf den Gesichtern der Letzteren.

Schließlich erreichte er das Gleis, wo normalerweise die Züge nach Stargard abfuhren. Nach drei Jahren Krieg war der Fahrplan sehr zusammengestrichen worden. Sein Zug stand schon bereit. Abfahren würde er allerdings erst in über einer Stunde.

Auf dem Weg zum Bahnhof hatte er sich ein belegtes Brot und einen dünnen Getreidekaffee gekauft. Das musste reichen. Gut essen konnte er zu Hause wieder. Jetzt winkte er einen Zeitungsjungen heran.

»Was hast du da?«

»*Berliner Tageblatt*. Zwanzig Pfennige«, quakte der Junge heiser. Rotz lief ihm aus der Nase. Er wischte ihn sich mit dem

Hemdsärmel ab. Alle waren mehr als froh, dass jetzt die warme Jahreszeit anbrach.

Konstantin gab ihm das Geld. Er sprang die Stufen hoch in die zweite Klasse und machte es sich gemütlich. Neugierig überflog er die Schlagzeilen. Was gab es Neues seit gestern? Jeden Tag hatte er sich wenigstens drei Zeitungen gekauft. Sein einziger Zeitvertreib. Er überflog die Schlagzeilen, bis sein Blick auf der zweiten Seite an einer Überschrift hängen blieb.

Die Heimreise der Schweizer russischen Sozialisten über Deutschland

Stockholm, 14. April

Schweden ist heute das Land, das alle, die nach Russland wollen, passieren müssen.

Die neue russische Regierung hatte politischen Gegnern des Zaren eine weitreichende Amnestie gewährt. Und natürlich wollten alle Exilanten gleichzeitig zurück in ihre Heimat. Konstantin überflog die nächsten Zeilen:

... ihnen die Durchfahrt über England nach der Heimat verweigerte, versuchten sie die Erlaubnis, über Deutschland heimwärts zu reisen, zu erhalten. Nach Unterhandlungen mit der deutschen Regierung gelang es ihnen, freie Durchfahrt ohne Pass und Reisegutkontrolle, ohne dass irgendjemand unterwegs den Wagen betreten durfte, zu erwirken. Als Entgelt dafür verpflichteten sich die Russen, die gleiche Anzahl österreichischer und deutscher in Russland internierter Zivilgefangener auszutauschen. Nachdem Deutschland ihnen so entgegengekommen war, reisten am 9. April von Gottmadingen dreißig Russen ab, darunter Lenin und ...

Lenin, anscheinend ein führender Kopf der russischen Sozialisten. Konstantin sagte der Name nichts. Aber er wusste, dass gerade diejenigen, die ins Exil gegangen waren, nicht dumm, dafür aber oft umso radikaler waren. Wollte man etwa so jemandem die Führung des größten Landes der Welt überlassen? War der Kaiser verrückt geworden?

> Während der drei Tage ihrer Fahrt durch Deutschland verließen die Russen den Wagen nicht. Vor Abreise aus der Schweiz wurde ein genaues Protokoll über die Reisevorbereitung genommen. Heute Vormittag kamen diese dreißig Russen in Stockholm an ... Alle setzen heute Abend ihre Reise nach Petersburg fort.

Der Artikel war zu Ende. Konstantin ließ die Zeitung sinken. Jetzt wusste er, wer diese eine, bestimmte Person war, die er über die Grenze hätte bringen sollen. Lenin, ein radikaler, bolschewistischer Revolutionär. Unterstützt durch deutschen Willen, vermutlich auch mit deutschem Geld und deutschen Waffen. Welche Mächte entfesselte man da?

Doch dann dachte er an Gut Greifenau. An die fruchtbaren Felder, die sie ernährten. An die Wälder, in denen sie das Holz schlugen, das ihnen im Winter die Seele wärmte. Und an die vielen Menschen, die in dem gräflichen Beritt lebten und der Natur ausgeliefert waren. Und plötzlich hoffte er darauf, dass dieser Lenin es schaffen würde, das alte Zarenreich in ein ausreichend großes Chaos zu stürzen, damit der Krieg auf dieser Seite endlich beendet wurde.

22. April 1917

Irmgard Hindemith wärmte sich an der alten, angeschlagenen Teetasse. Der Weidenrindentee schmeckte bitter, aber Therese konnte sich weder Zucker noch Honig leisten. Sie hatte ihrer Schwester sogar eine Handvoll Zucker mitgebracht, aber den wollte sie ihr überlassen. Und der Tee half vorzüglich gegen ihre rheumatischen Schmerzen.

Sie saßen hinten im Garten an einer offenen Feuerstelle. Seit im letzten Sommer die Reichsseifenkarte eingeführt worden war, hatte Therese damit begonnen, selber Seife zu kochen. Ein ätzender Gestank lag in der Luft. Der stinkende Inhalt des Kessels würde Kernseife werden – nicht gerade hautpflegend, wie man an den rissigen Händen ihrer Schwester sehen konnte. Immer wieder prüfte Therese die Konsistenz. Bald konnte sie die sämige Masse in kleine Holzschälchen füllen. Dann musste sie nur noch trocknen.

»Es wird immer schwieriger, an das Fett zu kommen.«

Therese nickte nur. Sie rührte in dem gusseisernen Topf mit einem langen Holzlöffel.

»Ich musste Mamsell Schott vier Kaninchen für die zwei Kilo Fett und Rindertalg versprechen.« Es war nicht gerade das beste Fleisch, was sie mitgebracht hatte. Aber da es nicht gegessen wurde, war es egal. Hauptsache, es war fett genug, um daraus Seife herzustellen.

»Zwei Kilo Fett gibt drei Kilo Seife«, sagte Therese zufrieden. »Damit komme ich dann wieder ein paar Monate hin.« Sie streute noch etwas Knochenasche in die Masse und rührte sie unter.

Irmgard Hindemith schaute in den Himmel. Das letzte Mal, als sie ihre Schwester besucht hatte, war ein Zeppelin über sie geflogen. Später hatte sie gelesen, dass ein Zeppelin östlich von Warschau Eisenbahnlinien bombardiert hatte.

»Wenn nur dieser elendige Krieg endlich zu Ende wäre«, sprudelte es Irmgard inbrünstig aus der Seele.

Therese ließ sich stöhnend auf einen kleinen Holzstumpf neben Irmgard fallen. »Weißt du, manchmal denke ich daran, dass wir ohne den Krieg vielleicht jetzt schon unsere Pension hätten.«

»Ja, das könnte gut sein.« Sie sah zu, wie ihre ältere Schwester ihre Hände knetete. Die Haut war rot und rissig. Seit fast dreißig Jahren arbeitete sie nun als Wäscherin. Ein Wunder, dass sie überhaupt noch Finger hatte.

»Ich hab nichts mehr ausgegeben, abgesehen von einigen Kleinigkeiten, die ich zu Weihnachten verschenkt habe.«

Therese sah sie kurz an. Sie wirkte, als läge etwas auf ihrer Seele. Etwas, das ihr schwerfiel, in Worte zu fassen.

»Wer weiß schon, was es nach dem Krieg noch wert sein wird.«

Therese nickte wieder nur kurz.

»Und du, musst du aus deinem Ersparten zubuttern?«

Therese schüttelte den Kopf. Mit einem langen Stock stocherte sie in der Glut und heizte das Feuer an. »Ich hab die Kaninchen schon gehäutet. Sie hängen drüben in der Kammer.«

Irmgards Schwester züchtete schon lange Kaninchen. Wenn sie am Mittag die Wäsche der reichen Leute auf der Bleiche auslegte, zupfte sie gleichzeitig frischen Löwenzahn, saftigen Klee und andere Leckereien für ihre Tiere. Sie züchtete sie schön dick und fett, aber bis auf ein einziges Tier, das sie sich zu Weihnachten gönnte, verkaufte sie das Fleisch. Im letzten Winter hatte es nicht einmal für den üblichen Weihnachtsbraten gereicht.

»Hast du gestern noch gewaschen?«

Wieder nickte Therese. »Ich benutze jetzt den Bottich mit der Seifenlauge für mehrere Ladungen. Ich kann es mir nicht leisten, jedes Mal neue Lauge anzusetzen. Außerdem heize ich jetzt mit Scheiße. Wann immer ich einen Kuhfladen finde, nehme ich ihn mit und trockne ihn. Ich hätte das schon viel früher machen sollen, dann hätte ich mir viel Geld für Brennholz gespart.«

»Du siehst so müde aus.«

»Wir sehen doch alle müde aus.«

»Nein, du siehst so aus, als würdest du es nicht mehr lange schaffen. Diese schwere Arbeit, und jetzt noch zusätzlich das ganze Drum und Dran. Seife kochen, Kuhfladen sammeln.«

»Ich werde es schon noch ein kleines Weilchen schaffen. Aber direkt, wenn der Krieg aus ist, suchen wir uns ein nettes Häuschen.«

»Ich glaube nicht, dass wir dann schon genug Startkapital zusammenhaben.« Irmgard Hindemith griff zu ihrem Kreuz, das sie an einer Kette trug, und küsste es. Als würde der Herrgott ihre Gebete dann schneller erhören.

Therese sah weg. Sie ging selten zur Kirche und höchst unwillig. Und nur, wenn es sich nicht vermeiden ließ. Irmgard hatte ihre Schwester früher einmal gefragt, warum das so war. Damals war sie der Antwort ausgewichen. Irmgard missbilligte diese Haltung, aber sie wusste wirklich nicht, was Therese bewog. Sie waren beide in dem gleichen, sehr frommen Haus aufgezogen worden. Ihre Mutter würde sich im Grabe herumdrehen, wenn sie das wüsste.

»Doch, werden wir haben.« Therese legte ihre geschundene Hand auf Irmgards Rock und sah sie dabei merkwürdig an. »Ich habe es dir nie erzählt ...«

Sofort wurde Irmgard Hindemith hellhörig. Würde sie nun erfahren, was damals passiert war? Damals, im Jahr 1888, dem Dreikaiserjahr, als ihre Schwester von einem Tag auf den anderen verschwunden war?

Therese war die Älteste und hatte schon seit drei Jahren als Stubenmädchen auf Gut Greifenau gearbeitet. Der Bruder, der zwischen ihnen war, arbeitete auf einem großen Pächterhof. Irmgard würde erst im nächsten Jahr die Schule abschließen. Natürlich hofften alle, dass auch sie dann eine gute Stellung finden würde. Sie brauchten das Geld. Der Vater war nur ein Tagelöhner. Von Frühjahr bis Herbst arbeitete er für die Gutsbesitzer oder half den Dorfbewohnern. Im Winter fertigte er aus dem Schweifhaar der Pferde Besen. Und es gab viele Mäuler zu stopfen.

Irmgard erinnerte sich noch sehr genau, wie sie einmal mit ihren drei jüngeren Brüdern, auf die sie jeden Nachmittag aufgepasst hatte, nach Hause gekommen war. Ihre Mutter schrie sie an, dass sie zum Dorfteich gehen und dort auf sie warten sollten. Sie mussten bis zum Einbruch der Nacht warten. Die Kleinen quengelten schon vor lauter Hunger, als ihre Mutter sie endlich holte. Therese war nicht zu Hause, genau wie ihr Vater. Obwohl alle Geschwister in einem Raum schliefen, blieb das Bett ihrer Schwester in dieser Nacht leer, zumindest der Teil des Bettes, der nicht von dem Vierjährigen eingenommen wurde. Irmgard sah Therese ein letztes Mal am frühen Morgen – durch einen Spalt im Fensterladen. Vater saß auf der Kutsche des Nachbarn, seine älteste Tochter neben ihm, zusammengefallen zu einem Häuflein Elend. Danach hatte Irmgard ihre Schwester fast zwanzig Jahre nicht mehr gesehen.

Sie wagte nicht zu fragen, was los war. Und selbst ihr älterer Bruder bekam eine Backpfeife von ihrer Mutter, als er Wochen später zu Besuch kam und eine dumme Bemerkung machte.

Irmgard verstand es nicht. Sie war damals dreizehn und Therese nur zwei Jahre älter als sie. Als sie Wochen später in der Bäckerei angesprochen wurde, wie es denn ihre Schwester auf der neuen Stelle gehe, wusste sie nichts zu antworten.

Sie berichtete ihrer Mutter davon, und erst da erfuhr sie, dass Therese eine neue Stelle irgendwo in Danzig angenommen haben sollte. In den nächsten Jahren kamen Briefe, zu Ostern und zu Weihnachten, aber weder Mama noch Papa lasen sie jemals vor. Sie bestellten Grüße und schmissen den Brief ins Feuer.

Kaum ein Jahr später verdingte Irmgard sich bei einem großen Bauern, erst als Küchenhilfe, dann als Köchin. Sie bekam ein Angebot von einem Waldgasthof, dort als Küchenhilfe anzufangen, aber mit der Aussicht, die gehobene Küche zu erlernen. Vor allem aber wurde sie besser bezahlt. Vier Jahre später fing sie auf dem Gut an. Der alte Patron, Gott hab ihn selig, hatte sie selbst geholt, nachdem er ihr Wildbret gegessen hatte. Eines Tages stand ihr Vater vor dem Gasthof, ließ sie rausholen und sagte ihr, dass sie ab sofort für den Herrn Grafen kochen werde. Und dass sie niemals über ihre Familie tratschen solle. Und dass sie sich vom Grafensohn fernhalten solle. Seitdem arbeitete sie auf Gut Greifenau.

Therese war erst vor sieben Jahren ins Dorf zurückgekehrt, zwei Monate nachdem Irmgard ihre Mutter beerdigt hatte. Ihre drei jüngsten Brüder waren da längst alle an Diphtherie gestorben, ihr Vater tot. Der älteste Bruder arbeitete mittlerweile in Hamburg am Hafen. Irmgard wollte das Haus ihrer Eltern nicht. Sie wohnte dort, wo sie arbeitete – auf Gut Greifenau. Außerdem war das Häuschen runtergekommen. Aber Therese machte es nichts aus. Sie war zurückgekommen und innerhalb der ersten zwei Jahre hatte sie nebenbei alles repariert, was brüchig gewesen war. Nicht schön, nicht aufwendig, aber solide genug, damit das Mauerwerk hielt, nichts durchs Dach tropfte und im Winter die Wärme der Bolleröfen nicht durch die Wände entwich.

Therese hatte sehr schnell einen guten Kundenstamm zusammen. Sie wusch für die Apotheker und den Arzt, für den alleinstehenden Postmeister, bald schon für die Frau des Kolonialwarenladens aus dem Nachbardorf und andere Honoratioren in der Umgebung. Sie war sehr gut, sehr gründlich und verstand es, die Wäsche ordentlich zu schrubben, ohne den Stoff zu sehr zu zerschleißen. Nur in Greifenau selbst hatte sie keine Kundschaft. Sie kam nur selten ins Nachbardorf, und niemals hatte sie Irmgard auf dem Gutshof besucht.

Lange Jahre harter Arbeit hatten ihre Schönheit gefressen. Sie war sehr viel schöner gewesen, als Irmgard es sich je hatte träumen lassen. Doch heute erzählte alles an ihr von kargen, erbarmungslosen Jahren: das harsche Gesicht, die weiß gesträhnten Haare, die traurigen Augen.

Irmgard hatte nie gefragt. Irgendwann hatte sie begriffen, dass sie selbst lange Zeit Teil eines Geheimnisses gewesen war. Würde sie dieses Geheimnis heute erfahren? Gespannt wartete sie darauf, was ihre Schwester ihr erzählen würde.

»Weißt du, damals, als ich damals gehen musste ... Ich habe keine neue Stelle angetreten.« Sie beugte sich vor, rührte in der Seife und lehnte sich wieder zurück. »Ich habe ein Kind bekommen. Einen Jungen.«

Stille. Irmgard nickte leicht mit dem Kopf. Sie hatte über zwanzig werden müssen, bevor ihr langsam gedämmert hatte, was ihrer Schwester damals passiert war. Natürlich konnte sie sich nicht sicher sein. Und niemals hätte sie es gewagt, ihren Vater oder ihre Mutter danach zu fragen. Jemand anderen wollte sie nicht fragen, schon alleine, um keine Gerüchte in die Welt zu setzen, die möglicherweise haltlos waren. Ihre Eltern verloren kein einziges Wort mehr über Therese. Bis auf die Briefe zu den Feiertagen war es, als hätte es ihre Schwester nie gegeben. Wann immer eins der jüngeren Kinder nach Therese fragte, bekamen sie als Antwort einen so schallenden Schlag ins Gesicht, dass irgendwann niemand mehr gewagt hatte, sie zu erwähnen.

Irmgard wollte nicht fragen müssen, aber es ließ ihr keine Ruhe. »Wer war der Vater des Jungen?«

Therese nahm die rechte Hand ihrer Schwester in beide Hände. Die harte, rissige Haut scheuerte unangenehm, doch Irmgard war froh. Vor sieben Jahren, als Therese zurückgekommen war, hatten sie sich ungelenk umarmt. Seitdem hatten sie sich nie wieder berührt. Berührungen, abgesehen von Prügel, waren nichts, was sie mit ihrer Familie verband.

»Der Graf.«

»Der alte Patron oder der jetzige Graf?«

»Der jetzige.« Bloß nicht mehr Worte verschwenden als nötig.

So war das also gewesen. Auch wenn Irmgard nie wirklich darüber nachgedacht hatte, wer wann in was verwickelt gewesen sein könnte, überraschte sie es nicht. Graf Adolphis von Auwitz-Aarhayn hatte ihrer Schwester ein Kind gezeugt. Jetzt gab es eigentlich nur noch zwei Dinge, die sie wissen wollte.

»Wolltest du es ... nicht das Kind, sondern ... das mit dem Grafensohn?«

Therese machte sich nicht die Mühe, es zu beschönigen. »Doch. Ich war jung, und er war charmant und hat mir das Blaue vom Himmel versprochen. Ich wusste nicht einmal, dass man so Babys macht.«

Ja, ihre Eltern hatten niemals darüber gesprochen, woher die vielen Geschwister kamen. Irmgard erinnerte sich noch sehr gut daran, wie bestürzt sie gewesen war, als die damalige Köchin des Waldgasthofs sie mit großen verwunderten Augen angesehen hatte, als sie beim Decken einer Kuh durch einen Bullen zugesehen hatten. Irmgard hatte nicht den leisesten Schimmer, was der Bulle da tat. Und als die Köchin ihr erzählte, wie Männer und Frauen es miteinander taten, konnte sie ihr zwei Monate lang nicht in die Augen sehen. So sehr hatte sie sich geschämt.

Dann noch die letzte Frage: »Weißt du, was aus dem Jungen geworden ist?«

»Nein. Ich weiß nicht einmal, ob er noch lebt.« Ihre Stimme war kaum mehr als ein Flüstern.

Sie saßen stumm nebeneinander, und beide hingen ihren Gedanken nach. Therese stocherte dann und wann in der Glut, rührte die Masse im gusseisernen Topf, aber sagte nichts mehr.

Nachdem Irmgard jeden Gedanken dreimal durchgekaut hatte, fiel ihr doch noch eine Frage ein. »Warum jetzt?«

»Was meinst du mit: warum jetzt?«

»Warum erzählst du es mir jetzt?«

»Wegen dem Geld … Ich habe Geld bekommen. Geld, das ich zusätzlich sparen konnte. Alle paar Monate liegt ein Umschlag auf meinem Fensterbrett.«

»Von wem? Vom Grafen?«

»Ich wüsste nicht, von wem sonst.«

»Wieso jetzt plötzlich?«

»Genau: wieso jetzt? Wieso nach all den langen Jahren? Ich weiß es nicht, und ich kann es dir nicht sagen. Deswegen ist es auch nur eine reine Vermutung.«

»Ich könnte mich umhören auf dem Gut.«

»Bring dich nicht meinetwegen in Schwierigkeiten. Und bring mich nicht in Schwierigkeiten. Jetzt ist es so lange gut gegangen. Niemand hier weiß etwas davon. Niemand ahnt etwas. Und ich will, dass es so bleibt. Ich habe meinen Preis bezahlt, bitter bezahlt. Du weißt nicht, wie bitter.«

Irmgard nahm ihre Hand aus den Händen ihrer Schwester. Sie legte ihren Arm um ihre Schultern und zog sie an sich.

»Ab jetzt soll es keine Geheimnisse mehr zwischen uns geben. Ab jetzt wollen wir echte Schwestern sein.« Sie ließen sich lange nicht mehr aus den Armen.

Ende April 1917

Es wirkte wie die reinste Idylle, wären da nicht die Umstände gewesen. Es war fast sommerlich warm für einen Apriltag. Die Sonne schenkte ihnen ihre beste Strahlkraft. Rebecca wusste sehr wohl, dass die Gräfin mehrmals in den Nachmittagsstunden aus dem Fenster schaute, um sie zu kontrollieren. Und das nicht nur, weil ihre Tochter Katharina direkt nebendran mit den kleineren Kindern spielte.

Die ersten zwei Wochen waren schrecklich gewesen. Gräfin Feodora von Auwitz-Aarhayn hatte ihr praktisch auf den Füßen gestanden, damit sie nichts Ungehöriges tat. Insgeheim musste sie zugeben, dass es ihr ein wenig Genugtuung verschaffte, den Schlosspark eigenhändig umzugraben und mit den Kindern zusammen zu bepflanzen. Der heilige Park der Gräfin. Und die noch heiligere Orangerie, in der sie grobe Bretter auf alte Backsteine gestapelt hatten, um Kartoffelpflanzen, Salate und andere Pflanzen vorzuziehen.

Alle Kinder über zehn Jahren mussten den Eltern auf den Feldern helfen. Katharina war schon froh, dass die meisten überhaupt noch zur Schule gehen durften. Am Nachmittag halfen ihr die Sechs- bis Zehnjährigen. Sie waren ihr eine größere Hilfe, als sie sich erhofft hatte. Wie anders war doch ihre eigene Kindheit gewesen als die der Dorfkinder. Die wussten genau, was Unkraut war und was nicht. Samt und sonders alle hatten im heimischen Gemüsebeet und auf den Feldern bereits mitgearbeitet.

Die Arbeit ging schnell voran. Rebecca setzte als Erstes leicht zu ziehendes Wurzelgemüse, das nicht allzu wetterempfindlich war. Die Kinder konnten die Ernte kaum abwarten, obwohl die meisten Pflanzen gerade erst ihre grünen Köpfchen aus dem Boden streckten.

Katharina kam heran. Die kleinen Kinder lärmten fröhlich. Sie hatten sich schnell daran gewöhnt, hier auf dem Gutshof spielen zu dürfen.

Rebecca schaute hoch von dem Feld, auf dem sie die Rankhilfen für die Bohnen aufgestellt hatten. Jetzt sah sie auch, warum Katharina die Kinder zusammentrommelte. Das Stubenmädchen Wiebke, das früher auf Katharina aufgepasst hatte, während diese wiederum auf die kleinen Kinder aufgepasst hatte, schleppte ein schweres Tablett zu einem kleinen Tisch. Auch die älteren Kinder um sie herum hatten aufgehört zu arbeiten und schauten begehrlich in diese Richtung.

Die Dorflehrerin ließ die Setzschaufel auf die Erde fallen und klopfte sich den Dreck von den Händen. »Es gibt eine kleine Erfrischung.«

Die Kinder ließen sich nicht lange bitten. Sofort stellten sie sich ordentlich in Zweierreihen hinter dem Tisch auf.

Wiebke stellte das Tablett ab und begann sofort, aus einer großen Blechkanne eine durchsichtige Flüssigkeit einzugießen.

»Waldmeister-Limonade, sogar ein wenig gesüßt.« Sie kniff verschwörerisch ein Auge zu, als sie den ersten Kindern die Becher reichte.

Bald hatten alle etwas zu trinken, auch Katharina und Rebecca, die etwas abseits standen.

Als nun auch noch Bertha mit einem zweiten Tablett kam, strahlten die Kinder um die Wette. Jeder bekam eine halbe Stulle mit Schmalz und Salz.

Katharina schaute sich die Kinder an. Statt zu trinken, spielten ihre Lippen mit dem Rand des Bechers.

»Es ist wirklich außerordentlich großzügig, wie sehr Sie sich für die Kinder einsetzen.«

»Finden Sie?« Die Komtess klang skeptisch.

Rebecca überlegte noch, wie diese Frage wohl gemeint war, da sprach das Fräulein schon weiter.

»Ich danke Ihnen sehr. Nicht nur für Ihre Hilfe und Nachhilfe, damit ich mich auf das Abitur vorbereiten kann. Sie haben mir auch anderes Wichtiges beigebracht. Ich habe im letzten halben Jahr mehr gelernt als in all meinen Lebensjahren zuvor. Damit meine ich nicht nur Bücherwissen. Sondern vor allem, was es bedeutet, von Stand zu sein.«

»Von Stand zu sein?«

Katharina nickte. »Die Vorteile und all die Nachteile. Mir wird allmählich klar, wie ich mein Leben gestalten will. Dass ich es selbst in die Hand nehmen muss und es auch kann, habe ich von Ihnen gelernt. Dafür möchte ich mich bedanken.«

Rebecca war verblüfft. War es nicht genau das, was sie immer gehofft hatte? Ihren Schülern Hilfestellung für ein besseres Leben geben zu wollen? Allerdings hatte sie nicht vermutet, dass ausgerechnet eine Komtess ihre fleißigste und dankbarste Schülerin werden würde.

»Ich tue es gerne.«

»Katharina, da bist du ja.« Alexander humpelte um die Ecke. Das Bild erinnerte sie an die Zeit vor dreieinhalb Jahren, die Wochen nach seinem Jagdunfall. Mit schmerzverzerrtem Gesicht stützte er sich auf eine Krücke, um überhaupt vorwärts zu kommen.

»Alex, wie geht es dir?«

Er blieb stehen, sah die beiden aber nicht an. Sein Blick ging über die Kinder hinweg, die ihn neugierig oder verstohlen anschauten. Er presste seine Lippen aufeinander.

»Graf Alexander, ich hoffe, dass es Ihnen bald wieder besser geht.«

Der junge Adelige warf ihr einen kurzen Blick zu, bevor er sich wieder den Kindern zuwandte. In diesem kurzen Augenblick lag etwas Verborgenes. Sie hatte das Gefühl, dass er nicht mit dem einverstanden war, was sie sagte. Glaubte er ihr nicht? Dachte er, dass sie sich darüber freute, dass er Schmerzen hatte?

»Es ist schön, dass du rauskommst.«

Er zuckte lakonisch mit den Schultern, als wäre ihm alles egal.

»Ist noch etwas Waldmeister-Limonade übrig?«, fragte Katharina das Stubenmädchen, das schon dabei war, die ersten leeren Becher wieder einzusammeln.

»Nein, Komtess. Ich könnte in der Küche etwas anderes holen.«

Der junge Herr winkte ab. »Nein danke. Ich bin nicht durstig.«

»Hast du ...« Katharinas Blick streifte Rebecca, bevor sie weitersprach. »Hast du schon etwas gehört?«

Rebecca konnte sich denken, worum es ging. Die Komtess hatte ihr schon an ihrem ersten Arbeitstag im Park erzählt, was vorgefallen war. Der jüngste Grafensohn hatte einen schweren Reitunfall gehabt. Er war nach sehr langer Zeit mal wieder ausgeritten, und das Pferd hatte vor einem hochfliegenden Vogel gescheut. Im vollen Galopp war er abgeworfen worden und sehr unglücklich gelandet. Er konnte von Glück sagen, dass nicht mehr als sein linker Knöchel kaputt war.

Doktor Reichenbach hatte ihn untersucht und sofort ein neues Attest ausgestellt, das sie an die Musterungsbehörde geschickt hatten. Alexander war daraufhin zurückgestellt worden. Nun warteten sie auf einen Termin beim Militärarzt. Der sollte sich das Ganze noch mal anschauen und seine Diensttauglichkeit einschätzen. Aber so, wie er im Moment herumlief, würde es sicher noch Wochen bis Monate dauern, bis es so weit war.

»Ich wollte nur einmal herauskommen. Drinnen fällt mir die Decke auf den Kopf.«

»Wenn du willst, könntest du mit den kleinen Jungs zusammen Flöße basteln.«

Alexander schaute sie verstört an »Flöße basteln? Ich? Mit den Gören da?«

Rebecca musste fast laut auflachen, als Katharina ihm schwungvoll in die Parade fuhr. »Du musst es natürlich nicht. Du kannst dich auch gerne drinnen weiter langweilen und von Mama verrückt machen lassen.«

Er schaute die Kinder der Pächter an. »Na gut. Ich mach's.«

Katharina wandte sich ab und grinste Rebecca verschwörerisch an. Die junge Dame hatte es wirklich faustdick hinter den Ohren.

Im Durchgang der Hainbuchhecke tauchte Konstantin auf. Er trug seine Arbeitskleidung. Als er die drei so zusammenstehen sah, stutzte er kurz, dann kam er auf sie zu.

»Frau Kurscheidt, wie geht es voran?«

Es war wirklich höchst merkwürdig, ihm hier zu begegnen. Rebecca war froh, dass seine Geschwister neben ihr standen.

»Sehr gut. Wir haben nun alles ausgesät, und wenn es so weitergeht mit dem warmen Wetter, dann können wir vermutlich Ende Mai schon den ersten Salat in der Orangerie pflücken.«

»Das klingt sehr gut.« Er schaute auf seine erdverkrusteten Hände. »Ich hoffe, dass unsere Arbeit auf den Feldern genauso gut gelingt wie Ihre.«

»Läuft die Sämaschine wieder?«, fragte Alexander.

»Ja, ich hab sie endlich mit Ceynowas Hilfe repariert. Wir kommen gut voran.«

»Ich wünschte, ich könnte dir helfen. Stattdessen muss ich mit den Kindern Flöße bauen.« Es klang spöttisch, ganz so, als wollte Alexander sich über seine Situation lustig machen.

»Dann lass uns direkt anfangen, bevor du es dir anders überlegst.« Katharina trat vor und klatschte in die Hände. »Kommt, Kinder, ab zum See.«

Katharina und Alexander folgten den kleineren Kindern. Konstantin sah seinen Geschwistern nach. Er nickte, als würde er es besonders gutheißen. Die etwas älteren Kinder schauten alle Rebecca an.

»Geht schon mal in die Orangerie. Wir müssen noch Regale bauen für die Pastinakenpflanzen.«

Sofort liefen die Jungs und Mädchen los.

»Sie sind wirklich gut erzogen.«

»Ja, das sind sie.«

»Wie macht sich die neue Lehrerin im Nachbardorf?«

»Ich kann es noch nicht sagen. Ich war am ersten Schultag dort und habe sie noch mal am letzten Wochenende besucht. Anscheinend kommt sie ganz gut mit den Kindern aus. Aber ich habe wirklich keine Zeit, mich um Lerninhalte zu kümmern.«

»Seien wir froh, dass es überhaupt einen Ersatz gibt.«

Rebecca nickte zustimmend. Sie war mehr als glücklich darüber, dass sie nicht mehr jeden Tag den langen Weg zum Nachbardorf zurücklegen musste. Sie hatte kaum noch Zeit für etwas anderes gehabt.

Als die letzten Kinder in der Orangerie verschwunden waren, wurde die Stille merkwürdig. Rebecca spürte, dass Konstantin noch nicht gehen wollte. Und irgendwie wollte sie es auch nicht.

»Irgendwelche Siegesfeiern in der letzten Zeit?«

Rebecca ging der Unterrichtsausfall sehr gegen den Strich, aber wehren konnte sie sich dagegen nicht.

»Nicht seit dem Rückzug in die Siegfriedstellung.« Es klang mehr als ironisch. »Sie waren in Stettin, habe ich gehört.«

Konstantin schaute sie überrascht an. »Ja, für ein paar Tage. Ich musste etwas erledigen«, sagte er vage.

»Und, gab es dort auch Brotstreiks?«

»Nicht so heftige wie anscheinend in Berlin.«

Es hatte schon während des Steckrübenwinters viele Krawalle wegen der unzureichenden Lebensmittelversorgung gegeben. Doch seit Anfang des Monats sowohl die Brot- als auch die Kartoffelrationen für die Bevölkerung gekürzt worden waren, flammten die Streiks landesweit wieder auf. Vor allem Frauen demonstrierten für eine bessere Versorgung.

Wieder trat eine unangenehme Stille ein. Rebecca wollte sich gerade verabschieden, als Konstantin noch eine Bemerkung nachschob.

»Man stelle sich vor, der Kaiser wäre damals mit seiner Zuchthausvorlage durchgekommen. Halb Berlin säße im Zuchthaus.«

Vor langen Jahren hatte Wilhelm II. versucht, ein Sonderstrafgesetz gegen streikende Arbeiter einzuführen. Er war damit glücklicherweise nicht durch den Reichstag gekommen. Trotzdem hätten es die Industriellen und Gutsbesitzer gerne gesehen. Rebecca schaute Konstantin überrascht an.

Er erwiderte ihren Blick geradeheraus. »Die Zeiten ändern sich. Gravierend. Besonders für die Frauen. Neue Regeln setzen sich durch. Und es fallen so viele Männer, die nach dem Krieg fehlen werden. Ich könnte mir sogar vorstellen, dass man nach dem Krieg auf verheiratete Lehrerinnen zurückgreifen muss.«

Ein kleines Lächeln umspielte seinen Mund. Augen, die durch jede mühevoll aufgebaute Schutzmauer hindurchsahen. Sein Blick ruhte noch einen Moment auf ihr, bevor er sich knapp verbeugte und sie ihrer Verblüffung überließ.

Eine heiße Welle durchströmte Rebecca. Verheiratete Lehrerinnen – bisher gab es das nicht. Frauen, die heirateten, konnten nicht länger im Schuldienst tätig sein. Tatsächlich hatte Konstantin vermutlich recht. Doch natürlich hatte er ihr eigentlich etwas ganz anderes damit sagen wollen. Sie konnte es kaum glauben: Er wollte sie noch immer. Sein letzter Satz kam einer Erneuerung seines Heiratsantrags gleich.

1. Mai 1917

So aufgeregt hatte Albert das Stubenmädchen selten erlebt. Wiebke war unglaublich nervös. Wieder und wieder erwähnte sie, wie nett es von der Mamsell sei, dass sie mit zum Bahnhof fahren dürfe.

Auf dem Bahnsteig trat sie von einem Fuß auf den anderen. In einer Tour schaute das rothaarige Mädchen von der großen Bahnhofsuhr auf die Gleise und wieder zurück. Es war wirklich eine Erlösung, als der Bahnhofswärter vor das Gebäude trat und ein Signal umlegte.

Der Zug hielt mit dem Dritte-Klasse-Abteil direkt vor ihnen. Wiebke sprang an den Fenstern hoch, um zu sehen, wo ihre Schwester war. Die Waggontür schwang auf, und ein Mann, vermutlich einer der Pächter der Umgebung, sprang heraus. Direkt dahinter stand eine junge rothaarige Frau. Links und rechts zu ihren Füßen lag viel Gepäck. Das musste sie sein – Ida Plümecke.

»Ida!« Wiebke konnte nicht an sich halten. Sie stürmte ins Abteil hinein und schlang die Arme um den Hals ihrer Schwester.

Albert bedachte die beiden mit einem wohlwollenden Blick. So konnte es also auch aussehen, wenn man zu seiner Familie zurückfand. »Macht schnell, sonst fahrt ihr noch mit zum nächsten Bahnhof.«

Wiebke löste sich von Ida und gab Albert ein Gepäckstück nach dem anderen heraus, das er auf dem Bahnsteig abstellte. Einen Korb, ein riesiges Tuch, in das etwas Weiches eingewickelt war, eine große Reisetasche, einen billigen Pappkoffer und ein in Geschenkpapier eingewickeltes Paket. Wiebke selbst trat mit einem zweiten Koffer aus dem Zug. Ida Plümecke musste nichts mehr tragen, außer ihrem Wintermantel, den sie über den Arm gelegt hatte.

»Das ist Albert Sonntag, unser Kutscher und Chauffeur und im Moment noch so einiges andere.«

Albert sah sie interessiert an. Obwohl Ida ihrer Schwester erstaunlich ähnlich sah, gab es doch gravierende Unterschiede. Wiebke hatte die gleichen schön geschwungenen Augenbrauen und die gleichen strahlend grünen Augen, aber ihr Blick war stets verhuscht. Ida dagegen sah ihn geradewegs an. Sie musterte ihn interessiert. Anders als ihre jüngere Schwester schien sie kein bisschen scheu. Eher ein wenig abweisend. Aber das konnte auch täuschen. Sie war bestimmt genauso nervös wie ihre Schwester.

»Ida Plümecke«, stellte sie sich vor und reichte Albert die Hand. Sie hatte einen festen Griff und löste sich sofort aus seinem.

»Du hast ja viel mitgebracht«, staunte Wiebke, die jetzt die einzelnen Gepäckstücke einsammelte. Albert griff nach den beiden Koffern, die sicherlich die schwersten Stücke waren.

»Ich schaff das auch alleine«, beeilte die Rothaarige sich nun zu sagen. Sie wollte Albert die Gepäckstücke aus den Händen nehmen, aber er ließ nicht los.

»Ich bin mir sicher, dass Sie hart arbeiten können, aber mir müssen Sie es nicht beweisen. Lassen Sie sich verwöhnen, solange es noch geht. Sobald wir das Gutsgelände betreten haben, hört das schnell auf. Auf Sie wartet viel Arbeit.«

Sie schien nicht einverstanden damit, aber zog ihre Hände zurück. Dafür nahm sie das eingepackte Geschenk. Alles andere hatte Wiebke schon geschultert.

Albert machte sich einen Spaß daraus, die beiden hinten in die Kutsche zu setzen wie echte Damen. Ida wollte erst nicht. Erst als er versprach, vor dem Dorf anzuhalten und sie auf den Kutschbock zu holen, gab sie nach. Die ganze Strecke über hörte er das aufgeregte Geschnatter von Wiebke. Wie versprochen hielt er vor Greifenau und ließ die beiden auf den Kutschbock klettern.

Als sie durch das Dorf fuhren, kam ihnen Paula Ackermann entgegen. Er lüftete höflich seine Mütze und lächelte ihr zu. Sie lächelte zurück, war aber doch irritiert von den beiden Rothaarigen neben ihm. Wiebke musste sie doch kennen, oder etwa nicht? Doch, natürlich. Seit seinem letzten Besuch vergangenen April hatte er es sich zum Usus gemacht, sonntags nach der Messe mit ihr zu reden. Persönlich besucht hatte er sie nicht mehr. Keine Zeit, hatte er vorgeschoben, und eigentlich stimmte das auch.

Er wusste selbst nicht so recht, was er von Paula Ackermann wollte. Sie war wirklich eine nette junge Frau und sehr patent. Und natürlich spielte er immer mal wieder mit dem Gedanken, eine eigene Familie zu gründen. Eine richtige Familie, die zusammenhielt. In der Kinder in einer geborgenen und liebevollen Umgebung aufwachsen durften. Paula Ackermann wäre nicht die schlechteste Kandidatin, die er sich dafür aussuchen könnte.

Aber mehr als diese Überlegungen gab es da nicht. Wegen Paula Ackermann hörte er keine Engels-Chöre. Wegen ihr hatte er keine Schmetterlinge im Bauch und keine schlaflosen Nächte. Tatsächlich fragte er sich, ob jemals dieser Funke überspringen würde. Ob es diesen Funken für ihn überhaupt gab.

Wenn man niemals Liebe empfangen hatte, war es da überhaupt möglich, Liebe zu geben?

Vielleicht aber hatte er einfach den Zeitpunkt verpasst, sich als ahnungsloser Achtzehnjähriger Hals über Kopf in das Abenteuer der Liebe zu stürzen. Damals waren seine Gedanken mit ganz anderen Dingen besetzt gewesen. Und auch jetzt war er noch immer nicht ganz frei davon.

Zwar wusste er nun, wer seine Mutter war. Aber um sich nicht zu verraten, hatte er sich bisher sehr vorsichtig verhalten. Zweimal noch hatte er bei ihr Geld ablegen müssen. Wann immer sich die Möglichkeit bot, fuhr er im Nachbarort an ihrem Haus vorbei. Viermal hatte er sie gesehen, aber erst einmal von Nahem. Da hatte sie die Straße vor dem Haus gefegt, als er mit der Kutsche daran vorbeigefahren war. Sie hatte nur kurz aufgesehen. Eine harsche und verbitterte Frau, seine Mutter.

Er fuhr die beiden jungen Frauen zum Hintereingang, ließ sie absteigen und fuhr weiter in die Remise. Er schirrte die Pferde ab und nahm das Paket, das er aus Stargard mitgebracht hatte. Als er die Leutestube betrat, standen die Köchin und Bertha neben Wiebke und dem Gepäck ihrer Schwester und unterhielten sich angeregt. Albert stellte das Paket auf dem Tisch ab.

Er holte sich aus der Küche ein Glas frisches Wasser. Es dauerte nicht lange, bis Ida Plümecke mit der Mamsell und Caspers herunterkam.

Die Vorstellung bei dem Grafenpaar war natürlich die Feuertaufe gewesen. Alles andere würde sich später ergeben. Ida atmete erlöst auf. Anscheinend war ihr Einstand gelungen. Albert nickte ihr aufmunternd zu.

»Herr Caspers, ich habe ein Paket mitbekommen für den Grafen«, meinte Albert.

Der Hausdiener kam und sah sich das Etikett auf dem Paket an. »Na endlich. Die Gräfin wartet schon so lange auf das Morphium. Es muss wirklich schwer zu beschaffen sein.«

Wie alles im Krieg waren natürlich auch die Medikamente rationiert worden. Der jüngste Grafensohn schien die Schmerzen an seinem linken Knöchel kaum aushalten zu können. Er humpelte stark, obwohl der Unfall nun schon mehr als drei Wochen zurücklag. Man überlegte sogar, ob man den Knöchel in Stettin röntgen lassen sollte, aber das war sehr teuer und aufwendig. Doktor Reichenbach wollte es zunächst mit festen Verbänden versuchen, die seinen Fuß ruhigstellten. Aber es schien einfach keine Besserung einzutreten. Das Einzige, was ihm half, waren Schmerzmedikamente. Und die waren schwierig zu besorgen.

»Ich denke, Fräulein Plümecke wird sich schnell zurechtfinden.« Caspers schaute auf die Umstehenden.

»Ich bin Ihnen wirklich sehr dankbar, dass ich hier anfangen kann.« Ida bedachte Caspers und die Mamsell mit einem bedeutungsvollen Blick. »Ich hab auch etwas mitgebracht, für alle.« Sie griff nach dem eingepackten Geschenk und hielt es vor sich. »Ich möchte … Wer will?«

»Ich nehm es mal.« Mamsell Schott nahm es an sich. »Soll ich es direkt auspacken?«

Ida nickte.

Die Mamsell entfernte das Geschenkpapier, und alle machten große Augen.

»Pralinen?! Sie hätten nicht so töricht sein dürfen, Ihr gutes Geld für so etwas auszugeben.« Die Mamsell klang allerdings alles andere als enttäuscht.

»Nein. Die Pralinen sind ein Geschenk meiner Gräfin, zum Abschied. Sie hatte immer furchtbar viel Naschwerk im Haus. Sie hat sie mir mitgegeben. Ich hab sie nur schön eingepackt.«

Die Mamsell reichte einen Pappkarton herum, und jeder nahm sich eine Praline herunter. Für einen Moment genossen alle dieses schokoladige, süße Gefühl im Mund. Die Schokolade, die in der Wärme schmolz. Der Geschmack nach Frieden und Lachen. Der Duft von Verschwendung und freien Nachmittagen.

Wiebke grinste Bertha glückselig an. Sie strahlte wie eine Vierjährige, die zu Weihnachten ihre erste Puppe bekommt. Alle lächelten, sogar Caspers. Sie alle hatten solche Augenblicke bitter nötig in diesen Zeiten. Sie sehnten sich danach und zehrten von den wenigen glücklichen Momenten.

Eugen kam zur Hintertür herein, und Wiebke stellte ihm ganz aufgeregt ihre Schwester vor.

»Eugen, das ist Ida. Ida, das ist unser Stallbursche Eugen Lignau.«

Ida reichte ihm die Hand. Überrascht griff er danach und schüttelte sie. Auch er lächelte. Als er dann noch eine Praline bekam, war auch für ihn dieser Moment perfekt.

Alle waren froh, dass ein neues Stubenmädchen anfangen konnte. Es bedeutete mehr als nur weniger Arbeit für jeden Einzelnen. Sie brachte einen Hoffnungsschimmer mit. Es ging wieder bergauf statt nur noch bergab wie in den letzten Jahren.

Sie standen dort, bis alle Pralinen vernascht waren. Caspers verzichtete auf eine dritte Runde, und Wiebke teilte sich eine mit Ida, damit alle anderen noch eine dritte Praline bekamen. Sie alle waren eingehüllt in eine watteweiche, zuckersüße Wolke der Glückseligkeit. Für einige Minuten konnte die Welt da draußen ihnen nichts anhaben.

Albert bedachte Ida mit einem wohlwollenden Blick. Vielleicht würde sich doch noch alles zum Guten wenden. Der Krieg, die Geschichte mit seiner Familie und sogar sein weiteres Leben. Immerhin hatte auch er, genau wie Wiebke, ein kleines Stück seiner Familie wiedergefunden. Unmerklich schaute er rüber zur

Köchin, Irmgard Hindemith. Eines Tages, in nicht allzu ferner Zukunft, würde er es ihr sagen – dass sie seine Tante war. Darauf freute er sich schon.

* * *

Wiebke lief zur Hintertür und kam umgehend zurück. »Mamsell Schott, da möchte Sie jemand sprechen.«

Ottilie Schott schaute überrascht auf. Es war Nachmittag und etwas ruhiger. »Wer denn?«

Wiebke schaute sie an, eine Spur von Neugierde im Gesicht. »Tomasz Ceynowa.«

Ottilies Augenbrauen gingen hoch, aber sie sagte nichts. Ein ungutes Gefühl durchströmte sie. Sie wollte nicht mit ihm sprechen. Auf der einen Seite konnte sie ihm nicht verzeihen, in welche Lage er Clara gebracht hatte. Auf der anderen Seite … Ach, daran wollte sie besser nicht denken. Sie legte das Nachmittagskleid der Gräfin, das sie am Saum ausbesserte, beiseite und stand seufzend auf.

Ceynowa wartete vor der Hintertür. Wie war er nur hierhergekommen? Er durfte sich nicht ohne Erlaubnis von seiner ihm aufgetragenen Arbeit entfernen. Ottilie Schott schloss die Tür hinter sich. »Sie wünschen?«

Er knetete seinen Hut zwischen den Fingern. »Entschuldigen Sie, dass ich störe. Aber … ich habe ein Anliegen. Ich möchte Sie um etwas bitten.«

»Ja?« Ottilies Stimme war abweisend. Zu abweisend. Er war doch höflich, was sie eigentlich sonst nicht von ihm gewohnt war. Versöhnlich schob sie nach: »Was kann ich für Sie tun?«

»Ich … Ich habe gehört, dass Sie bei Clara … Fräulein Fiedel gewacht haben, als sie krank war. Das war sehr gütig von Ihnen.«

Ottilie nickte nur.

»Und ich wollte Sie bitten, ob Sie ihr vielleicht ...« Er schien mit den Tränen kämpfen zu müssen.

Ottilie schluckte. Diese Reaktion hatte sie allerdings nicht von ihm erwartet. Er musste Clara wirklich geliebt haben.

»Ich wollte Sie fragen, ob Sie ihr vielleicht einen Strauß Blumen auf ihr Grab stellen könnten.«

Er kramte in seiner Hosentasche und holte einige Münzen hervor. Vermutlich Trinkgeld, das ihm mitfühlende Menschen gegeben hatten, denn Bargeld bekam er nicht mehr ausgezahlt.

»Das ist alles, was ich habe. Sie wissen ja ...«

Ja, sie wusste. Er war Kriegsgefangener. Umso erstaunlicher, dass er sich um jemanden kümmerte, der der gegnerischen Seite angehörte.

Ach, was für ein Blödsinn. Clara war keine gegnerische Seite. Clara war einfach nur ein naives, dummes Mädchen gewesen, das sich nach etwas Wärme und Zuwendung gesehnt hatte. Was war daran schon verkehrt? Was war überhaupt an Lebenslust verkehrt in diesen Zeiten, in denen mehr Menschen starben, als geboren wurden?

»Ich wäre gerne früher gekommen, aber ... Ich musste heute etwas für den Gärtner vorbeibringen ... und ich muss auch sofort wieder gehen.« Er sagte das in einem so entschuldigenden Ton, dass er ihr leidtat. »Wenn ich könnte, würde ich ja selbst auf den Friedhof gehen ...« Seine Stimme brach.

»Natürlich. Das mache ich gerne für Sie.« Sie hielt ihm die offene Hand hin und nahm das Geld. »Ich werde Clara einen besonders schönen Strauß hinstellen. Einen extra schönen Strauß, der Ihrer beider Verbindung würdig ist.«

Überrascht blickte Ceynowa auf. Er suchte in ihren Augen nach einer Bestätigung.

»Clara hat mir auf unserer letzten Reise gesagt, dass sie Ihnen sehr zugetan war. Und dass ... dass es unrecht ist, wie Sie nun behandelt werden.«

Unrecht. In diesem Moment lösten sich Tränen aus seinen Augen und flossen über seine Wangen. Schnell wischte er sie weg.

»Danke. Ich möchte Ihnen wirklich aus tiefstem Herzen danken.« Verlegen schaute er sich um, drehte seinen Hut zwischen seinen Fingern und setzte ihn auf. Er nickte ihr noch einmal zu, dann wandte er sich um und ging.

Sie sah ihm nach. Die Münzen in ihrer Hand waren warm. Er hatte einen geliebten Menschen verloren. Letztendlich waren sie alle nur arme Seelen, und in ihrer Fähigkeit, zu lieben und sich dadurch verletzlich zu machen, gleich – egal ob Katholik oder Protestant, ob Deutscher oder Pole.

Ende Mai 1917

Mama hatte sich heute Vormittag nach Stargard bringen lassen. Konstantin war auf den Feldern, und Alexander hatte einen Termin bei Doktor Reichenbach. Es war die beste Gelegenheit seit Wochen, Papa alleine zu erwischen. Katharina klopfte. Dann trat sie ein, ohne auf seine Erlaubnis zu warten.

»Katka, Kleines.« Papa klappte eins der Bücher zu, in denen die Ausgaben und die Einnahmen des Gutes vermerkt wurden. Er ließ sich gerne bei dieser Arbeit stören. Anscheinend empfand er es nicht als besonders erfreulich, darin zu lesen.

»Komm her zu mir. Wie geht es dir? Wir hatten lange schon keine Zeit mehr füreinander.«

Katharina setzte sich auf einen Sessel, der neben dem Schreibtisch stand. Vermutlich wäre es besser, wenn sie erst gar nicht drum herumredete. »Ich mache mir große Sorgen.«

Papa runzelte die Stirn. »Worüber machst du dir Sorgen?«

Obwohl sie seit Wochen über dieses Gespräch nachdachte und sich jeden einzelnen Satz zurechtgelegt hatte, war sie furchtbar aufgeregt. Sie hatte schon früher mit Papa reden wollen, doch dann war Alexanders Unfall dazwischengekommen. Und auch die Arbeit auf den Feldern hatte mit den ersten Frühlingsstrahlen wieder angefangen und seine Zeit beansprucht. Jetzt faltete sie ihre Hände verkrampft ineinander und atmete tief durch. »Es geht um die geplante Hochzeit.«

Papas Gesichtsausdruck wurde milder. »Ich weiß, dass es ein großer Schritt ist. Besonders für die Frauen. Und ich kann mir vorstellen, dass es ... gewisse Aspekte gibt, die dir Sorgen machen. Aber sieh mal: Mama und Anastasia sind schließlich auch verheiratet. So schrecklich kann es wirklich nicht sein.«

»Aber ich ...«

»Hast du nicht erzählt, dass die Nichte von Gräfin von Klaffs gerade geheiratet hat? Sie ist kaum zwei Jahre älter als du. Du brauchst also wirklich keine Angst ...«

»Papa. Hör mir doch mal zu.« Die Worte klangen barscher, als sie beabsichtigt hatte. Sie fasste sich wieder und sprach ganz vernünftig weiter: »Ich weiß, dass sich unser Hausmädchen vor knapp drei Jahren das Leben genommen hat.«

Ihm blieb der Mund offen stehen. Das Gesagte kam aus dem Nichts geschossen – wie eine verirrte Gewehrkugel. Augenscheinlich wusste er nichts zu sagen. Katharina konnte ihm förmlich ansehen, wie er darüber nachdachte, woher sie diese Information haben könnte. Aber das würde sie auf gar keinen Fall preisgeben. Schließlich hatte sie es versprochen.

»Katka, Kind. Du musst verstehen ... Es ist nur, weil wir euch nicht mit so schrecklichen Details belasten wollten.« Papa sah nicht gerade glücklich aus.

Jetzt kam die Frage, vor der sie so viel Angst hatte. »Darüber möchte ich gar nicht sprechen. Was mich mehr interessiert, ist: Weißt du, warum sie sich umgebracht hat?«

»Warum?« Ihr Vater sah dermaßen erstaunt aus, als wüsste er nicht, was so interessant an der Frage sein könnte. Er stand ruckartig auf und schaute zum Fenster hinaus. »Warum ... bringt sich ein Mensch um? Weil er zutiefst unglücklich ist.«

»Du weißt es nicht?«

Irgendwie sah er ertappt aus. Er wedelte hilflos mit den Armen. »Sie war schon tot. Wie hätte ich sie noch fragen sollen? Und ... Und hätte ich vorher gewusst, wie traurig sie war, dann wäre es vielleicht nie so weit gekommen.«

Papas unbezwingbare Logik.

»Aber hast du denn niemanden danach gefragt? Die anderen Dienstboten? Die Mamsell?«

Er schien in seiner Erinnerung zu kramen, an diesen Tag, der so lange zurücklag.

»Der Stallbursche hat das arme Mädchen in der Scheune gefunden. Aber tatsächlich habe ich nicht selbst mit ihm gesprochen. Er war völlig verstört. Ich glaube, ich habe Mamsell Schott gefragt. Sie war auch völlig schockiert von der ganzen Geschichte, genau wie Caspers. Hätten sie etwas gewusst, hätten sie es mir sicher gesagt.«

Als wäre es so einfach. Dabei wusste Katharina mittlerweile selber: Je älter sie wurde, desto komplizierter wurde das Leben. Die einfachen Kinderwahrheiten blätterten von ihren Tagen ab, und darunter kamen nur Komplikationen zum Vorschein.

»Wie dem auch sei. Ich weiß es auf jeden Fall.«

»Du? ... Woher?«

»Ich darf es dir nicht sagen. Ich habe es versprochen.«

»Nun gut, dann mag es so sein. Und darfst du mir verraten, welchen Grund das arme Mädchen für sein schreckliches Ende hatte? Oder ist das auch ein Geheimnis?«

Katharina stand auf. »Ludwig von Preußen hat ihr Gewalt angetan.«

Papa stieß einen Ton aus, der zugleich seine Überraschung wie auch seine Ungläubigkeit bezeugte. »Kind, ich bitte dich!«

»So war es. Am Morgen seiner Abreise. Die arme Hedwig. Sie war noch so jung, fast noch ein Kind.«

»Eben, und deswegen sind deine Anschuldigungen auch völlig haltlos. Wer immer dir das erzählt hat, hat dir einen Bären aufgebunden.«

»Aber ich …«

»Katharina, ich bitte dich. Weißt du nicht, wie lächerlich du klingst? Wieso sollte sich ein Prinz, ein von Preußen, an einem unschuldigen Kind vergehen? Was hätte er davon? Sie war doch noch nicht einmal eine richtige Frau.«

Das war genau der Punkt, der Katharina am meisten bedrückte. Ludwig von Preußen hatte sich zum allerersten Mal interessiert an ihr gezeigt, da war sie ähnlich jung gewesen wie Hedwig damals. Fast noch ein Kind, ein Mädchen an der Schwelle zur jungen Frau.

»Weil er es gerne hat, wenn Menschen Angst vor ihm haben.«

»Du bist ja verrückt.«

»Er hat bei mir genau das Gleiche versucht.«

Wieder blieb ihrem Vater der Mund offen stehen. Es dauerte, bis er die Worte wiederfand. »Wann soll das gewesen sein?«

»Erinnerst du dich noch, dass ich mit Mama im Prinzessinnenpalais in Berlin zum Tee eingeladen war? Im August vor drei Jahren. Mama hatte mir extra das teure Kleid anfertigen lassen.«

Er nickte, sagte aber weiter nichts dazu.

»Während Mama mit seiner Mutter Tee trank, führte er mich hinaus auf die Terrasse und weiter runter in den Garten. Dort hat er mich … angefasst.« Sie betete, dass Papa sich alles Weitere denken konnte. Sicher wollte sie nicht erzählen müssen, wie und wo dieses Scheusal sie angefasst hatte. »Glücklicherweise kam ein Gärtner, und ich konnte zurück ins Haus fliehen.«

Papa lockerte sich seinen Kragen. Sein Gesicht war rot.

Katharina sprach weiter. »Und auch, als er uns im Jahr darauf besucht hat, du erinnerst dich doch noch an den Vorfall im Gästezimmer.«

»Ich ... ja.«

»Es war sogar Hedwig, deren Auftauchen mich gerettet hat. Vielleicht wollte er sich dafür an ihr rächen.«

»Dann hat er dich ... im Gästezimmer ...«, er räusperte sich, »ähm ... also auch wieder angefasst?«

Katharina nickte.

Ungeduldig zerrte er an seinem Halstuch, als würde er nicht genug Luft bekommen. »Ich muss mir das in aller Ruhe durch den Kopf gehen lassen ... Das ist ja wirklich allerhand.« Er stellte sich an den Schreibtisch, und seine Finger klopften auf das Kontorbuch.

»Mama weiß von beiden Vorkommnissen.«

Er sah überrascht hoch, blieb aber weiter stumm.

Für einen Moment schien es ihr, als hätte er plötzlich etwas ganz anderes im Sinn. Vielleicht fehlte ihm noch die eine, letzte Information, damit sie ihn vollends auf ihre Seite ziehen konnte.

»Ich weiß, dass es dem Gut finanziell nicht besonders gut geht. Und dass ihr alle darauf hofft, dass ich Ludwig von Preußen heirate. Dass alle furchtbar enttäuscht wären, wenn ich mich weigern würde. Für Nikolaus hängen große Karrierewünsche daran. Und auch für Alexander wäre es von Vorteil. Mama würde vor Stolz platzen, wenn ich einen Prinzen heiraten würde.«

Sein Kopfnicken bestätigte ihre Überlegungen. Deswegen redete sie weiter. »Ich muss dir allerdings sagen, dass ich den Verdacht habe, dass Ludwig von Preußen mich gar nicht wirklich heiraten möchte.«

Jetzt drehte Papa sich überrascht zu ihr. »Wie kommst du darauf?«

»Zugegebenermaßen ist es eher eine Vermutung. Aber ich glaube trotzdem, dass ich recht habe. Was ihn an mir reizt, ist eher meine Widerborstigkeit. Je mehr ich mich wehre, desto interessanter werde ich für ihn. Aber für ihn ist es nur ein Spiel. Das musst du begreifen, Papa. Nur ein Spiel.«

»Das würde er doch nicht tun. Nicht bei jemandem von Stand.«

»Er ist sehr geschickt darin. Aber überlege doch selbst: Er hat jahrelang Interesse an mir bekundet, aber niemals auf eine verbindliche Art und Weise. Er hat um meine Hand angehalten und gleichzeitig gesagt, dass es keinen Termin gibt. So könnt ihr die Verlobung nicht öffentlich machen. Und solltet ihr es herumerzählen, so würdet ihr am Ende noch als Lügner dastehen. Glaub es mir. Für ihn ist es nur ein Zeitvertreib.«

Sie sah ihm an, für wie unglaublich er ihre Worte hielt.

»Das scheint mir doch eine Fantasievorstellung zu sein.«

»Papa, er hat sich mir unsittlich genähert. Mehrere Male. Das alleine sollte ausreichen, dass du mich vor ihm schützt.« Jetzt wurde sie aber allmählich wütend.

»Ich ... brauche Zeit. Das ist alles so ... unglaublich.«

»Aber ...«

»Katharina, vielleicht bist du noch zu jung, um alle Folgen abwägen zu können. Nein, hör mich an.« Er wischte ihr Aufbegehren hinfort. »Man stößt ein Mitglied aus dem Hause Hohenzollern nicht einfach so vor den Kopf. Ich muss mir erst überlegen, was ich von der ganzen Geschichte halten soll. Und dann muss ich genau abwägen, wie ich weiter vorgehen will. Und bis dahin wirst du nichts Dummes unternehmen, verstehst du mich?«

Katharina nickte. »Aber wenn jetzt der Krieg endet, dann …«
»Wenn jetzt der Krieg endet, dann wären wir alle erst mal sehr froh. Und wann du wen heiratest, wäre erst einmal nebensächlich.« Es klang nach einem abschließenden Wort.

»Wie du meinst.« Erhobenen Hauptes, aber mit viel Zweifel und großer Enttäuschung im Herzen verließ Katharina den Salon. Sie hatte sich von ihrem Vater wahrlich mehr erwartet. Und plötzlich verstand sie, wie Konstantin sich fühlen musste, mit einem Vater, der so wenig Rückgrat bewies.

Kapitel 10

Anfang Juli 1917

Was für eine Wohltat. Viel zu lange hatte er darauf verzichtet. Er brauchte ein paar Tage nur für sich. Tage, an denen er sich vergnügte. Tage, an denen er wieder der hochwohlgeborene Graf Adolphis von Auwitz-Aarhayn war, mit allen dazugehörigen Privilegien.

Albert Sonntag hatte ihn nach Stargard zum Bahnhof gebracht. Von dort war er weitergefahren nach Stettin, hatte sich von einer Droschke in sein Hotel bringen lassen, war zum Barbier gegangen und hatte dann ausgiebig gespeist. Nun kam der Part seiner Reise, auf den er sich am meisten gefreut hatte. Seine Droschke wartete schon draußen im Schein der Gaslaternen.

»Zum Schinkelplatz.«

Er stieg ein und ließ sich ins Polster fallen. Herrlich. Er platzte fast vor Vorfreude. Das hatte er sich wirklich verdient. Jetzt würde er es sich gut gehen lassen, in einem angenehmen Etablissement, mit viel Sekt und einem abschließenden Besuch des Separees.

Seit dem ersten Kriegsjahr war er nicht mehr auf solch einer Tour gewesen. Viel zu lange hatte er darauf verzichtet. Aber mit jedem Monat mehr lastete die Verantwortung schwerer auf ihm. Die Schulden, die fehlenden Arbeiter, die Erkenntnis, dass er einen Sohn hatte, den er nicht kannte. Dass sein Vater ihn damals belogen hatte. Und dann noch all die Dinge, um die er sich ständig kümmern musste.

Nur für ein paar Stunden wollte er das alles vergessen. Nicht an Probleme denken, die jeden Tag mehr und größer zu werden schienen.

Bisher hatte er sich in der Gewissheit gesonnt, dass seine Tochter den Prinzen heiraten würde. Ob in einem halben oder in zwei Jahren, war dabei letztlich völlig unerheblich. Mit einem Neffen des Kaisers als Schwiegersohn wog ein verschuldetes Landgut nicht schwer. Nach dem Krieg würden sie einen Kredit aufnehmen, und im Übrigen würde er die Leitung des Gutes inoffiziell Konstantin überlassen. Der konnte es ohnehin viel besser. Und er selbst würde wieder dem nachgehen können, was er am besten konnte: es sich gut gehen lassen.

Doch dann hatte ihm seine Tochter diesen Floh ins Ohr gesetzt. Alleine bei dem Gedanken daran, Katka könnte recht haben, dass der Prinz nur mit ihnen spielte und Katharina am Ende fallen lassen könnte wie einen angebissenen Apfel, drehte sich ihm der Magen um. Er wusste nicht, ob er die Geschichte mit Ludwig und Hedwig glauben sollte. Und im Grunde war es ihm auch herzlich egal. Dass Katharina einen solchen Mann nicht heiraten wollte, glaubte er gerne, aber auch das war nicht entscheidend. Entscheidend war, was für das Gut richtig war. Er würde ein paar unangenehme Entscheidungen treffen müssen, aber zuvor wollte er sich einen freien Kopf verschaffen. Und das konnte er am besten hier in Stettin. Er wischte die unangenehmen Gedanken beiseite, die sich seit dem Gespräch mit Katharina eingenistet hatten.

Die Kutsche blieb stehen, und der alte Mann hielt ihm die Tür auf. Adolphis zählte ihm ein paar Groschen in die Hand. Dann drehte er sich zufrieden um und ging um eine Ecke.

Nanu? Wo war denn die Nachtbar? Hatte er sich vertan? Er ging ein paar Meter weiter und blieb vor der Tür stehen. Doch, doch. Hier war es gewesen. Er erinnerte sich genau.

Er trat zurück und sah sich irritiert um. Verdammt noch eins. Das Etablissement hatte dichtgemacht. Vor einer verwitterten Holztür war ein schmiedeeisernes Tor, das verschlossen war. Über die Eisenstäbe hatte jemand Plakate geklebt. Eins wies an einer Ecke noch ein Datum auf.

`Kommt alle zum ... September 1916`

Na prima. Das Lokal war schon seit mindestens einem Jahr dicht. Er ging zurück zur Ecke, aber die Droschke war weg. Wieder, so als könnte er es nicht glauben, ging er zurück zur verschlossenen Tür, rüttelte verärgert daran, schaute die Straße auf und ab.

Plötzlich sprach ihn jemand an. »Der Laden ist geschlossen, schon lange. Aber ich weiß, wo Sie sich einen schönen Abend machen können.«

Jemand, der Bescheid wusste. »Wissen Sie vielleicht, wo ...« Adolphis drehte sich um und traute seinen Augen nicht.

Die Frau blickte genauso überrascht. Das hatten sie wohl beide nicht erwartet. Annabellas Augen waren weit aufgerissen. Fast ängstlich. Offensichtlich überlegte sie, ob er sie direkt wieder zum Teufel jagen würde.

Auch Adolphis überlegte. Vor dreieinhalb Jahren hatte er Annabella Kassini, seine ehemalige Mätresse, wie einen räudigen Köter vom Hof gejagt. Eine unschöne Erinnerung an seinen letzten feuchtfröhlichen Silvesterabend vor dem Krieg.

Anscheinend hatte das Leben es seitdem nicht besonders gut mit ihr gemeint. Sie trug einen verschlissenen Stoffmantel mit falschem Pelzbesatz. Das Haar war glanzlos und nachlässig hochgesteckt, die Farbe auf den falschen Saphiren ihrer Kette blätterte ab, und ihre Schuhe waren abgewetzt.

Sie strich sich eine Haarsträhne hinters Ohr.

»Adolphis?!«, stieß sie ungläubig aus. »Du musst schon lange nicht mehr hier gewesen sein, wenn du glaubst, es gäbe die Bar noch.«

»Und du? Warum treibst du dich hier herum?« Ihm war unwohl dabei, sie zu sehen. Sie so zu sehen.

»Warum wohl?« Sie lächelte süffisant. Der Schreck und die Überraschung waren schnell verflogen »Um Männern wie dir, die auf der Suche nach Vergnügen sind, einen angenehmen Abend zu bescheren.« Sie nahm ihre Hand, mit der sie den Mantel zugehalten hatte, weg. Ein dünnes Kleidchen kam zum Vorschein, tief ausgeschnitten. »Du möchtest dir doch einen vergnüglichen Abend machen, oder?«

»Sicher. Ich finde bestimmt einen Droschkenfahrer, der mich zu einem geeigneten Etablissement bringt.«

Er wollte sich gerade wegdrehen, da hakte sie sich bei ihm unter, als wäre nie ein böses Wort zwischen ihnen gefallen.

»Es gibt eine nette Bar, direkt drei Straßen weiter. Musik, gute Gesellschaft. Es würde dir dort sicher gefallen.«

Adolphis blieb stehen und machte sich von ihr frei. »Ich glaube nicht, dass es eine gute Idee wäre.«

»Keine Angst. Ich bin dir nicht mehr böse. Und ich weiß wenigstens, was dir gefällt. Komm, lad mich zu einem Glas Champagner ein, und wenn's nur um der alten Zeiten willen ist.«

Für einen Moment wollte er sich abwenden, doch dann dachte er: Sei's drum. Wieso nicht? Sie war zwar nicht mehr so schön wie früher und vor allem nicht mehr so glamourös. Aber wer war schon noch glamourös in diesen Zeiten? Und bevor er sich noch lange auf die Suche machen musste, um dann eine Frau zu finden, die vermutlich auch nicht bedeutend schöner sein würde als Annabella, konnte er seinen Ursprungsplan mit ihr relativ bequem in die Tat umsetzen.

»Haben die denn ein Separee?«

»Natürlich, sonst würde ich es doch gar nicht vorschlagen.«
Ihr Lächeln war so zuckersüß wie damals.

»Na gut. Um der alten Zeiten willen.« Morgen würde er sich von einem Kutscher woandershin bringen lassen und sich eine jüngere Frau suchen.

* * *

»Du solltest mehr essen.« Ihr Busen war etwas schlaff geworden, genau wie ihr Po. Adolphis saß auf dem Bett, mittlerweile die dritte Flasche Champagner in der Hand. Er war beschwipst, und er fühlte sich prima.

Annabella griff nach der Flasche, nahm einen Schluck und küsste ihn. Auch sie schien sich wirklich zu amüsieren.

»Ich würde mehr essen, wenn ich mehr zu essen hätte. Du weißt doch, die Zeiten sind schlecht. Gerade für uns Städter.« Noch einen Schluck. »Dieses Mal nehm ich noch Geld, aber das nächste Mal bringst du mir ein schönes Stück Speck aus deinem Schweinestall mit.« Sie lachte, trank wieder. Direkt neben ihm stellte sie ein Bein aufs Bett und hob neckisch ihr durchscheinendes Kleidchen, aber nur ein klitzekleines bisschen.

»Höher«, befahl er.

Sie zog den Saum zwei Zentimeter höher.

»Höher.«

Ihre Finger krabbelten über den Saum.

Er atmete schon wieder schneller.

»Noch höher.«

Sie machte eine aufsässige Schnute. Statt ihr Kleid hochzuziehen, ließ sie es runter, aber stieg auf das Bett. Sie reckte ihren Hintern in seine Richtung. »Na, was meinst du? Drehen wir noch eine Runde?«

Adolphis klatschte ihr auf den Po. »Darauf kannst du Gift nehmen.«

Und dafür, dass sie einen runderen Po bekommen würde, würde er auch gerne einen Schinken opfern. Sie war viel zugänglicher und williger als früher. Perfekter hätte es kaum laufen können. Sie würde ihn nun noch die ganze Nacht verwöhnen. Zufrieden mit sich und der Welt lehnte er sich zurück.

8. August 1917

Das Telegramm war vor zwei Tagen gekommen. Konstantin hatte schon früh am Morgen sein Pferd gesattelt und war die Strecke abgeritten. Er war vage geblieben, welches Ziel er heute hatte, aber es interessierte ohnehin niemanden wirklich. Papa würde vermutlich denken, dass er an einem der Höfe vorbeischaute, die am äußeren Rand ihres Gebietes lagen. Und wenn ihm heute Abend noch genug Zeit bliebe, würde er sich tatsächlich noch bei dem ein oder anderen Pächter sehen lassen.

Er kam rechtzeitig in Stargard an, um sein Pferd unterzustellen und zum Treffpunkt zu gehen. Wie schön doch die Marienkirche war. Sie war die größte Kirche Pommerns. Leider blieb ihm keine Zeit hineinzugehen. Schon als er sich der Kirche über den Marktplatz näherte, erkannte er Morschütz, der im Schatten der gotischen Backsteinbasilika auf ihn wartete. Der rauchte seelenruhig eine Zigarette, bis Konstantin bei ihm angelangt war.

»Ich könnte etwas Kaltes gebrauchen.« Freiherr von Morschütz nahm kurz seinen Hut ab und wischte sich den Schweiß von der Stirn.

Konstantin nickte, und gemeinsam gingen sie Richtung Ihna. Irgendwo dort am Flüsschen gab es sicherlich ein kleines Gartenlokal. Sie wurden bald fündig, setzten sich in eine ruhige Ecke in den Schatten und bestellten Bier. Morschütz bot ihm wieder eine Salem Gold an, und Konstantin griff zu.

»Jetzt wird es ernst.«

»Das bedeutet?« Konstantin war ganz Ohr.

»Die Bolschewiki. Und Lenin.« Morschütz hielt kurz inne, als die Kellnerin ihnen ihr Bier vor die Nase stellte.

Der junge Soldat nahm einen großen Schluck. »Die Bolschewiki sind die einzige Kraft in Russland, die sofort den Krieg beenden würden. Wir setzen nun allein auf sie.«

Konstantin nickte.

»Wenn man sich vorstellt, wie viel Geld in ihre Kassen fließt, wird einem ganz schwindelig.«

»Tausende?« Konstantin wartete auf eine Reaktion. »Hunderttausende?«

Morschütz wischte Schwitzwasser vom Glas. »Millionen.«

Das musste er erst einmal verdauen. »Und lohnt es sich?«

»Noch ist nichts entschieden. Es ist ziemlich viel passiert in den letzten Wochen. Am besten kann man es zusammenfassen als heilloses Chaos. Mal ist die eine Seite stärker, mal die andere. Es gibt fünf oder sechs verschiedene politische Gruppen, die in unterschiedliche Richtungen drängen. Wir müssen dafür sorgen, dass die Bolschewiki am Ende die Oberhand behalten. Und das möglichst schnell.«

Konstantin hätte gerne mehr Einzelheiten erfahren. Seit dem Kriegsanfang gab es nur noch zensierte Nachrichten über die Geschehnisse in Russland zu lesen. »Was soll ich dabei tun?«

Eine Frau setzte sich mit ihren beiden halbwüchsigen Töchtern an den Nachbartisch. Morschütz begutachtete sie kurz, dann sprach er mit gedämpfter Stimme weiter.

»Nach einem missglückten Putschversuch ist Lenin Ende Juli aus Petrograd geflohen. Wir vermuten ihn in Finnland. Sicherlich wird er nicht wieder den langen Weg zurück in die Schweiz machen.«

Konstantin stutzte. »Und wer führt jetzt die Bolschewiki?«

»Andere. Jeden Tag kommen mehr Exilanten zurück. Aber die Bolschewisten sind im Moment die Einzigen, die ein baldiges Kriegsende versprechen. Deshalb müssen wir wissen, ob sie unsere Gelder entsprechend verwenden. Das ist Ihr Auftrag: Sie sollen einen von denen über die Grenze bringen und sich an ihn ranschmeißen. Erzählen Sie ihm, was er hören will. Er soll Sie in Petrograd in die richtigen Kreise einführen. Dort sollen Sie sich umschauen, ob unser Geld wirklich auch richtig verwendet wird.«

»Was meinen Sie mit ›richtig verwendet‹?«, fragte Konstantin nach.

»Wir wissen, dass ein Teil des Geldes in den Druck der *Prawda* gesteckt wird, die in hohen Auflagen kostenlos verteilt wird. Aber was geschieht mit dem Rest? Die Bolschewiki behaupten, sie würden das Geld an die Armen verschenken. Oder sie würden Brot kaufen und es verteilen. So soll es ja auch sein! Aber ist das wahr? Machen Sie sich ein Bild. Kommt das Geld dort an, oder reißt es sich jemand persönlich unter den Nagel? Lenin ist ein Fanatiker, ein Ideologe. Ihm ist Geld egal. Er hat es für seine Zwecke, die im Moment auch unsere Zwecke sind, eingesetzt. Wir wollen sicherstellen, dass das Geld auch während seiner Abwesenheit weiterhin in die richtigen Kanäle fließt.«

»Und wenn ich mich dort umgesehen habe, wem berichte ich dann?«

»Sie schicken einen ausführlichen Bericht direkt an den neuen Staatssekretär des Auswärtigen Amtes, Richard von Kühlmann, Wilhelmstraße in Berlin. Aber gehen Sie nicht dort vorbei. Nehmen Sie keinen persönlichen Kontakt auf.

Sollten Sie den Verdacht haben, dass das Geld in die falschen Kanäle sickert, benennen Sie schriftlich Ross und Reiter. Alles andere wird in Berlin geklärt und entschieden.« Er steckte sich noch eine Zigarette an. »Lenin wird sicher bald zurückkehren. Wir müssen vermeiden, dass er in den Verdacht gerät, ein deutscher Spion zu sein oder dass er im Auftrag des deutschen Kaisers handelt. Die Russen hassen im Moment alles Deutsche. Lenin agitiert deutschfreundlich, aber es muss immer russenfreundlich wirken. Wenn jemand Wind davon bekommt, dass das Geld für seinen Kampf aus deutschen Quellen stammt ...«

Er brauchte nicht weiterzureden. Konstantin konnte sich selbst ausmalen, was dann passieren würde. Ihn beschäftigte noch etwas anderes. »Was ist mit dem Zaren, mit seiner Familie?«

»Sie sitzen in Zarskoje Selo, der Sommerresidenz des Zaren, und werden dort bewacht. Ich hörte, es sei ein wenig wie Urlaub.« Morschütz lächelte.

»So gut soll es aber nicht allen gehen. Stimmt es, dass die Gutsbesitzer enteignet werden?«

Das Lächeln auf dem Gesicht seines Gegenübers erstarb. »Ja, überall bilden sich Bauernräte. Sie verjagen die Adeligen und zwingen sie vorher, die Abtretung ihrer Besitzungen zu unterschreiben. Aber nicht nur die Bauernsowjets sind ein Problem. Immer mehr Soldaten desertieren. Die Fahnenflüchtigen ziehen marodierend und plündernd durchs Land. Ein Chaos, was uns jetzt im Moment eher hilft als schadet. Aber ich kann Ihre Bedenken verstehen.« Vermutlich war Morschütz genau wie er der Sohn eines Landgutbesitzers. »Mir wäre es auch lieber, es würde anders laufen. Aber Fakt ist: Die Bolschewiki haben kaum Chancen, die geplanten demokratischen Wahlen zu gewinnen. Von den Fabrikarbeitern und Proletariern in den Städten schlagen sich viele auf die Seite der Bolschewiki. Aber die Bauern auf dem Land haben wenig für sie übrig. Sie kennen Russland selbst sehr genau. Sie wissen, wie verschwindend gering der Anteil der Fabrikarbeiter ist, gemessen an der Landbevölkerung ... Entweder Lenin und seine Mannen reißen die Macht mit Gewalt an sich ...«

»Oder?«

Der Mann schüttelte den Kopf und trank sein Bier aus. »Ich frage mich das Gleiche wie Sie. Und ich habe keine Antwort. Auch weiß ich nicht, ob jemand in Berlin die Antwort kennt. Aber ich muss oft an Goethe denken. An den *Zauberlehrling*.«

»Die ich rief, die Geister ...«

»Hoffen wir einfach, dass es so läuft, wie Berlin es sich wünscht.« Er machte eine bedeutungsvolle Pause. »Noch was. Seit dem Umsturz ist die zaristische Geheimpolizei, die Ochrana, kopflos. Etliche ihrer Schergen sitzen in der Peter-und-Paul-Festung, wenn sie überhaupt überlebt haben. Doch es wurden nicht alle gefangen genommen. Und die, die nicht inhaftiert wurden, die verdeckt arbeiteten oder ohnehin gerade im Ausland waren, sind brandgefährlich. Ich kann diesen Punkt gar nicht genug bekräftigen. Das Netzwerk des Zaren arbeitet noch immer.« Morschütz sah ihn eindringlich an.

»Was heißt das für mich?«

»Wir sind uns nicht sicher. Es könnte sein, dass sie Leute bei den Bolschewiki eingeschleust haben. Sie werden auf Rache aus sein.«

»Rache an allen, die zum Sturz des Zaren beigetragen haben.«

»Genau das meine ich damit. Also, passen Sie gut auf sich auf.« Er winkte die Kellnerin heran. »Ich muss meinen Zug bekommen.« Er holte seine Geldbörse heraus, aber auch einen Briefumschlag, den er Konstantin rüberschob. Der Umschlag war dick.

Konstantin nahm ihn unauffällig an sich und schaute hinein. Geld, zwei deutsche Militärpässe und ein Pass in kyrillischer Sprache. »Für Sie und Ihre Begleitung. Falls Sie auf der Reise Richtung Front kontrolliert werden. Der russische Pass ist für Sie, sobald Sie die feindlichen Linien übertreten haben.«

»Wann geht es los?«

»Am 12. August. Hier ab Bahnhof Stargard. Der Mann kommt mit dem Vormittagszug aus Stettin. Sie finden dort drin ein Foto von ihm. Sorgen Sie für sicheres Geleit bis Petrograd. Dann erledigen Sie dort, was zu erledigen ist. Gehen Sie kein Risiko ein. Schauen Sie, dass Sie heil wieder nach Hause kommen.« Er verstummte und legte der herannahenden Kellnerin ein paar Münzen hin. Die bedankte sich erfreut für das Trinkgeld.

Morschütz stand schon, als er noch einmal nachsetzte: »Denken Sie an die Ochrana, sobald Sie russischen Boden betreten. Das Letzte, was wir jetzt gebrauchen können, sind komplizierte diplomatische Verwicklungen.« Er nickte ihm zu und verschwand.

Konstantin trank noch in aller Ruhe sein Bier aus. Ihm blieben fünf Tage, um alles zu organisieren. Was sollte er seinen Eltern sagen? Dann fiel ihm ein, was wohl seine Eltern sagen würden, wenn sie wüssten, was er vorhatte. Welche Kräfte er unterstützte. Sie würden es nicht verstehen.

Alles in allem würde er mindestens sieben bis zehn Tage fort sein. Gerade jetzt, wo die Ernte in vollem Gang war. Das schmeckte ihm überhaupt nicht. Andererseits würden sie ja wohl mal eine Woche auf ihn verzichten können. Davon würde die Welt nicht untergehen. Von einer Kriegsniederlage der Deutschen allerdings schon.

11. August 1917

Mamsell Schott hatte gerade den Essensgong geläutet, just als Wiebke die Hintertreppe hinunterkam. Schnell ging sie zum Waschbecken, um sich die Hände zu waschen. Hinter ihrem Rücken spielte sich ein kleiner Streit ab.

»Nun gib schon her. Wir anderen wollen auch mal lesen.«

Bertha faltete mürrisch der Brief zusammen und gab ihn an Frau Hindemith weiter.

»Wer hat denn geschrieben?«, fragte Wiebke unbedarft.

»Hektor.«

»Unser Hektor? Der frühere Kutscher?« Meine Güte, Wiebke konnte sich noch daran erinnern, wie sie ihn an ihrem ersten Tag kennengelernt hatte. Es schien ein halbes Leben her zu sein. Völlig verschüchtert hatte sie damals in dem großen Haus angefangen. Aber Hektor war nett zu ihr gewesen und jemand, der immer zu Scherzen aufgelegt gewesen war.

»Ja. Der Brief kommt aus Amerika.«

»Ich weiß gar nicht, ob ich schon mal einen Brief aus Amerika in den Händen gehalten habe«, kokettierte die Köchin aufgeregt wie eine Dreizehnjährige.

Bertha nahm einen Stapel Teller und deckte in der Leutestube den Tisch. Sie schmiss die Teller geradezu auf den Tisch. Offensichtlich war sie wegen etwas sehr verärgert.

»Bertha! Sei vorsichtig, auch wenn es nicht das gute Porzellan ist«, mahnte die Mamsell. »Also, was schreibt er?«

»Ich glaube, er will uns alle bekehren.«

»Bekehren? Wozu denn bekehren?«

»Er ist jetzt waschechter Demokrat.«

Die Mamsell lachte laut auf und setzte sich. Auf dem Gang hörte man, wie Albert und Ida miteinander sprachen. Ida hatte sich sehr schnell eingewöhnt. Alle waren froh über ihre helfenden fleißigen Hände. Aber niemand war wohl so glücklich wie Wiebke selbst. Erst ihre Kindheit ohne Familie, und jetzt war sie jeden Tag mit ihrer Schwester zusammen.

Eugen kam zur Hintertür hinein und wusch sich die Hände. Einer nach dem anderen setzte sich. Bertha knallte die Butterteller auf den Tisch.

»Hat er nichts an Bertha geschrieben?«

Die Köchin beugte sich zur Mamsell und wisperte: »Der Brief ist eigentlich an unsere arme Clara.«

Ach so. Jetzt war Wiebke klar, weswegen Bertha sauer war. Die alte Konkurrenz flammte sogar noch jetzt nach Claras Tod auf.

»Oh!« Mamsell Schott wurde ganz bleich. Ihr ging der Tod der armen Clara wirklich nach.

Auch Wiebke hatte um Clara getrauert. So viele Menschen starben durch Bomben, an Krankheit und Hunger. Und Clara hatte ausgerechnet an ein paar blöden verdorbenen Eiern sterben müssen? Die Welt war ungerecht.

Bertha tauchte mit dem Suppentopf auf. Er schwappte fast über, als sie ihn geräuschvoll abstellte.

»Bertha!« Auch Caspers war schon da. »Was soll das?«

»Abendessen ist fertig«, maulte sie nur und setzte sich.

Als alle saßen, sprach die Mamsell das Tischgebet. Die ersten Minuten vergingen wie immer schweigsam. Ungewöhnlicherweise war es die Mamsell selbst, die mit dem Reden anfing.

»Was schreibt Hektor denn nun?«

Die Köchin, die sich den Brief schnell in die Schürzentasche gesteckt hatte, holte ihn wieder hervor. »Er lässt uns alle grüßen. Außerdem preist er die Errungenschaften der Demokratie. Er sei ein freier Mann und müsse weder vor den bessergestellten Herren noch vor jeder beliebigen Uniform seinen Hut ziehen.«

»Ein bisschen Höflichkeit hat noch nie geschadet«, brummte Caspers.

»Dich, Eugen, fragte er, ob du nicht nach Amerika kommen willst, sobald der Krieg aus ist. Du kannst dort Cowboy werden und offensichtlich so viel verdienen, dass du dir ein äußerst luxuriöses Leben leisten kannst.«

»Aha«, antwortete Eugen nur, noch ganz auf seine Suppe konzentriert. »Ich überleg es mir dann mal.«

Wiebke schaute Eugen perplex an. Er würde es sich doch wohl nicht wirklich überlegen? Er sollte nicht auch noch nach Amerika gehen. Das wollte sie nicht.

»Und er schreibt, dass er jetzt selbst so was Ähnliches wie ein besserer Herr sei. Er habe beim Pferdewetten viel Geld gewonnen und besitze nun einen feinen Anzug, mehrere Pferde und ein eigenes Haus.«

Alle ließen die Löffel sinken.

»Ein eigenes Haus?« Bertha stand der Mund offen.

»Ist das wahr?«, fragte Eugen überrascht.

»Pferdewetten?« Caspers' Stimme überschlug sich fast. Die Mamsell warf ihm einen merkwürdig mahnenden Blick zu.

»Pferdewette. Da scheinen die Amerikaner ganz verrückt nach zu sein. Auf Wetten aller Art.«

»Wer ist denn dieser Hektor?«, fragte Ida.

»Mein Vorgänger. Der frühere Kutscher.«

»Und der ist nach Amerika gegangen? Aus meinem Waisenhaus in Belgrad soll später auch ein Junge nach Amerika gegangen sein. Vielleicht kennen die sich ja«, sagte Ida leicht dahin. Sie war die Einzige, die Hektor nicht kannte.

»Das glaube ich kaum. Amerika ist riesengroß.«

»Größer als das Kaiserreich?«

»Ha! Viel größer«, sagte Eugen. »Es hat in der Zeitung gestanden, als sie in den Krieg eingetreten sind. Es ist fast zwanzigmal so groß wie das Deutsche Kaiserreich.«

»Du übertreibst ja wohl.« Caspers schaute Eugen tadelnd an.

»Dann haben die Zeitungen was Falsches geschrieben.«

Eugen ließ sich nicht beirren. Hatte er sich schon über Nordamerika informiert? Er überlegte doch wohl nicht wirklich auszuwandern? Vielleicht, überlegte Wiebke, sollte sie mehr auf seine Angebote eingehen. Aber sie wusste nie, wie sie das machen sollte, wie sie Eugen klarmachen sollte, dass sie ihn mochte. Sie war doch schon nett zu ihm. Wie nur war man anders nett, also so, dass man einem Jungen zeigte, dass er etwas Besonderes für einen war? Wiebke kriegte es einfach nicht hin.

»Also, ich will den ganzen Schund nicht laut vorlesen müssen. Ihr könnt ihn ja gleich alle selbst lesen.« Frau Hindemith legte den Brief mitten auf den Tisch.

»Ich habe auch einen Brief bekommen – von Kilian«, sagte Herr Caspers, obwohl auch er noch nicht fertig war mit dem Essen.

Alle schauten ihn an.

»Und, was schreibt er denn?«, fragte die Mamsell ungeduldig.

»Es geht ihm ganz passabel. Und dass er sich darauf freut, hoffentlich bald wieder in unserer Runde sitzen zu dürfen. Mehr schreibt er nicht zu sich selbst. Ich soll dir, Bertha, ganz besonders herzliche Grüße ausrichten.«

Endlich tauchte wieder ein Strahlen auf dem Gesicht des Küchenmädchens auf.

»Und ansonsten fragt er viel. Wie es uns geht, wie es der Herrschaft geht und ob noch alle Söhne leben. Wie es den Tieren geht, ob wir noch mehr Pferde abgeben mussten ...«

Kilian. Wiebke betete fast jeden Abend für ihre Brüder. Vielleicht sollte sie Kilian mit in ihre Gebete einbeziehen, dachte sie. Sicher ist sicher.

»Außerdem ist er wohl vor ein paar Wochen Karl Matthis begegnet.«

»Oh, dann lebt er also noch, wie schön.« Die Mamsell klatschte erfreut in die Hände. Alle schauten sie verwundert an. »Na, was denn? Ich mochte ihn auch nicht, aber ich wünsche ihm doch nicht den Tod.«

»Niemand wünscht ihm den Tod.« Caspers klang gedämpft. »Trotzdem schreibt Kilian, dass das Regiment, in das Matthis eingeteilt war, in der darauffolgenden Woche wohl fast vollständig aufgerieben wurde.«

Irmgard Hindemith bekreuzigte sich eilig. »Das hört sich nicht gut an. Ich werde am Sonntag eine Kerze für ihn anzünden.« Sie beugte sich in Richtung Tischende. »Und ihr anderen solltet es auch tun. Er war zwar nicht besonders nett, aber er war ein Mensch wie wir.«

Wiebke nickte leicht. Sie stellte immer Kerzen für ihre Brüder auf. Ida schien da praktischer veranlagt. Sie hatte sie mal gefragt, ob sie nicht auch für Paul und Otto Kerzen aufstellen wolle. Da hatte sie geantwortet: »Ich bete doch schon für sie. Und ich spar mir lieber das Geld, dass ich mit euch allen Eis essen gehen kann, wenn der Krieg zu Ende ist.«

Ida war so viel praktischer und welterfahrener. Wiebke merkte doch, wie Albert Sonntag ihre Schwester auf diese spezielle Art anschaute. Und wenn Albert Sonntag nicht in Idas Richtung schaute, dann sah sie ihn auch mit solch merkwürdigen Blicken an.

Wiebke konnte es gar nicht benennen. Gestern hatte sie im Ankleidezimmer der Gräfin beim Wäscheverteilen vor dem Spiegel geübt, so zu gucken. Bei ihr sah es nur lächerlich aus, ein bisschen wie als wäre sie närrisch geworden. Aber zu gerne hätte sie auch mal Eugen so angeschaut. Zumal wenn er davon redete, nach Amerika auszuwandern, konnte es nicht schaden. Aber sie wusste einfach nicht, wie sie es anstellen sollte.

Bertha riss sie aus ihren Überlegungen. »Ich hab im Dorf gehört, dass Paula Ackermann weg ist.«

Die Blicke aller richteten sich auf Albert Sonntag. Ein jeder wusste, dass da was war. Man ging nicht einfach nur so ein Dutzend Mal Kaffee trinken bei einer jungen Dame. Und schon gar nicht, wenn man praktisch fremd war im Dorf und so gut aussah wie er.

Doch der schmierte sich weiter Butter aufs Brot. Als er bemerkte, dass alle ihn anschauten, legte er das Messer beiseite. »Ich weiß. Sie geht zurück zu ihren Eltern. Nach Stargard. Sie muss ihren Eltern helfen. Zwei ihrer Brüder sind gefallen.«

Ida schaute Wiebke fragend an. Sie würde ihr wohl heute Abend im Bett erklären müssen, wer diese Paula Ackermann war und was Albert mit ihr zu tun hatte.

Niemand sagte mehr etwas. Und sicher dachten alle das Gleiche: Wann ging dieser vermaledeite Krieg endlich zu Ende? Jeder weitere Tag vergrößerte nur das Heer der Toten.

Sie selbst war es so leid, dass alle Gedanken und jegliches Tun immer nur noch im Schatten des Krieges standen. Alles beherrschend. Als gäbe es kein Leben jenseits von militärischen Erfolgen und Misserfolgen. Selbst über alltägliche Verrichtungen warf er seinen Schatten. Ob man nun ein Brot backte – Mehl war rationiert, Kinderlieder sang – alles nur noch Siegeshymnen, eine Kuh molk – Sahne war verboten, sich ein neues Kleid nähen wollte – es gab keinen Stoff mehr zu kaufen. Der Krieg war in jede Ritze des Alltags eingedrungen. Sie war es so leid. So sehr leid. Jeder zweite Gedanke war: Wann hört dieser Krieg auf?

Wiebke hatte damals nicht verstanden, warum man den Krieg überhaupt angefangen hatte. Aber die hohen Herren würden schon das Richtige tun. Dieses sichere Gefühl, dass der Kaiser und seine Mannen die Geschicke zu ihrem Besten lenken würden, war ihr allerdings abhandengekommen. Und nicht nur ihr. In der Kirche, im Dorf, in allen Läden – überall lamentierten die

Menschen über die Unvernunft. Alle schimpften und fluchten. Wenn Caspers nicht dabei war, schimpfte selbst die Mamsell laut auf die Oberen.

»Nun, wenn alle fertig sind mit dem Essen, können wir ja wieder an die Arbeit gehen. Hopp, hopp.«

Wiebke stand auf und wusch sich noch mal die Hände. Sie würde weiter die gewaschene und geplättete Wäsche in die Schränke verteilen. Während die Familie aß, konnte sie ungestört oben im Familientrakt arbeiten.

Graf Konstantin war sehr ordentlich. Und er hatte es auch gerne ordentlich. Wiebke warf einen kurzen Blick in sein Zimmer. Er hatte sich wohl über Tag hingelegt, denn sein Bett sah unordentlich aus. Sie eilte ins Zimmer und nahm Kissen und Bettdecke zur Seite. Sie zog das Bettlaken gerade und fing an, es stramm zwischen Matratze und Holzrahmen zu stopfen. Erst am Kopfende, dann an der Seite.

Plötzlich stießen ihre Finger auf etwas. Sie zog die Hand zurück, aber ein dicker Geldschein rutschte mit heraus. Oje, was hatte sie denn da gemacht? Sie legte den Geldschein auf die Matratze, als könnte er Feuer fangen. Es war ein blauer Schein, Reichsbanknote. *Ein Hundert Mark* stand darauf gedruckt. So viel Geld! Sie hatte noch nie in ihrem Leben einen Hundert-Mark-Schein berührt.

Sie drückte die Matratze zur Seite. Ein Umschlag mit Geld. Viel Geld. Sehr viel Geld. Wiebke schreckte zurück. Es war ganz still. Nirgendwo hörte sie einen Laut. Der blaue Schein lag noch immer auf der Matratze. Sie konnte ihn doch schlecht dort liegen lassen. Verflixt und zugenäht!

Sie starrte auf den Schein, dann drückte sie wieder die Matratze zur Seite. Meine Güte, das war mehr Geld, als sie jemals in ihrem ganzen Leben gesehen hatte. Blaue Hunderter, weiße Zwanziger, grüne Fünfziger. Daneben steckte noch etwas. Neugierig zog sie die beiden Dinge hoch. Oh, und zwei Militärpässe. Und noch ein Pass in merkwürdiger Schrift. Sie erkannte, dass es kyrillische Schrift war. Frau Hindemith hatte ihr mal einen Brief gezeigt, den die Gräfin an ihre Schwester adressiert hatte. Auch las die Gräfin immer wieder russische Bücher. Daher erkannte Wiebke diese Schrift.

Sie lauschte. Es war niemand zu hören. Schnell zog sie den Pass hervor. Sie konnte zwar mittlerweile gut schreiben und alles lesen, aber Kyrillisch konnte sie natürlich nicht. Und die deutschen Militärpässe waren auf Namen ausgestellt, die sie nicht kannte.

Ihr wurde siedend heiß. Immer wieder las man davon, dass es Spione gab. Spione der Russen und der Briten oder von sonst wem. Seit Jahren bekamen die Menschen eingebläut, dass man deshalb nie über den Kriegsverlauf reden sollte. Den Soldaten war verboten, in ihren Briefen nach Hause von bevorstehenden Einsätzen, Schlachten oder Truppenverlegungen zu schreiben. Und wenn sie es doch mal taten, war es bei Strafe verboten, diese Geheimnisse auszuplaudern.

Und wenn nun Graf Konstantin ein Spion der Russen war? Das war eine so wichtige Frage, dass sie das nicht alleine entscheiden konnte.

12. August 1917

»Es tut mir wirklich sehr leid, gnädiger Herr, aber Wiebke hat es mir gerade erst erzählt. Nach dem Mittagessen.«

»Wieso sind Sie nicht gestern schon gekommen?«

Das rothaarige Stubenmädchen stand angespannt neben dem Hausdiener und schaute auf die Dielen. »Ich wollte nicht während der Arbeitszeit … Es ist doch so viel zu tun. Ich dachte, ich mach das, sobald ich meinen freien Nachmittag habe. Ich wusste doch nicht, dass Ihr Sohn heute abreisen würde.«

Adolphis gab ein unwilliges Brummen von sich. Ihm war nicht wohl. Irgendwas stimmte da tatsächlich nicht. Als Konstantin sich im April eine Woche freigenommen hatte, war er sehr vage über seine Urlaubsabsichten geblieben. Und hinterher hatte er auch kaum etwas erzählt. Natürlich hatte Adolphis ihn nicht gedrängt. Schließlich wusste er selbst sehr genau, welche Bedürfnisse ein Mann hatte, zumal ein unverheirateter. Und als Konstantin angekündigt hatte, er wolle sich mit zwei Studienfreunden treffen, hatte Adolphis insgeheim gelächelt. Recht so, sich die Hörner abstoßen. Aber was das Stubenmädchen und Caspers ihm nun erzählten, ließ das alles in einem anderen Licht erscheinen.

»Ich wollte Ihnen nur Bescheid geben, weil unsere Wiebke hier, sie sagte …« Caspers schüttelte unwirsch den Kopf, als wäre er nicht damit einverstanden. Trotzdem sprach er es aus: »Sie war wohl aufgeregt, weil sie davon gelesen hat, dass es Spione gebe.«

Adolphis lachte gekünstelt auf. »Und Sie glauben, dass mein Sohn ein Spion sei?« Natürlich war das nicht so weit hergeholt, wie der Ton seiner Stimme es nahelegte. Jeden Tag las man Warnungen in der Zeitung über Spione und Landesverräter.

Caspers stupste das Mädchen an. Das Stubenmädchen traute sich nicht, ihm in die Augen zu schauen. »Nur wegen der Pässe. Wegen der russischen Schrift. Ich wollte es nur gesagt haben. Ich wollte damit nicht … Ich glaube nicht … Ich hab doch gar nicht gesagt, dass Ihr Sohn …«

Oje, wenn sie noch weitersprach, würde sie ohnmächtig werden. Sie war puterrot im Gesicht und atmete hektisch.

Was sollte er denn jetzt mit dieser Information anfangen? Vor ein paar Stunden hätte er Konstantin noch fragen können, doch nun war er fort. Die ganze Sache war ihm nicht geheuer. Er dachte kurz nach.

»Eigentlich geht es Sie gar nichts an, aber es sind die Pässe und etwas Geld unserer russischen Verwandten. Sie wollten sie hier in Sicherheit bringen. Allerdings bin ich auch nicht damit einverstanden, wo Konstantin sie aufbewahrt. Ich werde mit ihm reden, wenn er zurückkommt. Weiß sonst noch jemand davon?«

»Nur Mamsell Schott noch. Und Fräulein Plümecke.« Caspers warf einen vorwurfsvollen Blick auf das Mädchen

»Ihre Schwester weiß auch Bescheid?«

Das Stubenmädchen nickte, ohne aufzuschauen.

Adolphis seufzte laut. Das wurde ja immer vertrackter. »Caspers, sprechen Sie mit den beiden. Erklären Sie kurz, worum es hier geht ... Spione! Ich bitte Sie! Wer kommt denn auf so eine verrückte Idee! Verrückt und mehr als gefährlich! Sie können jetzt beide gehen. Aber ich warne davor, haltlose Gerüchte in der Welt zu verbreiten.« Seine Stimme war scharf und eindeutig. »Wenn ich mitkriege, dass irgendjemand aus diesem Haus diesen Unsinn weitererzählt, sind Sie sofort entlassen. Alle. Verstehen wir uns?«

Caspers nickte, und auch das Hausmädchen nickte, knickste und drehte sich weg. Sie wollte offensichtlich nur schnell raus hier.

»Ach, Caspers. Ist Albert Sonntag auf den Feldern, oder ist er hier irgendwo in der Nähe des Herrenhauses?«

»Ich weiß es nicht genau. Ich könnte ihn suchen.«

Adolphis trat ans Fenster. Da war er ja. Anscheinend wollte Feodora irgendwohin, denn draußen stand schon die Kutsche bereit.

»Er ist vor dem Haus. Holen Sie ihn kurz herein. Und Caspers, zu keinem ein Wort. Sie wissen, die Militärregierung versteht solche Späße nicht. Sie würden meinen Sohn, ja unser ganzes Haus in eine Situation bringen, die heillos wäre. Sprechen Sie noch mal mit den beiden jungen Frauen und auch mit der Mamsell.«

»Sehr wohl.« Caspers verließ den Raum. Zwei Minuten später kam schon Albert Sonntag herein.

»Sie haben heute Morgen meinen Sohn zum Bahnhof gebracht.«

»Jawohl.«

»Ich hatte ganz vergessen, ihn zu fragen, wohin er wollte. Wissen Sie, in welchen Zug er gestiegen ist?«

Albert Sonntag zögerte kurz. »Ich wäre eigentlich schon wieder fort gewesen, aber dann hab ich bemerkt, dass er seinen Hut in der Kutsche vergessen hatte. Da bin ich schnell noch mal auf den Bahnsteig.«

»Und?«

»Er stand dort mit einem Bekannten, den er getroffen hatte. Er hat den Hut an sich genommen. Dann bin ich wieder gegangen.«

»Wissen Sie zufällig, in welchen Zug er gestiegen ist?«

»Nein, aber er stand auf dem Bahngleis Richtung Schneidemühl. Ich weiß aber nicht, ob er dort hineingestiegen ist.«

Schneidemühl. Dort konnte man in die Züge Richtung Danzig und Königsberg umsteigen. Oder Richtung Warschau und dann weiter. So waren sie immer nach Sankt Petersburg gefahren, früher, vor dem Krieg. Auf jeden Fall fuhr er nicht in Richtung Stettin, denn diese Züge fuhren auf einem anderen Gleis ab.

»Ich danke Ihnen. Sie können weitermachen.«

Sonntag ging. Adolphis wartete, bis er draußen war, dann lief er schnurstracks hoch in Konstantins Zimmer. Das Bett war schon gemacht. Er fühlte in der Ritze zwischen Matratze und Bettrahmen nach, dort, wo das Stubenmädchen gesagt hatte, dass sie das Geld und den Pass gefunden habe. Nichts. Natürlich, Konstantin hatte vermutlich alles mitgenommen. Trotzdem suchte er das Bett gründlich ab. Er riss sogar die Bettlaken herunter. Er öffnete die Schubladen der Kommode, die in Konstantins Zimmer stand. Verschiedenste Dinge, die sich im Laufe seines Lebens angesammelt hatten – einige Dosen, ein Taschenmesser und mehrere Muscheln. Sein Siegelring der Studentenverbindung. Er trug ihn ohnehin nie. Eine Postkarte von Ahlbeck, unbeschriftet und ohne Briefmarke. Merkwürdig. Im Ostseebad Ahlbeck hatten sie doch nie Urlaub gemacht.

Im Schreibtisch suchte er weiter. Unterlagen und Heftchen aus seinem Studium. Bücher der Agrarwissenschaften. Nichts, was irgendwie auffällig gewesen wäre. Was konnte das bedeuten? Ein Bekannter, den er zufällig am Bahnhof getroffen hatte. Adolphis hatte auch schon mal jemanden auf dem Bahnhof getroffen, zufällig. Es konnte alles und nichts bedeuten. Sollte er sich Sorgen machen?

Das Geld alleine hätte ihn nicht beunruhigt, aber der kyrillische Pass und die zwei Militärpässe. Das war wirklich höchst merkwürdig. Und dass er gesagt hatte, er müsse mal ein paar Tage ausspannen. Würde sich in Stettin mit zwei alten Studienkameraden treffen. Sie seien auch frontuntauglich.

Adolphis hatte ihm natürlich geglaubt. Wieso sollte Konstantin ihn anlügen? Doch was, wenn er sich nicht in Stettin in ähnlichen Etablissements wie sein Vater vergnügte? Wenn er tatsächlich in Richtung Schneidemühl gefahren war und weiter gen Osten. Höchst ungewöhnlich. Dennoch, Konstantin war ein ruhiger und bodenständiger junger Mann. Hätte Wiebke ihm das Gleiche von Alexander erzählt, wäre Adolphis äußerst beunruhigt gewesen. Aber Konstantin machte nie irgendwelche Dummheiten. Das hatte er früher schon nicht getan. Es sah ihm überhaupt nicht ähnlich. Er würde mit ihm darüber sprechen, wenn er zurückkam. Ganz sicher gab es eine einfache Erklärung dafür.

Jetzt stand ihm eine ganz andere, wirklich unangenehme Geschichte ins Haus. Er hatte einen Termin bei Doktor Reichenbach. Normalerweise kam der Doktor hier ins Haus, aber das war eine Angelegenheit, die größter Diskretion bedurfte. Und es war eine glückliche Fügung, dass Feodora gerade außer Haus war. Dann würde sie nicht fragen, wohin er ritt.

* * *

»Entschuldigen Sie bitte vielmals, aber ich muss Sie das fragen: Haben Sie vor etwa vier bis sechs Wochen ... körperlichen Kontakt mit einer Prostituierten gehabt?« Doktor Reichenbach beugte sich über sein Mikroskop.

Adolphis tupfte seine Stirn. Das konnte doch jetzt alles nicht wahr sein. Er rechnete kurz nach. »Vor sechs oder sieben Wochen ungefähr.« Ihm war speiübel. »Sind Sie sich ganz sicher?«

Doch der Arzt drehte sich nun zu ihm um und setzte seine Brille wieder auf. Adolphis kannte Doktor Reichenbach nun schon über zwei Jahrzehnte. Er kannte das milde Lächeln des Doktors, wenn es nichts Ernstes war und er seine Patienten beruhigte. Leider stand dieser Ausdruck gerade nicht auf dem Gesicht des Arztes.

»Zu meinem großen Bedauern muss ich sagen, dass der Krieg sehr zur Ausbreitung der Krankheit beiträgt. Ich habe in letzter Zeit wieder deutlich häufiger solche Anzeichen gesehen.«

»Und es war immer ...«, Adolphis schluckte, »Syphilis?«

Doktor Reichenbach sah ihn mitleidig an. »Natürlich muss ich erst die Ergebnisse des Wassermann-Tests abwarten. Ich werde das Blut gleich untersuchen. Außerdem ist auch der Test nicht ganz fehlerfrei. Trotzdem, das typische Geschwür, die geschwollenen Lymphknoten, die Muskelschmerzen. Ich würde Sie nicht beunruhigen, wenn ich mir nicht relativ sicher wäre.«

Adolphis tupfte sich erneut sein Gesicht. Der Schweiß lief ihm die Stirn herunter. Ein ganzer Bach strömte an ihm herab, seit Doktor Reichenbach ihm seine Diagnose mitgeteilt hatte.

Syphilis! Die Geißel eines sündigen Lebens.

Der Schreck fraß sich tief in seine Eingeweide. Das bedeutete: Quecksilbertherapie. Die schlimmsten Dinge hatte er davon gehört. Die Haare würden ihm ausfallen, ebenso wie die Zähne. Sein Körper würde zunehmend verfallen. Irgendwann im Laufe weniger Jahre würde man tatterig und schwachsinnig werden. Lieber wollte er sich sofort erschießen.

»Ich weiß, was Sie nun denken. Aber heute wird die Krankheit nicht mehr mit Quecksilber behandelt. Es gibt seit ein paar Jahren ein neues Medikament.«

Reichenbach öffnete eine Schranktür und holte etwas aus dem untersten Regal heraus. Er stellte eine Packung vor ihn hin.

»Neosalvarsan, eine Arsenverbindung. Wir fangen sofort mit der höheren Dosis an. Später können wir reduzieren.«

»Ist es … Werde ich wieder geheilt?« Ehrfürchtig nahm Adolphis die Packung, als würde er den Heiligen Gral in den Händen halten.

»Das ist höchst wahrscheinlich.«

»Höchst wahrscheinlich?«

»Dieses Medikament ist noch nicht einmal zehn Jahre auf dem Markt. Wir können jetzt noch nichts zu eventuellen späteren Folgen sagen. Aber alle akuten Krankheitssymptome verschwinden dadurch. Auch lassen sich bald keine Erreger mehr feststellen. Also, ich denke: Ja, Sie werden wieder geheilt.«

Der Arzt sah ihm tief in die Augen. Da war es endlich, dieses milde Lächeln, das Adolphis die tonnenschwere Last von der Brust nahm.

»Ich muss Sie allerdings noch etwas fragen. Sie müssen wissen, dass es mir natürlich höchst unangenehm ist, aber es muss sein.« Er machte eine kurze Pause. »Hatten Sie seitdem … intimen Kontakt mit Ihrer Frau?«

Ach du Schreck. Adolphis räusperte sich. Anfang Juli war er in Stettin gewesen, kurz bevor es richtig losgegangen war mit der Ernte. Seit seiner Rückkehr war er praktisch jeden Tag auf den Feldern unterwegs. Je mehr er sich zeigte, desto härter arbeiteten die Leute. Und bei der fehlenden Menge an Arbeitern konnten sie gar nicht hart genug arbeiten. Doch abends war er verschwitzt und staubig. Was ihn nicht davon abhielt, das eheliche Bett aufzusuchen. Aber Feodora hatte ihn jedes Mal schimpfend des Bettes verwiesen. Wenn er nicht frisch gebadet und rasiert sei, brauche er sich ihr gar nicht zu nähern. »Nein, nicht während der Erntezeit«, erklärte er erleichtert. Was für ein Glück im Unglück.

Adolphis hatte Angst vor Spritzen mit ihren riesigen Kanülen. Aber diese hier war unumgänglich. Eilig zog er sich an, verabschiedete sich und ging schnell zurück zu seinem Pferd. Er sah auf. Erst jetzt kam die volle Wucht seines Zornes.

Das hatte er von Annabella. Annabella Kassini, dieses Flittchen, hatte ihm das angedreht. Er hätte auf sein Bauchgefühl hören sollen. Sie hatte runtergekommen ausgesehen. Und sie hatte es selbst gesagt, als er sie vor der ehemaligen Nachtbar getroffen hatte: Sie hatte dort auf andere Männer gewartet. Andere Männer. Vermutlich war sie mit der halben Garnison ins Bett gestiegen. Dreckige, versiffte Männer.

Schon auf der Schule hatte man den jungen Männern eingebläut, sich nicht mit billigen Prostituierten einzulassen. Natürlich hatten er und die anderen jungen Burschen nicht darauf gehört. Doch nachdem es zwei Studienkameraden von ihm getroffen hatte, waren alle anderen auch sehr schnell vernünftig geworden. Schließlich hatten sie alle genug Geld, die Grafen- und Fürstensöhne. Da brauchte man nicht ausgerechnet die billigsten Nutten aufzusuchen.

Vor Jahren schon hatte er es sich zur Gewohnheit gemacht, nur in die guten Etablissements zu gehen. Etablissements, deren Hausmütter dafür geradestanden, nur saubere Mädchen zu haben. Mädchen, die ihren Freiern ganz sicher nicht die Franzosenkrankheit oder andere Geschlechtskrankheiten andrehen würden. Deswegen auch hatte er Annabella Kassini damals die Wohnung besorgt. Sie sollte ausschließlich ihm zur Verfügung stehen. Doch das tat sie nicht mehr. Wie dumm er doch gewesen war! Am liebsten wollte er sie sofort durch ganz Stettin prügeln.

19. August 1917

Meine liebste Katharina,
ich kann dir gar nicht sagen, wie froh und erleichtert ich war, als ich deinen Brief erhalten habe. Deine Zeilen in Händen zu halten erfüllt mich mit einem unbeschreiblichen Glücksgefühl. Du schreibst mir wieder. Das ist ein guter Anfang.
Ich bin so dankbar, dass du mir Gelegenheit gibst, das Missverständnis aufzuklären. Auf mein Herz möchte ich dir schwören, dass meine Gefühle reinster Natur sind. Dein gesellschaftlicher Stand ist vollkommen unerheblich für mich.
Allerdings muss ich zugeben, dass ich dieses Thema völlig unterschätzt habe. Ich habe mir niemals Gedanken darüber gemacht, was es für dich bedeuten könnte, jemanden zu heiraten, der nicht aus dem Adelsstand ist. Du bist in dieser Welt, die einen ganz besonderen Blick auf den Rest der Welt hat, groß geworden.

In der Welt, in der ich erzogen worden bin, ist es viel wichtiger, was man tut und was man leistet, als darauf zu schauen, woher man kommt und wie man heißt. Vermutlich kann ich nicht vollständig nachvollziehen, wie deine Welt und dein Stand funktionieren, auch wenn ich mir redlich Mühe gebe. Aber das scheint ja gar nicht unser Problem zu sein. Zumindest hast du mir nie geschrieben, dass meine nichtadelige Herkunft für dich ein Hindernis für eine Verbindung zwischen uns beiden sein könnte. Ich denke, es ist eine gute Idee, dich danach zu fragen:
Wärst du grundsätzlich bereit, außerhalb deines Standes zu heiraten?
Ich weiß nicht genau, wie ich dir beweisen soll, dass meine Liebe bar jeden anderen Kalküls ist. Sag mir, was du wissen willst. Frag mich alles, was du möchtest. Ich werde dir offen und ehrlich darauf antworten. Sag mir, wie ich dir beweisen kann, dass du mich nicht als Komtess interessierst, sondern nur als der liebreizende Mensch, als den ich dich kennengelernt habe. Und ich werde tun, was immer ich vermag, um dich glücklich zu machen.
Wie gerne würde ich dir diese Worte persönlich sagen. Wie gerne würde ich dieselbe Luft atmen wie du. Auf dem gleichen Boden wandeln wie du. Ich würde dich so gerne sehen, deine Hand halten oder dich gar in meine Arme nehmen, wenn du es erlaubtest.
Durch den kaiserlichen Erlass aus dem letzten Jahr werde ich mich nun in wenigen Wochen, sobald ich zwanzig geworden bin, hier bei der deutschen Auslandsbehörde melden müssen. Da meine Eltern allerdings einen Arzt gefunden haben, einen hochrangigen Militärarzt, der mich bereits dienstuntauglich geschrieben hat, könnte ich jetzt sogar nach Deutschland zurückkehren. Aber noch immer wissen meine Eltern nicht,

wann ich zurückkommen kann. Im Moment ist jede Atlantikpassage noch zu gefährlich.
Doch sobald ich eine Möglichkeit sehe oder aber dieser schreckliche Krieg zu Ende ist, komme ich zurück. Und mein erster Weg, sofort nachdem ich meine Eltern begrüßt habe, wird nach Gut Greifenau führen. Dessen sei dir gewiss.
Bitte schreib mir wieder. Ich fühle mich so einsam hier.
Mittlerweile habe ich mich an der Universität von Buenos Aires eingeschrieben, aber es ist doch etwas ganz anderes, als in Berlin richtig zu studieren.
Ich zähle die Stunden bis zu deinem nächsten Brief.
Dein dich inniglich liebender und dich vermissender
Julius

Wie es wohl wäre, Julius nun zu begegnen? Sie hatte ihn das letzte Mal vor genau drei Jahren gesehen. Vielleicht machte er sich etwas vor. Vielleicht machte auch sie sich etwas vor. Vielleicht würden sie sich begegnen und einander kaum wiedererkennen. Vielleicht waren es gerade ihre Trennung und die Distanz, die sie zusammenhielten. Ihre Verbindung bestand vielmehr aus Träumen und Wunschvorstellungen als aus Realität. War er noch der Mensch, den sie als leichtgläubige Dreizehnjährige zu kennen geglaubt hatte? Würde sie sich heute wieder in ihn verlieben? Würde er sich heute wieder in sie verlieben? Sie war nicht mehr das naive und leicht zu beeindruckende Mädchen, das er kennengelernt hatte.

Und doch brachte sein Brief ein Licht in ihre Tage, das heller nicht scheinen konnte. Sie dachte ununterbrochen an seine Zeilen. Am Morgen wachte sie mit seinem Liebesschwur auf den Lippen auf. Und abends galten ihre letzten Gedanken Julius.

Alexander hatte ihr den Brief vor drei Tagen zugesteckt. Er sagte nicht einmal mehr, was er sich als Gegenleistung wünschte. Oder stellte in Aussicht, was sie ihm alles dafür später bezahlen müsse. Katharina machte sich wirklich Sorgen um ihn, denn er zog sich immer mehr in sein Schneckenhaus zurück.

Heute Abend würde sie Julius zurückschreiben. Sie wollte wissen, welche Fächer er an der Universität belegte und wie es dort war. Sie würde ihn nach seiner Abschlussprüfung an der Schule fragen.

Mittlerweile war sie sich sicher, dass sie ihre Prüfung bestehen würde. Wenn sie sie denn jemals machen durfte. Jetzt war nicht daran zu denken, nicht mit ihren Eltern im Rücken und nicht während des Krieges. Aber dank Rebecca und der vielen freien Zeit, die sie vormittags hatte, war sie bestens vorbereitet.

Rebecca hatte sogar angefangen, ihr medizinische Fachbücher zu leihen. Die durfte Mama natürlich nicht sehen, denn dann würde sie fuchsteufelswild werden. Seit ihrem Auftritt vor der Kaiserin, bei dem sie ihren Wunsch nach einem Medizinstudium geäußert hatte, und dem anschließenden Donnerwetter hatte sie nie wieder ein Wort über ihre Pläne verloren. Mama würde sie ganz sicher nicht unterstützen. Und Papa wohl auch nicht.

Doch sobald dieser Krieg aus war und Rebecca wieder mehr Zeit hatte, ihr zu helfen, würde sie nach einer Möglichkeit suchen, wo Katharina die Prüfung ablegen konnte. Das hatte die Dorflehrerin ihr versprochen. Und dafür tat Katharina alles, um die Lehrerin und ihre Ziele zu unterstützen.

Merkwürdigerweise schien sie auch in Konstantin einen Verbündeten gefunden zu haben. Wenn es mal hart auf hart kam, konnte sie sicherlich auf Alex und Konstantin zählen. Und sie hoffte, auch auf Julius.

Sie freute sich schon darauf, ihm später zu schreiben. Sie hatte kein Problem damit, einen Bürgerlichen zu heiraten. Aber sollte sie ihm auch von ihrem Wunsch zu studieren schreiben?

Besser nicht. Möglicherweise hätte er ein Problem damit. Katharina wollte die zarte Pflanze ihrer Liebe, die so unnötigerweise aus der Erde gerissen worden war und sich gerade erst wieder in ihr verwurzelte, nicht sofort schlechten Witterungsbedingungen aussetzen. Bestimmt dachte Julius anders, wenn sich ihre Beziehung wieder gefestigt hatte. Sie sollte dieses heikle Thema langsam vorbereiten.

24. August 1917

Die Reise war anstrengend gewesen. Konstantin war froh, wieder zu Hause zu sein. Er hatte in den letzten zwölf Tagen so viel über sozialistische Ideen geschwafelt, dass er schon fast anfing, es selbst zu glauben. Völlig erschlagen und müde war er heute Vormittag in Stargard angekommen. Mit dem letzten Rest des Geldes hatte er sich von dort eine Droschke geleistet.

Mama war mit Katharina und Alexander nach Stettin gefahren. Alexanders Knöchel sollte nun doch endlich geröntgt werden, da sich keine Besserung einstellte. Papa war irgendwo auf den Feldern. Gut so. Wenigstens schaute sein alter Herr nach dem Rechten, während er nicht da war.

Konstantin hatte sofort die Anweisung gegeben, eine Badewanne einzulassen. Bevor jemand nach Hause kam, wäre er rasiert und würde wieder wie ein ordentlicher Mensch aussehen. Wohlig ließ er sich nun in das heiße Wasser gleiten. Seine Arme schwebten auf der Oberfläche. Für ein paar Minuten genoss er einfach nur das Gefühl, die letzten Tage von sich abwaschen zu können.

Caspers hatte ihm die Tür aufgemacht. Sonst hatte ihn niemand vom Personal gesehen. Er hatte sich belegte Brote und

Kaffee raufbringen lassen, während er darauf gewartet hatte, dass der Ofen im Badezimmer angeheizt und das Wasser heiß wurde.

Sein Auftrag war erledigt. Er hatte den Mann, Igor, einen flammenden Bolschewisten, nach Sankt Petersburg gebracht. Ausgerechnet der Teil des Plans, der ihm am meisten Kopfzerbrechen bereitet hatte, war viel einfacher vonstattengegangen, als er sich vorgestellt hatte. Die Frontlinie zog sich nicht mehr geschlossen über Tausende Kilometer vom Balkan bis zur Ostsee durch. Überall gab es Abschnitte, an denen über mehrere Kilometer keine Truppen stationiert waren. Oder ganze Einheiten waren einfach desertiert. Die Kontrolle der deutsch-russischen Frontlinie war mehr als lückenhaft.

Igor war nervös gewesen. Ob Igor sein richtiger Name war, bezweifelte Konstantin. Wenn sie alleine waren, schüttete der Russe Konstantin ununterbrochen seinen Hass auf den Zaren vor die Füße. Jahrelang war der Mann von der zaristischen Polizei gejagt wurden. Insgesamt sechs Jahre hatte er in verschiedenen Gefängnissen gesessen, war gefoltert worden. Alles hatte angefangen mit zwei Hühnereiern, die er für seine kleinen, hungernden Geschwister gestohlen hatte. Am Ende war er ins Ausland geflohen. Er hatte in verschiedenen Ländern gelebt, aber niemand hatte ihn behalten wollen. Er sehnte sich nach seiner Heimat Russland und fürchtete sie sogleich.

Bis kurz vor die Front waren sie mit Truppenzügen gefahren. Das Schwierigste wäre vermutlich, sich dort abzusetzen, hatte Konstantin gedacht. Aber gerade wurden viele Einheiten von der südlichen Ostfront wieder an die lettische Front zurückverlegt. Die Kerenski-Offensive war im Juli gescheitert. Es war ein einziges Hin-und-her-Geschiebe von Menschenmassen. Es herrschte reges Treiben, gelegentlich heilloses Durcheinander. Schließlich spazierten Konstantin und sein Begleiter an einem Bahnhof quasi einfach nach draußen und verschwanden aus der Stadt.

Sie schlugen sich zu Fuß und mit einem geklauten Boot bis nach Dvinsk durch und fuhren mit der Bahn weiter bis Sankt Petersburg. Es war so einfach gegangen.

Konstantin kannte Sankt Petersburg als eine herrschaftliche Stadt, in der die Zarenfamilie, die reichen Adeligen und wohlbetuchte Bürger das Stadtbild prägten. Doch jetzt hatte sie jeden Glanz verloren. Die ärmeren Bevölkerungsschichten, die früher nur in den Randbezirken zu finden gewesen waren, hatten die Straßen der Innenstadt, die großen Chausseen und Prachtplätze erobert. Petrograd war eine Stadt der Proletarier geworden. Aber die Proletarierführer, genau wie die provisorische Regierung, konnten ihren Bürgern auch kein besseres Leben bieten als der Zar.

Die Bürger und die Händler, die seit März vom Proletariat unterdrückt, verprügelt und gelyncht wurden, eröffneten nun selbst die Jagd auf die Bolschewisten. Viele wurden verhaftet, andere traten eilig wieder aus der Partei aus. Niemand in der Stadt war wirklich sicher. Es herrschte nach wie vor heilloses Chaos. Überall brodelte es. Umsturz lag in der Luft.

Genau wie auf dem Land. Agitatoren verschiedener Parteien zogen von Dorf zu Dorf, um vor der Bevölkerung zu sprechen. In den Tagen, in den Konstantin Igor abends in dunkle Spelunken oder zu Treffen in irgendwelchen Hinterzimmern begleitete, berichteten zwei Agitatoren von der Stimmung bei der Landbevölkerung. Die Bauern waren ungeduldig. Sie wollten nicht bis zur Wahl im November warten. Immer wieder kam es vereinzelt zu Enteignungen. Die Gutsbesitzer wurden davongejagt oder sogar direkt in ihren Herrenhäusern verbrannt. Die Bauern wollten ihr eigenes Land, sofort. Es war ganz klar: Derjenige, der es ihnen geben würde, würde die Oberhand gewinnen.

Und auch die Arbeiter würden sich der Partei zuwenden, die sie fütterte. Diese bemitleidenswerten Menschen hausten oft wie Tiere. Konstantin hatte viel Elend gesehen auf seiner Reise. Viele Menschen im Kaiserreich hungerten. Aber in Petrograd, in ganz Russland, gab es fast nur noch hungernde Menschen. Die wenigen Reichen, die noch immer wohlgenährt aussahen, trauten sich nicht mehr auf die Straße. Man sah nur noch arme Leute. Menschen mit löchrigen Schuhen. Kinder, deren Augen in den mageren Gesichtern riesig erschienen.

Diese Anblicke hatten es ihm leicht gemacht, seine Rolle zu spielen. Ein Grafensohn, der die Seite gewechselt hatte. Der sich auf die Seite der Unterdrückten schlug. Man nahm es ihm unbesehen ab, schließlich war Lenin selbst adeliger Abstammung.

Viele Mitglieder der russischen Oberschicht übten Kritik am Zaren, aber kaum einer wollte seinen endgültigen Sturz. Die Reichen wollten mehr Mitsprache, vielleicht sogar, dass der Zar zugunsten eines klügeren Monarchen abtrat. Aber ganz sicher wollten sie nicht, dass ihr schönes Land vom Pöbel regiert wurde. Das konnte Konstantin gut nachvollziehen. Aber jetzt, hier im Angesicht derartigen Elends, kam er zu dem Schluss, dass der Zar und seine Unterstützer nichts Besseres verdient hatten. So ein egoistischer Despot durfte die Geschicke des Landes nicht weiterführen. Allerdings zweifelte er sehr an den Motiven und Zielen derer, die nun nach der Macht griffen. Andererseits, wenn die Bolschewiki den Krieg beenden würden …

Seinen Auftrag, zu prüfen, ob die deutschen Gelder auch wirklich für die bolschewistische Sache eingesetzt wurden, hatte er erledigt. Trotz all der Schwierigkeiten waren die Bolschewisten die einzige Kraft in der Stadt, die gut organisiert war. Noch im Zug zurück hatte Konstantin einen umfassenden Bericht für das Auswärtige Amt geschrieben, den er in Stargard auf der Reichspost persönlich aufgab.

In seinem Schreiben hatte Konstantin keinen Zweifel daran gelassen, dass die Stadt weiterhin nicht befriedet war, die provisorische Regierung zerrissen und instabil war. Die Versorgung mit Lebensmitteln für die Bevölkerung war anscheinend immer schlechter geworden. Genau das war der entscheidende Punkt: Wenn die Bolschewiki nur genug Lebensmittel in die Stadt brachten, dann wäre es nur eine Frage der Zeit, bis die Hauptstadt des riesigen russischen Reiches in ihre Hände fallen würde. Und dazu brauchten sie Geld. Deutsches Geld, um die ärmere Bevölkerung mit Essen zu versorgen. Deutsches Geld, um damit Waffen zu kaufen. Waffen, die sie den Menschen gaben, um die Kräfte an die Regierung zu bringen, die sie fütterten. Sobald Lenin und die Seinen an der Regierung waren, wollten sie sofort den Krieg beenden.

Er tauchte seinen Kopf unter, spürte die Wärme, spürte, wie der Schmutz und der Ekel sich von ihm lösten. Als er wieder auftauchte, stand sein Vater über ihn gebeugt.

»Papa?!«

Der schaute ihn merkwürdig durchdringend an. Seine frische Wäsche lag auf einem Hocker. Sein Vater nahm sie weg und schmiss sie einfach auf den Boden. Den Hocker stellte er direkt neben der Badewanne ab und setzte sich.

Er wischte sich den Schweiß von der Stirn. »Und? Wie war dein kleiner Ausflug?«

Konstantin war einigermaßen überrascht. Er hatte schon öfter mal Ausflüge alleine unternommen, war für einige Tage weg gewesen, aber nie hatte sich irgendjemand wirklich dafür interessiert. Alle waren immer nur mit ihren eigenen Dingen beschäftigt. Jetzt kam Papa hierher und fragte ganz offensiv. Wusste er irgendwas? Oder kam ihm das nur so vor, weil er ein schlechtes Gewissen hatte?

»Gut. Es war … anstrengend, aber auch abwechslungsreich.«

Papa trommelte nervös mit seinen Fingern auf den Badewannenrand. Ihm schien es nicht gut zu gehen.

»Konstantin, wo warst du?« Seine Stimme klang angespannt. Die Nervosität stand ihm ins Gesicht geschrieben.

»In Stettin.« Konstantin konnte sich selbst nicht zuhören, seine Worte hatten eher wie eine Frage statt wie eine Antwort geklungen. Eine Frage, ob Papa ihm glaubte, dass er dort gewesen war.

»Wofür brauchtest du dann zwei Militärpässe? Und einen russischen?«

Oh, Mist! Wer hatte ihn verraten? Albert Sonntag, als er ihm noch seinen Hut nachgebracht hatte? Aber wie sollte der von den Pässen wissen? Außerdem hatte er dort nur mit Igor gesprochen. Und nicht einmal auf Russisch, als Sonntag dazugekommen war. Nein, der Kutscher konnte es nicht gewesen sein.

»Papa, ich ...«

»Ja?«

»Ich kann es dir nicht sagen, weil es geheim ist.«

»Arbeitest du für die Russen?«

Wie sollte er diese Frage nun beantworten? Offensichtlich dachte er zu lange darüber nach, denn plötzlich sprang Papa auf und war fuchsteufelswild.

»Du arbeitest für die Russen? Hast du was damit zu tun, dass der Zar gestürzt wurde?«

»Papa, beruhige dich. Ich arbeite nicht wirklich für die Russen.«

»Nicht wirklich? Was soll der Kokolores?«

Das würde jetzt kompliziert werden. Papa lief rot an, als würde er gleich platzen.

»Ja und nein. Beruhige dich bitte. Setz dich. Ich erkläre dir alles in Ruhe.«

»Ja und nein. Ja und nein! Wenn du daran beteiligt warst, dass der Zar gestürzt wurde, dann kannst du dieses Haus direkt verlassen, nachdem du dir ein Handtuch um die Lenden gewickelt hast.«

»Nein, ich ... Mit dem Sturz des Zaren habe ich nichts zu tun. Wohl aber mit den Leuten, die das Machtvakuum, das es gerade in Russland gibt, ausnutzen wollen. Im Auftrag der kaiserlichen Regierung.«

Papa machte große Augen.

»Bitte setz dich doch!«

Tatsächlich setzte sein Vater sich auf den Hocker, fing aber wieder an, nervös mit den Fingern zu trommeln. Konstantin fasste sich besser kurz.

»Der Krieg kommt nicht wirklich voran, nicht an der Ostfront und nicht an der Westfront. Die Oberste Heeresleitung hatte gehofft, nach dem Sturz des Zaren die provisorische Regierung zu einem Separatfrieden bewegen zu können. Wie du selbst weißt, haben die sich aber auf die Seite unserer Gegner geschlagen. Die USA bringen zurzeit Tausende und Abertausende Soldaten und schweres Gerät nach Europa. Unser Haus, unser Landgut ist bis unter die Dachbalken mit Kriegskrediten verschuldet. Wenn Deutschland diesen Krieg verliert, dann werde ich dieses Landgut mit nicht mehr als einem Handtuch um die Lenden gewickelt verlassen müssen. Und du auch.«

Papa blickte aus dem Fenster. Konstantin konnte ihm nicht ansehen, was er dachte. »Sprich weiter.«

»Man hat mich angesprochen, ob ich gewisse Dienste erledigen kann. Ich war in Sankt Petersburg.«

Jetzt riss Papa wieder die Augen auf. »Bist du verrückt? Wenn die dich geschnappt hätten!«

»Jetzt bin ich ja wieder da. Ich darf dir keine Einzelheiten über meinen Auftrag verraten. Aber lass dir gesagt sein, dass er erfolgreich war.«

Adolphis atmete tief. Er sah seinen Sohn mit unergründlichem Blick an. Konstantin konnte nicht einschätzen, was sein Vater davon hielt.

»Dann heißt das, dass der Zar mit deutscher Unterstützung gestürzt wurde?«

»Der Zar wurde definitiv nicht von den Deutschen gestürzt.«

»Es hört sich aber so an.«

»Nein, es gibt allerdings eine gewisse Unterstützung für die Kräfte, die das verursacht haben. Anscheinend wurde nur eine günstige Gelegenheit ausgenutzt.«

»Eine gewisse Unterstützung? Wie sieht die aus?«

Konstantin sah ihn stumm an. Mehr durfte er nicht verraten.

»Wie kann der höchste deutsche Monarch zulassen, dass der höchste russische Monarch gestürzt wird? Sein eigener Cousin!« Papa kam nicht über diesen großen Verrat hinweg.

»Leider bin ich mir nicht mehr ganz sicher, wie viel Einfluss der Kaiser noch auf die militärische Führung hat.«

Sein Vater riss ungläubig die Augen auf. »Was willst du damit sagen? Dass Hindenburg und Ludendorff das alleinige Sagen haben?«

»Manche Soldaten sprechen ganz offen über eine Militärdiktatur der beiden.«

»Diktatur, pah! Ihr spielt mit dem Feuer! Siehst du nicht, dass diese Mächte, die den Zaren gestürzt haben, die gleichen Mächte, auch hier schon am Werk sind? Soll etwa der deutsche Kaiser auch gestürzt werden, genau wie der Zar?«

»Nein, so weit wird es im Kaiserreich nie kommen.«

»Du Grünschnabel. Im ganzen Reich rumort es. Überall kommt es zu Hungerkrawallen und Brotstreiks, zu politischen Versammlungen und Friedensdemonstrationen. Teile der deutschen Hochseeflotte meutern. In den Rüstungsbetrieben tauchen Flugblätter auf, die zum Generalstreik aufrufen. Kommt dir das nicht irgendwie bekannt vor? Genau so hat es in Russland auch angefangen. Wie willst du das deiner Mutter erklären?«

Oje, Mama! Sie durfte nichts davon erfahren.

»Papa, es war eine Geheimmission! Du darfst nichts davon erzählen. Niemandem, auch nicht Mama!«

Wütend sprang sein Vater auf und stellte sich ans Fenster. Er stand dort in entschlossener und kämpferischer Pose. Er war aufgewühlt, und Konstantin konnte ihn verstehen. Als er zum ersten Mal davon gehört hatte, war es ihm nicht anders ergangen. Es schien wie ein Verrat an der eigenen Klasse.

»Papa, die einzige Frage, die du dir stellen musst, ist: Hilft es dem Landgut, oder schadet es uns? Genau das habe ich getan. Ich habe mir diese Frage gestellt und danach entschieden. Ich tue das alles nur für unser Gut. Es gibt in Russland Kräfte, die den Frieden mit uns wollen. Die Ostfront muss endlich fallen.«

Sein Vater schaute aus dem Fenster. Er überlegte. Er hielt sich den Kopf, als hätte er heftige Kopfschmerzen. Unendlich lang kam es Konstantin vor, wie er so dastand und nichts sagte. Dann drehte er sich plötzlich um und sah Konstantin durchdringend an.

»Ich werde deiner Mutter nichts davon erzählen. Noch nicht. Du wirst dieses kleine Abenteuer nicht mehr wiederholen. Du wirst mir in Zukunft über alle deine Tätigkeiten Bericht erstatten. Ob es nun das Gut, die Feldarbeit oder solche … solche Geschichten betrifft. Offensichtlich habe ich dir viel zu sehr freie Hand gelassen. Das wird sich nun ändern.«

Papa wartete seine Reaktion erst gar nicht ab. Er drehte sich um, verließ das Zimmer und knallte hinter sich die Türe zu. So hatte Konstantin sich seine Rückkehr wahrlich nicht vorgestellt.

Kapitel 11

Anfang September 1917

»Und? Glaubst du es mir jetzt?«

Anastasia stand mit ihrer Mutter oben im alten Familientrakt und schaute aus dem Fenster. Ihr Blick ging über den umgegrabenen Schlosspark und die Kinder, die dort über die teilweise schon abgeernteten Beete hüpften. Fassungslos schüttelte sie ihren Kopf.

»Nein, eigentlich kann ich es nicht einmal jetzt glauben. Das kann doch wirklich nur ein schlechter Scherz sein. Wie konnte Papa das zulassen?«

»Dein Bruder Konstantin steckt dahinter. Er hat wirklich ungeheure Flausen im Kopf. Ich versuche immerzu, deinen Vater umzustimmen. Er hat mir versprochen, in Zukunft weniger auf Konstantin zu hören. Aber für meinen schönen Park war es schon zu spät ...«

»Ungeheuerlich.« Anastasia beugte sich vor. Da kam ja gerade ihr Bruder. Schnurstracks lief er auf das Beet zu, wo diese Dorflehrerin stand. »Was wirst du mit den Räumen im alten Trakt machen?«, warf sie ihrer Mutter über die Schulter zu.

Mama ging weiter in den Raum hinein. »Ich wollte sie schon längst umgestalten, aber jetzt ... Es ist ja nichts zu bekommen.«

Unter ihr begrüßte Konstantin die Dorflehrerin, die gerade mit zwei Schülern Kartoffeln erntete. Sie erhob sich aus dem Beet. Anastasia konnte ihre Köpfe nur von oben sehen. Sie gingen aufeinander zu und sprachen miteinander.

Mama redete weiter. »Keine Möbel aus dem Empire oder gar Tapeten aus Italien. Es ist traurig. Ich hätte schon viel früher damit anfangen sollen. Aber dein Großvater hat für Renovierungen immer denkbar wenig Geld zurückgelegt.«

Was hatte Konstantin denn mit der zu bereden? Anastasia reckte ihren Hals. »Wollte Großpapa nicht eigentlich das Dorf komplett elektrifizieren lassen?«

»Ja, das war ursprünglich für das Jahr 1915 geplant. Aber auch das Geld ist längst weg. Ich weiß nicht, wie Adolphis das immer schafft.«

»Hmm«, sagte Anastasia unbestimmt. Die beiden da unten verabschiedeten sich. Was war das denn? Konstantin gab ihr etwas zum Abschied. Anastasia reckte ihren Hals. War das ein Wiesenblumenstrauß? Konstantin schenkte der Lehrerin Blumen?! Also, das war doch … Die Lehrerin reagierte hölzern und drehte sich schnell weg. Den Blumenstrauß hatte sie nicht angenommen.

»Und wie sieht es bei euch aus?«

Konstantin blieb stehen und sah ihr nach. Wollte er wissen, ob sie den Kindern auch alles richtig erklärte? Sicher nicht. Er beobachtete die Lehrerin. Es sah ganz so aus, als …

»Anastasia? Hörst du mich?«

»Was? Wie bitte?« Sie drehte sich zu ihrer Mutter.

»Wie es bei euch auf dem Gut läuft, habe ich gefragt«, wiederholte Mama missgestimmt.

Anastasia bedachte ihren Bruder mit einem letzten neugierigen Blick. Anscheinend hatte sie etwas Interessantes entdeckt. Sie wandte sich ihrer Mutter zu.

»Nun, wenn nicht die vielen Soldaten wären und die übervollen Kasernen und die besetzten Züge, könnte man glatt meinen, es gäbe keinen Krieg. Die Ernte wächst prachtvoll. Aber auch wir haben zu wenig Leute. Und die russischen Zwangsarbeiter sind eine echte Katastrophe.«

Anastasia war gestern Abend mit ihren beiden Töchtern, dem Kindermädchen und einer Zofe angekommen. Sie war völlig zerschlagen, weil ihr Zug wieder umgeleitet worden war. Deshalb hatte sie heute Morgen lang geschlafen.

Nach ihrem Rundgang durchs Herrenhaus mit Mama gingen sie in den Salon, wo schon alle auf sie warteten. Papa und Konstantin sprachen leise miteinander. Katharina ging vorweg. Alexander humpelte zwei Schritte vor ihr.

»Oje. Was machen wir denn nur mit dir?«

»Ach, Schwesterherz, woher die plötzliche Sorge um mich?«

»Aber ich hab mich doch immer um dich gesorgt.«

Alexander bedachte sie mit einem überraschten wie ungläubigen Gesicht.

»Anastasia, lass deinen Bruder. Er hat es schon schwer genug.« Mama setzte sich.

»Aber das ist es doch. Ich erkundige mich nach seinem Wohlbefinden, und er wird schnippisch.« Anastasia nahm Platz, nachdem sie gesehen hatte, dass weder Mama noch Katharina darauf warteten, dass Caspers ihnen den Stuhl zurechtschob. Völlig neue Sitten hier.

»Und du, Konstantin, darf ich dich fragen, wie es dir geht?«

»Darfst du. Es ist aber nicht weiter interessant. Mir geht es leidlich gut.«

»Wie war deine Reise?«, fragte Papa sie.

»Furchtbar. Eine ewige Warterei. Als Krönung teilt der Schaffner uns mit, dass es keinen Tee mehr gibt, weil ihnen das Wasser ausgegangen ist.«

»Ich verstehe nicht, warum du nicht mit der Fähre kommst. Von Danzig über Swinemünde und dann direkt nach Stettin.«

»Würde ich ja gerne, aber die Kinderfrau wird seekrank.«

»Dann such dir eine andere«, riet Mama.

»Das versuche ich schon die ganze Zeit. Aber je länger der Krieg dauert, desto schwieriger wird es, Personal zu finden.«

»Genau wie hier. Immerhin haben wir jetzt ein neues Stubenmädchen. Sie ist sehr fleißig. Oder was sagen Sie, Caspers?«

Der Hausdiener, der der Familie das Essen servierte, schaute gehetzt auf. »Doch, doch. Sie ist sehr fleißig. Und schnell von Begriff. Ein Segen für uns alle.«

»Na, siehst du, Anastasia. Ein Segen für unsere Bediensteten. Such nur weiter, dann wirst du schon jemanden finden.«

»Vielleicht könnte ich jemanden von hier mitnehmen. Vielleicht kennt unsere Dorflehrerin ein williges Mädchen, das mit nach Ostpreußen will.«

»Anastasia, das finde ich nicht richtig. Du wirst uns nicht die besten Leute wegnehmen wollen.«

»Wenn du meinst, Papa.« Sie wandte sich an Konstantin. »Wie macht sie sich denn so, die Dorflehrerin?«

Konstantin schaute irritiert auf. »Wieso fragst du mich?«

»Ich dachte nur«, wich Anastasia vieldeutig aus. »Ich würde es ja nicht zulassen, dass in unserer Schule die Kinder von einer Frau unterrichtet werden. Sie sollen doch kein schlechtes Beispiel haben.«

Konstantin sah so aus, als wollte er dagegensprechen. Doch jetzt schaltete sich Katharina ein. »Die Kinder lernen gerne bei ihr. Frau Kurscheidt hat ein sehr gutes Gespür dafür, wie sie mit ihnen umgehen muss. Sie ist sehr beliebt.«

»Da siehst du es. Sie ist beliebt. Seit wann soll ein Lehrer beliebt sein?«

»Ich gebe dir vollkommen recht. Und wenn der Krieg nicht wäre ...« Natürlich war Mama auf Anastasias Seite.

»Überhaupt sollten wir alle aufpassen, dass die Standesgrenzen, die in der Notwendigkeit des Krieges bröckeln, nicht völlig eingerissen werden.«

Sie warf ihrem ältesten Bruder einen merkwürdigen Blick zu, den er überrascht erwiderte. Doch er blieb stumm, ganz so, als ginge ihn das Thema nichts an.

Anastasia wartete noch einen Moment. Enttäuscht, dass Konstantin auf ihre Bemerkung nicht einging, redete sie weiter.

»Ich muss zunehmend feststellen, dass unserem Stand nicht mehr der nötige Respekt und die angemessene Hochachtung entgegengebracht werden. Auf unserem Landgut ist es keine Frage, dass die Leute kuschen. Aber sobald man seinen eigenen Boden verlässt, habe ich mehr und mehr das Gefühl, nur noch Pöbel zu begegnen. In der Stadt, in Danzig, furchtbar. Die Unhöflichkeit nimmt unglaubliche Ausmaße an. Gerade die Soldaten, denen wir auf der Reise begegnet sind, scheinen jeglichen Respekt verloren zu haben. Als wären nicht wir, sondern sie etwas Besseres, weil sie für unser Land kämpfen.«

Ihre Mutter nickte zustimmend. »Wenn wir nicht aufpassen, bekommen wir hier noch russische Zustände.«

»Feodora, bitte rede nicht das Unglück herbei.«

»Ich bin offensichtlich nicht die Einzige, die es so sieht. Und im Übrigen findet Anastasia die Idee, den Park in ein Gemüsebeet umzuwandeln, genauso absurd und schändlich wie ich.«

»Mama, hör bitte endlich damit auf. Es war eine gute Idee von der Dorflehrerin. Die Ernte hat erfreulich dazu beigetragen, das Elend bei den Ärmsten im Dorf zu lindern.«

»Das hört sich ja schon fast sozialistisch an, großer Bruder.«

»Anastasia, du darfst dir gerne vorstellen, dass es nach dem Krieg genauso weitergehen wird wie vorher. Ich glaube das aber nicht. Und zwar unabhängig davon, ob ich es gut finde oder nicht. Unser Stand wird einige Abstriche machen müssen.«

»Der Kaiser wird das Versprechen, das Dreiklassenwahlrecht nach dem Krieg aufzuheben, niemals einlösen. Das sagt Hugo Theodor zumindest.«

»Es kann ja sein, dass dein Mann bessere Kontakte und nähere Informationen darüber hat, was der Kaiser für die Zeit nach dem Krieg plant. Ich bezweifle dennoch sehr, dass Wilhelm II. noch das Gewicht haben wird, das er vor dem Krieg hatte.« Ihr Bruder versuchte vergeblich, neutral zu klingen.

»Du hörst dich an, als würdest du es dir wünschen, dass die Monarchie in sich zusammenfällt«, spie Anastasia erbost aus.

»Was ich dabei denke und was ich davon halte, wird dann vermutlich auch nicht mehr besonders ausschlaggebend sein.«

Mama schnappte hörbar nach Luft. »Wir werden uns natürlich alle mit denkbarer Kraft dafür einsetzen, dass die alten Verhältnisse wiederhergestellt werden.«

Konstantin sagte nichts mehr, aber man sah, dass er sich eine Bemerkung verkneifen musste.

Anastasia löffelte ihre Vorsuppe. Konstantin schien äußerst merkwürdige Ansichten entwickelt zu haben. Das konnte verschiedene Ursachen haben. Hatte er sich beim Militär zu sehr mit den einfachen Soldaten gemein gemacht? Machte er deswegen sogar einer einfachen Dorflehrerin den Hof? Sie nahm sich vor, mehr über diese Lehrerin herauszubekommen. Immerhin würde sie einige Wochen hierbleiben, da ihr Mann mal wieder für etliche Wochen auf diplomatischer Mission war. Und mit irgendetwas musste sie sich ohnehin die Zeit vertreiben.

Mitte September 1917

»Konstantin, auch wenn ich dir die Verantwortung für das Gut entzogen habe, sehe ich es nicht gerne, wenn du dich mit unseren Pächtern zu sehr gemein machst.«

Konstantin schaute zu seinem Vater hoch. Papa war ein paar Tage krank gewesen. Magenverstimmung, hatte er gesagt. Doktor Reichenbach war zweimal ins Haus gekommen. Doch jetzt war er wieder wohlauf und drehte seine Runde. Er kontrollierte, wie die letzten Wochen der Ernte vorangingen. Vater war gerade hier vorbeigeritten, als die Männer angefangen hatten, Pause zu machen. Und Konstantin hatte sich dazugesetzt.

»Du meinst, ich soll extra den langen Weg zurücklaufen, um bei uns mittagessen zu können?«

»Vielleicht solltest du ja ganz einfach gar nicht wie ein einfacher Bauer mit den anderen auf dem Feld stehen«, zischte sein Vater leise. »Ich sehe das nicht gerne.«

Nun stieg er endlich ab und kam neben Konstantin zum Stehen. »Gerade eben bin ich hinten beim Entenweiher vorbei. Auf den Feldern dort waren nur noch Zwangsarbeiter und ein Aufseher. Ich habe ihn gefragt, wo denn die Pächter seien. Da hat er gesagt: zu Hause auf ihren eigenen Feldern. Auf ihren *eigenen* Feldern!« Papa schnaubte vor Wut. »*Ihre* Felder sind alles unsere Felder. Sie haben sie nur gepachtet. Statt dass sie für uns arbeiten, stehen sie nun auf *ihren* Feldern und in *ihrem* Garten. Ich bin ins Dorf geritten, und weißt du, was die mir gesagt haben? Karlsbach und Jeschke standen in ihren Gärten hinter ihren Häusern und haben geerntet. Für den Winter. Das letzte Deputat habe ihnen nämlich nicht gereicht, sagten sie. Kannst du dir so eine Unverschämtheit vorstellen?«

Konstantin nickte. Das war natürlich eine Ungeheuerlichkeit. Andererseits wusste er, dass die Naturalienbezahlung immer auch von der jeweiligen Ernte abhing.

»Sie werden aufmüpfig. Alle miteinander. Es ist an kleinen Dingen zu merken. Aber manchmal habe ich schon das Gefühl, sie rotten sich zusammen. Alles, was man aus Russland hört – die Enteignung der Gutsbesitzer, die Stimmen, die nach der

Landverteilung an die Bevölkerung rufen – das könnte Schule machen. Das ist alles nicht gut. Nicht gut! Das gefällt mir gar nicht. Deswegen möchte ich dich bitten, dich nicht so unter die Arbeiter zu mischen, als wärst du ihresgleichen.«

Konstantin schaute auf die Männer, die dort im Kreis saßen und aßen. Er wusste genau, welche Befürchtungen sein Vater hegte. Und vermutlich hatte er nicht einmal unrecht damit. Nur war Konstantin anderer Meinung, wie er es bewerten sollte. Wenn die Kluft etwas kleiner wäre, es den Leuten etwas besser ginge, dann würde es erst gar nicht zu solchen Unruhen wie in Russland kommen. Und natürlich war er in keiner Weise damit einverstanden, dass man in Russland die Gutsbesitzer einfach enteignete und von ihrem eigenen Grund und Boden jagte.

»Thalmann war vorhin hier.« Der Gutsverwalter war wieder obenauf, seit Konstantin keine Befehle mehr erteilen durfte. »Er hat mir gestern meinen Eindruck bestätigt. Auch gegen ihn werden sie immer aufmüpfiger. Immer öfter muss er Befehle mehrere Male erteilen. Oder es kommen Nachfragen, warum man das jetzt und dies so machen müsse. So geht das nicht. Wir dürfen das nicht einreißen lassen.«

Konstantin nickte unbestimmt. Er hatte ohnehin nichts mehr zu entscheiden. »Na gut. Ich werde noch beenden, was ich heute angefangen habe. Aber ich brauche eine Aufgabe. Ich kann nicht einfach nur auf meinem Zimmer rumsitzen und nichts tun.«

»Wir lassen uns etwas einfallen. Lass es uns morgen nach dem Frühstück in aller Ruhe besprechen.«

Papa saß wieder auf, nickte den Arbeitern zu und ritt davon.

Konstantin pflügte das Feld noch mit um, auch wenn er sich dabei immer häufiger an den Rand stellte. Papa hatte ihm sein Dilemma deutlich vor Augen geführt. Wo genau war sein Platz? Im Herrenhaus oder auf den Feldern? Dabei arbeitete er wirklich gerne mit den Händen. Er wünschte sich, er hätte wieder so einfache Antworten parat, wie es früher einmal der Fall gewesen war.

Am frühen Abend machte er sich auf den Nachhauseweg. Als er beim Dorfteich um die Ecke kam und die Türmchen des Herrenhauses zwischen den Baumwipfeln auftauchten, liefen ihm ein Dutzend sichtbar glücklicher Kinder über den Weg. Sie grüßten ihn höflich. Sie alle hatten eine dicke Rübe, einige Kartoffeln und jeder drei Möhren bekommen. Kaum waren sie an ihm vorbei, kam ihm Rebecca entgegen. Sie trug einige Gartengeräte. Vermutlich kam sie gerade von den Gemüsefeldern. Sie sah müde aus, als sie aufsah.

»Hallo. Da haben Sie ja wieder einige Schüler glücklich gemacht.« Hier im Dorf zog er es vor, sie zu siezen.

»Guten Abend.« Sie blieb stehen, weil Konstantin es auch tat. »Ja, es reicht für eine nahrhafte Suppe für ihre Familie. Zu schade. Noch zwei- oder dreimal ernten, dann sind wir durch für dieses Jahr. Ich hoffe, der Winter wird besser als der letzte.«

»In der Orangerie wächst nichts mehr?«

»Nein, ich hab versucht, Kartoffeln, die wir noch im späten Herbst ernten könnten, in größeren Töpfen anzupflanzen. Aber das hat nicht geklappt. Außerdem hatten wir ohnehin viel zu wenig Töpfe.«

Sie wischte sich die Haare aus der Stirn. Ihre erdverkrusteten Finger hinterließen braune Streifen auf der Haut. Wie gerne hätte Konstantin ihr den Schmutz weggewischt.

Rebecca bemerkte seinen Blick. Eigentlich entzog sie sich immer den sehnsuchtsvollen Momenten, doch dieses Mal schien ihr etwas auf der Seele zu liegen.

»Erinnern Sie sich noch daran, dass Ihr Vater einen der Pächtersöhne auf eine weiterführende Schule geschickt hat?«

»Tobias Güstrow. Und das war ich.«

»Du? ... Sie? Ich dachte immer ...«

»Nein. Ich habe mit seinem Vater einen Handel geschlossen. Es ging um ... Ist ja nun auch egal. Was ist mit ihm?«

Er hätte es schon daran merken können, wie traurig sie plötzlich aussah.

»Er ist ... gefallen.«

»Er ... Was? Er war doch noch gar nicht alt genug!«

»Ich weiß nicht, ob er eingezogen wurde. Vielleicht hat er sich auch freiwillig gemeldet. Auf jeden Fall hat er die Rekrutenausbildung mitgemacht. Und kaum war er ein paar Tage an der Front, da ...«

»Wo?« Seine Stimme war ganz rau.

»Irgendwo in der Bretagne. Ihre Einheit ist auf die erste US-amerikanische Division getroffen ... Er war so ein begabter Junge.«

Konstantin wollte es nicht glauben. Dieser Krieg war eine Vernichtungsmaschinerie geworden. Er vernichtete Menschenleben, fruchtbares Land, Moral, Hoffnung und Glauben, ihre Jugend, die Zukunft des Landes, einfach alles.

»All das Geld und die Hoffnung, die man in ihn gesteckt hat ... alles verloren.«

»Ja, verloren. Und jetzt noch mit den Amerikanern. Wie sollen wir da noch gewinnen?«

»Glaubst ... Glauben Sie, dass der Krieg bald zu Ende ist? Irgendwann muss er doch enden.«

»Irgendwann.« Sollte er ihr von seinem Ausflug nach Sankt Petersburg erzählen? Was er dort miterlebt hatte? Wie er sich persönlich darum bemühte, diesen Krieg zu einem schnelleren Ende zu bringen? Nein, das durfte er nicht. Noch war nichts entschieden, und er durfte sich selbst und andere nicht in Gefahr bringen.

»Du hattest recht.«

Sie schaute auf. Eine einzelne Träne glitzerte an ihrem Lid. »Was meinen Sie?«

»Erinnerst du dich noch an die Zugfahrt von Ahlbeck zurück nach Stettin? Alles, was du gesagt hast, ist eingetroffen. Du hattest vollkommen recht. ›Dieser sinnlose Krieg wird viele Opfer fordern‹, hattest du gesagt. Ich hätte mir niemals vorstellen können, dass es so viele werden würden. So viele! Wir haben uns selbst ins Unglück gestürzt.«

Sie sah ihn überrascht an.

Er lächelte kurz. »Auch ich lerne dazu.«

Wieder waren sie sich ein Stück nähergekommen. Beide spürten das. Fast jedes Mal endete ihre Unterhaltung damit, dass sie sich wieder duzten. Und für Konstantin war es nur eine Frage der Zeit, wann sie wieder zusammenkommen würden. Andererseits wusste er genau: Er durfte Rebecca und ihren Sturkopf nicht unterschätzen.

»Ich muss jetzt gehen.«

»Ja, ich auch.« Er sah sich seine Hände an, erdverschmiert, genau wie ihre. »Auf Wiedersehen.«

»Ja, auf Wiedersehen.« Sie ging an ihm vorbei. Er konnte ihren Duft riechen, ihren süßen Schweißgeruch. Er schaute ihr kurz nach, dann setzte er sich auch in Bewegung. Sein Hunger war groß.

Anastasia kam ihm entgegen. Was trieb die sich denn hier unten herum?

»Ich habe gesehen, du hast dich lange mit der Dorflehrerin unterhalten. Was erzählt sie denn so?«

»Es ging darum, was die Felder für die Familien bedeuten.«

»Aha. Dann will sie uns den Park also nicht zurückgeben?«

Konstantin passte der Tonfall seiner Schwester gar nicht. »Was geht dich das an? Schau du nur zu, dass deine Pächter nicht hungern. Oder ist dir das egal?«

»Papa hat erzählt, dass es dir ganz recht wäre, wenn es weniger Pächter gäbe. Du würdest am liebsten das ganze Land nur noch mit Maschinen bearbeiten. Und doch fütterst du sie. Wäre es nicht einfacher, sie verhungern zu lassen?«

Konstantin war wie vor den Kopf geschlagen. »Wer hat dich eigentlich so menschenverachtend erzogen?«

»Unsere vielen Kindermädchen. Erinnerst du dich nicht mehr? Wir beide hatten die gleichen Kindermädchen, großer Bruder.«

Ja, er hatte Pläne gehabt. Aber das war alles vor dem Krieg gewesen. Wenn die Pächter gehen würden, freiwillig aufhören, sich lieber Arbeit in den Fabriken suchten, dann würde er seinen Plan eines modernen Großbetriebs wahr machen. Aber er spekulierte doch nicht auf den Tod der Menschen. Wie abscheulich.

Ende September 1917

Bertha betrat den Krämerladen von Greifenau. Vor dem Krieg hatten die dunklen Holzregale, die an drei Wänden bis hoch unter die Decke reichten, vollgestanden mit allerlei Dingen. Mittlerweile war der Inhalt der Regalbretter und Schubladen deutlich ausgedünnt. Vor den Regalen lief die Theke rundherum. Hier wurden die gewünschten Waren aufgereiht und die Preise notiert. Früher hatte hier eine wunderschöne bronzene Registrierkasse gestanden, in welche man die Preise mit Hebeln und Drehkurbeln eingegeben hatte. Doch die war dem Metallsammelwahn des Kriegsamts zum Opfer gefallen, wie so vieles.

Regelmäßig ging Bertha nachschauen, ob Konservendosen geliefert worden waren. Gleich, was auch immer da war, sie kaufte es für das Gut ein. Vor ihr stand eine Frau mit Buckel, die alte Bienzle. »Guten Tag, allerseits.«

Frau Marquardt, die Kaufmannsfrau, und die alte Frau drehten sich um und begrüßten Bertha. Die alte Bienzle packte eilig zwei Papiertüten in ihren Korb und warf ein Tuch darüber. Vermutlich hatte sie irgendwas eingetauscht. Geld hatte sie nicht viel.

»Na, Bertha. Gut siehst du aus.«

Bertha hatte im Krieg kein Gramm abgenommen. Nach über drei Jahren Krieg war das selbst bei der Landbevölkerung etwas Ungewöhnliches.

»Na danke auch, Frau Bienzle. Und, tauschst du Lebensmittelmarken?«

Die Alte nickte. »Bisschen Brot. Und Erbswurst, wenn es die gibt. Und Kraftbrühwürfel.«

»Frau Polzin, wie kann ich Ihnen weiterhelfen?« Frau Marquardt wollte weitermachen.

»Eine große Flasche Maggi-Würze.«

»Jawohl.« Sie ging nach hinten und kam mit einer großen dunklen Flasche zurück. »Noch etwas?«

»Sauerkraut.« Normalerweise machten sie das Sauerkraut selbst ein, aber dieses Jahr hatten sie so viel Obst und anderes Gemüse eingemacht, dass sie nicht dazu gekommen waren. Und Sauerkraut war etwas, was noch relativ gut und preiswert zu bekommen war. »Drei Gläser, wenn's geht.«

Die Frau ging nach hinten und füllte die Gläser ab.

»Und wie geht es Irmgard?« Die alte Bienzle kannte Irmgard Hindemith noch aus früheren Tagen. Sie war mit der Mutter bekannt gewesen.

»Ihr geht es immer schlechter. Vor allem jetzt, wo die Tage wieder kälter werden. Ihre Hände werden richtig schlimm. Aber bevor der Krieg nicht zu Ende ist, wird sie nichts hinschmeißen.«

»Hab nur Geduld. Deine Zeit kommt schon noch. Irgendwann wirst du die Köchin von Gut Greifenau.«

Frau Marquardt stellte drei Gläser Sauerkraut auf die Theke. Bertha kontrollierte, ob die auch wirklich bis oben hin voll waren.

»Sonst noch etwas?«

»Haben Sie Fisch in Dosen?«

»Eingelegte Sprotten haben wir. Wie viele Dosen?«

Bertha zog die Marken aus der Manteltasche. »Für acht Personen.«

Die Kaufmannsfrau verzog ihr Gesicht. »Man sollte doch meinen, Sie im Herrenhaus hätten keinen Anspruch auf Marken.«

»Wir Bediensteten schon.«

Bertha konnte die Frau nicht leiden. Frau Marquardt war vorher schon nicht besonders höflich gewesen, aber jetzt im Krieg war sie eine richtige Vettel geworden. Es war halt jeder auf seinen eigenen Vorteil bedacht. Und sie verkaufte eben lieber Sachen, als sie gegen Marken einzutauschen. Da konnte sie nämlich immer ein paar Groschen aufschlagen. Die Kaufmannsfrau ging nach hinten und kam mit vier Dosen zurück.

»Mehr haben wir nicht mehr.«

»Das glaub ich nicht.«

»Das müssen Sie aber.«

»Aber ich glaube nicht, dass Sie nur vier Dosen haben.« Bertha schaute ihr gerade ins Gesicht. Auch etwas, was sie sich vor dem Krieg nie getraut hätte.

»Aber so ist es.«

»Ich könnte ja mal nachschauen.«

»Unterstehen Sie sich.«

»Nein. Darf ich nicht? Dann bin ich mal gespannt, was der Patron dazu sagen wird, dass ausgerechnet in seinem Dorf die Bevölkerung nicht ausreichend mit den Dingen, die vom Kriegsernährungsamt rationiert werden, versorgt wird. Er findet das sicher sehr interessant.«

Die Kaufmannsfrau presste die Lippen aufeinander und ging wieder nach hinten. »Ich schau noch mal nach.«

Bertha drehte sich zur Bienzle und zeigte eine siegessichere Miene.

»Und was gibt es Neues aus dem Herrenhaus?«

»Soll ich dir was Lustiges erzählen? Steht doch vorige Tage der Patron auf der Hintertreppe und unterhält sich mit unserem Caspers. Und weißt du was? Dem Patron stand der Hosenlatz offen. Ich hab das gesehen und Frau Hindemith auch. Sie ist ganz schamhaft geworden, aber ich musste mich wirklich zurückhalten, dass ich nicht lospruste.«

Über der Tür ertönte die Glocke, die einen neuen Kunden ankündigte. Die Tochter des Grafenpaares trat ein, Gräfin von Sawatzki aus Ostpreußen. Sofort löste sich Bertha aus der Unterhaltung und trat an die Theke.

Dort stand schon die Ladenbesitzerin Frau Marquardt und blinzelte sie an. Wie lange hatte sie ihnen beiden zugehört? Hatte sie etwa die ungehörige Geschichte vom Hosenstall mitgekriegt? Ein Kribbeln lief ihr über den Schädel.

»Das ist sehr freundlich.« Bertha beeilte sich, die Marken abzuzählen. »Morgen haben wir vielleicht ein paar Gänseeier, wenn Sie Interesse hätten.«

»Mal schauen.« Die Krämersfrau kassierte die Marken und legte sie in eine Schublade. Dann schrieb sie auf, was sie für die Flasche und die Gläser bekam. Bertha schob ihr das Geld rüber.

Nur schnell weg hier. Morgen oder übermorgen würde sie wiederkommen. Dann würde sie der Kaufmannsfrau die Gänseeier zum Tausch anbieten und eins umsonst dalassen.

Sie nickte der Grafentochter zu und verließ eilig den Laden. Bevor sie die Türe schloss, hörte sie noch, wie die feine Dame nach Briefmarken fragte. Das Postamt hatte nur noch stundenweise geöffnet.

Bertha schalt sich selbst. Puh, das war dumm von ihr gewesen. Sie hätte warten sollen, bis sie mit der Bienzle hier draußen stand. Die wartete schon auf sie.

»Dann mach's mal gut. Und wenn ihr genügend habt: Ich würd gerne ein Gänseei nehmen.«

»Die Hindemith will aber genau wissen, was ich dafür getauscht habe. Außerdem, du hast doch selbst Gänse.«

Die Frau zuckte mit den Schultern, was ihren Buckel noch größer machte. »Jetzt nicht mehr. Hab sie verkauft. Eine nach der anderen. Ich brauchte Medizin.«

»Ich schau mal, was sich machen lässt.« Bertha verabschiedete sich. Vielleicht war ja doch noch ein Ei für die alte Dame drin. Oder wenigstens ein oder zwei Hühnereier.

* * *

Da war sie ja. Hatte sie vorgestern doch richtig gesehen, dass das Küchenmädchen regelmäßig draußen stand und rauchte. Anastasia wartete, bis Bertha Polzin vor den Dienstboteneingang trat und sich eine Zigarette ansteckte. Schnell warf sie sich ein Tuch über und eilte die Treppe hinaus zur Vordertür. Unbedarft schlenderte sie um die Ecke.

»Oh … schönen guten Tag, Euer Wohlgeboren.« Die mollige Frau wollte sofort die Zigarette ausmachen.

»Nein, bitte. Lassen Sie sie an. Der Zigarettenrauch erinnert mich immer an meinen Mann. Hier raucht ja niemand. Nicht einmal mein Vater. Der pafft nur gelegentlich Zigarren, wenn er Besuch bekommt.«

Das Küchenmädchen schaute sie konsterniert an. Es war ungewöhnlich, ja es hatte schon fast etwas Unhöfliches, in Anwesenheit einer Dame weiterzurauchen, zumindest als Bedienstete.

»Ähm ... ja dann.« Sie zog an ihrer Zigarette.

»Ich hab Sie doch im Laden gesehen, nicht wahr?«

Die Polzin nickte. Wie alt war sie wohl? Siebenundzwanzig oder achtundzwanzig. Nicht mehr jung. Andere waren in diesem Alter längst verheiratet.

Die Ladenbesitzerin hatte ihr verraten, was Bertha Polzin rumerzählt hatte. Das ging natürlich gar nicht. Sie sei die größte Schwatznase auf dem Gut. Und immer gut für eine Übertreibung. So, wie die Kaufmannsfrau das gesagt hatte, hatte es schon fast geklungen, als würde sie das Küchenmädchen der Lüge bezichtigen.

»Sie kennen sich hier gut aus im Dorf, habe ich gehört.«

Das Dienstmädchen bedachte sie mit einem merkwürdigen Blick. Sie zog heftig an ihrer Zigarette. Es schien, als würde sie gerne wieder reingehen.

»Na ja. Wie man's nimmt.«

Das größte Tratschweib im Dorf, hatte die Ladenbesitzerin sie genannt.

»Wie macht sich denn eigentlich unsere Dorflehrerin so?«

»Sie soll sehr fleißig sein.« Ein letzter Zug, dann drückte sie die Glut in einem alten Blumentopf aus, der in einer Ecke stand.

Anastasia trat zwei Schritte vor. Sie stand jetzt genau zwischen ihr und der Hintertür.

»Und sonst so?«

Auf den prallen Wangen erschienen rote Flecke. »Mehr weiß ich auch nicht. Und natürlich, dass sie seit diesem Jahr mit den Kindern den Park und die Orangerie ... bewirtschaftet.«

»Rauchen Sie ruhig noch eine. Ich wollte Sie ja nicht in Ihrer Pause stören.«

Als wäre dies ein Befehl, holte die Frau eine zerdrückte Packung billiger Zigaretten aus ihrer Schürzentasche. Ein Streichholz flammte auf.

»Keine Männergeschichten oder sonst irgendetwas Außergewöhnliches in all den Jahren?«

Ein tiefer Zug. »Man erzählt sich im Dorf, dass Karl Matthis, der ehemalige Hauslehrer Ihrer Geschwister, wohl Interesse bekundet haben soll. Aber sie scheint darauf nicht eingegangen zu sein.«

Anastasia fixierte sie mit ihrem Blick. Da war doch sicher mehr zu holen. »Ich weiß, Sie würden nie etwas Schlechtes über unsere Familie weitererzählen. Oder überhaupt irgendwas Vertrauliches ausplaudern. Oder etwas, das den guten Ruf unseres Namens schädigen würde. Zum Beispiel etwas, das meinen Vater lächerlich machen würde.«

Die Frau wollte etwas sagen, stotterte, verschluckte sich am Rauch, hustete. »Ich … würde … niemals …«

Zerknirscht schaute das Küchenmädchen sie an. Ihr Blick verriet: Sie wusste ganz genau, was Anastasia damit meinte, nämlich die Geschichte mit dem offenen Hosenlatz.

»Ja?«

»Ich hörte … Man munkelt … Der Postbote hat mal vor zwei Jahren erwähnt, dass sie von zu Hause die *Vorwärts* geschickt bekommt. Der Umschlag war wohl eingerissen, da hat er es gesehen. Sie scheint Sozialdemokratin zu sein.«

»Aha. Und sonst noch was, das Sie mir über sie erzählen können?«

»Nein. Natürlich wurde sie am Anfang von den meisten Dorfbewohnern skeptisch beäugt. Weil sie eine alleinstehende Frau ist. Aber in den letzten Jahren hat sie viele Sympathien gewonnen.«

»Na, das ist ja sehr schön.« Also eine sympathische Sozialdemokratin, die sich in die Herzen der Dorfbevölkerung schlich.

»Ich wäre froh, wenn Sie Informationen dieser Art oder überhaupt alles Wissenswerte direkt weitergeben würden. Schließlich müssen meine Eltern über alles Bescheid wissen.«

»Ja, also. Dann werde ich demnächst Herrn Caspers ...«

»Nein, nicht Herrn Caspers«, beeilte Anastasia sich zu sagen. »Sagen Sie direkt mir Bescheid, wenn ich da bin. Sollte ich schon wieder abgereist sein, dann wenden Sie sich bitte vertrauensvoll an meine Mutter.«

»Natürlich.« Sie zog noch einmal heftig an ihrer Zigarette und drückte sie dann aus. Sie wusste, das Gespräch war vorbei. Mit gesenktem Kopf schlich sie an ihr vorbei zur Hintertür. Anastasia blickte ihr hinterher. Die Dienstbotin schloss die Tür hinter sich.

Konstantin hofierte also nicht nur irgendeine Bürgerliche, sondern ausgerechnet eine Sozialdemokratin. Das wurde ja immer schlimmer. Deshalb auch seine merkwürdige Haltung in manchen Fragen.

Anastasia ging den alten Trakt entlang, bis sie um die Ecke kam. Der ehemalige Park lag vor ihr. Die gesamte Fläche war umgewandelt in Gemüsebeete, die zum größten Teil schon abgeerntet waren. Niemand war da. Es war Vormittag, und die Dorflehrerin gab nun Unterricht. Überhaupt kamen sie nicht mehr jeden Tag. Die Zeit der vielen Arbeit war vorbei. Jetzt wurde nur noch das letzte Wurzelgemüse geerntet. Das teilte sie sich ein.

Anastasia nahm sich vor, die Lehrerin bei ihrem nächsten Besuch abzupassen und eine kleine Unterhaltung mit ihr zu führen.

Anfang Oktober 1917

Ihr große Schwester stand vom Frühstückstisch auf und entschuldigte sich. »Ich schau mal nach den beiden Kleinen. Clothilde war gestern nicht so wohlauf.«

Katharina schaute ihr überrascht nach. Das sah Anastasia gar nicht ähnlich, sich um ihre kranke Tochter zu kümmern. Das überließ sie lieber der Kinderfrau.

Papa wandte sich an ihren Bruder. »Konstantin, willst du nicht mitkommen? Ein paar Tage in Berlin würden dich sicher auf hellere Gedanken bringen. Außerdem habe ich eine Einladung erhalten. Ich werde mich mit einigen Mitgliedern der neuen Deutschen Vaterlandspartei treffen. Da kannst du mich gerne begleiten.«

Katharinas Bruder schaute interessiert auf. »Ich habe gehört, Kern ihrer Bestrebungen ist es, sich gegen die Aufhebung des Dreiklassenwahlrechtes zu stellen.«

»Genau. Sie genießen höchstes Ansehen beim Kaiser und auch bei der Obersten Heeresleitung. Auch der Verband der Alldeutschen und viele Nationalliberale unterstützen sie.«

Mit einem merkwürdigen Unterton sagte Konstantin: »Es ist sicher spannend, sich das mal genauer anzuhören. Ich komme mit.« Er zögerte einen Moment. »Hast du einen Termin bei der Bank? Wegen dem Kredit?«

»Ja, aber das werde ich alleine regeln.« Papa nahm die Zeitung hoch. Darüber wollte er anscheinend nicht mit Konstantin reden. Und vor allem nicht in Anwesenheit der anderen Familienmitglieder.

»Ich möchte auch mitkommen«, sagte Alexander, der seinen Frühstücksteller von sich schob.

»Natürlich. Wir werden alle fahren.« Mama schaute Katharina an. »Außer Anastasia. Sie muss zurück nach Ostpreußen, bevor der erste Schnee fällt.«

»Wann geht es los?«

Alexander konnte es kaum abwarten. Er hatte nichts zu tun. Im August hatte man festgestellt, dass sein Fußgelenk völlig schief zusammengewachsen war. Unter furchtbaren Schmerzen war es ihm erneut gebrochen worden. Wieder hatte er zwei Wochen im Bett verbracht und konnte seitdem nur noch humpeln. Es schien nicht besser werden zu wollen. Nach wie vor hatte er große Schmerzen – und furchtbare Langeweile. Er hatte sogar angefangen, mit Katharina den Unterrichtsstoff seines letzten Schuljahres durchzugehen.

»Ich freue mich schon.« Katharina würde direkt Julius schreiben. Natürlich wäre er immer noch nicht zurück in Potsdam, aber in seinem letzten Brief hatte er geschrieben, dass seine Mutter den Wunsch geäußert hatte, sich mit ihr auszusprechen. Vielleicht war ja ein heimliches Treffen im Hotel möglich. Oder vielleicht durfte sie gemeinsam mit Alexander raus.

Katharina stand auf. Sie würde sich nun wieder auf ihr Zimmer zurückziehen. Heute Nachmittag würde sie auf die kleinen Kinder aufpassen, aber bis dahin hatte sie noch viel zu lernen.

Auch Alexander und Konstantin standen auf. Katharina ließ Konstantin durch die Tür gehen und hielt sie für Alexander auf. Umständlich humpelte er hindurch. Jeder Versuch, ohne die Krücke auszukommen, war bisher gescheitert. Was für ein Pech er aber auch gehabt hatte mit dem neuerlichen Unfall. Sie wollte gerade die Tür hinter sich zuziehen, als sie Mamas gedämpfte Stimme hörte.

»Wir sollten Amalie Sieglinde von Preußen schreiben und fragen, ob ihr Sohn zufällig oder nicht zufällig in Berlin sein wird. Ich fände es gut, wenn es zu einem neuerlichen Treffen kommen würde. Irgendwann muss er sich ja mal erklären.«

Atemlos stand Katharina hinter dem Türspalt und lauschte. Papier raschelte leise. Papa hatte wohl seine Zeitung weggelegt.

»Ich wollte sowieso noch mit dir darüber reden. Ich habe doch sehr den Eindruck, dass Ludwig Spielchen mit uns treibt.«

Katharina frohlockte. War das nun der Zeitpunkt, an dem Papa Mama die Pistole auf die Brust setzte? Ihr mitteilte, was Ludwig getan hatte und dass er davon Abstand nahm, dass seine Tochter den Prinzen heiraten sollte?

»Ich wünsche mir ebenfalls nichts lieber, als dass er sich endlich öffentlich zur Hochzeit bekennt«, antwortete Mama leidend. »Aber wir können ihn ja nicht zwingen.«

»Ich werde Katka nicht seinen Spielchen aussetzen. Ich finde es äußerst merkwürdig, wie er taktiert. Erst verspricht er was, dann will er sich nicht festlegen.«

»Glücklich bin ich darüber auch nicht.«

»Ich habe darüber nachgedacht. Wir sollten den Inhalt seines Briefes mit seiner Familie besprechen. Am Ende wissen seine Eltern nichts davon. Sollte das so sein, dann wissen wir, woran wir sind. Dann meinte er es nie ernst.«

»Das kann ich mir kaum vorstellen.«

»Nun, ich hingegen kann mir ziemlich viel vorstellen. Ludwig hat …«

Jetzt. Endlich. Nun würde er es ihr sagen. Was Ludwig der armen Hedwig angetan hat.

»Katka hat Angst vor ihm.«

»Er scheint ein sehr eigenwilliger Mensch zu sein. Aber ist es nicht das Vorrecht, wenn man aus so hoher Familie stammt, etwas eigen sein zu dürfen?«

»Eigen?« Vater schnaubte laut auf. »Es ist mir egal, ob er eigen ist. Aber ich will vermeiden, dass wir uns am Ende noch zum Narren machen. Nein, ich will, dass es endlich zu einer offiziellen Verlobung kommt.«

Katharinas Herz sank auf den kalten Boden. Vater war nicht auf ihrer Seite. Sie hatte an eine realistische Chance geglaubt, diese Hochzeit verhindern zu können. Ihre Hoffnung hatte sie getäuscht.

»Schreib seiner Mutter. Mach einen Termin aus, ob er nun da ist oder nicht. Wir bringen die Verlobung unter Dach und Fach, oder sie ist geplatzt!«

»Du kannst die kaiserliche Familie doch nicht unter Druck setzen! Es gibt kaum noch Heiratskandidaten für Komtessen. Der Heiratsmarkt ist völlig zusammengebrochen.«

»Genau deswegen. Je länger wir warten, desto größer wird doch das Risiko, dass Ludwig sich noch anders entscheidet. Dann soll Katharina wenigstens die Chance nutzen, sich rechtzeitig anderweitig umzusehen. Was ist denn eigentlich mit diesem Diederich von Eulenburg? Die beiden schienen mir doch ganz interessiert aneinander.«

»Ich schreibe mit seiner Mutter und halte den notwendigen Kontakt. Im Moment ist er ohnehin kaum zu Hause.«

»Hat er Katharina jemals geschrieben?«

»Nicht dass ich wüsste.«

»Dann schreib Gräfin Eulenhagen, dass Katharina sich über ein paar Zeilen von ihm freuen würde. Schaden kann es nicht.«

»Lass uns erst abwarten, was in Berlin rauskommt. Auf die paar Wochen kommt es nun nicht an.«

»Wie du meinst. Aber vor Weihnachten will ich dieses Thema erledigt haben.«

Katharina hörte wieder Zeitungsrascheln. Das Gespräch schien beendet. Schnell weg hier, bevor Mama sie entdeckte.

Sie lief leise den Flur entlang und ging die Treppe hoch. Das war es also. Bisher hatte sie sich der Hoffnung hingegeben, dass Papa sich auf ihre Seite schlagen würde. Aber je mehr sie mitbekam, wie schlecht das Gut dastand und wie hoch es verschuldet war, desto geringer hatte sie ihre Chancen eingeschätzt. Es überraschte sie nicht wirklich. Trotzdem war sie zutiefst enttäuscht von ihm.

Dass ihre Mutter an den Hochzeitsplänen festhielt, verwunderte sie dagegen nicht. Die Aussicht, zur kaiserlichen Familie zu gehören, ließ sie offensichtlich alle Bedenken vergessen. Ob sie wusste, warum Hedwig sich umgebracht hatte?

Ein winziger Lichtblick blieb ihr. Vielleicht hatte sie Glück, und Ludwig ließ sich nicht auf einen Termin festnageln. Dann würde Papa hoffentlich seine Ankündigung wahr machen und der ganzen Geschichte eine Absage erteilen.

Doch wenn das nicht passierte, sollte sie gewappnet sein. Sobald es tatsächlich einen Hochzeitstermin gab, musste sie umgehend ihre Flucht planen. Umso wichtiger war es, sich wirklich mit Julius' Mutter zu treffen.

Anfang Oktober 1917

Anastasia hatte extra eine Packung Zigaretten gekauft. Nicht die billigen, wobei, richtig gute Marken waren in Greifenau gar nicht zu bekommen.

»Und, haben Sie etwas rauskriegen können?« Sie hatte Bertha nun schon zweimal abgepasst. Das letzte Mal hatte sie ihr etwas Geld gegeben. Jedes Mal hatte das Küchenmädchen etwas rausgerückt, aber meistens nichts, was sie sonderlich interessierte.

»Zu der Dorflehrerin leider nichts.« Sie nahm die Packung Zigaretten trotzdem.

Wie schade. Anastasia hatte die Dorflehrerin nur noch zweimal im Schlosspark gesehen. Das erste Mal war die Frau schon weg gewesen, als sie endlich unten gewesen war. Und das zweite Mal hatte Katharina ihr einen Strich durch die Rechnung gemacht, weil sie die ganze Zeit mit ihr geredet hatte. Bisher hatte sie noch nicht mit ihr sprechen können. Und viele Tage blieben ihr nicht mehr bis zu ihrer Heimreise nach Ostpreußen.

»Und was erzählt man sich im Dorf denn so über meinen Bruder?«

»Über welchen?« Ganz frech steckte sich Bertha Polzin eine Zigarette an.

Anastasia hätte ihr den Glimmstängel am liebsten aus dem Mund geschlagen. »Vor allem über meinen ältesten Bruder.«

»Er scheint ebenfalls sehr beliebt zu sein.«

Sehr beliebt. Ja, das konnte sie sich gut vorstellen. Auf dem Feld mitarbeiten. Sich dafür einsetzen, dass die Bauerngören ihren Schlossgarten umgraben durften. So machte man sich wahrlich beliebt bei den Pächtern.

»Hat er denn Frauengeschichten?«

Das Küchenmädchen stutzte. War Anastasia zu forsch gewesen? Sie wollte nicht, dass die Frau auf die Idee kam, dass es zwischen ihren Fragen nach der Dorflehrerin und nach ihrem Bruder einen Zusammenhang gab.

»Ich meine nur, weil er letztens so eine Andeutung gemacht hat. Es gebe da eine Komtess, die ...«

»Ich weiß von keiner anderen Komtess als Ihrer Schwester.«

»Hm, und sonst nichts? Gar nichts Interessantes?«

Bertha Polzin schaute sie an.

»Irgendjemand soll ihn in Ahlbeck gesehen haben, mit einer unbekannten Frau. Ist aber anscheinend schon ein paar Jahre her.«

»Was denn für eine unbekannte Frau?«

»Einer unserer fliegenden Händler hat ihn wohl dort gesehen. Aber wer die Frau war ...?« Sie zuckte mit den Schultern. Bei jedem Wort kam ein wenig Rauch aus ihrem Mund. »Keine Ahnung. Ich hab's ja auch nur über Dritte gehört.«

Vielleicht steigerte Anastasia sich da in etwas hinein. Schließlich war ihr einziger Anhaltspunkt, dass Konstantin der Lehrerin einen Blumenstrauß mitgebracht hatte. Vielleicht hatte sie da etwas missdeutet. Vielleicht war der Strauß gar nicht für sie gewesen. Angenommen hatte sie ihn nämlich nicht.

Andererseits trog ihr Gefühl sie selten in solchen Dingen. Konstantin hatte oft genug betont, dass er nicht an irgendwelchen Dummchen interessiert sei. Und ein Dummchen war die Frau ganz sicher nicht. Sie sah sogar ganz ansprechend aus, musste Anastasia zugeben. Ansprechend genug für ihren großen Bruder?

Nur für den Fall, dass es tatsächlich so wäre, war es doch eine gute Idee, dem Ganzen frühzeitig einen Riegel vorzuschieben. Sie würde Wittekind einen Brief schreiben. Er war derjenige, der über die Moral der Lehrerin wachen musste. Auch wenn Matthis schon lange Zeit weg war: Wittekind würde ein Fanal setzen, wenn man der Lehrerin eine Affäre mit dem ehemaligen Hauslehrer des Gutes nachsagen würde. Und ihr selbst war es ehrlich gesagt völlig egal, ob die Kinder des Dorfes eine Zeit lang auf die Schule verzichten mussten. Dann hätten sie mehr Zeit für die Feldarbeit. Das zu lernen war ohnehin das Wichtigste für sie.

»Nur für den Fall, dass Sie diesem Händler mal persönlich begegnen, dann fragen Sie ihn doch bitte nach der Frau. Ich bin im nächsten Frühjahr sicher wieder hier.«

»Mach ich.« Bertha Polzin grinste frech und steckte die Packung Zigaretten in die Schürzentasche.

Sehr wohl, gnädige Frau, hätte sie sagen sollen. Alles ging den Bach runter. Anastasia konnte es gar nicht abwarten, dass der Krieg aus war. Dann würde sie so einigen Leuten eine Lektion erteilen.

Außerdem sollte Bertha Polzin sich nicht darüber freuen, dass sie für ihre Schwatzhaftigkeit auch noch belohnt wurde. Das würde sie ihr schon noch austreiben. Na ja, austreiben lassen. Sie brauchte sich ja nicht selbst die Finger schmutzig zu machen.

Kapitel 12

8. November 1917

»Sie sehen fantastisch aus. Schon fast so elegant wie die Tochter des Kaisers selbst.« Mamsell Schott schaute Katharina bewundernd an. Sie hatte ihr geholfen, sich anzukleiden, und ihr die Haare hochgesteckt.

»Danke für Ihre Hilfe.« Es war das Kleid, das sie schon bei der Teeeinladung der hohenzollerischen Familie vor drei Jahren getragen hatte. Aber da das Kleid horrend viel gekostet hatte und im Krieg sowieso Zugeständnisse gemacht werden mussten, hatte Mama es umändern lassen. An Hüften und Busen hatte die Schneiderin etwas Stoff ausgelassen. Katharina sah so elegant aus wie zuletzt auf ihrem ersten Hofball im Januar.

Zwei Droschken standen unten bereit. Katharina zog sich einen Mantel über die Schultern. Das Wetter in Berlin war kühl, nass und windig. Alexander und Konstantin hatten sich ebenfalls elegant angezogen. Für ihre Brüder war es das erste Mal, dass sie in das Prinzessinnenpalais eingeladen waren, genau wie Papa.

Wie Berlin sich in dem halben Jahr verändert hatte. Das prächtige Antlitz der Stadt bröckelte mit jedem Besuch. Die Menschen sahen dünner aus, ärmlicher, kränker. Und genauso wirkte die Stadt, ausgemergelt, als hätte jemand ein altes Handtuch ausgewrungen. Dreckige Straßen, umgegrabene Parkanlagen, Kühe, die auf Grünstreifen grasten, scharf bewacht von ihren Besitzern. Die Schaufenster wenig einladend. Das Kuchenbackverbot war seit anderthalb Jahren in Kraft, und die Cafés waren verwaist. Es waren kaum noch Automobile zu sehen, weniger Pferdekutschen und nur einige Fahrräder. Mehr Menschen waren zu Fuß unterwegs, oft mit abgelatschten Schuhen. Der Glanz war weg, der Glamour verweht.

Katharina interessierte sich nicht sonderlich für den Krieg und seinen Verlauf. Kurzzeitig hatte sie versucht, dem Nachrichtengewühl eine klare Linie zu entnehmen. Doch schnell hatte sie gemerkt, dass die offiziellen Verlautbarungen oft nicht mit anderen Informationen zusammenpassten. Natürlich wünschte sie sich ein baldiges Ende, aus vielerlei Gründen, auch für diese Menschen und diese Stadt. Wie oft hatte sie davon geträumt, was sie in Berlin alles tun und sehen wollte, sobald sie volljährig war und ihren Tagesablauf selbst bestimmen konnte. Aber dieses Berlin machte ihr keine Lust mehr auf Freizeitvergnügen. Oder lag es gar nicht an der Stadt? War sie zu ernst und zu erwachsen und nachdenklich geworden?

Die Kutsche hielt, und Papa stieg aus. Er half Mama, Alexander und ihr aus der Chaise. Konstantin schritt bereits zum Portal hoch. Katharina schaute an dem herrschaftlichen Stadtpalais hoch. Feiner Nieselregen benetzte ihr Gesicht. Die vielen Fenster starrten auf sie herab. Schon bei ihrem ersten Besuch hatte sie gewusst, dass sie hier nicht hingehörte. Sie hatte es gefühlt, obwohl sie damals noch ein dummes Kind gewesen war.

Heute würde alles anders laufen. Sie würde Ludwig nicht mehr mit ihrer Angst füttern, nie wieder! Das war vorbei. Angespannt schritt sie die Stufen hinauf.

Die Begrüßungsrunde war förmlich. Prinz Sigismund von Preußen und seine Gattin Amalie Sieglinde hießen sie steif willkommen. Ludwig war nicht anwesend, umso besser.

Ihre Eltern nahmen den Preußens gegenüber Platz. Katharina setzte sich eine Chaiselongue weiter zwischen ihre beiden Brüder. Alexander legte seine Krücke beiseite und schaute sich neugierig um. Für ihn war das alles eine aufregende Abwechslung.

Es wurden artige Höflichkeiten ausgetauscht. Ludwigs Mutter beäugte Katharina missmutig. Das machte ihr Hoffnung. Als das Geplauder über Ernte, Wetter und Reiseumstände ermüdend wurde, kam Papa zum Grund ihres Besuches.

»Sie wissen sicherlich von dem Brief Ihres Sohnes an mich?«

Ludwigs Eltern tauschten überraschte Blicke.

Ha! Natürlich würden sie sich keine Blöße geben, aber es schien ganz so, als wüssten sie nichts von dem Vermählungswunsch ihres Sohnes. Dann wollte Ludwig es vermutlich niemals amtlich machen. Genau wie sie vermutet hatte. Katharina betete für einen Eklat. Dann konnte sie als freie Frau dieses Haus verlassen. Doch bevor Ludwigs Eltern antworten konnten, ging die Tür auf, und er trat ein.

»Die größte Entschuldigung, dass ich mich verspätet habe. Aber Sie wissen ja, mein Onkel ...« Als wäre damit alles gesagt. Er besaß noch nicht einmal die Höflichkeit, pünktlich zu kommen.

Erst begrüßte der Neffe des Kaisers Mama und Papa. Dann wandte er sich Katharina zu. Natürlich hatte er sich wieder so hingestellt, dass er ihr viel zu nahe kam. Er nahm ihre Hand und beugte sich so weit vor, dass sein Haar ihr Dekolleté berührte. Aber diese Masche würde bei ihr nicht mehr ziehen. Sie würde sich nicht mehr einschüchtern lassen.

Ludwig zog seinen Kopf zurück und lächelte sie an. Dieses raubtierhafte Lächeln, das sie so hasste. Sie lächelte zweideutig zurück und setzte sich, ohne ihn eines weiteren Blickes zu würdigen.

»Graf von Auwitz-Aarhayn erwähnte gerade einen Brief, den du ihm geschrieben hast, mein Sohn. Was stand denn darin?«

»Nun, meine allerfreundlichsten Grüße.«

»Eure Königliche Hoheit. In der Tat stand allerdings sehr viel Wichtigeres in diesem Brief. Sie haben meiner Tochter die Ehe angetragen.«

Es entstand eine Pause, die sich in die Unendlichkeit zog. Zumindest kam es Katharina so vor.

Doch dann sagte er gut gelaunt: »Das habe ich. So ist es.«

Am ärgerlichen Blick seiner Eltern konnte man erkennen, dass die darüber nicht informiert worden waren. Sie brauchten einen Moment, um diese Information zu verdauen. Als wäre das alles ein großer Spaß, lächelte Ludwig von einem zum Nächsten. Sein Blick blieb auf Katharina haften.

»Und wann soll diese Hochzeit sein?«, fragte seine Mutter schließlich reichlich pikiert.

»Das ist genau die Frage, die wir uns auch stellen«, sagte Papa nachdrücklich.

»Was soll das heißen? Hat mein Sohn nicht dazugeschrieben, wann er beabsichtigt, Ihre Tochter zu heiraten?« Sigismund von Preußen war aufgestanden. Ihn hielt nichts mehr auf dem weichen Polster.

»Nun, genau genommen hat er geschrieben, dass er sie nicht heiraten könne, bevor der Krieg aus sei.«

»Wieso das denn?«, polterte seine Mutter überrascht los.

»Ich könnte doch an der Front fallen?«

Seine Eltern schauten ihn überrascht an. Es lag auf der Hand, dass er als der ständige Begleiter seines Onkels keinesfalls auch nur in die Nähe einer richtigen Front kam.

»Was für Torheiten.« Sein Vater raunzte einem Diener, der am Rande wartete, etwas zu.

»Und wenn es tatsächlich so wäre, wäre das kein Grund, der dagegenspräche. Wenn du die Ehe versprichst, musst du dein Versprechen halten, wie es sich geziemt. Im ganzen Land werden Ehen geschlossen, bevor die Männer an die Front ziehen.«

Sein Vater hatte da feste Ansichten. Obwohl Ludwig seine Eltern vorher nicht eingeweiht hatte, machten sie jetzt keine Szene. Anscheinend genoss er große Narrenfreiheit. Oder vielleicht waren sie es auch einfach leid, den sprunghaften Ideen ihres Sohnes folgen zu müssen. Auf jeden Fall kämpften die beiden darum, ihr Gesicht nicht zu verlieren. Doch der Ausdruck seiner Mutter war steinern. Sein Vater wirkte säuerlich.

Ludwig wandte sich an Papa. »Werter Auwitz. Wenn ich mir die Frage erlauben darf: Wann wird Ihre Tochter achtzehn?«

»Am 9. November nächsten Jahres.«

»So sei es. Dann soll die Hochzeit sein. Morgen in einem Jahr wird geheiratet.«

Selbst Katharina starrte ihn nun überrascht an. Mit dieser verbindlichen Zusage hatte sie nicht gerechnet.

Mama war wie ausgewechselt. »Meinen allerherzlichsten Glückwunsch.« Sie legte ihre Hand theatralisch an ihren Hals. »Meine Tochter!«

Verflixt! Jetzt war es offiziell. Katharina wäre es lieber gewesen, wenn sich diese unselige Geschichte ohne ihr Zutun aufgelöst hätte. Aber den Gefallen tat Ludwig ihr nicht. In ihr wüteten die Gedanken, doch äußerlich ließ sie sich kein bisschen aus der Ruhe bringen.

Als der Champagner kam, stieß sie höflich mit den anderen auf diesen Tag an. Und als Ludwigs Mutter äußerte, dass sie sehr froh sei, dass Katharina sich offensichtlich die Flausen eines Frauenstudiums aus dem Kopf geschlagen habe, widersprach sie nicht. Sie wusste, was sie nun zu tun hatte: gute Miene zum bösen Spiel machen und in aller Heimlichkeit ihre Freiheit vorbereiten. Mama würde sie ab sofort wie ein Diamantendiadem bewachen.

»Warum heiratet ihr nicht im Sommer? Sommerhochzeiten sind so viel schöner.« Mama konnte es wirklich kaum abwarten.

Es war das erste Mal, dass Katharina etwas sagte: »Ich möchte wirklich nicht, dass hinter meinem Rücken Gerüchte entstehen. Und wenn ich vor meinem achtzehnten Geburtstag heirate, könnte das aussehen … wie eine Notwendigkeit.«

»Auch wieder wahr«, sagte Ludwigs Mutter, bevor Mama einschreiten konnte. »Diese Vermählung wird schon so reichlich Aufsehen erregen.« Sie klang alles andere als begeistert.

»Haben Sie schon eine Vorstellung, wohin die Hochzeitsreise gehen soll?« Papa wirkte, als hätte man ihm Fesseln abgenommen. Er war in der letzten Zeit kränklich gewesen. Nun schien alles Negative von ihm abzufallen. Er strahlte voller Energie.

Ludwig erdreistete sich tatsächlich, ihre Hand zu nehmen. Er schaute ihr in die Augen. »Riviera? Venedig? Dann weiter nach Rom? Wir haben ja nun noch ein Jahr Zeit, das genauestens zu überlegen.«

»Und außerdem solltet ihr berücksichtigen, dass Krieg ist.« Sein Vater klang besonnen. »Vielleicht wird es doch eher eine Reise in die nordischen Länder.«

»Solange es den U-Boot-Krieg gibt, würde ich eine Landpartie vorschlagen!«, warf Konstantin warnend ein.

»Wir werden sehen. Wir werden sehen.« Ludwig trank seinen Champagner in einem Zug. Seine Hand drückte ihre so fest, dass es wehtat.

Es klopfte. Die Tür ging auf, doch der Besucher, ein Militärattaché, blieb in der Tür stehen. Er nickte knapp, was anscheinend ein Zeichen für Ludwigs Vater war.

»Wenn Sie mich für einen Moment entschuldigen würden. Ludwig, kommst du?« Die beiden Männer verließen das Zimmer.

»Fragen Sie mich nicht«, beschwichtigte Ludwigs Mutter sie nach der Unterbrechung. »Wieder irgendeine Unruhe in Sankt

Petersburg. Ich weiß wirklich nicht, was es diesmal ist. Man blickt ja kaum noch durch.«

»Oh, das klingt interessant«, sagte Konstantin, als wäre er plötzlich aus dem Schlaf gerissen worden.

Mama sank mutlos auf die nächstbeste Chaiselongue. »Hoffen wir das Beste.«

»Seien Sie nicht beunruhigt. Der Prinz sagte mir vorhin noch, dass es vermutlich erfreuliche Nachrichten gebe.« Die Prinzessin wandte sich an Katharina. »Sehr bedauerlich, die Hochzeit im Winter feiern zu müssen. Aber ich kann Sie gut verstehen. Obwohl Hochzeiten, gerade in unserem Kreise, doch so gerne im Sommer gefeiert werden. All die Bälle und Soireen, die Empfänge, der Weg zur Kirche – es ist im Sommer doch etwas ganz anderes.«

Katharina hatte das Gefühl, dass Ludwigs Mutter ihr zu verstehen gab, dass sie ruhig auch noch ein halbes Jahr länger auf die Vermählung warten könne. Sie suchte wohl genauso nach einem Ausweg wie Katharina.

»Natürlich würde ich gerne Ihrem Wunsch entsprechen. Aber bevor ich achtzehn bin, möchte ich nicht heiraten. Vielleicht sollten wir erst im Sommer 1919 heiraten?«

Mama schaute sie an, als wäre sie geistesgestört. »Nein, an deinem Geburtstag. So wurde es beschlossen. Du willst dich doch nicht eigenmächtig über das Wort deines Gatten hinwegsetzen!«

»Noch ist er ja nicht ...« Die Prinzessin wurde von einer auffliegenden Tür unterbrochen. Ihr Mann und auch Ludwig kamen mit energischen Schritten herein.

Prinz Sigismund von Preußen klatschte erfreut in die Hände. »Mehr Champagner. Mehr Champagner!« Er ließ sich nachschenken. Neugierig warteten alle in der Runde auf das, was er verkünden würde.

»Beste Nachrichten. In der letzten Nacht haben bewaffnete Brigaden das Winterpalais gestürmt. Die Bolschewiki haben die Hauptstadt übernommen und unter Lenins und Trotzkis Führung die Regierung abgesetzt. Die Sowjets haben die Macht übernommen.«

Mama wurde ganz blass. »Der Winterpalais – gestürmt.«

»Dort haben nur die Vertreter der provisorischen Regierung aus der Duma getagt. Der Zar war ohnehin nicht dort«, erklärte Konstantin schnell, um seine Mutter zu beruhigen.

»Aber … meine arme Familie!« Ihre Stimme war nur noch ein Flüstern.

»Verstehen Sie nicht, meine Liebe? Lenin ist der Anführer der Bolschewiki. Er hat versprochen, den Krieg mit dem Deutschen Reich sofort zu beenden. Sofort! Die Kämpfe an der Ostfront sind bereits eingestellt. Die ersten Telegramme mit Bitte um Waffenstillstandsverhandlungen sind verschickt. Der Krieg im Osten ist zu Ende!« Prinz Sigismund hob sein Glas, und alle stimmten in ein dreifaches Kaiserhoch ein.

»Morgen Abend kommen Sie zu einem großen Diner. Anlässlich des Geburtstages Ihrer Tochter werden wir ihre Verlobung bekannt geben, in größerem Kreise, und das Ende der Ostfront begießen. Wir haben wahrlich gute Gründe zu feiern.«

9. November 1917

Wiebke wusste nicht so recht, wie sie sich verhalten sollte. War er es wirklich? Woher sollte sie es wissen? Sie hatte Paul seit über zwölf Jahren nicht mehr gesehen. Der junge Mann hatte rote Haare und die gleichen grünen Augen wie sie. Aber auch er schien unschlüssig. Er hatte sie bei ihrem Namen gerufen, vorhin, als sie draußen eine Waschschüssel ausgespült hatte.

Er behauptete, ihr Bruder zu sein. Wiebke hatte gezaudert. Dann hatte sie gesagt, sie würde Ida holen. Die hatte sich endlich von ihrer Arbeit freigemacht und trat neugierig hinter die Remise. Als sie ihn sah, machte sie große Augen, aber sofort flog sie ihm in die Arme. »Paul, was machst du denn hier?«

Plötzlich brachen bei ihrem großer Bruder alle Dämme. Er heulte Rotz und Wasser. Sie wiegte ihn im Arm wie ein Kind. Wiebke überkam augenblicklich ein wohlig warmes Gefühl. Er war es. Er war ihr Bruder.

»Hast du Hunger?«, fragte Ida nach ein paar Minuten.

Er nickte heftig.

»Und Durst wahrscheinlich auch. Bist du geflohen?«

Wieder Nicken und weiterhin heftiges Weinen.

»Oje.« Desertiert. Fahnenflüchtig. Niemand durfte ihn sehen.

»Wiebke, ich bring ihn in die Scheune. Hol was zu essen und etwas zu trinken und auch eine Decke oder zwei. Aber lass dich nicht erwischen.«

Doch bevor Wiebke jetzt ging, umarmte sie ihren Bruder von hinten. Paul, ihr zweitältester Bruder. Endlich trafen sie sich wieder, nach all den vielen Jahren. Am ganzen Körper zitternd lief sie zurück zum Haus.

»Oh, ist es so kalt draußen?« Eugen kam gerade aus dem Dienstboteneingang getreten.

»Ja, sehr kalt.« Sie wollte schnell im Haus verschwinden.

Doch der Stallbursche blieb stehen. »Was ist denn mit dir?«

Ihr Mund war ganz trocken. Sollte sie sich Eugen anvertrauen? Immerhin war Paul fahnenflüchtig. Sie wusste, dass darauf Zuchthaus stand. Eugen würde sie bestimmt nicht verraten.

Trotzdem war es besser, wenn er erst gar nicht in die Geschichte verwickelt wurde.

»Ich ... Mir ist nicht gut. Und kalt.« Sie ging weiter den Flur runter und ließ ihn einfach stehen. An der Tür zur Küche schaute sie hinein. Frau Hindemith machte gerade Pause. Die Familie war seit drei Tagen fort, und endlich lief es wieder etwas ruhiger im Haus. Die Köchin hatte sich einen Stuhl an den Herd gerückt und wärmte ihre Hände. Es war nass, und es war kalt. Bei dem Wetter hatte sie immer ganz besonders starke Schmerzen.

»Ich hab noch furchtbaren Hunger. Gibt es etwas, was ich zwischendurch essen kann?«

»Du hast Hunger? Ja geht denn die Welt unter?« Irmgard Hindemith stand auf und schlurfte zum Brotkasten. »Da, nimm dir was raus. Ich hole dir die gute Butter. Oder möchtest du lieber Schmalz?«

»Lieber Schmalz, mit etwas Salz drauf.«

»Na dann.«

Als Irmgard Hindemith den Raum verließ, griff Wiebke blitzschnell zu einer Blechkanne und schüttete die Milch hinein, die vom Frühstück übrig geblieben war. Schnell versteckte sie die Kanne hinter einem kleinen Vorsprung im Flur. Dann schob sie sich noch zwei Kanten Brot in ihre Schürze und legte zwei dicke Scheiben Brot auf die Anrichte. Schon kam die Köchin zurück.

»Nimm dir ruhig, so viel du willst. Du kannst es weiß Gott vertragen. Und wenn ich mir anschaue, was manch andere hier so wegessen, dann hast du noch vier Jahre doppelte Portionen gut.« Sie legte ihr ein Buttermesser hin und setzte sich wieder zurück an den Herd.

»Und, kannst du auch ein bisschen Pause machen?«

Hektisch und mit zittrigen Fingern schmierte Wiebke dick

Schmalz auf die Schnitten. »Nein, ich muss gleich wieder raus.«

»Raus?«

»Hoch. Ich muss hoch!« Schon streute sie etwas Salz über das Schmalz und klappte die Stullen zusammen. »Kann ich den Apfel auch mitnehmen?«

Irmgard Hindemith schaute sie verwundert an. »Kind, was ist plötzlich mit dir los?« Aber sie schien erfreut, dass Wiebke endlich zulangte. »Nimm nur, nimm.« Schon streckte sie wieder ihre Hände über den noch warmen Herd.

»Ganz lieben Dank.« Wiebke steckte sich den Apfel in die Schürzentasche und versuchte, nicht zu hastig zu gehen. Sie schnappte sich die Kanne mit der Milch und schlüpfte leise zur Hintertür hinaus.

Hoffentlich sah sie niemand. Verdammt, sie hätte Eugen vorhin fragen sollen, wohin er wollte. War er bei den Pferden? War er im Jungtierstall?

Doch als sie die Tür im großen Scheunentor öffnete, beantwortete sich ihre Frage von allein. Eugen stand vor Ida und Paul. Die beiden saßen auf einem Strohballen. Ida hatte die Arme schützend um Paul gelegt, obwohl der einen ganzen Kopf größer als sie war. Beide schauten Eugen ängstlich an, als Wiebke eintrat.

Sie kam näher und streckte Paul das Schmalzbrot entgegen. Er riss es ihr fast aus der Hand und verschlang es mit wenigen Bissen. Dann reichte Wiebke ihm die Milch. Er trank die Kanne in einem Zug aus.

»Du wirst uns doch nicht verraten?«

»Du hättest es mir ruhig sagen können. Ich hab gedacht, du vertraust mir.« Eugen schien enttäuscht.

»Ich vertraue dir ja auch. Aber ich wollte dich da nicht mit reinziehen.«

»Hm«, gab Eugen unzufrieden von sich.

»Ich muss nachher noch mal nach Decken suchen.«

»Eugen hat schon gesagt, dass wir auch ein paar aus der Remise nehmen können. Zum Unterlegen.«

Ida sah Eugen so dankbar an, dass Wiebke beinahe die Tränen kamen.

»Hat dich jemand gesehen?«

Wiebke schüttelte ihren Kopf. »Bertha müsste noch im Dorf sein, und Albert Sonntag ist auf dem Feld.«

»Was ist mit der Hindemith?«, fragte Ida besorgt.

»Sie hat mir das Essen gegeben. Ich hab gesagt, es sei für mich.«

»So viel?« Eugen erschien das ebenso abwegig wie der Köchin.

»Die Milch und das trockene Brot hab ich ... Davon weiß sie nichts.«

»Das Brot bemerkt sie vermutlich nicht einmal. Und ich werde sagen, dass ich die Milch getrunken habe.«

Wiebke wäre Eugen am liebsten um den Hals gefallen.

Paul, der seinen ersten Hunger gestillt hatte, sah nun von einem zum anderen.

»Ich wusste nicht, wohin ich gehen sollte. Ich dachte, ihr könnt mich bestimmt irgendwo verstecken. Auf so einem großen Gut.« Seine Stimme klang gleichermaßen ängstlich wie hoffnungsvoll.

Ida kannte sich hier noch nicht so gut aus, sie war erst wenige Monate da. Aber Eugen und Wiebke kamen still überein.

»Eine Weile wird es gehen, wenn du keine Dummheiten machst.«

»Ich will mich hier nur verstecken. Ich war«, er schluckte hart, »an der vordersten Front. Ich hab so viel gesehen. So viele Männer ... verstümmelt. Und noch mehr Tote. So viele Tote.

Aber am schlimmsten war das Gas. Über zwei Wochen habe ich eine Gasmaske getragen, Tag und Nacht. Nur zum Essen durften wird sie kurz ablegen. Ich hab es nicht mehr ausgehalten. Ich dachte, ich ersticke darunter. Ich wusste, wenn ich nicht fliehe, ist es mein sicherer Tod. So oder so.«

»Wie lange willst du bleiben?« Ida war mal wieder pragmatisch.

»Bis der Krieg aus ist.«

Jetzt sagte niemand mehr etwas. Nachdem mittlerweile mehr als die halbe Welt mit dem Kaiserreich im Krieg zu stehen schien, konnte der noch eine verdammt lange Zeit dauern.

Ida tätschelte ihm den Rücken. »Ruh dich erst einmal aus. Wir päppeln dich schon wieder auf. Du bist ja nur noch Haut und Knochen. Alles andere sehen wir dann.«

»Ich bin so müde. Ich könnte eine Woche schlafen.«

»Das kannst du ja machen.«

Zum ersten Mal nahm sich Wiebke Zeit, ihren Bruder eingehend zu betrachten. Paul war groß und schlank. Tatsächlich war er sehr abgemagert. Sein Haar war stumpf und zerzaust. Sein Bartflaum stand ihm wie Dreck im Gesicht. Ein Bad würde ihm vermutlich guttun.

»Vielleicht wäre es gar keine schlechte Idee, wenn wir ihn in einem der leeren Dienstbotenzimmer unterbrächten.«

Wiebke schaute Eugen mit großen Augen an.

»Es ist schon verdammt kalt in der Nacht. Er könnte bei mir im Zimmer im zweiten Bett schlafen. Zumindest für diese Nacht hätte er es warm. Aber dann müssten wir vorsichtig sein. Meistens klopft Herr Caspers nur, wenn ich noch nicht auf bin, aber gelegentlich kommt er auch ins Zimmer.«

»Es wäre sehr viel wärmer als hier draußen.«

»Und es wäre auch viel einfacher, Lebensmittel hoch zu schaffen. Wenn wir jedes Mal mit Brot und Blechkannen über den ganzen Hof laufen, erwischt uns früher oder später irgendjemand.«

»Also gut. Am besten machen wir es sofort. Wir gehen nacheinander rein. Paul versteckt sich in der Hecke. Wenn die Luft rein ist, winken wir dir und du musst schnell reinkommen.«

Der junge Kerl verstand das.

»Frau Hindemith sitzt in der Küche. Dort wird sie vermutlich noch sitzen, bis sie mit dem Abendessen anfängt. Aber was ist mit Caspers?«

»Caspers poliert oben im Speisesalon die Kristallgläser.«

»Also gut. So machen wir es. Wir bringen ihn zusammen Etage für Etage die Hintertreppe hoch. Oben verstecke ich ihn in meinem Zimmer.«

Paul stand auf. Er verzog sein Gesicht.

Wiebke wusste sofort, was los war, als sie auf seine Schuhe schaute. Die Löcher waren so groß wie Fäuste. Ein blutiger Zeh schaute raus. »Keine Angst, nur noch ein paar Minuten, dann bekommst du alles, was du brauchst. Ein warmes Bett, frisches Wasser und Salbe. Und heute Abend noch mehr zu essen.«

Paul bedachte sie mit einem so dankbaren Blick, dass ihr trotz des nasskalten Wetters wieder ganz warm ums Herz wurde.

9. November 1917

Konstantin saß schräg gegenüber seiner Schwester. Er wusste nicht genau, was er von der ganzen Geschichte halten sollte. Alexander hatte ihm gestern noch verraten, dass Katharina Ludwig von Preußen hasste. Schon den ganzen Abend befingerte der Prinz sie und kam ihr ständig zu nahe. Katharina aber zog ihre Hand nicht weg. Sie ließ es einfach über sich ergehen. Ein schöner Geburtstag.

»Wie wäre es mit Südamerika?«, schlug Katharina plötzlich vor.

»Was meinen Sie?« Der Prinz war ganz überrascht, dass seine Verlobte ihn aus eigener Initiative ansprach.

»Unsere Hochzeitsreise. Südamerika, dort gibt es doch noch einige Fleckchen, die nicht mit uns im Krieg sind. Argentinien zum Beispiel.«

Also wollte Katharina den Prinzen doch heiraten. Konstantin tauschte mit Alexander einen fragenden Blick. Der schien ebenso überrascht.

Ludwig lachte laut auf. »Wieso Argentinien?«

»Wieso nicht? Nach Afrika und nach Asien können wir schließlich nicht. Nordamerika fällt ja nun ebenfalls aus. Und ich würde gerne in ein exotisches Land reisen.«

Wieder griff er nach ihrer Hand und schmatzte ihr wenig elegant einen Kuss auf die Finger. »Ihr Wunsch ist mir Befehl.«

Das Diner war zu Ende, und alle standen auf. Es waren noch ein weiteres Prinzenpaar eingeladen sowie weitere Neffen und Nichten von Kaiser Wilhelm. Zudem sollte die Verlobung morgen offiziell verkündet werden. Die Presse in der Hauptstadt würde schon dafür sorgen, dass die Nachricht in Windeseile durch das Land getragen wurde.

Papa hatte ihm heute Morgen gesagt, dass er noch zwei Tage warten wollte. Erst dann würde er zur Bank gehen und um einen Kredit bitten. Wenn erst einmal bekannt war, dass seine Tochter in die kaiserliche Familie einheiraten würde, würde man ihm jeden Kredit gewähren, den er benötigte. Papa und auch Mama hatten seit gestern beste Laune.

Mehrere Livrierte liefen im großen Salon herum und servierten Getränke. Konstantin sollte besser aufpassen, dass Papa nicht zu viel trank. Er hatte sich anscheinend eine Verkühlung zugezogen, denn er schwitzte stark. Er trat neben ihn, gerade als Sigismund von Preußen mit einem Löffel gegen sein Glas schlug.

»Ich möchte den Augenblick nutzen, um Ihnen mitzuteilen, was gerade im Auswärtigen Amt an erfreulichen Nachrichten eingegangen ist. Unter dem Vorsitz unseres Lieblings-Bolschewisten Lenin wurde gerade heute ein Dekret erlassen – das Dekret über einen Frieden ohne Annexionen oder Ausgleichszahlungen. Was wir erhofft hatten, ist nun eingetreten. Auf unserer Seite wird bereits eine Delegation zusammengestellt, die mit Russland die Friedensverhandlungen führen wird.«

Im leisen Klatschen der anderen hob er sein Glas und wartete, dass alle es ihm gleichtaten.

»Jetzt werfen wir alles an die Westfront, was wir haben. Die Franzosen und die Briten werden sich wünschen, niemals gegen uns ins Feld gezogen zu sein.«

»Und die Yankees erst recht«, rief jemand aus einer Ecke.

Der ganze Salon lachte. Lachte und trank, als wäre der Krieg bereits gewonnen.

Der Militärattaché, den Konstantin gestern kurz gesehen hatte, trat an ihn heran.

»Konstantin von Auwitz-Aarhayn, nehme ich an?«

Er nickte zustimmend.

»Wir haben einen gemeinsamen Bekannten. Richard von Kühlmann.«

»Oh«, sagte Konstantin nur, mit einem schnellen Seitenblick zu seinem Vater. Richard von Kühlmann war der Staatssekretär im Auswärtigen Amt, an den er damals den Bericht gesandt hatte.

»Keine Angst. Wir sind hier ja quasi unter uns.« Er hob sein Glas, als wollte er auf Konstantins Gesundheit trinken. »Ich habe gehört, Sie haben ganze Arbeit geleistet.« Und zu seinem Vater sagte er: »Sie können stolz sein auf Ihren Sohn.«

Papa wusste zwar nicht, worum es ging, aber der Aufenthalt in Berlin lief für ihn besser und besser.

»Nun, ich habe nur einen Bericht verfasst.«

»Offensichtlich lagen Sie mit Ihrer Einschätzung goldrichtig. Man musste den Leuten nur das Richtige versprechen und sie mit Lebensmitteln versorgen.«

»Sie kennen meinen Bericht?«

»Nein, das nicht. Aber ich habe davon gehört, dass Sie anscheinend sehr gut beobachtet haben, was auf den Straßen in Sankt Petersburg los ist. Und Sie sollen die richtigen Schlüsse daraus gezogen haben. Die Bolschewiki hatten in den letzten Wochen enormen Zulauf. Und Zuspruch aus der ganzen Bevölkerung.«

»Dann hoffe ich, dass es vorerst so bleibt.«

»Gestern hat Lenin schon ein anderes Dekret veröffentlicht. Das Dekret über Grund und Boden. Die Bolschewiki stellen damit in Aussicht, dass alle Ländereien von Gutsherren, der Kirche und der Staatsdomäne für die Landbevölkerung entschädigungslos konfisziert werden. Über achtzig Prozent der Russen sind Bauern. Sie glauben doch wohl nicht, dass die sich das entgehen lassen würden? So schändlich ich die Enteignung auch finde, mit dieser Geschichte ist die Entwicklung unumkehrbar. Damit haben sich die Bolschewiki auf die nächsten Jahre ihre Macht gesichert. Wenn wir den Krieg dann bald gewonnen haben, werden wir uns um dieses Problem kümmern und schauen, was vom russischen Scherbenhaufen übrig ist. Aber bis dahin lassen wir die Bolschewiki schalten und walten, wie sie wollen.«

»Aha!« Konstantin spülte diese Nachrichten mit Champagner hinunter. Von Konfiszierung hatte er nie gesprochen. In seinem Bericht hatte gestanden, dass derjenige die Straßen beherrschen würde, der den Leuten nicht nur Brot und Hoffnung versprach, sondern Brot und Butter gab. Anscheinend hatte von Kühlmann seinen Bericht gründlich gelesen, und die deutsche Regierung hatte die Bolschewiki weiterhin unterstützt.

»Das ist mein Sohn!« Papa klopfte ihm stolz auf die Schulter.

»Noch mal meinen allerherzlichsten Dank dafür. Sie ahnen vermutlich nicht, wie weitreichend die Wirkung ist, die Sie mit Ihrem Bericht losgetreten haben.«

Er knallte militärisch zackig die Hacken zusammen und empfahl sich, vermutlich, um sich ein neues Glas Champagner zu holen. Doch als er nun beiseitetrat, lief er beinahe in Mama hinein, die hinter ihm gestanden hatte.

Die schaute Konstantin mit einer Mischung aus Bestürzung, Verachtung und Abscheu an, die er noch nie in ihren Augen gesehen hatte. Sie schnappte nach Luft, als wäre sie ein Fisch, der gerade an Land geworfen worden war. Echtes Entsetzen stand ihr im Gesicht.

»Feodora, meine Liebste.« Papa legte seine Hand auf ihren Arm, doch sie schüttelte ihn ab.

Sie war weiß wie die Wand. Blutleer. Ihre Stimme dünn wie Seidenpapier. »Deine eigene Familie. Wie kannst du nur so etwas tun? Du hilfst dabei, dass deine eigenen Onkel und Tanten heimatlos werden. Ich finde keine Worte …«

Und tatsächlich stellte sie ihr Glas so brüsk auf einem Tablett ab, dass der Bedienstete schwere Not hatte, nicht alle Gläser fallen zu lassen. Und rauschte ohne ein weiteres Wort aus dem Salon.

»Ich werde es ihr erklären, Konstantin. Mach dir keine Sorgen. Ich werde es ihr schon erklären.«

Das bezweifelte er allerdings sehr. Egal, wie lange Mama hier im Kaiserreich lebte – in ihrem Herzen war sie doch eine russische Seele geblieben. Und würde es vermutlich auch immer bleiben.

9. November 1917

Sie schwor, wenn sein Vater nicht mit im Raum gewesen wäre, Ludwig hätte sie vermutlich gleich dort im Palais begattet. Katharina musste den ganzen Abend an die arme Hedwig denken. Dieses magere junge Mädchen, fast noch ein Kind war sie gewesen. Am liebsten hätte sie es bei Tisch laut herausgeschrien, was Ludwig dem Mädchen angetan hatte.

Stattdessen hatte sie gelächelt, sich angeregt unterhalten und den Anschein gegeben, als wäre alles in bester Ordnung. Sie ekelte sich vor sich selbst. Noch immer fühlte sie seine Hände auf ihr. Sie hatte ein großes Bedürfnis danach, ein Bad zu nehmen. Dazu war es natürlich schon zu spät. Außerdem hatte sie noch etwas vor.

Tatsächlich hatte sie es genau richtig eingeschätzt. Wenn sie sich jemals während ihres Aufenthaltes in Berlin von Mama freimachen konnte, dann heute Abend direkt nach der Verlobung.

Mittels Alexanders Hilfe hatte sie vor zwei Wochen Julius' Mutter darüber unterrichtet, dass sie bald in Berlin sein würde. Und wenn sie sie treffen wollte, dann ginge das nur kurzfristig im Hotel. Sie wollte sich noch einmal melden.

Heute Morgen nun hatte Alexander einen Boten nach Potsdam geschickt. Katharina war hochnervös, ob Julius' Mutter die Nachricht erhalten hatte. Würde sie unten auf sie warten?

Ihr kleiner Ausflug war einfacher als gedacht. Irgendetwas war auf der Feier vorgefallen, aber sie wusste nicht, was. Immerhin schien es dieses Mal nichts mit ihr zu tun zu haben.

Mama schien praktisch überhaupt nichts mehr wahrzunehmen. Fahl im Gesicht und stumm war sie irgendwann wieder aufgetaucht. Die Lippen zusammengepresst, die Stirn in wütenden Furchen, hatte sie nur noch ein Minimum an Höflichkeit aufgebracht. Sie musste etwas Schreckliches erfahren haben. Während Papa versucht hatte, Mama zu beruhigen, schien Konstantin im Bilde zu sein. Aber auf Alex' Nachfrage in der Droschke hatte der ihn nur barsch angeraunzt, er solle den Mund halten.

Im Hotel hatte Alexander die Mamsell mit einem Auftrag in die Hotelküche geschickt. Ihm sei nicht wohl und er brauche einen Kamillentee. Konstantin war sofort zu Bett gegangen. Katharina hörte, wie Mama sich mit Papa in ihrem Hotelzimmer laut auseinandersetzte.

Eine bessere Gelegenheit würde sie nicht mehr bekommen. So, wie sie zu der Verlobungsfeier gegangen war, ging sie nun hinunter in die Lobby. Sie drehte sich suchend um, da sah sie sie schon.

Eleonora Urban hatte sich in einer Ecke der Hotelhalle dezent hinter einem Magazin versteckt. Katharina ging ihr entgegen.

»Meine Liebe, Sie sehen bezaubernd aus.« Julius' Mutter wirkte tatsächlich beeindruckt.

Katharina setzte sich so, dass sie sowohl den Aufzug als auch die Treppe im Auge hatte. Sie war äußerst nervös, aber nicht wegen Frau Urban.

»Ich muss Ihnen direkt etwas mitteilen. Wie gesagt, ich habe nicht viel Zeit. Ich sehe so schick aus, weil ich geradewegs von meiner Verlobung komme.«

Eleonora Urban erschrak richtiggehend.

»Nein, nein. Es ist zwar offiziell so, aber ich habe nicht vor, ihn zu heiraten. Morgen wird es vermutlich in aller Munde sein. Ludwig von Preußen, ein Neffe des Kaisers, hat um meine Hand angehalten. Julius weiß darüber Bescheid, also nicht über die Verlobung, aber über Ludwig von Preußen. Ich werde ihn aber nicht heiraten, was auch immer geschieht. Auch deswegen wollte ich Sie treffen. Heute in einem Jahr soll die Hochzeit sein. Ich muss vorher fliehen.«

»So? ... Ich meine: Jetzt? In diesem Kleid?« Eleonora Urbans Verwunderung hätte nicht größer sein können.

»Nein, nicht heute. Aber rechtzeitig. Ich möchte ... Ich werde Ihrem Sohn schreiben. Ich muss wissen, ob ich mit seiner Unterstützung rechnen kann. Und mit der Ihren.«

»Ich denke doch. Soweit ich weiß, möchte mein Sohn Sie heiraten.«

Katharina schaute ängstlich rüber zum Fahrstuhl, der gerade unten ankam. Der Page zog die Eisengitter beiseite und öffnete die Klapptüren. Jemand, den sie nicht kannte, stieg aus. Sie wandte sich wieder der eleganten Dame zu.

»Ich muss mir zuvor aber noch über einige Dinge klar werden. Julius schrieb mir, dass Sie mich gerne treffen wollten.«

Frau Urban wirkte zerknirscht. »Komtess. Ich kann Ihnen gar nicht sagen, wie leid mir dieses ganze Missverständnis tut. Die Dame, mit der ich mich damals in Bad Homburg unterhalten habe, sie hat von ihrer Tochter geschwärmt. Ich kann es ihr nicht verdenken. Wir alle ... Wir Bürgerlichen sind immer froh, wenn unsere Kinder in die bessere Gesellschaft einheiraten. Aber niemals würde ich meinen Sohn drängen, gegen seinen ausgesprochenen Willen ... und wie ich weiß auch gegen seine Liebe und Sehnsucht zu handeln. Sie müssen mir glauben, dass ich ihn niemals dazu gedrängt habe, Sie zu heiraten, weil Sie eine Adelige sind.«

»Ich ...«

»Nein, bitte lassen Sie mich weiter erklären. Bei meinem Mann ist es etwas anderes. Er hat Julius immer wieder geraten, sich eine Komtess ... zu angeln. Entschuldigen Sie die Ausdrucksweise, aber ich möchte Ihnen gegenüber ehrlich sein. Natürlich war er daher höchst einverstanden, als Julius ihm von Ihnen erzählte. Aber für Julius gibt es wirklich keinen einzigen Hintergedanken. Er hat andere Komtessen kennengelernt. Edle Fräuleins, die ihm sehr zugeneigt waren. Wissen Sie, wir sind sehr wohlhabend, und nicht jede gräfliche Familie verfügt über … solch finanzielle Unabhängigkeit wie Ihre Familie.«

Katharina musste aufpassen, dass sie nicht laut auflache. Wenn Frau Urban wüsste.

»In gewissen Kreisen gilt er als begehrter Junggeselle. Aber ihm ist so etwas gleich. Er lässt sich nur von seinen wahren Gefühlen leiten. Ich habe es sofort gemerkt, schon auf der Rosenausstellung. Etwas war anders an ihm. Er war anders. Wissen Sie, dass er mich genötigt hat, zwei Tage mit ihm in diesem Café auf Sie zu warten? Er wollte Sie unbedingt wiedersehen. Ganz unbedingt. Und als Sie dann kamen, war er so glücklich. Er hat tagelang über nichts anderes gesprochen. Verurteilen Sie mich, aber verurteilen Sie bitte nicht meinen Sohn.«

Ein mildes Lächeln erschien auf Katharinas Gesicht. »Wie sollte ich eine Mutter verurteilen, die ihren Sohn so sehr liebt.«

»Ich danke Ihnen, oh Gott. Ich danke Ihnen wirklich. Julius hätte mir vermutlich nie vergeben, wenn ich es nicht geschafft hätte, meinen Fehler wiedergutzumachen.«

Katharinas Blick flog wieder zur Treppe und zum Fahrstuhl. »Ich muss wieder zurück. Ich werde Sie darüber unterrichten, was ich plane.«

Sie wollte gerade aufstehen, aber Eleonora Urban hielt sie zurück. »Noch etwas.«

»Ja?«

»Die neuesten Entwicklungen in Russland und auch in Italien. Alle Augen richten sich gerade wieder auf das Zentrum des Konfliktes: Europa! Möglicherweise, und ich sage es mit einem großen Fragezeichen, möglicherweise kommt Julius mit einem Schiff zurück nach Europa. Er hat eine Passage gebucht nach Spanien. Wenn er es von dort aus durch Frankreich schafft, bis in die Schweiz, dann …«

»Durch Frankreich? Ist das nicht viel zu gefährlich? Und müsste er hier nicht sofort an die Front?«

»Nein. Wir sind zwar nicht von Stand, aber Geld kann einem doch viele Vorteile verschaffen. Es ist ausreichend sichergestellt, dass Julius hier nicht einmal mehr zu einer Musterung muss.«

Katharina musste unwillkürlich lächeln. »Nun, meine Flucht würde sich wirklich weitaus einfacher gestalten, wenn er mich einfach abholen könnte.«

18. November 1917

Bertha wusste nicht, warum der Pastor ausgerechnet sie ansprach. Der Frühgottesdienst war vorbei, und die Menschen defilierten draußen an dem Herrn Pastor vorbei. Als er sie beiseitenahm, dachte sie, es gehe um etwas, was seinen Haushalt betraf. Er schien wohl nicht so gut zurechtzukommen, ganz alleine, ohne Haushälterin. Zumindest erzählte man sich das im Dorf.

Sie wartete am Rand, und als alle gegangen waren, führte er sie zurück in die leere Kirche. Er kniete sich vorne auf die Stufen vor dem Altar. Sie wusste nicht, was sie tun sollte. Er machte eine Handbewegung, sie kniete sich neben ihn. Dann schien er leise zu beten, also faltete auch Bertha ihre Hände. So langsam wurde es ihr ungemütlich, und das lag nicht nur daran, dass die Stufen eiskalt waren.

Endlich war er fertig und schaute sie an. Seine Miene war streng.

»Lästern ist eine Sünde, mein Kind. Ich habe das Gefühl, dass du dir dessen nicht ausreichend bewusst bist.«

»Euer Hochwürden. Sollte ich ... Ich wollte doch niemals ... Ich weiß gar nicht genau ...« Allein sein Blick gebot ihr Einhalt.

Er atmete tief durch, so als würde er sich jetzt schon überlegen, welche Strafe er ihr auferlegen wollte. »Einmal gesagte Worte kann man durch nichts mehr zurücknehmen.«

»Ich weiß.« Ihre Stimme war dünn.

»Ich bin mir sicher, dass du weißt, wie sehr die Familie loyale Dienstboten schätzt.«

Tse, die Familie. Als wüsste sie nicht genau, aus welcher Richtung der Wind wehte. Gräfin Anastasia von Sawatzki. Von wegen loyale Dienstboten. Geld hatte sie ihr gezahlt. Geld für Gerüchte. Leider half ihr das jetzt auch nicht weiter.

»Natürlich. Loyale Dienstboten. Ich habe nichts ...«

Mit einer schneidenden Handbewegung gebot er ihr Einhalt. »Dies ist eine Kirche. Wage es nicht, in einer Kirche zu lügen.«

Meine Güte. Wie viel wusste er denn?

»Gott sieht alles und weiß alles.«

Gott vielleicht. Aber der petzte doch wohl nicht bei Wittekind. »Jawohl, Euer Hochwürden.«

»Ich bin bestens im Bilde über dein Mundwerk. Also wage nicht, hier die Unschuldige zu spielen.«

Verdammter Mist. Bei ihrem nächsten Besuch sollte die schöne Gräfin an ihren Zigarettenpackungen und Kleingeld ersticken.

»Also, du erzählst mir jetzt all deine Boshaftigkeiten, die du in die Welt gesetzt hast. Ich möchte sehen, ob du mir wirklich alles ehrlich erzählst.«

»Aber was wollen Sie denn von mir wissen?«

»Ist es so viel, dass du nicht weißt, wo du anfangen sollst?«

Himmel, was sollte sie denn nun sagen? Wenn sie erzählen würde, wer alles im Dorf schwarz handelte, würde man das halbe Dorf wegsperren müssen, inklusive ihrer eigenen Wenigkeit. Nein, das konnte sie nicht machen. Sollte sie von der Affäre des Dorfschmieds erzählen? Nein, dafür mochte sie die Anneliese zu sehr. Sie war mit ihr zur Schule gegangen. Und noch heute war sie eine gute Freundin.

Natürlich könnte sie auch mit dem dicksten Fisch anfangen. Sie wusste, dass Hedwig sich damals umgebracht hatte. Abends am Unglückstag hatte sie es mit angehört. Die Mamsell und Caspers hatten sich aufgeregt in Caspers Raum darüber unterhalten. Gerade weil sie so leise, aber aufgeregt gezischelt hatten, hatte Bertha ihr Ohr an die Tür gelegt. Eugen, der Arme, hatte sie in der Scheune gefunden, erhängt. Bertha wusste ebenfalls, dass neben den dreien auch die Gräfin und der Graf Bescheid wussten. Aber das war natürlich genau die Art von Loyalität, die Bertha zeigte. Im Leben würde sie ihr Grafenpaar nicht an den Pastor verraten. Ihre Dienstherren hatten den Selbstmord eines Hausmädchens vertuscht. Das bedeutete, der Pastor hatte sie in geweihter Erde beerdigt, was er nicht hätte tun dürfen. Ein falsches Wort darüber könnte ungeahnte Konsequenzen haben. Sie hatte mit niemandem darüber geredet.

Nein, sie musste ihm einen Brocken hinwerfen, der sie sofort aus ihrer eigenen Zwickmühle befreite. Einen, an dem der Pastor sich selbst verschlucken würde.

»Ich habe unseren Kutscher einmal aus Ihrem Haus herausgehen sehen. Ich weiß, dass er Ihrer Enkelin den Hof gemacht hat. Aber ich habe niemals mit irgendjemandem darüber gesprochen. Das schwöre ich bei Gott.« Sie bekreuzigte sich sogar.

Der Pastor sah merkwürdig aus, so, wie er sie nun ansah. Sein Mund stand offen.

»Der Kutscher? Bei uns?«

»Ja, es war schon dunkel. Und Sie waren für ein paar Tage fort. Aber er hat gesagt, dass Ihre Enkelin gar nicht da war. Es ist also überhaupt nichts passiert. Und ich habe auch niemandem davon erzählt. Obwohl ich natürlich weiß, dass im Dorf darüber gesprochen wurde. Weil Fräulein Ackermann ihn ja gelegentlich zum Kaffee eingeladen hat. Aber das kommt nicht aus meiner Ecke. Ich habe darüber kein einziges Wort verloren. Niemals.«

»Wie heißt er noch mal?«

»Sonntag. Albert Sonntag.«

»Was für ein ungewöhnlicher Name. Sonntag.«

»Er hat ihn im Waisenhaus bekommen.«

»Im Waisenhaus?« Die Stimme des Pastors klang auf einmal brüchig.

Bertha nickte.

»Wissen Sie zufällig, in welchem Waisenhaus er aufgewachsen ist?«

»Soweit ich weiß, ist er in Kolberg aufgewachsen.« Sie sah den Pastor an. Offensichtlich hatte der Trick funktioniert. Pastor Wittekind schien sehr in Gedanken. Er grübelte über etwas nach.

»Ich darf Ihnen versichern, dass hier im Dorf niemand Paula Ackermann etwas Böses nachsagt.«

»Ja, ja. Schon gut.« Er dachte weiter nach. »Sagen Sie, wissen Sie noch ungefähr, wann das war?«

Bertha kratzte sich an der Schläfe. »Nein, ich erinnere mich nicht mehr genau.«

Sie dachte daran, dass Albert sie damals dabei erwischt hatte, dass sie Kakao bei der alten Bienzle getrunken hatte. Und Kakao hatte sich die alte Bienzle sicherlich das letzte Mal vor dem Krieg leisten können. »Es muss irgendwann vor dem Krieg gewesen sein.«

Plötzlich stand Wittekind auf. »Also. Ich will noch mal Gnade vor Recht ergehen lassen. Aber wenn mir noch einmal zu Ohren kommt, dass …« Er schaute sich verwirrt in der Kirche um, als hätte er vergessen, was er sagen wollte.

»Herr Pastor?«

Der drehte sich zu Bertha um. »Nun gehen Sie schon. Gehen Sie. Gehen Sie!«

Kapitel 13

Ende November 1917

»Wir hörten einen lauten Kanonenschuss. Der Panzerkreuzer Aurora lag vor Sankt Petersburg. Später haben wir erfahren, dass das der Startschuss war. Sofort danach haben die Bolschewisten den Winterpalais gestürmt.«

Die arme Frau schluchzte auf. Ihr Deutsch war nicht so flüssig wie das von Mama, aber das war allen egal. Mama hatte ihr angeboten, dass sie sich auch auf Russisch unterhalten könnten. Doch die Gräfin hatte empört abgewunken. Wenn Russland das sei, was es im Moment sei, würde sie sogar ihre Muttersprache verleugnen.

»Viereinhalb Stunden, dann war der Winterpalais gestürmt. Die provisorische Regierung hatte viel zu wenige Soldaten zu ihrer Bewachung abgestellt. Einige Offizierssschüler, Kosaken und ein Frauenbataillon. Damit hatte einfach niemand gerechnet.« Sie schniefte in ihr Taschentuch. »Was dann passierte, ist so typisch. Typisch russisch. Bis dahin war alles einigermaßen friedlich verlaufen, aber dann haben die Bolschewisten den Weinkeller des Zaren entdeckt.« Sie lachte bitter auf. »Sie haben sich besoffen. Alle haben sich besoffen. Das größte Massenbesäufnis in der Geschichte. Sankt Petersburg ... es versank im Chaos. Tagelange Anarchie. Betrunkene sind plündernd durch die wohlhabenden Viertel der Stadt gezogen. Auf den Straßen sind besser gekleidete Passanten ... einfach ... Man hat sie abgeknallt wie streunende Hunde. Schon in den Wochen davor gingen Gerüchte um. Es sollte eine Bartholomäusnacht bevorstehen, in der sie uns Burshui, wie sie uns Adelige nennen, alle kaltmachen wollten.« Sie schluchzte herzergreifend.

»Unser Nachbar ... er ist nicht mehr nach Hause gekommen. Seine Frau ist verzweifelt. Aber sie hatte furchtbare Angst, rauszugehen und ihn zu suchen. Überall fuhren Autos mit roten Fahnen, und die Soldaten schossen mit Gewehren in die Luft. Die Staatsbank wurde geplündert. Es geht ihnen doch gar nicht um Gerechtigkeit, sondern nur ums Geld.« Sie spie ihre Worte voller Verachtung aus.

»Am dritten Tag hat Dimitri gesagt, dass wir fahren. Wir waren einfach nicht mehr sicher. Wir haben uns ...« Sie legte ihre Hände aufs Gesicht vor lauter Scham. »Unsere Dienstboten haben uns ihre Kleidung gegeben. In unseren eigenen Mänteln wären wir des Lebens nicht sicher gewesen. Ich wollte erst nicht, doch dann waren wir froh, denn ... Dimitri und ich haben selbst gesehen, wie man eine Frau auf der Straße festgehalten hat. Jemand hat ihr den Pelz ausgezogen und ihr dann in den Kopf geschossen. Im Zug später hörte ich, dass Lenin selbst ein Opfer der Plünderei geworden sein soll. Soldaten hätten seinen Wagen gestohlen, einen Rolls-Royce des Zaren.« Sie lachte bitter auf.

Mama legte ihr tröstend eine Hand auf. Doch ihr vernichtender Blick traf Konstantin. Als wäre das alles sein Werk. Als wäre er persönlich schuld, dass diese und Hunderte andere adelige Familien nun heimat- und besitzlos waren.

Konstantin war genauso erschüttert. Diese Worte krallten sich an ihm fest. Die ganze Familie saß um die russische Gräfin, die Augen weit aufgerissen vor Schrecken, vor Ungläubigkeit, vor Bestürzung.

Die Jugendfreundin von Mama war unangekündigt hier aufgetaucht, völlig alleine. Am Bahnhof von Sankt Petersburg war sie von ihrem Mann getrennt worden. Er war noch mal kurz aus dem Zug ausgestiegen, für den sie in letzter Minute noch ein

Billett bekommen hatten. Ihr Mann wollte noch etwas zu essen für die lange Fahrt kaufen. Über eine Stunde wartete sie, dann wurden die Türen geschlossen, und der Zug fuhr einfach ab. Sie wusste nicht einmal, ob er noch lebte. Durch Finnland und Schweden reiste sie in einem völlig überfüllten Zug. Mit der Fähre war sie auf deutsches Territorium gekommen. Die bemitleidenswerte Frau schluchzte auf. Drei hohe Offiziere hatten sie befragt, aber dann mit einem Militärwagen zur Polizei der nächstgelegenen Stadt bringen lassen. Dort wurde sie wieder befragt. Ihr bisschen Gepäck, das sie noch hatte, wurde genauestens durchsucht. Erst nach anderthalb Tagen, als sich die Beamten sicher waren, keine russische Spionin gefangen zu haben, hatte sie einen Passierschein bekommen und durfte weiterziehen.

»Unser schönes Russland, unsere Heimat. Alles verloren.« Sie schniefte. »Nach Ausbruch des Krieges haben wir all unser Vermögen aus Westeuropa nach Russland zurückgeholt, wie alle patriotischen Russen es getan haben. Und jetzt … jetzt haben wir keine Rücklagen mehr. Nicht in Frankreich. Nicht in England. Wie dumm wir doch waren.« Das Elend und Leid sprach aus jeder einzelnen Silbe. Kurz hielt sie inne, bevor sie weitersprach. »Im Sommer noch waren wir schon so weit, dass wir sogar auf den Sieg der Deutschen hofften, damit wieder Ordnung ins Land käme. Aber jetzt ist es zu spät.« Sie starrte vor sich hin.

»Meine Liebe, du musst dich ausruhen. Das Bad ist gleich fertig. Und ich werde dir etwas angemessene Kleidung raussuchen. Sei ganz beruhigt, hier bist du sicher.«

Mama stand auf und geleitete sie bis zur Tür, wo Mamsell Schott sie in Empfang nahm.

»Schlaf ein wenig. Wir erwarten dich erst zum Abendessen hier unten. Und mach dir keine Gedanken. Dimitri weiß ja, dass du hierher wolltest. Er wird sicherlich bald eintreffen. Und deine Kinder in Moskau ... Nun, wir können ja versuchen, ihnen zu telegrafieren. Vielleicht, jetzt mit dem Waffenstillstand, leiten sie die Telegramme wieder weiter.«

Sie schloss leise die Tür hinter der Frau und ging schnurstracks zum aufgeklappten Globus. Konstantin hatte in seinem Leben vielleicht zwei Mal gesehen, dass Mama sich selbst etwas zu trinken aus dem Alkoholsortiment eingeschenkt hatte. Jetzt nahm sie die Flasche Danziger Goldwasser, die Anastasia ihr bei ihrem letzten Besuch mitgebracht hatte, heraus. Sie füllte ein Glas bis zur Hälfte mit der klaren, goldgesprenkelten Flüssigkeit und trank.

Papa und Konstantin tauschten Blicke. Mama wirkte wie eine geladene Kanone.

»Ich habe gehört, die Russen bekämpfen sich nun selbst?«

Konstantin wusste sofort, was Papa bezweckte. Er wollte seiner Frau klarmachen, wie wichtig und richtig es für die Deutschen war, was gerade in Russland passierte.

»Ja, die bolschewistischen Truppen haben die Armee von Kerenski vernichtend geschlagen. Im deutschen Hauptquartier in Brest-Litowsk laufen die Drähte heiß. Die Bolschewiki haben den Mittelmächten nun offiziell Waffenstillstandsverhandlungen angeboten.« Konstantin sprang sofort Papa bei.

»Die Ukraine hat sich unabhängig von Russland erklärt. Die italienische Armee bei Izonso ist zusammengebrochen. Die Gegner sind überall geschwächt und laufen davon. Wo man hinguckt, ob nun nach Frankreich oder Großbritannien oder sogar in die neutrale Schweiz: In allen Ländern wird das Ende des Krieges gefordert. Unsere Gegner haben ihr eigenes Volk gegen sich.«

Mama drehte sich um. Ihr Blick sprühte vor Gift. »Genau wie in Deutschland. Der Pöbel geht auf die Straße. Sie demonstrieren und streiken. Ich frage mich, wohin wir fliehen sollen, wenn uns das Gleiche passiert wie meinen Brüdern und Cousinen in Russland.« Mama sah sie beide an, als würde sie tatsächlich auf eine Antwort hoffen. »Konstantin, sag mir, wohin werden wir fliehen?«

»Mama, ich ...«

»Schändlich! Es ist so schändlich, was du getan hast. Du wirst es im Leben nicht mehr gutmachen können.« Sie trank das Glas in einem Zug aus und stellte es mit einem lauten Klirren ab. Ihr Blick spießte ihn geradezu auf. »Ich sage es nur einmal. Und es ist endgültig. Du bist nicht mehr mein Sohn!« Erhobenen Hauptes verließ sie das Zimmer.

Die Tür fiel laut hinter ihr zu.

»Sie wird sich schon wieder beruhigen«, sagte Papa beschwichtigend.

»Da bin ich mir nicht so sicher.«

Papa selbst ging zu seiner Flaschensammlung und wählte etwas aus. Er goss sich einen klaren Obstbrand ein. Wieder schwitzte er, wie so oft in letzter Zeit. Das Schwitzen schien in Wellen zu kommen. Mal war tagelang nichts, und dann wieder brach der Schweiß aus ihm heraus. Ob er krank war?

»Möchtest du auch etwas?«

Konstantin verneinte. »Papa. Ich hoffe, dir ist klar, dass es sich bei dem, was Mama in Berlin zufällig mit angehört hat, um ein Staatsgeheimnis handelt.«

Sein Vater drehte sich zu ihm und tupfte sich die Stirn.

»Es könnte leicht so aussehen, als hätte der deutsche Kaiser den Zaren selbst gestürzt. Ist dir klar, was es bedeuten könnte, wenn die Briten und die Franzosen davon erfahren?«

Er schüttelte den Kopf. Daran hatte er offensichtlich noch nicht gedacht.

»Du musst Mama klarmachen, dass niemand davon erfahren darf. Niemand! Auch ihre Freundin nicht.«

Papa ließ sich in einen Sessel fallen. »Weißt du, ich habe wirklich gedacht, als der Zar gestürzt wurde, dass es nur vorübergehend sei. Ich kann Feodora ... deine Mutter ... verstehen. Stell dir vor, uns würde das passieren. Stell dir vor, wir würden hier aus unserem eigenen Haus gejagt!« Er saß dort, in sich zusammengesunken, klammerte sich an seinen Obstbrand und starrte vor sich hin.

»Ich weiß das alles. Und glaube nicht, es würde mir nicht Unbehagen bereiten. Aber du weißt, warum ich es getan habe: Damit wir unser Gut erhalten können.«

Papa machte eine wegwerfende Handbewegung. »Jetzt, wo deine Schwester den Neffen des Kaisers heiraten wird, sind unsere Schulden nebensächlich geworden. Selbst wenn wir den Krieg verlieren würden, wir hätten immer noch die familiäre Verbindung zum Kaiser. Das wird uns immer schützen.«

Konstantin nickte. Damit hatte er wohl recht. Nach langen, zähen und ergebnislosen Verhandlungen mit Banken in Stargard und Stettin hatte man ihnen in Berlin, ohne zu zögern, einen außerordentlich günstigen Kredit gewährt. Zwei Tage nachdem die Verlobung von Katharina mit Ludwig von Preußen in allen Berliner Blättern gestanden hatte.

Sie hörten, wie vorne am Portal geklingelt wurde. Sie erwarteten keinen Besuch. Konstantin war neugierig, wer da kommen würde. Papa folgte ihm, doch Mama war schneller gewesen. Schon lag eine andere russische Gräfin in ihren Armen. Sie war nicht alleine gekommen. Ihr Mann, zwei jugendliche Töchter und drei Bedienstete standen hinter ihr.

Mamas Blick, der Konstantin über die Schultern der armen Frau traf, hätte töten können. Ihr Stimme allerdings war äußerst mitfühlend.

»Kommt rein. Kommt rein.« Sie machte Caspers ein Zeichen, dass er sich um das Gepäck und die Dienstboten kümmern sollte. Die kleine Familie schob sie in den großen Salon. »Setzen Sie sich. Ich bin sofort bei Ihnen.«

Ihre Stimme war kalt wie Eis, als sie sich an ihren Mann wendete. »Wir werden sofort anfangen, alle Gästezimmer fertig zu machen. Und die Orangerie werden wir für die Dienstboten herrichten. Keine Widerrede.« Ohne eine Antwort abzuwarten, verschwand sie im großen Salon.

Papa wirkte müde und schlapp. Selten hatte Konstantin ihn so antriebslos gesehen wie in den letzten paar Monaten.

»Wir werden dem Wunsch deiner Mutter entsprechen.«

Konstantin stimmte wortlos zu. Im Moment standen ohnehin nur leere Töpfe in der Orangerie. Frühestens Anfang März würde Rebecca wieder anfangen wollen, Pflänzchen vorzuziehen. Und wer weiß, was sich in den nächsten drei Monaten alles änderte. Konstantin träumte davon, das Weihnachtsfest im Frieden zu feiern. Er beschwor dieses eine Bild immer wieder herauf. Es musste möglich sein. Denn wenn das nicht bald so kommen würde, dann wusste er nicht, wie er sein schlechtes Gewissen beruhigen sollte.

Ende November 1917

Alexander saß auf seinem Bett und zuckte zurück. Doktor Reichenbach ließ endlich seinen nackten Fuß los.

»Ich verstehe das nicht. Es wird einfach nicht besser. Dabei ist das Gelenk nun doch gerichtet worden. Irgendwas scheint es immer wieder zu reizen. Vielleicht ein kleiner Knochensplitter oder so was in der Art. Ich muss mir die Röntgenaufnahmen anschauen. Wenn ich das nächste Mal nach Stettin fahre, werde ich mit dem Spezialisten einen Termin ausmachen. Aber das kann noch einige Wochen dauern. Bis dahin müssen wir schauen, dass wir mit dem festen Verband weiterkommen.«

Doktor Reichenbach packte seine Tasche zusammen. »Es tut mir wirklich leid, aber ich habe noch eine schlechte Nachricht für Sie. Es gibt kein Morphium mehr. Ich hab seit zwei Wochen nichts bekommen. Auch ich warte hoffnungsvoll auf eine neue Lieferung.«

Alexander riss erschrocken die Augen auf. »Was? Aber was soll ich denn jetzt machen?«

»Sie müssen Ihren Fuß noch mehr schonen. Um die Entzündung zu dämpfen, würde ich Ihnen weiterhin Quarkpackungen empfehlen.«

»Papa?!« Alexander wollte, dass sein Vater irgendwas unternahm.

Doch der wusste nicht, was er tun sollte. »Alex, ich habe dir doch gesagt, du sollst mit dem Morphium besser haushalten. Es wird immer schwieriger und immer teurer, Schmerzmittel zu besorgen.«

»Wenn ich aber doch Schmerzen habe!«

Papa zuckte nur mit den Achseln. »Doktor Reichenbach, könnte ich Sie wohl noch unter vier Augen sprechen?«

Alexander schaute den beiden nach, wie sie das Zimmer verließen. Hoffentlich würde Papa den Doktor reichlich unter Druck setzen, damit er doch noch an irgendetwas kam. Morphium, Opium, Heroin – es war ihm egal. Hauptsache etwas, mit dem er die Schmerzen betäuben konnte. In bester Absicht hatte er damals seinen Knöchel zerschlagen, wohl einfach etwas zu fest. Jetzt hätte er sich selbst am liebsten in den Hintern gebissen. Wie dumm. Besser, er hätte etwas mehr simuliert und dafür weniger Knochen beschädigt. Das hatte er nun davon.

Der Arzt hatte ihm den Fuß so fest verbunden, dass er ihn kaum noch bewegen konnte. Alexander hatte sich alte, ausgetretene Schuhe herausgesucht. Mit dem Verband passte er so gerade noch hinein. Wirklich gehen konnte er damit nicht. Und ohne Krücke schon mal gar nicht.

Die Verletzung wurde ganz langsam besser, aber wenn es so weiterging, würde es ewig dauern, bis er überhaupt wieder ohne Hilfsmittel gehen konnte. Andererseits war es doch genau das, was er bezweckt hatte. Kampfunfähig zu sein, und zwar so lange, bis der Krieg irgendwann aus war. Nun, das hatte er anscheinend geschafft. Aber diese Schmerzen machten ihn noch rasend. Verdammt noch einmal! Dass die Schmerzmittel irgendwann ausgehen würden, damit hatte er wirklich nicht gerechnet. Mittlerweile bekam man es sogar nur noch in Apotheken zu kaufen.

Tatsächlich hatte er auf Papa gehört. Er hatte sich das Morphium eingeteilt. Noch hatte er eine halbe Flasche, aber er würde weiterquengeln, damit er nicht eines Tages ganz ohne dastand.

Er ließ sich auf seine Knie und kramte in seinem Nachtschrank. Ganz hinten in der Ecke hatte er die braune eckige Flasche versteckt. Er träufelte sich einige Tropfen auf die Hand und leckte sie ab. Das musste für heute reichen. Immer, wenn der Arzt ihn untersuchte und den Fuß nach links und rechts drehte und betastete, waren die Schmerzen besonders groß.

Sorgsam versteckte er die Flasche und kam wieder auf die Beine. Hier im Haus zog er am liebsten die Pantoffeln an. Wie bedauerlich, dass sie jetzt ständig Besuch hatten. Das bedeutete, dass er sich nun immer gut anziehen musste, mit richtigem Schuhwerk.

Mit der Krücke verließ er sein Zimmer. Papa war noch mit Doktor Reichenbach zugange. Konstantin wollte heute über die Felder reiten. Nachdem er für einige Monate gar keine Entscheidungen hatte treffen dürfen, fing Papa nun wieder an, ihm Arbeiten zu übertragen. Mama saß vermutlich mit Katharina unten in einem der Salons und versuchte irgendwelche russischen Adeligen zu trösten.

Wie sollte das weitergehen? Im Laufe des Novembers waren vier russische Familien hier angekommen. Alex hatte sich die dumme Bemerkung erlaubt, dass ihre Adresse unter den russischen Adeligen wahrscheinlich genauso heiß gehandelt wurde wie ein Laib Brot auf dem Newski-Prospekt in Sankt Petersburg. Dafür hatte er von Mama eine schallende Ohrfeige kassiert. Das war es ihm wert gewesen.

Die meisten Familien hatten Kontakt aufnehmen können zu anderen Familienmitgliedern und waren weitergezogen. Doch wann immer eine Familie abreiste, stand die nächste praktisch schon vor der Tür. Hier ging es zu wie in einem Hotel.

Fast alle, die kamen, kannten Mama oder waren sogar weitläufig mit ihr verwandt. Viele von ihnen zogen weiter zu Verwandten nach Frankreich oder Großbritannien. Etliche wollten nach Amerika, scheuten aber noch die riskante Überfahrt. Er hatte davon gelesen, dass schon britische Schiffe unterwegs seien, um britisch-russische Familienangehörige, die auf die Krim geflüchtet waren, nach England zu holen.

Gestern spätabends war eine Familie aus der unmittelbaren Nachbarschaft von Tante Oksana und Onkel Stanislav gekommen. Mama war sehr aufgeregt, denn sie hatte von ihrem Bruder nichts mehr gehört, seit die Revolution losgebrochen war.

Das ging selbst ihm nahe. Es täte ihm wirklich sehr leid, wenn er die beiden und auch die Familie des anderen Bruders von Mama nicht wiedersehen würde. Aber wie würde es werden, ein Wiedersehen? Die vier Söhne von Tante Oksana waren gefallen. Und Mamas Söhne lebten alle noch.

Er ging bis zum Ende ihres Traktes und stieg Stufe für Stufe in den Dienstbotentrakt hinauf. Oben angekommen, schaute er aus dem rückwärtigen Fenster.

Der Schlosspark war noch immer ein umgegrabenes Feld, die Orangerie ein Feldbettlager, falls zu viele Bedienstete die russischen Herrschaften begleiteten. Schnee war gefallen und wieder geschmolzen. Der Boden war matschig. Glitschiger Dreck wurde von Dutzenden Füßen durch die Flure getragen. Durch das ganze Haus zog ein Geruch nach feuchter, lang getragener Kleidung. Federbetten lagen auf etlichen Fensterbänken zum morgendlichen Auslüften der Angst und des Heimwehs. Das Herrenhaus selbst sah aus wie ein bandagierter Verwundeter.

Alexander ging ein paar Meter weiter in den alten Klassenraum, der verwaist und ungeheizt war. Er setzte sich an das Klavier, das hinten am Fenster stand. Sein Blick lief über die vier hölzernen Pulte, bis nach vorne zur Tafel.

Unwillkürlich musste er an Karl Matthis denken. Gerüchteweise erzählt man sich, er sei tot. Ob es stimmte, wusste Alexander nicht. Es hatte ihn nicht berührt. Es hatte ihn weder gefreut, noch hatte er es bedauert. Und doch dachte er nun an die Zeit zurück, als der Hauslehrer ihn hier mit Katharina unterrichtet hatte. Der Unterricht am Lyzeum in Stettin war sehr viel interessanter gewesen. Er hatte verschiedene Lehrer gehabt, die sich alle sehr von Karl Matthis unterschieden hatten. Es gab welche, die waren sogar noch gemeiner als der Hauslehrer. Aber in einem Pulk von dreißig Schülern war er einfach nicht mehr so aufgefallen.

Damals, als Karl Matthis ihn unterrichtet hatte, war er festen Glaubens gewesen, dass alles besser würde, sobald er die Schule hinter sich hätte. Vor zwei Monaten war er großjährig geworden. Doch mit seiner Apanage sah es schlecht aus. Der Krieg, die schlechte Ernte, die Kredite. Papa hatte eine halbe Stunde auf ihn eingeredet. Wenn er einen speziellen Wunsch habe, solle er ihn äußern. Aber im Moment könne er kein Geld einfach so abzweigen. Konstantin war damit einverstanden. Er verzichtete ebenfalls auf seine Apanage. Ob Nikolaus schon davon wusste? Ihm konnte es egal sein, schließlich hatte er noch seinen Sold.

Jetzt hockte er hier, ein Krüppel ohne Geld, auf einem verschuldeten Gutshof in der hinterpommerschen Einöde, und wusste nichts mit sich anzufangen. Das Einzige, was ihm überhaupt noch blieb, war die Musik.

Er rieb die Hände aneinander, um sie aufzuwärmen. Seine Finger flogen über die Klaviatur. Herrjemine. Das Klavier war verstimmt. Er konnte es genau hören. Er hörte jede Abweichung. Es war nicht besonders dramatisch, vermutlich müsste man es noch nicht einmal neu stimmen, sondern nur hier oben mal ordentlich durchheizen.

Das gute Klavier stand unten im Musiksalon. Aber in allen unteren Räumen begegnete man neuerdings ständig fremden Menschen. Dort bezahlte man seinen gemütlichen Aufenthalt in geheizten Räumen mit Stunden des Zuhörens und Tröstens.

Katharina hatte sich schon bei ihm beschwert. Sie durfte jetzt nicht mehr oben in ihrem Zimmer sitzen und lesen. Schon mal gar nicht durfte sie jetzt noch auf die kleinen Kinder aufpassen, die bei der Kälte ohnehin nicht mehr lange draußen spielen konnten. Dafür musste seine Schwester Tee einschenken, stundenlanges Jammern ertragen und Taschentücher reichen. Er dagegen wurde nur ab und an genötigt, russische Komponisten zu spielen. Was aber auch nicht weniger tränenreich verlief.

Er spielte das Klavier warm, bevor er sich überlegte, was er wirklich spielen wollte. Er dachte gar nicht nach, es floss einfach aus seinen Fingern heraus. Erik Satie, *Gymnopédie No. 1*, es war sein Lieblingslied. Seine Hände berührten, schlugen, liebkosten die Tasten in der Melodie seines Herzens. Seine melancholische Stimmung trug ihn durch die Noten. Er verband sich mit der Musik, wurde eins mit ihr. Er spielte einen Lauf, wiederholte ihn, war nicht zufrieden, spielte ihn noch einmal. Ließ sich wieder tief in die Seele des Stückes gleiten. Die Musik, sie wirkte wie Schmerzmittel. Nur nicht aufhören, nur nicht ...

Das Knarzen auf dem Flur. Er hörte es. Seine Finger standen sofort still. Ein Gesicht erschien am Türrahmen. Er kannte es nicht.

»Monsieur, bitte, lassen Sie sich von mir nicht stören.«

Deutsch, mit einem starken französischen Akzent. Dunkle Locken, ein Mund, der so versonnen lächelte wie die Noten von Eric Satie. Der Mann lehnte sich an den Holzrahmen.

»Bitte, spielen Sie weiter. Es erinnert mich an meine Heimat.«

»Paris?«

»Paris. C'est ça.« Ein weiteres sinnliches Lächeln wurde Alexander geschenkt.

Er musste ihn anstarren. Etwas passierte mit ihm. Nervosität zog ihm durch den Körper. Seine Hände zitterten. Doch kalt war ihm nicht, ganz im Gegenteil.

Trotzdem hauchte er auf seine Finger, rieb sie und fing wieder bei der ersten Note an. Während er spielte, beobachtete er den Mann. Er war vier oder fünf Jahre älter als er selbst. Mit geschlossenen Augen stand er dort und lauschte, bewegte sich kein bisschen. Eine Taste klemmte ein wenig. Der Mundwinkel des Besuchers zuckte kurz, doch er wusste, es lag an dem Klavier, nicht an Alexander. Das beruhigte ihn. Er wollte für ihn spielen, wie er noch nie für jemanden gespielt hatte.

Plötzlich schlug der Mann die Augen auf. Himmelblaue Augen, die von französischen Nächten erzählten. Er bewegte sich vorsichtig, setzte sich nahezu geräuschlos an eins der vorderen Pulte.

Unbeirrt spielte Alexander weiter. Er kannte das Stück auswendig. Er verfolgte jede der Bewegungen des Mannes, wie er wieder die Augen schloss, in der Musik versank, hingebungsvoll lächelte.

Dann, die letzte Note. Alexanders Finger verharrten in der Luft. Der Ton flog davon, verhallte, lebte fort in der Erinnerung. Alexander leckte sich über die Lippen. Der Mann öffnete die Augen und beugte sich vor.

»Wo studieren Sie?« Das weiche Rollen der harten Buchstaben. Jemand, der längere Zeit viel Russisch gesprochen hatte.

»Wo ich ...? Ich studiere nicht.«

Wieder dieses Lächeln. Dieser Mund, als wäre er von einer Frau. So sinnlich. So ...

»Oh, natürlich haben Sie Ihr Studium bereits beendet. Mein Fehler. Man hört ja, wie gut Sie sind.«

»Nein, nein. Ich habe nicht studiert.«

Der Mann sah ihn überrascht an. »Dann waren Sie auf einer Musikschule, ja?« Irritiertes Stirnrunzeln.

Alexander schüttelte den Kopf.

Der Mann stand auf und setzte sich zu ihm auf den Klavierschemel. »Darf ich?«

Er nahm Alexanders Hand, befühlte die Finger. »Sie haben sehr viel geübt. Ich spüre so etwas. Mein Vater ist einer der besten Klavierlehrer von ganz Paris. Oh, entschuldigen Sie. Wir sind uns noch gar nicht vorgestellt worden. César Chantelois. Ich bin ... ich war die letzten vier Jahre Privatlehrer in Sankt Petersburg. Wir sind gestern Abend spät angekommen.« Er streckte ihm die Hand entgegen.

Alexanders Hand prickelte, als er sie ergriff. »Alexander von Auwitz-Aarhayn.«

»Ein Sohn dieses großzügigen Hauses.« Dieses Lächeln. Dann lag eine Frage in seinen Augen. »Nicht studiert und keine Musikschule. Dann sind Sie ein Naturtalent. Und wenn ich es sagen darf, das größte, das mir in meinem Leben jemals begegnet ist.«

Alexander starrte ihn an. Starrte in diese blauen Augen. Er dachte nichts. Er hörte nur die Worte. *Das größte Naturtalent.*

»Ich weiß, dieses Klavier steht hier im Kalten. Es ist feucht geworden. Ich würde Sie sehr gerne einmal auf einem guten Flügel hören. Sie müssen atemberaubend sein.«

Ja, atemberaubend. Das ist genau das, was Alexander auch gerade fühlte.

»Wer sind Ihre Lieblingskomponisten?«

»Satie, Debussy, Chopin, Saint-Saëns.«

»Die Franzosen.«

»Und Ihre?«

»Mozart, Bach, Grieg. Aber wenn ich so spielen könnte wie Sie …«

»Ich könnte Mozart für Sie spielen. Was Sie möchten.«

»Sagen Sie mir: Wo haben Sie so spielen gelernt?«

»Um ehrlich zu sein, ich habe es mir im Wesentlichen selbst beigebracht.«

»Und wo spielen Sie?«

»Wo ich spiele?« Alexander war irritiert. Er wusste nicht, was der Mann meinte. »Hier. Und unten.«

Ein Keuchen entwich diesem sinnlichen Mund. »Sagen Sie mir bitte nicht, Sie treten nicht auf? Das dürfen Sie nicht. Sie haben begnadete Hände. Sie könnten sofort in Paris auftreten. Jedes Theater der Welt dürfte sich glücklich schätzen. Mein Vater würde aus Ihnen einen Jahrhundertpianisten machen!«

Alexander blickte stumm in sein Gesicht. Plötzlich schien alles Sinn zu machen. All die langen, einsamen Jahre. Die tausend einsamen Stunden, die er mit Musik gefüllt hatte. In César Chantelois verbanden sich alle seine Träume zu einer einzigen Erfüllung. Als hätte er nur auf diesen einen Moment gewartet.

Mit einem Mal stand seine ganze Zukunft vor seinen Augen. Er würde studieren, an einem Musikkonservatorium. Nicht an irgendeinem. An dem besten. Wo war das? Berlin? London? Paris? Egal. Nein, nicht egal. Er wollte nach Paris! Er wollte beim Vater von César Chantelois lernen. Unbedingt. Er wollte ihm unbedingt nahe sein. Er schaute in die Augen des Franzosen. Ihm war, als hätte das Leben gerade eben die erste Seite seines Buches aufgeschlagen.

4. Dezember 1917

Liebste Katharina,
meine Mutter hat mir telegrafiert. Ich bin so froh, dass du ihr vergeben hast. Sie hat mir in kurzen Worten geschildert, was ihr besprochen habt. Sie will mir noch einen ausführlichen Brief schreiben, doch ich bezweifle, dass er mich noch in Buenos Aires erreichen wird. Wenn nichts dazwischenkommt, werde ich übermorgen, am 12. November, das Schiff besteigen. Es ist ein ziviles Passagierschiff, und die Passage führt über Brasilien – wo ich nicht an Land gehen werde, weil sie just seit einem Monat mit uns im Krieg sind – weiter nach Teneriffa und bis zum spanischen Festland, also überwiegend über neutrale Staaten und neutrales Gewässer. Ich gehe davon aus, dass ich unbeschadet nach Spanien komme. Schwieriger wird die Reise durch Frankreich, doch mein Vater hat jemanden engagiert, der mich begleiten wird. Wirklich kniffelig wird es nur an der Grenze zur Schweiz, aber auch dafür scheint es schon Pläne zu geben. Ich freue mich sehr darauf, endlich nach Potsdam zurückzukehren.
Ich werde dich sofort holen kommen. Sobald ich zu Hause bin,

werde ich alles planen und mich melden, wenn es so weit ist. Du hast meine volle Unterstützung und auch die meiner Eltern. Dessen sei dir versichert.

Ich bin so froh, dass ich dich damals persönlich gefragt habe, ob du mich heiraten möchtest, auch wenn wir beide noch sehr jung waren. Es täte mir unendlich leid, meinen Antrag nun lediglich per Brief mitteilen zu können. Mein Versprechen möchte ich aber hiermit erneuern, und ich wiederhole: Willst du mich heiraten? Ich sage dir: Ja, ich will. Und ich erinnere mich immer daran, wie du mir damals geantwortet hast.

Glücklicherweise habe ich die Erinnerung an deine Augen, als du mir deine Antwort mitgeteilt hast. Ich bin mir sicher, wir werden unglaublich glücklich werden miteinander. Ich kann es gar nicht abwarten, dich wieder in meinen Armen zu halten.

Oje. Nahm Julius die gefährliche Reise über den atlantischen Ozean nach Spanien und dann weiter durch Frankreich nur auf sich, um sie wieder in den Armen halten zu können? Trieben ihre Fluchtpläne ihn zurück nach Europa?

Anscheinend hatte er die Passage ja schon gebucht, als sie sich vor einem Monat mit Julius' Mutter im Hotel getroffen hatte. Die plötzliche Verlobung mit Ludwig von Preußen und der festgesetzte Hochzeitstermin konnten nicht den Ausschlag für seine Reisepläne gegeben haben. Er wollte wohl so oder so unbedingt heimkommen. Trotzdem war ihr mulmig zumute. *Überwiegend neutrale Staaten.* Wenn ihm nun etwas passierte! Katharina würde sich ewig schuldig fühlen.

Andererseits konnte sich jetzt auch nichts mehr ändern. Wenn dieses Schiff nach Plan losgefahren war und Julius mit an Bord war, dann wäre es jetzt schon näher an Europa als an Südamerika. Wie lange brauchte ein Schiff von Argentinien nach Spanien?

Was Katharina zusätzlich Sorgen bereitete, war die Frage, ob man ihn nicht doch noch einziehen würde. Es musste nur einen bösartigen Militärarzt geben, der ihn sich genau ansah. Wenn die Umstände gerade unglücklich genug waren ... nein, daran wollte sie gar nicht denken. Nicht alles konnte man mit Geld kaufen. Glück und Gesundheit zum Beispiel nicht, aber korrupte Ärzte sicherlich.

Außerdem hatte Konstantin mit Papa darüber geredet, dass die Westfront bald entlastet würde. Dann bräuchte man nicht mehr so viel menschlichen Nachschub.

Also sollte sie sich darauf einstellen, dass Julius sie bald hier abholen würde. Ihr war klar, dass sie nicht allzu viel mitnehmen konnte. Einige Erinnerungsstücke und ihren Schmuck. Was brauchte sie sonst, was er ihr nicht neu kaufen könnte? Sie würde ihm einen Brief nach Potsdam schreiben. Er solle sie holen, wann immer es ihm passe.

Ihr war mittlerweile klar, dass Mama komplett mit ihr brechen würde. Und natürlich würde sie auch Papa auf ihre Seite ziehen. Vermutlich würde überhaupt niemand mehr außer Alexander etwas mit ihr zu tun haben wollen. Sie schlug die Verbindung mit der Kaiserfamilie aus, und das für einen Bürgerlichen. Als wäre das noch nicht schlimm genug, floh sie mit ihm. Unverheiratet.

Wieder und wieder fragte sie sich, ob sie dieses Risiko wirklich eingehen sollte. Wenn Julius sie nicht umgehend heiratete, dann wäre sie ein gefallenes Mädchen. Nicht besser als jede Dirne.

Doch wann immer sie versucht war, einen Rückzieher zu machen, musste sie nur an das Gesicht von Ludwig von Preußens denken. Wie er gelacht hatte, als sie gesagt hatte, sie wolle Medizin studieren. Wie er sie immer wieder unangemessen anfasste. Was er mit Hedwig Hauser gemacht hatte.

Nein, so jemanden konnte sie nicht heiraten. Sie würde fliehen, selbst auf die Gefahr hin, dass sie sich den Rest ihres Lebens als Kindermädchen bei bürgerlichen Familien oder als Übersetzerin durchschlagen musste.

7. Dezember 1917

»Mein Vater sagte mir gerade, dass wir heute Abend den offiziellen Waffenstillstand mit den Russen feiern werden.« Nikolaus von Auwitz-Aarhayn stand so stolz in seiner Uniform vor dem Kamin, als wäre er persönlich für die Unterhandlungen mit den Russen verantwortlich. »Aber seien Sie versichert, sobald wir diesen Krieg zu Ende gebracht haben, werden die alten Zustände wiederhergestellt. Es ist gut, dass Sie hier sind. So können die Deutschen und die Russen Gemeinsamkeit demonstrieren. Schlagen Sie sich auf unsere Seite, öffentlich.«

Der junge Graf hielt Mamsell Schott die Teetasse hin. Eine stumme Aufforderung, ihm erneut einzuschenken. Ottilie nahm die Tasse und füllte sie. Sie hatte noch so viel zu erledigen. Dachte er etwa, dass sie nun die ganze Zeit bei ihnen bleiben würde?

»Aber ja. Wenn nur bald der Krieg aus ist. Ich möchte so schnell wie möglich wieder nach Hause.« Ein russischer Adeliger, Ottilie hatte den Namen schon wieder vergessen, hörte Nikolaus begeistert zu. »Friedensverhandlungen, es klingt wie Musik in meinen Ohren. Aber wird der Zar damit einverstanden sein?«

»Er wird sich den Tatsachen beugen müssen. Er sollte froh sein, wenn er wieder zurück an die Regierung kommt. Am Ende ist es das Einzige, was für ihn zählen sollte.«

Die Mamsell tat zwei Löffel Zucker in den Tee und rührte um. Meine Güte, sie verschwendete wertvolle Zeit. Auf einem Tablett reichte sie dem mittleren Grafensohn seinen Tee. Caspers besprach mit dem Herrn Grafen die Planung der nächsten Tage und das anstehende Weihnachtsfest. Deswegen war auch die Frau Gräfin vorhin rausgegangen. Aber sie saß hier fest. Nikolaus von Auwitz-Aarhayn entließ sie nicht. Wie früher musste sie an der Wand stehend warten, dass sie den Zucker reichen oder eine Tasse abstellen durfte. Sie würde das mit der gnädigen Frau besprechen müssen. Bei den vielen unangekündigten Gästen und dem unterbesetzten Personal war es nicht möglich, alles zu schaffen. Nicht, wenn man wieder anfing, den Herrschaften die Pantoffeln nachzutragen.

»Jetzt, in wenigen Tagen, trifft sich die Delegation zum ersten Mal. Ein paar Wochen noch, und dann gibt es einen Separatfrieden. Ich selbst wäre nicht hier, wenn sich die Führung von Ober Ost nicht sicher wäre. Die Truppen an der Ostfront sind jetzt schon stark entlastet. Die ersten Kompagnien werden an die Westfront verlegt. Viele Soldaten bekommen Weihnachtsurlaub. Ich allerdings erwarte meinen Marschbefehl noch in den nächsten Tagen. Ich kann es gar nicht abwarten, meine Männer gegen die Franzosen zu schicken.«

Meine Männer schicken. Der feine Herr. Ottilie Schott wusste genau, dass Nikolaus nicht im Dreck gelegen hatte. Er hatte, wie alle Offiziere, in beschlagnahmten Schlössern und Herrenhäusern residiert. Morgens früh, wenn die einfachen Soldaten sich die Kälte aus den Knochen massiert hatten, war er hoch zu Ross angeritten gekommen, gesättigt und ausgeschlafen, und erteilte ihnen den Tagesbefehl. Emil hatte ihr so einiges erzählt in den Tagen, als sie ihn versteckt hatte.

»Ich selbst war mit dabei, als wir im September Riga erobert haben. Was für ein fulminanter Sieg!«

Fulminanter Sieg. Wie viele Männer waren wohl dabei gestorben? Aber Hauptsache, die oberen Herren hatten ihren fulminanten Sieg. So viele gute Männer fielen, aber so einer wie der durfte weiterleben.

»Wir hörten auf unserer Flucht von einer Konterrevolution. Wissen Sie mehr davon?« Die russischen Gäste, ein Ehepaar, dessen halbwüchsige Kinder auf die gleiche Schule wie die Söhne von Tante Oksana und Onkel Stanislaus gegangen waren, waren völlig verunsichert. Sie hingen Nikolaus von Auwitz-Aarhayn an den Lippen, als könnte er ihnen das Paradies versprechen.

»Wie ich sagte. Es fängt schon an! Die zarentreuen Weißgardisten kämpfen gegen die Rotgardisten, diese verfluchten Bolschewiki. Die Kosaken sind aufseiten des Zaren. Ich kann es ihnen nicht verdenken. Ich könnte solche Parasiten auch nicht im Berliner Schloss dulden. Lasst uns den Separatfrieden schließen, und ich wette: Unser Kaiser wird diese Schmarotzer persönlich aus dem Winterpalais jagen.«

Diese Schmarotzer, wie der junge Graf sie nannte, waren immerhin diejenigen, die den Krieg gegen das Deutsche Reich beenden wollten! Nur das blendete der hohe Herr aus. Der Zar hatte weiterkämpfen lassen, egal um welchen Preis! Und diesen Preis zahlte man auch hier in Hinterpommern.

Vor zwei Wochen hatte Bertha die traurige Nachricht aus dem Dorf mitgebracht: Noch in den letzten Gefechtstagen war Kilian in russische Kriegsgefangenschaft geraten. Das bedeutete, er würde vermutlich verhungern. Die Russen hatten selbst kaum etwas zu beißen, da würde es ihren Gefangenen nicht besser gehen. Bertha hatte den ganzen Tag geweint.

Doch jetzt schöpften alle wieder Hoffnung. Wenn es zu einem Separatfrieden kam, würden die Gefangenen auf beiden Seiten freigelassen. Hoffentlich kam der Frieden für Kilian noch rechtzeitig.

Ottilie war selbst ganz erstaunt darüber, wie parteiisch sie plötzlich dachte. Es wurde unten in der Leutestube nicht offen über die Vorkommnisse in Russland gesprochen. Herr Caspers verbat es. Aber natürlich tuschelte und wisperte es aus allen Ecken ohne Unterlass. Sie selbst fragte sich, ob sie das gutheißen konnte, was in Russland passierte. Viele der Dienstboten der russischen Adeligen flohen mit ihnen, aber längst nicht alle. Würden sie es nun besser haben in ihrer Heimat? Freie Wahlen sollte es dort nun geben, und sogar die Frauen durften wählen. Das war doch mal was.

Andererseits war der Herr Graf in Aufruhr. Er sah schon die vielen russischen Kriegsgefangenen, die hier auf den Feldern arbeiteten, zurück in ihre Heimat ziehen. Wer würde dann die nächste Aussaat bestellen? Aber natürlich war es wichtiger, dass der Krieg beendet wurde.

Sie wurde aus ihren Gedanken gerissen, als die Tür aufging und die Herrschaften eintraten. Noch bevor die Mamsell etwas sagen konnte, schaute die Gräfin sie missmutig an.

»Wollten Sie nicht oben die Gästezimmer richten? Herrje, wie soll es hier jemals vorankommen, wenn niemand mehr seine Aufgaben erfüllt?«

»Sehr wohl, gnädige Frau.« Mamsell Schott dampfte vor Zorn. Am liebsten hätte sie ihr die Teekanne um die Ohren gehauen.

»Ja, gibt es denn so etwas? Kein Tee mehr.«

»Ich wollte gerade …«

»Ja, ja. Und beeilen Sie sich bitte.« Die Gräfin ließ sich erschöpft nieder. »So viel Arbeit. Und die Dienstboten stehen daneben und machen sich einen Lenz.«

Mamsell Schott trug die Teekanne auf einem Silbertablett heraus. Unfassbar. Mit jedem Schritt auf der Hintertreppe wuchs ihre Wut. Geräuschvoll stellte sie das Tablett in der Küche ab.

»Manchmal hätte ich gute Lust, denen da oben mal ordentlich den Hintern zu verdreschen.«

Irmgard Hindemith drehte sich um. Ihr Gesicht war schweißnass, oder kam die Feuchtigkeit auf ihrer Haut von den dampfenden Töpfen? Sie richtete gerade das Mittagessen.

»Ich weiß, was Sie meinen. Ich renk mir hier ein Bein aus, und alles, was ich höre, ist: Wieso gibt es kein besseres Fleisch? Wieso nur drei Gänge? Der Pudding ist nicht sahnig genug! Manchmal glaube ich, die denken, ich würde mir das Fleisch selbst aus den Rippen schneiden.«

»Sie wollen mehr Tee. Gibt es noch heißes Wasser?«

Die Köchin schüttelte den Kopf. »Alle Platten sind gerade belegt.« Trotzdem griff sie nach dem Kessel und füllte ihn am Wasserhahn auf.

Ottilie Schott ließ sich auf einen Schemel sinken. Sie war so erschöpft und müde, sie hätte vierzehn Tage durchschlafen können. Aber jetzt standen die Vorbereitungen für das Weihnachtsfest an, und dieses Jahr würde es vermutlich viele Gäste geben. Mehr als jemals zuvor.

»Das ist richtig. Ruhen Sie sich aus.« Irmgard Hindemith griff auf die Fensterbank. »Hier, lenken Sie sich ein wenig ab, bis der Tee so weit ist.«

Dankbar griff Ottilie nach der Zeitung. Sie war alt. Nichts war in diesen Tagen so alt wie die Nachrichten von gestern. In diesen Zeiten, in denen sich die Welt stündlich in eine neue Richtung zu drehen schien. Und trotzdem fiel ihr Blick sofort auf einen Artikel. Sie las, und ihre Empörung wurde immer größer. »Haben Sie das gesehen?«

Irmgard Hindemith verschob die schweren Töpfe auf dem Herd, um Platz für den Kessel zu machen.

»Was denn?«

»Das ist doch unfassbar. Die Geschichte mit dem Entmündigungsprozess von Prinz Friedrich Leopold?«

»Ach, die. Ja, immer, wenn ich müde werde, lese ich den Artikel. Da steigt mir das Blut zu Kopf und ich bin wieder hellwach.«

»Unfassbar. So viel Geld! Er bekommt 30 000 Mark Apanage jährlich und noch 60 000 Mark vom Vater. Wie kann man sich dann noch derart verschulden?«

»Ich wollte mal zum Spaß ausrechnen, wie lange ich arbeiten müsste, um nur ein Jahreseinkommen von dem da zu verdienen. Ein Leben reicht da nicht.«

Mamsell Schott schaute ungläubig auf die Zahlen. »Die Komtess heiratet in eine verdammt reiche Familie ein. Wenn Ludwig von Preußen genauso viel bekommt, dann hat sie ausgesorgt.«

»Aber wir sollen alle unseren Gürtel enger schnallen. Unfassbar!« Bläute man es ihnen nicht seit Jahren ein, dass sie solidarisch zu sein hatten?

»Vielleicht sollten wir es wie die in Russland machen.«

Frau Hindemith beugte sich weit vor und flüsterte. Sie sah so aus, als würde sie einen Scherz machen, aber ganz sicher war sich Ottilie nicht. Immer öfter und immer häufiger fragte sie sich, welche Berechtigung zum Regieren der Kaiser und seine Familie noch hatten. Kaiser von Gottesgnadentum. Doch wie passte das zusammen? Gottesgnadentum und Scheidungen, Gottesgnadentum und Affären, Hochzeiten mit Prostituierten, Zechprellerei, Sodomie und Heerscharen unehelicher Kinder. Wie konnten die Herrschenden ihren Herrschaftsanspruch auf Gottesgnadentum stützen, wenn sie so wenig gottgefällig lebten?

»Zumindest sollten wir mehr Gehalt fordern. Das wäre doch schon mal ein Anfang.«

»Ich würde lieber weniger arbeiten müssen.« Irmgard Hindemith spülte die Porzellankanne aus. »Ich wäre schon froh, wenn wir wieder mehr Unterstützung hätten.« Sie löffelte den losen Tee in eine andere Kanne. »Sie müssen mit der Gräfin sprechen. Wir haben kaum noch Tee. Alles geht uns aus. Alles.«

Wiebke kam herein. »Kann ich noch eine Scheibe Brot haben?«

»Kind, was vertilgst du denn alles in letzter Zeit?«

»Kein Wunder, bei der Mehrarbeit. Alle essen mehr. Eugen und Ida auch.«

»Habt ihr die hinteren Gästebetten schon neu bezogen?«

»Jawohl. Ida bringt gerade die schmutzige Wäsche weg. Wir werden sie sofort einweichen.« Glücklich nahm Wiebke das Brot und verließ die Küche.

Das Wasser kochte, und der Tee wurde aufgegossen. Sie nahm das Tablett und ging hoch. Oben auf der Anrichte stellte sie alles ab. Noch zwei Minuten, und sie würde den Tee in die vorgewärmte Porzellankanne umfüllen. Ganz so, wie die Gräfin es am liebsten hatte.

Sie hörte Schritte auf der Hintertreppe. Wiebke kam herunter.

»Nanu, ich dachte, du bist in der Waschküche.«

»Ich, ja ... ich wollte nur schnell ... oben ... Ich brauchte eine Haarklammer. Meine ist mir verloren gegangen.«

Schnell wie der Blitz war sie an ihr vorbei und lief runter in die Dienstbotenetage.

Da war doch was nicht in Ordnung! Schon ein paarmal war ihr aufgefallen, dass Wiebke und auch Ida sich merkwürdig häufig tagsüber dort oben herumtrieben. Mal sei ihre Schürze dreckig, mal fehle eine Haarklammer.

Sie brachte schnell den Tee in den Salon und wurde gnädigerweise sofort entlassen. Neugierig stieg sie die Treppe hoch zu den Schlafräumen der Frauen. Ida und Wiebke schliefen gemeinsam in einem Raum. Die anderen Räume wurden nun häufig von den Dienstboten der Flüchtlinge belegt.

Doch die Familie, die gerade hier war, hatte nur einen alten Butler mitgebracht. Der war im Zimmer neben Caspers untergebracht und schlief fast den ganzen Tag. Da er kein Wort Deutsch sprach, konnte er sich mit niemandem außer den Herrschaften unterhalten.

Ottilie öffnete die Tür zum Schlafraum von Wiebke und Ida. Die Betten waren gemacht, die Laken strammgezogen, der Rest blitzblank sauber und aufgeräumt. Ida war genauso fleißig wie Wiebke. Die junge Frau hatte sich sehr schnell und sehr gut eingearbeitet. Wenn sie nur mehr solcher Hilfen bekommen würden.

Als sie gerade die Tür schließen wollte, hörte sie wieder Schritte, diesmal auf der anderen Seite des Flures. Der Männer- und der Frauentrakt waren durch eine Tür mit Glasfenster voneinander getrennt. Eugen schlich geradezu den Gang entlang.

Die Mamsell zuckte zurück. Was war denn da los? Auf leisen Sohlen trippelte sie bis zur Tür und schaute durch das eingelassene Glasfenster. Eugen blieb nur sehr kurz in seinem Raum und war sofort wieder zurück auf der Treppe.

Dem musste sie auf den Grund gehen. Normalerweise hatte sie nichts auf der Männerseite zu suchen, aber genau wie Caspers trug sie den Schlüssel zur Verbindungstür an ihrem Schlüsselbund. Sie öffnete und trat an Eugens Zimmer. Es war nichts zu hören. Leise öffnete sie und schaute hinein. Nun konnte sie ein Rascheln vernehmen.

Sie drückte die Tür weiter auf. Dahinter verborgen saß ein junger Mann in der Ecke. Direkt neben dem Kanonenofen hockte er auf einer Decke, einen Becher neben sich, ein Stück Brot in der einen Hand, in der anderen ein Buch. Sein Mund blieb ihm bei ihrem Anblick offen stehen.

»Wer sind Sie?«

Rasch legte er Becher und Buch weg und stand auf. Ottilie schreckte zurück.

»Ich bin Paul Plümecke. Wiebkes und Idas Bruder.«

»Ihr Bruder!?« Sie glaubte es sofort. Die roten Haare, die grünen Augen, die gleiche milchige Haut.

»Ganz recht. Ich ... verstecke mich hier.« Er sah beklommen zu Boden.

»Vor wem?«

»Vor dem Militär«, gab er kleinlaut zu.

Mamsell Schott schloss hinter sich die Tür. »Und seit wann schon, wenn ich fragen darf?«

»Seit ungefähr vier Wochen?«

»Tse.« Jetzt erklärte sich auch, warum hier alle plötzlich so viel Hunger hatten.

»Ich ...« Er traute sich kaum, sie anzuschauen. »Bitte verraten Sie mich nicht. Bitte.«

Ottilie musterte den jungen Mann. Kaum älter als Emil, ihr Sohn, der das gleiche Schicksal gewählt hatte. Wie froh war sie gewesen, als er sicher in Schweden angekommen war. Er hatte sogar eine Arbeit gefunden, mit der er sich über Wasser halten konnte. Mittlerweile war es immer schwieriger geworden, sich über die Grenzen abzusetzen. Und sehr viel teurer, wie Emil schrieb.

»Und wie lange wollen Sie noch bleiben?«

»Ich kann nirgendwo hin. Ich habe keine Papiere.«

»Und da haben Sie gedacht: Ich frage mal meine Schwestern, ob die mich durchfüttern?«

»Ich würde liebend gerne arbeiten. Ich bin ausgebildeter Schmied. Ich könnte auch andere Arbeit machen. Jede Arbeit, wenn ich dabei nicht erwischt werden kann. Sofort.«

Er wirkte sehr ehrlich, als er das sagte. Und er tat ihr leid. Gemästet hatten ihn die drei auch nicht gerade, so dürr, wie er war. Nun gut. Sie würde es sich genau überlegen müssen, was sie nun unternahm. Aber sie wusste, sie würde nicht sofort Alarm schlagen.

»Für heute können Sie hierbleiben. Aber ich werde mit Ihren Schwestern sprechen. Und Eugen. So kann es nicht weitergehen. Ich frage mich, wieso Sie niemand früher entdeckt hat.«

»Ich bin wirklich sehr leise.«

»Bis später.« Sie ging zur Tür hinaus, doch gerade als sie sie schloss, kam ausgerechnet Herr Caspers hoch.

»Was haben Sie da drin zu suchen?«, fragte er mit einem empörten Gesichtsausdruck.

»Ich hatte gedacht … ich hätte etwas gehört. Aber da ist nichts.«

Er blieb stehen und schaute sie an. In seinen Augen lag die Aufforderung, wieder auf ihre Seite des Dienstbotentraktes zu gehen.

»Ich … entschuldigen Sie.« Ottilie Schott ging, aber es war ihr ängstlicher Blick, der sie verriet.

Ärgerlich riss Caspers die Tür auf. Sofort entdeckte er den Besucher. »Was zum Henker …«

Ottilie war schnell hinter ihm und schob ihn ins Zimmer hinein. »Das ist der Bruder von Wiebke und Ida.«

»Und was macht er hier?« Caspers riss seine Augen auf.

»Er versteckt sich.«

»Vor wem?«

»Keine Angst, er ist kein Dieb oder so was. Er ist von der Front geflüchtet.«

»Das wird dem Herrn Grafen gar nicht gefallen.«

»Sie dürfen es ihm nicht sagen!«

»Was? Wieso nicht?«

»Graf Nikolaus würde sofort die Feldgendarmerie rufen. Der arme Junge.«

»Junge?« Caspers sah sich den Kerl an. Der Junge war ein junger Mann, Anfang zwanzig, im besten Arbeitsalter. Im besten Soldatenalter.

»Ich soll den Herrn Grafen belügen? Das würde ihm gar nicht gefallen.« Aufgeregt knackte Caspers mit den Fingerknöcheln.

Sie musste sich schnell etwas einfallen lassen. Und das nicht nur, weil sie gerade gelogen hatte und Mitwisserin war, wenn auch erst seit zwei Minuten. Sie musste an Emil denken. So viele Menschen hatten ihm letztlich in Schweden geholfen, damit er nicht in den Krieg musste. Ottilie Schott räusperte sich.

»Herr Caspers, täusche ich mich, oder schulden Sie mir noch einen großen Gefallen?«

Caspers lief puterrot an. Aber er sagte nichts mehr. Stattdessen warf er ihr einen bitteren Blick zu und ging schließlich hinaus, ohne noch einen Ton zu sagen.

Ottilie Schott sah Paul an. »Keine Angst, er wird Sie nicht verraten.«

»Danke. Ich danke Ihnen sehr. Es ist so gütig von Ihnen, das zu tun.«

Ja, gütig. Wenn es denn so wäre. Sie hatte ohnehin etwas gutzumachen beim Schicksal. Claras Tod lag ihr noch immer wie ein riesiger Mühlstein auf dem Gewissen. Vielleicht würde ihre Seele leichter, wenn sie ein anderes Leben rettete.

14. Dezember 1917

Rebecca stapfte durch den wadenhohen Schnee. Es war bitterkalt geworden, und in der Nacht hatte es stundenlang geschneit. Der Schnee lag so hoch, dass er sich über den Rand ihrer Stiefel drückte. Sie fror, die Socken waren feucht, und sie war froh, wenn sie endlich wieder zu Hause war. Fast zwanzig Minuten hatte sie draußen in der Kälte gestanden, um ihre wöchentliche Ration Brot gegen ihre Brotmarke einzutauschen. 170 Gramm Brot pro Tag und zweieinhalb Kilo Kartoffeln pro Woche – wie sollte sie davon satt werden? Noch dazu waren es die einzigen Lebensmittel, auf die sie Anrecht hatte. Die meisten Menschen bekamen nicht mehr als das – nur das bisschen Brot und die Kartoffeln. Keine Butter, kein Schmalz, keine Milch, keine Eier, geschweige denn Luxusartikel wie Käse, Wurst oder gar Fleisch. Dosengemüse war selten und fand noch seltener den Weg von der Stadt aufs Land. Niemand konnte von Brot und Kartoffeln leben, über Monate hinweg. Es war gerade genug, um nicht zu sterben. Sie hatte ständig Hunger.

Am Sonntag hatte sie von einer ehemaligen Schülerin drei Hühnereier geschenkt bekommen. Damals, in ihrem ersten Jahr als Dorflehrerin, hatte sie ihr Nachhilfe gegeben. So hatte die junge Frau später eine Stelle in einem Büro antreten können, statt auf dem Bauernhof ihrer Eltern bleiben zu müssen. Sie hatte ihre Eltern in Greifenau besucht. Sie hatte Rebecca bei der Messe getroffen und nicht vergessen, was die Lehrerin für sie getan hatte.

Mit dem Brot und noch zwei Eiern würde sie wieder eine halbe Woche hinkommen. Sie hatte noch drei Kartoffeln, etwas Mehl und billige Margarine. Die schmeckte wie Maschinenfett. Aber sie brauchte jedes Gramm Fett für ihren Körper.

Einzig die Milch schien hier auf dem Land nie auszugehen. Davon gab es immer genug, zumindest wenn man Geld hatte. Sie hatte das Gefühl, dass sie seit der letzten Ernte im Schlosspark nur noch von Brot, Kartoffeln und Milch lebte.

Aber endlich ruhten die Waffen an der Ostfront, und ein Friedensabkommen war in Sicht. Deswegen wollte sie sich nicht beschweren. Der erste Schritt war getan. Als sie an der Schule ankam und sich nach hinten durchkämpfte, blieb sie überrascht stehen. Pastor Wittekind stand dort und fror.

»Da sind Sie ja endlich!«

»Heute war Brotausgabe.« Das musste er doch wissen, oder bekam er sein Brot vielleicht gebracht?

Sie schloss eilig die Tür auf, und beide gingen hinein. Wirklich warm war es hier drinnen auch nicht. Wittekind stellte sich sofort an den Kanonenofen und stampfte mit seinen Füßen auf, sodass der ganze Schnee von seinen Schuhen auf die Holzdielen fiel.

Auch Rebecca fror. Eilig ließ sie ihr Einkaufsnetz zu Boden gleiten, öffnete die Klappe des Kanonenofens und legte ein paar Kohlen nach. Sie ließ die Klappe direkt offen, damit das Feuer mehr Sauerstoff bekam und die Wärme den Raum schneller heizte.

Noch legte sie ihren Mantel nicht ab, sondern verstaute das Brot schnell im Brotkasten, bevor es Begehrlichkeiten weckte. Sie sah nicht ein, dass sie dem Pastor etwas anbieten sollte. Er hatte sicherlich viel mehr als sie. Ständig sah sie, wie er sonntags nach der Messe kleine Päckchen Butter oder einzelne Eier zugesteckt bekam.

Erst jetzt knöpfte sie ihren Mantel auf und stellte sich neben den Ofen. »Was verschafft mir die Ehre Ihres Besuches?«

Wittekind hörte endlich auf, den Schnee zu zerstampfen. Drohend schaute er sie von oben herab an. »Eine ernste Sache. Eine sehr ernste Sache!«

Jetzt war Rebecca allerdings gespannt. Sie hatte ihm in den letzten viereinhalb Jahren, in denen sie hier Dienst tat, kaum etwas recht machen können. Zwar hatte er mit Wohlwollen quittiert, wie sie sich für das Dorf und ganz besonders für die Kinder und die Kinderbetreuung einsetzte. Aber nichts konnte über den Urkonflikt hinwegtäuschen: Sie war eine arbeitende und alleinstehende Frau. Dass sie darauf stolz war, machte die Sache nur noch schlimmer. In den Augen des Pastors wusste sie einfach nicht, wo ihr Platz in dieser Gesellschaft war.

»Sie müssen gehen. So etwas werde ich hier nicht dulden.«

Plötzlich wurde Rebecca ganz heiß. Sie schaute ihm direkt in die Augen. Kampfeslust regte sich in ihr. »Was meinen Sie mit ›so etwas‹?«

»Sie haben sich mit einem Mann eingelassen.«

Meine Güte. Das konnte doch nicht wahr sein. Nicht nach so langer Zeit! Wie konnte das herausgekommen sein? Ob Konstantin sie verraten hatte? Das konnte sie sich beim besten Willen nicht vorstellen. Wann immer sie aufeinandertrafen, war er nett zu ihr. Zwischen seinen Worten und seinen Blicken las sie, dass die Geschichte zwischen ihnen nicht beendet war. Nicht von seiner Seite aus. Immer wieder gab es Momente, in denen sie sich fast so nahe waren wie damals. War er es nun leid, immer wieder abgewiesen zu werden?

»Wie kommen Sie denn auf diese abstruse Idee?« Angriff war die beste Verteidigung. Sie würde einfach rundherum alles leugnen.

»Dann stimmt es also nicht, dass Sie mit Karl Matthis ein Verhältnis hatten?«

Rebecca keuchte laut aus. »Karl Matthis? Ich bitte Sie! Dieser arrogante Schnösel!«

Der Pastor schaute sie über seine spitze Nase an. Diese Nase war wie ein Pfeil, der ihr ins Fleisch stach. Er sagte nichts, aber fixierte sie mit abstrus aufgerissenen Augen, als wollte er sie hypnotisieren und zur Wahrheit zwingen.

Obwohl sie es nicht wollte, musste sie auflachen. »Ich bitte Sie. Das glauben Sie doch selber nicht.«

»Was ich glaube, ist hier nicht die Frage. Mir wurde diese Information aus zuverlässiger Quelle zugespielt. Ich ...«

»Moment mal. Zugespielt? Jemand setzt bösartige Gerüchte über mich in die Welt!«

»Aus zuverlässiger Quelle! Meine Entscheidung ist gefallen. In wenigen Tagen fangen die Weihnachtsferien an. Sie packen und fahren zu Ihren Eltern zurück. Das war's!«

»Ihre zuverlässige Quelle lügt. Ich werde doch nicht einfach meine Arbeit aufgeben, nur weil jemand lügt.«

»Ich warne Sie. Meine Quelle ist über jeden Zweifel erhaben.«

»Wie kann Ihre Quelle zuverlässig sein, wenn ich doch weiß, dass es nicht stimmt. Ich hatte niemals etwas mit Karl Matthis, und ich habe auch nie die Absicht gehegt, etwas mit ihm anzufangen!«

»Glauben Sie nicht, ich würde hier mit Ihnen darüber streiten. Die Entscheidung ist endgültig.«

»Wie kann sie endgültig sein? Sie können es doch nicht einmal beweisen.«

»Beweisen? Weib, ich bitte Sie! Karl Matthis scheint an der Front gefallen zu sein. Wie sollte ich Ihnen da noch etwas beweisen können? Doch darum geht es nicht. Nur weil es jetzt nicht mehr andauert, ist es doch nicht weniger verwerflich.«

»Ich lasse mich nicht einfach grundlos vom Dienst entlassen. Ich habe meine Arbeit immer gut erfüllt. Das ist ungerecht.« Sie wurde regelrecht laut.

»Das ist so typisch. Sie scheinen nicht einmal ein schlechtes Gewissen zu haben. Hier geht es überhaupt nicht um Ihre Arbeit. Hier geht es darum, dass ich den Kindern nicht so eine lasterhafte Person zumuten werde. Schlimm genug, dass sie Sie vier Jahre ertragen mussten. Ich kann nur hoffen, dass die Kinder nicht völlig verdorben wurden in dieser Zeit.«

Rebecca schnappte nach Luft. »Verdorben?!«

»Dann beschwören Sie, dass Sie nie etwas Verwerfliches getan haben?«

Für einen Moment geriet Rebecca aus dem Konzept. »Ich habe weder die Kinder verdorben, noch bin ich verdorben.«

»Da bin ich anderer Meinung. Und es sind meine Meinung und meine Entscheidung, die ausschlaggebend sind.« Prüfend schaute er sie noch einen Moment an, als wollte er sich vergewissern, dass sie verstanden hatte, was er sagte.

»Mit Anfang der Weihnachtsferien räumen Sie Ihren Posten. Es ist bereits alles entschieden.« Dann drehte er sich um und ging mit einem knappen Gruß hinaus.

Rebecca konnte sich nicht rühren. Stumpf starrte sie ihm hinterher. Sachen packen. Greifenau verlassen, für immer.

Das konnte doch wohl nicht wahr sein. Das war so lächerlich, dass sie nicht wusste, ob sie lachen oder weinen sollte. Wer nur konnte so bösartige Gerüchte über sie verbreiten? Vor allem jetzt, wo sie sich so gut im Dorf eingelebt hatte.

Am Anfang war sie von allen Dorfbewohnern skeptisch beäugt worden. Doch in den Jahren hatten die meisten gemerkt, wie sehr sie sich tatsächlich als Lehrerin engagierte. Sie war fleißig, sauber und ging regelmäßig in die Kirche. Sie tat nichts Anstößiges, zumindest hatte sie sich nie dabei erwischen lassen.

Und jetzt, aus heiterem Himmel, sollte sie wegen eines blöden Gerüchts Greifenau verlassen? Sie hatte direkt gewusst, dass Karl Matthis' Besuche nicht gut waren. Aber Himmelherrgott, das war über drei Jahre her. Sie wollte nicht weg. Jetzt nicht mehr.

Es hatte Zeiten gegeben, Tage und Wochen, da wäre sie am liebsten mit leeren Händen geflohen. Hätte nur zu gerne alles in Greifenau und jede Erinnerung daran hinter sich gelassen, weil es so schmerzhaft war. Doch das war Vergangenheit. Sie hatte sich hier ein Leben aufgebaut. Und auch wenn sie nichts lieber tat, als gelegentlich ihre Eltern in Charlottenburg zu besuchen und Stadtluft zu schnuppern, fühlte sie sich hier wohl.

Dazu kam: Hier auf dem Land war das Essen oft knapp, aber niemand verhungerte wirklich. Das sah in der Stadt schon ganz anders aus. Ihre Eltern bekamen immer noch etwas zu essen, weil viele Menschen ihren Vater in Naturalien bezahlten. Aber in den Briefen ihrer Eltern standen immer wieder fürchterliche Beschreibungen der Verhältnisse. Tatsächlich hatte Rebecca ihnen bei ihrem letzten Besuch zu Ostern mehrere Päckchen gute Butter mitgebracht. Doch seitdem war es nur noch schlechter geworden, für alle. Liebend gerne wollte sie nach Charlottenburg fahren, um mit ihren Eltern und ihrer Schwester gemeinsam das Weihnachtsfest zu begehen. Aber sie sparte das Geld für die Zugfahrt, um sich etwas zu essen zu kaufen. Außerdem wollte sie nicht mit leeren Händen zu ihren Eltern kommen.

Und jetzt würde sie Weihnachten vielleicht doch noch mit ihnen verleben. Nein! Wenn sie jetzt fuhr, würde sie nie wiederkommen. Fieberhaft überlegte sie, was sie tun könnte.

Meine Quelle ist über jeden Zweifel erhaben. Das hatte Wittekind gesagt. Es schien außer Frage, was das bedeutete. *Über jeden Zweifel erhaben*, das kam aus der Richtung der Herrschenden. Nur sie waren über jeden Zweifel erhaben.

Ihr blieb eigentlich nur ein einziger Ausweg. Ein Ausweg, den sie in den letzten drei Jahren weit von sich gewiesen hatte.

16. Dezember 1917

Vom armen Waisenkind hatte er sich hochgearbeitet bis zum Chauffeur in sauberer Uniform. Und jetzt? Er stand dort, wo er schon mit achtzehn gestanden hatte. Ein besserer Stalljunge, nicht einmal Stallmeister. Auf den Feldern half er mit. Im

Herbst hatte er Kartoffeln mit seinen bloßen Händen aus der Erde geholt. Und heute durfte er wieder Botengänge erledigen, wie er es schon als Zehnjähriger getan hatte.

Eine Zeit lang war in Alberts Leben alles immer besser geworden. Abgesehen von dem glücklichen Umstand, dass er nicht an die Front musste, hatte er allerdings jetzt das Gefühl, dass es Schritt für Schritt immer schlechter wurde. Seinen Vater, Graf Adolphis von Auwitz-Aarhayn, bekam er nur noch selten zu sehen, und wenn, dann meistens nur in Begleitung von mindestens einem Familienmitglied.

Katharina, die jüngste Grafentochter, behandelte ihn zwar mit größter Freundlichkeit, wenn sie aufeinandertrafen, was aber auch selten war. Dass er ihr das große Geheimnis über ihren Verlobten mitgeteilt hatte, hielt sie trotzdem nicht von einer Verlobung mit dem Kerl ab. Wie enttäuschend. Wenigstens bei ihr hatte er die Hoffnung gehabt, sie würde sich nicht den gesellschaftlichen Konventionen beugen. Aber dem war wohl nicht so.

Im Moment fragte er sich, was er sich noch vom Leben erhoffte. Er wusste nun, wer sein Vater war und wer seine Mutter: ein reicher, ignoranter Schnösel und eine arme, verbitterte Frau. Und sosehr er auch überlegte, ihm fiel nicht eine vernünftige Möglichkeit ein, den Pastor angemessen für seine Sünde dranzukriegen. Schließlich war Habsucht und Gier eine der sieben Todsünden!

Bald würden sie das neue Jahr begehen. Schon wieder ein Jahr herum, und der Krieg war immer noch nicht zu Ende. Albert freundete sich immer mehr mit der Idee an, sich nach dem Krieg woanders eine Anstellung zu suchen. Er würde in einem anderen herrschaftlichen Haus Chauffeur werden. Er würde sich eine gut bezahlte Stellung suchen und es sich gut gehen lassen. Vielleicht … ja, zum ersten Mal in seinem Leben gab es tatsächlich dieses Vielleicht. Vielleicht würde er sich sogar eine Frau suchen und mit ihr ein paar Kinder zeugen.

Vielleicht so eine Frau wie Ida, Ida Plümecke. Sie gefiel ihm. Er kam gut mit ihr aus, und sie verstand sich auch mit ihm. Aber all diese Gedanken taugten doch nur dazu, das ursprüngliche Gefühl zur Seite zu drängen. Sein Leben fühlte sich trotzdem unvollkommen an. Seine Suche war nun am Ende. Aber in seinem Herz war noch immer eine Leere, auch wenn er nun seine Eltern kannte und ungefähr wusste, was damals passiert war.

Er fasste die Zügel nach. Mit den dicken Handschuhen entglitten sie ihm immer wieder. Über seinem Mantel trug er den Wachsmantel mit der Kapuze. Kalter Wind fegte den Schnee übers Feld. Seine Augen waren zu Schlitzen verengt.

Als hätte er an einem Sonntagnachmittag nichts Besseres zu tun, musste er wieder mal einen geheimen Botengang für den Herrn Grafen erledigen. Der Schnee lag noch immer hoch, deshalb hatte er eins der Zugpferde genommen. Die Wege waren nichts für die edlen Reitpferde. Der stämmige Kaltblüter unter ihm schnaufte und stampfte.

Er war zu früh, aber bei dem Wetter wollte er nicht tief in der Nacht unterwegs sein. Endlich im Nachbardorf angekommen, ritt Albert an dem besagten Haus vorbei. Es dämmerte. Etliche Stuben wurden vom Kerzenlicht erhellt, so auch ihre. Das Licht drang nur durch die Ritzen der geschlossenen Fensterläden.

Er überlegte, ob er einfach schnell abspringen und den Umschlag einfach ablegen sollte. Es war niemand auf der Straße zu sehen. Trotzdem wollte er das Pferd nicht einfach irgendwo am Rande des Dorfes anbinden. Genauso wenig konnte er es hier im Dorf irgendwo stehen lassen und dann zu dem Haus der Frau spazieren. Die Gefahr, dass man ihn erwischen oder erkennen würde, war zu groß. Nein, er würde heute von hinten übers Feld kommen und sich anschleichen. Der Wind hätte bis morgen früh alle Spuren verweht. Er drehte mit dem Tier ab.

Am Wegesrand stieg er ab und kletterte über den zur Seite geschobenen Schnee. Er führte das Pferd ein Stück übers Feld, damit es nicht direkt an dem Weg stand, und band es am hinteren Zaun an. Er erkannte ihren lang gezogenen Garten an den langen Wäscheleinen, die neben den Gemüsebeeten hingen. Natürlich hing jetzt keine Wäsche draußen, und das lag nicht nur am Wetter. Bald begann die Zeit der Raunächte. Vermutlich war Therese Hindemith genauso abergläubisch wie ihre Schwester.

Im letzten Dämmerlicht kämpfte er sich über das verschneite Gemüsebeet. Er schlich durch den Garten, vorbei an dem gemauerten Waschbottich, der nun eine Krone aus blütenweißem Schnee trug. Das Päckchen, das der Graf ihm gegeben hatte, sollte das letzte sein. So hatte er gesagt. Dann wäre seine Schuld beglichen. Seine Schuld ...

Albert schaute vorsichtig in das Zimmer, das nach hinten hinausging. Nur von der guten Stube aus hätte ihn jemand sehen können. Doch dort brannte kein Licht. Die Holzläden waren zugeklappt. Vorsichtig schlich er zur Haustür, schüppte den Schnee von der Fensterbank des kleinen Fensterchens daneben und legte den Papierumschlag ab. Sie würde es schon finden, morgen früh. Heute kam bestimmt niemand mehr zu Besuch.

Jetzt bemerkte er, dass die Tür nicht ganz geschlossen war. Er war neugierig. Sehr neugierig. Die Wohnung seine Mutter. Nein, das konnte er nicht tun. Er wollte sich nicht erwischen lassen.

Zu spät. Als er sich nun umdrehte, sah er ein dunkle Silhouette vor dem hellen Schnee. Sie stand dort, regungslos.

In dem kurzen Moment, in dem er abwog, ob er bleiben und zur Straße flüchten sollte, sprach sie schon.

»Du bist es, nicht wahr? Du bist mein Sohn!?« Ihre Stimme klang so hoffnungsvoll.

Albert stand still. Langsam drehte er sich zu ihr zurück.

»Wieso bringst du mir dein Geld?«

»Es ist nicht mein Geld.« Seine Stimme war spröde. Die Worte kamen kratzig aus seinem Mund.

Die Frau regte sich nicht. Nur ihr Umriss war zu erkennen. »Bist du mein Sohn?«

Wieso hatte er sich gescheut, seine Mutter persönlich kennenzulernen? Weil er Angst davor hatte, dass sie ihn auch nicht wollte? So wie sein Vater ihn nicht wollte? Obwohl er doch nun wusste, dass er noch einen Sohn hatte. Einen Erstgeborenen! Er interessierte ihn kein Stück.

Albert wollte sich nicht seine insgeheime Hoffnung zerstören, dass wenigstens ein Elternteil ihn geliebt und vermisst hatte. Lieber blieb er darüber im Unklaren.

Aber ihre Stimme – sie klang so sehnsüchtig. Sie klang nach achtundzwanzig Jahren Leere. Achtundzwanzig Jahre, in denen sie Tag für Tag ihr Kind vermisst hatte. Jahre, in denen sie darauf gehofft hatte, diesen einen Satz sagen zu können: *Du bist mein Sohn.*

»Ja, ich bin dein Sohn.«

Links und rechts von ihr fiel etwas in den Schnee. Sie stürzte auf ihn zu und packte ihn bei den Armen, als wollte sie ihn nie wieder loslassen.

»So lange habe ich darauf gehofft, dass dieser Tag kommt.« Ihr Blick suchte seinen Blick. Im letzten schwachen Licht erkannte er die Tränen in ihren Augen. »Wie haben sie dich genannt?«

»Albert. Ich heiße Albert Sonntag.«

Sie nickte. »Ich habe dich an einem Sonntag geboren. Und an einem Sonntag finde ich dich wieder.« Ihre Hände krallten sich in seine Jacke. So standen sie da und bewegten sich nicht.

Albert hatte das Gefühl, wenn er etwas sagen oder tun würde, dann würde der unfassbare Zauber des Augenblicks verschwinden. Auch sie rührte sich nicht, doch sie hatte nur schnell einen Wollschal übergeworfen. Sie würde sich hier noch den Tod holen. Die Kälte fuhr selbst Albert in die Kleidung.

»Bitte, komm doch rein.«

»Das Pferd.«

»Hol es und bring es in den Stall.« Sie griff nach unten und holte aus der Schneewehe Holzscheite hervor. Anscheinend war sie gerade im Stall gewesen. »Hol es, ich mach es uns schon mal warm.«

Albert lief zu dem Tier und führte es zurück auf die Straße, dann weiter bis hinter das Haus und öffnete die Stalltüre. Es war dunkel, aber die Bretter hielten den schneidigen Wind ab. Der Kaltblüter war gutmütig und ließ sich hineinführen.

Jetzt war es so weit. Albert stand vor der Tür, die noch immer einen Spalt offen stand. Der Umschlag war weg. In dem hinteren Fenster schien warmes Licht durch die Spalten. Er stapfte sich den Schnee von den Füßen und trat ein.

Sofort ließ sie stehen, was sie gerade in der Hand hatte. »Komm rein. Komm rein.« Sie zog ihn mit sich vom winzigen Flur in die gute Stube, wo sie mehrere Kerzen angezündet hatte.

»Lass dich anschauen.«

Er zog die Handschuhe aus, schlug die Kapuze weg, öffnete den Wachsmantel und darunter den Wollmantel und wickelte den Schal ab, den er über dem Gesicht getragen hatte.

Sie strahlte über das ganze Gesicht. Die Verbitterung, die Albert tief in ihre Haut eingegraben gesehen hatte, schien wie weggeblasen.

»Ich kenne dich. Du arbeitest beim Grafen.«

Er nickte. Auch er suchte in ihrem Gesicht nach etwas, das er aus dem Spiegel kannte. Die Augen. Seine strahlenden blauen

Augen und die dichten und langen dunklen Wimpern. Ja, sie war seine Mutter.

»Mein Sohn. Darf ich dich umarmen?« Worte, die achtundzwanzig Jahre darauf gewartet hatten, ausgesprochen zu werden.

Statt einer Antwort zog er sie in seine Arme. Sie ging ihm kaum bis zum Kinn. Plötzlich war es mit seiner Zurückhaltung vorbei. Ein unendliches Glücksgefühl durchströmte ihn. Seine Mutter, er hatte endlich seine Mutter gefunden. Und sie hatte ihn vermisst, unendlich vermisst. Sie weinten zusammen, bis sie lachten.

Irgendwann, er konnte nicht sagen, wie viel Zeit vergangen war, fragte sie ihn: »Du musst Durst haben. Ich habe auch etwas zu essen.«

»Ich habe gut gegessen. Aber einen heißen Tee würde ich nehmen.« Er folgte ihr in die Küche.

Es war einfach, aber sauber. Es gab kein gutes Porzellan. Schnell warf sie eine selbstbestickte Tischdecke über die abgegriffene Holzplatte. Er setzte sich an den Küchentisch.

»Sollen wir nicht in die gute Stube gehen?«

Er schüttelte den Kopf. »Nein, hier ist gut.«

Sie hatte vorhin den Wasserkessel einfach irgendwo abgestellt. Jetzt setzte sie ihn auf eine Platte und heizte den Ofen noch mal an.

»Es dauert ein paar Minuten.« Mit zittrigen Händen holte sie zwei Dosen heraus. »Hagebutte oder Kamillentee. Mehr habe ich nicht.«

»Hagebuttentee, den mag ich gerne.«

»Ich hab noch was«, sagte sie plötzlich erfreut und verschwand aus dem Zimmer. Sie kam zurück mit einer kleinen Flasche, in der eine rotbraune Flüssigkeit war. »Schlehenfeuer. Selbstgemacht.«

Albert grinste selig. »Gerne.«

Die Küche war klein und schnell erwärmt. Sie schüttete den Tee auf, holte sogar das Zuckerdöschen für ihn hervor und goss ihnen beiden das Schlehenfeuer ein.

»Du musst mir alles erzählen. Wie ist es dir ergangen?«

»Später. Ich muss dich dringend etwas fragen. Ich muss unbedingt wissen: Was ist damals passiert?« Er starrte auf den Umschlag, der ebenfalls auf dem Tisch lag. »Ich weiß, wer mein Vater ist. Er weiß nicht, wer ich bin. Aber ich habe erfahren, dass er nichts von mir wusste. Er wusste nicht, dass es mich gibt. Wieso nicht?«

Seine Mutter starrte ihn an. Wie in Trance wiederholte sie seine Worte. »Er wusste nicht, dass es dich gibt?«

»Hast du es ihm nicht gesagt?«

Sie nahm das Glas und nippte daran. Ganz bedächtig stellte sie es wieder ab.

»Nein, als ich merkte, dass ich ... in Umständen war, war er gerade für zwei Wochen weg. Bevor er wiederkam, hatte Wittekind schon alles geregelt.«

»Wittekind!« Albert spie dieses Wort aus.

»Ja, der Pastor. Meine Mutter, sie hat es mir auf den Kopf zugesagt. Ich hab ... musste es gestehen. Meine Mutter ... sie hat es meinem Vater gesagt. Er hat mich windelweich geprügelt. Dann ging er, und wie ich später erst erfahren habe, hat er sich mit Wittekind besprochen. Am nächsten Morgen hat mein Vater mich nach Danzig gebracht. In ein Magdalenenheim, eine Besserungsanstalt für gefallene Mädchen.« Sie griff wieder zu dem Glas, aber dieses Mal kippte sie den Inhalt in einem Zug herunter.

»Es war schlimm. Ich kann dir gar nicht sagen, wie schlimm. Ich habe dort gearbeitet, bis du zur Welt gekommen bist.«

Sie legte ihre Hand auf seine. Sie war rau, rau und wulstig, obwohl sie knöchern aussah. »Bis zur letzten Stunde haben sie mich dort schuften lassen. Die Heiligen Schwestern. Ich lag nicht lange in den Wehen, da warst du schon da. Ich konnte nur noch sehen, dass ich einen Sohn geboren hatte. Und dass du gelebt hast. Sie haben dich sofort weggebracht.« Ihre Stimme brach. Die Tränen liefen ihr über die Wangen.

Der Stein, der sein Leben lang kalt und unbeweglich sein Herz beschwert hatte, zerbrach in tausend Teile.

»Ich habe immer wieder nach dir gefragt. Sie haben behauptet, du wärst tot. Dann wieder haben sie gesagt, sie hätten dich zur Adoption freigegeben. Ein anderes Mal wurde gesagt, du seist in ein Waisenhaus gekommen. Monatelang haben sie mich verprügelt, jedes einzelne Mal, wenn ich nach dir gefragt habe.« Sie schaute ihn prüfend an. »Ich hab immer weiter gefragt.«

»Waisenhaus. Ich bin ins Waisenhaus gekommen. Nach Kolberg.«

Sie nickte. »Ich war siebzehn, als ich schwanger wurde. Achtzehn, als du kamst. Sechsundzwanzig, als ich endlich aus dem Magdalenenheim entlassen wurde. Acht Jahre war ich eine Sklavin gewesen. Als ich dort hineingekommen bin, war ich ein sündiges, gefallenes Mädchen. Man sagte mir, ich müsse für meine Sünde büßen. Und ich habe für meine Sünde gebüßt. Mehr als gebüßt.« Sie goss sich noch etwas von dem Schlehenfeuer ein, nahm das Glas, aber trank nicht.

»Danach habe ich weiter als Wäscherin gearbeitet. Ich konnte ja nichts anderes. Vor ungefähr acht Jahren bin ich dann wieder zurück, hierher. Aufgewachsen bin ich in Greifenau, aber meine Eltern haben zuletzt hier im Nachbardorf gewohnt. Das Haus wurde frei. Irmgard, meine Schwester«, sie lächelte ihn an, »deine Tante, wollte das Haus nicht. Mein ältester Bruder hat kein Interesse, meine jüngeren Brüder sind alle gestorben, ohne dass ich mich von ihnen verabschieden konnte. Aber sie liegen hier auf dem Friedhof, genau wie meine Eltern. Also bin ich hergezogen. In Greifenau bin ich so gut wie nie. Und ich habe nicht ein einziges Mal mehr mit dem Gutsherrnsohn gesprochen. Vermutlich würde er mich heute nicht einmal mehr erkennen.«

»Er war einigermaßen schockiert, als er erfahren hat, dass er noch einen Sohn hat.«

»Ich kann mir gar nicht vorstellen, wieso er es nicht wusste.«

»Soweit ich weiß, haben Pastor Wittekind und sein Vater, Donatus von Auwitz-Aarhayn, dein Fortgehen arrangiert. Was sie ihm erzählt haben, warum du nicht mehr da warst ...« Er zuckte mit den Schultern. »Er dachte vermutlich, du wärst enttäuscht gewesen, weil er dich nicht heiraten wollte. Oder du hättest einfach eine bessere Stelle gefunden.«

»Eine bessere Stelle?« Sie schnaubte bitter auf. »Die Hölle auf Erden war es. Die Hölle bei den Heiligen Schwestern.«

»Und er wurde nach Sankt Petersburg geschickt. Dort hat er dann seine Frau kennengelernt, die russische Gräfin.«

»Woher weißt du das alles?«

»Ich habe mich in sein Vertrauen geschlichen.«

»Aber er weiß nicht, dass du sein Sohn bist?«

»Tatsächlich könnte er es rauskriegen, wenn er wollte. Aber es interessiert ihn nicht.« Jetzt klang er fast so bitter wie seine Mutter.

»Dann willst du es ihm auch nicht sagen?« Sie schaute ihn streng an.

Albert antwortete nicht.

»Das ist auf jeden Fall besser so.« Dann schien ihr plötzlich klar zu werden, was sein starrer Blick bedeutete.

»Du willst es ihm sagen, oder? Du willst dich rächen. Wenn er doch aber nichts davon wusste ...«

»Rächen will ich mich an Wittekind. Meinem Vater will ich es nur sagen.« Wenn ich je den Mut aufbringe, dachte er.

»Tu das nicht. Beides wird nur Unheil hervorrufen. Ich weiß das genau.« Wieder legte sie ihre rauen Hände auf seine. »Bitte, versprich mir, dass du es nicht tun wirst. Versprich es mir.«

Albert trank das Schlehenfeuer. Er konnte nicht versprechen, was er nicht versprechen konnte. In seinem Herzen kämpften Hass und Zorn.

Kapitel 14

22. Dezember 1917

Eine Woche hatte er dort gelegen, der Brief, auf den er Jahre gewartet hatte: ein Brief von Rebecca. Eine Woche, in der er mit Papa in Stettin gewesen war, um mit den Banken etwas zu klären, über neues Saatgut zu verhandeln und Dinge in der Stadt einzukaufen, die ihren Weg einfach nicht mehr bis raus aufs Land fanden.

Gestern Abend waren sie heimgekehrt, müde und verfroren. Aber als er den Umschlag in seinem Zimmer hatte liegen sehen, war er hocherfreut und sofort hellwach gewesen. Natürlich hatte Rebecca den Brief förmlich gehalten, aber alleine ihre Worte zählten. Sie wollte hier bleiben, hier in Greifenau! Und hatte ihn gebeten, ihren Rausschmiss zu verhindern. Er war ihre einzige Chance.

Seine Mutter sprach nicht mehr mit ihm. Sie legte ein kindisches Verhalten an den Tag, überhörte ihn, wenn er sie anredete. Tat so, als wäre sie alleine im Raum, wenn er hereinkam. Übersah ihn völlig, in jeder Hinsicht.

Heute früh hatte er versucht, mit ihr über die Dorflehrerin zu sprechen. Papa hatte schon vor dem Frühstück gesagt, dass er von nichts wisse. Mama aber hatte weiter ihre Magazine sortiert und ihn dann einfach stehen lassen.

Nun denn, dann würde er es direkt mit Wittekind klären. Über den Nebenweg lief er zum Dorf. Er hatte keinen Termin und hoffte einfach mal, dass er den Pastor antreffen würde. Zu Hause war er nicht, merkte Konstantin schnell. Er lief weiter zur

Kirche. Auch hier war niemand. Er rief in die Sakristei, aber ungebeten hineingehen wollte er nicht. Schließlich folgte er Spuren im Schnee, die auf den gegenüberliegenden Friedhof führten.

Wittekind sprach mit einem armen Dorfbewohner. Ein dünner Mann, der als Tagelöhner mit seinen sieben Kindern sein Leben fristete. Wittekind redete auf ihn ein. Er schien ihm eine Predigt zu halten, worüber auch immer.

Der Mann stand mit einer erdverkrusteten Schaufel neben ihm, den Kopf gesenkt, und hörte klaglos zu. Der Winter hatte seine schneeweiße Decke über den Gräbern ausgebreitet. Ein kurzer Pfad aus runtergetrampeltem Schnee führte auf den Friedhof. Der Rest war eine Landschaft aus aufgetürmtem, unberührtem Pulverschnee.

Wittekind schien fertig zu sein, drehte sich weg und kam zum Friedhofsportal heraus.

Als er Konstantin bemerkte, sah er überrascht aus. »Guten Morgen, Herr Graf.« Er nickte ihm kurz zu. »Dieser Faulenzer. Ich musste ihm mal gehörig den Kopf waschen. Die Erde sei gefroren und er könne keine Gräber ausheben. Was glaubt er: dass wir ein Lagerhaus für unsere Toten haben?«

»Wer ist denn gestorben?«

»Der alte Warmbier. Gott hat ihn endlich zu sich berufen. Er war doch schon achtundsechzig. Ein gesegnetes Alter.«

Konstantin dachte an den alten Mann, den er kannte, seit er denken konnte. Früher einmal war er ein starker Mann gewesen, der Dorfschmied. Doch die Arbeit war hart, und er hatte sie schon vor über fünfzehn Jahren an seinen Sohn übergeben.

»Ich muss mit Ihnen über etwas reden.«

»Sehr wohl.«

Der Geistliche fror sichtlich und sah rüber zur Kirche. Doch Konstantin wollte nicht dort reingehen. Er ahnte, dass es in dem

Gespräch auf einige Lügen hinauslaufen könnte. In der Kirche wollte Konstantin aber nicht lügen.

»Es dauert nicht lange.«

Egidius Wittekind schaute an sich herunter. Am Saum des Lutherrockes, seinem langen Gewand, klebte Schnee. Dennoch blieb er stehen. »Was gibt es denn?«

»Ich hörte Gerüchte über die Dorflehrerin.«

»Ganz recht, die sind mir auch zu Ohren gekommen. Aber ich habe schon alles Notwendige in die Wege geleitet. Morgen früh wird sie fort sein.« Stolz schaute er zu Konstantin hoch.

»Dann sind Sie ja bestens im Bilde. Würden Sie mir bitte sagen, wer diese Gerüchte über die Lehrerin und Karl Matthis verbreitet hat?«

Wittekind blinzelte zweimal kurz. So als wäre er verunsichert über den Verlauf des Gesprächs. »Ihre Schwester.«

»Katharina?«

»Nein, Gräfin von Sawatzki. Und ich denke nicht, dass es nur Gerüchte sind. Ich …«

»Meine Schwester Anastasia hat Ihnen gesagt, dass die Dorflehrerin eine Affäre mit unserem früheren Hauslehrer hatte?«, stieß Konstantin überrascht aus.

»Nun, genauer gesagt hat sie es mir geschrieben.«

Dieses hinterhältige Stück. Anastasia hatte oft gelogen, früher, als sie noch zusammen Unterricht gehabt hatten. Ihre Eltern, ihren damaligen Lehrer, die Kindermädchen – alle hatte sie belogen. Konstantin hatte schnell lernen müssen, dass man ihr nicht trauen konnte. Sie suchte immer nur ihren eigenen Vorteil. Aber was versprach sie sich von dieser Geschichte? Sie hatte doch mit Rebecca nie Kontakt gehabt.

»Nun, ich kann mir wirklich nicht vorstellen, wie ausgerechnet meine älteste Schwester zu derlei Informationen gekommen sein sollte. Schließlich lebt sie ja nun schon seit Jahren nicht mehr hier.

Sie ist fortgezogen, bevor die Dorflehrerin in Greifenau angefangen hat. Außerdem ist meine Schwester nicht gerade dafür bekannt, sich besonders mit den Dorfbewohnern gemein zu machen.«

»Was wollen Sie damit sagen?«

»Dass das Humbug ist. Frau Kurscheidt hatte keine Affäre mit unserem ehemaligen Hauslehrer. Da bin ich mir sehr sicher.«

»Aber ...«

»Haben Sie Beweise?«

»Ich ... Nein, der Brief Ihrer Schwester reichte mir natürlich. Niemals würde ich anzweifeln ...«

»Das sollten Sie aber. Offensichtlich hat da jemand meiner Schwester einen Bären aufgebunden. Warum sie sich nicht an uns wandte, damit wir es vor Ort klären können, kann ich nicht sagen. Aber seien Sie versichert, das werde ich auch noch herausfinden.«

»Aber Frau Kurscheidt ...«

»... ist eine geachtete Persönlichkeit in unserem Haus. Oder glauben Sie, sonst hätten meine Eltern ihren Einsatz in unserem Park erlaubt?«

»Natürlich nicht.«

»Ich fühle mich allerdings selbst schuldig, da ich es war, der Karl Matthis beauftragt hat, die Dorflehrerin mit Literatur und Unterrichtsmaterial zu versorgen. Ich kann mir denken, dass diese Besuche wiederum zu dem Getuschel führten. Deswegen werde ich mich nun direkt zu ihrem Haus begeben und die Sache aufklären. Wir wollen doch nicht riskieren, dass wir die Schule komplett schließen müssen. Zurzeit bekämen wir kaum einen Ersatz. Ich fände es angemessen, wenn Sie mich begleiten würden.«

»Ich ... natürlich. Sofort.«

Sie liefen schweigend nebeneinander her. Egidius Wittekind war förmlich anzusehen, wie er in seinem Kopf an einer Erklärung bastelte.

Als sie am Schulhaus angelangt waren, lief Konstantin voraus und klopfte. Rebecca war sofort an der Tür. Sie sah schlecht aus. Ihre Augen waren gerötet. Sie hatte einen dicken Wollschal umgelegt. Im ersten Moment glaubte er, dass sie die Grippe hatte, doch hinter ihr sah er die Bescherung. Ihre Habseligkeiten türmten sich zu einem kleinen Haufen. Sie hatte bereits alles zusammengepackt.

»Frau Kurscheidt, bitte entschuldigen Sie, dass ich erst jetzt komme, aber ich war bis gestern auf Reisen.«

In ihrem Blick spiegelten sich verschieden Ausdrücke. Überraschung und Freude, Skepsis und Ärger. Dann entdeckte sie hinter ihm Pastor Wittekind.

»Herr Pastor.«

»Pastor Wittekind hat Ihnen etwas zu sagen.«

»Ja, also ... Anscheinend bin ich einer Falschinformation aufgesessen. Die Behauptung, die ich Ihnen ... die mir zugetragen wurde, hat sich nun als haltlos herausgestellt. Damit ist Ihre Entlassung natürlich hinfällig.«

Rebecca sagte nichts. Ihre Hände krallten sich in die Wollstola, die über ihren Schultern lag. Sie schluckte heftig.

»Und wir sind alle mehr als froh, dass Sie uns als engagierte und fleißige Lehrerin erhalten bleiben.«

»So ist es«, bestätigte Wittekind Konstantins Worte.

»Und es tut uns beiden mehr als leid, dass Sie fälschlich verdächtigt wurden.«

Der Pastor nickte zustimmend. Anscheinend konnte er sich zu keinem weiteren Wort der Entschuldigung durchringen.

Rebecca schaute von einem zum anderen. Endlich schien die gute Nachricht angekommen zu sein. Erleichterung und Freude, aber auch noch etwas anderes standen in ihrer Miene.

»Das heißt, ich kann bleiben? Und nach der Weihnachtspause mit dem Unterricht weitermachen?« Ihre Stimme war dünn.

»So ist es! Ich wünsche Ihnen schöne Feiertage. Werden Sie zu Ihrer Familie fahren?«

»Ich dachte ... eigentlich ... Jetzt nicht mehr.« Sie schüttelte den Kopf.

»Wie bedauerlich. Trotzdem, ich wünsche Ihnen frohe Weihnachten.« Konstantin drehte sich um.

Pastor Wittekind zog einen schiefen Mund, murmelte etwas Ähnliches wie eine Verabschiedung und folgte Konstantin. Der wartete auf der Straße auf ihn.

»Ich denke, wir vergessen die ganze unrühmliche Geschichte besser schnell.«

»Ja ... ähm, danke.«

»Ach, und eine letzte Bemerkung noch: Der Boden ist gefroren. Man kann jetzt keine Gräber ausheben. Wieso haben Sie nicht rechtzeitig im Herbst einige ausheben lassen, wie sonst auch immer?«

»Habe ich ja, aber sie sind alle schon voll«, sagte Wittekind kleinlaut.

»Hm, nun. Es sind schlechte Zeiten ... Mir fällt gerade ein, wo ich schon mal hier bin, kann ich direkt noch etwas mit Frau Kurscheidt wegen der Orangerie besprechen. Ich wünsche Ihnen noch einen angenehmen Tag. Wir sehen uns dann ja am Sonntag in der Messe.«

»Ja, in der Messe. Auf Wiedersehen.« Der Pastor drehte sich weg und lief vor Kälte schlotternd davon.

Konstantin schaute ihm nach und ging zurück. Wieder klopfte er. Dieses Mal dauerte es etwas länger, bis Rebecca die Tür aufmachte. Konstantin wollte schwören, dass sie wieder geweint hatte. Er hoffte, dass es dieses Mal Tränen der Freude und Erleichterung gewesen waren.

»Es tut mir sehr leid. Ich war für ein paar Tage in Stettin.«

Sie sagte nichts, schaute ihn nur an. »Danke.« Er hätte es

nicht tun müssen. Er hätte sich nicht für sie einsetzen müssen. Obwohl beiden bewusst war, dass Konstantin ein eigenes Interesse daran hatte, dass sie hierblieb – sie hatte ihn um diesen Gefallen gebeten.

Sie schniefte. »Ich dachte ...«

Ja, natürlich. Eine Woche musste sie geglaubt haben, dass es ihm egal sei, ob sie blieb. Sieben Tage, in denen nichts passiert war. Tag um Tag, und mit jeder Minute war der Zeiger vorgerückt, der ihre Stunden bis zur Abfahrt zählte.

»Es tut mir leid. Ich habe den Brief erst gestern Abend nach meiner Rückkehr vorgefunden.«

»Danke, dass ich bleiben darf.« Sie schniefte wieder und lächelte schief. »Lauter gute Zeichen.«

Konstantin nickte. Heute begannen ganz offiziell die Friedensverhandlungen zwischen den Mittelmächten und Russland, nachdem der Waffenstillstand nochmals verlängert worden war.

»Viele Soldaten werden ihr erstes friedliches Weihnachten seit vier Jahren feiern können.«

Am liebsten wollte er ihr sagen, was er damit zu tun hatte. Sein merkwürdiger Aufenthalt in diesem billigen Stettiner Hotel im Frühjahr. Seine höchst ominöse und geheime Reise nach Sankt Petersburg. Er hatte getan, was Spitzel taten. Und doch war er irgendwie ohne rechte Überzeugung in diese Geschichte hineingeschlittert. Alles war so verwirrend. Die russischen Adeligen, die ihren Weg nach Greifenau fanden, führten ihm die Konsequenzen seines Tuns vor Augen. Seinen Anteil, seine Schuld an der Tragödie so vieler Menschen.

Rebecca könnte die richtigen Worte finden. Rebecca könnte ihm den Weg aus seinem gedanklichen Wirrwarr zeigen. Nichts würde er lieber tun, als mit ihr darüber zu reden. Aber das durfte er nicht.

»Dann fahren Sie nicht nach Charlottenburg?«

»Ich habe vor zwei Tagen meinen Eltern geschrieben, dass ich komme. Sie haben sich sicher gefreut. Jetzt muss ich ihnen sofort schreiben, dass ich doch nicht komme.«

»Wieso fahren Sie nicht trotzdem?«

»Im Moment gehen so wenige Züge. Und dann der viele Schnee.« Irgendwie klang es ausweichend.

»Nun denn. Ich wünsche Ihnen trotzdem schöne Feiertage.«

Zum ersten Mal hatte sie die Initiative ergriffen, hatte klargemacht, wie gerne sie hierbleiben wollte. Das nächste Jahr konnte nur besser werden.

Voller Freude verabschiedete er sich und ging. Vergnügt trat er gegen eine Schneewehe. Die feinen Eiskristalle stoben durch die Luft. Ab jetzt würden sie sich wieder verstehen, und dann war es sicher auch nicht mehr weit, bis, ja, bis was?

Er war nun ein mittelloser Grafensohn, der von seinem Vater an der langen Leine gehalten und von seiner Mutter verabscheut wurde. Seine gesparte Apanage hatte er schon vor dem Krieg für die Maschinen aufgebraucht. Es war nicht mehr nennenswert viel Geld auf seinem Konto. Und auf eine derzeitige Apanage verzichtete er, weil das Gut so schlecht dastand. Ein verarmter Grafensohn, der der Revolution der Armen nachgeholfen hatte. So einer passte doch schon besser zu Rebecca Kurscheidt. Unwillkürlich musste er grinsen.

23. Dezember 1917

César Chantelois war fort. Er war nur zehn Tage geblieben. Die Familie, mit der er reiste, hatte über die Schweiz Kontakt zu einem entfernten Verwandten, dem Onkel des Mannes, aufgenommen. Er war Franzose und lebte in der Nähe von Montpellier. Als nach Tagen das Antworttelegramm gekommen war, waren alle erleichtert gewesen. Ihre Flucht würde dort enden. Sie planten, über die Schweiz nach Paris zu fahren, und dort würde César bleiben.

Und Alexander spielte nun nur noch für sich selbst. Aber in den Klängen lebte César wieder auf. Alexander fragte sich, was er ihm bedeutete. Zuerst hatten sie sich angefreundet. Alexander hatte jeden Tag für ihn gespielt, stundenlang. An einem Tag dann, die Sonne schien oben ins Klassenzimmer, wohin sie sich zurückgezogen hatten, spürte er plötzlich, wie der junge Franzose hinter ihm stand. Seine Hände ruhten auf Alexanders Schultern.

Nervös griff er daneben. Er spielte nicht mehr sauber, und es wurde schlimmer und schlimmer. Césars Daumen fuhren seinen Hals entlang und umkreisten seine Ohrmuscheln. Da hörte er einfach auf zu spielen. Er war regungslos. Er war nicht mehr in der Lage, zu denken oder zu handeln.

Keinesfalls sollte César aufhören mit dem, was er tat. Es war genau das, was er sich immer erträumt und doch nie erhofft hatte. Ein verbotener Wunsch, zu verboten, um daran auch nur zu denken. Doch jetzt wurde er plötzlich wahr.

»Wenn du nicht willst, höre ich sofort auf«, bot César ihm an.

Kein Wort konnte Alexander antworten. In seinem Gehirn setzten sich Silben zusammen und fielen wieder auseinander.

Gleichzeitig brach ihm der Schweiß aus bei dem Gedanken, jemand könnte sie erwischen. Er schluckte hart.

Diese Vorstellung von ihnen beiden war schrecklich, und sie war schön. Sie war ganz unfassbar schrecklich schön.

César begriff anscheinend, was in ihm vorging. Er ging zur Tür, die geschlossen war. Man konnte sie nicht abschließen, denn es gab keinen Schlüssel. Aber er nahm einen der Stühle und stellte ihn unter die Türklinke.

Dann kam er langsam näher und rutschte neben ihn auf den Klavierhocker. Alexander selbst war schweißgebadet. Doch dann nahm César seine rechte Hand und küsste nacheinander alle Fingerspitzen. Er schmiegte seine Wange in Alexanders Hand, wandte sich darin wie eine Katze, die gestreichelt werden will. Noch immer war Alexander nicht fähig, selbst etwas zu tun.

Erst als César seinen Daumen in den Mund nahm und daran sog, durchbrach die Leidenschaft alle Ängste. Sie küssten sich, hart und doch zärtlich. Und sie liebten sich direkt hier auf dem Klavier.

Sie hatten sich noch mehrere Male geliebt, bevor er abgereist war. Alexander bildete sich ein, noch immer Césars Duft riechen zu können. Der Zettel mit der Pariser Adresse seines Vaters war wie der Heilige Gral. Jeden Abend starrte Alexander auf diese schön geschwungene Schrift.

Dann war es also wahr. In seiner Zeit im Lyzeum hatte es da diese zwei Jungs gegeben. Er hatte sie bewundert, hatte er geglaubt. Er freundete sich mit ihnen an und genoss ihr Zusammensein. Samuel hatte Esprit und Feingeist. Er liebte die abendlichen Unterhaltungen im dunklen Laubengang mit ihm, suchte sie und vermisste sie nun schmerzlich. Hier auf Greifenau fand er nicht diesen geistigen Austausch.

Und Richard war ein ausgesprochen guter Kämpfer, der in fast allen körperlichen Belangen den anderen überlegen war. Obwohl er Alexander regelmäßig besiegte, ob nun beim Fechten oder beim Ringen, es machte ihm nichts aus, im Gegenteil. Er suchte die Herausforderung mit Richard. Am liebsten beim Ringkampf, wenn er verschwitzt mit ihm auf der Matte rang. Kein einziges Mal hatte Alexander gewonnen und doch jede einzelne Minute genossen.

Was, wenn diese Gedanken, diese Bewunderung einen ganz anderen Grund hatten? Alexander hatte Gedanken dieser Art schon beim Aufkeimen weit von sich geschoben. Ausflüchte, wie er nun erkannte. Nun konnte er sich nicht mehr vor sich selbst verstecken. Wie nur sollte er damit umgehen? Doch vor seine Scham und Befürchtungen verschiedenster Art schoben sich Träumereien anderer Art.

Nichts anderes hatte in seinen Gedanken noch Platz. Er wollte nach Paris. Er wollte zu César. Er wollte mit ihm zusammenleben. Und er wollte dort bei dessen Vater Klavierunterricht nehmen.

Er musste seinen Fuß wieder hinbekommen. Selbst wenn er nie wieder ohne Krücke gehen könnte, es musste ausreichen, um brillant Klavier spielen zu können. Das war das nächste Ziel. Und das übernächste lag auch schon klar vor seinen Augen. Irgendwann in den nächsten Jahren musste dieser Krieg zu Ende sein. Er musste, musste, musste!

Dann wollte Alexander bereit sein. Sofort würde er nach Paris übersiedeln. Und solange das nicht ging, wollte er nach Berlin ans Konservatorium. Es gab zwei namhafte Musikhochschulen in Berlin, und an einer der beiden würde er sicher einen Platz bekommen. Dort würde er genau so lange lernen, bis er nach Paris umsiedeln konnte.

Papa hatte gesagt, es gebe keine Apanage. Aber wenn er einen speziellen Wunsch habe, solle er ihn nennen. Und genau das würde er nun tun.

Er humpelte zur Bibliothek. Vorsichtig riskierte er einen Blick. Vorgestern waren wieder neue Vertriebene gekommen – Jelena, eine entfernte Cousine von Mama, und ihr Mann Sergej. Sie brachten zwei Jungs und ein Mädchen mit, und er und Katharina mühten sich, den Kindern den Schrecken der Flucht mit allerlei Spielereien zu verscheuchen. Sie beide kamen wirklich zu sonst nichts mehr, als mit verstörten Kindern zu spielen. Aber nun musste er unbedingt mit Papa alleine sprechen.

In der Bibliothek saß Sergej, der Vater der Kinder, und schlief. Sein Kopf hing schräg auf dem Polster eines gemütlichen Sessels. Er schnarchte laut. Es war schon bemerkenswert, wie sich langsam und allmählich die Etikette zum Teufel scherte. Plötzlich kam es nur noch darauf an, dass man mit dem Leben davonkam.

Alexander schloss die Tür und schlich sich am kleinen Salon vorbei, aus dem Mamas und Jelenas Stimmen drangen. Er lief weiter zum großen Salon. Niemand war hier. Es war Sonntagnachmittag. Konstantin war heute Morgen nicht zur Frühmesse erschienen. Möglicherweise war er gerade in der Kirche. Leise schlich Alexander über die Hintertreppe wieder zurück in den Familientrakt.

Vielleicht war Papa in den Familienräumen. Es gab eine Art Wohnzimmer, das nur ihrem kleinen Familienkreis vorbehalten war. Allerdings trafen sie sich dort so gut wie nie.

Als er jetzt das schlicht eingerichtete, aber gemütliche Zimmer betrat, entdeckte er Papas grauen Schopf über der Lehne der Chaiselongue.

Schlief er? Er schloss leise die Tür und ging in den Raum hinein. Nein, Papa drehte seinen Kopf zu ihm.

»Alex, komm, setz dich. Leiste mir etwas Gesellschaft.«

Er war betrunken. Ganz eindeutig richtig betrunken. Die Enden der Worte verschluckte er. Der Rest kam lallend aus seinem Mund gekullert. Doch sein Glas war schon wieder voll. Er machte eine einladende Geste und verschüttete ein wenig auf dem Polster. Er merkte es nicht einmal.

»Die da unten. All diese jammernden Gestalten. Ich kann es nicht mehr ertragen.« Er klopfte auf den Sitz neben sich. »Du bist auch geflüchtet, was?«

Alexander setzte sich. Ihm war unbehaglich. Es war nicht der richtige Zeitpunkt, um mit Papa darüber zu reden. Andererseits wusste er genau, dass sein Vater besonders freigiebig war, wenn er etwas getrunken hatte. Möglicherweise hatte er aber jetzt zu viel Alkohol intus.

»Es ist ja nicht so, als hätten wir keine eigenen Probleme.« Papa trank einen großen Schluck. Er setzte das Glas zu schnell ab, und etwas von seinem Inhalt landete auf seiner Weste.

Alexanders Blick verriet Abscheu. Jetzt saß er hier, gefangen. Seine Absicht war allerdings eine ganz andere gewesen. Er wollte sich endlich befreien.

Andererseits, wenn er Papa dazu bekam, ihm etwas zu versprechen, dann würde sein Vater sich auch daran halten. Alleine schon, weil er nicht würde zugeben wollen, dass er zu besoffen gewesen war, um richtig nachzudenken.

»Papa, was würdest du davon halten, wenn ich studiere?«

»Sehr gut, mein Sohn. Sehr gut. Hast du dich endlich entschließen können? Ludwig, mein zukünftiger Schwiegersohn«, er hob sein Glas und prostete ihm zu, »er wird dir sicher eine gute Stelle in diesem großen kaiserlichen Verwall... Verwalt... ungsapparat besorgen.« Schwierige Wörter, sie kamen langsam und lallend, stolperten aus dem Mund.

»Nein, Papa. Ich werde nicht Beamter. Auf keinen Fall. Ich will Musik studieren.«

Papa wollte gerade einen weiteren Schluck nehmen, doch nun hielt er inne und drehte seinen Kopf. Sein Blick war glasig. »Musik?« Er trank. »Du Kanaille ... Dasis wieder einer von deinen Scherzen, nicht wahr?«

»Nein. Ich möchte Musik studieren. Am liebsten in Paris, aber solange das nicht geht, in Berlin.«

»Paris, Berlin ... Kokolores.«

»Du hast gesagt, wenn ich einen speziellen Wunsch habe, soll ich zu dir kommen und es dir sagen.«

»Einen Wunsch, einen Wunsch! Aber doch nicht einen blödsinnigen Plan für den Rest deines Lebens.« Bei den Worten *deines Lebens* beschrieb er mit seinem Glas einen großen Kreis. Der letzte Alkohol verteilte sich in hohem Bogen über den Teppich und der Tapete.

Papa schaute empört in sein leeres Glas, wollte aufstehen, plumpste zurück und rutschte vom Polster. Nun saß er auf dem Hosenboden. Für einen Moment starrte er nur vor sich hin, dann glitt ihm das Glas aus der Hand. Sein Kopf sackte nach hinten auf die Chaiselongue. Die Augen geschlossen lag er dort, röchelte und rührte sich nicht weiter.

»Papa?« Für einen Moment hatte Alexander große Angst. »Papa?!« Er rüttelte ihn.

Sein Vater schlug seine Augen auf, aber irgendwie schaffte er es nicht, seinen Sohn richtig anzuschauen. Sein Blick kippte immer wieder weg.

Oje, er war ja sturzbetrunken. Und vermutlich würde Mama gleich hochkommen und ihm Bescheid sagen, dass sie sich fürs Essen umziehen sollten.

»Papa! Komm, steh auf.« Umständlich kniete Alexander sich hin und versuchte, seinen Vater unter den Armen zu fassen. Dann stützte er sich selbst auf der Krücke ab. Es dauerte, bis er ihn einigermaßen in die Aufrechte gebracht hatte. Erst als sein Vater mit seinem letzten bisschen Kraft nachhalf, schaffte Alexander es, ihn drei Türen weiter in sein Schlafzimmer zu bugsieren. Ein Wunder, dass niemand sie hörte. Sie machten einen furchtbaren Radau.

Im Schlafzimmer angekommen, ließ er Papa aufs Bett gleiten. Er nahm das Handtuch, das neben der Waschschüssel hing, und tauchte es in frisches Wasser. Er wischte über Papas Stirn, aber der drückte Alexanders Hand unwillig weg. Schon krabbelte er auf allen vieren übers Bett, lehnte sich auf der anderen Seite über den Rand und übergab sich auf den Teppich.

Alexander schaute geschockt auf seinen Vater. So hatte er ihn noch nie erlebt. Papa trank gerne. Und er trank gerne viel.

Großvater hatte es oft bemängelt, dass sein Sohn häufig zu tief ins Glas schaute. Es gehöre sich nicht, hatte er mehrere Male offen am Esstisch gesagt. Dabei hatte Großpapa den Eisernen Kanzler doch so sehr verehrt. Doch Papa war Bismarck sicher in einem ähnlicher, als Großpapa es je geglaubt hätte: Er besaß die gleiche Fähigkeit, seine Gäste unter den Tisch zu saufen.

Das hier übertraf allerdings alles, was Alexander bisher erlebt hatte. Sein Vater rollte sich zurück aufs Bett und jammerte. Alexander wischte ihm den Mund ab.

»Aspirin«, rollte es ihm weinerlich über die Lippen.

Ja, das war eine gute Idee. Aspirin, und auch Kaffee. Alexander drückte auf den kleinen Klingelknopf in der Ecke. Er würde Caspers gleich auf dem Flur abfangen. Niemand sollte seinen Vater so sehen.

Eilig stellte er die Krücke an die Seite und zog Papa die Schuhe aus. Dann versuchte er, ihn aus der Hausjacke zu bekommen. Papa wehrte sich. Alexander strauchelte und rutschte ab. Seine Krücke rutschte an der Wand entlang und fiel hinters Bett.

Auf allen vieren griff Alexander nach seiner Krücke. Er zog die Krücke hervor. Die Ecke einer Papierpackung erschien. Er zog sie ganz heraus.

Doch schon hörte er Schritte. Hastig stützte er sich auf seine Krücke und humpelte zur Tür.

Alexander stellte sich Caspers in den Weg. »Meinem Vater geht es nicht gut. Bitte holen Sie ein Röllchen Aspirin, etwas Wasser und bringen Sie einen starken Kaffee.«

Er wollte sich schon wegdrehen und die Tür schließen, als er sie nochmals öffnete.

»Und bitte sagen Sie meiner Mutter Bescheid. Mein Vater hat starke Kopfschmerzen und legt sich hin. Er wird nicht zum Essen kommen.«

Caspers nickte und ging wieder. Alexander schloss die Tür. Eins der Stubenmädchen sollte sich später um den Teppich kümmern, aber jetzt musste er seinen Vater ins Bett bringen.

Als er sich umdrehte, hing Papa halb aus dem Bett heraus und versuchte mit seinen Hacken, die Papierpackung wieder unter das Bett zu schieben.

»Papa, zieh dich aus und leg dich hin.«

Doch der wehrte ihn ab und rutschte dabei vom Bett. Endlich schaffte er es, die Packung unters Bett zu schieben. Jetzt wurde Alexander aber wirklich neugierig.

»Was ist das? Was versteckst du da?«

»Das geht dich nichts an.« Erstaunlich klar und zusammenhängend kamen diese Worte.

Doch Alexander bückte sich an der langen Seite, schob blitzschnell seine Krücke unter das Bett und zog eine leere Medikamentenpackung hervor.

Neosalvarsan, las er. *Medizin gegen Maladie française*, gegen die Franzosenkrankheit. Sein Vater hatte Syphilis!

»Gib her!« Der Arm ruderte hilflos durch die Luft.

Syphilis! Sein Vater würde langsam verrückt werden! Schleichend, über Jahre hinweg.

Papa gab auf. Der Arm fiel auf den Boden. »Du darfst niemandem etwas sagen ... Niemandem! Hörst du?« Seine Hand krallte sich in Alexanders Hose.

»Weiß Konstantin Bescheid?«

»Nein, und du sagst ihm auch nichts.« Papas glasiger Blick traf ihn von unten.

Vielleicht war das genau seine Chance. »Ich sage ihm nichts, wenn ich Musik studieren darf.«

»Du dummer Junge. Du kapierst wirklich gar nichts. Ich gehe vor die Hunde, und das Gut geht bestimmt auch vor die Hunde. Konstantin ... hat einen riesig großen Fehler gemacht.«

»Aber wieso ... Du wirst nicht sterben. Noch nicht. Du hast noch ein paar Jahre. Das Quecksilber wirkt ...«

Papa lachte bitter auf. »Kein Quecksilber. Diese neue Medizin, sie hätte mich retten können.« Er versuchte nach der Packung zu greifen, aber griff daneben.

»Hätte?«

Papa bildete plötzlich wieder vollständige Sätze. »Ich hab mir die Medizin spritzen lassen, aber mir ist immer schlecht geworden. Ich musste mich ständig übergeben, hab immer furchtbar geschwitzt, hatte Herzrasen. Deswegen bin ich nicht ... oft genug zu Reichenbach gegangen. Jetzt ist es ... vermutlich zu spät.«

»Sagt wer?«

»Reichenbach. Ich hab wieder Spi... Spiro... die Erreger. Sie sind wieder da ... Ich werde verrückt. Früher oder später werde ich verrückt.«

Alexander ließ sich aufs Bett sinken. Damit hatte er nun wirklich nicht gerechnet. Er wusste nicht viel über Syphilis, aber dass es eine schwere Krankheit war und man früher oder später darüber verrückt würde, wenn die Erreger irgendwann im Gehirn ankamen, so viel wusste er schon. Neue Medizin, seit wann gab es die? Und wer wusste schon, wie die auf lange Sicht wirkte? Außerdem, wie er Papas Worten entnehmen konnte, musste man sie sich regelmäßig spritzen lassen. Was er nicht getan hatte.

Wenn Papa doch früher starb oder verrückt wurde und Konstantin das Gut übernahm, würde der ihm ein Musikstudium finanzieren? Das Gut war hoch verschuldet, selbst wenn sie im Moment ganz gut auf Kredit lebten. Konstantin würde nicht einen Pfennig zu viel rausrücken. Schon mal gar nicht, wenn er Alexanders größten Wunsch für eine blödsinnige Idee hielt. Pianist zu werden war für einen Grafensohn nicht unbedingt der ehrenwerteste Beruf.

Alexander ließ sich auf das Bett sinken. Er hätte heulen wollen. Endlich, nach so vielen Jahren, wusste er nun, was er mit seinem Leben anfangen wollte. Und jetzt sollte es zu spät sein? Er musste sich etwas einfallen lassen.

24. Dezember 1917

Gelangweilt schaute Katharina auf die Anwesenden. Alexander saß zwei Stühle weiter. Er wirkte nervös und angespannt. Nicht, dass es im Kreise ihrer Besucher weiter auffiel. Mamas Cousine dritten Grades aus Nowgorod war vor drei Tagen angekommen. Sie hatten eine unglückselige Odyssee hinter sich, nachdem sie Anfang Dezember von ihrem herrschaftlichen Gut verjagt worden waren. Fruchtbarste Erde direkt am herrlichen Ilmensee, und kein Quadratmeter davon gehörte noch ihnen.

Sie waren mit den Nerven völlig am Ende. Mitten in der Nacht waren sie überfallen worden. Sie hätten nie glauben wollen, dass ihre Pächter sich das herausnehmen würden. Doch dann war es so weit gewesen. Die Koffer waren gepackt gewesen, und die Kutsche hatte schon zwei Wochen lang parat gestanden. Jelenas Mann hatte nur noch die zwei Pferde anschirren müssen. Gerade noch rechtzeitig hatten sie entkommen können und glücklicher als andere mit Familienschmuck und anderen wichtigen Erinnerungen im Gepäck.

Doch ihr Glück hatte nicht lange angehalten. Der Schnee lag meterhoch. Eisregen machte die Strecke fast unpassierbar. Die Zugpferde scheuten, wollten nicht weiter, egal wie sehr Sergej die Peitsche benutzte. Schließlich waren die Pferde so erschöpft, dass der Wagen in eine Schneewehe kippte. Ab da kamen sie nur noch zu Fuß voran, mit einem Zehnjährigen, einer Achtjährigen und einem müden Sechsjährigen. Jeden Kilometer mehr, den es in Richtung Nowgorod ging, mussten sie mehr zurücklassen. Mehr Gepäck, mehr Gold, mehr Familienschmuck und andere Erinnerungsstücke.

Endlich am Rande der Stadt angekommen, konnten sie einen alten Bauern gegen Geld überreden, sie zum Bahnhof zu bringen. Als sie dort ausstiegen, sahen sie erbarmungswürdig aus. Die Kinder hatten alte Decken des Bauern übergeworfen, genau wie Jelena und Sergej. Sie warteten im Bahnhof, bis am Abend ein Zug fuhr. In vielen kleinen Etappen waren sie bis zur Grenze gekommen. Jetzt, mit Beginn der Waffenstillstandsverhandlungen, waren die Grenzbeamten und Polizisten viel gnädiger. Sie wurden zwar noch kurz befragt, aber niemand unterstellte ihnen noch, dass sie Spione des Zaren oder der provisorischen Regierung waren. Über etliche Umwege waren sie geschunden und müde hier angekommen.

Jelena schaffte es kaum eine halbe Stunde am Stück, nicht zu weinen. Katharina und Alexander kümmerten sich um die Kinder, aber seit gestern Nachmittag war die Stimmung ihres Bruders extrem umgeschlagen. Er hatte sie wild angefahren und wollte nicht mehr mit den Kindern spielen. Er war wieder genauso wie in den ersten Tagen nach seinen zwei Unfällen: ungenießbar! Umso mehr wunderte sie es, dass er ihr vorhin, vor dem Essen, so merkwürdige Blicke zugesandt hatte. Er wollte etwas von ihr.

Konstantin hingegen war wie ausgewechselt. Monatelang hatte er bedrückt gewirkt. Irgendetwas war zwischen ihm und Mama in Berlin vorgefallen. Alex wusste auch nichts, und Papa tat so, als wäre alles in bester Ordnung. Doch seit dem Morgen, nachdem sie aus Stettin zurückgekommen waren, strahlte Konstantin.

Katharina versuchte herauszubekommen, was die beiden in Stettin gemacht hatten. Papa hatte erzählt, dass sie bei der Bank gewesen waren, mit verschiedenen Agrargemeinschaften wegen

Saatgut verhandelt hatten und so gut wie alles bekommen hatten, was Mama und Irmgard Hindemith ihnen auf die Einkaufsliste gesetzt hatten.

Nichts davon schien Katharina ein Grund für Konstantins gute Laune zu sein. Ihr Verhältnis zu ihrem ältesten Bruder war nie besonders eng gewesen. Der Altersunterschied zwischen ihnen beiden war einfach zu groß. Trotzdem beschloss sie, Konstantin später zu fragen.

Wunder über Wunder schaffte Jelena es, das Weihnachtsessen ohne einen Weinkrampf zu überstehen. Alle standen auf und gingen rüber in den Salon.

Caspers, Wiebke und deren Schwester würden hier oben abtragen, und danach hätten die Dienstboten den weiteren Abend frei. Auch sie hatten sich Weihnachten verdient.

Xania, die Achtjährige, zupfte an Katharinas Ärmel. »Spielst du mit mir?«

»Natürlich.«

Doch Alexander trat humpelnd hinzu. »Xania, Katka kommt gleich. Geht ihr schon mal vor.«

Sie warteten draußen zusammen auf dem Flur, bis alle im Salon verschwunden waren und sich die Tür von innen schloss. Alexander zog sie um die nächste Ecke. Er wirkte überaus ernst und eindringlich.

»Ich weiß, ich habe bisher immer Scherze darüber gemacht, was du mir für meine Hilfe bieten musst. Nun, ganz so scherzhaft war es nie gemeint, aber dieses Mal ist es mir wirklich bitterernst: Was bist du bereit, mir zu bieten, wenn ich dir helfe, statt dich zu verraten?«

»Wobei denn helfen?«

»Julius!«

Katharina schaute ihn überrascht an. »Du weißt, ich würde immer alles in meiner Macht Stehende tun.«

»Das ist ein leeres Versprechen. Ich will, dass du und dein zukünftiger Mann mir ein Musikstudium finanziert. In Paris. Solange es dauert!«

»Alexander«, gab Katharina halb lachend, halb empört von sich.

»Es ist mir völlig ernst. Ich möchte an einem der besten Konservatorien der Welt studieren. Und Privatunterricht nehmen. In Paris.«

»Du kannst nicht in Paris studieren. Sie würden dich sofort verhaften.«

»Sobald der Krieg aus ist, werde ich es können.«

»Also gut. Ich werde tun …«

Alexander schnitt ihr das Wort ab. Sie hatte ihn noch nie so eindringlich erlebt. »Nein, ich will, dass du es mir in die Hand versprichst. Du wirst mir ein Musikstudium finanzieren. Und wenn du es von deiner eigenen Mitgift zahlen musst. Oder deinen Schmuck versetzen musst. Schwör es.«

Sie starrte ihn an.

»Schwör es, oder ich zerreiße das hier.« Er hob einen Brief hoch.

Katharina war sofort klar, von wem er sein musste.

»Ich weiß, dass du es mir übel nehmen wirst, ich habe es trotzdem getan. Ich habe den Brief gelesen. Julius will dich holen kommen. In diesem Brief steht, wann und wo. Du kannst dich entscheiden, was dir diese Information wert ist. Ein großer Traum gegen einen anderen. Das ist nur fair. Und nun schwöre!«

Sie schnappte nach Luft. Julius wollte sie holen kommen! War er etwa in Europa? »Ist er hier? Im Kaiserreich?«

»Schwöre!«

Er würde sie holen kommen. Und sie würden heiraten. Julius würde es nichts ausmachen, Alexander ein paar Jahre Studium zu finanzieren. Wenn das der Preis war, dann sollte es so sein.

»Ich schwöre dir, dass ich dir ein Musikstudium finanzieren werde – in Paris oder sonst wo. Ich bin mir sicher, dass Julius mich unterstützen wird. Aber sollte es nicht so sein, werde ich Mittel und Wege finden, und wenn ich meinen Schmuck und mein letztes Geld gebe, um dir das Studium zu finanzieren.«

Einen Moment lang ruhte sein prüfender Blick auf ihr. Dann endlich reichte er ihr feierlich den Brief, den sie sofort unter ihrem Kleid verschwinden ließ.

»Alex, dann weißt du also endlich, was du mit deinem Leben anfangen willst? Das ist ja fabelhaft.«

Er nickte, und endlich erschien dieses spitzbübische Grinsen, das sie schon so lange nicht mehr an ihm gesehen hatte.

* * *

Irmgard Hindemith schaute ihn an, als wäre er verrückt geworden. Oder als würde sie verrückt werden.

»Herr Sonntag?! Ist das wirklich wahr?« Kleine Atemwölkchen kamen aus ihrem Mund. Sie waren in der Fleischkammer. Albert war ihr heimlich gefolgt.

»Albert, für dich. Und ich würde dich gerne Irmgard nennen.« Seine Atemluft stand vor seinen Lippen. Es war wirklich eiskalt hier drin.

»Aber nicht Tante, oder doch?«

»Nein, es bleibt natürlich unser Geheimnis. Meine Mutter …« Er lächelte. Zum ersten Mal in seinem Leben sprach er mit jemandem über seine richtige Mutter. »Meine Mutter wollte gerne warten, bis wir sie zusammen besuchen, um es dir zu sagen. Aber das wäre schon reichlich merkwürdig geworden, wenn ich angekündigt hätte mitzukommen. Und ehrlich gesagt wollte ich auch nicht mehr so lange warten. In den nächsten Tagen, ja,

Wochen, hast du doch keine freie Minute. Und heute ist Weihnachten.«

»Da sagst du was. Ich muss zurück zu meinem Braten ... Also ... Albert.« Sie streckte zögerlich die Arme aus, zuckte dann aber furchtsam zurück. Keiner der beiden wusste, wie sie sich nun verhalten sollten. Dann schlang Albert seine Arme um sie. Für beide war es irgendwie merkwürdig.

Er ließ sie schnell wieder los. »Wir müssen uns sicher noch daran gewöhnen.«

Irmgard Hindemith war ganz aus dem Häuschen. Mit dieser Wendung hätte sie niemals gerechnet. So wenig wie er zuerst auch.

»Wie machen wir das denn nun mit den anderen? Also, wenn wir uns nun plötzlich duzen. Ich duze mich mit niemandem sonst.«

»Wir könnten es noch ein paar Stunden weiter beibehalten und würden uns nachher, beim Punsch, das Du anbieten.«

Erleichtert sah Irmgard Hindemith auf. »Ja, das ist eine gute Idee. Ich werde eh noch Zeit brauchen, mich daran zu gewöhnen, dass ich nun einen leibhaftigen Neffen habe.«

Als hätte sie plötzlich eine Idee, drehte sie sich um und griff zu einem Holzbrett, auf dem der gute Schinken der Herrschaft lag. Sie schnitt ein Stück ab.

»Ich hab immer gedacht, wenn ich selbst Kinder gehabt hätte, dann hätte ich die mit kleinen Naschereien verhätschelt. Aber jetzt hab ich ja wenigstens einen Neffen. Einen Neffen!« Sie konnte es anscheinend immer noch nicht glauben.

Er auch nicht. Er hatte eine Tante. Die auch direkt damit anfing, ihn zu verwöhnen. Er steckte sich das Stück Schinken in den Mund. »Hm, danke.«

»Sieh es als Weihnachtsgeschenk. Ich hab sonst nichts anderes.«

»Ich auch nicht.«

»Ich hab nur eine Überraschung für alle. Es gibt einen Kaninchenbraten. Und deswegen muss ich nun auch schnell zurück in die Küche.«

»Ich geh vor.«

Schon war er aus der Fleischkammer verschwunden. Mit einem Grinsen auf den Wangen betrat er die Leutestube. Er pfiff sogar vor sich hin.

»So gut gelaunt?« Bertha deckte den Tisch für ihr Essen. In einer halben Stunde würden endlich auch die Dienstboten ihren Heiligen Abend genießen können.

»Ich bin schon fertig mit meiner Arbeit.«

»Wie schön. Ich wollte, ich wäre auch fertig.« Sie rannte wieder raus.

Gerade an den Feiertagen war in der Küche besonders viel zu tun. Und jetzt, mit den fremden Gästen, noch mehr. Die Gräfin hatte darauf bestanden, ein opulentes Festessen auftischen zu lassen. Das sei das Mindeste, was sie den Heimatlosen schuldig wären, hatte sie gesagt.

Albert setzte sich. Eugen kam herein. Eigentlich hatten sie vorhin schon alle Tiere versorgt, aber Eugen war noch einmal rausgegangen, um nach einer trächtigen Kuh zu schauen.

»Noch nichts. Ich glaube, diese Nacht kommt es noch nicht.«

Ida stürmte durch den Gang.

»Was hat sie denn?«

»Ich glaub, sie muss noch das Feuerholz für die Kamine nachlegen. Wiebke und Ida müssen ja jetzt so viele Gästezimmer befeuern.«

Albert stand auf und lief dem Stubenmädchen nach. Er blieb vor der Tür des Raumes stehen, in dem das Feuerholz für das Herrenhaus zwischengelagert wurde. Er selbst hatte mit Eugen zusammen gestern die Holzscheite geholt und für die Festtage einen ordentlichen Vorrat angelegt. Niemand sollte sich während der Feiertage durch den hohen Schnee kämpfen müssen.

»Kann ich helfen?«

Ida schaute sich überrascht um. Ihr Gesicht war erhitzt. Sie arbeitete wirklich genauso hart wie ihre kleine Schwester.

»Es geht schon.«

»Ich weiß, dass es schon geht. Aber ich könnte ja trotzdem helfen.«

»Nein, lieber nicht. Ich ...«

»Du hast Angst, dass jemand glaubt, du würdest deine Arbeit nicht schaffen.«

Sie nickte etwas irritiert, denn obwohl Wiebke von allen geduzt wurde, sprachen Ida alle als Fräulein Plümecke und mit Sie an.

Er schloss leise hinter sich die Tür und kam näher. »Sieh es einfach als ein kleines Weihnachtsgeschenk.«

»Gut ... dann ...«

Sie schaute ihn überrascht an, denn er blieb einfach nicht stehen. Er wusste selbst nicht, was er tat. Er kam immer näher, nahm ihre Hand und führte sie zum Mund.

Furchtsam starrte sie ihn an, sagte nichts und ließ die Berührung über sich ergehen.

Er schaute ihr tief in die Augen, doch Ida entzog sich seinem Blick und auch seinen Händen.

»Nicht. Ich kann das nicht.« Sie trat hastig einen Schritt zurück. »Ich darf das nicht. Ich bringe meine Stellung in Gefahr. Und ich hab schon ...«

»Ich kann schweigen.«

»Wenn ich die Stellung verliere, dann ...«

»Ich verrate nichts. Ich hab auch niemandem verraten, dass ihr euren Bruder oben versteckt.«

Ida riss ihre Augen auf. »Hat Eugen sich verplappert?«

Albert schaute sie belustigt an. »Eugen ist genauso miserabel darin, offenkundige Geheimnisse für sich zu behalten, wie ihr beide. Aber nein, er hat euch nicht verraten.«

»Dann war es Mamsell Schott? Oder Herr Caspers?«

»Ich wusste gar nicht, dass die beiden auch Bescheid wissen.«

Ida sah wirklich ängstlich aus. »Je mehr Leute davon wissen, desto gefährlicher wird es. Und wenn Sie es rausgekriegt haben, dann werden es auch andere herauskriegen.«

Albert wollte sie beruhigen. »Erstens bin ich sehr gut darin, Geheimnisse herauszubekommen. Und zweitens würde ich euch nie verraten. Eugen ist mein Freund, und ihr beide, du und Wiebke, ihr seid mir ans Herz gewachsen.«

Sie antwortete mit einem Ausdruck von Erleichterung und Glückseligkeit.

Als würde ihm gerade erst bewusst, was er eben gesagt hatte, musste er lächeln. Eugen war sein Freund. Und tatsächlich waren Wiebke und Ida ihm ans Herz gewachsen. Ida allerdings auf eine ganz andere Art und Weise.

Wieder griff er nach ihrer Hand. Doch sie schüttelte ihren Kopf.

»Bist du schon vergeben?«

Ida schaute ihn an. Ihre Miene verriet nicht, was sie dachte. »Es geht einfach nicht. Und ich fände es besser, wenn wir beim Sie bleiben würden.«

»Natürlich, wie Sie wünschen.« Albert trat einen Schritt zurück. Er blickte auf Ida, die ihn skeptisch ansah. Dann bückte sie sich und nahm den Korb, in den sie vorher schon die Holzscheite gestapelt hatte.

Stumm drückte sie sich an ihm vorbei.

Er blickte ihr nach. Wie schade. Es war wirklich schade. Es war sogar mehr als das. Albert hatte schon Frauen geküsst. In seinen Jahren in Kolberg und in Ostpreußen hatte er einige junge Frauen gefunden, die sich zu einem harmlosen Schäferstündchen hatten überreden lassen. Aber keine von ihnen war Albert wirklich nahegekommen. Obwohl alle sich das gewünscht hatten. Doch immer, bevor es etwas Ernsteres hatte werden können, hatte er die Beziehung beendet. Er wollte unter allen Umständen vermeiden, dass eine Frau schwanger von ihm wurde. Er wollte sich nicht binden. Und niemals wollte er sein eigenes Schicksal einem Kind zumuten.

Er hatte selten Körbe von Frauen erhalten. Er traf kaum auf Frauen seinesgleichen, die ihn nicht anziehend fanden. Ausgerechnet Ida nun fand ihn offenbar nicht attraktiv. Das wurmte ihn. War er deshalb so an ihr interessiert, oder war er trotzdem an ihr interessiert? Nein, das war es nicht. Irgendetwas an Ida berührte ihn, tiefer, als je eine andere Frau ihn berührt hatte. Wieso? Sie war nett anzusehen, aber keine wirkliche Schönheit. Sie war höflich und ein unkomplizierter Mensch. Aber auch davon hatte Albert schon viele getroffen.

Was also war an ihr anders?

Oder war sie es gar nicht?

War er plötzlich ein anderer geworden? Er war überhaupt überrascht über sich selbst, dass er ihr gefolgt war. Nun gut, natürlich war es nett von ihm, ihr seine Hilfe anzubieten. Aber das hatte ihn nicht hierhergetrieben. Was also wollte er hier?

Ida arbeitete erst ein paar Monate hier. Da fing man nicht gleich eine Beziehung an! Und dass sie eine heimliche Liebschaft führen würde, diesen Eindruck machte sie auch nicht.

Was also hatte er sich versprochen? Albert war verunsichert. Er, der sich seiner Gefühle immer so sicher war, mit Hass und Seelenqualen auf Du und Du war, der immer sein Ziel im Blick gehabt hatte, stand plötzlich hier und wusste nicht, was er tat.

Hatte die Liebe seiner Mutter ein Gefühl befreit, das bisher gefesselt in einer Ecke dahinvegetiert hatte?

27. Dezember 1917

Katharina entschied sich für ein praktisches Kleid. Es war schlicht und aus dicker Wolle. All die schönen Kleider, die sie hatte, musste sie zurücklassen. Darunter trug sie zwei Garnituren Unterwäsche. Alle ihre Schuhe und Stiefeletten waren einfach zu elegant, was bedeutete, sie waren zu dünn für dieses Wetter. Deswegen hatte sie sich für ihre Reitstiefel entschieden. Ihr langer Wintermantel würde sie eine Zeit lang vor der Kälte schützen. Aber natürlich fragte sie sich, wie Julius sie wegbringen wollte.

Er würde nach Einbruch der Nacht am See auf sie warten. Heute schon. Katharina konnte es kaum fassen. Sie hatte frühestens im neuen Jahr mit ihm gerechnet. Jetzt betete sie, dass er da sein würde. In den letzten Tagen hatte es zwar nicht mehr geschneit, aber der Schnee, der Anfang Dezember gefallen war, taute kaum weg. Schneidender Wind fegte ihn von einer Ecke in die nächste und bildete eisige Skulpturen. Vereinzelt waren Zugstrecken wegen herabfallender Äste gesperrt worden.

Nach dem Essen war Katharina mit den Gästen in den Salon gegangen, hatte sich Jelenas Klagen angehört und mit den Kindern gespielt. Als es Zeit wurde, sich zurückzuziehen, war sie in ihr Zimmer gegangen und hatte sich ihre Kleidung angezogen. Erst als sie ganz sicher war, dass Mama und Papa zu Bett gegangen waren, schlich sie in den unteren, hinteren Teil des Familientraktes. Hier schliefen die Gäste. Ganz hinten gab es eine Tür zum Park, die nur äußerst selten gebraucht wurde. Alex hatte ihr den Schlüssel gegeben. Woher er ihn hatte, würde er ihr vielleicht eines Tages erzählen.

Im Schnee war ihre dunkle Silhouette sicher gut auszumachen. Deswegen rannte sie im Mondlicht zu dem Durchgang in der Hainbuchenhecke, schlüpfte hinter die Remise und lief von dort aus weiter zum See. Der Abendhimmel war fast völlig schwarz, der große Mond hinter Wolken versteckt. Sie lief bis zum Anfang des Steges, der in den See ragte.

Würde Julius dort warten, wo er im Sommer vor drei Jahren ein Herz in einen Baum geritzt hatte? Hoffentlich nicht, denn dann würde sie sich durch tiefen Schnee kämpfen müssen, und das direkt am Ufer des Sees. Der Übergang vom Gras zur gefrorenen Wasseroberfläche war nicht gut auszumachen. Dort lief sie Gefahr zu stürzen. Sie blieb stehen. Sofort krochen Zweifel in ihr hoch. War das nicht doch eine dumme Idee?

Und noch ein anderer Zweifel beschlich sie: Was, wenn Julius ihre Idee eines Medizinstudiums für ebenso abwegig hielt wie alle anderen? Sie hatte ihm nicht davon geschrieben. Erst, weil es nicht mehr wichtig gewesen war, weil sie mit ihm gebrochen hatte. Und dann hatte sie nichts gesagt aus Angst, dass ihr großer Traum zerplatzen könnte.

Ihre Eltern würden ihr niemals ein Medizinstudium finanzieren, und Ludwig würde sich vermutlich einen Spaß daraus machen, sie an der Nase herumzuführen. Sie selbst hatte nicht genug Geld, um ein Studium zu bezahlen. Ihre einzige Chance, ihren großen Traum zu verwirklichen, war tatsächlich Julius.

Doch der hegte Träume von schönen Reisen und Abenteuern in exotischen Ländern. Und wenn sie nicht reisen würden, dann dachte er vermutlich, würde sie ihre gemeinsamen Kinder aufziehen. Das Fatale daran war: Katharina stellte sich genau das alles auch vor und träumte trotzdem von einem Studium.

Nervös schlug sie die Hände aneinander. Sie trug dicke Handschuhe, einen Schal und eine Pelzmütze. In diesem Moment flammte in der Nähe ein kleines Licht auf. In dessen Schein war kaum mehr als Julius' Gesicht zu erkennen. Ihr Herzschlag setzte aus. Julius – er hatte sein Versprechen wahr gemacht. Er war gekommen, um sie zu retten. Etwas älter sah er aus. Sie konnte nur einen Teil seines Gesichtes erkennen, denn auch er hatte seine

Mütze tief hinuntergezogen und trug einen Mantel mit Kapuze. Trotz der Kälte breitete sich eine unendliche Wärme in ihrem Körper aus. Ab jetzt würde alles gut werden.

Die Flamme erlosch. Er trat auf sie zu und nahm sie in seine Arme. Katharina war so dick angezogen, dass sie kaum etwas von ihm spürte. Doch dann zog er sich die Handschuhe aus und legte seine Hände auf ihr Gesicht.

»Katharina, meine Liebste.« Seine Finger waren eiskalt, genau wie seine Lippen.

»Wie lange stehst du hier schon? Du musst völlig durchgefroren sein.«

Er lachte. »Das stimmt. Nur meine Gedanken haben mich warm gehalten. Komm, lass uns gehen.« Er führte sie ein paar Meter vom See weg.

Katharina blieb stehen. Der Mond hatte sich zwischen zwei Wolken geschoben. Für einen Moment war das Herrenhaus gut zu erkennen. Ein letztes Mal wollte sie diesen Anblick in sich aufsaugen. Das war es also. Sie würde ihr Zuhause für immer verlassen. Es war leichter, als sie gedacht hatte, diesem Ort den Rücken zu kehren. Solange Julius ihre Hand halten würde, wäre sie immer zu Hause.

* * *

»Ich konnte nicht früher kommen. Nicht, dass ich Angst gehabt hätte, eingezogen zu werden. Wir hatten schon seit einigen Monaten einen Arzt gefunden, der mir ein Attest ausstellen würde, schon lange vor meinem zwanzigsten Geburtstag. Aber die Rückreise war zu gefährlich und zu unsicher. Doch jetzt wollte ich nicht länger warten.« Julius setzte sich ihr gegenüber in die dicken Polster. Die vergangenen drei Jahre hatten sie beide erwachsener gemacht. Sein Körper war männlich geworden. Bartstoppeln standen ihm auf dem Kinn. Die Haare waren in der Sonne Argentiniens blonder geworden, doch sonst war er ganz ihr Julius geblieben. Erst in Stargard angekommen, im Schein von gelben Gaslaternen, hatten sie sich endlich richtig anschauen können. Jetzt sah Julius müde aus und übernächtigt. Vermutlich genau wie sie.

»Aber wärst du nicht besser erst im Frühjahr gefahren? Ich meine, wenn das Wetter besser gewesen wäre. Wegen der Hochzeit wäre dann ja immer noch genug Zeit geblieben. Und du hättest dich nicht einem so großen Risiko ausgesetzt.«

Katharina legte Mantel, Schal, Mütze und Handschuhe ab. Im Salonwagen war es nicht besonders warm, aber das würde sich hoffentlich während der Fahrt ändern. Immerhin hatte sie auf der Kutschfahrt nach Stargard nicht frieren müssen. Mitten in der Nacht waren sie in Stargard angekommen, hatten einige Stunden in einer warmen Hotellobby verbracht und einen kleinen Imbiss zu sich genommen. Morgens früh sollte ihr Zug fahren, doch der hatte sich verspätet. Katharina war furchtbar nervös, während sie im Wartesaal herumsaßen. Als ihr Zug am frühen Vormittag schließlich aufgerufen wurde, war sie mehr als erleichtert gewesen. Endlich ging es los.

»Auf der Südhalbkugel ist im November Frühling. Außerdem ist Brasilien im Oktober in den Krieg gegen uns Deutsche eingetreten. Ich wollte nicht warten, bis Argentinien dem Kaiserreich möglicherweise auch noch den Krieg erklärt. Man hätte mich sicher sofort verhaftet. Und in Buenos Aires im Zuchthaus zu sitzen ist wirklich kein Zuckerschlecken. Mein Vater hätte unter solchen Umständen wenig für mich tun können.«

Julius nahm den Korb, in den eine Isolierkanne mit Tee und ein paar Butterbrote gepackt waren. Man konnte sich schon lange nicht mehr darauf verlassen, im Zug verköstigt zu werden.

»Es gibt nur Brote mit dicker Butter. Möchtest du etwas?«
»Nein danke. Bitte nur Tee.«

Julius schüttete ihr dampfenden Tee ein. Sie nahm einen Schluck. Wenn Katharina noch einen Beweis dafür brauchte, dass Julius sich so gut wie alles leisten konnte, dann sollte dieser stark gesüßte Tee ihr genug sein. Wer, außer jemand, der sehr viel Bargeld hatte, bekam heute noch an einem kleinen Bahnhof in einer Provinzstadt einen Tee mit Zucker?

Als wollte er sie noch davon überzeugen, dass er der Richtige war, hatte er ihr beim Frühstück von den verschiedensten wirtschaftlichen Unternehmungen seines Vaters erzählt. Zwar hatten sie ein Maschinenwerk in Russland aufgeben müssen und auch viel Geld an der Börse verloren. Aber anscheinend hatten sie alle Verluste wieder reingeholt. Sein Vater hatte ein Ammoniakwerk im Süden Deutschlands aufgebaut. Ammoniak war unerlässlich für die Sprengstoffherstellung. Genau wie Kali und Kaliumchlorid, in das er natürlich ebenfalls investiert hatte. Sie waren reicher als vor dem Krieg. Und vielleicht, je nachdem, wie die Waffenstillstandsverhandlungen nun ausfallen würden, würden sie ja sogar ihr Maschinenwerk in Russland wiederbekommen. Vermutlich war Julius' Familie eine der wenigen im ganzen Kaiserreich, die sich nicht das Ende des Krieges herbeisehnte. Ihr Reichtum wuchs mit jedem Kriegstag.

Julius schaute sie selig an, reichte ihr seine Hand, und sie griff zu.

»Ich würde gerne im Mai heiraten. Im Mai, wenn das Wetter schön ist und die Kirschen blühen. Aber wenn du es möchtest, können wir auch sofort heiraten, sobald wir in Potsdam sind. Wir können eine Notheirat daraus machen. Vater findet auf jeden Fall jemanden, der uns traut. Du musst dir über deine fehlenden Papiere keine Gedanken machen.«

»Ich kann noch nicht darüber nachdenken. Gib mir ein paar Tage, in denen ich in Potsdam zur Ruhe kommen kann. Ich muss erst alles hinter mir lassen.«

»Was immer du willst ... Du zitterst ja«, bemerkte er nun.

»Mir ist kalt. Ich lege mir einfach meinen Mantel um.«

»Du weißt nicht, wie viel ich für unsere Plätze gezahlt habe. Da kann ich es wohl verlangen, dass hier Kohle nachgelegt wird.« Er stellte den Korb zurück auf den Boden und stand auf. »Ich werde sofort dem Schaffner Bescheid geben.«

Katharina schaute ihm dankbar hinterher. So würde es demnächst immer sein. Julius würde ihr jeden Wunsch von den Lippen lesen. Ein paradiesisches Leben stand ihr bevor.

Sie lehnte sich zurück und zog sich ihren Mantel über den Schoß. Bald würde ihr warm werden. Dafür würde Julius schon sorgen. Sie sah durch die Fensterscheibe, wie er auf den Bahnsteig sprang.

Im gleichen Moment wurde die Tür ihres Abteils geräuschvoll aufgerissen. Papa stürzte auf sie zu.

»Du kommst sofort mit.« Er packte sie unsanft am Arm und riss sie hoch.

Draußen pfiff jemand zur Abfahrt. Noch bevor Katharina einen klaren Gedanken fassen konnte, zog er sie schon mit sich. Ihr Mantel fiel zu Boden. Papa zerrte sie unbeirrt weiter durch den Gang. Sie stürzte fast, als er sie die drei Eisenstufen aus dem Zug hinunterzog. Doch das alles interessierte ihren Vater nicht.

Kaum auf dem Bahnsteig, stellte sich der Schaffner hinter ihr in die Tür, pfiff ein letztes Mal, und der Zug setzte sich langsam in Bewegung.

»Katharina!« Ein gellender Schrei ertönte.

Sie blieb stehen und stemmte sich mit aller Kraft gegen ihren Vater. Der blieb notgedrungen stehen. Gemeinsam sahen sie, wie Julius am offenen Fenster stand und seine Arme nach ihr ausstreckte.

»Katharina!«, erklang es anklagend, als Julius sie im eisernen Griff ihres Vaters entdeckte.

Sie konnte nichts weiter tun, als dem Zug nachzuschauen. Nicht einmal die Tränen kamen ihr, so erstarrt war sie.

Ihr Vater schaute sie wutverzerrt an. »Das wirst du bitter bereuen. Und dieses Mal ist es nicht nur deine Mutter, die auf dich achtgeben wird. Ich werde dafür sorgen, dass du Ludwig von Preußen heiratest. Und wenn ich dich in Fesseln vor den Altar führe.«

28. Dezember 1917

Blüten wie mit Kristall verziert standen am Wegrand, wo die Kälte der Nacht die Feuchtigkeit des Morgens modelliert hatte. Der Himmel war wolkenlos. Der junge Wintertag wirkte fahl und diesig. Die Sonne war nur zu erahnen. Gestern Abend noch hatte Konstantin den riesenhaften Vollmond hoch oben am Himmel bewundert. Heute Morgen war nur noch ein Teil von ihm zu sehen. Es war Mondfinsternis, wie alle Zeitungen angekündigt hatten. Lange konnte es nicht mehr dauern, bis der Mond ganz im Schatten der Erde verschwand.

Nachdenklich schob Konstantin das Rad neben sich her. Er hatte es bei seinem Aufenthalt in Stettin erstanden, von einem versehrten Soldaten. Dieser hatte keine Verwendung mehr für das Rad gehabt, das ihn vor dem Krieg jeden Morgen in die Fabrik am Rande der Stadt gebracht hatte. Aber, so hatte er Konstantin erzählt, in der großen Hoffnung auf die Zeit nach dem Krieg hatte es die ganze Zeit über in seiner Wohnung gestanden. Nun fehlten ihm beide Hände. Sein sechsjähriger Sohn hatte das Rad gehalten. Es war viel zu groß und zu schwer für den Jungen gewesen, aber der Vater konnte es nicht mehr richtig packen. Konstantin hatte den genannten Preis sofort akzeptiert. Die Familie des armen Mannes sollte sich etwas Gutes zu Weihnachten gönnen.

Irgendwie hatte er es geschafft, den Transport mit der Bahn vor Papa zu verbergen. Über die Feiertage hatte er es in der Remise versteckt. Jetzt konnte er es nicht mehr abwarten, zu Rebecca zu gehen. Auch wenn die Ereignisse nach seiner Rückkehr aus Stettin ihn zunächst furchtbar erschreckt hatten, so hatte sich doch alles zum Guten gewendet. Rebecca wollte hierbleiben. Sie hatte in ihrem Brief an ihre gemeinsame Zeit appelliert. Umso mehr freute er sich, ihr nun etwas schenken zu können. Er ließ das Fahrrad an der Mauer stehen, ging zur Tür und klopfte. Drinnen hörte er Schritte. Schnell öffnete sich die Tür.

»Oh, hallo.«

Sie schien überrascht. Überrascht und verfroren. Sie hatte sich zwei dicke Wollstolen übergeworfen. Vermutlich war ihr das Heizmaterial knapp geworden. Das wäre ein besseres Geschenk gewesen, aber viel zu praktisch.

»Frau Kurscheidt.«

Konstantin sah sie an. Sie waren sich einst so nahe gewesen. Doch ein einziger Moment hatte ausgereicht, um ihre Beziehung wie von einer Granate getroffen explodieren zu lassen. Endlich bröckelte ihr Widerstand – nach dreieinhalb Jahren. Ihre ablehnende Miene wich allmählich dem Versuch, ihm neutral gegenüberzustehen.

»Rebecca, ich habe dir etwas mitgebracht.«

Sie brauchte einen Moment. Anscheinend überlegte sie, ob sie etwas dazu sagen sollte, dass er sie mit dem Vornamen ansprach. Doch dann antwortete sie: »Das ist sehr nett.« Sie vermied es, sich entscheiden zu müssen, ob sie ihn auch duzen sollte.

Er trat kurz beiseite, griff nach dem Fahrrad und schob es bis vor die Tür.

Mit offenem Mund trat sie heraus. »Aber das ist doch ... Ich dachte ... einen Liter Milch oder einen Sack Kohlen.«

»Ich weiß, es ist nicht die richtige Größe. Aber man kann den Sattel verstellen.«

Sie schlug die Hände an ihre Wangen. »Ich kann das nicht annehmen.«

»Wieso nicht?«

»Das muss doch Unsummen gekostet haben.«

»Nur ein kleines Weihnachtsgeschenk für dich.«

Sie schüttelte energisch den Kopf.

»Na gut. Dann ist es eine Zuwendung Ihres Arbeitgebers. Sicher müssen Sie im Frühjahr wieder viel erledigen. So haben Sie mehr Zeit für den Unterricht.«

Er klang enttäuscht, er war es auch. Er hätte sich sehr gefreut, wenn er es wenigstens ein einziges Mal schaffen würde, ihre distanzierte Schale zu durchbrechen.

Sie ließ ihre Finger über den Lenker gleiten. »Dann nehme ich es. Danke sehr. Ich nehme es als Lehrerin«, sie sah ihm tief in die Augen, »aber ich danke dir sehr.«

Für einen Moment tauschten sie Blicke. Die Sekunden wurden zur Ewigkeit. Doch bevor Konstantin allzu übermütig werden konnte, sagte sie: »Ich werde gut darauf aufpassen. Aber jetzt muss ich mich dringend um meinen Ofen kümmern. Der Abzug scheint verstopft zu sein.«

Sie griff nach dem Rad und wollte es in die Wohnung schieben, aber Konstantin hielt sie zurück.

»Rebecca, können wir nicht vielleicht eines Tages ...« Er wusste selbst nicht genau, wie der Satz enden sollte. Noch mal zusammen Kaffee trinken gehen? Uns wieder vertrauen? Uns wieder lieben?

Ihr Gesicht wurde warmherzig, fast zärtlich. Doch ihre Worte trafen ihn wie ein scharfes Schwert.

»Es führt doch zu nichts.«

Sie würde sich vielleicht wieder mit ihm vertragen, aber

für sie stand fest, dass sie nie wieder die Verbindung haben könnten, die sie einst hatten, das wurde ihm in diesem Moment klar.

»Doch, es könnte zu etwas führen.«

Sie schüttelte nur sanft ihren Kopf. »Du machst dir Hoffnungen, wo keine sind.«

»Unser ganzer Kontinent macht sich Hoffnungen, wo keine sind. Wie könnten wir sonst weiterleben?«

»Konstantin, bitte …« Als könnte sie es einfach nicht ertragen, daran zu denken. Ihr Blick sah flehentlich aus.

»Rebecca, ich werde nie aufhören, an uns zu glauben. Weil ich nicht aufhören kann, dich zu lieben.«

Sie schob das Rad in seine Richtung zurück. »Dann kann ich es nicht annehmen. Mach dir keine Hoffnungen, und mach mir keine Geschenke.«

Er sprang fast zurück. »Nein, es gehört dir. Ich fordere dafür keine Gegenleistung.«

Sie rührte sich nicht, sagte aber auch nichts.

Konstantin trat noch einen Schritt zurück. »Ich wünsche dir viel Freude damit.« Er drehte sich weg und wollte gerade gehen, blieb aber dann nochmals stehen.

»Weißt du, ich werde nicht aufgeben. Dafür liebe ich dich zu sehr.«

Der Schmerz in ihren Augen war kaum zu ertragen. Nun drehte er sich endgültig weg und stapfte hinaus auf die verschneite Wiese. Seine Beine versanken bis zu den Knien im Schnee, aber er wollte nicht zurück zur Straße. Er konnte jetzt niemandem begegnen. Sein Herz zerriss gerade zwischen Hoffnung, Liebe und Enttäuschung.

Keuchend blieb er an einer Ackerhecke stehen. Ihr Haus war keine zwanzig Meter entfernt. Sie war nicht mehr zu sehen. Die Tür hatte sich geschlossen.

Über ihm stand der Mond, doch jetzt war es kein Vollmond mehr. Konstantin beobachtete, wie sich der Schatten der Erde immer weiter vor den Vollmond schob. Das Schauspiel würde nur ein paar Minuten dauern, wie er gelesen hatte.

Sein Blick fiel wieder auf die geschlossene Haustür. Am liebsten würde er sofort zurückkehren und Rebecca in seine Arme ziehen. Als wäre das das einzige Gefühl, das existierte. Als er seinen Blick endlich von dem Schulgebäude losriss, war aus der fahlen, bleichen Scheibe ein Blutmond mit rötlichem Widerschein geworden.

Konstantin hielt die Luft an. Es tat so weh. Ein Schmerz fuhr ihm in die Glieder, direkt bei den Rippen. Ein Messer, eiskalt, es fuhr tief in ihn. Ein Hand packte ihn von hinten an der Schulter.

Heißer Atem, direkt neben seinem Ohr. »Du weißt, wofür das ist.«

Auf Russisch.

Er kannte die Stimme nicht.

Das Messer glitt aus seinem Körper. Sekunden, die sich ewig hinzogen. Der weiße, jungfräuliche Schnee kam näher. Er fiel weich. Schneekristalle, scharf und kalt, stachen in seine Augen. Ein Tritt traf ihn, dann noch mal das Messer. Ein Stich – direkt neben die erste Wunde. Der Schmerz bekam Gesellschaft. Der Atem blieb ihm weg.

Schnee knirschte unter Schuhen. Der Angreifer ging.

Sein Gesicht im Schnee. Die Kälte betäubte kaum den Schmerz.

Konstantin rührte sich nicht. Er konnte nicht. Er blinzelte im Schnee, kniff die Augen zusammen. Drehte seinen Kopf leicht. Wo war oben? Orientierungslos. Die zwei Stiche hatten sich zu einem einzigen riesigen Schmerz zusammengetan. War sein Herz getroffen? Es rannte, hetzte unregelmäßig, bockte. Wie ein störrisches Pferd auf der Rennbahn.

Endlich wurde ihm gewahr: Wenn er nichts tat, würde er hier sterben.

Komm schon, beweg dich!

Seine Hand drückte sich in den Boden. Er rutschte ein Stück zur Seite.

Blutroter Schnee, der schmolz. Das Leben sickerte aus ihm heraus.

Er hob seinen Kopf.

Unendliche Schmerzen.

Er blinzelte, sah durch eine Wand aus Schneekristallen. Sah das Schulgebäude.

Rebecca! Er musste es bis zu ihr schaffen.

Er presste seine Hand in den Schnee. Dann die andere. Rutschte ein Stück vorwärts, ließ sich fallen. Der Schmerz war kaum zum Aushalten.

Sein Kopf sank in den Schnee. Es war so ruhig. Als wäre die Welt stehen geblieben. Kein Ton war zu hören. War er schon tot?

Er sammelte seine Kraft, zog sich an der Hecke hoch, setzte einen Fuß nach vorne, einen zweiten.

Wie oft er gefallen war, bis er endlich die Tür erreichte, hatte er nicht gezählt. Er fiel gegen den Türrahmen, glitt an ihm hinunter und blieb in der Hocke. Mit seinem letzten Tropfen Blut in den Adern klopfte er an die Tür.

Ein Moment der Ewigkeit. Dann erschien Rebeccas Gesicht über ihm.

»Konstantin!« Sie rief seinen Namen schrill und laut.

Doch er, er legte nur den Finger an den Mund. Es schmeckte nach Eisen. »Keine Polizei. Nur ... mein Vater ... er weiß ... wieso.«

Kälte strömte in ihn hinein, bis sie seinen Körper vollkommen ausfüllte. Mit jedem einzelnen Blutstropfen, der dieser Kälte seinen Platz überließ, entfernte er sich aus seinem jungen Leben. Als gäbe es plötzlich nichts anderes mehr auf der Welt, blickte er auf seine Hände. Blutverschmiert.

Er spürte, wie sie vor ihm zu Boden ging. Vielleicht starb er in ihren Armen. Aber wenn er weiterlebte, dann durfte niemand davon erfahren. Sonst käme der Attentäter zurück. Papa würde die richtigen Zusammenhänge herstellen.

»Keine … Polizei. Nur … Papa …«

Ihr warmer Atem streifte ihn wie ein Hoffnungsschimmer. Rebecca schaute ihn an. Sie sah ängstlich aus, aber in ihrem Gesicht stand so viel mehr als nur Angst. Da war sie wieder, ihre Liebe. So zärtlich, so stürmisch, so unbedingt – ein guter Grund, um zu überleben.

Nachwort Gut Greifenau, Band II

Auf diesen vielen Seiten werden so furchtbar viele große und kleine Geschichten ineinander verflochten. Um über mehrere Hundert Seiten spannend zu bleiben, verwebe ich historische Fakten mit fiktiven Ereignissen. Die Bewohner von Gut Greifenau sind erfunden, genau wie der preußische Prinz Ludwig von Preußen und seine Mutter Amalie Sieglinde von Preußen, Frau von Prinz Sigismund von Preußen. Sigismund von Preußen, Ludwigs Vater, hat tatsächlich gelebt, allerdings nur zwei Jahre. Dann ist der jüngere Bruder von Kaiser Wilhelm II. an Meningitis gestorben (und nicht zu verwechseln mit dem gleichnamigen Neffen Kaiser Wilhelms II.). Für diese Geschichte habe ich Sigismund einfach ein sehr viel längeres, fiktives Leben geschenkt.

All die Geschichten und persönlichen Begebenheiten meiner Figuren sind fein eingewoben in die tatsächliche und akribisch recherchierte deutsche Historie und den pommerschen Alltag der damaligen Zeit.

Da ich gerne mal ins Detail gehe, frage ich des Öfteren Experten, die sich zu bestimmten Spezialthemen der Kaiserzeit besser auskennen. Viel Unterstützung – und auch Anregung – habe ich in den Facebook-Gruppen »Kaiser Wilhelm II. – Zeit – Reenactor« und »1. Weltkrieg und Preußen Reenactment« bekommen, bei deren Mitgliedern ich mich hiermit herzlich bedanken möchte. Namentlich gilt mein besonderer Dank Daniel Krajeweski, Rainer Ackermann und Sandra Gerlach, die mir außerordentlich selbstlos weitergeholfen haben, wenn es um Detailfragen ging. Fehler, die sich möglicherweise dennoch eingeschlichen haben, gehen allein zu meinen Lasten.

Allerdings habe ich mir gelegentlich einige Freiheiten genommen, wenn es der Dramaturgie dienlich war. So habe ich die Reihenfolge der Einberufung zum Militär der männlichen Dienstboten etwas hingebogen. Eingezogen wurde vor allem nach Geburtsdatum.

Und dem Genossen Lenin wurde der Rolls-Royce aus dem Fuhrpark des gestürzten Zaren erst im März 1918 (statt wie hier im Buch angegeben in den Tagen der Oktoberrevolution) gestohlen. Aber ich konnte nicht widerstehen, denn es ist ein so herrliches Beispiel für »Wer anderen eine Grube gräbt, fällt selbst hinein«. Dieses Motto versinnbildlicht übrigens auch in aller Kürze die Bedeutung der Geschichte Lenins, des deutschen Geldes für die russische Revolution und den späteren Sturz des deutschen Kaisers.

Die Finanzierung der Bolschewiki und Lenins durch deutsches Geld ist historisch belegt. Die Geschichtsschreibung nennt Summen zwischen 82 und 100 Millionen Goldmark, die seit 1915 über eine Scheinfirma in Kopenhagen nach Sankt Petersburg geflossen sind. Das Geld ging zuerst an verschiedene Parteien, aber die wirklich großen Beträge in der Endphase fast ausschließlich an die Bolschewisten unter Lenins Führung. Es war ein sehr geheimer Vorgang, und nur wenige der Akteure sind überhaupt bekannt. Es ist also durchaus möglich, dass ein gewisser Konstantin von Auwitz-Aarhayn einen Bericht geschrieben hat. Denn irgendwer wird solche Berichte verfasst haben, da bin ich mir sicher.

Schreiben ist ein einsamer Prozess. Und über Hunderte von Seiten jedes noch so kleine Detail im Auge zu behalten, ist manchmal nicht einfach. Glücklicherweise stehen mir die äußerst versierten Lektorinnen Christine Steffen-Reimann und Dr. Clarissa Czöppan mit ihrem geschult professionellen Blick und schier unerschöpflichem Elan zur Seite.

Noch bevor es mit dem Schreiben überhaupt losgeht, ist es sehr wichtig, die richtigen Leute zur Unterstützung und Beratung zu haben. Bei mir sind es meine Agenten Regina Seitz und Niclas Schmoll von der Agentur Michael Meller, die mir bei all meinen Fragen und Wünschen helfend zur Seite stehen.

Wie immer möchte ich meinen ausdauernden Testlesern Esther Rae und meinem Mann Peter Dahmen danken, die mir mit ihren Rückkoppelungen Kompass und Motivationscoach zugleich sind.

Am meisten aber motiviert mich die Aussicht darauf, dass Ihnen, geneigte Leserinnen und Leser, mein Buch von den vielen engagierten Buchhändlerinnen und Buchhändlern in die Hände gelegt wird und Ihnen meine Figuren genauso ans Herz wachsen wie mir. Dafür danke ich Ihnen allen.

*Zwischen Tradition und wahrer Liebe –
die Geschichte einer Grafenfamilie*

Hanna Caspian

Gut Greifenau

Abendglanz

Roman

Mai 1913: Konstantin, ältester Grafensohn und Erbe von Gut Greifenau, wagt das Unerhörte: Er verliebt sich in eine Bürgerliche, schlimmer noch – in die Dorflehrerin Rebecca Kurscheidt, eine überzeugte Sozialdemokratin. Für Katharina dagegen, die jüngste Tochter, plant die Grafenmutter eine Traumhochzeit mit einem Neffen des deutschen Kaisers – obwohl bald klar ist, welch ein Scheusal sich hinter der aristokratischen Fassade verbirgt. Aber auch ihr Herz ist anderweitig vergeben. Beide Grafenkinder spielen ein Versteckspiel mit ihren Eltern und der Gesellschaft. So gut sie ihre heimlichen Liebschaften auch verbergen, steuern doch beide unweigerlich auf eine Katastrophe zu …